MW01715511

Scandaleuse George Sand. Scandale de sa liberté, de ses passions, de ses enthousiasmes politiques, de ses écrits. « De la boue » pour l'un, « un chef-d'œuvre » pour l'autre. Qui fut-elle en réalité ? Une brillante intellectuelle ? Un homme au grand cœur ? Ou même « la femme la plus féminine » ?

C'est ainsi que, restaurée pour la première fois dans sa vérité, nous voyons vivre sous nos yeux une George Sand inconnue. La biographie étincelante à laquelle Joseph Barry a consacré cinq années de recherches explore la riche complexité de cette femme qui sut être, de façon si particulière, fille, mère, amante, écrivain, femme indépendante capable de s'offrir un château et d'y installer avec générosité une chambre pour Chopin, un atelier pour Delacroix.

On ne naît pas George Sand. On le devient. Mais comment ? C'est l'histoire de ce livre passionnant.

Avec une pénétration rarement atteinte, Joseph Barry analyse les rapports ambigus qui lient George Sand à son siècle, si fertile en bouleversements. Et peu à peu, de cet enchevêtrement de vérités, apparaît une femme de notre temps, passionnée par tout ce qui nous passionne, osant déjà ce que nous osons à peine, agissant, luttant, pleurant, mentant, vivant sa liberté plus que la prêchant et la vivant avec une plénitude qu'atteignent difficilement, au XXe siècle, les femmes des années 80.

George Sand : notre contemporaine ?

Journaliste et écrivain américain, Joseph Barry n'a plus quitté la France depuis qu'il y arriva, en 1945, dans les rangs de l'armée américaine. Il fut membre du cercle de Gertrude Stein. En dehors de la biographie de George Sand, il est l'auteur de quatre autres ouvrages ayant trait à notre pays et travaille actuellement à une histoire du couple français.

Joseph Barry

George Sand
ou le scandale de la liberté

TRADUIT DE L'AMÉRICAIN
PAR MARIE-FRANCE DE PALOMÉRA

Éditions du Seuil

TEXTE INTÉGRAL

EN COUVERTURE : *George Sand* par Auguste Charpentier (détail). Musée Carnavalet. Photo J.-L. Charmet

Titre original : *Infamous Woman. The life of George Sand.*
Éditeur original : *Doubleday & Co., 1977*
© 1976, Joseph Barry
ISBN original : 0-385-13366-9.

ISBN 2-02-006733-1
(ISBN 1re publication 2-02-006271-2)
© 1982, Éditions du Seuil, pour la traduction française

La loi du 11 mars 1957 interdit les copies ou reproductions destinées à une utilisation collective Toute représentation ou reproduction intégrale ou partielle faite par quelque procédé que ce soit, sans le consentement de l'auteur ou de ses ayants cause, est illicite et constitue une contrefaçon sanctionnée par les articles 425 et suivants du Code pénal

A Georges et à Maddy Lubin, en témoignage de respect, de reconnaissance et d'affection ; à Carine, Muriel, Liliane et Lola ; et à toutes les femmes qui ont pris la parole quand leurs sœurs gardaient le silence.

Remerciements

Si je le pouvais, mes remerciements iraient d'abord à Virginia Woolf et à Henry James pour la lucidité de leurs intuitions, de leur sensibilité androgyne, en même temps qu'à des institutions moins périssables et à leur personnel sous-payé. A la Bibliothèque nationale et à son département des manuscrits où, lorsqu'on tourne une à une les longues et étroites pages des agendas de George Sand, on frissonne à l'approche de la mort, celle de Manceau et la sienne. A la plus belle bibliothèque que je connaisse, la Bibliothèque historique de la Ville de Paris qui a élu domicile à l'hôtel Lamoignon, ce bâtiment du XVIe siècle avec ses hauts plafonds et ses poutres peintes, ses tapisseries, son superbe éclairage et son jardin à la française, et son inestimable collection de lettres de George Sand et de ses intimes. A une autre grande demeure située, elle, à Chantilly, la bibliothèque Lovenjoul, qui compte au nombre de ses trésors les manuscrits du mouvement romantique. Aux femmes et aux hommes qui ont su préserver ces documents précieux et continuent de le faire sans hésiter, pour autant, à les mettre à notre disposition.

A Georges Lubin, aujourd'hui penché sur le seizième volume de son édition monumentale de la *Correspondance* de George Sand. On ne peut, en effet, penser à George Sand, écrire ou parler d'elle sans être en dette avec cet homme qui allie la bonté et la générosité à une érudition profonde et une honnêteté désarmante. A Beverly Gordey, pour les encouragements chaleureux qu'elle m'a prodigués. A Lisa Drew, qui a su si bien utiliser sa plume précise et « virile » de conseiller littéraire. A Robert Lescher, pour la virtuosité avec laquelle il m'a guidé entre le Charybde du marché du livre et le Scylla de la complaisance de l'écrivain. A Evelyne Sullerot, pour sa sociologie de l'amour et son amitié exquise. Et surtout à Liliane Lassen dont la collaboration a rendu possible le dialogue entre l'homme et la femme qui étaie et nourrit la vie, sans parler de sa compréhension profonde de George Sand.

Remerciements à Bernard Vincent pour l'idée du sous-titre.

Préface

Qu'adviendra-t-il du monde, demandait un jour Balzac, si toutes les femmes ressemblent à George Sand ? Creusant plus profond, Henry James posait la même question à propos de chaque individu. Ce n'est pas tant la dimension nouvelle donnée par George Sand à la « nature féminine », observait-il en prenant conscience de sa propre bisexualité, « que la richesse qu'elle apporte à la nature masculine ».

L'être complet est le but. Hommes et femmes, nous le cherchons. « Unissez ! » s'écriait E. M. Forster. Unissez les divers éléments du moi fragmenté. « Elle ne prêchait rien d'autre. Unissez la prose et la passion, et toutes deux s'en trouveront exaltées, l'amour humain sera appréhendé dans sa forme la plus haute. Cessez de vivre ainsi fractionnés : unissez !... »

Forster ne parlait pas de George Sand, mais ces lignes auraient parfaitement pu s'adresser à elle. Unir les deux moitiés de sa vie en un lieu et un temps où la loi faisait des femmes d'éternelles mineures, telle fut le grand œuvre, la réussite personnelle de cette « femme infâme » qui se fit appeler George Sand. Bien qu'elle parlât en femme à une époque où celles-ci se taisaient, elle transcenda, au-delà des frontières du temps, les stéréotypes masculins/féminins. Elle fut une grande dame qui aborda la vie « exactement » comme un homme, « et exactement n'est pas trop dire », ajoutait Henry James. Mais qui plus est, elle eut cet esprit androgyne et créateur annoncé par Coleridge ; elle prouva que l'on pouvait être un cœur tendre sans rien perdre de sa « virilité », une femme forte et pourtant « féminine ».

« Ce grand homme », disait d'elle son ami Flaubert. « La femme la plus féminine que j'aie connue », renchérissait son amant, Musset en l'occurrence. Elle fut aussi le père et la mère, l'amante et l'infirmière d'un autre homme, le fragile et délicat aiglon encore duveteux qu'était Frédéric Chopin.

George Sand se montra un être complet au sens le plus universel du terme : « *Liebe und Arbeit* », déclarait Freud, « l'amour et le travail sont les deux piliers de l'homme ». George Sand écrivit quelque soixante-dix romans et récits plus ou moins volumineux, deux douzaines de pièces et des vingtaines d'essais. Son œuvre intégrale, si elle était réunie, totaliserait pour le moins cent cinquante volumes, dont vingt-cinq d'un millier de pages chacun renfermant sa correspondance. Grâce à son travail, elle acquit non seulement « une chambre à soi », mais d'autres pièces où loger ses amis dans le château de Nohant dont elle assumait seule la charge.

Ce ne furent pas seulement cette facilité d'écriture ni cette prolixité qui forcèrent l'admiration de ses contemporains. Dans son *Journal,* Dostoïevski nous dit que, lorsqu'il lut pour la première fois George Sand, il se trouva plongé dans un état d'excitation qui l'empêcha de fermer l'œil de la nuit. Quand elle mourut, en 1876, un mois avant de fêter son soixante-douzième anniversaire, il célébra dans cet écrivain français la mère du roman russe, opinion que partageait avec enthousiasme Tourgueniev. Plus proche de nous, Henry James qualifiait George Sand de « sœur de Goethe », rendant ainsi hommage à l'extraordinaire sérénité qui marqua les dernières années de sa vie. Mais George Sand n'était pas la sœur de Goethe, et pas davantage celle de Mozart ou de Shakespeare : elle était George Sand.

Avant Henry James, Walt Whitman mettait *Consuelo* au nombre de ses livres préférés, mais il ne reconnut jamais tout ce qu'il lui devait. Elizabeth Barrett dédia plusieurs de ses sonnets à « la femme au grand cerveau et l'homme au grand cœur qui se donna le nom de George Sand », et elle lui rendit visite avec Robert Browning à Paris, six ans après le pèlerinage qu'y avait fait Margaret Fuller. Les femmes de l'époque ne mirent jamais en doute le féminisme de George Sand, à la différence, semble-t-il, d'un biographe américain. Être George Sand — c'est-à-dire briser le moule et devenir soi — fut la démarche féministe par excellence pendant un siècle et demi. George Sand se posa en tant que sujet, et non objet, et ce faisant elle exprima la quintessence de la femme moderne qui ne s'en tient pas aux simples déclarations, mais passe à l'acte, qui « agit » sa vie. George Sand est notre contemporaine existentielle.

Heinrich Heine la plaçait plus haut que Victor Hugo, et bien qu'Henrik Ibsen proclamât n'avoir jamais rien lu d'elle, il en allait autrement de sa femme qui avait lu et relu ses romans : Nora est une héroïne, ou plutôt un héros, tout droit sortie de l'œuvre de George Sand, sinon George Sand même. Elle émut John Stuart Mill « comme une symphonie de Haydn ou de Mozart », mais fit frémir d'horreur Baudelaire (« Une grosse bête », écrivit-il). Et maintenant, nous voici prématurément dans notre époque soumis à l'influence profonde des critères de l'esthétique moderne, avec son aversion pour les excès des romantiques, ses passions, ses valeurs, sa vitalité. Mais faut-il conclure à la disparition de l'éternel retour ?

Peut-être ces superlatifs vont-ils à l'encontre de notre but. L'inventaire des louanges que lui adressèrent ses contemporains risque d'enterrer George Sand au lieu de la rappeler à la vie ; l'énumération de ce qu'elle réussit à faire écrase son accomplissement personnel, les premières années, les luttes, la lente autocréation de la femme qui prendrait un jour le nom de George Sand. Cette biographie entreprend son aventureux périple avec les impedimenta obligatoires du moi dont beaucoup devront être abandonnés en route car le voyageur se découvrira lui aussi, chemin faisant.

La riche complexité et les ambiguïtés, l'enchevêtrement des vérités, des intuitions et des pistes, émergent intacts et entiers, surtout dans la publication de la *Correspondance* de George Sand à laquelle Georges Lubin se consacre inlassablement depuis des années. Les biographes du passé ont cherché une clé unique. C'est ainsi qu'André Maurois, malgré toute la sympathie dont il fit preuve à l'égard de son « sujet », parlait avec une certaine timidité de « frigidité de nymphomane ». Piste que s'empressa de suivre, à une époque plus récente, un autre de ses biographes, qui évoquait avec un vocabulaire plus à la mode la « nympholepsie » de George Sand tout en décelant chez l'intéressée une « frigidité fondamentale ». L'un comme l'autre appuyaient ces jugements précaires sur un des premiers romans de Sand, *Lélia,* et sur la conclusion souveraine émise en 1900 par le comte de Grandsagne, après lecture des lettres aujourd'hui détruites adressées par George Sand à son père, Stéphane de Grandsagne, peut-être son premier amant.

La passion sexuelle est présente dans la liaison qu'elle renoua avec Musset, elle est manifeste dans son *Journal intime.* Une même ardeur couve dans ses rapports avec l'actrice Marie Dorval et brûle dans ses lettres à Michel de Bourges ; George galopa toute une longue nuit glacée dans la campagne afin de passer « un instant » dans ses bras. A moins que pour ces messieurs une nymphomane — sous-entendu une femme frigide ? — soit tout bonnement une femme qui prend un homme de la même façon que ceux-ci ont toujours pris les femmes depuis des millénaires.

Mais même la démonstration des capacités amoureuses de George Sand risque d'être exagérée et mal interprétée. Comme dans le cas de Byron, dont la personnalité si semblable à la sienne donne envie de faire d'elle une Lady Byron pour peu qu'il soit possible de la définir à travers un homme, l'histoire de George Sand n'est pas celle de ses amours, sauf si nous incluons dans ses amours toutes ses passions, celles de l'esprit comme celles du cœur et du corps — de la politique à l'amour maternel, de l'accomplissement de soi à l'*engagement* et à la prise de position en faveur de tous les opprimés, quel que soit leur sexe.

« Elle manifesta toujours le respect le plus profond pour l'aristocratie de l'intelligence », observait Oscar Wilde avec finesse, « mais la démocratie de la souffrance la touchait davantage. » De Paris à Moscou, George Sand fut une force sociale puissante et capable de faire bouger les esprits. Seuls ses romans franchirent les frontières de la police tsariste, articles de contrebande qui véhiculaient l'enivrant parfum du socialisme, du féminisme et de la rébellion républicaine en France. En 1848, elle fut la muse de la révolution.

La quantité même de ses écrits et la progression de sa correspondance, publiée ou non, fournissent les éléments essentiels qui permettent de comprendre le phénomène Sand et, ce faisant, son siècle — sinon notre propre *fin de siècle* —, ainsi que la condition de la femme créatrice et ses relations avec les hommes, avec les créateurs comme avec ceux qui n'affichaient aucun talent particulier, avec les autres femmes, avec elle-même.

Certes, on y trouvera des falsifications et des mensonges, par exemple ses lettres postdatées à Musset. De même dans les Mémoires de Sand, *Histoire de ma vie.* Il nous faut faire preuve ici d'un minimum de sensibilité. Elle fut à la fois mère et George Sand, femme et écrivain ; or, à son époque au moins, aucune femme ne pouvait se permettre la franchise d'un homme. Si Musset décrivit ses débauches dans sa *Confession d'un enfant du siècle,* si Byron fit allusion à sa bisexualité dans ses lettres, c'est qu'aucun d'entre eux n'en sortait diminué ; au contraire, leur « virilité », ou « universalité », s'en trouvait renforcée. Et jamais on ne parla à leur propos de « satyriasis ».

La « fidélité » de George Sand ? Elle fut trop fidèle à elle-même pour l'être aux hommes de son temps. Cette fidélité à soi constitue la condition première d'une vie non fragmentée, de la cohérence qui doit s'établir en priorité et dont dépendent toutes les autres. La torsion de notre culture, la tension née des différences imposées et inculquées ont déchiré les hommes et les femmes, malgré une autre vision qui va de Platon à Rilke et à Virginia Woolf : la conception philosophique et poétique de l'être complet originel avant que ne se produise à sa naissance la scission homme/femme, chaque moitié étant appelée à chercher l'autre avec l'espoir de la trouver. Une totalité qui transcende la sexualité, mais en l'incluant toujours, comme dans le cas de George Sand. Et pourquoi ne pas imaginer, comme Rilke l'écrivait à un jeune poète, que « les sexes sont plus parents qu'on ne le croit ; et le grand renouvellement du monde tiendra sans doute en ceci : l'homme et la femme, libérés de tous faux sentiments, de toute aversion, ne se rechercheront plus comme des contraires, mais comme des frères et sœurs, comme des proches. Ils uniront leur humanité... ».

Peut-être aura-t-il fallu que s'écoulent toutes ces années après la mort de George Sand pour qu'on apprécie enfin son chef-d'œuvre : sa vie. Non seulement elle a montré la voie, mais, avec courage et parfois héroïsme, elle l'a ouverte.

1. Le passé en guise de prologue

Les morts, c'est nous.
George Sand, *Correspondance*, 1848.

George Sand, descendante d'un roi saxon de Pologne et d'un maître oiselier français, naquit le 1er juillet 1804 dans un quartier pauvre de Paris. Elle s'appelait Aurore Dupin.

Elle ne sut jamais avec certitude la date exacte de sa naissance, mais elle apprit très tôt que si sa mère et son père ne s'étaient pas mariés un mois avant celle-ci (vingt-six jours pour être précis), elle aurait peut-être porté le nom de sa mère, Delaborde [1]*. Toutefois, dans ces années post-révolutionnaires, la morale aristocratique ne condamnait guère plus sévèrement la bâtardise que sous l'Ancien Régime.

Tout en étant consciente de ce double « héritage », George Sand n'en tira aucune vanité précoce et elle écrirait plus tard : « Mon sang royal s'était perdu dans mes veines en s'alliant, dans le sein de ma mère, au sang plébéien [2]. »

Dans ses mémoires, elle évoque d'abord son grand-père maternel qui vendait des oiseaux sur les quais de Paris, en regrettant son manque d'informations sur la généalogie de sa mère. (« Nous avons tous des ancêtres... Il est plaisant que la noblesse ait accaparé ce mot à son profit [3]. ») En tout cas, pour diverses raisons, ces ancêtres se sont bel et bien approprié le premier *tiers* des Mémoires de George Sand [4].

La question de « lignage » et d' « héritage » mise à part, on

* Les notes, essentiellement bibliographiques, figurent à la fin du volume. J'attire exceptionnellement l'attention du lecteur sur la note 1 qui analyse l'édition en deux volumes de La Pléiade concernant les écrits autobiographiques de Sand et cite les sources complémentaires relatives au jour de sa naissance et à la date de mariage de ses parents.

note déjà ce sens romanesque du passé qui allait caractériser les œuvres de George Sand, les aventures et mésaventures passionnées de ses extraordinaires ancêtres qui constituent cet héritage profond. « Les morts, c'est nous », écrivit-elle à son éditeur tandis qu'elle explorait son enfance, « c'est bien certain, il y a là un lien mystérieux qui fait que notre vie s'alimente de la leur[5]. »

Il y avait aussi son sens de l'histoire. En retraçant l'histoire de cinq générations, depuis Aurore de Koenigsmark à Aurore de Saxe et Aurore Dupin en passant par les fils, tous prénommés Maurice, George (Aurore Dupin) Sand conduisait progressivement son lecteur au contexte historique dans lequel elle se trouva projetée et aux rapports sociaux conditionnés d'homme à homme, de femme à femme, et de femme à homme. Ce sont ces rapports qu'elle allait remettre en question et, ce faisant, commencer à modifier.

> Toutes les existences, écrivait-elle à mi-parcours dans cette remontée du temps, sont solidaires les unes des autres, et tout être humain qui présenterait la sienne isolément, sans la rattacher à celle de ses semblables, n'offrirait qu'une énigme à débrouiller… Je ne pourrais pas raconter et expliquer ma vie sans avoir raconté et fait comprendre celle de mes parents. C'est aussi nécessaire dans l'histoire des individus que dans l'histoire du genre humain. Lisez à part une page de la Révolution ou de l'Empire, vous n'y comprendrez rien si vous ne connaissez toute l'histoire antérieure de la Révolution et de l'Empire ; et pour comprendre la Révolution et l'Empire, encore vous faut-il connaître toute l'histoire de l'humanité. Je raconte ici une histoire intime. L'humanité a son histoire intime dans chaque homme. Il faut donc que j'embrasse une période d'environ cent ans pour raconter quarante ans de ma vie[6].

Aurore de Koenigsmark était une comtesse suédoise qui, selon Voltaire, avait été la femme la plus célèbre (pour son esprit et sa beauté) des deux siècles passés. Née en 1662 (?), elle entra dans la vie de son arrière-arrière-petite-fille Aurore Dupin-George Sand à l'âge de trente-deux ans, quand elle traversa la Saxe à la recherche d'un frère disparu. En réalité,

Philippe de Koenigsmark avait péri dans une embuscade et été enterré secrètement. Il était tombé éperdument amoureux de l'épouse de l'électeur de Hanovre (le futur George Ier d'Angleterre). La comtesse Platen, délaissée, jalouse, déjà d'âge mûr, et dont il avait été le soupirant, le fit assassiner dans le château de sa bien-aimée où elle se trouvait elle-même en tant qu'invitée. « Alors qu'il gisait, mourant, [elle] avait traversé le manoir avec sa démarche de canard pour lui écraser la bouche de son pied[7]. »

Aurore de Koenigsmark s'informa à Dresde du sort de son frère auprès d'un ami de celui-ci, Frédéric-Auguste, électeur de Saxe, l'État voisin. Le fait qu'elle ait retenu son attention ne témoigne en rien de sa beauté car, comme l'écrivait un chroniqueur, « pour peu qu'il soit d'humeur amoureuse, la première venue est sûre de s'attirer ses caresses[8] ». Ce fut « le plus étonnant débauché de son temps », écrit George Sand[9], descendante éloignée d'une vie libertine qui devait laisser, au moment où mourut Frédéric-Auguste et selon les estimations de son chancelier, quelque trois cent cinquante-cinq bâtards et un fils légitime[10]. Quoi qu'il en soit, le plus magnifique de ces rejetons illégitimes fut le fils que mit au monde la comtesse suédoise en 1696, Maurice, comte de Saxe et futur maréchal de France.

Mais ce fut sur la mère de Maurice, Aurore de Koenigsmark que se pencha George Sand. Le début de ses Mémoires nous la montre dans sa chambre à Nohant, contemplant d'un air songeur « le portrait de la dame encore jeune et d'une beauté éclatante de ton[11] ». Les yeux noirs brillants, le front haut et lisse, le teint mat et des cheveux tressés « noirs comme l'encre », annoncent George Sand. Et elle entame avec la première Aurore un dialogue silencieux* :

> Il me semble qu'elle me dit alors : « De quelles billevesées embarrasses-tu ta pauvre cervelle, rejeton dégénéré de la race orgueilleuse ? De quelle chimère d'égalité remplis-tu tes rêves ? L'amour n'est pas ce que tu crois ;

* Toute son œuvre, faisait remarquer Henry James, n'est qu'une longue interrogation de George Sand sur elle-même.

les hommes ne seront jamais ce que tu espères. Ils ne sont faits que pour être trompés par les rois, par les femmes et par eux-mêmes. »

Ayant appris qu'Aurore lui avait été infidèle alors qu'il guerroyait (poursuit le récit de la vie de la comtesse suédoise), Frédéric-Auguste, qui s'était marié entre-temps, accabla de reproches sa maîtresse à son retour. La femme de César doit être au-dessus de tout soupçon, déclara-t-il. Il n'était pas César, répliqua vertement Aurore, et elle n'était pas sa femme. Bientôt elle ne fut plus son amante, bien qu'elle eût donné le jour au même moment à leur fils Maurice. L'année suivante (1697), Frédéric-Auguste devenait roi de Pologne sous le nom d'Auguste II. L'enfant fut emmené à Varsovie, et Aurore exilée à l'abbaye protestante de Quedlinbourg où elle accéda rapidement aux fonctions séculières de coadjutrice.

Peu après, toutefois, Auguste II eut besoin d'elle. Charles XII de Suède avait envahi la Pologne afin de la « libérer » et la victoire semblait vouloir lui sourire. Frédéric-Auguste envoya chercher Aurore qu'il estimait « plus capable que n'importe quel ministre de faire réussir une négociation ». La phrase est de Voltaire. Quand Charles XII, qu'Aurore avait rencontré à la cour de Suède, refusa de la voir, elle l'aborda dans un étroit sentier où il se promenait souvent à cheval. « Le roi la salua sans lui dire un seul mot, tourna la bride de son cheval, et s'en retourna dans l'instant ; de sorte que la comtesse de Koenigsmark ne remporta de son voyage que la satisfaction de pouvoir croire que le roi de Suède ne redoutait qu'elle [12]. »

A l'âge de douze ans, Maurice fut envoyé par son père servir dans les Flandres pendant la guerre de Succession d'Espagne. C'était un âge très tendre, même pour l'époque, mais Maurice se montrait d'une résistance exceptionnelle et voulait, depuis qu'il avait su marcher ou presque, embrasser la carrière des armes. Car, en fin de compte, la guerre était à la fois le métier et la chance de ces bâtards de haute naissance. L'escorte reçut des instructions précises : le jeune garçon devait avoir son propre mousquet et marcher comme les fantassins [13]. La légende veut donc que Maurice ait traversé à pied l'Europe jusqu'aux Flandres, bien que la suite fournie par son père eût compté un carrosse de campagne, une dizaine de mules, quatre chevaux et un certain nombre de serviteurs parmi lesquels, à son grand chagrin, un précepteur [14].

Lorsque à quinze ans Maurice revint en Saxe, son père le reconnut et il reçut le titre de comte de Saxe. Sa bravoure était indiscutable. A Mons, il traversa à la nage, à la tête de ses hommes, une rivière glacée sous le feu de l'ennemi, pistolet à la main ; en Poméranie, son cheval fut tué sous lui. « Vous devez apprendre à faire la différence entre le courage et la témérité », le tança le prince Eugène [15]. A seize ans, il devenait commandant des cuirassiers du roi et épousait la plus riche héritière de Saxe. Ayant dilapidé la fortune de sa femme, il retourna faire la guerre, tantôt contre les Suédois, tantôt contre les Turcs. « Une épouse, expliquerait-il plus tard à Mme de Pompadour, est un bagage inutile à un soldat [16]. » Remarque que George Sand omit de citer, bien qu'elle écrivît de son arrière-grand-père qu'il était « brave comme son père, mais non moins débauché [17] ».

Au printemps 1720, Maurice de Saxe vint poursuivre sa carrière militaire à Paris. Il se sentit vite chez lui dans la licence des mœurs de la Régence et fut nommé maréchal de camp de l'armée française, la plus remarquable d'Europe à cette époque. Son père lui acheta un régiment de mercenaires allemands, qui devint le célèbre régiment de Saxe. Maurice impressionnait Paris par les manœuvres de ses hommes au Champ-de-Mars, et les Parisiens par la splendeur de son uniforme, une peau de léopard jetée en travers d'une cuirasse noire. Il se montrait aussi brillant dans l'art de la tactique et du siège que dans celui de la séduction et avait pour maîtresse la plus célèbre actrice du moment, Adrienne Lecouvreur. Elle avait trente ans, lui vingt-quatre. On racontait du futur vainqueur de Fontenoy que la belle Adrienne lui avait appris tout ce qu'il savait, sauf l'art de la guerre (c'était chose faite) et l'orthographe (qu'il ne maîtrisa jamais) [18].

Mais Maurice de Saxe se fatigua de la paix et, partant, d'Adrienne Lecouvreur et de Paris ; aussi, quand le trône vacant de Courlande (l'actuelle Lettonie) lui fit signe, reprit-il le chemin de Varsovie pour soutenir sa candidature. Sa maîtresse et sa mère engagèrent au mont-de-piété bijoux, argenterie et carrosses afin de lui envoyer des subsides. Mais alors que Maurice parcourait l'Europe pour trouver à louer les services de mercenaires, sa mère mourut à Quedlinbourg, épuisée par les efforts qu'elle avait déployés pour son fils. Elle lui laissait tous ses biens : cinquante-deux couronnes[19].

Après avoir essuyé un échec en Courlande, Maurice n'en regagna pas moins Paris en héros. Pour occuper ses loisirs, il inventa de nouvelles armes, dont un pont flottant articulé, et rédigea des réflexions sur l'art de la guerre et autres thèmes intitulées *Mes rêveries,* très appréciées de Wellington, méprisées par Napoléon et admirées par son arrière-petite-fille. Fait étrange, George Sand omet de citer les plus remarquables, comme : « Pour parvenir plus efficacement à bien peupler, il faudrait établir par les lois qu'aucun mariage à l'avenir ne pourrait se renouveler sans dispense, s'il n'était né aucun enfant pendant ce temps... Si chaque femme avait le droit de choisir son mari selon son inclination, et pour un temps limité, on ne leur verrait point faire les choses contraires à la nature[20]. » En revanche, elle évoque l'humanitarisme, très relatif, de Maurice de Saxe — les espions devraient être mis aux fers et non sommairement exécutés —, et ses idées sociales avancées : « Cet assemblage d'hommes, oppresseurs et opprimés, forme ce qu'on appelle la société », et c'est de la seconde catégorie qu'elle « fait ses soldats ». Elle excuse ses « égarements » : ils furent « ceux de son époque et ceux de son éducation ». Et George Sand de citer un historien non identifié qui aurait dit : « S'il fut vicieux, les femmes l'y aidèrent de leur mieux[21]. »

La malheureuse et si « aidante » Adrienne Lecouvreur mourut tristement de tuberculose ; le bruit courut cependant qu'elle avait été empoisonnée par une rivale[22]. Le régent mourut, Louis XV monta sur le trône ; Frédéric-Auguste mourut à son tour, et la France se trouva plongée dans la guerre de Succession de Pologne. Le beau-père de Louis XV occupa quelques mois le trône polonais. Maurice de Saxe, à la tête des troupes françaises, combattait les Saxons, eux-mêmes commandés par son demi-frère qui avait succédé à son père. La guerre contre la Pologne se termina enfin, pour être remplacée par la guerre de Succession d'Autriche, au cours de laquelle Maurice de Saxe s'empara de Prague. A quarante-sept ans, il fut nommé maréchal en chef des armées françaises, bien qu'il fût allemand, bâtard et protestant. Il remporta à Fontenoy une splendide victoire sur les troupes de l'Angleterre et du Hanovre qui, pour reprendre la phrase d'un expert — Napoléon —, donna à la monarchie française une trêve de quarante ans[23].

En marque de reconnaissance, le monarque français accorda à Maurice de Saxe la jouissance du château de Chambord pour le temps qu'il lui restait à vivre. Installé dans l'énorme demeure flanquée de tours, qui venait immédiatement après Versailles quant à ses dimensions — elle comptait soixante-quatorze escaliers et quatre cent quarante chambres —, le maréchal se créa un petit royaume personnel à l'abri du mur d'enceinte long de trente-deux kilomètres. Il s'occupa même de marier sa nièce, Marie-Josèphe de Saxe, au dauphin, en deuxièmes noces, consolidant ainsi sa position dans la France catholique. Elle devait donner naissance aux trois derniers Bourbons appelés à monter sur le trône — Louis XVI, Louis XVIII et Charles X — que la grand-mère de George Sand, Marie-Aurore, appellerait ses cousins. Cette fille de Maurice de Saxe naquit en 1748, une année mémorable qui fut marquée par un autre triomphe du maréchal : la prise de Maëstricht.

Une compagnie de théâtre chargée d'animer la campagne des Flandres divertissait régulièrement Maurice de Saxe et ses hommes. (Il la prêta même un jour au général ennemi[24].) Les acteurs jouaient le soir ; la représentation finie, l'actrice principale s'avançait avec grâce sur le devant de la scène et annonçait le programme du lendemain — une pièce, ou une bataille, mise en scène par le maréchal. La plus jolie et la plus aimable de ces actrices fut sans doute Marie Rainteau, âgée de dix-sept ans, car elle devint la maîtresse officielle du maréchal de Saxe qui l'installa, avec sa jeune sœur Geneviève, dans un hôtel particulier à Paris. Ce fut un petit coup de pouce appréciable de la fortune pour ces filles de cabaretier, et leur ascension sociale leur permit de se parer du titre glorieux de demoiselles de Verrières.

Avec amabilité, mais à tort, George Sand qualifie Marie Rainteau de « *dame* de l'Opéra[25] » ; mais peut-être tenait-elle cette information erronée de sa grand-mère, Marie-Aurore, qui était le fruit de la liaison de Marie Rainteau avec Maurice de Saxe.

Le certificat de baptême, daté du 19 octobre 1748, indique néanmoins : « Marie-Aurore, fille de Jean-Baptiste de La Rivière, *bourgeois de Paris,* et de Marie Rainteau, sa femme[26]. » Ce La Rivière fictif, cet homme de paille, n'existait pas, comme le rappellerait scrupuleusement George Sand en notant : « Cette histoire est assez curieuse comme peinture des mœurs du temps[27]. »

Un poète et dramaturge contemporain, Marmontel, compléta le tableau en lui apportant les touches colorées qui lui manquaient. Marie Rainteau « de Verrières », ambitionnant une carrière théâtrale, avait demandé à Marmontel de lui donner des cours de « déclamation », peu après la naissance de Marie-Aurore. Marmontel, comme nous l'apprennent sans vergogne ses *Mémoires,* venait d'hériter d'une autre actrice, maîtresse du maréchal : « Monsieur de Saxe trouvait (en Mlle de Navarre) trop de hauteur, et pas assez de complaisance et d'abandon. Mlle Verrières, avec infiniment moins d'artifice, n'avait pas même l'ambition de le disputer à ses rivales ; elle semblait se reposer sur sa beauté du soin de plaire, sans y contribuer d'ailleurs que par l'égalité d'un caractère aimable, et par son indolence à se laisser aimer... La docilité de mon écolière me rendit assidu. Cette assiduité fut malignement expliquée. Le maréchal, qui était alors en Prusse, instruit de notre intelligence, en prit une colère peu digne d'un aussi grand homme. Les cinquante louis que Mlle Verrières touchait par mois lui furent supprimés, et il annonça que de sa vie il ne reverrait ni la mère ni son enfant. Il tint parole[28]. »

Avec une ironie involontaire, Marmontel raconte que Maurice de Saxe, furieux, racontait à qui voulait l'entendre, « à la cour ou au roi lui-même, que ce petit insolent de poète lui prenait toutes ses maîtresses », ajoutant : « Je n'avais cependant que celles qu'il abandonnait[29]. » Marie de Verrières ne fut pas longtemps la maîtresse de Marmontel. Après avoir été, à l'insu du maréchal de Saxe, celle de Denis-Joseph d'Épinay, fils d'un riche collecteur d'impôts, elle devint avec beaucoup moins de discrétion, toujours selon Marmontel, la maîtresse du duc de Bouillon (leur fils serait l'abbé, puis monseigneur de Beaumont*).

Plus tard, M. d'Épinay, après avoir hérité de la fortune de son père et de sa charge, reviendrait dans la vie de Marie et l'installerait, elle et sa sœur, dans une maison des faubourgs de Paris (aujourd'hui, 45 rue d'Auteuil) après leur avoir loué un petit hôtel dans la capitale. A ce moment-là, Mme d'Épinay, enfin résignée aux mœurs de son temps, serait la maîtresse de Dupin de Francueil, doué, charmant, riche, ami d'Épinay. Il fréquentait les demoiselles de Verrières et allait être le grand-père de George Sand.

Mais quand viendrait cette époque, Maurice de Saxe serait mort depuis longtemps.

Cherchant obstinément, et cela jusqu'à ses derniers jours, un royaume plus vaste que le parc de son château — n'était-il pas le fils d'un roi et le demi-frère d'un autre monarque ? — il demanda à Louis XV le trône de Madagascar. Après avoir essuyé un refus, il conçut un autre projet, destiné cette fois à transporter les opprimés de l'Ancien Monde dans le Nouveau : il serait le roi des Juifs d'Amérique. Mais épuisé par la guerre et la galanterie, il mourut à Chambord en 1750 à l'âge de cinquante-quatre ans. « Docteur, dit-il sur son lit de mort, la vie n'est qu'un songe ; le mien a été beau, mais il est court[31]. » Peut-être est-il significatif, mais sans plus, qu'à une période plus tardive du romantisme, son arrière-petite-fille, George Sand, ait inversé les dernières paroles de Maurice de Saxe : « Le mien a été court, mais il a été beau[32]. »

Quant aux demoiselles de Verrières, leurs maisons étaient florissantes. Elles avaient fait installer dans leur hôtel parisien une salle où l'on donnait la comédie, et un vrai théâtre dans le jardin de leur « folie » d'Auteuil. Marie était brillante, obligeante et suffisamment cultivée pour attirer non seulement des galants, mais aussi des hommes intelligents. Geneviève avait ses

* Mme d'Épinay, future bienfaitrice de Jean-Jacques Rousseau, mérite plus qu'une simple allusion. Après trois mois de mariage seulement, elle s'était fait rappeler à l'ordre par sa mère pour avoir reproché à son mari de passer ses nuits avec une maîtresse (qui n'était pas encore Marie de Verrières). « Ma mère me traita d'enfant, déclarait Mme d'Épinay, elle trouva que je m'étais emportée de la manière la plus indécente... que mon mari avait tout à fait raison de se sentir offensé... et moi je me trouvai très petite fille[30] »

protecteurs attitrés (en particulier Dupin de Francueil). Aux yeux des contemporains, les deux sœurs incarnaient les « Aspasie du siècle[33] ».

En réalité, elles représentaient pour leur classe sociale l'image de la réussite et on les enviait car elles n'avaient à redouter ni la pauvreté ni la police, s'étant acquis avec succès de riches protecteurs. De plus, elles jouissaient du luxe, des commodités et des signes extérieurs de l'aristocratie, ainsi que d'un « certain respect du monde qui leur donna une sorte de respect d'elles-mêmes » ; elles étaient la « fleur », l'incarnation du cynisme du XVIIIe siècle, apportaient « une élégance dans le désordre », paraient le vice « d'une sorte de grandeur », et les gentilshommes se pressaient pour être admis en leur présence et assister à leurs spectacles[34].

C'est dans ce « monde très corrompu » que Marie-Aurore vécut ses premières années mais, poursuit George Sand, « sans y laisser une plume de son aile[35] ». Les contacts qu'eut Marie-Aurore avec ce demi-monde furent limités ; elle passa en effet une longue période dans un couvent bien fréquenté. Par ailleurs, être la fille, même illégitime, du maréchal de Saxe était un atout. Le neveu et l'héritier de ce dernier, le comte de Frise, qui vivait en France, lui versait une rente annuelle que complétait la dauphine, nièce du maréchal.

D'où cette pétition adressée par la jeune Marie-Aurore, âgée de sept ans, à sa cousine Marie-Josèphe de Saxe lorsque mourut son cousin de Frise en 1755 :

« Madame, la demoiselle Aurore, fille naturelle et unique de monsieur le maréchal de Saxe, se jette aux pieds de madame la dauphine. Abandonnée depuis la mort de monsieur le comte de Frise qui l'a fait élever jusqu'à présent, elle n'a plus d'autre ressource aujourd'hui que dans les bontés de madame la dauphine. Elle la supplie très humblement de prendre pitié de son enfance et de sa misère, et de daigner demander une pension pour elle qui puisse lui procurer un asile et assurer son éducation[36]. »

La dauphine fit transmettre par le dauphin le placet d'Aurore au ministre de la Guerre — puisqu'il s'agissait de la fille d'un ancien maréchal — qui le présenta au roi. Le 23 mai 1755, le document était approuvé :

« Le roi accorde une gratification de huit cents livres à la demoiselle Aurore tant qu'elle restera dans un couvent au choix de Madame la dauphine[37]. »

Une note de police figurant parmi les archives de la Bastille indique que Mme de Chalut, dame d'honneur de la dauphine, vint à la maison de Verrières et enleva Aurore à sa mère « qui ne s'attendait à rien moins qu'à cet événement[38] ». Elle fut d'abord conduite dans un couvent à Saint-Cloud, où Mme de Chalut possédait une propriété. Puis la « demoiselle Aurore » fut admise à Saint-Cyr, la célèbre institution fondée par Mme de Maintenon pour les filles pauvres, mais fières, de la noblesse française. Il n'existait pas de meilleur établissement en France et les jeunes filles qui en sortaient étaient très recherchées[39]. Rien d'étonnant. Les pensionnaires se levaient à six heures, allaient à la messe à huit heures, et malheur à celle prise en train de rêver ou dont le corps se laissait aller. Les cours avaient lieu jusqu'à midi, puis reprenaient de deux à six heures. On se couchait à neuf heures. Pendant un siècle, cet horaire demeura presque inchangé.

En 1766, quand Aurore fut près d'avoir dix-huit ans et se prépara à quitter Saint-Cyr, la dauphine pouvait difficilement songer à la laisser retourner chez sa mère ; on chercha donc pour la jeune fille un parti convenable. Mais quel mari trouver à une « fille naturelle de père et mère inconnus[40] » ? De nouveau, Aurore présenta une requête, cette fois aux magistrats du Parlement de Paris ; elle demandait qu'on inscrivît à la suite de son nom « fille naturelle de Maurice, comte de Saxe, maréchal général des camps et armées de France, et de Marie Rainteau[41] ». Le Parlement approuva et l'acte de naissance fut modifié en conséquence. Aurore, désormais respectable et épousable, pourrait même favoriser la carrière de son époux compte tenu des rapports qu'elle entretenait de longue date avec la dauphine.

On lui trouva le capitaine d'infanterie Antoine de Horne, quarante-quatre ans. Malgré ses antécédents assez honorables, il est fort peu probable qu'il eût été un « bâtard de Louis XV » comme l'écrivait George Sand. Il aurait fallu que Louis XV l'engendrât à l'âge de onze ans. Tout au long de ce récit alerte qu'est *Histoire de ma vie,* on retrouve de légères inventions de la même veine, dues pour une part à George Sand, mais peut-être encore plus à sa grand-mère. Il est faux que le mariage ne fut jamais consommé et que cette union prit fin avec la mort du mari d'Aurore, « comte » de Horne, dans un duel, trois semaines après les noces[42].

Le soir de celles-ci, Marie de Verrières donna pour sa fille une réception splendide dans sa folie d'Auteuil et ce fut là qu'Aurore rencontra pour la première fois son demi-frère, l'abbé de Beaumont, grand-oncle de George Sand. A l'occasion de ce mariage, le roi nomma le capitaine de Horne lieutenant du roi, ou gouverneur, de Sélestat, en Alsace. *Cinq mois* devaient s'écouler avant que le couple ne parvînt à destination et c'est là que mourut Horne dans la semaine qui suivit, « malgré des saignées répétées, d'oppression dans la poitrine[43] ».

Veuve à dix-huit ans, Aurore réclama de nouveau l'aide du roi, mais la dauphine, sur le point de mourir, n'était plus en état de la soutenir et sa requête fut rejetée. (Aurore demandait également à remplacer son mari au poste de lieutenant du roi, à Sélestat !) Et de nouveau, au lieu de rejoindre le demi-monde de sa mère et de sa tante, elle se réfugia dans un autre couvent parisien et pétitionna, cette fois auprès du ministre de la Guerre, le duc de Choiseul : « Fille de Monsieur le maréchal de Saxe, reconnue comme telle par un arrêt du Parlement de Paris... je suis convaincue que le ministre qui dirige la guerre avec tant de sagesse, de bienfaisance et d'éclat... ne permettra pas que la fille du maréchal de Saxe languisse dans la misère[44]. »

C'est pourtant ce que fit le duc, et Aurore écrivit à Voltaire pour quêter son appui :

« C'est au chantre de Fontenoy que la fille du maréchal de Saxe s'adresse pour obtenir du pain... Je suis délaissée et je me jette dans vos bras, vous avez de l'humanité et vous aimez la gloire de votre patrie, vous serez affligé de voir la fille de votre héros dans la plus affreuse misère[45]. »

De sa retraite de Ferney, près de la frontière suisse, Voltaire répondit à Aurore le 7 septembre 1768 :

« J'irai bientôt rejoindre le héros votre père et je lui apprendrai avec indignation l'état où est sa fille... Si j'étais à votre place, j'irais me présenter à Mme la duchesse de Choiseul[46]. »

Avec peu d'espoir et encore moins de succès, Aurore suivit le conseil de Voltaire. Trois ans plus tard, elle adressait une nouvelle supplique au successeur du duc de Choiseul :

« Fille de M. le maréchal de Saxe, reconnue comme telle par le Parlement de Paris, ... faute de pouvoir payer ma pension au couvent où je m'étais retirée, j'ai été forcée d'en sortir[47]. »

Aurore avait cherché refuge chez sa mère et sa tante, avec une mauvaise grâce manifeste à en juger par sa requête. Mais cette fois, celle-ci fut couronnée de succès et sa pension de huit cents francs doublée. Enfin, Aurore jouissait d'une indépendance modeste dans le monde en demi-teintes de Verrières.

Les deux sœurs « vivaient agréablement avec l'insouciance » que leur permettaient les mœurs du temps, « *cultivant les muses*, comme on disait alors ». Elles organisaient des divertissements auxquels participait Aurore. Celle-ci était d'une « beauté angélique », poursuit sa petite-fille. « Elle avait une intelligence supérieure, une instruction solide, à la hauteur des esprits les plus éclairés de son temps ; et cette intelligence fut cultivée et développée encore par le commerce, la conversation et l'entourage de sa mère. Elle avait en outre une voix magnifique et je n'ai jamais connu de meilleure musicienne[48]. »

Aurore interpréta le rôle de Colette dans *le Devin du village*, de Rousseau ; on la vit dans les opéras de Grétry et les pièces de Sedaine, faisant les délices des galants qui s'entassaient dans le petit théâtre de sa mère. Et pendant sa propre enfance, George Sand se rappela l'avoir entendue retrouver au piano ses airs favoris de Porpora, Hasse ou Pergolèse, avec « deux ou trois doigts seulement » de ses mains presque paralysées, tandis que toutes deux chantaient :

Non mi dir, bel idol mio,
Non mi dir ch'io son ingrato...

du *Don Giovanni* de Mozart.

Parmi les habitués de la maison de sa mère, Aurore se lia d'amitié avec Buffon et, surtout, Dupin de Francueil. Mais elle passait entre ses soupirants l'âme sereine, insensible à leur cour, sa froideur étant plus un trait de sa nature qu'inspirée par la dévotion : « elle n'en eut pas d'autre que celle du XVIIIe siècle, le déisme de Jean-Jacques Rousseau et de Voltaire ». Mais « c'était une âme ferme, clairvoyante, éprise particulièrement d'un certain idéal de fierté et de respect de soi-même. Elle ignora la coquetterie, elle était trop bien douée pour en avoir besoin, et ce système de provocation blessait ses idées et ses habitudes de dignité. Elle traversa une époque fort libre et un monde très corrompu sans y laisser une plume de son aile ; et, condamnée par un destin étrange à ne pas connaître l'amour dans le mariage, elle résolut le grand problème de vivre calme et d'échapper à toute malveillance, à toute calomnie[49] ».

Avec circonspection, Aurore formula une nouvelle requête afin d'obtenir une augmentation de sa pension et, grâce à un cousin saxon qui intercéda en sa faveur, celle-ci fut de nouveau doublée ; juste à temps car, à quarante-cinq ans, sa mère mourut tranquillement dans un fauteuil, « en se plaignant seulement d'avoir un peu froid aux pieds[50] ». Et, toujours fidèle à elle-même, Aurore, âgée maintenant de vingt-sept ans, repartit pour un couvent, celui des éminentes et respectables Dames du Calvaire, où elle payait 1 600 francs par an, soit la totalité de la pension versée par le roi, pour elle et sa femme de chambre. Dupin de Francueil lui rendait souvent visite et malgré son âge avancé, ou grâce à lui (« au couvent, nous l'appelions *papa* », écrivait Aurore à une connaissance[51]), elle ne découragea pas ses entreprises[52]. Pour une raison inconnue, peut-être à cause de sa tante Geneviève (la maîtresse un peu trop récente de Dupin), ils se marièrent discrètement à l'ambassade de France à Londres. Dupin avait soixante et un ans et Aurore, vingt-neuf ans. La cérémonie religieuse eut lieu à Paris et le 13 juin 1778, presque un an jour pour jour après leur mariage civil, naissait un fils, Maurice, le futur père de George Sand.

Sa grand-mère parla souvent à George Sand de ce grand-père qu'elle ne connut jamais. « Elle me dit que pendant dix ans qu'ils vécurent ensemble, il fut, avec son fils, la plus chère affection de sa vie ; et bien qu'elle n'employât jamais le mot d'amour, que je n'ai jamais entendu sortir de ses lèvres à propos de lui ni de personne, elle souriait quand elle m'entendait dire qu'il me paraissait impossible d'aimer un vieillard. »

Un vieillard aime plus qu'un jeune homme, disait-elle, et il est impossible de ne pas aimer qui vous aime parfaitement. Je l'appelais mon vieux mari et mon papa. Il le voulait ainsi et ne m'appelait jamais sa fille, même en public. Et puis, ajoutait-elle, est-ce qu'on était jamais vieux dans ce temps-là ! C'est la révolution qui a amené la vieillesse dans le monde. Votre grand-père, ma fille, a été beau, élégant, soigné, gracieux, parfumé, enjoué, aimable, affectueux et d'une humeur égale jusqu'à l'heure de sa mort. Plus jeune, il aurait été trop aimable pour avoir une vie aussi calme, et je n'eusse peut-être pas été aussi heureuse avec lui, on me l'aurait trop disputé. Je suis convaincue que j'ai eu le meilleur âge de sa vie, et que jamais jeune homme n'a rendu une jeune femme aussi heureuse que je le fus ; nous ne nous quittions pas d'un instant, et jamais je n'eus un instant d'ennui auprès de lui. Son esprit était une encyclopédie d'idées, de connaissances et de talents qui ne s'épuisa jamais pour moi. Il avait le don de toujours savoir s'occuper d'une manière agréable pour les autres autant que pour lui-même.
Le jour il faisait de la musique avec moi ; il était excellent violon, et faisait ses violons lui-même, car il était luthier, outre qu'il était horloger, architecte, tourneur, peintre, serrurier, décorateur, cuisinier, poète, compositeur de musique, menuisier, et qu'il brodait à merveille. Je ne sais pas ce qu'il n'était pas. Le malheur, c'est qu'il mangea sa fortune à satisfaire tous ces instincts divers, et à expérimenter toutes choses ; mais je n'y vis que du feu, et nous nous ruinâmes le plus aimablement du monde. Le soir, quand nous n'étions pas en fête, il dessinait à côté de moi, tandis que je faisais du parfilage, et nous nous faisions la lecture à tour de rôle ; ou bien quelques amis charmants nous entouraient et tenaient en haleine son esprit fin et fécond par une agréable causerie. J'avais pour amies de jeunes femmes mariées d'une façon plus splendide, et qui pourtant ne se lassaient pas de me dire qu'elles m'enviaient bien mon vieux mari.
C'est qu'on savait vivre et mourir dans ce temps-là, disait-elle encore ; on n'avait pas d'infirmités importunes. Si on avait la goutte, on marchait quand même et sans faire la grimace : on se cachait de souffrir par bonne éducation. On n'avait pas ces préoccupations d'affaires qui gâtent

l'intérieur et rendent l'esprit épais. On savait se ruiner sans qu'il y parût, comme de beaux joueurs qui perdent sans montrer d'inquiétude et de dépit. On se serait fait porter demi-mort à une partie de chasse. On trouvait qu'il valait mieux mourir au bal ou à la comédie que dans son lit, entre quatre cierges et de vilains hommes noirs. On était philosophe, on ne jouait pas l'austérité, on l'avait parfois sans en faire montre. Quand on était sage, c'était par goût et sans faire le pédant ou la prude. On jouissait de la vie, et quand l'heure de la perdre était venue, on ne cherchait pas à dégoûter les autres de vivre. Le dernier adieu de mon mari fut de m'engager à lui survivre longtemps et à me faire une vie heureuse. C'était la vraie manière de se faire regretter que de montrer un cœur si généreux.

« Certes, ajoute George Sand, elle était agréable et séduisante, cette philosophie de la richesse, de l'indépendance, de la tolérance et de l'aménité ; mais il fallait cinq ou six cent mille livres de rente pour la soutenir, et je ne vois pas trop comment en pouvaient profiter les misérables et les opprimés[53]. »

En racontant l'histoire de sa grand-mère, George Sand pouvait surtout évoquer avec nostalgie la douceur de vivre qui était celle des aristocrates avant la révolution. Ses grands-parents avaient dépensé, ou dilapidé, la plus grande partie de leur fortune, mais sans y voir de gaspillage. Ils avaient protégé et goûté les arts, reçu leurs amis et même compté au nombre de ceux-ci le fascinant Jean-Jacques Rousseau qui agonisait dans le plus pur style romantique.

Toujours est-il que lorsqu'il mourut, à la veille de la Révolution, Dupin de Francueil laissait à sa femme et à son fils de huit ans un revenu annuel de soixante-quinze mille francs et sa veuve déclarait, le front serein, qu'elle était « ruinée[54] » — ce qui, à la proche disparition de son monde, aurait pu être réellement le cas.

2. Fils et amant

Je suis sous l'empire, par moments, d'une étrange illusion. Je me figure qu'au lieu d'être sa fille, je suis sa mère.

Fragment supprimé par George Sand dans le manuscrit d'*Histoire de ma vie*[1].

L'Ancien Régime mettrait plusieurs années à mourir.

Abandonnant le grand château qui dominait l'Indre à Châteauroux, où M. Dupin résidait au titre de collecteur d'impôts, fabricant de drap et bon vivant, Mme Dupin revint vivre à Paris avec son fils Maurice dans l'appartement familial de la rue du Roi-de-Sicile, non loin de la Bastille[2].

L'appartement était vaste, les revenus suffisants. La famille s'accommoda sans trop de peine du changement, surtout après que l'étrange, dévoué et très tchékhovien François Deschartres, tonsuré et qui se parait du titre d'abbé, fut devenu précepteur de Maurice. Agé de vingt-six ans à l'époque, fils d'un chaulier, Deschartres avait eu une éducation fantaisiste, au point de faire figure de « cuistre » et de montrer une « omnicompétence » pleine de prétention. « Il avait toutes les grandes qualités de l'âme, écrit George Sand, jointes à un caractère insupportable et à un contentement de lui-même qui allait jusqu'au délire. » Mais l'avenir prouverait qu'Aurore « faisait l'emplette du tyran, du sauveur et de l'ami » de trois générations de Dupin[3].

Maurice était un élève d'une santé délicate, protégé de la tyrannie de son pédagogue par l'adoration que lui vouait une mère vieillissante, deux fois veuve, et toujours prête à le défendre. « On l'éleva, à la lettre, dans du coton », déclara sa fille, George Sand. « On lui permit d'en venir à cet état d'indolence, qu'il sonnait son domestique pour lui faire ramasser son crayon ou sa plume[4]. » Mais il allait changer, s'empresse-t-elle d'ajouter, et devenir un soldat et un héros de la nouvelle république révolutionnaire.

Cette Révolution, écrit George Sand, « ma grand-mère, comme les aristocrates éclairés de son temps, la vit approcher sans terreur. Elle était trop nourrie de Voltaire et de Jean-Jacques Rousseau pour ne pas haïr les abus de la cour. Elle était même parmi les plus ardentes contre la coterie de la reine ». C'est avec regret qu'elle révèle qu'à l'âge de vingt ans, prise d'un brusque « accès de pruderie », elle avait brûlé les pamphlets les plus calomnieux conservés par sa grand-mère (probablement ceux qui accusaient Marie-Antoinette de « fureurs utérines[5] »). Mais il faut voir là l'attitude de la maturité à l'égard de la Révolution, de la « lutte violente du principe de l'égalité prêchée par Jésus... contre le vieux monde païen qui n'est pas détruit[6] ».

En revanche, pas un mot du rôle joué par les femmes, alors que ce furent elles qui se rendirent à pied, par milliers, à Versailles pour ramener Louis XVI et Marie-Antoinette dans la capitale, en octobre 1789. Elles constituèrent l'avant-garde de la Révolution. « Sans les femmes, déclarait Mirabeau, il n'y aurait pas de révolution. » En 1793, cependant, la Convention avait interdit les clubs de femmes et Robespierre décréta illégales les assemblées de plus de cinq femmes. Les quelques droits qu'on leur reconnaissait jusque-là furent abolis : les militantes dérangeaient l'ordre nouveau comme elles avaient dérangé l'ancien. Olympe de Gouges fit remarquer que si les femmes avaient le droit d'être guillotinées, elles avaient aussi celui de monter à la tribune ; et elle allait bientôt « jouir » de ces deux droits[7].

Depuis sa fenêtre, le 14 Juillet 1789, Mme Dupin put entendre, sinon voir, la prise de la Bastille, et elle « joignit ses acclamations à celles des vainqueurs parmi lesquels, avec son approbation, figurèrent plusieurs de ses domestiques[8] ». Mais comme les violents désaccords se multipliaient entre les factions et que le règne de la Terreur approchait, Mme Dupin quitta discrètement son appartement et alla s'installer rue de Bondy, à proximité des Boulevards et à l'écart du théâtre des opérations.

Une certaine désillusion avait préludé à ce changement de domicile ; et une indiscrétion. Mme Dupin avait versé soixante-quinze mille francs pour un fonds « secret » destiné au comte d'Artois, alors émigré, et qui serait un jour Charles X. Peut-être, suggère George Sand, parce que sa grand-mère était, après tout, « la cousine de Louis XVI et de ses frères », dont le comte d'Artois, le benjamin [9]. En effet, Mme Dupin aurait pu émigrer comme le firent tant d'aristocrates ; mais elle chercha un autre refuge. Le 23 août 1793, elle achetait une propriété à la campagne, comprenant un petit château, deux cent cinquante hectares de terres et trois fermes, pour la somme de deux cent trente mille francs [10]. Située dans le Berry, à trente-cinq kilomètres au sud-est de Châteauroux où elle avait passé ses dernières années de bonheur, la propriété touchait au hameau de Nohant dont elle prendrait un jour le nom [11].

Sur cet emplacement s'élevait jadis un château du XIVe siècle, dont subsistaient seulement deux tours quand Pierre-Philippe Péarron, seigneur de Sérennes, l'acquit en 1767. Mais bien qu'il l'eût transformé en un grand manoir de style Louis XVI, il vit quelque chose « de si peu rassurant dans le visage de ses paysans [12] » qu'il accepta volontiers de le vendre à Mme Dupin avant de partir pour Paris où il espérait passer plus facilement inaperçu. On démolirait le mur sud du jardin qui bouchait la vue, on comblerait les modestes douves, on créerait un potager, mais on ne toucha pas aux tilleuls ni aux vieux ormes feuillus, dont plusieurs se dressent encore comme de vénérables sentinelles sur la petite place, devant l'entrée réservée aux voitures.

Mme Dupin ne put néanmoins prendre possession de sa retraite champêtre : les événements la devancèrent.

L'appartement dans lequel elle s'était installée rue de Bondy appartenait à un certain M. Amonnin, ancien valet du comte d'Artois. Il convainquit sans mal Mme Dupin de cacher son argenterie et ses bijoux, en même temps que ses propres objets de valeur, dans un trou pratiqué entre les boiseries et le mur en maçonnerie d'un des appartements. Ces cachettes avaient été interdites par un décret que venait de renforcer l'attrait d'une récompense : tout informateur toucherait le vingtième de la valeur de sa découverte [13]. Le citoyen Villard, peut-être un des ouvriers qui avait fait ces cachettes, en révéla l'existence au comité révolutionnaire de la section du Bon-Conseil.

Le 25 novembre 1793, la police effectua une descente dans la maison de la rue de Bondy ; elle découvrit les objets de valeur en question et la « citoyenne » Dupin fut arrêtée[14]. On l'emmena au couvent des Augustines anglaises reconverti en prison. Maurice, quinze ans, et Deschartres, maintenant « citoyen » et non « abbé » Deschartres, furent autorisés à rester dans l'appartement. Après une fouille superficielle, la police apposa les scellés sur les autres appartements.

Un sort pire que l'emprisonnement menaçait Mme Dupin, et Deschartres en était pleinement conscient, au cas où certains papiers ayant échappé à l'œil de la police, notamment le reçu de la somme versée au comte d'Artois, viendraient à être découverts. La nuit même, Deschartres résolut de récupérer ces papiers et de les détruire. Il ôtait les scellés quand il entendit du bruit. C'était le jeune Maurice qui venait l'aider. Ils poursuivirent ensemble leur tâche, trouvèrent certains papiers compromettants et les brûlèrent. Ils eurent à peine le temps de replacer les scellés avant l'arrivée du garde du matin. La nuit suivante, ils se remirent à l'œuvre et brûlèrent le reste des documents, « puis on rassembla ces cendres légères dans une boîte que l'on referma avec soin et que l'on emporta[15] ».

Une fois de plus, Mme Dupin entreprit d'écrire une requête. Depuis sa prison-couvent, elle s'adressa au Comité de sûreté générale : « Citoyens républicains, ne soyez pas insensibles à la douleur d'une mère qui a été arrachée à son fils, à un enfant qu'elle a nourri, qu'elle n'a point quitté jusqu'à ce jour, et qu'elle élève elle-même pour la patrie... La conduite que j'ai tenue dans toutes les circonstances depuis le premier jour de la Révolution, ma bonne volonté pour le bien général me mettent à l'abri de toute suspicion. Je n'ai d'ailleurs aucun parent, de quelque degré que ce soit, émigré. Je pouvais, il y a trois ans, passer en pays étranger avec toute ma fortune, entièrement disponible alors, mais mon âme indépendante répugnait trop à respirer un air corrompu par l'esclavage[16]. »

Et Mme Dupin, pour apporter une preuve supplémentaire de ses sympathies révolutionnaires, citait des témoins qui certifièrent par écrit que « le citoyen Antoine Baille, domestique de la citoyenne Dupin, a porté les armes avec nous le jour de la prise de la Bastille, ainsi que les autres domestiques de la citoyenne[17] ».

Mais ces efforts furent inutiles. Un nouveau décret exila de

Paris les « ex-nobles », envoyant Maurice hors de l'enceinte de la capitale, à Passy ; Deschartres l'y suivit. De là, il ne pouvait communiquer avec sa mère que par lettres, mais des lettres si passionnées que George Sand, citant de larges extraits de celles-ci dans ses Mémoires après les avoir considérablement remaniées, insiste sur la pureté et l'intensité de l'amour qu'éprouve un adolescent pour sa mère : « C'est de l'amour, moins les orages et les fautes où l'entraînera plus tard l'amour d'une autre femme. Oui, c'est l'amour idéal, et il n'a qu'un moment dans la vie de l'homme[18]. »

Mme Dupin finit par être relâchée après la chute de Robespierre, le 27 juillet 1794 (ou 9 Thermidor). L'Incorruptible avait empêché trop longtemps la bourgeoisie d'exploiter pleinement sa révolution. La Terreur prit donc fin, bien que ce fussent ses représentants qui aient envoyé Robespierre à la guillotine — lui qui, pour reprendre les mots de George Sand, avait été « le plus humain » d'entre eux. La réaction thermidorienne qui la remplaça « fut une des plus lâches que l'histoire ait produite », continue-t-elle. Dix jours après la chute de Robespierre, Mme Dupin adressait une nouvelle supplique, demandant à être libérée. Quinze jours plus tard, on accédait à sa demande, et la mère et le fils étaient réunis. Ils partirent pour Nohant accompagnés de Deschartres, d'Antoine et d'une femme de chambre ; mais les restes de la fortune de Dupin de Francueil, encore réduits par les « emprunts forcés » de la Révolution et les « dons patriotiques », s'élevaient maintenant à moins de quinze mille francs par an[19].

Faisant contre mauvaise fortune bon cœur, Mme Dupin se plaisait à déclarer « qu'elle n'avait jamais été aussi riche que depuis qu'elle était pauvre ». On peut voir là un certain sens de la relativité des choses, ou les effets de la beauté paisible de Nohant et de la campagne berrichonne — la Vallée Noire des romans de George Sand avec, au centre, Nohant, l'ondulation des collines et des champs, « les grands horizons », les « riantes perspectives », le lit caché de l'Indre distante d'un quart de lieue du manoir, les maisonnettes des paysans se pressant jusqu'à sa porte et les paysans eux-mêmes, qui « ont plus de tact, de réserve et de politesse que je n'en ai vu régner toujours parmi ceux qu'on appelle les gens bien élevés... [Ainsi] ma grand-mère passa plusieurs années à Nohant, occupée à continuer avec Deschartres l'éducation de mon père, et à mettre de l'ordre dans sa situation matérielle[20] ».

Maurice apprit donc la musique ; « la déclamation, le dessin, la littérature avaient pour lui un attrait passionné », à la différence des mathématiques, du grec et du latin. « Son violon fut le compagnon de sa vie. » Il était « tout instinct, tout cœur, tout élan, tout courage, toute confiance », et Sand de déclarer que si elle avait été un garçon, elle aurait manifesté les mêmes goûts que son père[21]. C'est un Maurice heureux de vivre qui jouait comme premier violon à Argenton ou à La Châtre toute proche avec ses amis amateurs de musique, ou qui se rendait à Paris que gouvernait maintenant le Directoire.

Il fallait compter alors de huit à dix jours de diligence pour faire le trajet ; à l'époque de George Sand, dix heures suffisaient. C'était l'opéra qui attirait Maurice dans la capitale ; ses lettres à sa mère ne parlaient que de cela. Elle, en revanche, s'inquiétait de la carrière qu'il choisirait, si choix il y avait. Deux possibilités s'ouvraient à lui : les champs de bataille ou les prés de Nohant. L'ironie est de George Sand. Elle n'aimait pas le Directoire dont la corruption, les intrigues et l'incompétence devaient amener Napoléon.

Lorsque, de Passy, il écrivait à sa mère, Maurice était plongé à cette époque dans le récit de la vie de son grand-père, Maurice de Saxe, par le baron d'Espagnac et dans les cartes des batailles de son ancêtre. « Peut-être un jour verras-tu les miennes ! » ajoutait-il avec un enthousiasme juvénile. Mme Dupin, plus réaliste, ne voyait pas d'un œil favorable ce projet et décourageait la vocation de son fils.

Elle l'aurait volontiers accepté à la tête d'un régiment s'il n'y avait eu la guerre. Or on se battait sur tous les fronts : en France contre les Jacobins et les monarchistes, à l'étranger contre la coalition royaliste. Seul Bonaparte, héros de la campagne d'Italie avant de devenir celui de la campagne d'Égypte, semblait tirer profit de la guerre[22].

Le 5 septembre 1798, le Directoire décrétait la conscription générale. Le choix de Maurice devenait limité : il partait sous les drapeaux de son propre chef, ou il le faisait contraint et forcé. Avec défi, ce jeune homme de vingt ans rapportait quelques mots qu'il avait échangés avec le « brave M. de la Tour d'Auvergne » à qui il venait d'être présenté. « Est-ce que le petit-fils du maréchal de Saxe aurait peur de faire campagne ? » avait demandé le célèbre soldat. « Je lui ai répondu : *Non, certainement,* en le regardant bien en face[23]. »

Maurice s'engagea comme simple soldat dans les chasseurs à cheval, acheta un dolman et un sabre de hussard, et se laissa pousser la moustache. Il était petit — trop petit pour constituer une cible aisée, écrivait-il à sa mère pour la rassurer —, mince et élégant. Il avait un nez un peu aquilin, des cheveux noirs, de grands yeux, noirs aussi, « doux et brillants à la fois, les plus beaux qu'on puisse imaginer » dit sa fille — et l'on voit bien dans cette description la filiation entre la première Aurore et la troisième[24].

Il existe plus de trois cents pages de lettres, écrites par Maurice à sa mère tandis qu'il allait de garnison en opéra et en champ de bataille — censurées, embellies, récrites et remaniées par George Sand[25]. L'image ainsi restituée est l'œuvre de la romancière autant que de la fille, et le résultat une biographie romanesque ; l'histoire de la vie de George Sand par elle-même figure ainsi parmi les plus beaux romans historiques. Les touches poétiques qui arrêtent le biographe dans les lettres de Maurice[26] sont en général des retouches dues au talent de sa fille, mais elles *sont* l'histoire et montrent parfois la vérité la plus crue. On en trouve très tôt un exemple frappant et révélateur, moins de la brève vie de ce père que de celle de George Sand.

Brusquement, dans les lettres qu'envoyait d'Allemagne Maurice et où il était question de ses besoins d'argent (sa mère lui expédiait immédiatement le nécessaire), de son désir de promotion et de sa conquête d'une chanoinesse de Cologne (conformément aux règles aristocratiques acceptées par Mme Dupin), il est fait allusion sans préparation aucune, le 16 mai 1799, à un léger problème : une pauvre « et faible créature » que Maurice avait confiée à sa mère.

« Voici l'explication de la lettre qu'on vient de lire », enchaîne immédiatement George Sand. « Une jeune femme, attachée au service de la maison [à Nohant], venait de donner le jour à un beau garçon, qui a été plus tard le compagnon de mon enfance et l'ami de ma jeunesse. Cette jolie personne n'avait pas été victime de la séduction. Elle avait cédé, comme mon père, à l'entraînement de son âge. Ma grand-mère l'éloigna sans reproche, pourvut à son existence, garda l'enfant [dans une " petite maison " isolée] et l'éleva... avec autant de soin qu'un fils légitime[27]. »

En réalité, l'enfant n'apprendrait le nom de son père — et George Sand qu'il était son demi-frère — que bien après la mort de Maurice. L'acte de naissance établi à La Châtre mentionne qu'il était le fils de Catherine Chatiron, âgée de vingt et un an, et une note marginale indique qu'il se nommait Pierre Laverdure, ajoutant, « fils naturel de la patrie ». Il s'appellerait pourtant Hippolyte Chatiron.

Le petit-fils du maréchal de Saxe fut promu, comme il se devait, caporal, puis aide de camp, arborant un plumet d'un jaune rutilant et une écharpe à franges d'or ; mais Maurice fit également preuve de courage au feu et participa à la déroute des troupes russes en Suisse. Il se porta volontaire pour l'attaque du fort de Bard où un adolescent, Stendhal, assistait à sa première bataille, alla à Marengo où les Français, commandés par Bonaparte, infligèrent une défaite décisive aux Autrichiens et se retrouva premier lieutenant à Milan.

Ce fut là aussi qu'il rencontra Sophie, gaie, riante, séduisante et belle. Il la prit d'abord pour l'épouse de l'intendant général Claude-Antoine Collin, puis découvrit rapidement sa méprise : elle était sa maîtresse. Ce qui ne changeait pas grand-chose. Maurice avait vingt-deux ans, le général quarante-neuf ans. Et Sophie vingt-sept ans.

« Pour la première fois le jeune homme venait de ressentir les atteintes d'une passion durable... Dès cet instant, ce cœur naïf et bon... fut partagé, c'est-à-dire déchiré par deux amours presque inconciliables. La mère heureuse et fière, qui ne vivait que de cet amour, fut tourmentée et brisée par une jalousie naturelle au cœur de la femme... [dont] l'amour maternel avait été l'unique passion de sa vie. »

« Cette femme — poursuit George Sand — n'était autre que ma mère, Sophie-Victoire-Antoinette Delaborde ; je lui donne ces trois noms de baptême, parce que, dans le cours agité de sa vie, elle les porta successivement... Dans son enfance on préféra probablement pour elle le nom d'Antoinette, celui de la reine de

France. Durant les conquêtes de l'Empire, le nom de Victoire prévalut naturellement. Depuis son mariage avec elle, mon père l'appela toujours Sophie[28]. »

Sophie naquit en 1773, cinq ans avant Maurice. Son père, Antoine Delaborde, après avoir tenu un estaminet où l'on jouait au billard, était maître oiselier quai de la Mégisserie. En 1789, d'après les dossiers de police conservés aux Archives nationales de Paris, la jeune Sophie, âgée de seize ans, vivait avec Claude-Denis Vantin Saint-Charles, dont elle avait un enfant. En 1799 naissait, d'un autre père, un second enfant, Caroline. Un an plus tard, Sophie suivait le général Collin en Italie où Maurice Dupin la vit pour la première fois.

> Ma mère... était de la race vagabonde et avilie des Bohémiens de ce monde. Elle était danseuse, moins que danseuse, comparse sur le dernier des théâtres du boulevard de Paris, lorsque l'amour du riche vint la tirer de cette abjection pour lui en faire subir de plus grandes encore. Mon père la connut lorsqu'elle avait déjà trente ans, et au milieu de quels égarements ! Il avait un grand cœur, lui ; il comprit que cette belle créature pouvait encore aimer[29].

Dès le début, les rapports entre Maurice et Sophie furent placés sous le signe de l'ambiguïté et de la passion ; le chemin de l'amour serait long et tortueux. Cela commença par une valse-hésitation de Sophie entre le général et le lieutenant, entre la sécurité et l'incertitude. Maurice savait qu'il devrait mentir à sa mère, et il se mentait un peu à lui-même. Pendant plusieurs mois, il ne fit aucune allusion à Sophie dans ses lettres à Mme Dupin, ce qui montrait le sérieux de l'affaire car il avait fait preuve de moins de scrupules pour sa liaison avec la chanoinesse de Cologne.

Au lieu de quoi Maurice évoquait dans ses lettres les tableaux de Raphaël qu'il avait vus à Bologne, les statues de Florence, son amitié avec George-Washington de Lafayette, fils du marquis, et même la récente promotion de Deschartres, devenu maire de Nohant. Enfin, en décembre 1800, il parla de Sophie, de sa « grande douceur, timidité et sensibilité », de son

« maintien parfait », de leur affection mutuelle, mais il la mentionnait en tant qu'épouse du « garde-magasin de notre quartier général » dont il venait néanmoins de faire sa maîtresse. « Qu'il est doux d'avoir une bonne mère, lisait Mme Dupin, de bons amis, une jolie maîtresse, un peu de gloire, de beaux chevaux, des ennemis à combattre, j'ai de tout cela, et de tout cela ce qui est le meilleur c'est ma bonne mère[30] ! »

Sans nommer Sophie, Maurice adjurait sa mère de garder le silence de crainte de bavardages qui eussent pu lui nuire. Mais Mme Dupin était trop prudente, trop jalousement préoccupée par son précieux fils, pour ne pas se livrer à son enquête personnelle, en particulier quand il devint manifeste qu'il ne s'agissait plus d'une simple passade.

La complexité de l'antipathie de sa grand-mère pour Sophie n'échappa pas à George Sand. « Sans doute ma grand-mère eût préféré pour mon père une compagne de son rang. » Mais Mme Dupin aurait plus facilement accepté une mésalliance qu'une belle-fille « dont la jeunesse avait été livrée par la force des choses à des hasards effrayants », c'est-à-dire à la licence des mœurs. De plus, et là George Sand met sa note de romancière, il y avait « la jalousie maternelle » passionnée de Mme Dupin[31]. Pourtant, les deux premières raisons étaient largement suffisantes pour expliquer l'attitude d'une mère au XVIIIe siècle. Maurice lui-même fut amené à y réfléchir.

Au début du mois de mai 1801, il revint passer une permission à Nohant. Les retrouvailles de la mère et du fils furent chaleureuses et pleines d'affection. Mme Dupin était satisfaite, elle avait retrouvé son fils. Mais Maurice n'avait pas abandonné Sophie. Il l'avait installée à La Châtre, à cinq kilomètres de Nohant, à l'auberge de la Tête-Noire. Il lui rendait fréquemment visite et ne rentrait que tard dans la nuit. Mme Dupin ne fut pas longtemps dupe et mit Deschartres au courant. L'ancien précepteur de Maurice prit l'affaire en main avec la délicatesse et le tact d'un éléphant. Il fit irruption dans l'auberge, soumit Sophie — descendue là sous le nom de Mme Collin — à une harangue de maître d'école, à un mépris de célibataire, lui ordonnant « de reprendre la route de Paris le jour même » et la menaçant « de faire intervenir *les autorités constituées* » si elle ne faisait pas ses bagages au plus vite. Sophie n'était « ni craintive ni patiente ». Mordante, elle railla et froissa le pédagogue. « Deschartres, touché au vif, partit chercher le maire de La Châtre et un des amis de la famille qui remplissait je ne sais quelle autre fonction municipale » ; mais ceux-ci, lorsqu'ils arrivèrent, au lieu de « la mégère dépeinte par Deschartres, ne trouvèrent qu'une toute petite femme, jolie comme un ange, qui pleurait, assise sur le bord de son lit ». Confus, les officiers municipaux s'en allèrent, emmenant Deschartres avec eux[32].

Maurice accepta cependant d'envoyer Sophie à Paris et alla chez un ami, au Blanc, afin de réfléchir. De là, il écrivit une longue lettre à Mme Dupin :

> J'avouerai qu'il y a quelque vérité dans tout ce qui t'a été rapporté. Cette jeune femme que j'avais vue en Italie comme épouse de Collin m'a avoué depuis qu'elle était en Berry qu'elle n'était point femme de Collin mais que se trouvant abandonnée par son premier mari qui depuis est mort et étant sur le point de tomber dans la misère elle avait connu Collin qui l'avait emmenée en Italie où il l'avait toujours traitée comme sa femme. Collin ensuite se conduisant trop en mari, étant de plus sale et laid et elle n'étant unie à lui par aucun lien durable, elle l'avait abandonné pour me suivre ; voilà donc deux démarches l'une causée par la crainte de tomber dans la misère, et l'autre par l'amour. Ce n'était certainement pas l'argent qui la rattachait à moi parce qu'elle m'a connu dans un moment où j'avais plutôt l'air d'un homme qui meurt de faim... Quant aux dettes que j'ai contractées envers elle, il est vrai que cette femme m'ayant prêté de l'argent dans le voyage d'Italie et m'ayant depuis témoigné souvent de vives inquiétudes sur ce que je l'abandonnerais pour me marier comme elle jugeait que c'était le projet de tout ce qui m'entourait, je lui fis de gaieté de cœur un billet par lequel je reconnaissais lui devoir cent louis le jour où je me marierais.
>
> Si jamais cela arrive et comme je n'épouserai que vingt ou trente mille livres de rente, il est bien juste que mon futur beau-père fasse le cadeau à l'une de mes maîtresses... Je suis fâché ma bonne mère que je ne puisse pas avoir une maîtresse sans que cela te réduise au désespoir... J'avais

> fait tout ce que tu désirais, j'avais fait partir ma maîtresse, je m'éloignais d'elle uniquement pour toi et pour te plaire, car enfin qui m'empêchait sans cela de la suivre [33] ?

En fait, Maurice suivit Sophie à Paris où il fit, par la même occasion, des démarches afin d'obtenir une promotion qui lui échappait sans cesse. Sa lettre n'est pas vraiment celle d'un esprit cynique, mais plutôt l'œuvre d'un fils soucieux de se montrer un homme du monde sachant traiter une femme comme Sophie. Il dépendait encore de sa mère (elle payait ses chevaux, ses uniformes et ses dépenses) ; le mariage, et peut-être même la seule idée d'une union, étaient vraisemblablement fort éloignés de son esprit — tout s'y opposait. Mais plus intéressante, par contre, est la réaction de George Sand devant cette image paternelle et l'influence que celle-ci eut sur sa vie, sur son comportement et sur ses rapports avec les hommes.

« Quand j'analyse et étudie les émotions et les pensées de mon père », écrivit-elle dans le manuscrit de ses Mémoires avant de supprimer ce passage, « ... je suis sous l'emprise, par moments, d'une étrange illusion. Je me figure qu'au lieu d'être sa fille, je suis sa mère, qu'il me confie les orages et les réflexions de sa vie et que je les lui explique pour le consoler... Peut-être aussi... ce nom de Maurice que j'ai donné à mon fils, et la similitude de leurs âges, l'un à mes côtés, l'autre sous mes yeux, tout entier et tout vivant dans ses lettres... Eh bien, mon jeune père, mon ami, mon enfant [34] ! »

D'où la confusion des sentiments et des motivations de George Sand lorsqu'elle raconta l'histoire de son père et de sa mère, et récrivit les lettres de Maurice. Elle ne voulait ternir son image ni aux yeux du public ni à ceux de ses enfants. Elle écrivait un roman historique en forme de Mémoires personnels et romancés ; mais le romantisme était authentique, c'était le sien et celui de son temps. Ainsi la lettre que, du Blanc, son père est censé avoir écrite à Mme Dupin, exprime les propres sentiments de George Sand :

> Ma mère [fait-elle écrire à Maurice] tu souffres et moi aussi... L'amour purifie tout. L'amour ennoblit les êtres les plus abjects, à plus forte raison ceux qui n'ont d'autres

> torts que le malheur d'avoir été jetés dans le monde sans appui, sans ressources et sans guide. Pourquoi donc une femme ainsi abandonnée serait-elle coupable de chercher son soutien et sa consolation dans le cœur d'un honnête homme, tandis que les femmes du monde, auxquelles rien ne manque en jouissances et en considération, prennent toutes des amants pour se désennuyer de leurs maris [35] ?

Mais même dans les lettres que Maurice écrivit réellement de Paris, on discerne une affection durable, sinon un amour croissant, pour une Sophie incertaine, désespérée et à la dérive (elle retourna même un certain temps auprès du général Collin). Et l'on comprend aisément la sympathie éprouvée par George Sand pour sa mère. Dans une lettre à Mme Dupin, elle fait dire à son grand-oncle, l'abbé de Beaumont, à propos de Sophie : « *Elle* est charmante, elle a beaucoup de naturel et de la sensibilité véritable [36]. »

Maurice fut rapidement nommé aide de camp du général Dupont, continua à jouer du violon et à étudier le piano en attendant sa promotion. Sophie avait été installée dans une boutique de mode à Orléans ; Maurice affirmait régulièrement à sa mère que, malgré les bruits qui couraient, ils ne vivaient pas ensemble. « Quand on entretient une femme, il faut de l'argent [37]. » Il revint passer une courte permission à Nohant, puis rejoignit son général à Charleville où Sophie le suivit.

« Dès ce moment ils ne se quittèrent presque plus et se regardèrent comme liés l'un à l'autre. Ce lien irrécusable fut la naissance de plusieurs enfants, dont un seul vécut quelques années et mourut, je crois, deux ans avant ma naissance [38]. »

Dans ses lettres à sa mère, Maurice n'y fit jamais allusion ; il parlait avec amertume de son maintien au grade de lieutenant, de son antipathie pour Bonaparte dont les ambitions réglaient leur destin. En 1803, Maurice passa une permission de trois mois auprès de sa mère qui prenait les eaux à Vichy pour un calcul rénal. Puis il reçut l'ordre de regagner immédiatement Charleville : Bonaparte méditait d'envahir l'Angleterre. Ce projet conduisit le général Dupont et son aide de camp à Boulogne, où ils attendirent des ordres.

Et l'on vit arriver bientôt Sophie, enceinte de huit mois. Elle ne resta pas longtemps. Sentant que la naissance était proche, elle partit pour Paris ; Maurice la rejoignit aussitôt. Ils se marièrent : *cet* enfant serait légitime. De toute évidence, ce mariage constituait un acte d'amour.

Il eut lieu le 5 juin 1804, une cérémonie presque clandestine dont Mme Dupin ne fut pas informée ; et qui plus est, on ne requit même pas son autorisation. Maurice avait vingt-six ans, il lui manquait encore quatre années pour pouvoir se passer du consentement parental aux termes du nouveau Code civil (bientôt connu sous le nom de Code Napoléon). Par ailleurs, si l'on se rapporte à l'article 1124, l'épouse jouissait à peine des droits d'une mineure ; son mari gérait sa fortune et ses biens, et son salaire le cas échéant. L'article 213 stipulait : « Le mari doit protection à sa femme, et la femme obéissance à son mari[39]. » Des témoins attestèrent que Mme Dupin avait disparu pendant le mois de Thermidor de l'an VIII, son mari en 1788, et que *leurs* parents étaient morts ou portés disparus depuis de nombreuses années[40]. Quelques mois plus tard, quand Mme Dupin fut informée — non par Maurice — de cette union, elle écrivit aux autorités de Paris pour la faire annuler. A ses yeux, seule une cérémonie religieuse aurait pu consacrer le mariage de son fils.

Cependant, le 1er juillet 1804, six semaines après que le Sénat eut accordé à Napoléon Bonaparte le titre d'empereur, le lançant dans une série de conquêtes qui détourneraient l'attention de Maurice de ses conflits domestiques, l'enfant du jeune couple venait au monde dans une mansarde située sous les toits d'un immeuble de six étages, rue Meslée[41]. C'était un « modeste intérieur », écrit George Sand, avant de poursuivre le récit de sa naissance :

> Ma bonne tante Lucie était à la veille de se marier avec un officier ami de mon père, et ils se réunissaient avec quelques amis pour de petites fêtes de famille. Un jour qu'ils avaient formé quelques quadrilles, ma mère avait ce jour-là une jolie robe couleur de rose, et mon père jouait sur son fidèle violon de Crémone... ma mère un peu souffrante quitta la danse et passa dans sa chambre. Comme sa figure n'était point altérée et qu'elle était sortie fort tranquillement, la contredanse continua. Au dernier *chassez-huit,* ma tante Lucie entra dans la cham-

bre de ma mère, et tout aussitôt s'écria : « Venez, venez, Maurice, vous avez une fille. » « Elle s'appellera Aurore, comme ma pauvre mère qui n'est pas là pour la bénir, mais qui la bénira un jour », dit mon père en me recevant dans ses bras...

« Elle est née *en musique* et *dans le rose*; elle aura du bonheur », dit ma tante[42].

3. Les premières empreintes

Empreinte : *marque profonde et durable.*
Le Petit Robert.

... à aucune autre période de la vie, la mémoire ne fut plus capable d'enregistrer et de reproduire les impressions.
Sigmund Freud,
Trois Essais sur la sexualité[1].

Pendant les guerres de l'Empire, tandis que les maris et les frères étaient en Allemagne, les mères inquiètes avaient mis au monde une génération ardente, pâle et nerveuse.
Alfred de Musset,
La Confession d'un enfant du siècle[2].

A quatre ans les dés, s'ils ne sont pas encore jetés, sont pour le moins pipés. Dans le cas de George Sand, née Amantine-Aurore-Lucile Dupin, cette vérité apparaît sous un jour particulièrement cru dans le récit qu'elle fit de sa vie. La reproduction — au sens freudien du terme — dans ses Mémoires de ses premières impressions, dont ne sont exclus ni le refoulement, ni le camouflage, ni le transfert, ne manque jamais d'être révélatrice.

Il se dégage d'*Histoire de ma vie* un optimisme résolu, bien qu'elle ne taise pas la difficulté des premières années. Maurice était allé à Nohant avant et après son mariage sans se résoudre à en parler à Mme Dupin. Il revint à Paris, eut une scarlatine, courut après son brevet de capitaine et installa femme et enfant dans un appartement de la rue Grange-Batelière, plus confortable que leur mansarde sous les toits. Même pendant que Mme Dupin envoyait missive sur missive à Paris afin d'obtenir l'annulation du mariage de Maurice, la mère et le fils s'écrivaient en se gardant bien de faire la moindre allusion au « principal objet de leurs préoccupations[3] ».

Bientôt, pourtant, ils commencèrent à parler du nouvel enfant de Sophie. « Mon Aurore, écrivait Maurice, se porte à merveille, elle est belle... », et il remerciait sa mère qui avait demandé des nouvelles de l'enfant. Entre-temps, le maire du cinquième arrondissement de Paris avait mené sa propre enquête et envoyé à la fille du maréchal de Saxe une lettre rassurante. Un de ses hommes, disait-il, « avait pénétré sous un prétexte quelconque dans l'intérieur des époux » qu'il avait trouvé « extrêmement modeste, mais bien tenu... la jeune mère au milieu de ses enfants, allaitant elle-même le dernier * ». « Je me suis convaincu que rien n'annonce que votre fils ait à se repentir de l'union contractée[4]. »

Mme Dupin s'entêta. Elle vint à Paris au printemps 1805 sans en informer Maurice, avec la ferme intention de mettre un point final à ce mariage légal, sinon à cette union. Maurice apprit son arrivée. Le bébé dans les bras, il se rendit en fiacre à la maison où était descendue sa mère. Là, il réussit à convaincre la femme du portier de conduire Aurore à Mme Dupin et de la lui montrer sans révéler l'identité de l'enfant[5].

La portière monta donc et entama avec une Mme Dupin plutôt interloquée une conversation inattendue. « Voyez donc, madame, la jolie fille dont je suis la grand-mère ! Sa nourrice me l'a apportée aujourd'hui. — Oui, elle est très fraîche et très forte », reconnut celle-ci en cherchant d'une main distraite sa bonbonnière tandis que la femme déposait Aurore sur ses genoux. Mme Dupin regarda l'enfant d'un air attentif qui devint vite soupçonneux, et tenta de repousser Aurore d'un geste brusque. Ces yeux noirs, veloutés... « Vous me trompez ! » s'écria-t-elle. « Cette enfant n'est pas à vous, ce n'est pas à vous qu'elle ressemble !... Je sais, je sais ce que c'est !... » Aurore se mit à pleurer.

« Viens, mon pauvre cher amour », dit la portière, « on ne veut pas de toi, allons-nous-en. »

« Rendez-la-moi », ordonna Mme Dupin, vaincue. « Pauvre enfant, tout cela n'est pas sa faute !... Et qui a apporté cette

* Caroline était venue rejoindre Sophie ; le « dernier » est Aurore.

petite ? — Monsieur votre fils, madame », répondit la portière. « Il attend en bas, je vais lui reporter sa fille. Pardonnez-moi si je vous ai offensée ; je ne savais rien, moi ! J'ai cru vous faire plaisir. — Allez, allez, ma chère », déclara Mme Dupin. « Je ne vous en veux pas. Allez chercher mon fils et laissez-moi l'enfant. »

Maurice grimpa l'escalier quatre à quatre. Il trouva Aurore dans les bras de sa mère. Toutes deux pleuraient. Il en fit autant. Quand il partit enfin avec Aurore, l'enfant serrait dans sa petite main une bague avec un gros rubis, présent de Mme Dupin pour Sophie[6].

Il s'écoulera encore un certain temps, néanmoins, avant que Mme Dupin accepte de recevoir Sophie, et l'on peut se demander si elle le fit de bonne grâce. De même, il n'est pas sûr qu'une cérémonie religieuse ait suivi peu de temps après, malgré ce qu'affirme George Sand[7]. Aucune trace n'a jamais été retrouvée[8] et l'absence de ce rite indispensable pourrait expliquer l'hostilité persistante de Mme Dupin à l'égard de la jeune épouse de son fils.

On note une sorte de splendide défi dans la description que fait George Sand de sa mère à cette époque : « Ma mère ne se sentit jamais ni humiliée ni honorée de se trouver avec des gens qui eussent pu se croire au-dessus d'elle... Peuple jusqu'au bout des ongles, elle se croyait plus noble que tous les patriciens et les aristocrates de la terre. » Et d'évoquer, songeuse, ces époux si bien assortis et cette calme vie domestique, qui lui léguèrent « cette secrète sauvagerie qui m'a rendu tout le monde insupportable et le *home* nécessaire[9] ».

Mais elle avait reçu cet « héritage » par ouï-dire. En réalité, George Sand appartenait à cette génération de Français dépeinte par Musset dans *la Confession d'un enfant du siècle,* « ardente, pâle et nerveuse » :

> Conçus entre deux batailles, élevés dans des collèges au roulement des tambours, des milliers d'enfants se regardaient d'un œil sombre, en essayant leurs muscles chétifs. De temps en temps leurs pères ensanglantés apparaissaient, les soulevaient sur leurs poitrines chamarrées d'or, puis les posaient à terre et remontaient à cheval[10].

Musset parlait des garçons, mais c'était aussi vrai des filles. Le père de George Sand, ou plutôt d'Aurore, rejoignit ce même printemps de 1805 son général et son camp sur la côte de la Manche. Sophie alla le retrouver pendant quelques mois, laissant Caroline et Aurore avec leur tante Lucie qui avait épousé Maréchal, l'officier en retraite avec qui elle dansait le jour de la naissance d'Aurore. Ils avaient une fille, Clotilde, « ma chère cousine », comme l'appelait George Sand, « peut-être la meilleure amie que j'aie jamais eue ». Les Maréchal habitaient une petite maison de Chaillot, en pleine campagne, pas très loin de l'actuel Arc de triomphe. Tante Lucie louait l'âne d'un jardinier pour les fillettes et chaque samedi, elles allaient à Paris, Caroline dans un panier, Clotilde et Aurore dans un autre, au milieu des carottes et des choux. « Pendant ce temps-là, l'empereur Napoléon, occupé à d'autres soins et s'amusant à d'autres chevauchées » allait se faire couronner roi en Italie [11].

La troisième coalition venait de se former contre lui ; Maurice avait repris le chemin des champs de bataille, Sophie celui de Paris pour récupérer Caroline et Aurore. De Flandre en Picardie, en Champagne et en Lorraine, et du Rhin au Danube, Maurice caracolait avec la division commandée par le général Dupont, qui appartenait au 6e corps d'armée ; il conquit enfin son grade de capitaine à Austerlitz. De retour à Paris il pressa lui aussi Caroline et Aurore sur son uniforme chamarré, sinon ensanglanté, et repartit une fois de plus pour le front ; dans cette campagne de 1808, il devint vite l'aide de camp du prince Murat, le magnifique « aigle doré » plein de bravache et beau-frère de Napoléon. La tranquillité domestique que lui avaient léguée ses parents en pâtissait, déclare George Sand, mais les lettres de Maurice à sa femme font preuve d'une certaine maturité tardive.

Maurice à Sophie, 7 décembre 1806 :

> Depuis quinze jours, ma chère femme, je parcours les déserts de la Pologne, à cheval dès cinq heures du matin, et après avoir marché jusqu'à la nuit ne trouvant que la baraque enfumée d'un pauvre diable, où je puis à peine

> obtenir une botte de paille pour me reposer… Je t'aime cent fois plus que la vie ; ton souvenir me suit partout pour me consoler et me désespérer en même temps. En m'endormant je te vois ; en m'éveillant je pense à toi ; mon âme tout entière est près de toi… Aime-moi, aime-moi, c'est le seul moyen d'adoucir cette rude vie que je mène.

De Milan, 11 décembre 1807 :

> Cette date doit te dire, chère amie, que je pense à toi doublement s'il est possible, puisque je suis dans un lieu si plein des souvenirs de notre amour, de mes douleurs, de mes tourments et de mes joies. Ah ! que d'émotions j'ai éprouvées en parcourant les jardins voisins du cours ! Elles n'étaient pas toutes agréables, mais ce qui les domine toutes, c'est mon amour pour toi, c'est mon impatience de me retrouver dans tes bras. Nous serons bien certainement à Paris à la fin du mois… Adieu, et mille tendres baisers à toi, à notre Aurore et à ma mère [12].

Pour Aurore, qui avait maintenant trois ans et demi, son père n'était qu'une présence très épisodique ; sa vie, c'était sa mère, Caroline et Clotilde, sa tante Lucie, un jeune homme du nom de Pierret, et ses rêveries.

Ce fut une enfance heureuse, écrit George Sand. Peut-être parce qu'elle en était le centre puisque *aucun frère ne vint le partager ni se l'approprier d'entrée de jeu* (c'est également le cas d'autres femmes remarquables), et que même sa sœur Caroline passait le plus clair de son temps au pensionnat.

Ses premiers souvenirs datent de l'âge de deux ans. Une servante trop portée sur la boisson avait laissé tomber Aurore qui s'était cogné le front contre l'angle de la cheminée. « Je ne me souviens pas d'avoir éprouvé la douleur du corps… mais j'eus la perception distincte de l'effroi, de la souffrance et de l'attitude de ceux qui m'environnaient [13]. »

De sa troisième année, elle a retenu l'appartement que sa famille occupait au troisième étage de la rue Grange-Batelière, à Paris, au nord des grands boulevards. « Une suite indéterminée d'heures passées dans mon petit lit… remplies de la contemplation de quelque pli de rideau ou de quelque fleur au papier des chambres. » Et Aurore se livrait à son occupation favorite, voir double, peut-être pour doubler aussi sa personnalité tandis que son regard délibérément vague fixait les objets et l'espace sur lequel ils se détachaient.

Elle marcha à dix mois, parla assez tard, mais devint vite intarissable le jour où elle se décida ; à quatre ans, elle lisait couramment. Sa mère et sa tante lui consacraient toute leur attention. Clotilde et Aurore apprirent leur prière et les *Fables* de La Fontaine, qu'elles récitaient par cœur avec cette aisance naturelle inculquée très tôt aux enfants. Sophie lui chantait des chansons, souvent et d'une voix très douce, et Aurore croyait dur comme fer au Père Noël — une foi à laquelle ne renoncerait peut-être jamais tout à fait George Sand. Le premier signe de rébellion manifesté par Aurore fut de refuser de dire B après A en récitant l'alphabet ; tout simplement parce que le B ne l'inspirait pas. Et son premier sentiment de mélancolie date du jour où elle entendit les paroles de la chanson bien connue :

Nous n'irons plus au bois,
Les lauriers sont coupés...

Elle n'avait, bien sûr, qu'une vague idée de ce qu'étaient ces bois et ignorait tout des lauriers. Mais qu'ils fussent coupés l'attristait.

Dans les souvenirs de George Sand se mélangeaient un livre sur la mythologie grecque, un théâtre d'ombres chinoises où l'on jouait des pièces pour enfants proche du Palais-Royal, et les contes de Perrault que réinventaient, quand elles en avaient fait le tour, Sophie et Caroline, les jours de congé de celle-ci, pour la plus grande joie d'Aurore. Avec l'esprit puéril qui la caractérisait, Sophie la « régalait de ce qu'il y avait de plus frais et de plus joli dans l'allégorie catholique, si bien que les anges et les amours, la bonne Vierge et la bonne fée, les polichinelles et les magiciens, les diablotins du théâtre et les saints de l'Église se confondaient dans ma cervelle, y produisaient le plus étrange gâchis poétique qu'on puisse imaginer [14] ».

C'est en répétant ces histoires et en les remaniant à sa façon qu'elle les apprit, et non en les lisant :

> Je ne cherchais dans les livres que les images ; mais tout ce que j'apprenais par les yeux et par les oreilles entrait en ébullition dans ma petite tête et j'y rêvais au point de perdre souvent la notion de la réalité et du milieu où je me trouvais.

Debout sur une chaufferette éteinte dans un parc improvisé fait de quatre chaises, elle inventait pour Sophie d'interminables histoires :

> Il paraît que mes histoires étaient une sorte de pastiche de tout ce dont ma petite cervelle était obsédée. Il y avait toujours un canevas dans le goût des contes de fées, et pour personnages principaux, une bonne fée, un bon prince et une belle princesse. Il y avait peu de méchants êtres, et jamais de grands malheurs... Ce qu'il y avait de curieux, c'était la durée de ces histoires et une sorte de suite, car j'en reprenais le fil là où il avait été interrompu la veille... Ma tante se souvient aussi de ces histoires, et s'égaye à ce souvenir. Elle se rappelle m'avoir dit souvent : « Eh bien, Aurore, est-ce que ton prince n'est pas encore sorti de la forêt ? Ta princesse aura-t-elle bientôt fini de mettre sa robe à queue et sa couronne d'or ? » « Laisse-la tranquille, disait ma mère, je ne peux travailler en repos que quand elle commence ses romans entre quatre chaises. »

Ainsi, à moins de quatre ans, George Sand avait découvert l'aiguillon indispensable à la création : un public [15].

Elle fut la préférée. Lorsque Caroline rentrait de pension, on lui installait un divan à côté de celui d'Aurore. Ses ancêtres n'étaient pas oubliés, ni par sa mère, ni par sa grand-mère née Aurore de Saxe. Mais l'appartement de la rue Grange-Batelière n'avait rien d'un palais, et les filles du vitrier du rez-de-chaussée montaient jouer avec Aurore et sa sœur. Et puis, il y avait Pierret ; quand elles allaient voir leur tante Lucie à Chaillot, quelques kilomètres plus à l'ouest, Aurore, aussi paresseuse que son père lorsqu'il était enfant, faisait souvent le trajet sur ses épaules.

Lourd et laid, mais riche de tendresse, Louis Pierret avait

vingt-deux ou vingt-trois ans quand il avait entendu Aurore bébé pleurer dans la mansarde de la rue Meslée. Il rendait visite à une de ses parentes qui habitait sur le même palier. Sophie était épuisée et Pierret, peut-être pour la remercier d'avoir un jour rendu le même service à sa parente, en vint à s'occuper d'Aurore. Le soir, après avoir fini sa journée d'employé au Trésor, il passait prendre Aurore et la gardait avec lui jusqu'au matin, cela pendant plusieurs semaines. Il faisait preuve de la tendresse d'un père et de la sollicitude d'une mère. Affligé de tics nerveux, il aimait sa pipe, le vin, la bière, les dominos et le billard. Quand la famille s'installa rue Grange-Batelière, il la suivit.

Ce fut Pierret qui consola Aurore le jour où une vieille femme croisée dans la rue prétendit être une sorcière. Sophie n'effraya jamais l'enfant pour la tenir tranquille. La peur était exclue de l'univers d'Aurore, comme elle le serait de la vie de George Sand. Lors de ses rares apparitions, son père la gâtait terriblement. Chez elle ou à Chaillot, Aurore jouait à la guerre avec le même enthousiasme que les garçons de sa génération. « On nous reprochait nos jeux... et il est certain que ma cousine et moi avions l'esprit avide d'émotions viriles. » Plus d'une fois Aurore se réserva le rôle du héros, souvent celui de Napoléon, avec ses amies du même âge, et les fillettes laissaient traîner dans leurs chambres parisiennes ou dans les jardins de Chaillot leurs poupées en lambeaux. « Je t'en prie », disait Maurice à Sophie, « donne un coup de balai au champ de bataille de ces enfants... cela me fait mal de voir par terre ces bras, ces jambes et toutes ces guenilles rouges[16]. »

La première vision qu'eut Aurore de Napoléon, pâle, le regard froid, passant en revue ses troupes, restait lié dans les souvenirs de George Sand au son tout aussi obsédant d'un flageolet entendu à Chaillot et, bien rares, les apparitions paternelles étaient d'une richesse affective incomparable. « Il jouait avec moi des jours entiers et... en grand uniforme, il n'avait nullement honte de me porter dans ses bras, au milieu de la rue et sur les boulevards. A coup sûr, j'étais très heureuse parce que j'étais très aimée. »

La présence de Pierret dans la famille ne manqua pas de faire jaser. « Il n'était pas assez séduisant pour rendre ma mère infidèle, même par la pensée », rétorque Sand aux critiques anonymes. Mais rien ne prouve qu'il fût marié comme elle l'affirmait. L'image qui demeure de ces années décisives est celle d'un climat d'amoralité aimable, propre aux époques troublées, et d'une communauté chaleureuse, presque tribale, au centre de laquelle Aurore se sentait surtout très heureuse. « Pierret, je te recommande ma femme et mes enfants », disait Maurice lorsqu'il repartait en campagne, « et si je ne reviens pas, songe que c'est pour toute ta vie. »

La dévotion a ses joies, et ce fut Pierret qui s'occupa de tous les préparatifs lorsqu'il fallut partir pour Madrid.

Aidé d'un faible roi d'Espagne et d'un ministre corrompu, et pour parer à l'éventuelle menace d'un débarquement anglais au Portugal, Napoléon avait envoyé cent mille hommes dans la péninsule Ibérique. Le 25 mars 1808, le prince Murat arrivait à Madrid pour en prendre le commandement. Maurice, en sa qualité d'aide de camp, l'accompagnait. Le séjour à Madrid risquait de durer. Sur un coup de tête, Sophie décida de faire ce long voyage pour le rejoindre et d'emmener Aurore avec elle.

Sophie était enceinte de sept ou huit mois et Aurore n'avait pas encore quatre ans ; la jeune femme ne se rendait sans doute pas compte des dangers que présentait une pareille expédition. La femme d'un fournisseur de l'armée française, Mme Fontanier, leur offrit deux places dans une calèche de poste qu'elle-même et son palefrenier menaient à Madrid, et tous quatre furent bientôt partis.

Le paysage montagneux et sauvage des Asturies et une famille d'ours d'abord prise pour un groupe de brigands effrayèrent quelque peu Sophie, mais Aurore n'oublierait jamais les premiers liserons en fleur qu'elle aperçut. « Voilà qui est joli, regarde ! » s'écriait sa mère. « Il faudra te souvenir de ce que tu vois là ! » « Oh, mon Dieu, Mme Dupin », s'exclama Mme Fontanier, « que vous êtes drôle avec votre petite fille ! »

Un pigeon tué pour son repas dans une auberge espagnole fut le premier contact d'Aurore avec la mort, la traversée de villages pillés aux ruines encore fumantes dans le sillage de l'armée française sa première expérience de la guerre. On était au début de mai 1808. Le 2 mai, le peuple de Madrid se révolta et s'empara un bref moment de Murat avant d'être réprimé dans un bain de sang ; mais dans les provinces, la révolte couvait toujours. Aurore entendit une pie en cage crier « *muera, muera* » [sic] dans la cour d'une auberge près de Vitoria. L'oiseau criait en fait « mort à Godoy », le ministre espagnol corrompu et acquis à la collaboration, mais on lui assura qu'il disait « mort aux Français ! », elle comprise. Un autre incident, en revanche, allait la distraire.

Un énorme carrosse entra dans la cour où l'on changea l'attelage avec une précipitation qui frisait la panique. « La reine, la reine », s'écrièrent les villageois. « Non », rectifia l'aubergiste « ce n'est pas la reine », et il ordonna au personnel de tenir la foule à distance. Cependant, une femme de chambre conduisit Aurore près du carrosse. « Voyez la reine », lui dit-elle. Ce fut une des premières déceptions d'Aurore. Dans les interminables récits qu'elle inventait, les reines étaient toujours d'une beauté et d'un éclat éblouissants. « Or la pauvre reine que je voyais là était vêtue d'une petite robe blanche très étriquée, à la mode du temps, et très jaunie par la poussière. Sa fille, qui me parut avoir huit ou dix ans, était vêtue comme elle, et toutes deux me parurent très brunes et assez laides. » La plus âgée des femmes était l'infante, fille de Charles IV ; elle fuyait comme le reste de sa famille et comptait se réfugier à Bayonne sous la protection de Napoléon qui, en fait, « fut le sceau de leur déchéance politique ».

On trouve là l'essence même des romans d'Alexandre Dumas comme de ceux de George Sand : le romantisme s'ancrait *pour une part* dans la réalité.

Lorsqu'elles arrivèrent à Madrid, Sophie « portant un enfant dans son sein, un autre dans ses bras », la capitale espagnole leur offrit un palais qui réconcilia Aurore avec son univers féerique. Le prince Murat occupait les appartements, plus frais, du rez-de-chaussée, les plus luxueux de tout Madrid. La famille Dupin s'installa dans un immense appartement du troisième étage tendu de Damas, encombré de meubles lourds incrustés d'or, qu'Aurore crut en or massif. Un lapin blanc aux yeux de rubis se lia d'amitié avec la petite fille ; il s'endormait sur ses genoux tandis qu'elle le berçait d'histoires sans fin. Dans leur fuite, les enfants royaux avaient laissé au palais leurs plus beaux jouets, mais Aurore s'y intéressait peu. Sa propre vie devenait un vrai conte de fées où l'étincelant Murat tenait le rôle du prince.

Sophie lui confectionna un uniforme qui était la réplique exacte de celui de Maurice : dolman de cachemire blanc, pelisse garnie de fourrure, boutons et galons d'or fin, bottes de maroquin rouge à éperons, sabre accroché à un ceinturon, et pantalon — le premier que portait Aurore — tout aussi magnifique. Aurore qui n'avait pas encore quatre ans, qui n'était pas encore George Sand, avait trouvé le costume qui lui convenait : « En me voyant équipée absolument comme mon père, soit qu'il me prît pour un garçon, soit qu'il voulût bien faire semblant de s'y tromper, Murat, sensible à cette petite flatterie de ma mère, me présenta... aux personnes qui venaient chez lui comme son aide de camp et nous admit dans son intimité [17]. »

Mais Aurore trouvait cet uniforme lourd à porter et trop chaud pour l'été espagnol ; elle le troqua avec joie contre une autre tenue faite par sa mère, « le costume espagnol du temps, une robe de soie noire comme celle que portait Sophie, bordée d'un grand ruban de soie, qui prenait au genou, et la mantille bordée d'une large bande de velours. Dans ce costume, l'enfant dansait devant la psyché de sa chambre, *s'étonnant qu'il pût y avoir tant d'êtres différents en elle* et de rester, malgré tout, Aurore [18] ».

Un jour, sur la terrasse du palais, elle appela « *Weber !* » (l'ordonnance de son père chargé de veiller sur elle dans un Madrid hostile ; ses premiers mots en le voyant furent : « Weber, je t'aime bien, va-t'en ! ») et entendit l'écho de sa propre voix. Elle appela sa mère. Le phénomène se répéta. Elle dit alors « Aurore », et de nouveau l'écho lui renvoya son nom.

> Alors il me vint à l'esprit une explication bizarre. C'est que j'étais double, et qu'il y avait autour de moi un autre *moi* que je ne pouvais pas voir, mais qui me voyait toujours, puisqu'il me répondait toujours... J'en conclus que toutes choses et toutes gens avaient leur reflet, leur double, leur autre *moi,* et je souhaitai vivement de voir le mien. Je l'appelai cent fois, je lui disais toujours de venir auprès de moi... Je fus interrompue par l'arrivée de ma

> mère, et je ne saurais dire pourquoi, loin de la questionner, je lui cachai ce qui m'agitait si fort[19].

Pour expliquer George Sand, une clé unique ne suffit pas. Par ailleurs, une clé à combinaisons, une double identité, ne constituent pas forcément la recette du bonheur — pour mélanger les métaphores —, mais elles peuvent préluder à l'avènement d'une romancière, à une vie riche et variée, multiple et totale, faite d'expérience vécue et même d'épanouissement : en un mot, à la plénitude. Si l'on examine la caractéristique essentielle de l'être complet, de l'esprit androgyne, on découvre que, comme Pierret, George-Aurore Sand remplaçait son père auprès de Sophie quand Maurice partait en campagne, et se posait en rivale de sa mère quand il rentrait. N'allait-elle pas, plus tard, s'identifier à l'un, puis à l'autre, inconsciemment ? Elle se considérait, nous a-t-elle dit, comme la mère de son père. Les personnages de ses nombreux romans ne seraient-ils pas, sinon l'expression, du moins un aspect de son *moi* multiple ? A cela s'ajoutent les milliers de lettres, lancées comme dans des bouteilles à la mer, quêtant la compréhension et l'amour, ce cri désespéré de ses vingt-quatre ans : « Mon Dieu, à qui écrirai-je donc ? » Et deux pages plus loin : « Ô, angoisse[20] ! »

Leur séjour à Madrid dura deux longs mois. Une nuit, Aurore entendit les cris de Murat en proie à de violentes douleurs de l'estomac ; il se croyait, peut-être à juste titre, empoisonné par un domestique espagnol. Un matin, peu après, le prince lui rapporta de la chasse un jeune faon ; il disparaîtrait, n'ayant probablement pas survécu à la mort de sa mère. Et puis, un jour de juin, Aurore fut reléguée sur le balcon du palais : Sophie mettait au monde un enfant. Le travail fut long. « J'entends ses plaintes... J'entrai pour embrasser ma mère. Elle me renvoya, je m'en fus en pleurant[21]. »

Le nouveau-né, un garçon, était aveugle. Dans son chagrin, Sophie crut avoir vu le médecin espagnol enfoncer ses pouces dans les yeux de l'enfant en marmonnant : « Celui-là ne verra pas le soleil de l'Espagne ! » Il s'agissait, plus vraisemblablement, d'un cas de cataracte. Mais la peur était dans l'air et les Français se préparaient à lever le camp. Maurice écrivit à sa mère qu'on lui avait accordé une permission et qu'il venait de faire l'acquisition d'une calèche pour ramener Sophie, Aurore et le bébé à Nohant ; qu'il espérait que le savoir-faire de Deschartres pourrait guérir l'enfant de sa cécité. Lui-même monterait l'étalon à demi-sauvage, Leopardo d'Andalousie, que lui avait donné Ferdinand VII.

Le trajet fut un cauchemar pour Aurore ; la retraite de Murat à travers une Espagne révoltée ressemblait autant à une fuite qu'à une bataille, et la calèche transportant la famille Dupin le suivait dans une chaleur infernale. « Ce que je me rappelle le mieux, c'est l'état de souffrance, de soif, de dévorante chaleur et de fièvre où je fus tout le temps de ce voyage. » Par moments, Maurice fonçait à la rescousse de Murat et un soir, alors qu'ils avaient trouvé une chambre dans une auberge, Sophie conduisit Aurore près de la fenêtre et lui montra les tirs éblouissants des canons qui se croisaient dans le ciel obscur. « Regarde, c'est une bataille, et ton père y est peut-être. »

Leur calèche fut réquisitionnée pour les blessés. Ils réussirent à prendre place dans une charrette de bagages. La faim accompagnait la fièvre, et Aurore sentit une secousse : le véhicule venait de passer sur un cadavre gisant au milieu de la route. Elle était trop malade pour en être impressionnée. Sa mémoire garda le souvenir brouillé de villages brûlés et de villes mises à sac ; elle se rappelait aussi un soldat qui avait fait une soupe avec des bouts de chandelles. Ils récupérèrent leur calèche, atteignirent la frontière, puis la côte. Sophie voulut à tout prix remonter en chaloupe jusqu'à Bordeaux. L'embarcation fit naufrage. Maurice sauva Leopardo et son sabre. Le voyage se poursuivit. Aurore se réfugia dans des accès de fièvre entrecoupés de périodes d'oubli. Quand ils eurent enfin traversé la France et arrivèrent à ce havre de verdure qu'était Nohant, elle vit la petite silhouette digne de sa grand-mère.

> Elle me parut très grande quoiqu'elle n'eût que cinq pieds, et sa figure blanche et rosée, son air imposant, son invariable costume composé d'une robe de soie brune à taille longue et à manches plates, qu'elle n'avait pas voulu modifier selon les exigences de la mode de l'Empire, sa perruque blonde et crêpée en touffe sur le front, son petit

bonnet rond avec une cocarde de dentelle au milieu firent d'elle pour moi un être à part et qui ne ressemblait en rien à ce que j'avais vu.

Aurore et le bébé étaient envahis par les poux et la gale. « Gale ou non », dit ma grand-mère en me serrant contre son cœur, « je me charge de celui-là[22]. »

Sophie, elle, fut priée de s'occuper de l'autre enfant.

4. La pomme de discorde

Es-tu la plus haute pomme
celle qu'on ne peut cueillir
et qui rougit sur la branche ?

Sappho, *qui vécut six siècles avant Jésus-Christ et « dont on dit qu'elle fut petite et brune*[1] ».

Garde-moi comme la prunelle de l'œil, à l'ombre de tes ailes cache-moi.

Psaume XVII.

Mme Dupin emmena Aurore dans sa chambre et la coucha dans son lit, un grand lit « en forme de corbillard » tendu de rideaux et pourvu d'énormes plumets aux quatre coins, dans une chambre tapissée d'indienne à fleurs. L'enfant, dans un état pitoyable, n'osa d'abord pas s'allonger sur les oreillers immaculés, garnis de dentelle, et les draps blancs ; puis, rassurée par sa grand-mère, elle se détendit et se crut au paradis. Elle aperçut vaguement un gros garçon de neuf ans qui s'approcha d'elle avec un énorme bouquet de fleurs. Il le lui jeta à la figure « d'un air amical et enjoué ».

« " C'est Hippolyte, embrassez-vous, mes enfants ", dit Mme Dupin. Nous nous embrassâmes sans en demander davantage et je passai bien des années avec lui sans savoir qu'il était mon frère ; c'était l'enfant de la " petite maison ". » Il habitait maintenant le manoir.

Deschartres, bas blancs, guêtres de nankin et culotte noisette à la française, vint aussi faire la connaissance d'Aurore. Il l'ausculta d'un air grave et, en bon médecin, diagnostiqua qu'elle avait la gale. Aurore fut lavée, récurée et vite guérie ; bientôt elle galopait dans le jardin suivie d'Hippolyte, « un peu humiliée qu'il me crût si petite fille, et je lui montrai bientôt que j'étais un garçon très résolu ».

En revanche, l'état du bébé, malade et aveugle, s'aggrava. Au bout de quelques mois il mourut et fut enterré le lendemain même dans le petit cimetière qui occupait un angle du parc. D'une plume morbide, George Sand raconta qu'on exhuma plus tard le corps de l'enfant pendant qu'elle dormait, dans le secret d'une nuit très obscure. Cela parce que Sophie, folle de chagrin, était convaincue qu'il vivait toujours et persuada Maurice de le faire. L'enfant fut de nouveau inhumé la nuit suivante.

Le lendemain, vendredi 16 septembre 1808, Maurice partit pour La Châtre sur son étalon à demi sauvage. Il dîna chez les Duvernet et s'y attarda jusqu'à une heure avancée de la nuit. Toujours jalouse, Sophie s'impatientait. Mme Dupin la réprimanda et Sophie alla se coucher. Mme Dupin monta à son tour dans sa chambre, mais elle n'eut pas le temps de s'endormir. A minuit, elle entendit une agitation insolite dans la maison. Elle en demanda la raison et apprit qu'on avait envoyé chercher Deschartres et que celui-ci était parti en toute hâte pour La Châtre. Elle, « qui n'avait jamais pu marcher », courut en trébuchant dans la pluie et l'obscurité, en pantoufles et en chemise de nuit. Elle trouva Deschartres penché sur le cadavre de Maurice. Celui-ci avait été projeté par Leopardo au pied d'un peuplier alors qu'il venait de prendre le chemin de Nohant. Il avait le cou brisé. Son ordonnance, Weber, l'avait transporté à l'auberge voisine, Le Lion d'Argent, puis était parti au grand galop chercher Deschartres. Le temps que ce dernier arrive, Maurice était mort. Il avait trente ans.

A l'aube, le grand carrosse de Nohant ramena Mme Dupin, Deschartres et le corps de Maurice. Ce fut Deschartres qui apprit à Sophie la mort de son mari. Elle s'évanouit ; la maison s'installa dans le deuil. Quelques jours plus tard, on habilla de noir Aurore. « Il fallut qu'on m'expliquât que c'était à cause de la mort de mon père. » L'affliction qui ravagea Mme Dupin laissa une empreinte indélébile sur l'esprit de George Sand.

> Ma voix, mes traits, mes manières, mes goûts, tout en moi lui rappelaient son fils enfant, à tel point qu'elle se faisait quelquefois, en me regardant jouer, une sorte d'illusion, et que souvent elle m'appelait Maurice et disait *mon fils* en parlant de moi.

Hippolyte fut bouleversé, mais moins profondément. « Il ne savait pas encore que mon père était le sien. » On ne sait pas exactement à quel moment lui, ou Aurore, l'apprirent. Pendant toute son enfance, Aurore fut élevée en fille unique de son père et c'est à ce titre que lorsqu'il mourut, elle assuma le rôle de protecteur de Sophie.

La femme de chambre de Mme Dupin avait une nièce qui vint de La Châtre à Nohant pour tenir compagnie à Aurore. L'enfant essaya vite de la plier à ses quatre volontés, mais Ursule résista. Au château, les adultes qui craignaient qu'Aurore lui fît subir sa tyrannie s'en réjouirent. Les fillettes se battaient, puis s'embrassaient. « Nous vécûmes sur le pied de l'égalité. » Mais l'une était plus égale que l'autre ; ce n'était pas autour de la nièce d'une femme de chambre, fût-elle la redoutable Mlle Julie, que tournait la vie à Nohant. « Relativement à Ursule j'étais une petite princesse, [abusant] instinctivement des avantages de sa position. »

Princesse du côté de son père, Aurore était aussi la fille de Sophie, une femme qui, aux yeux de Mme Dupin, avait un passé peu net et un avenir encore plus douteux. Mme Dupin s'inquiétait moins de l'héritage maternel que de l'influence de la mère sur l'enfant. Elle n'avait jamais oublié la licence qui régnait chez sa propre mère et l'avait poussée à se réfugier dans un couvent, et elle craignait beaucoup pour Aurore l'influence de la vie parisienne que mènerait Sophie lors de son retour — inévitable — dans la capitale. Pour préserver l'intégrité morale d'Aurore, la grand-mère livra une bataille dont l'enjeu était sa petite-fille, la fille de son unique fils.

Et dans cette bataille aussi, l'une était plus égale que l'autre :

> C'étaient vraiment les deux types extrêmes de notre sexe : l'une blanche, blonde, grave, calme et digne dans ses manières, une véritable Saxonne de noble race, aux grands airs pleins d'aisance et de bonté protectrice ; l'autre brune, pâle, ardente, gauche et timide devant les gens du beau monde, mais toujours prête à éclater quand l'orage grondait trop fort au-dedans, une nature d'Espa-

gnole, jalouse, passionnée, colère et faible, méchante et bonne en même temps.

Le conflit dramatique qui agitait Nohant et dont Aurore constituait « la pomme de discorde * » (déchirée, meurtrie, mais désirée) dura six ou sept mois, mais il eut une telle intensité affective — et il mit si longtemps à être résolu — que dans le souvenir de George Sand, il se prolongea pendant deux ou trois années. Aurore s'accrochait désespérément à Sophie et sa détresse est d'autant plus compréhensible qu'à ce tournant de son enfance, Mme Dupin était pour elle une étrangère ou presque. Pendant les quatre premières années de sa vie, les années décisives, Sophie avait toujours été là. (« Elle me donna mes premières notions de la vie[2]. ») Le paradis perdu de l'enfance était le petit appartement sous les combles de la rue Grange-Batelière.

Dans les jours qui suivirent immédiatement la mort de Maurice, la mère et la grand-mère d'Aurore ne sortirent de leur chagrin que pour gâter l'enfant. Elle se montrait capricieuse et se roulait par terre quand on ne satisfaisait pas ses désirs. C'est pourquoi l'on avait eu recours à Ursule et plus que jamais, Mme Dupin était décidée à prendre en main l'éducation de sa petite-fille. Car l'enfant de Maurice, descendant du maréchal de Saxe, vivait en sauvageonne.

La trêve initiale entre « les mères rivales » (comme les appelait George Sand) fut de courte durée, leur « antipathie naturelle » reprenant vite le dessus. En présence d'Aurore, toutes deux faisaient preuve d'une politesse de commande. Mais chacune, seule avec elle ou, dans le cas de Mme Dupin, avec ses amies de l'aristocratie, se comportait différemment. « C'est un démon, c'est une folle », déclara un jour Mme Dupin, parlant de sa belle-fille, en présence d'Aurore. « Elle n'a jamais été aimée de mon fils, elle le dominait, elle le rendait malheureux, elle ne le regrette pas. » De même entendit-elle Sophie dire que sa vieille belle-mère « était une prude et une hypocrite... sèche et sans pitié » ; et Sophie de singer les amies de Mme Dupin,

* La métaphore est de George Sand.

« les vieilles comtesses » comme elle les baptisait, pour la plus grande joie d'Aurore.

Le dimanche, il y avait la petite promenade à âne pour se rendre à l'église de Saint-Chartier, à deux kilomètres de Nohant, et le pique-nique dans le château médiéval flanqué de tours qui se dressait à proximité. Les premières leçons sérieuses, d'écriture, commencèrent. Aurore, qu'ennuyaient profondément ces exercices peu variés, écrivait de longues lettres à Ursule, à Hippolyte et à sa mère sans jamais les montrer. « Ma grand-mère surprit une de ces lettres et la trouva très drôle » ; elle encouragea Aurore à continuer. Les sentiments de la fillette à l'égard de la vieille dame se modifiaient.

Mais pendant longtemps, l'affection d'Aurore alla toute à sa mère. Encore enfant elle-même, Sophie avait aidé Aurore et Hippolyte à se construire une grotte « magique » avec les pierres et les cailloux colorés qu'ils allaient chercher dans le ruisseau voisin. Elle était tapissée de mousse tendre pour abriter la « Belle au bois dormant » prénommée elle aussi Aurore, et ils agrémentèrent cet enclos secret d'une petite cascade et d'un minuscule bassin. Mais quand Aurore y conduisit fièrement sa grand-mère, celle-ci la déçut beaucoup en déclarant que le « bassin » était en réalité un vieux bac provenant de la cuisine, et la cascade l'eau qu'une servante à demi cachée déversait d'un broc. Aurore en voulut à Mme Dupin : « Je souffrais réellement quand on s'efforçait de m'ôter mes illusions. »

Cet été-là, l'oncle Beaumont, comme Aurore appelait son grand-oncle, l'abbé de Beaumont, vint séjourner à Nohant, qu'il égaya par sa présence enjouée et apaisante. Aussi rose et blanc que sa demi-sœur, Mme Dupin, mais plus riche qu'elle du lait de la tendresse humaine, « c'était le plus beau vieillard que j'aie vu de ma vie ». Il s'habillait de velours, de soie et de satin noir ; gourmet, exigeant, il possédait aussi des qualités exceptionnelles de conteur. Le deuil passa à la seconde place — il aurait été inconvenant de manifester plus de piété que l'abbé —, et on donna même la comédie un soir, une petite pièce écrite par l'abbé pour les enfants, un solo de flageolet interprété par Deschartres et un boléro dansé par Aurore. La musique fut une des premières passions d'Aurore et la rapprocha de sa grand-mère ; elle aimait s'asseoir sous le clavecin et l'écouter en jouer.

L'oncle Beaumont était surtout venu au titre de conseiller de la famille. Il fallait prendre une décision quant à l'avenir d'Aurore. A la fin de l'automne, on ne pouvait plus douter que la présence de Sophie à Nohant pesait sur une situation déjà tendue : il n'y avait pas de place à Nohant, aussi spacieux que fût le petit château, pour deux mères rivales. Et Sophie ne tenait guère à y vivre sous la férule de Mme Dupin. « Enfant de Paris », elle ne se sentait à l'aise que dans la capitale. Il y avait aussi Caroline, toujours dans son pensionnat, et que Mme Dupin ne tenait pas à accueillir à Nohant : ce symbole du passé de Sophie constituait une source de contamination supplémentaire pour Aurore. Bien sûr, Hippolyte était lui aussi un bâtard, mais de Maurice.

La disparition de Maurice laissait Sophie avec une rente de deux mille francs par an — et les dettes de son mari. « Ce n'était pas de quoi donner une brillante éducation à ses deux enfants », argument habilement utilisé par l'abbé de Beaumont quand il pressait Sophie d'abandonner totalement Aurore à la garde de Mme Dupin. De plus, il convainquit sans peine Sophie des avantages qui en découleraient pour l'enfant dans la vie en société ; Sophie envisageait pour Aurore un beau mariage et elle était bien placée pour connaître ces choses de la vie sans que l'abbé s'en mêlât.

L'enfant écoutait avec attention et se taisait. Mais lorsqu'elle se retrouvait seule avec sa mère, elle la couvrait de baisers et l'implorait : « Ne me donne pas pour de l'argent à ma grand-mère ! »

A Nohant il n'y avait pas de secrets, et encore moins de neutralité. La femme de chambre de Mme Dupin provoquait l'enfant : « Vous voulez donc retourner dans votre petit grenier manger des haricots ? »

George Sand : « Cette parole me révolta, et les haricots et le petit grenier me parurent l'idéal du bonheur et de la dignité. »

Même Ursule s'en mêlait. « Avec le bon sens des pauvres[3] » elle disait à Aurore : « C'est pourtant gentil d'avoir une grande maison et un grand jardin comme ça pour se promener, et des voitures, et des robes, et des bonnes choses à manger tous les jours. Qu'est-ce qui donne tout ça ? C'est le *richement*. Il ne faut donc pas que tu pleures car tu auras, avec ta bonne maman, toujours de l'*âge d'or* et toujours du *richement.* »

Mais Aurore était inconsolable ; le jour qu'elle redoutait finit par arriver. Les deux mères rivales signèrent un accord officiel le 3 février 1809 ; Mme Dupin serait l'unique tutrice d'Aurore mais, en retour, elle acquitterait tout le passif de son fils et donnerait en outre une rente annuelle de mille francs à Sophie. Cette dernière ne s'attarda pas à Nohant. On promit à Aurore qu'elle aussi irait bientôt à Paris, habiterait tout près de sa mère et irait la voir tous les jours. Il y eut un semblant de préparatifs de départ destiné à la rassurer, mais presque deux ans devaient s'écouler avant que le voyage n'eût lieu.

Avec toute la chaleur dont elle était capable, Mme Dupin essaya de compenser le terrible sentiment d'abandon qu'éprouvait Aurore. Elle continua à faire son éducation, mais avec plus d'indulgence que précédemment ; « plus de réprimandes, plus de punitions ». Mais, « elle ne me traitait pas assez comme une enfant, tant elle souhaitait me donner de la *tenue* » :

> Il ne fallait plus se rouler par terre, rire bruyamment, parler berrichon. Il fallait se tenir droite, porter des gants, faire silence ou chuchoter bien bas dans un coin avec Ursulette... Il fallait faire la révérence aux personnes qui venaient en visite. Il ne fallait plus mettre le pied à la cuisine et ne plus tutoyer les domestiques, afin qu'ils perdissent l'habitude de me tutoyer... Il fallait lui parler à la troisième personne : *Ma bonne maman veut-elle me permettre d'aller au jardin ?*

Mme Dupin craignait la chaleur, le froid, les courants d'air et le soleil. Elle gardait Aurore à côté d'elle dans sa chambre aux rideaux tirés, comme une grande boîte capitonnée. « Amusez-vous tranquillement », disait-elle à Aurore en lui donnant un album de gravures à feuilleter. L'aboiement d'un chien dans le jardin, le chant d'un oiseau, faisaient tressaillir l'enfant de plaisir. « J'aurais voulu être le chien ou l'oiseau. » Mais quand Aurore allait dans le jardin avec Mme Dupin, elle devait continuer à bien se tenir et être attentive, prête à ramasser un gant ou une tabatière. Sa grand-mère marchait avec peine et ne pouvait plus se baisser ; on aurait dit que le sang ne circulait plus dans ses veines tant il était difficile de la saigner. « J'avais une peur effroyable de devenir comme elle et quand elle m'ordonnait de n'être à ses côtés ni agitée, ni bruyante, il me semblait qu'elle me commandât d'être morte. »

Aurore avait six ans quand elle alla à Paris, comme promis. C'était une expédition car Mme Dupin voyageait, quand cela lui arrivait, en grand équipage ; on l'entendait rarement se plaindre durant les trois ou quatre jours que durait le trajet (avec des arrêts la nuit). Ce déplacement de l'hiver 1810-1811 se fit dans l'énorme berline de Nohant, un véhicule vaste et clos qui constituait « une véritable maison roulante... Les innombrables poches de ce véhicule étaient remplies de provisions de bouche, de friandises, de parfums, de jeux de cartes, de livres, d'itinéraires et d'argent. » Mme Dupin et sa femme de chambre, emmitouflées dans des couvre-pieds et des couvertures de voyage, occupaient une des banquettes, Aurore l'autre.

La fillette ne tenait pas en place, mais elle ne s'ennuyait pas, surtout quand la berline traversa la forêt d'Orléans à la tombée du jour. Les brigands y étaient maintenant moins nombreux, racontait sa grand-mère à Mlle Julie, mais avant la Révolution, « les vols et les meurtres étaient fréquents... Quand les brigands étaient pris, jugés et condamnés, on les pendait aux arbres de la route, à l'endroit même où ils avaient commis le crime ». Si l'on voyageait beaucoup, on pouvait compter à chaque saison les nouveaux pendus, disait-elle. « Je me rappelle d'y avoir vu, un hiver, une grande femme qui est restée entière fort longtemps, et dont les longs cheveux noirs flottaient au vent, tandis que les corbeaux volaient tout autour pour se disputer sa chair. » Cette image devait hanter pendant des années l'imagination d'Aurore chaque fois qu'elle se rendait à Paris.

L'appartement de Mme Dupin dans la capitale était situé dans la rue Neuve-des-Mathurins (près de l'actuel Opéra) et assez proche des modestes chambres occupées par Sophie. Celle-ci venait tous les jours chercher Aurore et elles se promenaient ensemble dans les rues, s'amusant des foires, des chiens dressés, des marchands d'oiseaux et des boutiques de jouets. Aurore portait des vêtements taillés dans ceux de sa grand-mère qui lui prêchait la simplicité du bon goût. Sophie trouvait que sa fille ressemblait à « une petite vieille bonne femme » et elle réussit à convaincre Mme Dupin (qui devait, avec sagesse, avoir prévu la réaction d'Aurore) de lui laisser relever les cheveux de sa fille « à la chinoise », la dernière coiffure en vogue à Paris, si tirée qu'elle allongeait les yeux en oblique.

Néanmoins, Sophie respecta leur engagement réciproque. Elle répéta à l'enfant que la vie lui serait meilleure auprès de Mme Dupin et vint toujours chercher Aurore sans Caroline. Celle-ci n'avait pas vu Aurore depuis le voyage en Espagne et suppliait sans cesse sa mère de l'emmener voir Aurore quand elle rentrait de pension. Sophie éludait. Un soir pourtant, alors que Sophie dînait dehors, la pauvre petite Caroline se rendit à pied rue Neuve-des-Mathurins et dit à la portière qu'elle voulait voir Aurore. On la conduisit à la porte de l'appartement de Mme Dupin.

Celle-ci somnolait dans son fauteuil. Rose, la bonne d'Aurore, alla ouvrir sans faire de bruit, découvrit Caroline et fit signe à Aurore qui s'approcha sur la pointe des pieds. Mme Dupin s'éveilla et voulut savoir ce qui se passait. A contrecœur, Rose le lui dit. D'un ton dur, la vieille dame ordonna à Rose de renvoyer Caroline. Aurore entendit la fillette sangloter en partant. Regrettant de n'avoir su se dominer, Mme Dupin tenta de prendre Aurore sur ses genoux pour la consoler, mais l'enfant se jeta par terre dans un coin. « Je veux retourner avec ma mère », s'écria-t-elle, « je ne veux pas rester ici ! »

Aurore passa une nuit agitée. Peu après, elle eut la rougeole ; dans le délire qui accompagnait une forte fièvre, elle entendit les deux bonnes parler à voix basse sans se rendre compte qu'elle était réveillée. Rose était une solide fille rousse que Sophie avait engagée quand Maurice vivait encore. Mlle Julie manquait de la rude franchise de Rose et Aurore se méfiait d'elle et de ce qu'elle rapportait sur son compte à Mme Dupin. C'était une lectrice assidue, surtout de romans populaires, « dont toutes les femmes de chambre ont la passion, ce qui fait que je pense souvent à elle quand j'en écris ». Deschartres et elle représentaient le parti de Mme Dupin, Rose, Ursule et Aurore, celui de Sophie.

Mlle Julie : « Voyez comme cette petite est folle d'adorer sa mère ; sa mère ne l'aime point du tout. Elle n'est pas venue une seule fois la voir depuis qu'elle est malade. »

Rose : « Elle est venue tous les jours savoir de ses nouvelles, mais elle n'a pas voulu monter, parce qu'elle est fâchée contre Madame à cause de Caroline. »

Mlle Julie : « Elle aurait pu venir voir sa fille sans entrer chez Madame ; mais elle a dit à M. de Beaumont qu'elle avait peur d'attraper la rougeole. Elle craint pour sa peau. »

Rose : « Vous vous trompez, Julie, ce n'est pas comme cela ; c'est qu'elle a peur d'apporter la rougeole à Caroline ! »

« Cette explication me fit du bien et calma mon désir d'embrasser ma mère. Elle vint le lendemain jusqu'à la porte de ma chambre et me cria bonjour à travers. " Va-t'en, ma petite mère, lui dis-je, n'entre pas. Je ne veux pas envoyer la rougeole à Caroline ! " " Voyez, dit ma mère, elle me connaît bien, elle !... On aura beau faire et beau dire, on ne l'empêchera pas de m'aimer. " »

C'est ainsi que « mon pauvre cœur d'enfant commençait à être ballotté » par la rivalité de ces « deux mères » : « Objet d'une jalousie et d'une lutte perpétuelles, il était impossible que je ne fusse pas la proie de quelque prévention, comme j'étais la victime des douleurs que je causais. »

Aurore guérie, Mme Dupin l'emmena, soigneusement couverte, en voiture rue Duphot. Ce geste était plutôt imprévu. Caroline leur ouvrit la porte avec une dignité touchante. « Asseyez-vous, Mme Dupin », dit-elle poliment, « je vais appeler maman qui est chez la voisine. » S'attendant à un accueil plus hostile, Mme Dupin, visiblement déconcertée et mal à l'aise, se mit à priser d'une main nerveuse. Quand Sophie entra, elle entreprit de lui faire ses excuses. Elle ne voulait pas séparer Aurore de Caroline, déclara-t-elle. Aurore pouvait la voir, mais chez Sophie. Elle leur laissa Aurore pour l'après-midi. Comme elle se levait pour partir, « Pierret arriva à temps pour lui offrir son bras jusqu'à la voiture ».

Aurore retrouva avec joie les objets familiers — la pendule d'albâtre, les vases de fleurs en papier jaunies, la vieille chaufferette sur laquelle elle avait échafaudé tant d'histoires. C'est ainsi qu'elle passa ses dimanches à l'appartement de

Sophie (ce jour-là, Caroline avait congé). Mais à cinq heures de l'après-midi, Caroline partait chez sa tante Lucie tandis que Sophie et Aurore rejoignaient Mme Dupin pour le dîner rituel du dimanche soir chez l'abbé de Beaumont. L'abbé avait pour cuisinière un vrai cordon-bleu et était lui-même un fin gourmet. On retrouvait invariablement autour de sa table somptueusement garnie ou au coin de la cheminée les « vieilles comtesses » et leurs princes consorts, dont plusieurs abbés.

« Eh bien », dit un jour Aurore à l'abbé d'Andrezel (qui portait un spencer à la mode sur son habit), « si tu n'es pas curé, où donc est ta femme ? Et si tu es curé, où donc est ta messe ? »

Ce mot d'enfant fit la joie de la compagnie et à mesure que Mme Dupin présenta Aurore à toutes ses « vieilles amies », Aurore aiguisa cette « spécialité qui est l'observation des personnes et des choses ». Mme de La Marlière parlait haut (privilège des femmes d'un *certain âge*), était gaie et cynique, trichait aux cartes et fréquentait régulièrement la table de jeu de l'abbé de Beaumont. Il y avait aussi le chevalier de Vinci affligé d'un tic nerveux qui faisait glisser sa perruque sur le nez et qu'il remettait en place d'un coup de tête.

Tandis que l'abbé et ses invités jouaient aux cartes après dîner, Aurore explorait l'appartement de son grand-oncle. Un bougeoir à la main, elle examinait les tableaux flamands et italiens, les meubles de Boulle et les divers objets d'art. Des boutons de portes aux moulures du plafond, le décor était du plus pur Louis-XIV.

Le long hiver parisien laissa Aurore le visage creusé et plus pâle que jamais. Mme Dupin décida de rentrer à Nohant. En voyant l'inquiétude de l'enfant à l'idée de quitter sa mère, elle accepta que Sophie vienne y séjourner quelque temps. Elles firent le voyage en deux voitures (la berline avait été vendue), Mme Dupin et Mlle Julie dans l'une, Sophie, Rose et Aurore dans l'autre. Quant à Caroline, elle reprit en pleurant le chemin de la pension. On retrouva Ursule, une seconde trêve s'établit entre la mère et la grand-mère, et Mme de La Marlière qui leur rendit visite apporta à Nohant sa gaieté ainsi qu'une bouffée d'air frais. Napoléon était au faîte de sa gloire, tout semblait aller bien en France, donc dans le monde. Deux automnes devaient encore s'écouler avant la retraite glacée de Russie.

Deschartres se lança avec ardeur dans l'éducation d'Aurore. Il lui apprit le français selon les méthodes traditionnelles, c'est-à-dire en lui enseignant le latin ; Aurore se résigna. Il lui inculqua des rudiments d'histoire et de mathématiques, et lui donna plus tard, ô délices, accès à sa bibliothèque. Durant les premières années, il fit preuve d'une patience admirable compte tenu de son caractère irascible et de son comportement avec Hippolyte, qu'il fouettait régulièrement. Mais ces corrections étaient méritées. Le garçon ne pensait qu'à faire des bêtises et à jouer de mauvais tours. Un jour, il jeta des tisons enflammés dans la cheminée sous prétexte de « sacrifier aux dieux infernaux » et mit le feu à la maison. A une autre occasion, il bourra de poudre une bûche qui explosa et inonda la cuisine avec le pot-au-feu en train de mijoter sur le fourneau. « Il appelait cela étudier la théorie des volcans. »

Ursule et Aurore n'étaient jamais, elles non plus, à court d'idées. Elles mélangeaient les sachets de graines destinées aux expériences agronomiques de Deschartres qui les cultivait avec un soin jaloux et notait dûment leurs progrès pour ses communications à la Société d'agriculture. A son grand étonnement, du sorgho poussait là où il attendait du millet, du pastel alors qu'il espérait du colza. Les sacs de graines étaient rangés sur les rayons de sa bibliothèque qui fascinait les enfants. Les volumes hors de leur portée sur le rayon supérieur traitaient des remèdes pour guérir les maladies « des hommes et des bêtes », mais il y avait aussi des livres de sorcellerie et de magie noire qui les intéressaient plus que tout.

Hippolyte, un jour où ils fouillaient précipitamment la bibliothèque, déclara avoir trouvé une formule magique pour invoquer Satan. Aurore et lui — Ursule avait trop peur pour se joindre à eux — tracèrent comme indiqué les cercles, triangles et carrés de Pythagore, ainsi que les signes du zodiaque. Il était entendu que lorsque le diable ferait son apparition, Hippolyte lui ordonnerait d'emporter Deschartres, sa flûte et ses vieux livres d'école. Mais aucun démon ne se montra, même pas la plus petite flammèche infernale[4].

A l'automne, Sophie quitta Nohant et regagna Paris en expliquant à Aurore qu'elle ne pouvait abandonner plus longtemps Caroline. Aurore la suivit aux premières gelées avec

Mme Dupin, Deschartres et Hippolyte. Ce dernier, inscrit dans un pensionnat de la capitale, était au septième ciel, il arborait sa première paire de bottes. Cet hiver de 1811-1812, note George Sand sans autre commentaire, « je vis peut-être un peu moins ma mère » — pas seulement à cause de Mme Dupin, mais d'une décision de Sophie.

Les jours de congé, Hippolyte prenait avec Aurore et sa nouvelle amie, Pauline de Pontcarré, des leçons de danse. Ses « changements de pied » et ses « battements » ébranlaient la maison, le maître de danse s'arrachait les cheveux et les leçons s'arrêtèrent là pour Hippolyte. Trois fois par semaine, Aurore et Pauline voyaient leur maître d'écriture, leur maître de danse et leur maîtresse de piano. (Le maître d'écriture avait conçu divers instruments de torture pour obliger ses élèves à garder la tête et le cou droits et trois doigts allongés sur la plume, matériel qu'il vendait avec un bon bénéfice aux parents.) Une certaine Mlle Greuze, qui se disait la fille du peintre (mais rien ne le prouva jamais), enseignait également le dessin à Aurore. La fillette n'aimait pas ces cours, mais elle y apprit l'art du croquis comme beaucoup de filles appartenant à la même classe sociale et à la même génération. Ces arts d'agrément constituaient, en effet, le point final de l'éducation avant le mariage et Mme Dupin rêvait déjà de fiancer Aurore à un certain Villeneuve, un des riches descendants titrés du premier mariage de Dupin de Francueil. « Les propos des bonnes me mirent de bonne heure, malgré moi, au courant de cette rêverie de ma bonne grand-mère », mais les Villeneuve refusaient de voir Sophie ce qui, pour Aurore, excluait l'idée même d'une telle union.

Cet hiver-là, Paris avait d'autres préoccupations. « Dans toutes les maisons où nous allions nous rencontrions des officiers partant pour l'armée et venant faire leurs adieux à leurs familles. » Habitués aux campagnes victorieuses de Napoléon, ils étaient presque gais. Un officier de cavalerie éclata de rire quand sa tante lui proposa ses fourrures. « Il montrait son sabre et disait que c'était avec cela qu'on se réchauffait à la guerre. » Et il partit avec ses camarades dans une chevauchée qui les conduirait à Moscou.

Accompagnée d'Hippolyte (le pensionnat parisien n'avait guère donné de résultats), la famille Dupin regagna Nohant, mais sans Sophie. Aurore retrouva une Ursule très changée. Restée comme toujours chez les siens à La Châtre (en exil, comme elle disait), elle voyait maintenant avec amertume le « richement » de Nohant qu'elle ne connaîtrait jamais. On décida qu'elle retournerait définitivement chez ses parents à l'automne, « pour son bien ». Toutefois on n'en dit rien ni à elle ni à Aurore et l'été s'écoula sans événement remarquable. Ou presque. Aurore aussi changeait.

Les trois sœurs d'Ursule venaient passer les dimanches à Nohant. « La maison, le jardin et le petit bois retentissaient de nos jeux et de nos rires. Mais vers la fin de la journée j'en avais assez, et s'il avait fallu passer ainsi deux journées de suite, je n'aurais pas pu y tenir. J'avais déjà pris l'habitude du travail et je souffrais d'une sorte d'ennui indéfinissable au milieu de mes amusements. Pour rien au monde je ne me serais avoué à moi-même que je regrettais ma leçon de musique ou d'histoire. » Sa mère aussi lui manquait, ce qu'elle exprimait en adoptant elle-même *une attitude maternelle.* « Dès mon enfance », écrit George Sand, « j'ai aimé les petits enfants avec une passion maternelle. » Pour Aurore, cet été-là fut marqué par le plaisir de s'occuper avec tendresse des jeunes enfants des Fleury, des Duvernet et des Papet, amis de toujours des Dupin.

L'été passa, ou plutôt déclina car l'automne apporta la nouvelle de l'incendie spectaculaire de Moscou et du début de la tragique retraite des Français. « Jusque-là je regardais ma nation comme invincible, et le trône impérial comme celui de Dieu même. » Aurore fit des rêves qui n'en finissaient pas (paix à Freud et à ses cendres) où elle se voyait voler dans les airs à la rescousse de la Grande Armée perdue dans les neiges de la Russie pour la ramener d'une main virile en terre de France. L'hiver 1812-1813 se passa à Nohant, de même que l'été suivant. La guerre reprit deux fois et l'on vit dans la campagne entourant Nohant des colonnes de prisonniers allemands tristes et affamés.

Au cours de cette période Sophie fit un séjour, le seul peut-être, à Nohant ; Aurore allait avoir dix ans et ce souvenir demeurerait avec une acuité poignante dans son esprit. Jusque-là, lorsque sa mère venait au château, Aurore dormait sur un divan dans la chambre de Sophie et se glissait dans le lit de sa mère pendant la nuit. « J'étais là comme un oisillon dans le sein maternel ; il me semblait que j'y dormais mieux et que j'y avais de plus jolis rêves. » Cette fois, Mme Dupin interdit formellement à Aurore de dormir dans la chambre de sa mère :

> Malgré la défense de la bonne maman, j'eus pendant deux ou trois soirs la patience d'attendre sans dormir, jusqu'à onze heures, que ma mère fût rentrée dans sa chambre. Alors je me levais sans bruit, je quittais la mienne sur la pointe de mes pieds nus, et j'allais me blottir dans les bras de ma petite mère, qui n'avait pas le courage de me renvoyer, et qui elle-même était heureuse de s'endormir avec ma tête sur son épaule. Mais ma grand-mère eut des soupçons, ou fut avertie par Mlle Julie, son lieutenant de police. Elle monta et me surprit au moment où je m'échappais de ma chambre ; Rose fut grondée pour avoir fermé les yeux sur mes escapades. Ma mère entendit du bruit et sortit dans le corridor. Il y eut des paroles assez vives échangées ; ma grand-mère prétendait que ce n'était ni sain ni *chaste* qu'une fille de neuf ans dormît à côté de sa mère... J'étais si chaste quant à moi, que je ne comprenais même pas bien le sens du mot chasteté... J'entendis ma mère qui répondait : « Si quelqu'un manque de chasteté, c'est vous pour avoir de pareilles idées !... Mes caresses sont plus honnêtes que vos pensées. »
> Je pleurai toute la nuit. Il me semblait être attachée physiquement et moralement à ma mère par une chaîne de diamant que ma grand-mère voulait en vain s'efforcer de rompre, et qui ne faisait que se resserrer autour de ma poitrine jusqu'à m'étouffer.

Une réconciliation mélodramatique de trois générations de Dupin se déroula sur la tombe de Maurice, mais ce conflit déchirait le cœur de la petite Aurore. Privée de son père à quatre ans, elle perdait de nouveau sa mère. Il lui restait sa grand-mère, mais la santé de Mme Dupin déclinait et elle fut bientôt plongée dans le coma. Deschartres, Rose et Julie l'entouraient anxieusement, et Aurore prit conscience de l'inquiétude et de la tristesse que lui inspirait l'état de la vieille dame. Celle-ci se rétablit presque en même temps que les Bourbons remontaient sur le trône après la chute de Napoléon et son exil. « Allons, ma fille », dit-elle à Aurore, « voilà nos cousins [les deux frères de Louis XVI] sur le trône. » Un trône aussi lointain pour l'enfant inquiète que l'étaient ses « cousins ».

Sophie partit, puis revint. Mme Dupin lui avait demandé son aide pendant qu'Aurore passait par une phase particulièrement difficile. Le séjour d'un mois qu'elle fit à Nohant ne fut guère une réussite et elle plia bagage. La voyant à ses préparatifs, la pauvre enfant sentit la terreur l'envahir :

> Je crus que ma mère s'en allait pour ne plus revenir... Je me jetai dans ses bras, à ses pieds ; je me roulai par terre, la suppliant de m'emmener, et lui disant que si elle ne le faisait pas, je me sauverais, et que j'irais de Nohant à Paris, seule et à pied, pour la rejoindre. Elle me prit sur ses genoux et tâcha de me faire comprendre la situation. « Ta grand-mère, me dit-elle, peut me réduire à quinze cents francs si je t'emmène. — Quinze cents francs ! m'écriai-je, mais c'est beaucoup, cela ! c'est bien assez pour nous trois. — Non, me dit-elle, ce ne serait pas assez pour Caroline et moi, car la pension et l'entretien de ta sœur m'en coûtent la moitié, et avec ce qui me reste j'ai bien de la peine à vivre et à m'habiller... Si je t'emmène, et qu'on me retire mille francs par an, nous serons si pauvres, si pauvres, que tu ne pourras pas le supporter, et que tu me redemanderas ton Nohant et tes quinze mille livres de rentes. — Jamais ! jamais ! m'écriai-je, nous serons pauvres, mais nous serons ensemble... nous serons heureuses !... — Ce n'est pas à moi que je pense, c'est à toi, et je crains que tu me reproches un jour de t'avoir privée d'une belle éducation, d'un beau mariage et d'une belle fortune. — Oui, oui, m'écriai-je, une belle éducation, où l'on veut faire de moi une poupée de bois ; un beau mariage, avec un monsieur qui rougira de ma mère et la mettra à la porte de chez moi ! une belle fortune, qui m'aura coûté tout mon bonheur !... Moi, je veux être pauvre avec toi, et on n'est pas heureuse sans sa mère. — Écoute, me dit-elle, tu ne sais pas ce que c'est que la misère pour des jeunes filles ! moi, je le sais et je ne veux pas que Caroline et toi passiez par où j'ai passé quand je

me suis trouvée orpheline et sans pain à quatorze ans * ; je n'aurais qu'à mourir et à vous laisser comme cela ! Ta grand-mère te reprendrait peut-être mais elle ne prendra jamais ta sœur, et que deviendrait-elle ? »

C'était trop froidement raisonner pour une enfant de dix ans. Sophie se sentit obligée de faire miroiter de grands espoirs. Elle promit à Aurore qu'elle ouvrirait une boutique de modes à Orléans — avec l'aide de Pierret et de tante Lucie — et qu'elles vivraient de nouveau ensemble, « comme du temps de la rue Grange-Batelière ». Sophie ne put s'empêcher de laisser échapper une pique à l'intention de Mme Dupin. « Et quand elle passera dans son carrosse par la grande rue d'Orléans, elle verra en lettres longues comme le bras “ Madame veuve Dupin, marchande de modes. ” »

Aurore sauta de joie et aida volontiers sa mère à faire ses bagages, persuadée de rapprocher par ce geste le jour des retrouvailles. Ce soir-là, elle écrivit à Sophie une longue lettre qu'elle cacha derrière un portrait de son grand-père, avertissant Sophie par un message caché dans son bonnet de nuit. Elle la suppliait de venir la voir pendant la nuit. A deux heures du matin, Aurore alla dans la chambre de sa mère. Sophie avait lu la lettre, mais préféré ne pas aller voir Aurore. Elle se mit à pleurer, serrant Aurore contre elle et avoua que « la boutique de modes » n'était qu'un stratagème pour gagner du temps et aider Aurore à prendre son mal en patience et à s'habituer de vivre auprès de sa grand-mère. Ses mots furent autant de coups de poignard, « froids comme la mort », dans le cœur de l'enfant. Devant le désespoir de sa fille, Sophie promit de revenir la chercher dans trois mois. Aurore voulut à tout prix que sa mère lui écrive une lettre qu'elle pourrait garder pour se rassurer. Sophie promit de lui en écrire une le soir même et de la glisser derrière le portrait. Cette nuit chargée de promesses terminait une longue journée. Sophie partit le lendemain matin. Aurore courut au portrait. Pas de lettre. « Je me disais que ma mère ne m'aimait pas autant qu'elle était aimée de moi ».

* En réalité, Sophie avait perdu son père à l'âge de huit ans, et sa mère à dix-sept ans.

Sophie, ajoute George Sand d'une plume généreuse, avait trop souffert dans sa vie et s'évitait d'autres chagrins. « Et moi, j'étais comme avide de souffrance, tant j'avais encore de force à dépenser sous ce rapport-là. » Dans sa solitude, Aurore se tourna vers Liset, un petit paysan de deux ans plus jeune qu'elle et avec qui sa mère s'était liée d'amitié. Il était en larmes le jour du départ de Sophie et Aurore le réconforta jouant le rôle de la mère que tous deux regrettaient. Quand Mme Dupin fut victime d'une seconde attaque et dut garder le lit, Aurore reporta sur elle son sentiment maternel et passa des heures à son chevet.

Deschartres continuait à lui apprendre le latin, l'arithmétique et la botanique, passant sous silence « le mystère de la génération et la fonction des sexes ». Hippolyte était insupportable, seulement bon à imaginer les tours les plus pendables. Rose devenait irritable et entrait dans des colères noires : « Elle commençait à me brutaliser », tout en le regrettant ensuite. « J'aurais pu faire cesser cet état de choses », en en parlant à Mme Dupin, mais « je ne le voulus jamais ». Rose, Aurore s'en rendait compte, l'aimait sincèrement ainsi que sa mère, et elles avaient tacitement convenu de ne jamais rien raconter à Mme Dupin. C'était bon pour Mlle Julie. Entre-temps, les Cent Jours qui avaient ramené Napoléon au pouvoir se terminaient avec Waterloo et l'ultime exil de l'empereur à Sainte-Hélène. Il y eut plus important : le départ d'Hippolyte qui s'engagea dans un régiment de hussards en 1816, laissant Aurore seule à Nohant avec sa grand-mère, Deschartres, Julie et Rose.

Deux années mélancoliques d'une puberté turbulente, seulement tempérée par la lecture et la musique, s'écoulèrent. Aurore étudiait le piano avec passion et George Sand eût pu faire une carrière de pianiste de concert si cette profession avait été ouverte aux femmes — ou si le nouveau professeur de musique d'Aurore, l'organiste de La Châtre, n'avait pas tué en elle cet élan par ses leçons abrutissantes. Toujours est-il qu'Aurore continua à étudier le piano, composant et fredonnant : « Papillons jolis, venez sur mes fleurs. » « Ma mère, m'entends-tu ? Je pleure et je soupire... » Et elle poursuivit ses travaux littéraires ; elle se rappelait, entre autres, une métaphore : « La lune qui labourait les nuages, assise dans sa nacelle d'argent. » Aurore envoya une de ses compositions à sa mère qui, dans une de ses rares lettres, répondit : « Tes belles phrases m'ont bien fait rire, j'espère que tu ne vas pas te mettre à parler comme ça. » Aurore lui écrivit à son tour pour la rassurer : « Sois tranquille, ma petite mère, je ne deviendrai pas une pédante, et quand je voudrais dire que je t'aime, que je t'adore, je te le dirai tout bonnement comme le voilà dit. » Elle cessa néanmoins d'écrire.

Mais le besoin « d'inventer », de créer « un monde de fiction » ne l'en tourmentait pas moins et ne cesserait jamais de se faire sentir (« toute ma vie j'avais eu un roman en train dans ma cervelle »). Quand Aurore eut douze ans, deux livres laissèrent sur son esprit une empreinte profonde : *l'Iliade* d'Homère et la *Jérusalem délivrée* du Tasse. Elle jugeait Homère plus grand, plus héroïque, le Tasse « plus romanesque, plus de mon temps et de mon sexe ». Aucune de ces deux œuvres, toutefois, ne satisfaisait ses aspirations religieuses ni ne comblait le vide laissé par le déisme nationaliste de sa grand-mère voltairienne. Un prêtre de La Châtre lui enseigna le catéchisme afin de la préparer à sa première communion, « mais je ne comprenais absolument rien... ». Elle décida qu'il lui fallait une religion « et je m'en fis une ».

De ce vide et de cette solitude naquit la divinité personnelle d'Aurore, « Corambé », un nom qu'elle avait inventé. « Il était pur et charitable comme Jésus, rayonnant et beau comme Gabriel », et aussi humain qu'un dieu païen. Plus intime et plus familier. « Il me fallait le compléter en le vêtant en femme à l'occasion, car ce que j'avais le mieux aimé et le mieux compris jusqu'alors, c'était une femme, c'était ma mère. En somme, il n'avait pas de sexe et revêtait toute sorte d'aspects différents. » Et Aurore l'aimait « comme un ami, comme une sœur ».

Dans les fourrés des bois de Nohant, Aurore éleva un autel secret, un « temple » à Corambé. Imitant de façon délibérée Sophie, elle choisit les cailloux et les coquillages les plus beaux et les plus colorés, les mousses et les fougères les plus fraîches, elle suspendit des guirlandes, des nids d'oiseaux et de gros coquillages en guise de lampes sacrées. Elle ne parla à personne de Corambé (qu'elle appelait son « roman ») et elle se glissait sans être vue jusqu'à son autel afin de communier avec lui. Une telle divinité n'avait que faire de sacrifices. Elle préférait la célébrer en libérant des papillons et des oiseaux prisonniers — qu'elle commençait par attraper. Mais un jour Liset, cherchant Aurore, la trouva devant l'autel de Corambé. « Ah ! mam'selle, le joli petit reposoir de la Fête-Dieu ! » Le mystère était dévoilé, le charme rompu. Bien qu'il continuât à vivre dans son esprit, Corambé ne vint plus au rendez-vous. « Je détruisis le temple avec autant de soin que je l'avais édifié. » Et elle enterra guirlandes et coquillages sous les ruines du sanctuaire.

Parallèlement à cette expérience de la solitude et cette communion avec Corambé, il y avait la vie de tous les jours, apparemment à l'opposé. Les petits paysans remplissaient cet espace moins intime. Aurore courait et jouait avec eux dans les champs, les aidait dans leurs tâches, cherchait les œufs, ramassait les fruits et les légumes de saison, faisait les foins et les moissons, s'occupait des animaux de la ferme, des vaches, des bœufs à la tête pesante, et des moutons. Ces activités allaient lui donner la force qui la rendrait capable tout au long de sa vie « de marches et de fatigues presque viriles ». Elle éprouvait un amour particulier pour l'automne et l'hiver, quand les chanvriers racontaient au coin du feu des histoires où il était question de spectres et de feux follets qu'ils avaient vus, comme les paysans qui les écoutaient, la semaine ou la nuit précédente. Pour les Berrichons, magie et sorcellerie faisaient bon ménage avec le catéchisme et Aurore elle-même, enfant, croyait à la Grande Bête de la Vallée Noire, bien qu'elle ne l'eût jamais vue de ses propres yeux[5].

Mais sa vie intérieure primait. « Le roman de Corambé continuait à se dérouler », coïncidant avec la communion d'Aurore, un événement bizarre et bâclé qui lui parut un acte d'hypocrisie, de sa part comme de celle de sa grand-mère. Elle y consentit pour lui plaire, Mme Dupin pour sacrifier aux usages. Aurore puisa un certain réconfort dans sa docilité, mais retomba peu après dans de longs mois de mélancolie.

Et Aurore brûlait en permanence de sa « passion malheureuse » pour sa mère absente — à demi travestie en Corambé ou apaisée par lui, et qui finit par éclater sans retenue. Aurore résolut de retourner chez sa mère, de partager son sort, « d'être ignorante, laborieuse et pauvre avec elle ». Elle se révolta ouvertement en négligeant ses études et fut grondée avec sévérité par sa grand-mère. Un jour que celle-ci l'avait réprimandée avec plus de rigueur qu'à l'ordinaire, elle sortit en trombe de la chambre de Mme Dupin, envoya valser ses livres et hurla son exaspération aux murs de la pièce. Mlle Julie l'entendit et la tança vertement : « Vous mériteriez », conclut-elle, « qu'on vous renvoyât chez votre mère !

— Me renvoyer chez ma mère ! » explosa Aurore, « mais c'est tout ce que je désire, tout ce que je demande ! Je ne veux plus rester ici... Je veux retourner avec ma mère... C'est elle que j'aime et que j'aimerai toujours, quoi qu'on fasse... Allez, dépêchez-vous, faites votre déposition, je suis prête à la signer. »

Mlle Julie tourna les talons et alla dans la chambre de Mme Dupin. Aurore attendit, espérant être rappelée par Julie qui lui dirait : « Elle souffre, venez la consoler. » Mais une stratégie bien plus cruelle se préparait. Aurore fut consignée dans sa chambre avec ordre de ne pas en sortir. Sa grand-mère ne voulait pas la voir. Puisque Aurore la « détestait », elle la laisserait retourner chez sa mère si elle y tenait tant. Aurore accusa Julie d'avoir menti à Mme Dupin ; elle ne détestait pas sa grand-mère, elle l'aimait, « mais j'aime mieux ma mère », ajouta-t-elle.

Pendant trois jours, Aurore ne sortit pas de sa chambre, descendant prendre ses repas seulement après que sa grand-mère eut quitté la table. Les domestiques paraissaient consternées, mais ne pouvaient rien faire. Au bout de trois jours, Aurore alla dans la chambre de sa grand-mère. On l'empêcha d'entrer. Elle alla se promener dans le jardin et dans les bois, où elle aida une pauvre vieille à faire ses fagots de petit bois. Elle passa des heures à se baisser et travailla la journée entière. Elle écouta les merles, oubliant sa tristesse. A la tombée du jour, Aurore accompagna la vieille femme jusqu'à sa chaumière. Elle mourait de faim et partagea son pain noir. Mais elle exultait : elle avait accompli le travail du pauvre, mangé le pain du pauvre. « Jamais repas ne m'avait semblé si bon. » Elle était capable de travailler ! Elle travaillerait pour sa mère : « C'est moi qui lui porterai son bois, qui ferai son feu, son lit... Nous nous appartiendrons ! »

Rose partit chercher Aurore et la ramena au château. Le

lendemain matin, elle la conduisit dans la chambre de sa grand-mère. « Va l'embrasser et lui demander pardon », dit-elle avec gentillesse. Mais, dans les bras de sa grand-mère, l'attendait « la plus cruelle, la plus poignante et la moins méritée des punitions ». Pendant ces trois jours Mme Dupin avait cherché comment « me rattacher à elle ».

> Comme je m'étais mise à genoux contre son lit et que j'avais pris ses mains pour les baiser, elle me dit d'un ton vibrant et amer que je ne lui connaissais pas : « Restez à genoux et m'écoutez avec attention car ce que je vais vous dire, vous ne l'avez jamais entendu et jamais plus vous ne l'entendrez de ma bouche. Ce sont des choses qui ne se disent qu'une fois dans la vie, parce qu'elles ne s'oublient pas ; mais faute de les connaître, quand par malheur elles existent, on perd sa vie, on se perd soi-même. »
>
> Après ce préambule qui me fit frissonner, elle se mit à me raconter sa propre vie et celle de mon père... puis celle de ma mère, telle qu'elle la croyait savoir, telle du moins qu'elle la comprenait. Là, elle fut sans pitié et sans intelligence, j'ose le dire, car il y a, dans la vie des pauvres, des entraînements, des malheurs et des fatalités que les riches ne comprennent jamais, et qu'ils jugent comme les aveugles des couleurs... Il fallait me dire comment ma mère avait racheté le passé, comment elle avait aimé fidèlement mon père, comment, depuis sa mort, elle avait vécu humble, triste et retirée. Ce dernier point, je le savais bien, du moins je croyais le savoir ; mais on me faisait entendre que si l'on me disait tout le passé, on m'épargnait le présent, et qu'il y avait, dans la vie actuelle de ma mère, quelque secret nouveau qu'on ne voulait pas me dire et qui devait me faire trembler pour mon propre avenir si je m'obstinais à vivre avec elle. Enfin, ma pauvre bonne maman, épuisée par ce long récit, hors d'elle-même, la voix étouffée, les yeux humides et irrités, lâcha le grand mot, l'affreux mot : ma mère était une femme perdue, et moi un enfant aveugle qui voulait s'élancer dans un abîme.
>
> Ce fut pour moi un cauchemar ; j'avais la gorge serrée ; chaque parole me faisait mourir, je sentais la sueur me couler du front, je voulais interrompre, je voulais me lever, m'en aller, repousser avec horreur cette effroyable

confidence ; je ne pouvais pas, j'étais clouée sur mes genoux, la tête brisée...

Aurore repoussa avec horreur les mains de la vieille femme. Elle quitta la pièce en courant et tomba dans les bras de Rose. Elle l'embrassa avec effusion, « me rappelant que cette fille ne m'avait jamais dit que du bien de ma mère, sûre qu'elle connaissait tout ce qu'on venait de m'apprendre ». Ensuite, elle se précipita dans sa chambre. « Les larmes... ne me soulagèrent pas... Je ne sais pas pleurer. » Elle se reprit, décidée à ne montrer aucun signe de faiblesse, à ne pas même tomber malade, et descendit dîner. Elle se força à manger. « On me donna mes cahiers, je fis semblant de travailler. » Et elle continua ses activités coutumières. En apparence, rien n'était changé. Elle aimait toujours sa mère, mais ne formait plus le projet de s'enfuir la rejoindre. « Je ne sentais plus venir les doux rêves. Plus de romans, plus de contemplations. Corambé était muet. Je vivais comme une machine. » Elle se réfugia dans les champs et trouva auprès des paysans un adoucissement à sa peine, en même temps que la santé et la force. Mais qui ne conduisirent qu'à une révolte plus ouverte : Aurore devint une enfant terrible.

Mme Dupin se vit confrontée à un dilemme, à l'impossible choix : ou Nohant ou Sophie pour Aurore. Elle opta pour un compromis et fit venir Aurore. « Ma fille, dit-elle, vous n'avez plus le sens commun. Vous aviez de l'esprit, et vous faites tout pour devenir ou paraître bête. Vous pouviez être agréable, et vous vous faites laide à plaisir. Votre teint est noirci, vos mains gercées, vos pieds vont se déformer dans les sabots... Vous avez été une charmante petite fille, il ne faut pas devenir une jeune personne absurde. » Elle avait décidé, apprit-elle à Aurore, de l'envoyer au couvent, à Paris.

Aurore : « Et je vais voir ma mère ? »

Mme Dupin (glaciale) : « Oui certes, vous la verrez ; après quoi vous vous séparerez d'elle et de moi le temps nécessaire pour achever votre éducation. »

Mme Dupin conduisit Aurore à Paris où elle vit Sophie. Elle avait cru, contre tout espoir, que sa mère refuserait de la laisser aller au couvent et la prendrait avec elle. Mais elle se trompait.

Au contraire, Sophie « lui prêcha l'avantage des richesses et des talents. Elle le fit d'une manière qui m'étonna et me blessa... Elle me dit que le couvent me serait utile ». Car au couvent des Augustines anglaises, où Mme Dupin avait jadis été emprisonnée, Aurore aurait pour condisciples, et Sophie ne l'ignorait pas, les filles de l'aristocratie et autres privilégiées.

A quatorze ans, Aurore entrait dans ce couvent parisien « sans crainte, sans regret et sans répugnance ». Elle pensait y trouver un terrain neutre, « une sorte de halte au milieu de la lutte que je subissais[6] ».

5. De la diablerie à la piété et retour

La vie en commun est l'idéal du bonheur entre gens qui s'aiment. Je l'ai senti au couvent, je ne l'ai jamais oublié.

George Sand, *Histoire de ma vie*[1].

Quand les persécutions reprirent pendant l'ère élizabéthaine, les catholiques anglais se réfugièrent sur le continent, et les femmes de la bonne société dans les couvents. Celui qui nous intéresse, fondé d'abord dans les Flandres, s'était installé à Paris en 1634[2], à la limite est du quartier Latin. Le couvent des Augustines anglaises avait prospéré et lorsque Aurore fut introduite dans ses murs, il était devenu un établissement aussi distingué que tout autre couvent français. Les deux tiers des religieuses, des sœurs converses et des prêtres de passage, quelque cent vingt personnes en tout, étaient anglais, écossais ou irlandais. Les religieuses parlaient anglais, mais plusieurs cours étaient faits en français ; elles prenaient le thé trois fois par jour et invitaient les élèves les plus sages à leur tenir compagnie.

Dans l'uniforme de serge amarante que portaient toutes les pensionnaires, Aurore explora les lieux tandis que Mme Dupin s'entretenait avec la mère supérieure. Elle vit un véritable « village » composé de divers bâtiments recouverts de vigne vierge et de jasmin, un « labyrinthe » de cours et de corridors, avec un cloître, une chapelle de style gothique, des salles de travail, des salles de classe, des dortoirs et des cuisines ; « je fus bien un mois avant de savoir m'y retrouver[3] ».

C'était l'heure de la récréation. Aurore se mêla à la *petite classe* pour une partie de barres, puis dit adieu à sa grand-mère. Elles se séparèrent froidement ; Mme Dupin devait le reprocher à Aurore au grand étonnement de la petite fille. (« Il me semblait que j'avais bien agi en ne lui montrant aucune faiblesse et selon moi, mon courage ou ma résignation eussent dû lui être agréable [4]. ») De son appartement de Paris, Mme Dupin écrivit à Aurore en lui enjoignant de se tenir droite, physiquement et moralement, de soigner sa toux ; elle ajoutait qu'elle lui enverrait son piano (ce serait, en fait, une harpe) dès qu'elle aurait une chambre individuelle. Une longue lettre de conseils arriva bientôt de Nohant, où elle lui recommandait, entre autres, de ne pas regarder ses pieds en dansant et de ne pas négliger l'étude de l'anglais : « Tu m'en sauras gré un jour », écrivait-elle [5].

C'était du couvent même qu'Aurore était reconnaissante à cette période de sa vie. « J'étais fatiguée d'être une pomme de discorde. » Néanmoins, ses débuts au couvent ne furent pas une réussite. Les trente élèves de la *petite classe* s'entassaient dans une pièce triste avec, parmi elles, Aurore et Mlle D., « grasse, sale, bigote, dure jusqu'à la cruauté ». Cette maîtresse « avait de la joie à punir, de la volupté à gronder ». Elle leur faisait baiser le sol en guise de punition et éprouvait une sorte de rage d'être autant détestée. Elle s'acharnait sur une petite Anglaise de cinq ou six ans, « pâle, délicate, maladive » qu'on pouvait entendre hurler du matin au soir, la tourmentant et la cajolant tour à tour. Le premier jour que son regard tomba sur Aurore, Mlle D. déclara : « “ Vous me paraissez une personne fort dissipée... ”, et dès ce moment, je fus classée parmi ses pires antipathies. »

De telle sorte que, malgré sa bonne volonté du début et son désir de se soumettre à la discipline du couvent, Aurore fut amenée à se rebeller : « Je m'enrégimentai résolument dans le *camp des diables.* » Par ce qualificatif on entendait les quelques élèves qui se démarquaient avec mépris des *sages,* et encore plus des *bêtes.* A leur tête se trouvait une Irlandaise, Mary Gillibrand, vrai garçon manqué. Elle avait assené à Aurore une énorme tape sur l'épaule que celle-ci lui avait rendue avec la même énergie. Elles devinrent amies. La nuit, les *diables* se lançaient dans leur aventure favorite — « délivrer la victime », une femme qui aurait été enfermée deux siècles plus tôt pour une quelconque raison dans le labyrinthe des caves et des pièces secrètes du couvent. « Toute porte condamnée, tout recoin obscur sous un escalier, toute muraille qui sonnait creux », pouvaient la dissimuler.

Diable la nuit, Aurore était réservée le jour, « une eau qui dort », avait dit d'elle la supérieure à Mme Dupin. Même dans ses moments de « diablerie », elle se retirait en elle-même, où elle trouvait une eau profonde pour s'y réfléchir. « J'avais toujours mes heures de rêverie douloureuse et de sombres réflexions... Mes compagnes anglaises se moquaient de moi et me disaient : " *You are low-spirited to-day ? What is the matter with you* ?* " Et Isabelle avait coutume de répéter quand j'étais jaune et abattue : " *She is in her low spirits, in her spiritual absences* ". »

Aurore eut divers surnoms. Une de ses compagnes l'appelait *Calepin,* « parce que j'avais la manie des tablettes de poche ». Une religieuse l'avait baptisée *Madcap* et *Mischievous* (tête folle et espiègle). Quand elle passa dans la *grande classe,* elle devint *Ma Tante* et le *marquis de Sainte-Lucie* (probablement parce qu'elle se prénommait, entre autres, Lucille[6]). Et Aurore se qualifiait personnellement de « généralissime de l'armée française du couvent[7] ».

De forts attachements se créaient entre les pensionnaires, inévitables dans la réclusion profondément malsaine et non mixte du couvent, et George Sand y revient longuement : Valentine, une fillette de dix ans dont Aurore s'occupait « comme si elle eût été ma fille » ; Suzanne, « qu'il me fallait soigner encore plus car elle était continuellement malade » ; Héléna, la victime favorite des *diables* qu'Aurore prit sous son aile — de la même façon que George Sand veillerait plus tard sur Musset, Chopin et les autres. Dans la *grande classe,* ses affections se reporteraient sur Isabelle, Sophie, Fannelly et Anna, par ordre de préférence, et elle inscrirait sur ses livres et sur ses cahiers, en guise de formule cabalistique, *Isfa,* unissant ainsi ses amours simultanées. Chacune des quatre apportait quelque chose à Aurore, et elle se livrait à chacune : « Anna aimait à causer, je l'écoutais. Sophie était rêveuse et triste, je m'attachais à ses pas en silence. Fannelly aimait à courir, à rire,

* « Vous semblez abattue, aujourd'hui ? Qu'est-ce que vous avez ? »

à fureter, à organiser toujours quelque diablerie, je devenais tout feu, tout joie, tout mouvement avec elle. »

Même en matière d'aménagement, la *grande classe* marquait un progrès. Les cours avaient lieu dans une pièce pourvue de cinq ou six grandes fenêtres qui s'ouvraient sur le jardin rempli de fleurs. Au printemps, les grands marronniers fleuris rivalisaient avec ceux des Champs-Élysées. La « *Comtesse* » — ainsi surnommée pour ses grands airs — qui dirigeait la section des grandes était une femme terne et plutôt ridicule, mais dotée d'un naturel enjoué ; il était facile de bien s'entendre avec elle, et l'une des sœurs était la simplicité, la douceur et la bonté mêmes.

Mais surtout, pour Aurore, il y avait Marie-Alicia Spring ; une religieuse qui n'avait pas encore trente ans, avec de doux yeux bleus et des manières charmantes. Aurore devint l'une de ses « filles » et Marie-Alicia sa « mère » en vertu du système d'adoption propre au couvent.

Un jour les calepins s'épanouirent en un petit roman d'une centaine de pages qu'Aurore eut le courage de soumettre à ses amies. Il avait pour héros un certain Fitz Gerald — que Sophie et Anna jugèrent plutôt assommant — de même que son héroïne anonyme. Rien d'étonnant à cela car ces deux personnages passaient leur temps à prier devant un oratoire ombragé. Aurore s'essaya à un autre style, « un roman pastoral » qu'elle-même estima encore plus mauvais que le premier et utilisa pour allumer le poêle un jour d'hiver[8].

Ces premiers revers littéraires furent compensés par le fait que le jeune auteur put enfin disposer d'une chambre à elle[9]. George Sand : « La vie en commun est l'idéal du bonheur entre gens qui s'aiment. Je l'ai senti au couvent, je ne l'ai jamais oublié ; mais il faut à tout être pensant ses heures de solitude et de recueillement. C'est à ce prix seulement qu'on goûte la douceur de l'association[10]. »

La description qu'Aurore fait de sa chambre, ou plutôt de sa cellule, à cette époque permet de savourer le style de George Sand plusieurs années avant qu'elle ne le devînt :

> Au premier en descendant du ciel une chambre qui n'est ni ronde ni carrée, mais dans laquelle on peut faire six pas

> pourvu qu'ils soient très petits, le voisinage de la gouttière et des concerts de chats toutes les nuits. Mon lit sans rideaux est dans l'endroit le plus large c'est-à-dire auprès de la muraille d'un côté et de l'autre à deux pieds de la fenêtre. Quand je dis sans rideaux j'aurais tort de me plaindre, car je n'en ai pas besoin. La charpente et le toit de biais est précisément au-dessus de ma tête de sorte qu'en sortant de mon lit je me casse le front tous les matins et je fais trembler toute la charpente pourrie. Ma fenêtre composée de quatre petits carreaux donne sur une étendue de toits couverts de tuiles et sur des chapiteaux de cheminées où rôdent incessamment des volées de moineaux qui m'aident à manger mon pain sec. Le papier de ma cellule a été jaune à ce qu'on prétend. Mais quelle que soit sa couleur, il est fort intéressant, car il est barbouillé, dans tous les sens, de noms, de maximes, de vers, de niaiseries, de réflexions, de dates, que toutes celles qui ont habité cette chambre y ont laissés. Celle qui l'habitera après moi aura de quoi s'amuser car je lui laisserai des romans et des poèmes entiers à déchiffrer sur la muraille, et des dessins fort intéressants gravés avec un couteau sur les pierres de ma fenêtre à l'extérieur. Une harpe une chaise de paille et une commode, par-dessus laquelle je suis obligée de sauter pour arriver à la porte composent avec mon lit… tout mon mobilier… S'il arrive quelque orage… je rêve quelquefois que je suis tombée dans la rivière et à mon réveil je crois encore y être [11].

Aurore dormait peu, et n'aurait jamais besoin de beaucoup de sommeil dans sa vie. Elle rêvait de Nohant « devenu dans ma pensée un paradis » au même titre, mais sans les remplacer, que les mansardes de la rue Grange-Batelière. Pourtant, elle ne s'attardait pas sur son désir d'y retourner. Elle préférait même passer ses vacances au couvent, avec l'accord de Mme Dupin, qui espérait voir raccourcies d'autant les études de sa petite-fille. Puis : « Je devins dévote ! »

La conversion soudaine d'Aurore à une piété fervente est évoquée comme un drame personnel et intense. « Le seul amour violent dont j'eusse vécu, l'amour filial, m'avait comme lassée et brisée. J'avais une sorte de culte pour Mme Alicia, mais c'était un amour tranquille ; il me fallait une passion ardente. J'avais quinze ans. »

Pendant la messe de l'après-midi à la chapelle, Aurore feuilletait avec distraction un livre qu'on lui avait donné, *la Vie des saints.* Elle tomba par hasard sur la vie de Siméon le Stylite, l'ermite au pilier. Le lendemain, toujours à la messe, elle lut la vie d'un autre saint, et recommença le surlendemain. Levant les yeux de son livre, elle fut frappée par un tableau accroché au mur de la chapelle qui représentait l'agonie du Christ au jardin des Oliviers. Un second tableau — saint Augustin sous un figuier — attira ensuite son attention, « avec le rayon miraculeux sur lequel était écrit le fameux *Tolle, lege,* ces mystérieuses paroles que le fils de Monique crut entendre sortir du feuillage ». Aurore se plongea donc dans la vie de saint Augustin ; et elle relut les évangiles. Mais elle avait été trop armée contre les Écritures par sa grand-mère et par les « facéties de Voltaire ».

Cependant, ce soir-là, alors que le jour tombait, Aurore arpenta tristement le cloître du couvent. Dans l'obscurité, elle observa quelques « ferventes qui s'en allaient furtivement répandre leurs âmes au pied de ce Dieu d'amour et de contrition ». Elle en suivit une dans la chapelle, poussée par la courtoisie et par la diablerie, car les élèves souhaitant aller prier à cette heure-là devaient en demander la permission. Dans la pénombre faiblement éclairée par une petite lampe d'argent, la curiosité s'évanouit, la diablerie battit en retraite :

> ... l'aspect de l'église m'avait saisie et charmée. Les parfums du chèvrefeuille et du jasmin couraient sur les ailes d'une fraîche brise. Une étoile perdue dans l'immensité était comme encadrée par le vitrage et semblait me regarder attentivement. Les oiseaux chantaient ; c'était un calme, un charme, un recueillement, un mystère, dont je n'avais jamais eu l'idée...
>
> L'heure s'avançait... on allait fermer l'église... Tout à coup je ne sais quel ébranlement se produisit dans tout mon être, un vertige passe devant mes yeux comme une lueur blanche dont je me sens enveloppée. Je crois entendre une voix murmurer à mon oreille : *Tolle, lege.* Je me retourne, croyant que c'est Marie-Alicia qui me parle. J'étais seule...

> Je sentis que la foi s'emparait de moi, comme je l'avais souhaité, par le cœur. J'en fus si reconnaissante, si ravie, qu'un torrent de larmes inonda mon visage. Je sentis encore que j'aimais Dieu... cet idéal de justice, de tendresse et de sainteté... Je sentis enfin cette communication s'établir soudainement, comme si un obstacle invisible se fût abîmé entre le foyer d'ardeur infinie et le feu assoupi de mon âme.

La « communication directe » avec Dieu serait le sceau de George Sand et en S'exprimant, Il serait souvent elle-même autant que Corambé.

Le lendemain matin, Aurore s'endormit d'épuisement à la messe. Mais son exaltation persistait. « A partir de ce jour, toute lutte cessa, ma dévotion eut le caractère d'une passion. Le cœur une fois pris, la raison fut mise à la porte avec résolution, avec une sorte de joie fanatique. »

Anna et Sophie acceptèrent sans s'émouvoir outre mesure la conversion de leur amie, mais ne la suivirent pas dans cet accès de dévotion. Fannelly fut plus troublée, mais Aurore était trop absorbée en elle-même pour la rassurer. Quand son confesseur, l'abbé de Prémord, vint au couvent pour sa visite mensuelle, elle s'empressa de lui annoncer « la nouvelle », s'attendant à des effusions de joie et à des félicitations. Au lieu de quoi le sage abbé, un jésuite d'une soixantaine d'années, chercha doucement à tempérer le mysticisme d'Aurore avec son bon sens très terre à terre. Mais « sainte Aurore », comme on la surnommait maintenant, était au-delà de la sagesse. N'avait-elle pas « mis à la porte la raison » ?

Spontanément, Aurore devint l'amie d'une sœur converse pauvre et tuberculeuse (« je vis en elle une sainte des anciens jours »), et l'aida, avec son ardeur juvénile, à accomplir ses humbles tâches. Elle entrerait en religion, lui déclara-t-elle, et toutes deux travailleraient à servir Dieu. Aurore fit part de son intention à sœur Marie-Alicia. Celle-ci l'écouta, puis observa d'un ton calme que rien ne pressait. Réfléchissez, dit-elle, et rappelez-vous que « vous ne vous connaissez pas encore vous-même ».

Le bon sens de l'abbé de Prémord et de sœur Marie-Alicia

préserva Aurore « de ces vœux imprudents que les jeunes filles font quelquefois à Dieu », sans diminuer pour autant se dévotion passionnée et ses excès. Comme cilice, elle portait au cou un chapelet de filigrane qui la comblait d'aise en l'écorchant jusqu'au sang ; et elle passait des heures à pleurer, au lieu de prier, à la chapelle. « Je brûlais littéralement comme sainte Teresa. Je ne dormais plus, je ne mangeais plus », et elle inquiétait les religieuses et ses compagnes qui la voyaient dépérir. Cet excès de piété persista pendant plusieurs mois, avant de retomber bientôt, comme on pouvait s'y attendre. Après tout, ce genre de crise n'avait rien d'exceptionnel chez une fille de nature passionnée au terme de l'adolescence.

Une fois de plus, Aurore alla voir l'abbé de Prémord lors de sa visite mensuelle, confessa ses fautes, lui exposa ses défaillances et attendit sa pénitence. « Mon enfant, vos parents s'inquiètent de votre exaltation. Votre mère pense que le régime du couvent vous tue ; votre grand-mère écrit qu'on vous fanatise... Vous savez bien qu'au contraire, on cherche à vous calmer. » Il poursuivit sur le même ton, puis : « Je vous donne pour pénitence de retourner aux jeux et aux amusements innocents de votre âge. Dès ce soir, vous courrez au jardin comme les autres, au lieu de vous prosterner à l'église en guise de récréation. »

A dire vrai, les mots de l'abbé tombèrent dans une terre fertile. Aurore sortait déjà de ses élans de piété soudaine les plus extrêmes. Elle recommença à jouer avec les autres, « avec complaisance, et puis avec plaisir, et puis avec passion, car l'activité physique était un besoin de mon âge, de mon organisation, et j'en avais été trop longtemps privée ». Fannelly, Anna et les autres « *diables* et *sages* » se réjouirent de son retour. Aurore retrouva son calme. Six mois s'écoulèrent.

Elle était redevenue elle-même. Elle organisa même une petite troupe de théâtre, monta quelques saynètes et une pièce à l'intention du couvent, choisissant les acteurs et concevant elle-même les costumes.

Elle avait choisi *le Malade imaginaire*. Du moins ce que se rappelait Aurore de cette comédie lue à Nohant, car « Molière était défendu au couvent ». Elle écrivit de mémoire sa propre version et le spectacle fit la joie des religieuses qui eurent ainsi l'occasion de rire des vers qu'on leur censurait. Il y eut aussi une période, la même année, où la révolte gronda dans tous les lycées et pensionnats, y compris dans les écoles de filles. Une heure durant, le cri de « Révolte ! Révolte ! » résonna dans la *grande classe* du couvent ; peu après, Aurore organisa une autre soirée théâtrale.

Mme Dupin, quant à elle, demeurait troublée et vint à Paris. Aurore n'avait pas renoncé à son projet de prendre le voile et sa « calme résolution » préoccupait davantage Mme Dupin que les excès récents de sa petite-fille. « Mais quand elle me vit bien portante, fraîche et gaie... et néanmoins rentrant chaque fois dans mon cloître avec plus de plaisir que j'en étais sortie, elle prit peur et résolut de me reprendre avec elle aussitôt qu'elle repartirait pour Nohant. »

La décision de Mme Dupin fit à Aurore l'effet « d'un coup de foudre, au milieu du plus parfait bonheur que j'eusse goûté de ma vie ». Les religieuses, voyant qu'elle persévérait avec calme dans son idée d'entrer un jour dans leur communauté, étaient de plus en plus convaincues de sa sincérité. Sauf sœur Alicia et l'abbé de Prémord qui la connaissaient mieux et qui restèrent sur leurs positions : « Gardez cette idée si elle vous est bonne. Mais pas de vœux imprudents, pas de secrètes promesses à Dieu, surtout pas d'aveu à vos parents avant le moment où vous serez certaine de vouloir pour toujours ce que vous voulez aujourd'hui. L'intention de votre grand-mère est de vous marier. Si dans deux ou trois ans vous ne l'êtes pas et que vous n'avez pas envie de l'être, nous reparlerons de vos projets[12]. »

On était le 12 avril 1820. Dans trois mois, Aurore aurait seize ans.

6. « C'est à cheval que l'on domine davantage »

> *Si ma destinée m'eût fait passer immédiatement de la domination de ma grand-mère à celle d'un mari, il est possible que… je n'eusse jamais été moi-même… Mais il était décidé par le sort que dès l'âge de dix-sept ans il y aurait pour moi un temps d'arrêt dans les influences extérieures, et que je m'appartiendrais entièrement pendant près d'une année, pour devenir, en bien ou en mal, ce que je devais être à peu près tout le reste de ma vie.*
>
> George Sand, *Histoire de ma vie*[1].

Le spectre du mariage hantait Aurore, l'anomalie bizarre que représentait cette intimité soudaine avec un étranger, ou presque, attiré par sa fortune avant même d'avoir vu son visage. Et la hâte de sa grand-mère était visible ; elle vieillissait. « Ma fille, il faut que je te marie bien vite », dit-elle à Aurore, « car je sens que je m'en vas… Songe que je finirais épouvantée et désespérée, si je te laissais sans guide et sans appui dans la vie. »

« Quel est donc ce mari, ce maître, cet ennemi de mes vœux et de mes espérances », s'inquiétait Aurore, cet homme qu'elle devrait épouser[2] ?

Mme de Pontcarré, amie de sa grand-mère, proposa un parti ; sa mère, Sophie, par l'intermédiaire de l'oncle Beaumont, un autre. Aurore déclara le premier « fort laid » quoiqu'elle ne l'eût en fait jamais bien regardé, et oublia complètement ce qu'il advint du second. Mme Dupin décida d'attendre encore six mois ou un an et l'on prépara les bagages en vue du départ pour Nohant.

Aurore demanda à sa mère si elle les accompagnerait. « Non certes ! » explosa Sophie. « Je ne retournerai à Nohant que quand ma belle-mère sera morte ! » Elle ne souhaitait pas davantage la présence d'Aurore à Paris. Les « beaux yeux noirs », farouches, de Sophie, son comportement instable, frappèrent pour la première fois Aurore « d'une secrète épouvante ». Sa mère avait-elle toute sa raison ? Ce soir-là, Mme Dupin eut la sagesse d'emmener Aurore au théâtre et avança la date de leur départ.

Elles firent la route dans la rapide calèche bleue ; une fois arrivée, Aurore occupa la chambre naguère réservée à sa mère. Les arbres fruitiers en fleurs embaumaient, les rossignols chantaient et, au matin, elle entendit le chant lointain des paysans qui travaillaient aux champs. Néanmoins, elle s'éveilla avec un sentiment de « joie et de douleur » dû pour une part au printemps à Nohant, et d'autre part à l'absence des règles qui rythmaient la vie au couvent, mais surtout parce qu'elle était jeune, une enfant du siècle sensible à sa nervosité mélancolique, au *mal du siècle* et à son goût pour la rêverie.

Le soir tombait lorsque Aurore écrivit *en anglais* des vers proches de Keats qui exprimaient avec tant de justesse ce qu'elle ressentait ; écrivain-né, elle les inscrivit sur son calepin relié en cuir bleu foncé.

> *Written at Nohant, upon my window, at the setting of the sun, 1820.* — Go, fading sun ! Hide thy pale beams behind the distant trees. Nightly Vesperus is coming to announce the close of the day. Evening descends to bring melancholy on the landscape. With thy return, beautiful light, Nature will find again mirth and beauty, but joy will never comfort my soul. Thy absence, radiant orb, may not increase the sorrows of my heart : they cannot be softened by thy return[3] !

Dans ses lettres à ses amies du couvent, elle décrivait une Aurore « qui pleure et qui souffre[4] ». Soucieuse de trouver une compagne pour cette « mélancolique » Aurore, Mme Dupin invita Mme de Pontcarré et sa fille Pauline qui avait elle aussi passé un temps au couvent. Il y eut des excursions dans la campagne et des duos à quatre mains dans le salon, et en août, Deschartres se joignit aux deux jeunes filles dans une saynète pastorale montée à l'occasion de l'anniversaire de Mme Dupin.

Aurore, brune comme « du tabac espagnol », travestie en berger, jouait face à une Pauline au teint de lys et de rose qui interprétait une villageoise d'opéra-comique. Le contraste entre elles deux (nota Aurore) peina Mme Dupin, et les Pontcarré, mère et fille, prirent congé peu de temps après.

Hippolyte vint passer à Nohant ses trois mois de permission, magnifique dans son uniforme de sergent de hussards ; il apprit à Aurore à monter à cheval. Peu banale, sa méthode se révéla efficace : « Vois-tu », déclara-t-il en hissant Aurore sur le dos de Colette, une jument de quatre ans dégingandée et d'un naturel paisible, « tout se réduit d'abord à deux choses : tomber ou ne pas tomber. Le reste viendra plus tard. » Aurore manqua vider les étriers à cinq ou six reprises, mais se rattrapa chaque fois à la crinière de Colette et tint bon. Au bout d'une heure, elle savait monter à cheval, ce qui, sa vie durant, lui serait une source de joie. Hippolyte montait le petit-fils du terrible Leonardo qu'Aurore gratifia du nom de *général Pépé* en souvenir d'un chef des Carbonari, montrant ainsi, à l'âge de seize ans, sa sympathie pour les révolutionnaires. En moins d'une semaine, tous deux sautaient fossés et haies et galopaient à travers champs. Mais en décembre, Aurore retomba dans un accès de mélancolie. Hippolyte était reparti. Elle se retrouvait seule avec Deschartres et sa grand-mère.

Elle était devenue, écrivit-elle à Émilie de Wismes, « une anachorète », abrégeant les journées en se levant tard. Puis « je déjeune, je cause avec ma grand-mère quelquefois une heure ou deux, je remonte chez moi où je m'occupe, je joue de la harpe, guitare, je lis, je me chauffe, je crache sur les tisons... je remue des souvenirs dans ma tête, j'écris sur la cendre avec la pincette, je descends pour dîner et tandis que maman [Mme Dupin] fait sa partie avec M. Deschartres... je remonte chez moi et je griffonne quelques idées dans une espèce de calepin[5] ».

C'était le temps de la réflexion et des lectures d'hiver, l'époque où Aurore lisait à haute voix *le Génie du christianisme* de Chateaubriand à Mme Dupin qui somnolait par intermittence. Ces pages troublaient Aurore ; leur ton humaniste se heurtait au ton plus dogmatique de *l'Imitation du Christ*, cadeau de sa très chère sœur Alicia. Être chrétien, lisait-elle dans Chateaubriand, signifiait essentiellement aimer l'homme. « De toutes les religions qui ont jamais existé, la religion chrétienne est la plus poétique, la plus humaine[6]. » L'austérité du credo orthodoxe séduisait la dévote qui s'attardait encore en elle, mais Chateaubriand appelait à une réconciliation de l'humanité et de la religion, de l'homme et de Dieu, à une philosophie qui devait constituer un élément durable de la personnalité de George Sand. « J'aime mieux croire que Dieu n'existe pas que de le croire indifférent[7]. » Son socialisme chrétien, quoique encore rudimentaire, naquit du conflit intérieur qui l'agitait cet hiver-là.

« Lisez les poètes », lui enjoignait son confesseur quand elle lui écrivait pour prendre conseil, « tous sont religieux. Ne craignez pas les philosophes, tous sont impuissants contre la foi. » Et avec la permission du tolérant abbé, Aurore explora en toute liberté la bibliothèque de sa grand-mère, lisant même les auteurs interdits par l'Eglise : Locke, Bacon, Aristote, Leibniz (« le plus grand de tous », même si elle ne fit qu'effleurer ses théories sur « les monades, les unités, l'harmonie pré-établie[8] »), Pascal, Montaigne, Pope, Milton, Shakespeare, Dante (« que je lisais par fragments, mais dont je rêvais toute la nuit[9] »), et Franklin (dont le portrait serait un jour accroché au-dessus de son lit). Mais ce fut Rousseau, dont l'hommage romantique à la sensibilité du cœur rappelait « une musique superbe... je le comparais à Mozart », qui marqua « le point d'arrêt de mes travaux d'esprit[10] ».

Au milieu de ce même hiver, de cette fièvre de lecture et de l'enrichissement intellectuel qu'elle apportait à Aurore, Mme Dupin fit incidemment allusion, comme s'il s'agissait d'une affaire banale, à la dernière demande en mariage qu'elle avait reçue pour sa petite-fille. Un général d'Empire, « un homme immensément riche, mais cinquante ans et un grand coup de sabre à travers la figure », avait officiellement demandé sa main. Il acceptait Aurore sans dot, l'ayant, semble-t-il, remarquée au parloir du couvent. Il ne posait qu'une condition, ajoute Mme Dupin : « que tu ne reverrais jamais ta mère ».

« Et vous avez refusé, n'est-ce pas ? » s'enquit Aurore avec inquiétude.

« Oui », répondit Mme Dupin en lui montrant une lettre du cousin René de Villeneuve. Cette lettre pourtant ne calma pas l'anxiété d'Aurore. Elle proposait aux deux femmes de se rendre à Paris afin de discuter plus amplement de cette offre. Elles iraient à Paris, décréta Mme Dupin, mais, ajouta-t-elle pour rassurer Aurore, « je ne veux pas entendre parler de ce mariage ».

Elles n'allèrent pas à Paris. Peu après leur conversation, Deschartres réveilla Aurore un matin, à sept heures, pour lui apprendre que sa grand-mère venait d'avoir une crise d'apoplexie pendant la nuit et restait paralysée. Il l'avait trouvée gisant par terre.

Mme Dupin se remit en partie de son attaque, mais ne quitta plus son lit ou presque. Aurore la veilla la nuit, puisant sans cesse dans la tabatière de sa grand-mère pour se tenir éveillée, et devint plus infirmière que jamais, n'interrompant cette vie routinière que pour se promener en sabots dans les champs ou monter Colette dans la campagne boueuse du printemps naissant.

Ce fut donc le cousin René de Villeneuve qui vint à Nohant pour aider Mme Dupin à rédiger son testament. Afin de préparer Aurore, Mme Dupin lui parla de Sophie : « Ta mère est plus bizarre que tu ne penses et tu ne la connais pas du tout. Elle est si inculte qu'elle aime ses petits à la manière des oiseaux... Quand ils ont des ailes... elle vole sur un autre arbre et les chasse à coups de bec. » La vieille dame estimait que ses propres parents, le comte et la comtesse de Villeneuve, constitueraient un entourage convenable pour Aurore après sa mort, et leur château de Chenonceau, la demeure où elle devrait vivre jusqu'à son mariage, ou jusqu'à sa majorité quand Nohant lui reviendrait.

Aurore montait souvent à cheval avec son cousin, un homme cultivé, âgé d'une quarantaine d'années ; elle trouvait sa compagnie divertissante et regretta son départ. Le long et décisif interlude entre « la domination de ma grand-mère » et le futur règne d'un « mari » venait de commencer.

Réservant ses nuits à Mme Dupin, Aurore disposait à son gré de ses journées. Et de Nohant. Deschartres, qui adorait la jeune fille, l'initiait de plus en plus à la gestion de la propriété ; il lui apprit la comptabilité et lui en confia même l'administration. Ensemble, ils rendaient visite aux paysans, surveillaient les semis et discutaient des moissons. Aurore secondait Deschartres dans ses activités de chirurgien, s'accoutumant à la vue du sang et de la maladie, des têtes fendues et des amputations de doigts et de mains écrasés. Elle apprit à accepter le côté physique de la vie, elle découvrit la joie d'aider les infirmes et de prêter sa force aux faibles.

Deschartres encourageait aussi Aurore à s'habiller en garçon avec une casquette, un sarreau bleu, une redingote et un pantalon. Un comte du voisinage habillait ainsi sa fille et avait expliqué à Deschartres l'avantage de ces vêtements qui permettaient à celle-ci de monter à cheval, de grimper et de sauter. « Deschartres abondait en son sens », mais à la différence du comte, il devait passer moins de temps avec Aurore. Il la faisait donc accompagner par le petit André qui, monté sur un poney, faisait office de « page ».

Ce costume masculin rappelait à Aurore le temps où elle portait un uniforme d'aide de camp en Espagne. Mme Dupin éprouva un tel choc en la voyant qu'elle se mit à pleurer. « Tu ressembles trop à ton père », s'écria-t-elle [11]. Il se produisit un épisode plus divertissant, et non moins agréable, quand une jeune fille se méprit sur son compte. Aurore s'était rendue à cheval dans un village où nul ne la connaissait pour faire le croquis d'un vieux château médiéval dont on lui avait parlé. Elle voit d'abord apparaître la dame du château qui propose au *monsieur* en train de dessiner d'acheter le château, puis la *damoiselle,* qui l'appelle également *monsieur,* « me regardant », écrit George Sand, « avec de certains yeux en coulisse ». Aurore prit un air galant auquel « elle était fort sensible [12] ».

Ce n'était qu'une des facettes d'Aurore, comme plus tard de George Sand. En même temps, elle faisait sa première conquête, Stéphane.

Mince, élégant, phtisique, aristocrate et pauvre, Stéphane Ajasson de Grandsagne, habitant La Châtre, avait deux ans de plus qu'elle ; il était le benjamin d'une famille de dix enfants dont l'aîné venait de mourir sans un sou. En sa qualité d'étudiant en médecine, Stéphane intéressait Deschartres qui connaissait son père, le comte de Grandsagne. Il avait présenté le jeune homme à Aurore et l'avait encouragé à donner des leçons de sciences à la jeune fille, en particulier d'anatomie et d'ostéologie pour qu'elle l'aide à réduire les fractures. Les leçons se déroulaient dans la chambre d'Aurore. Ils s'exerçaient sur le squelette d'une fillette qui leur servait de laboratoire, de manuel et de prétexte. Stéphane apporta aussi des os — des bras, des jambes et une boîte crânienne — pour Deschartres et pour eux-mêmes, difficiles à cacher, même s'il l'avait voulu, à la curiosité des villageois. Ils montaient à cheval ensemble et Stéphane apprit à Aurore à tirer au pistolet ; ils étaient jeunes et amoureux, et méprisaient l'opinion publique [13]. A La Châtre, leur idylle devint le scandale du jour.

Ces braves bourgeois étaient choqués par la liberté qu'affichait hardiment Aurore, surtout par ses chevauchées d'amazone à travers la campagne, par l'érotisme et le défi que représentait le fait de monter à califourchon, comme un homme. Le passant n'était certainement pas seul à être ainsi ému. A cheval on renaît à la vie, écrit George Sand, « l'on domine davantage sur la campagne », les yeux fixés sur l'horizon et non, comme l'homme à pied ou la femme avec la modestie qui lui sied, obstinément baissés sur le sol. En attachant son regard sur l'horizon, Aurore se fondait poétiquement dans les vastes espaces bleus, dans la lointaine verdure et se sentait des ailes comme dans les rêves de son enfance. Les sabots de Colette traversant l'Indre dans une gerbe d'écume rythmaient ses pensées, mais c'est en galopant dans le vent que ses idées noires et parfois suicidaires s'évanouissaient. « On respire... L'esprit est comme en suspens, et comme ravi du bien-être que le corps éprouve. » Et sauter les obstacles avec Colette, c'est « reconquérir la vie [14] ».

A cheval, la femme est l'égale de l'homme, et Aurore choisissait ses amis parmi les garçons de La Châtre qui avaient été ses compagnons de jeu pendant son enfance. Souvent, lorsqu'ils traversaient au galop le village, les volets se refermaient avec un bruit sec à leur passage.

Les scandales s'accumulaient : Stéphane et les pistolets (la rumeur courait qu'ils avaient pris un jour pour cible une hostie consacrée), les vêtements masculins d'Aurore et ses études peu féminines (en mal de squelettes, elle déterrait avec Deschartres les cadavres des cimetières, racontait-on), son amour pour la chasse, et sa chasse aux hommes (on chuchotait que le petit

André était son amant et son cousin René, tout marié qu'il fût, un de ses soupirants).

Le confesseur d'Aurore, curé de La Châtre, lui parla des bruits qui étaient revenus à ses oreilles. Ne commençait-elle pas à s'éprendre de quelqu'un ? De Stéphane peut-être ? Furieuse en entendant la série de questions qui s'ensuivit, elle se sentit ensuite blessée par l'indélicatesse du curé, si différente de la bonté de l'abbé Prémord lorsqu'il la confessait, de *son* refus d'aller trop loin, de troubler par des questions trop précises « la sainte ignorance des filles [15] ». Elle ne revint jamais se confesser au curé et ne remit plus les pieds à la paroisse, bien qu'elle s'interrogeât encore sur le sens profond du christianisme.

Ce fut une période riche d'activités et de curiosité : le cheval, les garçons, la lecture, la musique, les soins donnés à Mme Dupin, l'aide apportée à Deschartres dans sa tâche de chirurgien, son amour pour Stéphane, que ni le père de celui-ci ni la prudente Mme Dupin n'encouragèrent jamais. Le premier n'aurait jamais accepté la mère d'Aurore ; par ailleurs, pour Mme Dupin, l'instabilité de Grandsagne et son manque de fortune interdisaient toute idée de mariage. Comme l'automne approchait, la santé de Mme Dupin déclina, à tel point que ce fut maintenant le salut de sa grand-mère qui préoccupa Aurore.

Celle-ci ne devait-elle pas se réconcilier avec l'Eglise et recevoir l'absolution ? Tout en ayant cessé d'aller à la messe, Aurore se trouvait aux prises avec ce dilemme car elle ne voulait pas non plus troubler sa grand-mère ni l'encourager à l'hypocrisie. De nouveau, elle écrivit à l'abbé de Prémord pour prendre conseil, et de nouveau le vieux jésuite lui enjoignit la modération. Vous faites bien de ne rien faire, lui répondit-il. Tourmenter votre grand-mère avec l'idée de sa mort prochaine serait cruel et peut-être fatal. « Vous avez été bien inspirée de vous taire et de prier Dieu de l'assister directement. *N'ayez pas d'effroi quand c'est votre cœur qui vous conseille : le cœur ne peut pas se tromper.* » George Sand soulignait ces mots dans ses Mémoires [16].

Vers la fin de l'été pourtant, l'archevêque d'Arles, un autre parent de naissance illégitime (il était le fils naturel de Dupin de Francueil et de Mme d'Épinay), fut chargé par la famille de convertir Mme Dupin et de l'arracher à ses idées voltairiennes.

Sa vulgarité choqua Aurore et ils se disputèrent. Résignée, Mme Dupin accepta de se plier à la règle et dit à Aurore qu'elle le faisait, en réalité, pour elle. Aurore, avec honnêteté, supplia sa grand-mère de ne pas aller à l'encontre de ses convictions. Mais Mme Dupin fit venir son vieil ami, le curé de Saint-Chartier, qui lui administra les sacrements en présence d'Aurore agenouillée et des serviteurs et paysans de Nohant.

A l'automne, Stéphane retourna à Paris et à ses études de médecine, envoya à Aurore la centaine de livres qu'elle lui réclamait et lui écrivit une bonne douzaine de lettres d'amour. L'éloignement calmait leur ardeur. Stéphane semble pourtant être allé voir Sophie à Paris, du moins est-ce ce qu'elle écrivit à Aurore en la sermonnant pour sa conduite, afin de taire peut-être le nom de son véritable informateur, le Dr Joseph Decerfz, de La Châtre, ami et médecin de Mme Dupin. La réponse d'Aurore laisse deviner l'éclosion de ce qui serait un jour George Sand.

> Ma chère mère,
> J'ai lu avec autant d'attention que de respect, la lettre que vous avez eu la bonté de m'écrire et je ne me permettrais pas la moindre objection à vos reproches, si vous-même ne m'eussiez ordonné de le faire promptement... Ma grand-mère étant si malade, dites-vous, *je la quitte pour courir les champs ;* je crois, ma chère mère, que si depuis huit mois que ma grand-mère est dans le même état de langueur, je ne fusse point sortie, je serais moi-même presque aussi malade qu'elle. Monsieur de Grandsagne vous a dit que j'avais le *caractère guerrier ;* pour ajouter foi à une pareille assurance, il vous a fallu croire, ma chère mère, que Monsieur de Grandsagne connaissait à fond mon caractère et je ne crois pas être assez *intimement* liée avec lui, pour qu'il puisse savoir quels sont mes qualités ou mes défauts. Il a peut-être voulu vous dire que je n'étais point poltronne et si je l'étais je cacherais avec soin une faiblesse aussi ridicule. Il vous a dit la vérité en vous disant qu'il m'avait donné des leçons dans ma chambre, où voudriez-vous que je reçusse les personnes qui me viennent voir ? Il me semble que ma grand-mère dans ses souffrances ou dans son sommeil serait très importunée par une visite... Vous voudriez que je prisse

> pour m'aller promener, le bras apparemment de ma femme de chambre ou d'une bonne. Ce serait apparemment pour m'empêcher de tomber et les lisières m'étaient nécessaires dans mon enfance, lorsque près de vous, vous me prodiguiez ces soins doux et tendres d'une mère pour son enfant, mais j'ai dix-sept ans et je sais marcher... Il faut être mariée et je ne trouverai, dites-vous, qu'un géant ou un poltron, en ce cas il se pourrait bien faire que je ne fusse point mariée, car je ne crois plus aux géants et je n'aime pas les poltrons... Je ne chercherai point un homme capable de devenir l'esclave de sa femme, parce qu'il serait un imbécile, mais je ne crois pas qu'un homme d'esprit, pût trouver bon que sa femme fît la timide ou la peureuse... Le mari qui trouverait bon que je fusse ridicule à ce point serait très ridicule lui-même [17].

Une semaine plus tard Sophie se plaignait au Dr Decerfz des lettres « dures, et piquantes » de sa fille [18]. Un mois s'écoula. Mme Dupin sortit du coma et appela Aurore auprès d'elle. « *Tu perds ta meilleure amie* », lui dit-elle. Ce furent ses dernières paroles. Elle mourut le lendemain de Noël.

Vêtue de ses plus beaux atours — bonnet de dentelle, rubans et bagues —, tranquille et même belle, Mme Dupin reposait sur son lit de mort ; c'est le souvenir d'elle que chérirait Aurore. Mais pendant la nuit, Deschartres frappa à la porte de sa chambre. Comme il surveillait l'ouverture du petit caveau de famille en vue de l'inhumation, dit-il à la jeune fille, il avait remarqué que le cercueil de Maurice était entrouvert. Il souleva le couvercle et se rappela qu'il n'avait jamais donné à Maurice un ultime baiser d'adieu. « La tête s'était détachée d'elle-même. Je l'ai soulevée, je l'ai baisée. » Deschartres pensait qu'Aurore, qui elle non plus n'avait pu embrasser son père une dernière fois, avait là l'occasion de lui donner « une marque d'amour et de respect ». C'est ainsi qu'ils descendirent dans le caveau et qu'elle prit à son tour la tête de son père et la baisa. « J'étais assez émue et exaltée moi-même... je n'y éprouvai aucune répugnance, je n'y trouvais aucune bizarrerie. » Un bel exemple de la morbidité qu'acceptait l'époque.

Après l'enterrement, le comte et la comtesse de Villeneuve furent les premiers à arriver pour l'ouverture du testament, suivis peu après par Sophie accompagnée de la tante d'Aurore, Lucie, et de son mari. L'occasion était importante car du testament de Mme Dupin dépendait non seulement l'avenir immédiat de la jeune fille, mais la disposition d'une fortune et de biens immobiliers considérables. L'héritage comprenait entre autres le grand hôtel particulier de Narbonne, à Paris, ainsi que Nohant, qui revenaient en totalité à Aurore. La lecture du testament ne surprit personne quand elle révéla que le comte de Villeneuve était nommé tuteur d'Aurore, puisque lui-même avait participé à la rédaction du testament. Sophie n'en fut guère plus étonnée puisqu'elle en avait déjà été informée, d'où la présence de Lucie et de son mari pour lui prêter main-forte.

Sophie arrivait en effet à Nohant avec l'idée bien arrêtée de contester le testament de Mme Dupin et, avant même qu'on eût fini de le lire, elle bouleversa Aurore par la violence de ses invectives contre la morte. Comme toujours, Aurore dissimula les sentiments qui l'agitaient et resta « ferme et froide » en apparence, ce qui exaspéra d'autant sa mère. La jeune fille serait volontiers allée vivre à Chenonceaux avec les Villeneuve, mais ni la loi, ni les usages, ni Sophie qui avait pris ses précautions, ne le lui permettaient. Aurore devait retourner sous la garde de sa mère.

Une fois de plus, Aurore cacha ses sentiments et se soumit sans murmure, ou presque, malgré la lettre acerbe qu'elle venait d'envoyer à sa mère. Mais ce dut être un choc de redevenir brutalement, après avoir été la maîtresse de Nohant, une enfant à la charge d'une mère de plus en plus irresponsable. Ou bien Aurore attendait-elle, tout simplement, son heure ?

Son autorité retrouvée, Sophie laissa vite transparaître sa malveillance. Lorsqu'elle fit ses bagages pour Paris (elle avait refusé de laisser Aurore à Nohant avec Deschartres), Sophie ordonna à sa fille de n'emporter que quelques livres ; « elle avait un profond mépris pour ce qu'elle appelait mon " originalité "[19] ».

Ce n'était qu'un avant-goût de ce qu'allait être la vie à Paris.

7. Un mariage hâtif

Avant de partir à la guerre, fais une prière ; fais-en deux avant de partir en mer ; et trois avant de te marier.

Proverbe polonais.

Aurore arriva donc à Paris « avec un bagage qui eût tenu dans un mouchoir de poche, et une robe pour toute toilette[1] ». Mais malgré tout, elle fut capable d'un beau geste. Deschartres avait été convoqué presque immédiatement par son oncle Maréchal agissant au nom de Sophie, pour rendre compte de sa gestion de Nohant. Le pauvre « grand homme », comme l'appelait affectueusement George Sand, devait des arriérés de dix-huit mille francs dans le paiement des fermages.

Sophie menaça Deschartres de la prison s'il ne restituait pas l'argent manquant ou ne pouvait expliquer de façon satisfaisante ce trou dans sa comptabilité. Le vieil homme hésita, bégaya... Aurore vola à son secours. C'était elle qui avait reçu l'argent des mains de Deschartres, affirma-t-elle, et en sa qualité d'héritière de Nohant elle n'avait de comptes à rendre à personne. « Elle ment ! » hurla Sophie dont la colère allait crescendo. « Une dévote ! une philosophailleuse ! » Les larmes aux yeux, Deschartres prit congé de son ancienne élève. « Aurore », lui dit-il dans l'escalier, « je vous payerai. Vous n'en doutez pas ? » Certes, non, répondit-elle. « Dans deux ou trois ans[2]. »

Et c'est ainsi qu'Aurore recommença à vivre à Paris avec sa mère. On l'autorisa à voir une dernière fois son cher couvent. Sa femme de chambre fut brusquement renvoyée et on chassa même son chien. Quand son cousin René de Villeneuve vint inviter Aurore à dîner, Sophie le renvoya d'un ton sec sous prétexte que c'était à la comtesse de se déplacer pour formuler cette invitation. Jamais ! rétorqua le comte. « Jamais sa femme ne mettrait les pieds chez elle. » De nombreuses années devaient s'écouler avant qu'Aurore ne le revît.

Auguste de Villeneuve, frère de René, vint également la voir, une fois, pas plus. Avant de prendre congé, il expliqua froidement à Aurore la situation dans laquelle elle se trouvait. « Tu sors avec ta mère, avec sa fille, avec le mari de sa fille, avec M. Pierret. On t'a vue dans la rue avec tout ce monde-là. C'est une société impossible. » Comment pouvait-elle espérer que les Villeneuve lui arrangent un mariage convenable ?

Il y avait des moments, répondit Aurore, où elle envisageait sérieusement de quitter sa mère puisque toutes deux supportaient mal de vivre sous le même toit. « Je désirerais encore beaucoup le couvent », déclara-t-elle, « ou bien je m'arrangerais d'un mariage qui me soustrairait à son autorité absolue. » Puis elle ajouta, tristement mais avec défi, que même si sa mère avait des torts, elle ne pouvait pas la quitter.

Dans ce cas, conclut le cousin Auguste (« toujours aussi froid »), « je te conseille de te marier toi-même comme tu pourras. Qu'est-ce que ça me fait à moi que tu épouses un roturier ? S'il est un honnête homme... Je vois que ta mère tourne autour de nous, et qu'elle va me flanquer à la porte ! Adieu [3] » !

La porte qui se referma sur les Villeneuve avait été, en fait, claquée par *eux* et Aurore savait maintenant que sa famille paternelle ne l'aiderait pas à se sortir de la tutelle de Sophie. En même temps, elle se sentit « enfin libre, par la force des choses... de me marier selon le cœur, comme l'avait fait mon père, le jour où je m'y sentirais portée ». Compte tenu des circonstances, la force des choses et les désirs du cœur tendaient irrésistiblement à coïncider. Le comportement paranoïaque de Sophie, même si l'injustice sociale le rendait compréhensible, n'en demeurait pas moins insupportable. « Soupçonneuse à l'excès et portée d'une manière toute maladive, toute délirante à incriminer ce qu'elle ne comprenait pas, elle élevait, à tout propos, des querelles incroyables. Elle venait m'arracher mes livres des mains, disant qu'elle avait essayé de les lire, qu'elle n'y avait entendu goutte, et que ce devaient être de mauvais livres. » Aurore était à ses yeux une créature « vicieuse et perverse ». Exaspérée par l'impassibilité d'Aurore, Sophie lui jeta à la tête tous les scandales de Nohant, lui exhibant les lettres du Dr Decerfz — sans révéler le nom de leur auteur. Hébétée, Aurore passa la nuit sur sa chaise, « sentant mourir mon corps et mon âme tout ensemble ». Mais, ce qui rendit Sophie folle de rage, le lendemain matin Aurore ne laissa rien paraître de ses sentiments[4].

Cette façade courageuse dissimulait la perte définitive d'une mère, d'une protectrice et d'une compagne naguère aimée, et il se créa un vide que George Sand chercha toute sa vie à combler. En même temps, une forte impulsion l'entraînait à reprendre, à la place de son père, le rôle de protecteur de sa mère. Voilà pourquoi elle avait répondu aux Villeneuve qu'elle ne saurait abandonner Sophie. Ce dilemme affectif ne conduisait qu'à une seule issue affectivement acceptable : le mariage. Mais cette solution se heurtait au goût d'indépendance si fortement enraciné en Aurore ; ce serait un mariage de son choix ou qui en aurait au moins l'apparence, et dans lequel son libre arbitre et *la force des choses** se trouveraient heureusement confondus.

Tante Lucie et Pierret faisaient de leur mieux pour égayer Aurore et lui conseillaient de ne pas prendre trop au sérieux les humeurs de sa mère. Par contre, l'oncle Beaumont, avec l'âge, se renfermait dans ses pensées et ses petits soucis. Une fois, cependant, il prit violemment le parti de Sophie quand Aurore chercha à revoir Stéphane à Paris et en fut empêchée par sa mère[5]. Le contrôle absolu qu'exerçait Sophie sur Aurore — elle allait jusqu'à surveiller sa correspondance — donne une idée de l'abîme de désespoir dans lequel était plongée la jeune fille : elle se sentait prisonnière.

Les humeurs de Sophie variaient — aussi souvent que ses perruques — et dans ses propres moments de découragement elle racontait à Aurore « plus de choses que je n'en voulais savoir sur sa vie ». Puis elle repoussait sa fille : « Je t'en ai trop dit, je le vois, et à présent tu me condamnes et me méprises en connaissance de cause. J'aime mieux ça ! J'aime mieux t'arracher de mon cœur et n'avoir plus rien à aimer après ton père, pas même toi[6] ! »

* En français dans le texte *(NdT)*.

Comme le printemps 1822 approchait, une saison qui aggravait toujours l'aigreur et l' « aliénation » de Sophie, les tracasseries se multiplièrent et on faillit imposer à Aurore, par pure méchanceté, un mariage inacceptable :

> Depuis longtemps on me menaçait [même] de la captivité. Je me contentais de répondre : « Vous n'auriez pas si mauvais cœur. » On espéra m'effrayer en me menant jusqu'au seuil de la prison... On me fit monter en fiacre, on donna tout bas des ordres au cocher...
> Des religieuses vinrent nous ouvrir une grille et après avoir traversé les détours étroits et obscurs d'un cloître, on ouvrit la porte d'une cellule... « Vous avez demandé à être au couvent, me dit-on alors. Vous avez espéré qu'en rentrant dans celui où l'on vous a élevée, et où vous avez reçu tous vos mauvais principes, vous jouiriez de plus de liberté. On sait fort bien que vous y auriez été accueillie. On y aurait passé tous vos défauts, excusé toutes vos démarches, et caché votre conduite. Ici vous serez beaucoup mieux. La communauté est prévenue sur votre compte et en garde contre vos beaux discours. Apprêtez-vous à passer dans cette cellule les trois ans et demi de votre minorité... Personne n'entendra vos plaintes ; et vos défenseurs ni vous-même ne saurez le nom ni le lieu de votre retraite. »

Ce soir même ? s'enquit Aurore. « Je ne demande qu'une chose, c'est qu'on m'envoie mes livres demain matin. » Elle fut ramenée à Paris. Sophie regrettait-elle son acte ? Avait-elle honte, ou seulement cherché à intimider Aurore, sans y réussir. Toujours est-il qu'elle « renonça à ce moyen [7] ».

Une fois encore, Aurore avait fait preuve avec courage d'une sérénité qu'était loin d'éprouver *sainte Tranquille,* comme l'appelait Sophie avec colère. « J'avais réussi à me contenir, c'est tout. » Sa réaction fut intériorisée. Enfant, elle avait perdu son père. Maintenant, sa mère était morte pour elle — pire, sa mère la rejetait. Aurore pensait alors au suicide ; en même temps son estomac qui souffrait toujours de ses émotions violentes rejetait toute nourriture et la faisait atrocement souffrir. « Je ne pouvais me défendre d'une joie secrète, en me disant que cette mort par la faim allait arriver sans que j'en fusse complice[8]. »

Inquiète, fatiguée, ou essayant simplement de fuir ses propres problèmes affectifs, Sophie emmena Aurore à la campagne passer quelques jours chez des amis au Plessis.

James du Plessis, âgé de quarante et un an, avait un peu connu Maurice Dupin en tant qu'officier de cavalerie et rencontré Aurore quelques mois auparavant en compagnie de Sophie à Paris. Cinq minutes lui avaient suffi, déclara-t-il à Aurore, pour comprendre l'antagonisme qui régnait entre la mère et la fille, et il en avait parlé à Sophie. « Elle s'ennuyait de votre figure triste et désirait vous voir mariée. Je lui ai dit qu'il n'y avait rien de plus facile que de marier une fille qui a une dot. » Il avait proposé qu'Aurore vînt habiter au Plessis où sa femme et lui recevaient beaucoup de ses camarades de l'armée encore célibataires. Sophie lui amena donc Aurore, mais « s'ennuya dès le lendemain » et rentra à Paris. En moins d'une semaine, Aurore, aux anges, appelait James « père » et Angèle « mère[9] ».

James et Angèle Roëttiers du Plessis étaient les parents gais et indulgents de cinq fillettes dont quatre vivaient avec eux au Plessis, une propriété située à une cinquantaine de kilomètres de Paris. C'était une famille heureuse et Aurore se sentit immédiatement chez elle, comme si elle eût retrouvé les vastes étendues verdoyantes de Nohant. Elle montait son propre cheval (Figaro), lisait dans la grande bibliothèque, jouait avec les fillettes et retrouvait l'insouciance de son âge. Mais ce n'était plus celle de l'enfance. Comme promis, plusieurs officiers venaient lui faire leur cour, dont un certain Garinet, trente-trois ans, fils d'un laboureur et demi-solde ; et Tessier, trente ans, fils de médecin et sous-lieutenant. L'un comme l'autre manquaient de séduction. Plusieurs prétendants furent proposés par l'oncle Maréchal, l'oncle Beaumont et même Pierret. Eux aussi furent éconduits, « non pas brusquement ». Ce qui les attirait, c'était l'idée d'épouser une héritière, même sans l'avoir jamais vue, car c'était une *affaire*. Aurore souhaitait au moins voir l'homme qu'elle épouserait — ou qu'on lui ferait épouser.

En avril, quand les du Plessis vinrent à Paris, Aurore les accompagna et, tout en retournant vivre chez Sophie, passa la plus grande partie de son temps avec ses parents d'adoption. Un soir après le théâtre (le rideau se levait avant la tombée du jour), tous trois prenaient une glace à la terrasse du café Tortoni quand Angèle du Plessis attira l'attention de son mari : « Tiens, voilà Casimir ! » s'écria-t-elle. Un sous-lieutenant mince, plutôt élégant, les cheveux noirs peu fournis, le nez assez long et en lame de couteau, approchant de la trentaine, se dirigea en souriant vers leur table et s'assit avec eux. Les du Plessis lui demandèrent des nouvelles de son père, le colonel Jean-François Dudevant, ami intime de la famille. Casimir répondit, puis posa à son tour une question. Assis à côté d'Angèle, il lui demanda à voix basse, mais assez haut pour qu'on l'entende, qui était Aurore. « C'est ma fille », répondit-elle tout haut. « Alors », reprit-il, « c'est donc ma femme ? Vous savez que vous m'avez promis la main de votre fille aînée. Je croyais que ce serait Winephride, mais comme celle-là paraît d'un âge mieux assorti au mien, je l'accepte [10] ! »

Quelques jours plus tard, Casimir Dudevant arriva de Paris pour passer quelques jours au Plessis. Entre-temps, Aurore s'était livrée à son enquête personnelle. Casimir, avait-elle découvert sans peine, était le fils illégitime, mais reconnu, du baron Dudevant et d'une servante, Augustine Soulès. Il était né exactement neuf ans avant elle (le 5 juillet 1795) à Guillery, en Gascogne. Deux ans plus tard, quand le baron avait épousé une femme de la bonne société du Mans (dont les terres rapportaient soixante mille francs de rente par an), il avait écarté son fils, le reléguant avec les domestiques. Quelques années plus tard, lors d'une absence du baron, Mme Dudevant avait aperçu par hasard Casimir en train de prendre son repas dans la cuisine. Elle demanda qui il était, et lorsqu'on le lui dit, elle insista auprès du baron pour qu'il vînt vivre avec eux comme leur fils, puisque leur union n'avait porté aucun fruit [11]. Aurore aurait-elle connu en détail cette histoire, si semblable à celle de son père et d'Hippolyte, que Casimir ne pouvait en être que plus cher à ses yeux.

Toujours est-il que la naissance de Casimir n'avait rien d'étrange pour Aurore, et le fait que son père l'eût reconnu rejoignait l'histoire de sa propre famille. Sur le plan social, Aurore et Casimir étaient donc assez égaux — Aurore encore plus que Casimir puisque les hommes épousaient en général des femmes mieux nées. Sur le plan financier, ils n'avaient rien à s'envier, quoique l'héritage de Casimir, encore au stade des espérances, dût se faire attendre encore un certain temps. S'ils se mariaient, les deux jeunes gens devraient habiter Nohant, ce qui n'était pas pour déplaire à la maîtresse des lieux !

Parler si vite de mariage n'est pas anticiper sur les sentiments d'Aurore Dupin et de Casimir Dudevant. Chacun était ouvertement à la recherche d'un conjoint, chacun vit dans l'autre, du moins au premier abord, un parti tout à fait acceptable. Si Aurore marquait autant d'empressement à cause de Sophie, Casimir, pour sa part, n'entendait pas laisser passer sa chance. D'autres prétendants se disputaient la main d'Aurore et elle n'attendrait certainement pas longtemps pour se décider.

Ils jouaient avec les enfants du Plessis et, ensemble, à des jeux puérils. « J'ai un camarade ici que j'aime beaucoup, avec qui je saute et ris comme avec toi », écrivait Aurore à Hippolyte en mai [12]. Et très certainement flirte, comme avec les autres officiers. Mais avec des visées plus précises. Aurore appelait Casimir « mon mari » et Casimir, lui répondait « ma femme ». Pourtant, il ne la courtisait pas ouvertement, « ce qui eut troublé notre sans-gêne ». Après un court séjour à Paris, Casimir se déclara plus franchement à Aurore et lui demanda son consentement avant d'envoyer son père voir Sophie. Cette attitude fraternelle parut de bon augure à Aurore. « Il ne me parlait point d'amour et s'avouait peu disposé à la passion... Il parlait d'une amitié à toute épreuve, et comparait le tranquille bonheur domestique de nos hôtes à celui qu'il croyait pouvoir jurer de me procurer [13]. »

Ces hôtes applaudissaient de tout leur cœur et l'opinion des du Plessis joua un rôle capital dans la décision d'Aurore, témoin de leur joie réciproque. Casimir bénéficia considérablement du climat familial heureux dans lequel Aurore le vit au Plessis. Telle était la vie qu'elle imaginait à Nohant, délicieuse et insouciante, avec la figure mi-paternelle, mi-fraternelle d'un bon compagnon, Casimir. Ils liraient, ils monteraient à cheval, ils s'aimeraient peut-être, bref, ils seraient heureux.

Ce fut Angèle du Plessis qui arrangea l'entrevue entre Sophie et le père de Casimir. Sophie fut agréablement impressionnée par la distinction du baron, ses cheveux argentés et sa courtoisie empreinte de bonté. « J'ai dit oui », déclara peu après Sophie à Aurore [14], « mais pas de manière à ne m'en dédire. Je ne sais pas encore si le fils me plaît. Il n'est pas beau. J'aurais aimé un beau gendre pour me donner le bras [15]. »

Avant de fixer le jour des noces, Sophie devait rencontrer la baronne Dudevant et s'arrêter au Mans avant de regagner Paris. Entre-temps, les parents discutèrent des dispositions du mariage, en particulier des revenus de Casimir et de son futur héritage, et du contrat. Soudain, quinze jours plus tard, Sophie « tomba comme une bombe » au Plessis. Elle avait appris, dit-elle, que Casimir avait mené une vie désordonnée et même été garçon de café ! Les éclats de rire qui accueillirent cette révélation l'exaspérèrent. James du Plessis tenta de la rassurer — et Casimir de l'en persuader — que des années d'école militaire et d'études de droit laissaient peu de loisirs pour jouer les garçons de café. Mais Sophie repartit peu convaincue et déclara qu'on annulait le mariage.

A Paris, Hippolyte, qui avait quitté l'armée, intervint en faveur de Casimir. La baronne se déplaça en personne pour convaincre Sophie de revenir sur sa décision, ce qui flatta la vanité de celle-ci. On parla de nouveau mariage. Et de nouveau on l'annula. Et ainsi jusqu'à la fin de l'été. Casimir avait le nez trop long, dit Sophie à Aurore. Elle y consentit enfin, mais à une condition : le contrat retenu serait celui du régime dotal, c'est-à-dire qu'Aurore pourrait conserver — mais non contrôler — son héritage de 500 000 francs ; une clause additionnelle stipulait que Casimir, tout en se voyant confier l'administration de l'argent et des biens de sa femme, et en percevant les rentes et les intérêts de ceux-ci, devait allouer à Aurore trois mille francs par an pour ses besoins personnels.

Ce geste ultime de Sophie, prudente parce que trop souvent échaudée, protégeait les intérêts d'Aurore, malgré les protestations de celle-ci qui le jugeait humiliant pour Casimir. Le contrat de mariage fut signé le 24 août 1822. Le mariage eut lieu à Paris trois semaines plus tard.

M. et Mme Casimir Dudevant, lui âgé de vingt-sept ans, elle de dix-huit, s'attardèrent quelques jours au Plessis avant de continuer, avec Hippolyte, jusqu'à Nohant, « où nous fûmes reçus avec joie par le bon Deschartres [16] ».

8. Ennui

... ennui — *je me sers de ce mot quoiqu'il soit vide de sens pour exprimer le chagrin secret qui me rongeait.*

Lettre d'Aurore à Casimir Dudevant, 9 novembre 1825 [1].

C'est l'esprit, et non le corps, qui fait durer le mariage.

Publius Syrus, *Sententiae*, 50 avant J.-C. env.

Dans le mariage, la conversation occupe la plus grande partie du temps.

F. W. Nietzsche, *Humain, trop humain*, I, 1878.

Aurore était couchée dans le lit qui avait été celui de sa grand-mère ; les panaches avaient été remplacés par des branches de sapin et une toile verte servait de ciel de lit. C'était son jardin d'hiver. Dehors, il gelait à pierre fendre. On lui apportait des pinsons, des rouges-gorges et des moineaux à demi morts de froid qu'elle réchauffait et ranimait à la chaleur de son corps. Elle les nourrissait à la main et les relâchait quand ils pouvaient de nouveau voler. Elle paressait, lisait peu, et goûtait l'engourdissement béat propre à son état.

Aurore n'avait guère tardé à être enceinte, cet hiver-là, mais elle avait fait une mauvaise chute et perdu un peu de sang, et Deschartres, avec sagesse, lui avait interdit de se lever. Elle rêvait, somnolait et acquérait des doigts de fée ainsi que ce goût apaisant pour les travaux d'aiguille qui ne devait jamais l'abandonner.

Pendant ce temps, Casimir chassait avec frénésie, laissant Aurore seule de longs moments. Il était généreux, bien qu'ils vécussent petitement de leurs sept mille francs de rente, et plein d'attentions selon l'usage pour un futur père, envoyant chercher à Paris les partitions de musique dont Aurore avait envie et les bonbons qu'elle réclamait. « C'est une envie de femme grosse », écrivait-il à Nicolas Caron, son commissionnaire, « et gare à vous si ma femme n'est pas contente !... Elle pourrait se jeter sur vous, aussi je vous conseille de vous faire confire comme un cédrat[2]. »

Comme ses oiseaux gelés, Aurore put bientôt quitter sa chambre. Mais sa langueur persistait. Elle cousait et préparait la layette tandis qu'un Casimir préoccupé administrait la propriété avec Deschartres et chassait avec Hippolyte qui avait quitté l'armée. « Tu ne conçois pas quel plaisir on éprouve à sentir remuer son enfant dans son sein », écrivait-elle à son amie de couvent, Émilie de Wismes, « et quels doux projets on fait pour lui. »

Pourtant, après quatre mois et demi de mariage, Aurore reconnaissait les conflits qu'entraîne « la diversité des goûts et des caractères ». Elle n'en continuait pas moins ainsi sa lettre :

> Il faut aussi être bien persuadée qu'il est *absolument impossible* de rencontrer une personne dont l'humour et les goûts soient en tout semblables aux siens propres... Il faut, je crois, que l'un des deux, en se mariant, renonce entièrement à soi-même, et fasse abnégation de sa volonté non seulement, mais même de son opinion, qu'il prenne le parti de voir par les yeux de l'autre, d'aimer ce qu'il aime, etc. Mais aussi, quelle source inépuisable de bonheur quand on obéit ainsi à ce qu'on aime ! Chaque privation est un nouveau plaisir. On sacrifie en même temps à Dieu et à l'amour conjugal, et l'on fait à la fois son devoir et son bonheur.

On voit ici la détermination presque banale d'une jeune épousée décidée à faire de son union une réussite, le style conventionnel d'une femme mariée écrivant à une amie qui ne l'est pas. Mais la flèche jaillit soudain :

> Il n'y a plus qu'à se demander si c'est à l'homme ou à la femme de se *refaire* ainsi sur le modèle de l'autre, et comme *du côté de la barbe est la toute-puissance*, et que d'ailleurs les hommes ne sont pas capables d'un tel

attachement, c'est nécessairement à nous qu'il appartient de fléchir à l'obéissance... Il faut aimer et aimer beaucoup son mari pour en venir là et pour faire durer toujours *la lune de miel*[3].

Tel fut l'amour, sinon énorme, du moins initial qu'ils éprouvèrent durant leur lune de miel. Nulle part, dans les lettres confiantes d'Aurore à Émilie, on ne perçoit la moindre aversion pour le lit conjugal ; rien ne laisse deviner le pressant conseil qu'elle donnerait vingt ans plus tard à Hippolyte à la veille du mariage de sa fille, Léontine : « Empêche que ton gendre ne brutalise ta fille la première nuit de ses noces... Les hommes ne savent pas assez que cet amusement est un martyre pour nous. Dis-lui donc de ménager un peu ses plaisirs, et d'apprendre que sa femme soit, peu à peu, amenée par lui à les comprendre et à y répondre. Rien n'est affreux comme l'épouvante, la souffrance et le dégoût d'une pauvre enfant qui ne sait rien et qui se voit violée par une brute[4]. »

Aurore n'avait pas été élevée comme une sainte, ni chez Sophie, ni dans la liberté que lui laissait à Nohant sa grand-mère invalide. Quant à Casimir, il n'était pas plus brutal que le commun des hommes à son époque. Son grand péché fut simplement d'*être* quelqu'un d'ordinaire, marié à une femme qui l'était fort peu. Aurore éprouva le choc « normal » devant un certain manque de tendresse, auquel s'ajouta celui, plus important, de voir ses attentes romanesques déçues. Néanmoins, comme elle le laissait entendre dans sa lettre à Émilie, Aurore était décidée à faire durer son union et, si possible, sa lune de miel.

Comme la naissance approchait, le jeune couple jugea plus sage d'en confier le soin à un médecin parisien. Après une halte au Plessis, pierre de touche de leur bonheur, ils prirent le chemin de la capitale où ils louèrent un appartement meublé à un ancien cuisinier de Napoléon. Là, le 30 juin 1823, dans le petit pavillon d'une cour ombragée, Aurore donna le jour à un fils qu'elle prénommerait Maurice. « Ce fut le plus beau moment de ma vie que celui où, après une heure de profond sommeil qui succéda aux douleurs terribles de cette crise, je vis en m'éveillant ce petit être endormi sur mon oreiller[5]. » Elle décida de nourrir elle-même son fils.

Deschartres arriva de Nohant dans son habit provincial à boutons dorés. Il démaillota solennellement le nouveau-né et inspecta d'un œil critique le minuscule descendant de Mme Dupin, ce nouveau Maurice. Sans rien dire, le vieil homme garda l'enfant sur ses genoux et déclara enfin à voix basse, comme pour lui-même, que le temps était venu de quitter Nohant et de vivre un peu pour lui.

Cet été-là, lorsque Casimir fut reparti pour Nohant (où Aurore le rejoindrait à l'automne), Deschartres annonça ses intentions. Il se sentait une présence superflue, déclara-t-il, et bien que Casimir n'eût rien fait pour le convaincre de rester, Deschartres, comme il devait l'écrire à un ami, n'avait rien à reprocher au « jeune baron ».

Au contraire, il trouvait Casimir « très doux ; il a un peu de la pétulance gasconne sans en avoir la jactance ». Le vieux pédagogue, poursuivant sa description de Casimir, donne son opinion sur le jeune couple : « Il aime sa jolie femme comme il en est aimé, et entre nous il peut se flatter d'avoir trouvé une maîtresse de maison très agréable, et susceptible de le devenir plus encore avec l'expérience. Eh bien ! le spectacle de leur bonheur augmente ma tristesse[6]. » Après avoir cherché en vain un coin où il se sentirait chez lui aux environs de Nohant, Deschartres s'était installé dans la capitale.

Les lettres qu'écrivait de Paris Aurore à Casimir ajoutaient au « spectacle de leur bonheur » évoqué par Deschartres et montraient le désir qu'éprouvait la jeune femme d'aimer et d'être aimée. 29 juillet 1823 : « Comme c'est triste, mon bon petit ange, mon cher amour, de t'écrire au lieu de te parler, de ne pas te savoir là, près de moi et de penser que ce n'est aujourd'hui que le premier jour. Comme il me semble long, et comme je me trouve seule !... Je ne peux pas m'empêcher de pleurer encore quand je pense au moment où tu m'as quittée, pauvre cher ami, tu pleurais aussi... Bonsoir, mon amour... je vais me coucher et pleurer toute seule dans mon lit... Dis-moi que tu m'aimes, que tu m'aimes toujours de même. » 1er août : « C'est toujours une consolation pour moi que de t'écrire et de causer avec toi. Adieu mon ange, adieu mon bon ami. J'ai bien besoin de toi[7]. »

Dégoût physique ? « Frigidité fondamentale » comme en a été accusée bien souvent Aurore-George Sand[8] ? Plus probablement découvrait-elle que l'intimité nocturne habituelle compensait au moins l'absence de communion et les intérêts non partagés. Des mois allaient s'écouler avant qu'elle ne comprît pleinement l'insatisfaction née d'une relation où seule comptait la sensualité, même intense[9]. Mais les premiers signes d'un changement d'attitude se manifestèrent parallèlement à un changement de décor. Deschartres parti, Casimir Dudevant entreprit avec beaucoup de plaisir d'administrer Nohant. Il instaura une certaine discipline chez les domestiques et les journaliers, et mit fin aux abus. Il redressa le tracé des allées, fit abattre et brûler les arbres morts, tuer les vieux chiens, vendre les vieux chevaux ; il se défit même du vieux paon qui venait manger des fraises dans la main de Mme Dupin. Aurore comprenait ce souci d'efficacité et approuvait, mais des accès de mélancolie la prenaient par moments. Le Nohant bien-aimé de son enfance, où elle courait et vagabondait, et dont elle avait été si récemment la maîtresse, subissait les transformations de son nouveau maître. Elle se réfugia dans la lecture retrouvée et écrivit de longues lettres à Émilie qui venait d'épouser un jeune vicomte.

Le 9 novembre (1823), Aurore énumérait tout ce qui était arrivé depuis sa dernière lettre — la première dent du bébé, la bonne humeur de l'enfant, l'adoration que lui vouait Casimir (« Ils passent tous deux des heures entières à se rouler sur un tapis »), le détour par le Plessis lors de leur retour à Paris, le bal à Melun où on l'avait appelée *la muette* à cause de sa sauvagerie qui la tenait à l'écart dans un coin tranquille.

> Me voilà maintenant servie au-delà de mes désirs, dans mon désert… Je ne regrette pas le monde, mais j'aimerais voir deux ou trois amies qui vinssent dessiner ou chanter souvent avec moi. Mon cher Casimir est le plus agissant de tous les hommes, il ne fait qu'entrer, sortir, chanter, jouer avec son enfant ; à peine si le soir je puis obtenir une ou deux heures de lecture. Mais j'ai lu quelque part

> que pour s'aimer parfaitement il fallait avoir des principes et des âmes semblables, avec des goûts et des habitudes opposés. Je suis tentée de le croire, et d'ailleurs je ne sais pas si je pourrais aimer mon mari davantage s'il était poète ou musicien.

Le 28 novembre :

> Je vis toujours dans la solitude, si l'on peut se croire seule quand on est tête à tête avec un mari que l'on adore. Pendant qu'il chasse, je travaille, je joue avec mon petit Maurice ou je lis. Je relis dans ce moment-ci les *Essais* de Montaigne, mon auteur favori. Tu es trop nouvelle femme pour connaître cet ouvrage, mais, si tu avais le temps de lire, je te conseillerais cette lecture.

« Trop nouvelle femme ? » La romanesque Aurore, dans la deuxième année de *son* mariage, trouvait le réconfort et une certaine résignation dans l'écriture classique de Montaigne ; peut-être aussi une nouvelle orientation pour sa vie avec Casimir. « Un bon mariage, s'il en est, lisait-elle, refuse la compagnie et les conditions de l'amour. Il tâche à représenter celles de l'amitié. » Et entre ces deux lettres à Émilie, elle écrivit à Caron pour le remercier de la guimauve qu'il avait envoyée pour Maurice (qui faisait ses dents), signant son message « les deux Casimirs [10] ».

Aurore voulait montrer par là qu'elle s'identifiait à Casimir et elle continua à faire plus de la moitié du chemin pour que s'opère cette fusion, relisant Montaigne pour renforcer sa soumission volontaire aux goûts et aux habitudes de son mari, si différents des siens. Dans sa hâte, elle l'avait épousé parce qu'elle avait vu en lui « un homme bon » et l'estimait pour cette qualité.

> Mais je ne m'occupai point de savoir si tu aimais l'étude, la lecture, si tes opinions, tes goûts, ton humeur étaient d'accord avec les miennes [*sic*].

C'est ce qu'écrirait un jour Aurore à Casimir pour expliquer à son mari ce qu'elle était et ce qu'il était lui-même.

> Je vis que tu n'aimais point la musique et je cessai de m'en occuper parce que le son du piano te faisait fuir. Tu lisais par complaisance et au bout de quelques lignes le livre te tombait des mains, d'ennui et de sommeil. Quand nous causions surtout, littérature, poésie ou morale, ou tu ne connaissais pas les auteurs dont je te parlais, ou tu traitais mes idées de folies, de sentiments exaltés et romanesques. Je cessai d'en parler... Je résolus de prendre tes goûts [11].

Dans cette remarquable lettre, les événements se télescopent. Ils occupèrent plus d'une saison. Mais de toute évidence, l'hiver 1823-1824 fut pénible pour Aurore et à peine moins pour Casimir, qui pouvait toutefois recourir à une solution virile : boire et chasser avec Hippolyte. Celui-ci avait fait un beau mariage et habitait le château de Montgivray, voisin de Nohant. Comme l'amour, l'amitié entre deux êtres exige une certaine communion, mais « les conversations se réduisirent », Casimir et Aurore se bornant à discuter uniquement « des affaires quotidiennes, des choses simples ».

Des années plus tard, après avoir rencontré Casimir alors considérablement plus âgé, Heinrich Heine parlerait de « son visage de béotien inexpressif », qui ne lui parut ni celui d'un malotru, ni celui d'un méchant homme ; « mais je compris vite, ajoute le poète allemand, que son quotidien d'une froideur humide, ces yeux d'un bleu de porcelaine, ces mouvements de pagode chinoise auraient pu plaire à une maîtresse de maison ordinaire, mais donné au bout d'un certain temps le frisson à une femme plus profonde, la remplir d'horreur et lui inspirer le désir de fuir [12] ».

Mais à dix-neuf ans, Aurore n'était pas encore George Sand. Elle essayait de se montrer une maîtresse de maison exemplaire (il n'était pas dans ses capacités d'être seulement ordinaire), passionnément attachée à son enfant. Quant à Casimir, il continuait à être le mari « bon, simple et franc » qu'elle dépeignait dans une lettre adressée à une vieille amie de Mme Dupin [13], guère pire que ceux qu'elle connaissait. Si la communion laissait à désirer, il ne se produisit aucune rupture de l'union physique, aucune aversion (pour le moment), aucun désir de quitter ce mari. Au contraire, Aurore et Casimir décidèrent de fuir *ensemble* le vide qui se formait autour de leur existence et dont ils eurent brusquement conscience au printemps.

Un matin qu'ils prenaient leur petit déjeuner, Aurore fut soudain « étouffée par les larmes ». Casimir « s'en étonna ». Incapable de répondre à ses questions inquiètes, Aurore se contenta de lui dire qu'elle était sujette à de sombres et inexplicables accès de désespoir. Un rien la bouleversait, peut-être avait-elle le cerveau « détraqué ». Casimir accepta cette interprétation et attribua à Nohant, à la mort récente de sa grand-mère dans cet endroit, « à l'air du pays, à des causes extérieures enfin, l'espèce d'ennui qu'il éprouvait lui-même en dépit de la chasse, de la promenade et de l'activité de sa vie de propriétaire [14] ».

Ils décidèrent d'aller vivre quelque temps au Plessis ; pour se sentir plus à l'aise, ils y viendraient en hôtes payants. Les Plessis furent ravis de leur présence et le jeune couple passa le printemps et l'été en compagnie de leurs amis, de leurs filles et de leurs nombreux visiteurs. Aurore sembla retrouver son entrain ; elle alla au bal et à la comédie, elle se promena et monta à cheval dans les bois, s'amusa avec un petit groupe d'élus choisis dans la quantité des personnes présentes et flirta avec un officier, provoquant la jalousie de Casimir qui la paya de retour en courtisant une de leurs femmes. Mais Aurore aimait aussi se réfugier seule dans le parc « pour rêver et pleurer [15] ».

En juin, Casimir quitta le Plessis pour une tournée d'inspection à Nohant. Le 22 de ce mois, Aurore lui écrivait : « Je suis si triste ! mais tu le sais, je t'adore. Je ne rêve qu'à toi. La moindre apparence d'oubli ou d'indifférence de ta part me désespère... 11 heures. Je suis dans mon lit, cher ange, et j'y suis avec toi... J'attends vendredi avec impatience pour avoir de tes nouvelles... Je t'embrasse mille fois, je te presse dans mes bras contre mon cœur. Comme je te baiserai à ton retour ! tu n'auras plus mal aux lèvres, tu pourras me le rendre... Parle-moi de Nohant, de nos gens, de nos affaires. Mais surtout parle-moi de toi, disant tout et en détail. Repose-toi bien et *couche seul.* »

On continue à lire dans cette lettre la sensualité, non le dégoût physique, et la dernière injonction était soulignée. Mais faut-il y voir une simple boutade ?

Lors d'un second séjour qu'il fit à Nohant au mois d'août, Casimir reçut d'autres lettres pleines de « je t'embrasse mille fois... je te mange, je t'adore ». Le 19 août : « Maintenant que je n'ai plus mon ange pour protéger le sommeil de sa petite famille et veiller sur elle, tout m'inquiète. Quand tu seras de retour je dormirai dans tes bras comme une souche... Adieu, mon ange, mon cher amour, ma vie. Je t'aime, je t'adore, je t'embrasse de tout mon cœur, je te presse mille fois dans mes bras. » Quatre jours s'étaient écoulés sans réponse ; sur une impulsion, Aurore écrivit à Caron qui se chargeait habituellement de lui faire parvenir les lettres expédiées de Paris par Casimir. « Je patienterai encore demain, mais si je ne reçois point de nouvelles, je vais à Paris mercredi matin. Je ne sais pas à quoi cela m'avancera, mais le corps ne peut rester en place quand l'esprit court les champs[16]. »

L'éloignement pare les absents de charme et la convention dicte les phrases des lettres entre époux ; il est difficile, pourtant, d'expliquer celles d'Aurore à partir de ces deux truismes. L'inverse n'est d'ailleurs guère plus vrai : ces lettres ne prouvaient en rien que Casimir et Aurore formaient un couple heureux. Elles s'inscrivent simplement en faux contre la théorie selon laquelle il y aurait eu martyre conjugal, et montrent une Aurore plus passionnément désireuse — ou tentant plus désespérément — que jamais d'identifier le lien physique qui tenait lieu de communion intellectuelle.

Les lettres de Casimir sont presque aussi chaleureuses, bien que plus gauches, lorsqu'il affirme son amour : « Je te presse contre mon cœur et te baise un million de fois sur chacune de tes jolies joues pour te récompenser des petites larmes qui sortent de tes yeux adorés... Je suis bien touché du chagrin que tu as de mon absence. Sois persuadée que je le partage bien sincèrement et qu'à mon retour je serai si gentil que je te dédommagerai de tes peines, oui, mon petit ange[17]. »

L'éloignement était une chose, un Casimir « quotidien », une autre. Les heurts et l'exaspération marquaient déjà leurs rapports et il se produisit, à la fin de l'été, une impardonnable explosion en public.

Aurore, qui avait retrouvé toute sa gaieté, faisait la folle avec les enfants du Plessis et leurs jeunes amis. Ils se lançaient du sable, jeu qui seyait mal à Mme Dudevant dont le vingtième anniversaire venait de proclamer la « maturité ». Angèle et James du Plessis prenaient le café avec Casimir sur la terrasse. Un grain de sable ou deux tombèrent dans la tasse de Papa James. Il les appela pour leur dire de se tenir tranquilles ou d'aller jouer plus loin. Personne ne l'écouta. D'un ton plus sec, Casimir ordonna à Aurore de cesser. Ce qu'elle ne fit pas. Il se leva alors de table, s'approcha d'elle à grands pas et la gifla. C'était un geste symbolique plus qu'un véritable coup, mais cette manifestation impressionnante d'autorité conjugale souffleta l'amour-propre d'Aurore. Elle courut se réfugier dans le parc où elle pleura « de colère [18] ».

Cet incident révélateur marqua le début de la fin. « Depuis ce jour je ne l'aimai guère et tout alla de mal en pis [19]. » Il est rare cependant qu'on puisse dire d'un événement précis qu'il explique tout dans les relations complexes d'un couple, fût-il celui d'Aurore et de Casimir. Quoi qu'il en soit, le moment était venu de quitter le Plessis ; l'incident précipita le départ.

L'un comme l'autre préférèrent ne pas rentrer à Nohant. « Nous avions peur de Nohant, peur probablement de nous retrouver vis-à-vis l'un de l'autre. » Ils trouvèrent à louer une petite maison à Ormesson, à l'ouest de Paris. Elle avait un vaste jardin de forme irrégulière, un paysage mélancolique à souhait avec des pelouses, des clairières ombreuses, de grands arbres et une tombe protégée du soleil. Là encore, Aurore se purgea de sa mélancolie, invitant sa tante Lucie, Maréchal et sa cousine Clotilde à la partager avec elle tandis que Casimir s'éclipsait pour passer ses nuits à Paris. Sophie ne fut pas invitée ; elle ne cachait pas son aversion pour son gendre et il la lui rendait bien — ce dont elle lui tenait rigueur. Le temps passa. « Cousin » Louis XVIII fut inhumé dans la basilique de Saint-Denis en octobre et Aurore assista aux funérailles. « Cousin » Charles X monta sur le trône.

Cet hiver-là, Aurore se replongea dans les *Essais* de Montaigne avec résignation ; Casimir se querella avec le jardinier ; ils prirent un appartement à Paris ; et Aurore s'ouvrit de son nouvel accès de mélancolie à son vieux confesseur jésuite, l'abbé de Prémord. Avec bonté, d'une voix affaiblie, il conseilla à Aurore de ne pas céder à cette humeur et lui suggéra d'examiner la possibilité d'une retraite de quelques jours dans son cher couvent des Anglaises. Aurore demanda la permission à Casimir, qui la lui accorda avec joie. « Mon mari n'était nullement religieux, mais il trouvait bon que je le fusse. »

Mais ce retour au couvent, comme le constata Aurore avec chagrin, n'avait pas les charmes du foyer retrouvé. Elle n'était plus l'élève d'autrefois ; la pauvre sœur converse avec qui elle s'était liée d'amitié avait recouvré sa santé et sombré dans la bigoterie ; ses anciennes compagnes lui enviaient *sa* liberté ; quant à mère Marie-Alicia, elle conseilla à Aurore de rentrer dans le monde. « Vous avez un charmant enfant », lui dit-elle, « c'est tout ce qu'il faut pour votre bonheur en ce monde. La vie est courte ». Il est vrai que l'amour maternel était le seul qu'Aurore ressentît encore. Elle demanda à mère Marie-Alicia de l'autoriser à garder Maurice avec elle ; il pénétra dans le couvent par le tour, un cylindre creux tournant sur un pivot qui servait à passer les paquets. « Lapins ! Lapins ! » s'écria-t-il joyeusement en voyant les religieuses et leurs coiffes blanches flottantes. Mais Aurore jugea les nuits trop froides et trop humides pour l'enfant. Elle quitta le couvent, retrouva Casimir et toute la famille reprit la route de Nohant[20].

Sombre printemps pour Aurore que celui de 1825. Dans son souvenir, cette saison resterait liée à la mort de Deschartres — ou de son suicide comme elle le croyait plus tragiquement — survenue à Paris, alors qu'en réalité elle ne se produirait que trois ans plus tard. Elle sentait aussi qu'elle avait perdu Hippolyte ; il s'était empâté et s'enfonçait dans la vie campagnarde, buvant, chassant, tirant au pistolet et courant la gueuse. Casimir l'accompagnait, sans encore s'intéresser ouvertement aux femmes. Il essayait encore — George Sand le reconnaît — d'être « un bon mari ». Il fit même venir un piano à Nohant, malgré son prix qui constituait alors un luxe supérieur à leurs moyens. Il s'efforça avec courage d'aimer soudain ce qu'Aurore y jouait, mais c'était trop pour sa patience, limitée, et sa bonne volonté excéda bientôt Aurore. Elle la rendait, au sens propre du terme, malade. Le conflit intérieur entre le rêve et la réalité ne pouvait plus être refoulé. Affligée d'une toux opiniâtre, elle eut de la fièvre, des battements de cœur ; son pouls s'emballait. Elle se crut tuberculeuse.

Avant la fin de l'année, Aurore comprendrait — et l'écrirait à Casimir — qu'en réalité elle se consumait intérieurement d'*ennui,* ce « chagrin secret », parce qu'elle sentait gaspillés sa vraie personnalité, ses dons, ses connaissances et ses intérêts intellectuels passionnés.

> [Ils] étaient perdus, tu ne les partageais pas. Je ne me disais pas tout cela. Je le sentais ; je te pressais dans mes bras ; j'étais aimée de toi et quelque chose que je ne pouvais pas dire manquait à mon bonheur[21].

Lorsque deux vieilles amies qu'Aurore s'étaient faites au couvent, Jane et Aimée Bazouin, proposèrent aux Dudevant de les rejoindre ainsi que leur père à Cauterets, dans les Pyrénées, Casimir bondit sur l'occasion. La station thermale permettrait à Aurore de changer d'air, peut-être d'humeur, et de se rétablir. Ils iraient ensuite passer l'été en Gascogne chez ses parents.

Le 5 juillet 1825, jour où Aurore continuait à fêter son anniversaire, le vingt et unième cette fois, les Dudevant — mari, femme et enfant accompagnés d'une gouvernante et d'un valet de chambre — abandonnaient Nohant et prenaient la direction du sud. Avant de partir, Aurore nota dans son journal :

> Dans dix minutes, j'aurai quitté Nohant. Je n'y laisse rien qui puisse m'inspirer de véritables regrets, si ce n'est mon frère. Mais que cette vieille amitié d'autrefois s'est donc refroidie ! Il rit, il est gai, à l'heure de mon départ, lui ! Allons, adieu Nohant, je ne te reverrai peut-être plus[22].

9. Une demi-vie plus une demi-vie égalent une demi-vie

L'homme ne peut se satisfaire de rien qui ne soit pas tout.

William Blake[1].

La femme non plus.

Aurore pleura en quittant Nohant pour les Pyrénées et ses deux serviteurs mêlèrent leurs larmes aux siennes. Ce serait un long voyage de quelque six cents kilomètres en chaise de poste. Elle résolut de se plier aux humeurs de son mari. Mais Casimir était un homme faible. L'attitude d'Aurore ne fit que renforcer sa mauvaise humeur, comme probablement ses larmes. A Périgueux, il lui fit une scène violente. Aurore arpenta la ville en pleurant. Seulement, elle n'était pas une femme faible, et le ressentiment se mêlait à ses larmes.

Vers la fin du voyage, l'ultime montée vers Cauterets, à une quinzaine de kilomètres de la frontière espagnole, la masse sombre des montagnes coupées de gorges obscures, le gave tumultueux et profondément encaissé que longeait la voiture, remplirent Aurore d'enthousiasme. La nature lui apportait toujours l'énergie dont elle avait besoin. L'accueil chaleureux que lui firent ses amies, l'animation de la station à la mode au plus fort de sa saison, la compagnie retrouvée d'hommes galants et gais lui rendirent toute sa vivacité. Aurore était d'un naturel pensif, mais jamais vraiment portée à la mélancolie.

Le lendemain matin, elle s'éveilla avec un sentiment de joie et courut à la fenêtre. La vue ne la déçut pas. Elle se sentit suspendue dans l'espace. Un peu plus tard dans la journée un médecin de la station lui prescrivit un certain nombre de verres d'eau minérale à absorber, de bains chauds à prendre, et de longs moments de repos. Mais Aurore abandonna vite le repos pour la marche, les promenades à cheval et les excursions en montagne avec Zoé Leroy, une femme un peu plus âgée qu'elle, originaire de Bordeaux, avec qui elle se lia rapidement d'amitié. Ensemble elles partaient, avec ou sans Casimir, voir les grottes, les glaciers et les gorges au risque de se retrouver nez à nez avec un ours. Un jour qu'elles exploraient les environs, Casimir cria à Aurore qu'elle « se singularisait ». Se tournant vers son amie, elle répéta la phrase de son mari. Zoé éclata de rire, ce qui ne fit qu'accroître la mauvaise humeur de Casimir, mais le rugissement d'une large cascade étouffa sa réponse. Quand elles étaient seules, Aurore et Zoé parlaient avec ferveur d'amour, d'amitié et de mariage. (Aurore dans son calepin : « Le mariage est beau pour les amants et utile pour les saints… Le mariage est le but suprême de l'amour. Quand l'amour n'y est plus ou n'y est pas, reste le sacrifice. — Très bien pour qui comprend le sacrifice. ») Elles se délectaient de leurs discussions « philosophiques ». « Nous avons un peu plus d'intelligence et de réflexion que beaucoup d'autres qui ne pensent à rien », déclarait Zoé avec exaltation. Puis, avec une note de défi : « Et c'est tant pis pour nous[2] ! »

Les deux jeunes femmes se retrouvèrent souvent en tête à tête pendant les premiers jours passés à Cauterets ; Casimir avait ses propres occupations. « Monsieur chasse avec passion », écrivait Aurore dans son journal. « Il tue des chamois et des aigles. Il se lève à deux heures du matin et rentre à la nuit. Sa femme s'en plaint. Il n'a pas l'air de prévoir qu'un temps peut venir où elle s'en réjouira[3]. »

Intuition, sagesse rétrospective ou coïncidence : la chronologie reste floue dans le récit d'Aurore. *Qui va à la chasse perd sa place.* Celle de Casimir se trouva avantageusement occupée par Aurélien de Sèze. Ou plutôt le jeune magistrat bordelais, âgé de vingt-cinq ans, noble, beau parleur, mince et séduisant — Casimir s'était empâté et n'avait jamais été beau — allait combler le vide dont souffrait Aurore. Même leurs noms, Aurélien et Aurore, indiquaient une parenté qu'on aurait pu croire prédestinée bien que l'ardeur qui les poussait l'un vers l'autre pût se passer d'un coup de pouce du destin. Zoé applaudissait ; Jane, Aimée et Casimir faisaient les gros yeux. Mais Casimir continua à chasser, Aurore et Aurélien à se promener, et Aurélien tomba amoureux. Aurore le taquinait. « Et votre fiancée ? » lui demandait-elle à propos de Mlle Laure Le Hoult, elle aussi à Cauterets avec sa famille. Aurélien répondit qu'il n'était plus attiré par cette femme « fort belle, mais sans esprit[4] ».

« Vos qualités », écrivit-il à Aurore, « votre âme, vos talents, votre simplicité si parfaite avec un esprit aussi supérieur, une instruction si étendue sont les choses que j'aime en vous... Vous seriez laide que je vous aimerais[5]. » Ces deux intellectuels altérés par la vie provinciale partageaient l'excitation de la découverte réciproque et il est probable que leur amour s'exprimait de façon purement verbale. Pourtant l'on ne doit pas sous-estimer les passions de l'esprit, surtout dans le cas d'Aurore. Quant à Aurélien, aussi conservateur, catholique et traditionnel que sa famille (il était le neveu du célèbre avocat de Louis XVI), l'amour platonique lui permettait de courtiser sans faillir à l'honneur une femme délicieuse bien que mariée. C'étaient deux âmes jumelles. Aurore à Aurélien : « Personne ne parle comme vous, personne n'a votre accent, votre voix, votre rire, votre manière d'envisager une chose et de rendre votre idée. Personne que moi[6]. »

Aurélien de Sèze était encore très jeune, cependant, et sujet à des accès de fougue. Alors qu'au début de leur idylle ils dérivaient doucement dans une barque sur le lac de Gaube, il sortit un canif de sa poche et grava AUR sur le plat-bord. Pour la première fois, il lui déclarait son amour en évoquant le lien que constituaient déjà leurs seuls noms. Aurore feignit l'indifférence, mais son cœur « battait de joie ». Il voulut obtenir d'elle un aveu semblable ; elle fit l'outragée, mais, ajouta-t-elle, « ne sentis-tu pas que je passai ma main dans tes cheveux noirs[7] ? »

Trois jours durant, repentant ou vexé, Aurélien ne lui adressa pas la parole. Puis il partit faire une excursion au cirque de Gavarnie avec la famille Le Hoult. Aurore ne ferma pas l'œil de la nuit. Le lendemain, elle pressa Casimir de l'emmener à Gavarnie. Il lui opposa ses objections et la pria même de ne pas insister. Jane fit de même. L'attitude d'Aurore à la poursuite d'Aurélien tournait au scandale. Casimir finit pourtant par céder : le règne d'Aurore commençait. Lorsqu'ils firent une apparition plutôt inattendue, Aurélien éprouva un instant d'embarras. Mais le fait d'être poursuivi par une femme jeune et belle, dont les yeux vifs et étincelants et la délicate et mince silhouette reléguaient dans l'ombre la triste Laure, le firent vite renoncer à sa résolution de l'oublier.

Le lendemain soir ou le surlendemain, assistant à un bal, Aurore et Aurélien allèrent faire quelques pas dans le jardin. Il lui parla de sa décision. Par esprit de provocation peut-être, elle lui ordonna de s'y tenir, au moins tant qu'il s'agissait de ne plus la courtiser. Mais ne pouvaient-ils être... amis ? C'était plus que n'en pouvait supporter un homme de son âge. La nuit était tiède et délicieuse, le coin du jardin où ils s'étaient arrêtés offrait une obscurité propice. « Il ne fut plus maître de lui, il me prit dans ses bras et me pressa avec ardeur[8]. »

Satisfaction de la conquête, ou crainte d'aller trop loin ? Toujours est-il que « m'arrachant aussitôt de ses bras, je le suppliai de me laisser revenir. Il voulut en vain me rassurer, me jurer de son honneur »... Quand ils revinrent sur leurs pas et qu'elle lui jura que cet amour était partagé, il imprima « un baiser de feu sur mon cou[9] ».

Aurore s'enfuit en courant — et se heurta à Casimir. « Tu me parlas durement. Sans doute, je le méritais. Mais j'en souffris. » Elle lui assura qu'Aurélien la considérait comme une « sœur chérie » qui l'inspirait par sa « pureté ». Casimir s'abstint de tout commentaire, mais avança la date de leur départ. C'est dans la grotte de Lourdes qu'Aurélien lui fit ses adieux. « " C'est à la face de cette nature imposante ", me dit-il, " que je veux en te disant adieu te faire le serment solennel de t'aimer toute ma vie comme ma mère, comme ma sœur, et de te respecter comme elles. " Il me pressa sur son cœur et c'est la plus grande liberté qu'il ait jamais prise avec moi[10]. »

Les lettres échangées par Aurore et Aurélien auraient pu en remontrer à Platon dans leurs protestations de pureté et d'amour platonique. Dans son étonnante lettre-confession à Casimir, Aurore irait même jusqu'à reprocher à son mari le style remarquable des lettres d'Aurélien, comme pour mieux faire ressortir la lourdeur du sien. Ils étaient alors à Guillery, la propriété du père de Casimir où celui-ci s'était empressé de l'amener tandis qu'Aurélien abandonnait les lieux de leur idylle pyrénéenne pour retrouver les tribunaux bordelais.

Le manoir du baron Dudevant, une bâtisse plutôt modeste comportant deux étages, se dressait en pleine campagne gasconne ; en hiver, les loups hurlaient dehors et une nuit, Aurore en entendit un ronger la porte de sa chambre située au rez-de-chaussée. Cependant c'était encore l'automne quand ils étaient arrivés. Les hommes passaient leur temps à la chasse à courre, les femmes passaient le leur à chevaucher derrière eux ; Aurore montait Colette spécialement amenée de Nohant à son intention.

Aurore éprouvait une certaine affection pour le baron, mais détestait la baronne, qui le lui rendait. Cette dernière aimait trop Casimir et était trop lucide pour faire preuve de cordialité envers sa belle-fille. Les nobliaux de l'endroit leur rendaient visite à l'occasion, mais, écrivit Aurore à Zoé, « les jeunes gens des environs *sont chasseurs.* Par ce mot pris dans la force du terme, j'entends un être lourd qui ne fait que manger à table, dormir le soir au salon, etc. ». Et un peu plus loin : « ... mon mari chasse et moi je vieillis [11] ». Dans la même lettre, Aurore acceptait avec empressement l'invitation de Zoé qui leur proposait de venir, Casimir et elle, passer quelques jours à La Brède où la famille de Zoé possédait une maison de campagne. Ils s'arrêteraient à Bordeaux pour retrouver la jeune femme — et Aurore pour voir Aurélien. « Il me semblait que j'allais le voir pour la dernière fois [12]. »

A Bordeaux, Aurélien leur fit une visite de politesse à l'hôtel où ils étaient descendus ; Casimir était absent. Aurore parla de sa tristesse, de ses remords, de son trouble. Dans un mouvement de faiblesse, elle posa sa tête sur l'épaule d'Aurélien et lui réclama son « soutien moral [13] ». Revenant à l'improviste, Casimir les trouva ainsi. Aurore se jeta aux pieds de son mari, implorant son pardon, et perdit connaissance utilement. Lorsqu'elle reprit conscience, elle plaida son innocence. Aurélien était parti, revenu, et reparti. Casimir, « montrant plus de chagrin que de colère », parut se soucier davantage d'un scandale éventuel que de l'innocence d'Aurore — un point sur lequel il se laissa aisément rassurer par sa femme.

Le lendemain, Aurore, Casimir, Zoé *et* Aurélien prenaient la route de La Brède. Assise entre les deux hommes, entre son mari et son cher ami, Aurore éprouvait « un bien-être inconcevable ». La vie incomplète qu'elle menait avec Casimir deviendrait enfin totale grâce à ses rapports avec Aurélien. « Je te voyais avec délices presser la main d'Aurélien », écrivit-elle dans sa « confession » quelques semaines plus tard. « ... J'osai former l'idée d'un bonheur tout nouveau. » A La Brède, cependant, Aurélien passa une nuit blanche à écrire à Aurore une longue lettre dans laquelle il lui disait renoncer à elle. Rejetez tous les torts sur moi, la suppliait-il ; dites à Casimir que moi seul était responsable ; assurez votre mari de notre « pureté » afin que cet homme si noble ne soit pas blessé. Moyennant quoi, il s'engageait à ne jamais la revoir.

Consternée, Aurore lut et relut cette lettre tandis que Casimir chassait. Quand Zoé arriva, Aurore lui dit dans quel désespoir la plongeait cette lettre. Zoé alla voir Aurélien, le trouva « dans le même état » et le conduisit auprès d'Aurore. Leur amitié, s'écria Aurélien, serait si pure, si désintéressée, ils devaient en informer « le bon et généreux Casimir ». Ils seraient « frère et sœur ». Casimir partagerait leur bonheur et serait leur compagnon. « Nous nous réunirons pour *son* bonheur [14] ! »

Ce soir-là, quand Casimir rentra, Aurore lui fit part de ces nobles résolutions. Casimir eut un mouvement d'humeur et d'agacement, puis s'en excusa ; la chasse l'avait épuisé, dit-il. Il croyait à sa pureté, il lui faisait confiance, elle ne le trompait pas. « Mais surtout », implora-t-il, « il faut éviter d'attirer l'attention sur ce qui s'est passé. » Aurore à Aurélien, plus tard et avec détachement : « Il me parut partagé entre le besoin de me croire, et une mauvaise honte qui lui faisait craindre d'être trompé [15]. »

Le voyage de retour à Bordeaux s'effectua sans incident. Le soir, ces quatre bons amis allèrent au Grand Théâtre. Après le spectacle, Aurore et Aurélien se trouvèrent un moment seuls. Oui, ils pouvaient être des âmes sœurs. (« Je vous laissai avec confiance me donner un baiser de frère [16]. ») Tout au long de l'hiver ils s'appliqueraient à rendre Casimir aussi « heureux et tranquille » qu'ils l'étaient eux-mêmes et feraient passer dans son âme « la noble sainteté » de la leur, déclara-t-elle à Casimir [17].

Mais le ménage à trois se révéla n'être qu'un échange de lettres frustrant, absolument pas cette vie totale née de l'union de deux moitiés qui se complétaient. Du 11 octobre au 16 novembre (1825), Aurore écrivit presque chaque jour à Aurélien de Sèze des lettres qu'elle lui enverrait plus tard. Les missives les plus urgentes lui parvenaient immédiatement par l'entremise de Zoé. Elles commençaient par des phrases exaltant la noblesse de leur relation. « Nous sommes purs. Nos sentiments... ont acquis un éclat céleste. » Mais la frustration transparaît vite à travers les lignes : « Mon mari dort dans le salon, et moi je jouis avec délices du beau pays que je parcours *avec vous.* » Elles évoquaient le « baiser brûlant » même pour assurer Aurélien d'un « amour fraternel ». Elles disaient dévorer les lettres d'Aurélien, regarder le mari et l'enfant qui dormaient paisiblement, puis parlaient du besoin irrésistible de sortir dans l'espoir que « le vent de la nuit rafraîchirait ma tête brûlante ». Elles rappelaient l'enfance d'Aurore, son besoin d'être aimée, l'échec de Sophie dans son rôle de mère, celui de Casimir dans son rôle de mari, de son désir de quelqu'un avec qui communier et de sa joie d'avoir trouvé Aurélien. Inlassablement elles revenaient sur leurs rares contacts physiques — mais nulle part il n'est fait la moindre allusion à ne serait-ce qu'une nuit d'amour.

Une chose était complète : le sentiment de frustration qu'éprouvait Aurore. Même l'aspect physique de sa vie conjugale était enfin touché. Casimir, écrivit-elle à Aurélien le 13 octobre, lui reprochait de repousser « ses embrassements ». Bien qu'on puisse raisonnablement penser que même un amant platonique se ferait mal à d'autres aveux, ce fait est confirmé par la « confession » qu'Aurore écrivit à Casimir le mois suivant. « Tes caresses me faisaient mal. Je craignais d'être fausse en te les rendant et tu me croyais froide [18]. »

C'est seulement à ce moment-là qu'on peut parler du martyre que représentait le lit conjugal, et pas seulement pour Aurore. Si Casimir ignorait les lettres à Aurélien, il était trop soumis aux humeurs d'Aurore pour jouir de la « sérénité », sans même parler du « bonheur », que les deux correspondants s'étaient jurés de « faire passer dans son âme ». Qu'Aurore refuse ses étreintes constituait une preuve suffisante. Il la perdait pour un amant fantôme. Et puis, peu avant de partir faire une tournée d'inspection à Nohant, le 6 novembre, Casimir découvrit les lettres-journal qu'Aurore écrivait à Aurélien [19].

Sa première réaction fut de colère et d'indignation, puis succéda l'humiliation, un sentiment écrasant d'infériorité et d'échec. Casimir est un personnage qui réclame un minimum de compassion et de compréhension *. En même temps, on doit voir en lui le maître légitime d'une femme jeune et malheureuse ne pouvant recourir au divorce et à qui seule restait la fuite. Aurore pensa-t-elle à cette solution, même sans s'y attarder? Quand elle raconta dans sa lettre à Aurélien la découverte de Casimir et sa réaction blessée, celui-ci ne lui proposa pas avec flamme de défier les conventions et la société et de s'enfuir ensemble ; il lui reparla simplement de la « noblesse » de Casimir, il conseilla à Aurore de lui ouvrir son cœur et de lui montrer leurs lettres pour lui prouver la « pureté » de leurs sentiments. (« Aurore, faites-lui lire ma lettre ! ») Casimir parlait-il de l'emmener à Bordeaux ? « Venez, vous me verrez peu s'il l'exige. Oh, j'en suis sûr d'ailleurs, il lui suffira de nous voir pour être bien rassuré. » Dites-lui tout. « Je serai votre ami, le sien... Je vous aime, Aurore, mais c'est avec un calme que l'amour ne permet pas. Je vous aime comme la sœur la plus chérie [21]. »

A en juger par ses lettres, Aurore n'en demandait pas plus. Elle ne rejetait pas encore les conventions du mariage ; elle n'en était pas encore à ce stade, peut-être parce que Aurélien n'y serait jamais. Elle dirait tout à Casimir, du moins en dirait-elle assez. Entre-temps, celui-ci séjournait à Nohant pour inspecter la propriété.

Deux lettres se croisèrent, chacune datée du 7 novembre. Aurore à Casimir : « Je m'afflige et je m'inquiète en songeant aux tristes jours, aux tristes nuits que tu passes... Tu peux revenir content... Tu es bon, honnête, généreux, et tu mérites d'être payé de retour. Porte-toi bien, dors [22]. » Casimir à Aurore pendant son arrêt à Périgueux (il n'a pas oublié la scène

* Il avait cru épouser une Française ordinaire, « une nullité sans importance, approuvée et garantie, et il se découvrit affligé... d'une sœur de Goethe » (Henry James) [20].

qu'il lui fit dans cette ville en allant à Cauterets) : « O ma bonne amie, que ce souvenir me fait mal ! Je maudis bien sincèrement ce caractère grognon... je t'en demande bien pardon... Qu'il est cruel de se séparer de ce qu'on aime !... Je ne veux plus faire que ce qui te fera plaisir... je veux ton bonheur[23]. »

Pas un mot, pas un reproche à propos d'Aurélien de Sèze. C'est Casimir qui manifeste sa contrition. Des fragments de ses lettres postées de Nohant les 11, 12 et 13 novembre : « Tu es tout pour moi dans cet univers... Tu es ma divinité sur terre... Pardonne-moi, ô mon bon ange, pardonne, je reconnais mes fautes, je ferai tout pour te les faire oublier. » « Aime-moi aussi un peu. J'en ai besoin. » Il se sent « abandonné ». Il a mal à la tête. Il fait des cauchemars où se mêlent Aurore et Stanislas de Grandsagne, frère de Stéphane. Il va chercher les *Pensées* de Pascal sur les rayons de la bibliothèque : « Nous les lirons ensemble, chère amie, nous lirons toujours les mêmes choses afin d'avoir toujours les mêmes pensées. » Il rapportera son dictionnaire d'anglais et plusieurs livres. Il changera, elle verra. Il remercie Aurore de sa lettre (« dors bien, pauvre âme », disait-elle) et en éprouve même de la reconnaissance. (« Je suis transporté de joie. ») Il a vu Hippolyte et lui a confié ses soucis ; il a hâte de retourner à Guillery[24].

Dans le manoir paternel, une longue lettre attendra Casimir — la « confession » d'Aurore, datée du 15 novembre. Entretemps, Hippolyte avait écrit à celle-ci un billet dans lequel il lui reprochait d'être « une mauvaise épouse ». Piquée au vif, Aurore réplique par une lettre bien sentie. Qui lui a dit une chose pareille ? Certainement pas Casimir. Et si quelqu'un était venu lui dire, à elle, des horreurs sur son frère, *elle* l'aurait défendu ! « Le même père nous a donné la vie, le même sang coule dans nos veines. » De plus, elle proposait à Casimir une solution pour dénouer la situation dans laquelle ils se trouvaient, solution que d'ailleurs il avait « lui-même conçue le premier[25] ».

Pendant toute la nuit, Aurore avait écrit sa « confession » à Casimir, remplissant plus de vingt et une pages de sa fine écriture. Comme Casimir paraissait triste dans sa lettre du 7 novembre, commence-t-elle ; elle avait été incapable de « dormir ni manger » depuis qu'elle l'avait lue. Pourtant, Casimir lui-même lui avait dit la veille de son départ des choses qui l'avaient profondément affectée. « Je veux les oublier. Elles te furent arrachées dans un mouvement de colère. » Pour prouver qu'elle ne retiendra pas *ses* paroles blessantes contre lui, elle se propose de lui parler « à cœur ouvert ». Elle lui « avouera *tout* ». Son humilité témoignera de « la noblesse » de ses sentiments qui, alors même qu'elle écrit, la font pleurer. Casimir avait réclamé des explications. Elle avait hésité, « ce n'était pas seulement l'embarras d'avouer mes torts, mais aussi la crainte de te blesser ». Mais lui-même était coupable, sans le vouloir, « *la cause innocente* de mon égarement ».

Qu'il se rappelle, poursuivait Aurore, comme elle était malheureuse avant le voyage à Cauterets. « Si tu te fusses conduit autrement, je n'aurais peut-être pas été coupable. » Il l'avait lu dans le journal qu'elle lui avait montré tout en sachant qu'il lui ferait mal. Aurore marquait une pause : « Si tu prévois que cette lecture aigrira ton mal, arrête-toi, ne va pas plus loin. » Elle agissait pour son bien, pour lui donner une explication à sa conduite, et lui permettre ainsi de retrouver la paix de l'esprit. « Si tu penses autrement jette cette lettre au feu sans l'achever. » Aurore reprend ; elle rappelle à Casimir leurs premiers jours au Plessis lorsqu'il était son « protecteur », son « camarade ». Malheureusement, elle n'avait pas cherché à savoir s'il aimait la lecture et l'étude, s'ils avaient les mêmes « goûts », la même curiosité intellectuelle ni le même caractère. Or elle avait découvert, hélas, que non. Même le son du piano lui faisait déserter le salon. Elle sentait ses possibilités « gaspillées », « un chagrin secret me rongeait ». Puis elle avait rencontré « M. de Sèze » et avait été frappée par « son esprit, sa conversation », par la relation qui s'était établie d'emblée entre eux.

Aurore s'attardait ensuite, et longuement, sur leur séjour à Cauterets et l'excursion à Gavarnie ; elle mettait l'accent sur son innocence et celle d'Aurélien, sur leur profond respect de la générosité de Casimir et de son tempérament. « Pendant que tu allais à la chasse, je me trouvai seule plusieurs fois avec lui durant des heures entières. Sa conduite avec moi calma tous mes doutes... Dans ses transports les plus vifs voici ce qu'il me disait : “ Pardonne-moi, Aurore, pardonne-moi d'avoir encore des moments de faiblesse où tu es forcée de me repousser. Continue à me résister ! " » Quand ils se revirent à Bordeaux et à La Brède, Casimir sait fort bien ce qui se passa, comment Aurore et Aurélien s'étaient engagés à n'avoir que des rapports fraternels. Pourquoi, alors, refuser un amour aussi pur et précieux que celui qu'offrait Aurélien ? Pourquoi Casimir ne le partagerait-il pas d'une âme généreuse ? Et pourquoi ne pas conclure un *pacte* officiel qui les lierait tous trois ?

Car voilà où cette lettre voulait en venir ! Bien sûr, écrivait Aurore, les gens ordinaires, figés dans « leur petite sphère », ne pourraient jamais concevoir « une grande, une belle pensée », mais pour un être comme Casimir, au-dessus des idées « absurdes » sur la façon dont « les hommes » devaient se conduire, tout était possible. « Je t'ai méconnu jusqu'à ce jour, je t'ai cru incapable de me comprendre. Jamais je n'aurais osé t'écrire une pareille lettre... Aujourd'hui, je t'ouvre mon âme avec délices... ; je suis sûre que tu me comprends, que tu m'approuves. Juge, mon ami, combien j'ai été malheureuse depuis trois ans d'être forcée de renfermer en moi toutes mes sensations ! de descendre à des conversations rétrécies, à des idées et des occupations vulgaires... Il me fallait *un ami,* tu m'obligeais, mais tu ne m'entendais pas. » Casimir savait maintenant qu'Aurélien était cet ami qui la comprenait, comme d'ailleurs, enfin, Casimir. Tous trois seraient vraiment amis.

Si Casimir refusait ce plan, elle se soumettrait, « mais le bonheur de ma vie entière est détruit », déclarait Aurore, et Aurélien demeurerait à jamais un rêve secret enfermé dans son cœur. Comme il était préférable d'agir ouvertement, que Casimir et elle soient « d'un même esprit », partagent les mêmes pensées. C'est donc d'un cœur tranquille qu'Aurore soumettait à Casimir les conditions qui devraient désormais régir leur vie conjugale, c'est-à-dire un projet d'une audacieuse nouveauté. Certains passages des Articles ressemblent en effet à un contrat d'union libre.

> *Article 1.* Nous n'irons point à Bordeaux cet hiver. Les blessures sont trop fraîches et je sens que ce serait trop exiger de ta confiance...
> *2.* Je te jure, je te promets de ne jamais écrire en secret à

Aurélien. Mais tu me permettras de lui écrire une fois par mois ; moins souvent si tu veux. Tu verras toutes mes lettres et toutes ses réponses. Je m'engage devant Dieu à ne pas t'en cacher une ligne.

3. Si nous allons à Paris, nous prendrons des leçons de langue ensemble. Tu veux t'instruire, partager mes occupations. Cela me fera un plaisir extrême. Pendant que je dessinerai ou que je travaillerai tu me feras la lecture et nos journées s'écouleront ainsi délicieusement. (N.B.) Je n'exige pas que tu aimes la musique. Je t'ennuierai le moins possible. J'en ferai pendant que tu iras te promener.

4. Tu me laisseras écrire à Zoé souvent mais je m'engage solennellement à te laisser voir toutes ses lettres et toutes mes réponses...

5. Si c'est à Nohant que nous passons l'hiver, nous lirons beaucoup d'ouvrages utiles qui sont dans ta bibliothèque et que tu ne connais pas. Tu m'en rendras compte. Nous causerons ensemble après. Tu me feras part de tes réflexions, moi des miennes, toutes nos pensées, nos plaisirs seront en commun.

6. Jamais de fâcherie, de colère de ta part, de chagrin de la mienne... Quand nous parlerons du passé, ce sera sans amertume, sans aigreur, sans défiance... Ne sont-ce pas ces événements qui nous ont rapprochés, réunis ? qui t'ont rendu plus cher à moi que jamais ? Sans eux je ne saurais pas ce que tu vaux. Et tu ne saurais pas comment il faut s'y prendre pour me rendre heureuse.

7. Enfin nous serons heureux et paisibles, nous bannirons les regrets, les pensées amères... Tu me permettras de te parler quelquefois d'Aurélien, de Zoé... Tu me permettras de lui dire quelque chose d'aimable de ta part dans mes lettres. Il en sera si heureux !

Dernier article. Une autre année si nos affaires le permettent, nous irons passer l'hiver à Bordeaux... Sinon, nous retarderons ce projet, mais tu me permettras de compter dessus un jour ou l'autre.

« Voilà mon plan », concluait Aurore. « Lis-le attentivement, réfléchis-le et réponds-moi. Je ne crois pas qu'il puisse te blesser. J'attendrai ta décision avec anxiété. D'ici là, je veux vivre d'espérance. » Seul lui faisait encore défaut le consentement de Casimir pour le « bonheur » complet dont elle avait rêvé à La Brède « Il nous manquait la voix de quelqu'un dans ce conseil. Notre grand tort fut de ne pas oser te la demander dès lors. Donne-la aujourd'hui et que tout soit réparé[26]. »

De toute evidence, Casimir fut ahuri par ce qu'avait de direct le « plan » d'Aurore et le superbe aplomb avec lequel elle le lui présentait. C'était comme si on lui eut remis un chef-d'œuvre en lui demandant non seulement de le commenter, mais de l'améliorer. (Répondre en proposant ouvertement la liberté *mutuelle,* ce que n'avait certainement pas prévu Aurore, le dépassait, lui et son époque.) Il avait donc sous les yeux une déclaration d'indépendance spectaculaire, et toutefois limitée, où Aurélien de Sèze occupait une place secondaire. Ces articles allaient régler la conduite d'Aurore le temps que durerait sa vie conjugale avec Casimir.

Pauvre Casimir ? Il se sentait condamné s'il acceptait, condamné s'il refusait. Il était incapable de se hisser au-dessus de lui-même ni de son époque. Et Aurore, elle l'en avertissait, incapable de s'abaisser plus longtemps. A Guillery, elle continuait à séduire les jeunes représentants de l'aristocratie locale, comme elle le racontait dans son journal à Aurélien, et traitait Casimir avec ce qu'il était difficile d'appeler autrement que de la condescendance, aussi enjouée fût-elle. Un jour, alors que les deux générations de Dudevant étaient à table avec leurs invités, Casimir risqua une plaisanterie un peu lourde. Aurore se pencha vers lui au-dessus de la table et dit à mi-voix, mais suffisamment haut pour être entendue de tous : « Mon pauvre Casimir, comme tu es bête ! Mais tout de même, je t'aime bien comme cela[27]. »

Aurore s'était remise en selle et dominait la situation, mais la vue demeurait limitée et ses maux de tête ne cédaient pas.

En décembre, Casimir partit pour Bordeaux sans Aurore, mettant l'absence de sa femme sur le compte de la maladie. Le jour de Noël, il écrivit avec un plaisir non dissimulé à Aurore que tout le monde lui adressait ses vœux : « Tu jouis ici d'une excellente réputation... On ne parle que de ton esprit extraordinaire... Ceux qui ne te connaissent pas brûlent du plus grand désir de te voir. Juge comme je suis fier, et c'est à moi à qui on vient conter tout ça. Je fais jabot comme tu penses[28]. »

En février, les Dudevant allèrent ensemble à Bordeaux. Après avoir échangé tant de lettres, Aurore attendait avec impatience de revoir Aurélien de Sèze. Mais il semble que quelque chose se soit produit, ou plutôt *ne se soit pas* produit ; et qu'Aurore, avec son intuition rapide, comprit avant Aurélien — à supposer qu'il s'en fût jamais aperçu. Bref : il se montrait trop disposé à jouer un rôle qui n'avait déjà plus de sens pour Aurore. Un amant platonique et occasionnel, à des kilomètres d'elle, était un amour deux fois plus lointain. « Il m'aimait comme je feignais vouloir être aimée », écrivait George Sand dans *Lélia,* « mais comme, à la vérité, je ne voulais pas être aimée. C'est alors que la douleur et la colère s'éveillèrent en moi. »

Il n'était pas désagréable, cependant, d'être entourée d'admirateurs à Bordeaux, de sentir son pouvoir sur Aurélien, un des célibataires les plus convoités de la ville. Mais un jour qu'elle était avec Zoé, Casimir entra précipitamment avec une nouvelle qui abrégea leur séjour. Il était très pâle. « Il est mort ! » s'écria-t-il. Croyant qu'il parlait de son fils Maurice, Aurore tomba à genoux. Quand elle apprit qu'il s'agissait de son beau-père, elle se releva avec un sentiment féroce de joie maternelle, malgré l'affection qu'elle portait au père de Casimir.

Une crise de goutte avait emporté le baron. Lorsqu'ils arrivèrent à Guillery, Aurore et Casimir furent accueillis par sa veuve. Mme Dudevant embrassa Aurore avec une certaine réserve, que celle-ci imita. Les deux femmes ne s'aimaient guère ; Aurore eut bientôt une nouvelle excuse : Casimir héritait de peu de chose et ne jouirait de la totalité de ce qui lui revenait qu'à la mort de sa belle-mère.

Il était temps de rentrer.

En avril 1826, Casimir et Aurore étaient de retour à Nohant.

10. La toile éolienne d'Aurore

L'artiste est un instrument dont tout doit jouer avant qu'il joue des autres.
George Sand, lettre à Flaubert, 31 décembre 1867 [1].

Nohant symbolisait la nature et un nouveau début. Mais l'éternel retour à Nohant qui rythma la vie de George Sand ne se produisit jamais au même point de son espace temporel. Pendant trois ans, le petit château, ses bois et ses fermes, la ville voisine de La Châtre et ses environs, allaient constituer le cadre sur lequel elle commencerait à tisser sa trame existentielle, la véritable trame de ses vies multiples. Ce seraient des années d'exploration du motif, étonnamment moderne dans sa complexité délibérée, qui lui appartiendrait de façon singulière.

La multiplicité fut presque immédiate. Trois jours après son arrivée à Nohant, Aurore évoquait, dans une lettre à Zoé Leroy, son plaisir « à se retrouver sous son toit, au milieu de ses gens, de ses animaux et de ses meubles », chaque arbre, chaque allée ombragée lui rappelant des chapitres heureux de son passé [2]. Les fermiers étaient *ses* paysans, les pauvres du village *ses* pauvres, et pendant un temps elle s'occupa elle-même d'administrer Nohant. Cela ne dura pas. Aurore dépassa de quatre mille francs les dix mille francs de sa rente annuelle et Casimir, radieux, reprit les choses en main. Toutefois ces triomphes seraient rares. Aurore se consacra de nouveau à ses activités d'assistante du médecin de l'endroit et se tailla une solide réputation d'apothicaire, confectionnant des sirops avec les herbes de son jardin, appliquant onguents et bandages, sangsues et cautérisations aux paysans malades ou blessés. Elle jouait aussi avec Maurice, âgé de trois ans, dans le jardin et communiait avec la nature, écrivant des lettres qui circulaient de main en main à Bordeaux et à Paris sur les concerts de grenouilles au clair de lune. *Et* elle recevait le flot d'amis, anciens et nouveaux, qui accouraient à Nohant et comblaient le vide creusé entre Casimir et elle. Il y avait aussi « l'être absent », Aurélien de Sèze, « à qui je rapportais toutes mes réflexions, toutes mes rêveries... tout mon platonique enthousiasme[3] ».

Les vieux amis d'enfance de La Châtre n'étaient pas du goût de Casimir, ni les nouveaux, et il s'éclipsait souvent pour aller s'enivrer en compagnie d'Hippolyte avant de sombrer dans un sommeil lourd. La bande de La Châtre formait un groupe fascinant. Il y avait Charles Duvernet, blond, plus jeune de quelques années qu'Aurore (qui avait vingt-deux ans) et d'un naturel mélancolique ; Alphonse Fleury, un géant de dix-sept ans, aux yeux d'un bleu intense, à la moustache blonde, magnifiquement primitif, qu'Aurore appelait le « Gaulois » ; Alexis Duteil, de huit ans plus âgé qu'elle, marié et marqué par la petite vérole, mais aimable compagnon, avocat éloquent et plein d'esprit sur la bonne humeur de qui l'on pouvait compter à n'importe quelle heure du jour ou de la nuit ; Jules Néraud, naturaliste et poète, plus âgé de neuf ans, lui, marié comme Duteil et tout aussi amoureux d'Aurore, au meilleur de sa forme quand on entendait les chants et les pépiements de l'aube.

Une nuit d'hiver, alors que Casimir était allé se coucher à dix heures, Hippolyte et Aurore partirent à pied pour La Châtre dans l'idée de réveiller Duteil, jamais à court d'invention pour improviser une farce. Aurore, qui aimait changer de personnalité, s'était habillée en jeune paysan et Hippolyte en paysanne. Entendant des violons dans le village endormi, ils se glissèrent dans un bal d'ouvriers et dansèrent la bourrée avant d'aller chanter sous les fenêtres de Duteil. Celui-ci reconnut leurs voix, se leva sans éveiller sa femme et les rejoignit. Ils réveillèrent les chiens, le gendarme du village et les bons bourgeois qui, furieux, mirent le nez à la fenêtre en exigeant de savoir pourquoi on les dérangeait dans leur sommeil. « C'est simplement pour savoir que vous n'étiez pas morts », répondit Hippolyte. Ils taquinèrent des couples d'amoureux qui rasaient les murs, philosophèrent dans les rues désertes et, comme la nuit pâlissait, rentrèrent à Nohant tandis que Duteil allait retrouver sa femme[4].

Avec Jules Néraud, l'aube était beaucoup plus intense : l'enchantement des ailes des papillons, « les parfums des fleurs nouvelles », la chasse aux scarabées « d'émeraude et de saphir », « un automne consacré à l'étude des champignons... un autre automne qui ne suffit pas à l'étude des mousses et des lichens ». Car l'aube s'étirait souvent jusqu'au crépuscule, pendant les quatre saisons ; et tantôt Aurore, tantôt Néraud, prenait Maurice sur leurs épaules tandis que l'autre se chargeait de « la loupe, un livre et une boîte en fer-blanc ». Ils partageaient le romantisme de Chateaubriand et relisaient ensemble Rousseau ; les plantes, les insectes et même les minéraux, inanimés dans les leçons de Deschartres, reprenaient vie grâce au « Malgache », comme Aurore surnommait affectueusement son ami qui avait visité Madagascar douze ans plus tôt.

« Naturellement » Jules Néraud s'éprit d'Aurore. Elle le rabroua gentiment en lui disant qu'elle aimait « un peu ailleurs ». Mais il continua à glisser des lettres d'amour et des poèmes parmi les papillons, les bouquets et les poulets qu'il lui offrait[5]. Aurore retournait ses billets doux à Néraud en lui intimant de prendre garde à sa femme qui pouvait les découvrir — ce qui ne manqua pas. Furieuse, Mme Néraud écrivit à Aurore une lettre où elle lui reprochait « mon hypocrisie, ma coquetterie, et ce qui se finit en *ie* ». Mais le plus étrange est que cette phrase figure dans une lettre qu'Aurore adressa à Casimir quand elle était à Paris et voyait de nouveau Stéphane de Grandsagne[6].

Stéphane, le cicerone et l'ami des années d'adolescence, avait réapparu dans la vie d'Aurore pendant l'été qui suivit son retour à Nohant. « Moitié poitrinaire, moitié fou », écrivit-elle à Zoé sur une impulsion qui la faisait se confier même à l'amie d'Aurélien, « il est venu passer quelque temps de sa convalescence ici ». La silhouette et le visage émacié, à la Greco, de Stéphane, son esprit hardi, pénétrant et cultivé, son souverain mépris de la banalité, de la tiédeur et du conformisme, réveillèrent en Aurore le feu qu'il avait été le premier à allumer. A la différence de « l'être absent », il apportait un présent intense et dévorant. Pour lui, le mariage d'Aurore avec Casimir n'était qu'une péripétie sans importance et cette attitude aidait la jeune femme à revivre : elle reconquérait son rêve. Stéphane portait sur les choses un regard direct, sans inhibitions et ses ambitions étaient vastes et stimulantes. Très bientôt, il créerait une bibliothèque populaire de deux cents volumes, et consacrait à cette réalisation tous les efforts de son corps douloureux et malade. Cette ardeur, sa santé fragile et ses projets exaltés parlaient au cœur d'Aurore. Le souvenir de son enfance et de Sophie éveillèrent toujours chez elle une sympathie profonde pour ceux qui, amis intimes ou malades, avaient besoin d'elle. Où se situa, alors, le hiatus entre Stéphane et elle ? L'indécision d'Aurore et son incertitude de l'avenir ? Le choix qu'avait fait Stéphane de la vie difficile de l'érudit et sa prémonition d'une mort prochaine ? A l'automne 1826, il retourna à ses études à Paris. « Quand il est parti et qu'il pressait ma main décharnée, il m'a semblé qu'il me donnait rendez-vous dans l'autre monde[7]. »

Voici ce qu'écrivait Aurore, encore attristée par ce départ. Pendant l'hiver, les objectifs de Stéphane se précisèrent, mais son état s'aggrava. Inquiète, Aurore demanda à Hippolyte, alors dans son appartement parisien avec sa femme, de prendre des nouvelles de Stéphane qu'il connaissait et appréciait. « Je le trouvai dans un état pitoyable », répondit Hippolyte, « étouffant et avec une grosse fièvre », vivant au-dessus de ses moyens, mais ouvrant « sa bourse à tout le monde... Sa maudite tête est en feu, il travaille, passe quinze à vingt nuits de suite, boit des litres de café... Il a du sublime dans l'imagination... Les volumes naissent sous sa plume[8] ».

Aurore à Hippolyte : « Ce que tu me dis de Stény [Stéphane] me fait beaucoup de peine » ; il est difficile, « mais on doit aimer ses amis jusqu'au bout quoi qu'ils fassent ». Il a les défauts de ses frères et méprise sa famille. « On me saura toujours mauvais gré de lui être aussi attachée, et bien qu'on n'ose me le témoigner ouvertement, je vois souvent le blâme sur le visage des gens qui me forcent à le défendre... Il me trouvera quand les autres lui tourneraient le dos. » Si elle était un homme, elle aurait pu l'aider davantage, mais « la différence de sexes, d'état et mille autres choses » rendent cet appui, « presque nul[9] ».

Sa correspondance avec Aurélien de Sèze se poursuivait de façon intermittente. Aurore lui parla de ses projets sur l'éducation de Maurice, qu'Aurélien jugeait « parfaite » ; quand il lui exposait ses opinions politiques et sociales, Aurore le traitait d' « intolérant » et de « jésuite[10] ». Le contraste qu'il formait avec Stéphane était trop vif ; Aurore fut irrésistiblement amenée à évoquer les idées de Stéphane dans ses lettres à Aurélien. Celles-ci s'espacèrent. « L'être absent... était fatigué de cette aspiration surhumaine à l'amour sublime... ses passions avaient besoin d'un autre aliment que l'amitié enthousiaste et la vie épistolaire. Il avait fait un serment qu'il m'avait tenu religieusement... mais il ne m'avait pas fait de serment restrictif à l'égard des joies ou des plaisirs qu'il pouvait rencontrer ailleurs. » En parlant ainsi d'Aurélien, George Sand décrit rétrospectivement — la transposition saute aux yeux — ses propres sentiments[11].

Dans la trame des jours, on ne perd jamais de vue le fil de l'écrivain. En août 1827, il prit la forme de notes disparates qui seraient réunies deux ans plus tard sous le titre de *Voyage en Auvergne*. Accompagnée de Casimir et de Maurice, Aurore, parce que sa santé l'exigeait, était allée prendre les eaux au Mont-Dore, à plusieurs centaines de kilomètres de Nohant. Elle partit l'humeur morose : A qui pourrait-elle bien écrire ? A Sophie ? « Ô ma mère, que vous ai-je fait ? pourquoi ne m'aimez-vous pas ? » Non. « Je pleurerai en silence. » A Zoé ? Pas davantage, elle montrerait sa lettre, « et je ne veux pas qu'on * se souvienne de moi ». A Stéphane ? Non plus, elle ne se sentait aucun goût pour la science ni pour ce « pédant ». Se tuer ? Non : « Maurice qui est là ! » Elle s'écrirait donc à elle-même, elle écrirait ses *Mémoires* (à vingt-trois ans). Deux heures plus tard, la cloche du dîner l'interrompait dans l'ébauche du plan, chapitre par chapitre, de ces Mémoires — des lignes nettes, incisives, qui ont la force d'un carnet d'esquisses de Delacroix — à la phrase : « Je partis pour les Pyrénées[12]. »

Mais si Aurore commençait son journal en pensant au suicide, et le continuait en traçant les grandes lignes de sa vie, elle le

* Aurélien.

terminait avec le récit de ses flirts à la station thermale. « Allons », écrit-elle d'un certain M. de F., « encore un amoureux ! C'est bien la peine de vieillir. Et un original ! Je n'en fais jamais d'autres. “ Monsieur, je veux bien qu'on m'aime, mais je ne veux pas qu'on m'adore ”. » M. de F. quitte le Mont-Dore. « Vraiment c'est bête ! » Il revient quarante-huit heures plus tard et tente de nouveau sa chance : « *Transeuntibus...* », conclut Aurore, saluant « ceux qui passent », ces hommes qui ne font qu'une brève apparition dans sa vie [13].

L'indulgence de Casimir, présent au Mont-Dore, frôlait la complicité. Il aurait pourtant un mouvement d'humeur à sa façon un mois plus tard, pendant une excursion du groupe au bord de la Creuse. Le cheval qu'il montait refusant un obstacle, il le cravacha sur le museau ; l'animal recula et heurta Aurore qui était à pied. Elle lui en fit la remarque. Casimir répondit d'un ton irrité qu'il faisait ce qu'il voulait et que si elle ne se taisait pas, ce serait *elle* qu'il cravacherait ! Sans mot dire, Aurore s'écarta [14]. Tout cela n'avait guère d'importance. A l'automne, elle recommençait à voir Stéphane.

Pourtant, le couple avait plus d'une chose en commun, ce qui passerait facilement inaperçu compte tenu de la monotonie de leurs rapports et de l'abîme qui les séparait. Pas seulement une union indissoluble et un jeune enfant — on ne doit jamais minimiser l'amour maternel de George Sand —, ou même une certaine compréhension mutuelle née de la « confession » de George Sand, ou encore, plus important, le contrat qui leur garantissait une liberté réciproque et *tacite*. Il y avait les liens créés par la vie de tous les jours, ses attachements comme ses heurts. Les lettres qu'ils échangèrent durant cette période font preuve d'une affection désarmante, qui valut à Aurore d'être taxée d'hypocrisie puisqu'elle « aimait ailleurs ». Accusation en partie fondée, mais il existait néanmoins entre eux une certaine honnêteté, une *entente* dans leurs rapports domestiques qu'on pouvait qualifier d'assez *cordiale*.

Ce qualificatif à résonances politiques s'applique au couple. La politique en effet, au sens large du terme, allait figurer au nombre des passions de George Sand. Sur ce terrain, Casimir et Aurore se rejoignaient davantage qu'Aurore et Aurélien malgré leurs âmes sœurs. Le mari et la femme étaient des libéraux, l'amant loitain, un monarchiste. Aux élections d'octobre 1827, libéraux et bonapartistes formeraient le groupe d'opposition à la monarchie bourbonienne de Charles X. A La Châtre, ces convictions se traduisaient par l'appui apporté par les Dudevant et leurs amis au candidat de l'opposition, Duris-Dufresne. Casimir se montrait particulièrement actif, présidant les réunions, louant une maison à La Châtre où Aurore et lui donnaient des bals et des dîners pour leur candidat, un homme courtois à l'élégance du Directoire et au républicanisme vaillant, « ferme comme un roc ». On s'amusait à ces fêtes et Aurore écrivait à Sophie pour lui demander ce qui se faisait à Paris en matière de chapeaux et de robes. En novembre, la campagne menée par les époux Dudevant fut couronnée de succès.

La passion politique, la politique *et* la passion : les vies d'Aurore suivaient leur cours parallèle. Durant cette campagne, et alors que Casimir faisait un bref séjour à Paris, Aurore reçut Stéphane à Nohant. « Demain, le cabriolet sera à votre porte », lui écrivit-elle. « Je vous attends pour déjeuner à dix heures [15] *. » Et Aurore écrivait à Casimir, à Paris : « Je suis bien aise que tu prennes quelques distractions. Sûre que cela ne t'empêchera pas de songer à ta meilleure amie qui t'aime de toute son âme. » Quelques semaines après le retour de Casimir à Nohant et celui de Stéphane à Paris, Aurore partait à son tour pour la capitale — elle voulait consulter un médecin pour ses amygdales, disait-elle.

De Paris, Aurore écrivit à Casimir le 6 décembre 1827 ; elle venait d'arriver, elle était descendue dans le vieil hôtel où Maurice était né, elle se sentait beaucoup mieux... « Voici Stéphane », s'interrompait-elle ; il venait lui conseiller quelques médecins.

Samedi, deux jours plus tard : « A la fin [de la semaine prochaine], quelque chose qui arrive, je partirai... Stéphane dit qu'il reviendra avec nous... Soignez-vous bien tous deux et aimez-moi toujours. J'en ai bien besoin. »

Lundi 10 décembre : « Qu'elle fasse de l'éclat si cela lui

* C'est la seule lettre presque entière qui nous soit parvenue. Les cent vingt-trois lettres adressées à Stéphane de Grandsagne ont été détruites par ses descendants parce que trop « révélatrices [16] ». Celles qu'il écrivit à Aurore ont également disparu, probablement détruites par celle-ci.

plaît ! » Aurore parlait du scandale dont avait menacé Mme Néraud après la découverte des lettres d'amour de Jules. « Qu'on sache que Monsieur Jules, tout édenté qu'il est, s'est avisé de me faire la cour et que je l'ai poliment éconduit... Et maintenant tu es au fait de l'histoire... Adieu, mon meilleur ami. »

Mercredi 12 décembre : « Je perds mon temps à courir après les médecins ou à les attendre. » *Jeudi 13 décembre :* « Je verrai demain [le Dr] Broussais si Stéphane me tient parole. » *Samedi :* « Comme Stéphane vient ce matin... s'il peut partir lundi j'enverrai peut-être promener le reste de mes courses. Je te dirai donc le résultat de cette libération avant de fermer ma lettre... » *Midi, même jour, même lettre :* « Stéphane [et son frère] sont forcés de passer ici la journée de lundi. Ils me prient en grâce de ne partir que mardi. » *Lundi :* « Je viens d'envoyer... aux diligences et il n'y a dans *toutes* qu'une seule place à prendre pour demain soir. Nous ne pourrions donc partir que mercredi et arriver par conséquent vendredi [17]. »

Neuf mois exactement après la lettre expédiée de Paris le 13 décembre, soit le 13 septembre 1828, Aurore mettait au monde — à Nohant — une fille dont elle dirait toujours avec insistance qu'elle était née « avant terme [18] », mais dont Stéphane de Grandsagne était, selon toute vraisemblance, le père [19].

La trame éolienne d'Aurore était un continuum. Entre les fils de l'interlude parisien avec Stéphane et l'enfant né de leurs amours qu'on avait prénommée Solange, s'imbriquaient ceux de sa vie avec *la bande* de La Châtre, avec Casimir et Maurice, et sa « famille » constituée des gens et des pauvres de Nohant, avec Aurélien par lettres interposées, enfin avec Dieu, c'est-à-dire Elle-même, avec qui elle dialoguait sans fin à ses heures de dépression.

Aurore était enceinte de deux mois, et tristement certaine de l'être, quand elle écrivit à Zoé Leroy le 2 février 1828. Aurélien lui avait appris la mort du père de Zoé et la tristesse de son amie qui se plaignait d'être sans nouvelles d'elle. Aurore tenta de se disculper, mais ses excuses trahissent ses sentiments :

> Je ne vous demande plus de m'aimer comme auparavant. Je ne mérite plus l'amitié de personne. Comme l'animal blessé qui meurt dans un coin, je ne saurais chercher d'adoucissement et de secours parmi mes semblables [20].

Zoé fut stupéfaite. Au printemps seulement elle apprit l'état d'Aurore, et encore de la bouche d'un ami commun. Elle reprocha à Aurélien de ne pas l'avoir avertie, mais, écrivait-elle à Aurore, il jure qu'il l'a fait [21] Aurélien éprouva-t-il quelque embarras à paraître le dernier informé ? Le même jour, le 10 mai 1828, il postait à Aurore une lettre dans laquelle perçaient la tristesse, l'ironie et la résignation. Une lettre qui visait directement Stéphane. Il le qualifiait avec hauteur de « pseudo-philosophe », l'accusant d'essayer, peut-être, tout simplement de se faire remarquer dans son cercle par de séduisants paradoxes ; mais à aucun moment il n'est fait allusion à la grossesse d'Aurore. Il préférait épiloguer sur les « idées arrêtées » de Stéphane :

> Vous me demandez, ma chère amie, si j'ai des idées arrêtées sur tout. Je croirais presque inutile de répondre à cette question maintenant, si je ne tenais à renverser ce piédestal sur lequel vous paraissez vouloir me placer. Vous avez en vous un type de la raison, de la sagesse ; vous façonnez dans votre imagination un être selon ce type, et, quand vous l'avez fait, *quand vous l'avez fait vous-même,* vous dites : « C'est un tel ! » Non, non, je n'ai pas d'idées arrêtées et raisonnées sur tout. Et oserai-je l'avouer ? faut-il briser l'idole d'un coup ?... personne n'a moins réfléchi que moi ; c'est à peine si je sais ce que c'est [22].

Cette lettre marquait un recul très net de la part d'Aurélien, mais en août il annonçait sans trouble apparent sa venue à Nohant, en septembre. George Sand décrit son arrivée :

> Je me souviens de l'étonnement d'un de nos amis de Bordeaux qui était venu nous voir, quand il me trouva, de grand matin, seule au salon, dépliant et arrangeant la layette, qui était encore en partie dans ma boîte à ouvrage. « Que faites-vous donc là ? me dit-il. — Ma foi,

vous le voyez, lui répondis-je, je me dépêche pour quelqu'un qui arrive plus tôt que je ne le pensais[23].

Étonné, Aurélien ? Sûrement pas. Blessé ? C'est plus vraisemblable. Même s'il était déjà au courant, il n'en reçut pas moins le choc de cette grossesse de neuf mois, aussi incongrue que celle d'une statue jusque-là immaculée. L'idole, sinon brisée, du moins renversée, était Aurore. Il fut là au moment de ses couches et signa même en tant que témoin l'acte de naissance. Dans la lettre qu'il lui adressa ensuite de Bordeaux, pas un reproche, mais peu de chaleur. Il y apparaissait sous les traits d'un ami réconcilié, presque détaché. Mais Zoé devait écrire : « Je n'ai pas pu revoir Aurélien sans me figurer qu'il avait laissé à Nohant un cortège composé de douleur, de consternation déchirante et d'un affreux isolement. » Deux mois plus tard, Aurélien était encore « un peu fou » et « imbécile », déclarait Zoé, « tisonnant le feu et pianotant avec deux doigts[24] ». A quoi Aurore répondrait : « Il faut bien jouer du piano avec deux doigts quand on ne sait pas en jouer avec cinq[25]. »

Ce même mois (décembre), Casimir trouvait plaisir et consolation dans les bras de Pépita, la bonne du bébé, et Aurore entendait des bruits très reconnaissables derrière la mince cloison qui séparait sa chambre de celle de Solange[26]. Bref, toutes les vies reprenaient. Au début de 1829, Aurore persuada le sous-préfet de La Châtre de donner un bal pour mélanger les cercles sociaux si cloisonnés de l'endroit et d'inviter aussi le maître de musique et sa femme. Pour couronner la soirée, Duteil et elle interprétèrent un duo au piano et au violon, ainsi qu'une chanson de leur composition dont le refrain provocateur était : « Vexer la bourgeoisie ! » Hippolyte, sa femme et leur petite fille, Léontine, vivaient maintenant à Nohant. Solange, écrivait Aurore à Sophie, était « une masse de graisse, blanche et rose », et le jeune Maurice grandissait, mince et beau[27]. Dans une autre lettre à un ami, Aurore se qualifiait avec ironie de « noble, libérale, canaille, démocrate, hérétique, schismatique, quakresse [*sic*], pamphlétaire, jacobine, émigrée, partisan du despotisme, de la République, dévote, athée, etc., etc., etc., etc., etc., etc.[28] », ce qui résumait assez fidèlement les opinions de ses amis et ennemis de La Châtre à son égard. Elle omettait une remarque plus dure : « Tout le monde avait nommé le père de Solange[29]. »

La vie avec Casimir, non moins au courant, continuait. De mai à la fin juillet, Aurore et lui séjournèrent dans le Sud-Ouest, principalement à Bordeaux, séjour que devait commenter plus tard Casimir en termes assez sybillins : « Départ des deux époux pour Bordeaux avec engagement d'y passer trois semaines ou un mois au plus, et séjour de trois mois, visite tous les matins de Mme A. D... chez M. A. de S..., allégant [*sic*] prétexte de maladie et d'aller aux bains, départ obtenu pour éviter du scandale par intervention de M. A. de Sèze[30]. » Aurore avait reconquis Aurélien.

Casimir se plaindrait donc à son heure. Pour le moment, *tous deux* continuaient comme si de rien n'était, Aurore ne faisant aucune allusion à Pépita tout en méditant de la renvoyer, et Casimir assumant le rôle du mari provincial et grognon typique de l'époque, qui, affligé d'une femme brillante, excentrique et déchaînée, prend son mal en patience. Il y avait Nohant, et il y avait Maurice ; âgé de six ans, intelligent, l'enfant avait besoin d'être éduqué car Aurore avait préféré le laisser prendre du retard plutôt que de lui entonner « de force » l'alphabet. Elle engagea un jeune précepteur qui appliquait une méthode nouvelle et simplifiée pour apprendre la lecture aux enfants. C'est ainsi que Jules Boucoiran, vingt et un ans, entra dans la vie des Dudevant et très vite, Mme Dudevant s'adressa à « mon cher petit Jules » dans les lettres qu'elle lui envoyait de la région bordelaise où elle revoyait Aurélien — cette fois, sans Casimir[31]. En moins de deux mois, Maurice lisait couramment et La Châtre jasait à propos du « Don Juan femelle » qui initiait le jeune précepteur protestant de son fils aux plaisirs de la vie et de l'amour, et Aurore renvoya elle-même le jeune homme[32]. Il reprit son ancien poste et demeura un ami très cher.

Aurore allait et venait, et agissait, avec une liberté qui ne laisse pas de surprendre et d'émerveiller. Peut-être en raison d'idées toutes faites sur le premier quart du XIXe siècle français en général, et sur la vie provinciale de Nohant en particulier. En réalité — en supposant que ceci soit la réalité, « à cette époque, une grande immoralité régnait dans la société de La Châtre et des environs », si l'on en croit un ami d'Aurore, Laisnel de la Salle. « Les hommes, n'ayant rien à faire, passaient leurs soirées et souvent leurs nuits à l'auberge, s'enivraient, se livraient à la débauche sous toutes ses formes. Les femmes, et des meilleures [!], étaient d'une légèreté inouïe. Il y avait bien peu de parfaits ménages [33]. » Bien que probablement exagéré par un homme qui quitterait bientôt La Châtre pour une vie plus monacale, cette description restitue un climat plutôt scabreux qui replace dans son juste contexte le comportement désinvolte d'Aurore, difficile à expliquer autrement. Ce fut sans doute son refus de *complète* hypocrisie qui offensait les femmes, même les plus frivoles, et les hommes, même les plus libertins, dans la bourgeoisie de La Châtre.

Les voyages de Casimir à Bordeaux se justifiaient, en partie, grâce à la petite entreprise commerciale que lui avait léguée son père. Les affaires périclitaient et il ne faisait rien pour les relancer. L'autre raison était la maîtresse qu'il partageait avec un filou du nom de Desgranges, « son associé ». Aurore flaira l'escroquerie qui se préparait — la copropriété d'un navire fictif — et écrivit à Casimir une lettre bien sentie après qu'il eut versé une somme de vingt-cinq mille francs :

> On ne doit pas conclure d'affaires à la suite d'un repas quand on a le malheur de n'être pas sobre... Je t'en dis mon avis pour ne plus revenir puisque le passé est derrière nous. L'avenir nous reste. J'y veillerai... Ne te fâche pas de ce que je te dis. Le droit de dire la vérité est réciproque, autrement, il est tyrannique. D'ailleurs, je suis mère avant tout et j'ai du caractère quand il en faut [34].

Aurore reprit plus fermement en main les affaires de Nohant et renvoya Pépita sans autre forme de procès. Claire Mathelin, la femme de chambre de l'épouse d'Hippolyte qui vivait sous leur toit, la remplaça dans les bras de Casimir. Depuis la naissance de Solange, Aurore faisait chambre à part et couchait dans une petite chambre du rez-de-chaussée qui servait naguère de boudoir à sa grand-mère [35]. Elle planta des clous dans le mur (où l'on peut toujours les voir) et s'installa un hamac en guise de lit. Elle casa les deux enfants dans une grande chambre contiguë qui l'isolait de celle de Casimir.

Là, Aurore créa, ou plutôt communia avec sa vie intérieure, la recréant avec une plume d'oie et un encrier sur un écritoire qu'elle fixa dans un petit placard encastré... un véritable coin d'écrivain. Un grillon lui tenait compagnie. Quand une servante l'écrasa par mégarde, elle y vit un signe du destin et intégra l'incident dans un roman non publié, *la Marraine*. On voit déjà apparaître un des thèmes favoris de la romancière : « La femme qui aime est de tous les êtres le plus courageux[36]. »

Ce roman est l'œuvre d'un auteur débutant — Aurore ne chercha jamais à le faire publier — mais elle pensait maintenant à écrire pour obtenir son indépendance, pour obtenir une source de revenus *seule* capable de la lui garantir. Fascinés par ses lettres, ses amis lui réclamaient sans cesse des morceaux de vers ou de prose, et même des romans. « Je reconnus que j'écrivais vite, facilement, longtemps, sans fatigue ; que mes idées, engourdies dans mon cerveau, s'éveillaient et s'enchaînaient... au courant de la plume... » La littérature serait « [mon] métier... [mon] gagne-pain[37] ».

Aurore s'était essayée, sans en faire de mystère — quoique en taisant son objectif — aux occupations habituelles des femmes seules de la bonne société : des aquarelles et des pastels (« cela manquait d'originalité »), ou la décoration de tabatières et d'étuis à cigares avec des fleurs et des oiseaux peints ; elle pensa même à des travaux d'aiguille, mais ils lui fatiguaient les yeux et rapportaient peu (« dix sous par jour »). En mai 1830, seule à Paris avec le petit Maurice, elle explora les musées du Louvre et du Luxembourg. Ce n'était pas la première fois, mais elle y retournait sans se lasser, « comme enivrée, comme clouée devant les Titien, les Tintoret, les Rubens ». Elle se prit soudain de passion pour la peinture, avec la même intensité qu'un peu plus tôt pour la musique. Quel que soit le métier qu'elle choisirait, elle savait ce qu'elle voulait être : une artiste, dans le monde des lettres, dans sa vie, dans son être profond[38].

A dire vrai, la vie et l'œuvre littéraire de George Sand ne furent jamais distinctes, ne firent jamais chambre à part. De Paris, Aurore écrivit à Casimir : « J'ai vu Stéphane hier matin et aujourd'hui. Je ne sais comment il a su que j'étais ici [!]... Nous verrons combien durera cette lune de miel. » *Douze jours plus tard :* « Mon cher ami, je vais faire un petit voyage » laissant Maurice avec une amie « qui est bonne pour lui... Je ne dis à personne ici que je vais à Bordeaux... mais que je vais passer quelques jours à la campagne ». Le mari devenait le confident. En rentrant à Paris, Aurore écrivit à Casimir qu'elle avait trouvé Aurélien « bien changé, bien vieilli et bien triste [39] ». Voilà qui consolerait Casimir.

Un mois plus tard à peine, Aurore et Maurice rentraient à Nohant, la révolution de Juillet éclatait à Paris, Charles X partait en exil; pour plus d'une vie, une période s'achevait.

11. Une porte fermée en ouvre une autre : « Vive la liberté ! »

> *Aujourd'hui il me pleure. Tant pis pour lui. Je lui prouve que je ne veux pas être supportée comme un fardeau, mais recherchée et appelée comme une compagne libre, qui ne demeurera près de lui que lorsqu'il en sera digne.*
>
> George Sand, *Correspondance*, 1830[1]

> Torvald. *Nora... ne serai-je plus jamais qu'un étranger pour toi ?*
> Nora, prenant son sac de voyage. *Ah ! Torvald, il faudrait pour cela le plus grand des prodiges... Que notre union devienne un vrai mariage. Adieu.* (Elle sort par la porte d'entrée... On entend au-dehors le bruit de la porte de la maison qui se referme.)
>
> *Henrik Ibsen, Maison de poupée*, 1879[2]

> *Vivre ! que c'est doux ! Que c'est bon ! malgré les chagrins, les maris, l'ennui, les dettes, les parents, les cancans, malgré les poignantes douleurs et les fastidieuses tracasseries. Vivre ! c'est enivrant ! Aimer, être aimée ! c'est le bonheur ! c'est le ciel !*
> *Ah ! ma foi, vive la vie d'artiste. Notre devise est liberté !*
>
> George Sand, *Correspondance*, 1831[3]

> *Bienvenue, ô vie ! Je pars, pour la millionième fois, chercher la réalité de l'expérience et façonner dans la forge de mon âme la conscience incréée de ma race.*
>
> James Joyce, *Dedalus*, 1916[4]

Deux ou trois fois par jour, Aurore partait au galop jusqu'à La Châtre pour savoir où en était la Révolution. La « Chambre introuvable » avait été dissoute par le roi qui avait ordonné de nouvelles élections, et une expédition venait d'être lancée sur

Alger pour regagner, au-delà des frontières, le prestige compromis sur le sol national. Le 5 juillet 1830, Alger tombait, mais la cote de l'impopulaire Charles X n'en remonta pas pour autant. La bourgeoisie libérale se sentait plus que jamais volée de sa révolution de 1789 par la restauration des Bourbons et aspirait à une deuxième république. Les quatre ordonnances royales du 25 juillet tentèrent de renforcer les prérogatives royales. La chambre réélue en juillet — Duris-Dufresne, de La Châtre, figurant au nombre des députés — fut dissoute avant d'avoir siégé. Il s'ensuivit trois jours de barricades dans les rues étroites et tortueuses de Paris, qui chassèrent le drapeau blanc des Bourbons pour le remplacer par le drapeau tricolore de 1789.

Ce fut pendant les Trois Glorieuses, nom sous lequel l'histoire retint ces journées, qu'Aurore se rendit avec tant d'impétuosité à La Châtre pour savoir ce que devenaient ses amis parisiens dans la tourmente, et aussi pour chercher les lettres de Boucoiran installé chez les Bertrand à Paris. « Dans de tels moments, la fièvre est dans le sang... Je me sens une énergie que je ne croyais pas avoir. L'âme se développe avec les événements. » Casimir était lui aussi inspiré par le « grand œuvre de la rénovation ». Avec Hippolyte, Jules Néraud et une centaine de compagnons, il avait constitué une compagnie de gardes nationaux qu'il commandait en arborant la cocarde tricolore. Le bruit courait qu'un régiment royaliste parti de Bourges se préparait à faire marche sur La Châtre. « Si l'autorité, l'autorité renversée, lutte encore, nous résisterons bien », écrivait Aurore à Jules Boucoiran le 31 juillet[5].

La veille, Aurore avait fait la connaissance de Jules Sandeau.

Il fit partie de ces jours d'exaltation et de fièvre où tout prenait une dimension spectaculaire. Mais cet élément ne joua pas dans l'attirance immédiate qu'éprouva Aurore pour ce mince jeune homme de dix-neuf ans dont les boucles blondes emmêlées auréolaient la tête de saint Jean-Baptiste, « quelque chose de frêle et de gracieux invitait à la protection » — comme Sandeau décrirait lui-même plus tard la séduction qu'il exerçait sur les femmes énergiques — « et, par-dessus toutes choses une fleur de jeunesse qui l'entourait comme d'une atmosphère sympathique[6]. »

Casimir était absent, peut-être faisait-il manœuvrer ses troupes, quand Aurore se rendit sur sa jument Lyska au château Duvernet, à Coudray. Le jeune Charles Duvernet l'avait invitée avec Alphonse Fleury, le « Gaulois » géant, Gustave Papet, un étudiant en médecine à la bourse bien garnie qui jouait au « Milord » de ce groupe berrichon, et Jules Sandeau, le fils précocement doué d'un modeste percepteur de La Châtre ; étudiants à Paris, ils passaient leurs vacances dans le Berry. Aurore n'avait jamais vu, ou du moins remarqué, « le petit Jules », jusqu'à ce jour, mais il apparut vite que *lui* avait entendu parler d'elle. Dès qu'elle arriva, il se retira avec un livre sur un banc à l'ombre d'un vieux poirier ; « c'était l'endroit préféré par Mme Dudevant. Elle nous y entraîna peu à peu tout en causant et se trouva ainsi face à face avec Sandeau, qui semblait vouloir l'éviter », rapporte Duvernet dans ses Mémoires non publiés. On parla des événements et de ce qui se passait à Paris, le grand sujet de toutes les conversations. Mais quand le groupe prit congé après dîner, Aurore, déjà en selle, s'écria : « Charles ! Vous amènerez demain tous vos amis à dîner ! » Et comme Duvernet était le seul à répondre : « Je compte sur vous tous, messieurs », répéta-t-elle. Puis elle cravacha sa bête et disparut au galop [7].

La lettre de Boucoiran arriva le jour du dîner à Nohant. Aurore la lut tout haut à ses invités. « A toute la ville », exagéra-t-elle en lui répondant à onze heures du soir, ajoutant qu'elle s'inquiétait pour sa mère, pour sa tante Lucie Maréchal dont le mari était, récemment encore, inspecteur du roi dans les services de l'Intendance générale. Mais « en de tels moments », le sang bouillait, le cœur battait et le cerveau était trop plein « pour se livrer à la sensibilité [8] ». La politique n'est jamais plus passionnée que lorsqu'elle est révolutionnaire ; se retrouver parmi des jeunes gens si frais arrivés de la capitale en ébullition et si près d'y retourner constituait pour Aurore un paradis rempli de tentations. La Révolution, le républicanisme qui venait de se teinter de socialisme, le mouvement romantique qui défiait spontanément l'ordre ancien ! Des pièces comme *Hernani* de Victor Hugo, avec un hors-la-loi pour héros, provoquaient des empoignades inoubliables.

Livrée en février, à la veille du vingt-huitième anniversaire de Hugo (Aurore avait vingt-six ans), la « bataille d'*Hernani* » précéda les barricades de Juillet dans son assaut victorieux contre le passé académique ; et la « bande » de Nohant de signer *hugolâtre* à côté de leur nom dans leur correspondance. Le soir de la première à la Comédie-Française, à Paris, le jeune auteur dramatique avait remplacé la claque officielle par ses partisans pour qui *Hernani* symbolisait l'engagement décisif contre l'ennemi. Ils arrivèrent tôt — artistes sculpteurs, poètes. Théophile Gautier, encore adolescent, en gilet rose, et Balzac, déjà célèbre à trente ans — chacun à la tête de son propre clan. Tout au long de la représentation, ils se battirent avec les tenants du classicisme. On jeta du papier collant des balcons. Balzac reçut un chou. Un *hugolâtre* déclara à une femme du monde qui affichait son mépris pour la pièce, qu'elle avait tort de rire : « On voyait ses dents[9] ! »

Sur le plan politique, toutefois, Aurore et *son* clan ne tardèrent pas à éprouver une amère déception. Le parti dans lequel ils plaçaient tous leurs espoirs, composé de républicains recrutés en majorité parmi les ouvriers et les étudiants, semblait si déconcerté par un succès aussi rapide qu'il ne savait comment assurer ses positions. Plus soucieuse que jamais d'ordre social, et non de justice sociale, la bourgeoisie hésitait devant les troubles et leur nouvelle orientation socialiste. Un Lafayette irrésolu, moribond, refusa de prendre la tête du parti comme le lui demandaient les républicains et opta, comme la bourgeoisie, pour les orléanistes — en l'occurrence Louis-Philippe, duc de la branche rivale et régicide de la famille royale — pour remplacer Charles X après son abdication au mois d'août. La monarchie bourgeoise prit donc le pouvoir, « dirigée par les banquiers[10] », et Aurore parla à ses amis de « ces classes jusqu'alors si méprisées, si calomniées, qui ont tout fait » — qui ont porté pendant les Trois Glorieuses la frange supérieure de la bourgeoisie au pouvoir —, et s'en verraient comme toujours récompensées par l'instauration d'une nouvelle tyrannie[11].

Mais c'était l'été et, à côté de la politique, il y avait les soirées de musique à Nohant, les bals au village, les promenades, les pique-niques et les excursions dans les bois. Les amis d'Aurore chassaient souvent et Jules Sandeau les accompagnait. Il partait le matin, l'âme conquérante, mais à midi, fatigué, il s'éclipsait avec un livre à l'ombre d'un arbre — et bientôt à Nohant pour voir Aurore. Cette femme fascinante l'attirait avec ses épais cheveux noirs, le feu qu'on devinait sous sa peau fine et mate, « l'expression de ses yeux, brûlante, fatiguée, maladive, accusant des luttes intérieures, terribles, incessantes, inavouées [12] » — même si elle l'intimidait.

Quant à Aurore : « Dès le premier jour son regard expressif, ses manières brusques et franches, sa gaucherie timide avec moi, me donnèrent envie de le voir, de l'examiner. C'était je ne sais quel intérêt que chaque jour rendait plus vif et auquel je ne songeais pas seulement à résister [13]. » La résistance, en réalité, venait de Jules.

Il arriva un jour comme à son habitude, directement de La Châtre, pâle et hors d'haleine, fatigué par le temps lourd qui annonçait l'orage, et se dirigea aussitôt vers leur lieu de rendez-vous dans un coin boisé du parc de Nohant. Le livre et le foulard d'Aurore abandonnés sur le banc signalaient sa présence ; mais en l'entendant approcher, il se cacha dans une allée voisine, oubliant sa canne et son chapeau gris à côté du livre et du foulard. « Il n'y avait pas jusqu'au lacet rouge qui serrait la coiffe de ce chapeau gris qui ne me fît tressaillir de joie. » Cessant ce jeu de cache-cache, Aurore prit la main de Sandeau et lui déclara soudain qu'elle l'aimait. « Je le sentais et je n'en voulais pas convenir avec mon cœur, et Jules l'apprit en même temps que moi-même [14]. »

Ils s'aimèrent — car Jules apprit aussi qu'il aimait — dans un petit pavillon discret qui s'ouvrait d'un côté sur la route de Châteauroux et de l'autre, sur le jardin. Les amants pouvaient ainsi se voir sans que Jules Sandeau soit obligé de franchir la grille d'entrée, ce qui aurait éveillé la curiosité des domestiques et des villageois. Ou l'attention de Casimir ? On trouve une étrange digression dans le roman autobiographique qu'écrivit Jules Sandeau, *Marianna,* sur la jalousie du *mari* provoquée par la séduction que sa femme exerce sur le jeune héros. Pour inconsciente qu'elle soit, cette touche homosexuelle est sans doute révélatrice de Sandeau, et de lui seul. Il se décrivait ainsi : « sa taille était souple et flexible comme la taille d'une femme [15] ». On ne peut que souligner l'attrait exercé par ce jeune homme-femme sur Aurore-George Sand.

Les gens de La Châtre, pour leur part, se montraient moins

complaisants que Casimir, en tout cas moins délibérément aveugles. « Les cancans vont leur train à La Châtre... plus que jamais », apprenait Aurore à l'autre Jules (Boucoiran) à l'automne 1830.

> Ceux qui ne m'aiment guère disent que *j'aime* « Sandot » (vous comprenez la portée du mot), ceux qui ne m'aiment pas du tout disent que *j'aime* Sandot et Fleury à la fois ; ceux qui me détestent disent que Duvernet et vous par-dessus le marché ne me font pas peur. Ainsi, j'ai quatre amants à la fois. Ce n'est pas trop quand on a, comme moi, les passions vives. Les méchants et les imbéciles ! que je les plains d'être au monde ! Bonsoir, mon fils, écrivez-moi. Et à propos, Sandot m'a chargée de le rappeler *spécialement* à votre souvenir [16].

Dans cette lettre, Aurore cherche plus qu'un confident, elle ne se contente pas de mettre en garde un homme qui l'aime et pourrait se croire aimé d'elle, contre les bruits qui pourraient *lui* revenir. Elle rassemble ses intimes — « Sandeau vous aime », lit-on à la fin de la lettre, « cela ne m'étonne pas. Aimez-le aussi, il le mérite » —, une communauté d'amis réunis autour d'elle, avec leurs amours, leurs affections et leurs antipathies réciproques. Avant d'écrire ces lignes défiant les rumeurs de La Châtre, Aurore dévoile un trait de son caractère : « Je concentre mon existence aux objets de mes affections. Je m'en entoure comme d'un bataillon sacré qui fait peur aux idées noires et décourageantes. Absents comme présents, mes amis remplissent mon âme tout entière [17]. »

Cette année-là, l'automne abonda en idées noires. Encore quelques semaines et le bataillon dévoué des amis d'Aurore retrouverait Paris, ses études et ses activités, la laissant seule à Nohant. « Seule » avec Casimir et les enfants, « seule » surtout avec le sentiment de sa solitude. Elle dessinait jusqu'à s'abîmer les yeux ; elle écrivait jusqu'à l'aube sur son minuscule bureau. Les conversations animées lui manquaient, l'aventure toujours nouvelle de l'amour, les commentaires caustiques et brillants sur la dernière pièce, le dernier livre, opéra ou poème. Lui manquaient aussi « le blond Charles... Fleury, homme aux pattes immenses et à la barbe effrayante... et toi, petit Sandeau !

aimable et léger comme le colibri », qui ne « traverses plus avec la rapidité d'un chamois, les mains dans les poches, la petite place... ». Elle regrettait Paris et prit « le parti d'avoir la fièvre [18] ».

Aurore était encore affligée de maux psychosomatiques auxquels elle faisait souvent allusion dans ses lettres. Puis elle se rétablit. Elle était parvenue à une décision et cherchait le moment propice pour la mettre à exécution. Ou, pour dire les choses plus crûment, le *prétexte* nécessaire, qu'elle finit par trouver après avoir bien cherché. Quoi qu'il en soit, tout partit d'une nouvelle assez étonnante dont elle fit part à Boucoiran au début du mois de décembre. Elle avait été malade, commençait-elle, et était restée alitée une quinzaine de jours avec de la fièvre ; mais depuis trois jours, elle se sentait mieux.

> J'ai simplement trouvé un paquet à mon adresse en cherchant quelque chose dans le secrétaire de mon mari. Ce paquet avait un air solennel qui m'a frappée. On y lisait : *Ne l'ouvrez qu'après ma mort.* Je n'ai pas eu la patience d'attendre que je fusse veuve... D'ailleurs j'ai supposé que mon mari était mort et j'ai été bien aise de voir ce qu'il pensait de moi durant sa vie... Vive Dieu ! quel testament ! Des malédictions et c'est tout ! Il avait rassemblé là tous ses mouvements d'humeur et de colère contre moi, toutes ses réflexions sur ma *perversité*, tous ses sentiments de mépris pour mon caractère, et il me laissait cela comme un gage de sa tendresse !

Le pauvre Casimir communiquait enfin. Et par écrit, en laissant *sa* « confession » là où il savait fort bien qu'elle la trouverait. Mais ce n'était pas Casimir qui lisait *cette* « confession ».

> Cette lecture m'a enfin tirée de mon sommeil. Je me suis dit que vivre avec un homme qui n'avait pour sa femme ni estime ni confiance, c'était vouloir rendre la vie aux morts. Mon parti a été promptement pris et, j'ose le dire, *irrévocablement* [19].

Le jour même, Aurore annonçait sa décision à Casimir, « avec un aplomb et un sang-froid qui l'ont pétrifié... " *Je veux* une pension et j'irai à Paris pour toujours, mes enfants *resteront à Nohant* " ».

Casimir retrouva l'usage de la parole, argumenta, supplia, mais Aurore demeura « intraitable ». En fait, c'était un ultimatum tactique. Elle n'avait pas l'intention de laisser ses enfants « pour toujours », pas plus, comme la suite le prouva vite, que Nohant. Sa décision eut sur Casimir l'effet escompté : « il est devenu doux comme un mouton, et aujourd'hui il pleure », et il est prêt à accepter n'importe quel compromis. Aurore vivrait six mois par an à Paris (en deux périodes de trois mois) et six mois à Nohant. Elle recevrait une pension de 3 000 francs, c'est-à-dire la somme stipulée dans le contrat de mariage. Lorsque Casimir proposa de fermer Nohant — il ne pouvait pas, disait-il, « vivre seul » — et de mettre Maurice pensionnaire à Paris, Aurore s'y opposa violemment. Casimir la suivre à Paris, non ! En outre, Aurore voulait vivre *et* à Paris *et* à Nohant, certaine que la leçon avait été suffisante pour son mari et qu'elle serait désormais « recherchée comme une compagne libre » et non « supportée comme un fardeau ».

Mais Aurore, comme elle l'écrivait en terminant sa lettre à Boucoiran, ne se sentirait pas la conscience libre si elle savait qu'on s'occupait mal de son fils. « Si vous êtes à Nohant, je puis respirer et dormir tranquille. Mon enfant sera en de bonnes mains, son éducation marchera, sa santé sera surveillée, son caractère ne sera [pas] gâté... et j'aurai par vous de ses nouvelles tous les jours[20]. »

Puisque Aurore le lui demandait, Boucoiran accepta de quitter la famille Bertrand et Paris, pour celle des Dudevant à Nohant, bien que Mme Dudevant n'eût promis de ne passer que six mois au château. Elle le dédommagerait de ce sacrifice, lui disait-elle : « Je vous poursuivrai jusqu'à la mort de mes remerciements et de ma tendresse. *Prenez-le comme vous voudrez*[21]. » Il arriverait le 20 janvier. Aurore était folle d'impatience. Une année nouvelle, une vie nouvelle l'appelaient à Paris. « Mon cœur, ma tête et ma plume sont tout ce que j'apporte dans la communauté » — la communauté berrichonne déjà en place —, déclarait-elle en exultant de joie. Elle arriverait même avec un roman, *Aimée*, dont il ne manquait plus que « le commencement et la fin[22] ».

Hippolyte avait promis à Aurore de lui prêter son appartement de la rue de Seine. Il y avait aussi la perspective nettement plus séduisante de vivre avec Jules Sandeau — ne serait-ce que trois mois, plus trois autres encore. Mais Hippolyte hésitait maintenant, surtout quand Aurore s'ouvrit à lui de son désir d'emmener Solange avec elle.

« Tu t'imagines vivre à Paris avec un enfant moyennant deux cent cinquante francs par mois ! » explosa-t-il. « C'est trop risible, toi qui ne sais pas ce que coûte un poulet ! Tu vas revenir dans les quinze jours les mains vides. — C'est bien », répliqua Aurore, « j'essaierai[23]. »

Elle écarta toutes les objections, négligea les larmes de Casimir et de Maurice. Elle préférait la bohème, la vie d'artiste et ses risques, au confort, à la sécurité et à la monotonie d'une existence bourgeoise. Et elle savait que ce n'était pas une lubie.

« A l'année prochaine ! » écrivit Aurore à Félix Pyat, un journaliste ami de Jules Sandeau qu'elle ne connaissait pas encore. « Une vie d'affection, d'espérances et de bonheur[24] ! »

12. Une saison à Paris

Paris sentait encore la poudre... La révolte était dans l'air et l'émeute partout : dans les rues, dans les livres, au théâtre... Paris ne sachant trop ce qu'il voulait, mais ne voulant de ce qui était... Les sexes mêmes étaient confondus... La femme s'était constituée apôtre militant... Un type de femmes raisonneuses, fières et viriles, qui se mêlaient à nos luttes, descendaient dans l'arène, combattaient à nos côtés, et nous étonnaient parfois par leur mâle et bouillante audace. Tout était remis en question : les institutions sociales aussi bien que les institutions politiques et religieuses, les maris aussi bien que les dieux et les rois. Ce n'était de toutes parts que blasphème contre les lois, ironies sanglantes contre le mariage, aspirations effrénées vers un avenir meilleur.

Jules Sandeau, *Marianna*, 1839 [1].

La chaise de poste conduisit sans plus tarder Aurore à Paris et à Jules Sandeau qui l'attendait avec impatience dans la cour d'arrivée des diligences en compagnie de Félix Pyat [2]. Elle était trop excitée pour sentir la fatigue et avait somnolé, la tête sur un sac rempli de trois dindes farcies comme oreiller, dans la voiture qui l'emportait vers Paris et vers une nouvelle vie. Ses amis l'accompagnèrent jusqu'à l'appartement d'Hippolyte, au 31 de la rue de Seine, et montèrent au cinquième étage ses quelques bagages [3]. Cette adresse ne serait que temporaire et lui servirait surtout de boîte postale. Une semaine ou deux encore, et Aurore vivrait avec Sandeau dans une mansarde du quai des Grands-Augustins d'où l'on voyait la Seine, les tours grises de

Notre-Dame et le splendide Pont-Neuf construit trois siècles plus tôt.

Ce furent des semaines bien remplies ; le temps lui-même semblait condensé et d'une rare intensité. Le mouvement romantique fleurissait et donnait déjà ses premiers fruits, il ne se passait pas de jour sans manifeste social ou esthétique : tout était en pleine fermentation. Tandis que les révolutionnaires tenaient les barricades de Juillet l'année précédente, Stendhal écrivait *le Rouge et le Noir.* Bientôt, Aurore lirait *Notre-Dame de Paris* sans quitter pour autant des yeux les tours de la cathédrale, elle rencontrerait Balzac qui publiait *la Peau de chagrin,* irait applaudir Marie Dorval dans la nouvelle pièce de Dumas, *Antony,* et entendrait parler des vers d'un enfant de génie, Alfred de Musset. On reste stupéfait devant le foisonnement de chefs-d'œuvre qui marqua les années 1830 et 1831 ; le changement de régime incitait tout le monde à faire assaut d'originalité [4]. Si la révolution de Juillet n'avait pas libéré la France, elle avait du moins libéré la littérature.

Par où commencer ? Lier de nouvelles connaissances ou prendre ses distances avec les anciennes ? Les deux peut-être. Aurore fit une ultime visite à son vieux couvent et à mère Alicia, ainsi qu'à Jane et à Aimée Bazouin qui avaient épousé l'aristocratie et le conformisme. Personne ne comprit qu'Aurore faisait ses adieux. Elle vit sa mère, Sophie, sa demi-sœur, Caroline, et la mère de Casimir. Elle n'aurait guère de contact avec elles. Elle vit aussi Stéphane, mais ne remit pas en question sa vie avec Sandeau. Elle rompait, d'un geste délibéré, avec ce qui, de sa vie passée, lui rappelait particulièrement Casimir et sa famille — bien que cette rupture ne fût pas encore très nette. Outre Pyat, Jules présenta Aurore à Émile Regnault, étudiant en médecine et ami intime, et à Gabriel Planet qui avait créé un club berrichon où l'on pouvait feuilleter les journaux ou écrire dans un minimum de confort et de chaleur. Il y avait aussi le géant Fleury, toujours fidèle, et les autres.

Aurore voulait faire partie du groupe non en qualité d'homme, mais en qualité d'écrivain. Pour cela, elle s'habillerait comme eux. La nouvelle mode en matière de manteau — une longue redingote carrée — se prêtait on ne peut mieux à ce genre de caprice. Elle s'en fit couper une à la taille de sa petite et mince silhouette, en gros drap gris, idéale pour l'hiver, et commanda un pantalon et un gilet assortis. Ses longs cheveux rassemblés sous le haut-de-forme gris que portaient les étudiants, elle ressemblait à s'y méprendre à un élève de première année à la Sorbonne. Des bottes, avec des fers au talon, adaptées aux trottoirs glissants et une grosse cravate grise complétaient cette tenue ; ainsi habillée, ou déguisée, elle sillonnait infatigablement Paris de long en large. Pas de robes qui traînent par terre, pas de chaussures pointues à semelles fines, pas de doigts pointés sur elle avec malveillance. Elle était libre, une « femme invisible » aussi anonyme que n'importe quel homme dans l'indifférence parisienne. « Être seule dans la rue », décider seule de l'endroit et de l'heure des repas, voir les gens qui lui plaisaient et non ceux qu'elle était obligée de rencontrer[5] ! Aller et venir sans souci de l'heure, seule si tel était son bon plaisir, ou bien retrouver ses amis à l'orchestre, au théâtre, au lieu de rester confinée comme les femmes habillées en femmes aux loges et aux balcons ! Mais surtout, Aurore pouvait agir comme elle l'entendait sans se faire remarquer, sans crainte, certaine de passer inaperçue, « les pieds sur le verglas, les épaules couvertes de neige, les mains dans mes poches, l'estomac un peu creux quelquefois, mais la tête d'autant plus remplie de songes, de mélodies, de couleurs, de formes, de rayons et de fantômes. Je n'étais plus une *dame,* je n'étais pas non plus un *monsieur...* je me promenais dans le *désert des hommes*[6] ».

Peut-être caressa-t-elle l'idée de gagner sa vie en peignant des portraits, en décorant des tabatières ou en traduisant de l'anglais, frissonnant dans la salle de lecture de la bibliothèque Mazarine non chauffée. Mais Aurore avait un but, un seul : écrire. N'apportait-elle pas un roman dans ses bagages, et une lettre de la mère de Charles Duvernet à leur cousin, Henri de Latouche, un homme de lettres berrichon qui jouissait d'une certaine influence ? Moins de cinq jours après son arrivée, elle lui demandait un rendez-vous. Il lui répondit par un mot bref et lui promettant d'être « sévère » dans son jugement sur ce qu'elle écrirait. « La bienveillance n'est que trop souvent la paresse de l'amitié, n'est-ce pas ? » terminait-il[7].

La réputation de Latouche l'avait précédé et préparé George

Sand à ce qui l'attendait. Hyacinthe Thabaud de Latouche, né dix-neuf ans avant elle à La Châtre, s'était essayé à tout : poésie, prose, journalisme, critique, huit ou neuf romans et plusieurs pièces de théâtre. Son échec — mis à part le succès de scandale obtenu par son roman *Fragoletta,* « l'histoire d'un hermaphrodite » — l'avait rendu amer. Il avait conseillé le jeune Balzac à ses débuts, mais ils étaient déjà en froid quand Aurore arriva dans la capitale. Il dirigeait maintenant *le Figaro,* le nouveau journal de quatre pages, polémique et satirique de l'opposition inconditionnelle[8]. Le soir de ce rendez-vous, Aurore se trouva devant un homme d'âge moyen, corpulent, aux « manières exquises » et au « langage si choisi » qu'elle y vit d'abord de l'affectation avant de découvrir que c'était sa façon naturelle de s'exprimer[9]. La voix était caressante, « trop caressante », déclarait son contemporain Sainte-Beuve, « voluptueuse[10] », mais ce langage de miel cachait toujours un dard. Son visage brillait d'une telle intelligence que « son œil crevé depuis son enfance », écrivit-elle, « ne le défigurait nullement. Une sorte de feu rouge s'échappait de sa prunelle et lui donnait, quand il était animé, je ne sais quel éclat fantastique[11] ».

Aurore lut à Latouche son manuscrit d'*Aimée.* Il l'écouta avec une patience remarquable. Puis, quand elle eut fini :

« Avez-vous des enfants, madame ? demanda-t-il.

— Hélas oui, monsieur, mais je ne peux les avoir avec moi ni retourner chez eux.

— Et vous comptez rester à Paris et vous faire une ressource de votre plume ?

— Il le faut absolument.

— C'est fâcheux, car je ne vois pas là d'éléments de succès. Croyez-moi, faites en sorte de rentrer au toit conjugal[12]. »

Deuxième version, d'Aurore, cette fois, dans une lettre à Duvernet à la suite de cette entrevue : « Il m'a dit que c'était charmant, mais que cela n'avait pas le sens commun. A quoi j'ai répondu : C'est juste. Qu'il fallait tout refaire. A quoi j'ai répondu : Ça se peut. Que je ferais bien de recommencer. A quoi j'ai ajouté : Suffit[13]. »

Troisième version, vingt ans plus tard. George Sand racontait que Latouche trouva son roman, avec raison, détestable.

Cependant il me dit que je devais en savoir faire un meilleur, et que peut-être un jour j'en pouvais faire un bon. « Mais il faut vivre pour connaître la vie, ajouta-t-il. Le roman, c'est la vie racontée avec art. Vous êtes une nature d'artiste, mais vous ignorez la réalité, vous êtes trop dans le rêve. Patientez avec le temps et l'expérience, et soyez tranquille : ces deux tristes *conseilleurs* viendront assez vite[14]. »

En attendant, Latouche proposait à Aurore de lui payer à sept francs la colonne des articles pouvant convenir au *Figaro.*

Mais le journalisme n'était pas la littérature et Aurore s'obstina sur son roman à l'état de manuscrit. Le député Duris-Dufresne était venu plusieurs fois rue de Seine sans jamais la trouver à son appartement puisqu'elle vivait avec Sandeau, quai des Grands-Augustins. Comme il avait laissé sa carte, elle prit contact avec lui. Il l'emmena à une séance houleuse de l'Assemblée, mais George Sand cherchait autre chose : « J'avais besoin d'un patron littéraire[15]. » Duris-Dufresne proposa Lafayette. Aurore pensa qu'il visait trop haut. Obligeant, le député de La Châtre revint à des vues plus modestes et la présenta à un de ses collègues.

A huit heures du matin, heure fixée par leur hôte, Aurore se présentait chez M. Kératry, député de Bretagne et auteur du *Dernier des Beaumanoir.* (Elle avait lu ce roman dans lequel, entre autres, un prêtre violait une femme à l'agonie, et l'avait trouvé ignoble et répugnant. « Les monstres sont à la mode », écrivait-elle à Boucoiran. « Faisons des monstres[16] ! » Mais pour sa part, elle s'en garderait.) Cet homme aux cheveux blancs reçut Aurore dans sa chambre. Sa jeune épouse, qu'Aurore prit pour sa fille malade, était encore couchée sous un couvre-pied en soie rose. Elle eut un regard de pitié pour la robe très simple d'Aurore. « En deux mots », lui dit son interlocuteur, « je serai franc : une femme ne doit pas écrire. » Aurore se leva, lui demanda pourquoi il l'avait fait se réveiller ainsi que sa jeune femme de si bonne heure s'il n'avait que cela à lui dire et prit congé. Kératry l'accompagna jusqu'à la porte en lui débitant ses théories sur l'infériorité des femmes et leur impossibilité, même pour les plus intelligentes d'entre elles, d'écrire quelque chose de publiable. « Croyez-moi », lui donna-t-il comme ultime conseil, « ne faites pas de livres, faites des enfants. » « Ma foi, monsieur », rétorqua Aurore, « gardez le précepte pour vous-même, si bon vous semble [17]. »

Là encore, la vérité a plusieurs visages. C'était en fait sa seconde entrevue avec Kératry ; la première avait été plus courtoise. En tout cas, elle révélait sans ménagements l'avenir auquel pouvaient prétendre, dans la France des années 1830, les femmes aspirant à une carrière littéraire, malgré des précédents aussi célèbres que Mmes de La Fayette, Sévigné et Staël. Celles-ci, toutefois, ne furent pas des écrivains professionnels, si l'on entend par là des femmes vivant de leur plume et non des applaudissements du public, même posthumes comme dans le cas de Mme de Sévigné.

En revanche, George Sand ouvrait une voie encore inexplorée par ses activités de *journaliste* professionnelle pendant ce premier hiver à Paris. Ses articles ne lui assuraient pas de quoi vivre — Latouche lui offrait tout au plus quarante ou cinquante francs par mois —, mais au moins apprenait-elle ce que signifiait écrire pour vivre, et cela sous la direction d'un homme aux exigences et au jugement sans complaisance. Latouche, cependant, n'exerça guère d'influence sur les débuts de romancière de George Sand. Il prônait la brièveté, elle fut toujours prolixe. Mais il la fit connaître en tant qu'écrivain. Sans un début, pas de suite — mais dans un sens plus général, George Sand avait déjà fait ce début : enfant, lorsqu'elle inventait des histoires pour sa mère, adolescente en créant « Corambé », jeune femme en écrivant des lettres qui circulaient de main en main, continuant sur sa lancée avec des notes, des journaux intimes et enfin le manuscrit d'un roman — rejeté par les professionnels. Elle avait commencé par le commencement, mais, beaucoup plus important, elle refusait les refus. « Je ne crois pas, mon cher enfant, à tous les chagrins qu'on me prédit dans la carrière littéraire », écrivit-elle avec défi à Boucoiran [18]. C'était l'orgueil salvateur de l'écrivain en herbe sans lequel n'existent ni commencement ni milieu, seulement une fin : l'avortement spontané d'un projet de carrière.

Ainsi Aurore, en février 1831, vint se joindre « au nid d'aiglons qui prenaient leur essor » sous la direction de Latouche, dans son appartement, au coin du feu [19]. D'être la seule femme de ce groupe de débutants n'était pas forcément pour lui déplaire. Latouche choisissait des articles qui convenaient à son talent de conteur et lui coupait aux dimensions voulues la feuille qu'elle devait remplir. Elle jetait au moins dix feuillets dans le feu avant de « commencer à commencer » dans cet espace limité[20]. Elle souffrait, riait, écoutait. « Je ne faisais rien qui vaille et, au bout du mois, il me revenait douze francs cinquante centimes ou quinze francs tout au plus pour ma part de collaboration[21]. »

La première semaine de mars, Aurore rédigea une satire brève et piquante sur la véritable paranoïa que manifestait le gouvernement à l'égard de l'opposition. Une prochaine ordonnance du préfet de police de Paris, annonçait son article, prévoyait les dispositions suivantes : « 1) Tous les citoyens capables de porter les armes seront convoqués tous les jours, depuis sept heures du matin jusqu'à onze heures du soir, à l'effet de garder le Palais-Royal ; et toutes les nuits depuis onze heures du soir à sept heures du matin, pour garder les temples et les autres édifices publics... 2) Afin que la tranquillité des habitants ne soit plus troublée, tous les matins, avant le point du jour, vingt-cinq coups de canon seront tirés sur les places publiques... 3) On engage chaque propriétaire à faire creuser autour de sa maison un fossé de sept pieds et demi de large, à fortifier la porte cochère... Les lundi, mercredi et vendredi seront consacrés à prévenir les rassemblements, et les mardi, jeudi et samedi à les disperser[22]... »

Le public applaudit, mais le roi-citoyen, Louis-Philippe, s'en offusqua. *Le Figaro* du jour fut saisi et on porterait l'affaire devant les tribunaux. Avec un peu de chance, écrivait Aurore à Duvernet, elle serait au banc des accusés. « Vive Dieu ! quel scandale à La Châtre ! Quel horreur et quel désespoir pour ma famille ! Mais aussi ma réputation est faite et je trouve un éditeur pour acheter mes platitudes et des sots pour les lire. Je donnerai 9,50 francs pour avoir le bonheur d'être condamnée[23]... » Hélas ! les poursuites furent abandonnées. « Tant pis ! une condamnation politique eût fait ma réputation et ma fortune[24]... »

Aurore n'oubliait pas Sandeau, qu'elle présenta à Latouche après avoir fait ses preuves. Il fut accepté et on le mit au travail. Juste avant, à la grande joie d'Aurore, les deux amants avaient collaboré à une nouvelle pour la *Revue de Paris*. Mais seul Jules la signerait, et cela pour deux raisons. D'abord, le rédacteur en chef de la *Revue* « déteste les femmes et ne veut pas en entendre parler[25] ». Ensuite, leurs deux noms publiquement juxtaposés mettraient en évidence leur liaison parisienne et on en ferait des gorges chaudes à La Châtre.

Aurore travaillait facilement avec Jules. Il possédait la souplesse de caractère qu'elle exigeait d'un homme, « les nuances délicates qui se plient et s'enlacent avec toutes les aspérités, toutes les bizarreries du mien[26] ». Certes, il avait une certaine tendance à la paresse, mais materner et réprimander un « petit Jules » d'une santé parfois délicate et toujours prêt à remettre son travail au lendemain convenait assez bien au tempérament d'Aurore. Ils partageaient surtout la vie intime et communautaire du groupe berrichon, l'enivrement de leurs ambitions et de leur engagement sur la voie de la réussite, le voyage incomparable avec des compagnons de route qui se portaient une affection réciproque. Après leur journée au *Figaro*, ils allaient tous ensemble au théâtre, le plus souvent avec des billets de faveur que leur donnait Latouche. Ils discutaient au café, « Milord » Papet réglant les consommations, ou dans leurs mansardes. Ils exploraient Paris ils s'exploraient, ils se promenaient dans les rues, théâtre suprême. Ils se lisaient à haute voix ce qu'ils écrivaient, allaient au concert, au musée, aux expositions, ou visitaient des ateliers d'artistes. Autant d'activités qui stimulaient leur esprit et leur plume — une demi-douzaine d'articles et de nouvelles signés « J. Sandeau » se déversaient ainsi de Jules et de l'infatigable Aurore. (« J'ai un but, une tâche, disons le mot, *une passion*, le métier d'écrire[27]. »)

Une autre collaboration, plus distante, continuait dans l'autre vie d'Aurore. Avec Casimir. Aurore s'était nettement séparée de son mari, mais pas du père de ses enfants, ni du propriétaire en titre de *son* Nohant. Casimir faisait preuve lui aussi, sinon des « nuances délicates » de Jules, du moins de sa souplesse de caractère. Il suffit d'imaginer sous quel jour La Châtre voyait Aurore à Paris pour apprécier la stupéfiante tolérance de Casimir à son égard. Comme elle, il voulait une vie sans problèmes. « On vous a dit que je *portais la culotte* », répondait

Aurore aux reproches de sa mère, « on vous a bien trompée... Je ne veux point qu'un mari porte mes jupes. Chacun son vêtement, chacun sa liberté... Mon mari fait tout ce qu'il veut... Il a des maîtresses ou n'en a pas, suivant son appétit ; il boit du vin muscat ou de l'eau claire, selon sa soif... Du reste, il est bien juste que cette grande liberté dont jouit mon mari soit réciproque[28]. »

« Mon ami », écrivait, de Paris, Aurore à Casimir — pour lui réclamer sa pension, lui demander des nouvelles des enfants, lui raconter ses aventures d'écrivain, lui parler de sa santé et de celle de sa belle-mère ; des lettres qu'elle terminait par le conventionnel : « Je t'embrasse tendrement. » Le 20 mars, un bref message annonçait le retour imminent d'Aurore après, comme convenu, trois mois de vie parisienne.

> Fais-moi donc le plaisir de me faire toucher l'argent pour les emplettes de bas, souliers, etc., dont j'aurai besoin pour le printemps ainsi que les enfants... J'ai dit à Maurice de m'écrire ce dont il avait besoin ainsi que sa sœur en fait d'habillements d'été... Adieu mon ami. J'ai vu ma mère et ma sœur, Charles Duvernet et Jules Grandsagne. Je vais entendre Paganini... *Je t'embrasse de tout mon cœur*[29].

Nulle trace de drame domestique. Mais quelques semaines auparavant, Aurore avait reçu une lettre peu tendre d'Hippolyte qui la rappelait à l'ordre : « Ce que tu as fait de mieux, c'est ton fils. Il t'aime plus que personne au monde. Prends garde d'émousser ce sentiment-là[30]. »

La saison parisienne d'Aurore touchait à son terme. Au début du mois d'avril, elle rentrait à Nohant.

13. Au carrefour des identités

Le retour à Nohant après cette saison à Paris ne fut pas un retour vers Casimir ni même, au fond, vers les enfants. Aurore revenait à la terre, aux racines de son enfance, à son lieu géométrique. Et c'était le printemps. Le parfum sucré des lilas et du muguet envahissait sa petite chambre-boudoir ; les oiseaux, les papillons et les phalènes aux ailes jaunes lui tenaient compagnie. La mise en garde d'Hippolyte au sujet de Maurice l'avait inquiétée, mais les tendres baisers de l'enfant et la douceur de lys et de rose de Solange la rassurèrent. Avril à Nohant était plein de charme.

En mai cependant, Aurore écrivait déjà à Émile Regnault : « Je me trouve affreusement seule ici où personne ne me comprend, où je n'ose me fier à mon ombre[1]. »

Elle écrivait aussi presque tous les jours à Jules Sandeau, mais ses lettres ont été perdues de même que celles de Sandeau. Nous devons donc nous contenter de ses lettres à Regnault, jeune étudiant en médecine, pour reconstituer cette période. Prenez soin de « mon petit Jules », lui recommandait Aurore, afin de « l'empêcher de se laisser mourir de faim selon sa coutume ». Et elle évoquait d'une plume nostalgique sa communauté berrichonne de la petite chambre du quai, à Paris, « Jules, en redingote d'artiste crasseuse et déguenillée, sa cravate sous son derrière et sa chemise débraillée, étalé sur trois chaises », Fleury le Gaulois dans un coin, « tramant une grande conspiration », Émile dans un autre, « faisant votre éloge à votre manière... Ah ! maudits soient-ils, ceux qui nous empêchent de vivre à Nohant comme à Paris[2] » !

Aurore avait envie de Paris, mais une fois dans la capitale, la campagne lui manquait. Elle adorait Nohant, mais détestait son caractère provincial. Les gens de La Châtre n'avaient pas la finesse d'esprit parisienne ; l'ennui s'insinuait dans les joies que lui procurait la nature. Duteil sympathisait plutôt avec Casimir, et les sautes d'humeur de Charles Duvernet n'amélioraient pas la situation. Néanmoins, Casimir vivait sa vie, Aurore la sienne. Cela dans une liberté vraiment réciproque. « Je suis donc entièrement indépendante ; je me couche quand il se lève, je vais à La Châtre ou à Rome » — on imagine le petit haussement d'épaules d'Aurore — « je rentre à minuit ou à six heures, tout cela c'est mon affaire[3]. » Il y a du défi dans cette description de la vie à Nohant, comme si Aurore répondait en fait aux mauvaises langues de La Châtre plutôt qu'à Sophie.

Toujours est-il que ces bons bourgeois restaient sur leur faim, ses jeunes admirateurs étant à Paris. Aurore dessinait — un passe-temps agréable auquel elle ne renoncerait jamais — et « gribouillait » — sa passion ; elle espérait toujours arrondir ses fins de mois en faisant des portraits et pressait Regnault de lui trouver des clients à Paris. Mais une semaine plus tard, elle apprit que Balzac, dans une lettre à Sandeau, le félicitait pour leur nouvelle *la Prima donna* (signée « J. Sand ») publiée dans la *Revue de Paris.* Balzac ajoutait que Sandeau pourrait lui donner un coup de main pour une ou deux de ses pièces[4]. « Je vois le petit en assez bon chemin pour gagner sa vie et la mienne[5] », se réjouissait Aurore.

Sa nostalgie de Jules et de Paris devint plus vive, aiguillonnée par la lettre de Balzac — mais sans doute peu influencée par ce que Regnault lui apprenait : Jules flirtait avec une jeune Allemande. (« Les affections sont libres », répondait Aurore.) Dans cinq semaines, à la fin du mois de juin, elle serait de retour dans la capitale. Malheureusement Hippolyte et sa femme occupaient leur appartement de la rue de Seine. Regnault devait donc trouver de toute urgence une autre adresse pour Aurore, « officielle » certes, mais qui ne se limiterait pas à une seule pièce. Rappelez-vous, disait-elle à son ami, que

> j'ai une mère, une tante, une sœur, un frère, etc., qui viendront certainement *m'embêter...* si je n'ai qu'une chambre, je courrai risque d'être bloquée sans pouvoir les éviter, ou d'être prise en flagrant délit, embrassant le petit Jules. Je voudrais avoir une sortie pour laisser

échapper Jules à quelque heure que ce fût, car enfin mon mari peut tomber je ne dirai pas du ciel, mais de la diligence, un beau jour à quatre heures du matin et n'ayant pas de gîte, me faire l'honneur de débarquer chez moi. Jugez ce que je deviendrais si je l'entendais sonner et si je sentais sa douce présence de l'autre côté de la porte ! Il l'enfoncerait bien avant que je l'ouvrisse...

Le ton est moqueur, mais la lettre met en évidence les contraintes qui entravaient la liberté d'Aurore, les scènes qui risquaient toujours de se produire. Elle connaissait les éclats dont était capable Casimir et ne tirait aucun plaisir à les provoquer. Il est peu sage d'acculer un homme faible, et ce n'est pas Aurore, c'est Casimir, qui se sentirait acculé, s'il prenait Jules et Aurore sur le fait.

Regnault finit par dénicher un petit appartement au 25 quai Saint-Michel, à cinquante mètres de leur ancienne mansarde. Aurore à Regnault : « Va pour le quai Saint-Michel. J'en adore la position, le voisinage du Gaulois qui prendra notre ancienne chambre, et que nous verrons de notre balcon. J'adore les trois pièces... mais l'issue sera-t-elle possible ? Si nous ne pouvons la faire pratiquer je m'arrangerai de manière que la chambre du fond sera inconnue... [ce] sera la chambre noire, la chambre mystérieuse, la cachette du revenant, la loge du monstre ! »

Peut-être parle-t-elle trop de Jules dans ses lettres ? Mais que Regnault n'en prenne pas ombrage : « Notre amour, notre amitié, tout cela se tient si absolument que s'entretenir de l'un, ce n'est pas éloigner l'autre. Avons-nous entre quatre » — Fleury, Regnault, plus Aurore et Jules — « une pensée qui ne nous soit pas commune ?... Je pars toujours vendredi 1er juillet... Dans la nuit de samedi à dimanche, je serai à Étampes, mais ne vous amusez pas à veiller pour m'attendre. J'irai vous réveiller en sursaut à grands coups de poing. »

Par bonheur, Regnault suivit ce conseil car Aurore passa une semaine à Étampes avec Sandeau. Maurice avait pleuré quand elle était partie, elle-même avait versé des larmes dans la patache qui l'emmenait à Étampes, mais à mesure qu'elle se rapprochait de Sandeau, « mon cœur, abattu, reprenait à la vie. Je le sentais brûler d'impatience et sauter de joie ». Elle était heureuse, « trop heureuse », écrivait-elle à Charles Duvernet[6]. Elle adressa une autre lettre, plus prudente, à Hippolyte à Paris : elle séjournait à Étampes chez la femme d'un ami, elle irait voir Latouche dans sa maison de campagne, elle arriverait dans quatre ou cinq jours, qu'il lui fasse suivre son courrier poste restante à Étampes.

Pas dupe, Hippolyte écrivait à Casimir, le 6 juillet 1831 : « Je reçois à l'instant une lettre d'Aurore. Soutenons-nous mutellement pour traverser une vie cernée de mille tracas... Ta femme veut sa liberté, veut de la dissipation, du mouvement. Tu n'as pas été mauvais mari pour elle, et c'est une justice que l'on te rend, aussi bien ici que dans notre pays. Laisse-la faire. Si elle s'en trouve mal, elle ne s'en prendra ni à toi, ni à moi, ni à ses parents. Puisqu'elle fait sa volonté pleine et entière, que te reste-t-il à faire ? A en prendre ton parti, à ne pas t'ennuyer, à avaler ta langue, à soigner ta fortune, tes enfants. Ta fortune est bien établie, tes enfants sont soignés et instruits à Nohant[7]... »

A Paris, l'euphorie d'Aurore, « cet état parfait d'imbécillité », continuait avec Sandeau. Leur appartement du cinquième étage, sous les combles, donnait sur le quai et ils voyaient de leur balcon les hirondelles qui virevoltaient sans fin autour des tours de Notre-Dame et de la flèche dorée de la Sainte-Chapelle, et de l'autre côté de la Seine et des péniches, la morgue. Ils arrangèrent la chambre secrète et gardaient un matelas de secours pour l'ami qui, comme Charles Duvernet, viendrait à passer par Paris. Deux cents francs empruntés à Sophie, deux cents à Latouche, cinq cents francs supplémentaires à Duris-Dufresne, aidèrent à payer les meubles, le reste étant acheté à crédit — et tant pis pour les fournisseurs si elle ne pouvait les rembourser, ajoutait Aurore avec un mépris très bohème, ce qu'en réalité elle fit rapidement[8].

Aurore n'hésita pas à parler à Casimir de ses problèmes d'argent, mettant en avant l'avantage que présentait pour lui comme pour elle ce pied-à-terre qu'il pourrait utiliser quand il serait à Paris — et elle à Nohant. Ce même jour, Hippolyte écrivait à Casimir. Il était allé voir Aurore plusieurs fois, disait-il, mais « elle se montre d'une grande injustice à mon égard, elle fait tout ce qu'elle peut pour tenir les siens loin d'elle, elle m'accuse ensuite d'égoïsme, d'indifférence à son égard, elle m'a dit qu'elle a souffert la faim pendant trois jours quand ma femme et moi l'avons invitée vingt fois et qu'elle n'a pas encore accepté une. Que faire ? je n'en sais rien. Elle est étonnée des privations auxquelles elle se soumet bien volontairement, elle croyait gagner de l'argent dans la littérature, il paraît qu'elle est bien détrompée à cet égard... Elle m'a écrit dernièrement une lettre où elle me dit que, si je m'entends avec toi pour la rendre malheureuse, la priver de ses enfants... elle se jettera à l'eau ! Elle me dit de t'en prévenir, pour que tu n'aies pas sa mort à te reprocher... » — étant donné que son frère en serait responsable. La dernière fois qu'ils s'étaient vus, « cela l'avait fait pleurer et moi aussi, car enfin, malgré sa diable de tête, on ne peut s'empêcher de l'aimer[9] ».

C'était de la pure comédie. Aurore était loin d'avoir perdu l'illusion de pouvoir un jour vivre de ses écrits. Sandeau et elle jouaient les « nègres » et écrivaient un roman, *Commissionnaire,* qu'ils signeraient du nom d'un auteur récemment décédé. Telles étaient les tribulations endurées par les deux néophytes. Mais Balzac les poussait à continuer ; il montait en soufflant les cinq étages, pesamment mais avec enthousiasme — plus souvent plein de ses propres projets que des leurs : « il parlait de lui, de lui seul[10] ». Comme septembre approchait, marquant la date du retour trimestriel d'Aurore à Nohant, il y avait les promesses plus excitantes du contrat de leur propre roman, *Rose et Blanche,* qu'ils signeraient de leur double pseudonyme, « J. Sand », une trouvaille de Latouche. Ils y travaillèrent ensemble cet automne-là car Jules Sandeau ne devait pas tarder à suivre Aurore, partie pour Nohant.

Tandis que Jules passait plusieurs semaines dans sa famille puis à Niort, Aurore se plongea fébrilement dans leur roman, écrivant jusqu'à six heures du matin, terminant un volume — il y en aurait cinq — en moins d'une semaine. Cette retraite eut une conséquence inattendue et qui ne manquait pas de piquant : ne voyant pas Aurore, les mauvaises langues de La Châtre la soupçonnèrent d'être « partie pour l'Italie avec Stéphane », qu'elle n'avait pas vu, écrivait-elle à Sophie, « depuis six mois ». Cependant, s'ils sont « absolument sûrs que je suis à Rome, je ne voudrais pas leur faire de peine en soutenant le contraire[11] ». Aurore avait vu Stéphane à Paris. Son mépris de l'opinion publique avait néanmoins ses limites. Quand Jules arriva à Niort, il séjourna, à l'insu des gens de la ville et de Casimir, chez Gustave Papet, dans le château de ce dernier aux environs de La Châtre. Une nuit au moins, il vint à Nohant [12].

Jules s'introduisit au moyen d'une échelle dans la chambre d'Aurore qui s'était installée provisoirement au premier étage, tandis que Casimir dormait et que Papet faisait le guet. Le lendemain matin, 20 septembre, Aurore, âgée maintenant de vingt-sept ans, écrivait à Papet une lettre débordante de joie :

> Cher Gustave, que vous êtes bon ! Comme vous aimez Jules, et comme mon cœur vous le rend. Vous avez donc passé la nuit dans un fossé, au bivouac, comme un pauvre soldat, tandis que nous, égoïstes de bonheur, nous ne pouvions pas nous arracher des bras l'un de l'autre. Ah, ce n'est pas faute d'avoir dit trente fois : Allons ! il le faut, Gustave est là, pauvre Gustave ! Jules a pu vous le dire, au milieu de nos transports les plus fous, nous vous bénissions, votre nom se mêlait à nos baisers, toutes nos pensées étaient pour vous, parce que vous étiez dans notre cœur avec notre amour... Votre sollicitude à veiller notre bonheur, le rendait plus suave encore... Mais mon pauvre ami, en attendant nous vous donnons des rhumatismes. Mon Dieu que l'amour est égoïste auprès de l'amitié ! Pardonne-nous, aime-moi. Je vous embrasse mille fois.

Une lettre à Émile Regnault, écrite dans la plénitude de ce même après-midi, comporte d'autres éléments, le souci et le désespoir se mêlant cette fois au bonheur fou :

> Cher Émile, je suis bien folle, mais bien heureuse... Depuis trois jours j'ai vécu trois ans... Qu'en direz-vous ? Vous ne gronderez pas. C'est impossible. Vous m'aimez trop pour me reprocher tant de bonheur. Gustave n'a pas grondé, lui ! Il s'est dévoué, il s'est mis dans notre folie jusqu'au cou. Il a bivouaqué dans le fossé de mon jardin tout le temps que Jules a passé dans ma chambre, car il y est venu, cette nuit, sous le nez de Brave [son chien], de mon mari, de mon frère, de mes enfants, de la bonne, etc. J'avais tout calculé, tout prévu. Jules ne courait d'autre

> risque que d'être salé d'un coup de fusil en grimpant à ma fenêtre qui n'est qu'à six pieds du sol. C'était une supposition après tout, un de ces dangers comme de verser en diligence et de se casser la jambe en dansant.

Trois jours plus tôt, poursuivait Aurore, les deux amants s'étaient disputés. Elle avait fixé un rendez-vous à Jules, et l'avait attendu en vain. Au désespoir, Aurore avait cru Jules malade, l'avait « horriblement » grondé quand ils s'étaient revus. Duvernet et Fleury s'en mêlent, « le grondent, le sermonnent... et veulent le griser par-dessus le marché ». Jules déclara qu'il avait voulu partir sans voir Aurore « parce que dans un moment d'angoisse... je lui avais dit qu'il le fallait ». Deux heures plus tard, Aurore changeait d'avis et attendait Jules. Il ne voulait pas venir. Il vient. Aurore « l'accable de reproches, de sottises, d'insultes, de boue, de coups de pied ». Il se fâche et l'envoie au diable,

> et cette nuit il était là, dans mon cabinet, dans mes bras, heureux, battu, embrassé, mordu, grognant, pleurant, riant. C'était une rage de joie comme jamais je crois nous ne l'avions éprouvée... Cette nuit encore je veux qu'il vienne. Deux fois, ce n'est pas trop. Après ce serait imprudent par excès, mon mari ne peut manquer d'apprendre qu'il est à trois portées de fusil de Nohant. Mais jusqu'ici il ne le sait pas. Il fait ses vendanges. Il dort la nuit comme un cochon.
> Je suis imbécile, je suis abîmée de morsures et de coups. Je ne peux pas me tenir debout. Je suis dans une joie frénétique. Si vous étiez là je vous mordrais jusqu'au sang pour vous faire participer un peu à notre bonheur enragé. Et admirez-moi ! baissez pavillon, au milieu de ce délire, de ces tourments d'impatience, de ces palpitations brûlantes, le travail marche. J'ai fait d'immenses corrections au second volume dans ma soirée d'hier !

Son travail littéraire avançait en effet. *Rose et Blanche* en était à la moitié ; Aurore n'entendait pas l'abandonner et y consacrait au moins la moitié de son temps. Par ailleurs, Jules l'inquiétait. De santé fragile, il tombait facilement malade. Les nuits de Nohant exigèrent leur tribut. Peu avant qu'il ne regagne

Paris, Aurore éprouva un choc : « en le voyant au jour, je l'ai trouvé extrêmement changé ». Amitié, jalousie, taquinerie ou les trois conjuguées, Fleury et Duvernet lui prêchaient la modération et accusaient même Aurore. « Vous voyez bien », écrivait Aurore à Regnault, « que j'avais raison de le dire, vous valez mieux que les autres... Leur intention était bonne, je le sais bien... mais ils ne me comprennent pas comme vous ! Ils ne savent pas ce que c'est qu'une heure de bonheur, puisqu'il est si facile de dire " renoncez-y ". Cela vient de ce qu'ils ont *mal aimé.* » Pire, « ils veulent toujours me comparer aux femmes qu'ils ont connues et qui les conjuraient sans cesse de respecter leur secret et de ménager leur réputation ». Mais comme ils la connaissaient mal !

Toutefois, Aurore s'inquiétait et s'adressait à Regnault comme à un confrère : « Nous sommes carabins », écrivait-elle à l'étudiant en médecine. Il constaterait lui-même la maigreur et la pâleur de Jules. « Il fait tout ce qu'il peut pour se tuer. Il ne dort pas. Le jour, il est paresseux et flâneur comme un chien, la nuit il se prive de sommeil pour réparer le temps perdu... Je suis au désespoir... Tout La Châtre n'a qu'un cri sur son compte. On le regarde comme poitrinaire... Je le vois dans un corbillard toutes les nuits, je suis triste à en mourir moi-même. »

« Brûlez ma lettre », recommandait Aurore à l'insouciant Regnault. Il manque la troisième page d'une autre lettre qu'elle lui adressait quelques jours plus tard, arrachée sans doute de la main du destinataire qui la jugeait trop crue pour tomber sous d'autres yeux. Les paragraphes censurés suivaient un « il faut donc parler clair ». La lettre continuait ainsi : « Comment le forcerai-je à dormir ? l'enverrai-je coucher avec vous ? »

> Ces détails sont misérables, je vous en demande pardon, mais vous ne savez pas quelle horrible inquiétude, quel remords affreux c'est, de voir mourir dans ses bras l'être à qui l'on donnerait sa vie. De le sentir maigrir, s'épuiser, se tuer de jour en jour, et de se dire qu'on lui donne la mort, que vos caresses sont un poison, votre amour un feu qui consume et ne ranime pas, un feu qui détruit, qui dévore, et ne laisse plus que de la cendre, c'est une idée affreuse, Jules ne veut pas la comprendre. Il en rit. Il la méprise comme une terreur d'enfant, et quand au milieu

> de ses transports, elle vient me saisir et me glacer, il me répond que c'est la mort qu'il envie et dont il veut mourir...

« Je suis un être misérable », terminait Aurore avec défi, « je n'entretiens ceux que j'aime, que de mes ennuis et de mes craintes, de mes maux. Pardonnez-moi... Est-ce une facétie de Jules ? Est-ce la vérité ? Êtes-vous amoureux d'une sœur de charité ? est-ce la sœur Raphaël dont vous me parliez un soir. Vous voulez donc être le héros de mon roman [13] ? »

Le roman progressait, la passion d'écrire, au moins, ne souffrait ni de paradoxes ni de frustrations. Vers la mi-octobre, Aurore partit pour Paris, emportant dans ses bagages des chapitres et des fragments de son manuscrit, dont les scènes ayant pour cadre un couvent anglais et les descriptions des Pyrénées. A la fin du mois, Aurore commençait à corriger les épreuves de *Rose et Blanche* — Rose est actrice, Blanche religieuse —, passant son temps à « courir les journaux et [à] leur demander naïvement de dire du bien sur mon livre avant qu'il ait paru [14] ». L'influence de Latouche et ses propres contributions au *Figaro* et à diverses revues lui furent du plus grand secours. Aurore s'était acquis le respect et l'amitié des journalistes et de quelques auteurs, dont la critique influençait favorablement le public et lui faisait connaître les livres.

Latouche crut, à tort, qu'Aurore avait suivi les conseils littéraires de Balzac ; jaloux, il réprimanda Aurore. Et Balzac, sur le point de rompre avec son ancien mentor, prévint Aurore contre Latouche : « Gare à vous ! vous verrez qu'un beau matin, sans vous en douter, sans savoir pourquoi, vous trouverez en lui un ennemi mortel [15]. » L'étoile de Balzac montait, celle de Latouche, plus doué pour parler des romans et des pièces de théâtre que pour en écrire, déclinait. Le 5 novembre, le rideau tombait sur sa carrière d'auteur dramatique avec *la Reine d'Espagne,* une pièce sur un roi impuissant, une reine vierge et un moine malade d'amour ; montée à la Comédie-Française, elle fut immédiatement retirée de l'affiche. La claque de ses amis berrichons, dont Aurore dans sa tenue masculine, n'y fit rien. L'échec de sa pièce précipita la retraite de Latouche dans sa maison de campagne d'Aulnay, au sud de Paris.

Un autre drame, éminemment comique celui-là aux yeux d'Aurore (« votre histoire me fait crever de rire »), se déroulait sur la scène de Nohant. Aurore l'apprit d'un des figurants, un Boucoiran fort marri. La femme de chambre de Mme Chatiron, Claire, était enceinte ; tout le monde accusait Boucoiran. « Pauvre enfant », lui écrivit Aurore, « ne vous tourmentez donc pas. Quand vous auriez fait trois enfants à Claire, il est probable que sa vertu n'en aurait pas beaucoup souffert car il y avait longtemps qu'elle avait fait ses preuves avant de venir à Nohant. Que mon mari et mon frère soient les coupables, que Duteil, Jules Grandsagne ou Charles soient leurs collaborateurs » — quelle désinvolture à l'égard de ses amis ! — « je m'en moque. Ils sont bien tous assez ladres pour ne pas vouloir payer les violons qui les ont fait danser. Qu'ils ouvrent donc une souscription. Quand même vous y auriez travaillé, vous êtes le plus pauvre, et devez passer par-dessus le marché. » Le pis, continuait-elle, c'est que Mme Hippolyte « est capable de pleurer l'honneur de sa camériste, et de la mettre à la porte. Elle aurait tort... Quand on est aussi peu amoureuse de son mari qu'elle et moi, on ne doit pas être jalouse, ou bien c'est de la tyrannie [16]. »

Par une coïncidence surprenante — un *concours* de circonstances plutôt —, Aurore recevait quelques semaines plus tard une lettre de Casimir, aussi généreuse dans son genre que la sienne à Boucoiran. « Je pars mercredi ou jeudi au plus tard pour Paris, j'y serai samedi matin probablement, je descendrai chez Hippolyte, parce que je ne veux te gêner nullement ni par conséquent être gêné, ce qui est bien juste. Tes enfants se portent bien, et nous tous aussi, adieu, je t'embrasse de tout mon cœur [17]. »

Casimir arriva donc, emmena Aurore au théâtre et au restaurant, et reprit le chemin de Nohant dix jours plus tard. Aurore à son mari, le 24 décembre : elle espère qu'il a fait bon voyage, le remercie pour ses dîners, pour la « belle robe » qu'on vient de lui livrer, parle d'une « congestion cérébrale » le soir de son départ, charge Casimir d'embrasser ses enfants et termine : « Je t'embrasse de tout mon cœur [18]. » Le tout très civilisé, la porte de secours pour Jules, quai Saint-Michel, était inutile.

Quatre jours avant le départ de Casimir, *le Figaro* annonçait la parution de *Rose et Blanche,* roman de J. Sand. Casimir en emporta certainement un exemplaire avec lui. *L'Artiste* de décembre 1831 regrettait l'ambiguïté du récit, « sa tête équivoque, lascive, plantée avec tant de gaucherie sur un corps si pur et si décent ». Il est à présumer que le critique avait conscience de la double paternité du roman. La mère d'Aurore lut, avec un certain retard, *Rose et Blanche* et fut, disait-elle, choquée. En revanche, les femmes de chambre, dont la vie amoureuse tenait plus de l'imagination que de la réalité, à la différence de Sophie, l'aimèrent.

« Je me rends de tout cœur à vos critiques », répondit Aurore à sa mère. « Je vous ai dit que je n'avais pas fait cet ouvrage seule. Il y a beaucoup de farces que je désapprouve et que je n'ai tolérées que pour satisfaire mon éditeur, qui le voulait *égrillard...* Il n'y en a pas une seule *dans le livre que j'écris maintenant,* et auquel je ne m'adjoindrai de mes collaborateurs que le nom[19]. »

Au moment où elle écrivait cette lettre, Aurore se trouvait à Nohant. Elle avait hâté son retour d'une part sur l'avis médical de Regnault, mais surtout parce qu'elle avait besoin de calme et d'isolement pour écrire son roman.

Quant à *Rose et Blanche* de J. Sand, les dernières lignes se passent de commentaires :

« Est-ce que la vie vous a beaucoup amusé, monsieur ?

— C'est un méchant livre que je ne voudrais pas relire », répondit le vieillard. « Je vous souhaite le bonsoir[20]. »

14. Aurore devient George

Currer Bell, George Eliot, George Sand, toutes, victimes du conflit intérieur comme en témoignent leurs écrits, cherchèrent en vain à se voiler en se servant d'un nom d'homme. Elles rendaient ainsi hommage à cette convention qui, si elle n'a pas été créée par l'autre sexe, a du moins été si fortement encouragée par lui (la plus grande gloire pour une femme est qu'on ne parle pas d'elle, disait Périclès qui était, lui, un des hommes dont on parle le plus), que toute publicité les concernant est détestable.*

Virginia Woolf, *Une chambre à soi*, 1928[1].

A Nohant, Aurore subit les affres de la création, la douleur psychosomatique de l'accouchement d'elle-même. Cela commença avec les mouvements de la nouvelle *persona,* c'est-à-dire la gestation d'un roman qui lui appartînt en propre, indissociable du travail de l'écrivain. Elle était psychiquement malade ; on la saigna, ce qui la soulagea de façon passagère. « Le mal va vite, mon pauvre Émile », écrivait-elle à Regnault, « j'étouffe continuellement, je ne peux pas faire le tour de la chambre sans défaillir... l'estomac me brûle... Ne me laissez pas mourir, mon bon Émile[2]. »

Comme Regnault lui proposait de venir immédiatement la voir, Aurore réfléchit : « Je ne peux pas vous engager à venir me trouver », répondit-elle, « mon frère et mon mari vous feraient une mine de chien. Ils sont tous convaincus que je suis malade imaginaire... Ils vous prendraient pour un amoureux[3]. »

* Currer Bell : pseudonyme sous lequel écrivit Charlotte Brontë *(NdT).*

Et elle rassurait Regnault : « Je mange et je dors, je me porte très bien sauf quelques douleurs au cœur et à l'estomac... Je joue avec mes enfants, je vous aime, je pense à vous, je fais un roman, et voilà[4] ! »

Elle s'était remise à écrire et se sentait mieux. « A présent que les premiers pas sont faits, je puis en prendre à mon aise, sans me tourmenter l'esprit. Si quelquefois je m'y mets de passion, c'est parce que je ne sais pas m'occuper à demi[5]. » Aurore se veut complète : non seulement elle apportera avec elle à Paris le manuscrit de son roman lors de son prochain séjour, mais aussi sa fille, Solange ! Les éléments dispersés de sa vie seraient enfin réunis.

L'attitude de Casimir à cet égard est mystérieuse. Peut-être n'éleva-t-il aucune objection contre cette idée parce qu'il était entendu à l'époque que, jusqu'à l'âge de sept ans, une enfant appartenait à sa mère. Peut-être aussi parce qu'il se sentait plus libre. Aurore demanda à Regnault ce qu'il pensait de ses intentions. Jules, disait-elle, était transporté de joie. L'étudiant en médecine, en revanche, émit des réserves : même la vie de bohème avait ses limites et il ne faisait aucun doute que, pour une enfant de trois ans et demi, le fait de vivre avec sa mère et son amant les dépassait. Comment Aurore, surtout elle, se demandait-il, avait-elle pu y songer ? Celle-ci lui répondit par une longue lettre datée du 23 février 1832, où elle était loin de faire amende honorable :

> Oui, mon ami, je vous mène Solange et je ne crains nullement pour elle les inconvénients de ma vie de garçon. Je changerai ma vie pour me conformer à la sienne, ce ne sera pas bien difficile ni bien méritoire. Jules ne pleurera pas non plus le spectacle... Elle couchera sur notre canapé avec un petit matelas. Nous nous lèverons comme elle à neuf heures, et comme elle a trois ans et demi, je vous assure qu'elle ne fera ni remarques, ni commentaires, ni questions, ni bavardages... Ainsi que votre moralité ne s'alarme pas. Je n'ai pas plus envie que la plus *vertueuse des mères* de scandaliser ma fille... J'emmène Solange pour Jules et pour moi et surtout pour elle-même, pour son caractère qui commence à se développer et qui a besoin de moi... Si

vous saviez comme elle est adorable avec moi, ma grosse fille, vous ne seriez pas inquiet de ce qu'elle deviendra sous ma garde. D'abord elle est bête comme une oie... Jules l'adorera. Il en aura soin, il me l'a promis. Ils joueront ensemble toute la journée et nous travaillerons le soir depuis huit heures (moment où elle s'endort régulièrement comme une marmotte) jusqu'à minuit, heure à laquelle le sommeil me prend *invinciblement* tous les jours. Voilà, mon ami, notre plan de conduite... Mais de grâce ne parlez pas de mon projet aux autres. Je ne veux pas de leurs sermons... Bonsoir, je vous parlerai demain de littérature [6]...

Le lendemain, la littérature à laquelle faisait allusion Aurore était son roman qu'elle intitulerait un jour *Indiana.* Il n'était ni « romantique » ni « frénétique », expliquait-elle. « C'est de la vie ordinaire, c'est de la ressemblance bourgeoise. » Et Aurore se plaisait à dire à ce stade du roman qu'il « plaira à peu de gens » car elle ne faisait aucune concession au goût du public pour les histoires extraordinaires ou les héros en costume médiévaux. Mais, ajoutait-elle, « j'ai peur d'ennuyer comme la vie ennuie ». Cette déclaration résumait le problème : aller à contre-courant en se lançant dans le réalisme.

Le héros d'Aurore était une femme — l'appeler « l'héroïne » évoquerait immédiatement à l'esprit, même de nos jours, l'image d'un homme comme héros du roman —, « la femme typique, faible et forte, fatiguée du poids de l'air, et capable de porter le ciel, timide dans le courant de la vie, audacieuse les jours de bataille, fine, adroite et pénétrante pour saisir les fils déliés de la vie commune, niaise et stupide pour distinguer les vrais intérêts de son bonheur, se moquant du monde entier, se laissant duper par un seul homme, n'ayant pas d'amour-propre pour elle-même, en étant remplie pour l'objet de son choix, dédaignant les vanités du siècle pour son compte et se laissant séduire par l'homme qui les réunit toutes [7] ».

Le lecteur, ou plus vraisemblablement la lectrice, accepterait-il cette « femme typique » comme héros de roman ? Voilà ce qui inquiétait Aurore [8].

Le récit ne « coulait » pas (malgré la légende qui se créa par la suite) : plusieurs fois il fut douloureusement remis sur le métier[9]. Ce n'était pas une image : les maux d'estomac reprirent. De nouveau on saigna Aurore pour la soulager. Enfin, à la fin du mois de mars, elle put écrire à Regnault : « Bientôt je serai dans vos bras. » Des bras amicaux ? Jules Sandeau, pour son malheur, devait tomber un jour sur cette lettre[10]. En avril, Aurore était à Paris — avec *Indiana* et Solange.

Elle s'organisa comme elle l'avait prévu. Jules adorait « sa fille » et l'emmenait tous les jours au Luxembourg ou au zoo du jardin des Plantes qui fascinait l'enfant ; c'est là qu'elle vit sa première girafe et donna à manger aux poneys tibétains. Elle jouait sur le balcon avec ses jardins suspendus de fleurs en pots, se faisait des amis dans les appartements voisins ; elle devint l'enfant de la communauté berrichonne dont la vie sans complication et décontractée fut révélée à un Pierret — le vieux compagnon de Sophie — scandalisé un jour qu'il fit une visite inattendue et trop matinale. Il fut arrêté à l'entrée par un des membres de la communauté et, par la porte entrebâillée, en aperçut un autre qui dormait par terre. « J'ai été très malade cette nuit, ma chère maman... j'avais le choléra », expliqua Aurore — deux amis étaient venus la veiller[11].

Le choléra servit peut-être d'excuse à Aurore, mais l'épidémie qui sévissait dans la capitale était, en revanche, terriblement réelle. Elle ferait plus de dix-huit mille victimes parmi les six cent cinquante mille habitants que comptait la capitale ; dont huit cents en un seul jour du mois d'avril. Depuis son balcon, Aurore vit des charrettes remplies de cadavres. Il y eut six décès dans son immeuble du quai Saint-Michel où ce fléau « monta d'étage en étage » et s'arrêta à la porte de leur mansarde[12].

L'épidémie décimait aussi les provinces et, de Paris, Aurore écrivit à Casimir une lettre où elle lui enjoignait de porter « des bas de laine », tout en le rassurant : non seulement Solange se portait comme un charme, mais elle était préservée : « le choléra ne s'attaque presque jamais aux enfants » ; elle parlait aussi de Paganini qui jouait à l'Opéra plein à craquer malgré l'épidémie et lui demandait sa pointure de pied : « je suis en train de te faire des pantoufles[13] ». Incroyable épouse, incroyable mari, incroyable époque.

Jules Sandeau lut le manuscrit d'*Indiana* et se sentit doublement troublé ; embarrassé et impressionné. Lui-même, pendant la même période, n'avait que peu ou pratiquement pas écrit ; il n'avait rien à voir avec le roman d'Aurore, malgré leur éditeur qui voulait le publier sous leur double signature, « J. Sand », car ce nom avait déjà un public. Aurore et Jules soumirent le problème à Latouche, père de leur nom de plume originel.

Bien sûr, Aurore pouvait signer le roman de son propre nom — mais quel était son propre nom ? Dudevant ou Dupin ?

Elle avait fait une visite de politesse à la vieille baronne, Mme Dudevant. La mère de Casimir s'étonnait — et le montrait — de voir Aurore faire de si longs séjours à Paris sans son mari. Aurore répondit que Casimir n'y voyait pas d'objection.

Mme Dudevant-mère : « Est-il vrai que vous ayez l'intention d'*imprimer* des livres ? »

Mme Dudevant-bru : « Oui, madame.

— Voilà une drôle d'idée !

— Oui, madame.

— C'est bel et bon, mais j'espère que vous ne mettrez pas le nom que je porte sur des couvertures de *livres imprimés ?*

— Oh, certainement non, madame, il n'y a pas de danger[14]. »

C'est ainsi que *Rose et Blanche,* les articles et les nouvelles furent publiés sous le pseudonyme de « J. Sand » comme en avait tranché, tel Salomon, Latouche.

Alors pourquoi ne pas signer *Indiana* Aurore Dupin ? On peut émettre une explication plausible : les femmes de la bonne société n'aimaient pas qu'on parle d'elles. Cela ne se faisait pas. A cet égard, l'attitude de Mme Dupin, grand-mère d'Aurore, n'aurait pas été différente de celle de Mme Dudevant, mère de Casimir. En outre, la mère d'Aurore, Mme Dupin, nom auquel Sophie ajoutait avec un brin de snobisme un « de Nohant » très gratuit, avait des prétentions de grande dame. Elle avait déjà réagi violemment à *Rose et Blanche,* elle exploserait en voyant un *Indiana* signé Dupin. Quant à Aurore, « j'avais résolu de garder l'anonyme [*sic*][15] ». Quel jeune homme de ses contemporains n'aurait pas été fier de voir son nom figurer sur la couverture d'un premier roman, au lieu de le cacher comme le souhaitait Aurore ?

Cette fois encore, Latouche proposa une solution. Puisque l'éditeur tenait à la signature « J. Sand » pour *Indiana*, pour des raisons commerciales, pourquoi ne pas conserver Sand en accolant simplement à ce nom un autre prénom ou initiale ? (Ce qui permettrait, de plus, à Jules de récupérer l'intégralité de son nom.) Aurore choisit spontanément *George* Sand, « parce que George me paraissait synonyme de Berrichon [16] ». Peut-être faisait-elle écho de façon inconsciente à l'origine latine de ce nom, *georgicus,* l'homme de la terre, celui des poèmes géorgiques ou pastoraux, et rappelait-elle ainsi la campagne berrichonne [17]. Quant à l'orthographe du prénom, George sans « s » à l'anglaise, on peut y voir un hommage d'Aurore à l'Angleterre, patrie du libéralisme des idées, et au couvent anglais de son adolescence [18]. Le personnage le plus noble du roman s'appelle Sir Ralph Brown, et Indiana elle-même est de mère anglaise.

Quand le roman parut en mai 1832 avec le nom de « G. Sand » sur la couverture, l'éditeur compta sur la confusion que ne manquerait pas de faire le public avec « J. Sand ». Erreur que commit au moins un critique. L'idée venait peut-être d'Aurore : ce « G. Sand » était un nom idéal pour quelqu'un qui voulait vivre sans être « ni *dame* ni *monsieur* », mais un écrivain parmi les autres.

Et s'il fallait absolument citer le prénom, mieux valait George que Georgina. De même que le fait de s'habiller en homme, s'appeler George permettait Aurore de s'introduire avec plus de facilité dans une société masculine, tout en restant elle-même, c'est-à-dire une femme, à ses propres yeux comme à ceux de ses compagnons. Et si nous avons quelque peu insisté sur le choix d'un nom, c'est parce que celui-ci — les auteurs le disent assez — indique, devient, totémise, est le caractère, l'essence de la *persona.* On ne fait qu'un avec son nom. Mais on devient aussi son nom. C'est une vérité dont on fait l'expérience immédiate.

Dorénavant, Aurore *est* George.

L'accouchement fut long. Il fallut du temps à Aurore pour se créer. Mais George Sand fut son chef-d'œuvre.

Par une merveilleuse coïncidence — si l'on peut parler de coïncidence — dans un cas aussi parfait —, Henri de Latouche avait gravi les cinq étages de l'appartement de George juste après que le premier exemplaire d'*Indiana* fut arrivé de chez l'éditeur. Il le repéra aussitôt, s'en saisit, le feuilleta, « curieux, inquiet, railleur ». George se trouvait sur le balcon. Elle voulut l'arracher à sa lecture, il aurait toujours le temps de s'y replonger chez lui. « Allons ! c'est un pastiche ! » s'écriait-il à chaque page. « École de Balzac ! pastiche ! Balzac, que me veux-tu ? » Livre en main, il rejoignit George sur le balcon, « me démontrant par $a + b$ que j'avais imité Balzac », lui déclarant avec irritation qu'en le copiant, elle n'avait gagné que de n'être ni Blazac ni elle-même. George ne se défendit pas. Toujours en bougonnant, Latouche partit. Il emportait le roman[19].

Le lendemain matin George Sand trouva à son réveil un billet de Latouche : « Je n'ai pas voulu partir pour la campagne sans revenir faire amende honorable à vos pieds, George. Oubliez les niaiseries que je vous ai dites hier. Votre livre est un chef-d'œuvre. J'ai passé la nuit à le lire... Balzac et Mérimée sont morts sous *Indiana*. Ah ! mon enfant, que je suis heureux[20] ! »

Et que doux étaient les éloges d'un critique et ami aussi sévère. Seuls les artistes savent combien les amis peuvent être durs. Piqué par le peu de cas qu'avait fait George Sand de ses *Contes drôlatiques* (ils s'étaient disputés, elle l'avait traité de « gros indécent » et lui de « prude »[21]), Balzac déclara qu'il aimait sa préface, mais n'avait pas le temps de lire le livre. Mais lui aussi ferait amende honorable — et sur la place publique. « Je ne connais rien de plus simplement écrit, de plus délicieusement conçu », écrivit-il dans *la Caricature* du 31 mai 1832 *. « Les événements se suivent et se pressent sans art, comme dans la vie où tout se heurte, où souvent le hasard amasse plus de tragédies que Shakespeare n'eût pu le faire. Bref, le succès du livre est assuré. »

Latouche ne garda pas lui non plus son enthousiasme pour lui seul ou pour George Sand, mais en fit part dans *le Figaro* du 24 mai, où il écrivait qu'*Indiana* était le récit d'une passion moderne, l'histoire vraie d'un cœur de femme. Il comparait l'amant, Raymon de Ramière, à Lovelace, le célèbre libertin du *Clarissa* de Richardson. Anticipant de façon imprévue le

* Certains balzaciens contestent que cet article, non signé, soit de Balzac.

langage militant d'un siècle à venir, il résumait ainsi *Indiana :* « le petit sexe est écrasé par le *grand sexe,* voilà tout ».

Un autre ami (il était rare que George Sand les perdît de vue), Félix Pyat, dans *l'Artiste* du 27 mai : « Chaque époque a eu un livre spécial où ses besoins, sa moralité et ses goûts ont été fidèlement consignés... Le livre de George Sand... décalque notre époque. » Une phrase de Pyat est à retenir : « Une femme aujourd'hui [1832] aime son mari ou son amant ; autrefois, elle n'aimait ni l'un, ni l'autre. »

Plus satisfaisants encore étaient les éloges de critiques autres que ses amis et qui comprenaient aussi bien qu'eux ce que George Sand annonçait hardiment dans sa préface :

> Indiana, c'est un type : c'est la femme, l'être faible chargé de représenter les passions comprimées, ou, si vous l'aimez mieux, suprimées par les lois ; c'est la volonté aux prises avec la nécessité ; c'est l'amour heurtant son front aveugle à tous les obstacles de la civilisation[22]...

Elle est donc Heathcliff autant qu'Antigone, le personnage héroïque sur qui repose la lourde responsabilité d'exprimer les intentions de l'auteur.

On en comprit immédiatement les implications sociales, on entrevit son universalité. Du *Cabinet de lecture,* le 24 juin : « *Indiana,* c'est notre histoire... C'est votre histoire à vous, celle de votre voisin... *Indiana* est une déclaration de guerre au Code Napoléon... L'ensemble de ces quatre caractères résume à mes yeux l'humanité entière... Je ne peux y voir aucune faute... [le roman] vous met des larmes dans les yeux... et enrichit aussi l'intelligence. » Le critique en question était un homme.

Extrait d'un long article attribué à Alfred de Musset, en première page du vénérable *Temps,* le 14 juin : « Le mérite particulier d'Indiana... réside surtout dans un sentiment profondément vrai des douleurs et des turpitudes morales de notre époque. » L'auteur, poursuit le critique, « possède » un talent d'observation et d'analyse morale très distingué ; « quant à l'histoire proprement dite, elle est " triste et touchante ". »

Peut-être George Sand accueillit-elle moins bien que ces éloges délirants un cri de douleur émanant d'un critique, mais il met en relief certaines piques qui se glissaient dans *Indiana* et qui nous échappent aujourd'hui. Extrait de la *Revue de Paris,* du 20 mai : « Indiana, de J. Sand » est « un récit profondément vrai de la vie triviale et bourgeoise, mais parfois injuste et souvent amer ». Le critique saluait toutefois le talent de l'auteur (qu'il masculinisait) et comparait son roman à celui de Stendhal, *le Rouge et le Noir,* récemment paru.

Mais dans *la Revue des deux mondes* du 1er juin, un autre critique déclarait : « On dirait que deux ouvriers bien distincts ont participé à *Indiana...* qu'une main de jeune homme en a serré le tissu fort et grossier, qu'une main de femme a brodé des fleurs de soie et d'or. » Visiblement au courant de la précédente collaboration de Jules et d'Aurore, avec une intuition qu'il ne soupçonnait pas, il se faisait l'écho d'une idée aussi solidement établie à l'époque que de nos jours : dans l'écriture, la force est « masculine », la délicatesse, les nuances et la sensibilité, « féminines ». C'est là que l'observation de George Sand prend tout son relief : ces critiques « étaient tous un peu Kératry [23] ».

Ce serait pourtant cette *Revue des deux mondes* qui, le 15 décembre, octroierait à George Sand ses lauriers d'écrivain femme, avec un article du « cruel » Gustave Planche, la malédiction des écrivains, « contempteur de Hugo lui-même et de Balzac [24] ». Il consacrait quinze pages à l'analyse élogieuse de la « force génératrice, le combat entre l'amour et la loi, le duel implacable entre la passion et la société » qu'on trouvait dans *Indiana.*

La condamnation du mariage qu'exprimait ce roman n'échappa à personne [25]. Mais la vraie cible de George Sand — le malheur, la frustration des femmes dans cette institution *ou hors* de celle-ci due à leurs rapports décevants avec les hommes, les maris *et les amants* — constituait un thème plus vaste et plus éternel auquel les femmes se montrèrent plus sensibles, sans être pour autant seules en cause. La vie des hommes est limitée par les vies qu'eux-mêmes limitent. Il n'y a pas un seul mariage heureux dans *Indiana,* chez les hommes comme chez les femmes.

Indiana, dans ce roman qui débute par une scène de ménage spectaculaire, est une belle créole de dix-neuf ans. Son mari, Delmare, colonel en demi-solde, un homme jadis beau, maintenant épais, le maître presque chauve « devant qui tout tremblait, femme, serviteurs, chevaux et chiens », a trente ou quarante ans de plus qu'elle [26]. Dans la même scène, assis près du feu d'un petit manoir, apparaît un troisième personnage, le blond et « flegmatique » Sir Ralph Brown, âgé de vingt-neuf ans, cousin d'Indiana (leurs mères, anglaises, étaient sœurs). Avec une rapidité remarquable, George Sand introduit le quatrième personnage du roman, Raymon de Ramière, vingt-cinq ans, aristocrate et libertin, installé depuis peu dans le voisinage. Dès le début du récit, on le voit escalader le mur de la propriété de Delmare ; il a rendez-vous avec la femme de chambre d'Indiana, Noun, « plus belle » que sa maîtresse. Alerté par un domestique, le colonel Delmare fait irruption dans le jardin, le fusil chargé de sel à la main, tire sur Raymon, qui lâche prise, puis « l'amène la main sanglante, dans la maison ». Raymon révèle son identité mais tait le but de son incursion ; Indiana et Ralph le soignent sous le regard soupçonneux et jaloux du colonel Delmare. Le tout dans les seules premières pages.

La main bandée, Raymon de Ramière part. Les Delmare le rencontrent à nouveau, cette fois à Paris, lors d'une sortie mondaine. Indiana s'éprend de lui ; Raymon lui avoue son amour, ils se voient — chastement. De retour dans sa propriété voisine du château de Delmare, Raymon continue à voir Noun, la femme de chambre d'Indiana, et passe une nuit et une journée avec elle dans le lit d'Indiana absente. Ces vingt-quatre heures sont décrites d'une plume vigoureuse par George Sand — les deux amants dans le lit d'Indiana, le plaisir sensuel éprouvé par Raymon se doublant du fait qu'en imagination, il séduit aussi Indiana.

On reconnaît plus facilement Casimir dans le colonel Delmare, brusque et vantard, mais pas « mauvais homme », qu'Aurore dans le portrait que trace George d'Indiana. Sir Ralph a un peu d'Hippolyte et beaucoup de Jules Néraud. Raymon est le caractère le plus complexe et le mieux campé de ce quartette et, au même titre que le Lucifer de Milton, il fascina la critique. Aucun auteur masculin n'aurait osé mettre ainsi à nu un homme comme Raymon de Ramière, notait Sainte-Beuve dans *le National* du 5 octobre — et il se lance dans des spéculations timides sur le véritable sexe de « G. Sand » (bien qu'il fût déjà au courant). Ramon de Ramière est Aurélien de Sèze *, mâtiné de Stéphane de Grandsagne, mordant et cynique, et tous les Don Juan et Lovelace qui se sont attiré le ressentiment des femmes et leur plume vengeresse.

Comprenant que Raymon s'amuse avec elle tout en poursuivant sa maîtresse, Noun est acculée au suicide. Malgré son entêtement à rester auprès de son mari, qui représente pour elle aussi une forme de suicide, Indiana résiste toujours aux avances de Raymon. S'il l'aime vraiment, lui dit-elle, il doit être prêt à « sacrifier tout », fortune, réputation, devoir, affaires, principes, famille. « Tout, monsieur », répète-t-elle d'un ton ferme, « parce que je mettrai le même dévouement dans la balance et que je la veux égale [27]. » Mais Raymon (comme Aurélien) ne l'aimait pas assez pour perdre la tête ou même négliger sa carrière. Il épouse une autre femme.

Le colonel Delmare meurt, Indiana s'aperçoit qu'elle aime depuis toujours le fidèle Sir Ralph. A la fin du roman, tous deux se précipitent du haut d'une falaise de l'île de Bourbon où ils ont vécu enfants. Dans l'épilogue, néanmoins, George Sand les sauve *in extremis* et laisse le couple couler des jours heureux, quoique à la spartiate, dans leur « chaumière indienne ». Le lecteur conserve plutôt le souvenir de leur mort dans ce plongeon fatal. Gustave Planche déclarait, dans son article, qu'il aurait voulu que le roman s'achevât sur l'union désastreuse de Raymon en guise de châtiment. Sainte-Beuve partageait cette opinion, et celui qui allait être le confident de George Sand et le plus grand critique de son temps terminait son article sur une mise en garde : « Le succès d'*Indiana* va mettre son auteur à une rude épreuve... Il ne devrait pas forcer un talent précieux » en se soumettant trop vite aux exigences des éditeurs qui, se pliant pour leur part à la demande du public, réclameront d'autres romans de G. Sand [28].

* Aurélien avait un frère prénommé Raymon et une sœur, Indiana, dont la triste histoire avait ému Aurore.

Le second roman est toujours le pire écueil qui puisse menacer un auteur. Dans moins de trois mois, au terme de cette année prodigieuse, Sainte-Beuve saluerait la parution de *Valentine*.

15. Du sang et des séparations

Le 6 juin... m'a jetée brutalement dans la vie réelle.

George Sand, *Correspondance*, 1832[1].

L'ennui se glissait dans notre intimité.

Jules Sandeau, *Marianna*, 1839[2].

Entre le premier et le deuxième roman de l'année prodigieuse qui vit la métamorphose d'Aurore en George Sand s'accumulèrent des mois de quasi-révolution, de réussite personnelle, d'illusions perdues, de nouvelles amitiés et de nouveaux succès auxquels s'ajouta la fin d'une liaison. A peine l'épidémie de choléra était-elle jugulée qu'éclatait la révolte de juin dont l'ombre ternit la joie qu'éprouvait George Sand devant l'accueil de la critique. Les émeutes de Paris avaient été annoncées l'hiver précédent par la révolte des canuts lyonnais contre leur condition, un véritable esclavage salarial au sens propre du terme car les salaires ne cessaient de baisser et la pauvreté de croître, avec, en toile de fond, la prospérité croissante de la bourgeoisie. Toute tentative d'action de la part des ouvriers, y compris de se syndiquer, fut interdite par l'État qui voyait là une conspiration criminelle. « La pauvreté de la classe ouvrière ne doit pas troubler l'ordre bourgeois[3]. » Cette France, encore peu familière à la jeune provinciale de Nohant, constituait une pyramide à l'équilibre instable : deux cent mille privilégiés d'une classe bourgeoise comptant trois millions de représentants dominaient une nation de trente-cinq millions d'individus.

En juin 1832, libéraux et républicains, petite bourgeoisie désireuse de partager le pouvoir avec la haute bourgeoisie, et ouvriers de plus en plus conscients d'exister en tant que classe pourvue d'intérêts particuliers, s'unirent contre la monarchie de

Juillet de Louis-Philippe. Le 5 juin, ils défilèrent ensemble derrière la dépouille funèbre du populaire et libéral général Lamarque. La foule massive noircit les rues et les boulevards en scandant des slogans qui passèrent vite de « Vive la République ! » à des cris plus inquiétants : « A bas les Bourbons ! A bas Louis-Philippe ! » En un clin d'œil le nouveau drapeau rouge de l'insurrection se déploya, la troupe chargea. On pilla les armuriers, on arracha les pavés et on dressa des barricades. Paris était au bord de la révolution.

L'après-midi touchait à sa fin. George regardait Solange jouer sur un tas de sable dans les jardins du Luxembourg. Elle ne vit pas que les promeneurs avaient soudain disparu ; un roulement de tambour la sortit de sa rêverie et elle aperçut un cordon de troupe qui enfilait au pas de course les allées. Elle saisit Solange dans ses bras et partit en courant, choisissant les petites rues pour éviter la foule. « N'avancez pas ! n'avancez pas ! » lui cria-t-on. « Les soldats tirent sur tout le monde. » George essaya de calmer Solange qui hurlait de terreur. Elles arrivèrent enfin sur les quais et montèrent quatre à quatre les étages de l'immeuble afin de retrouver la sécurité de l'appartement. George coucha l'enfant et mit son propre matelas contre la fenêtre pour protéger la pièce d'une balle perdue[4].

Toute la nuit, des coups de feu claquèrent et à un moment, George entendit le râle affreux de ceux qu'on égorgeait. Au matin, elle apprit qu'un groupe d'insurgés avait été massacré par une colonne de gardes nationaux sur un pont voisin et qu'on avait jeté dans la Seine leurs corps mutilés. Deux d'entre eux avaient été tués sous son balcon. C'étaient leurs cris qu'elle avait entendus. Six cents personnes devaient périr pendant les deux jours de répression qui suivirent, dont une centaine derrière une barricade du cloître Saint-Merri après un calvaire de douze heures. George Sand fut témoin d'une grande partie du carnage et pendant longtemps la vue d'une boucherie, ou même de la viande, la rendit malade par les images qu'elle faisait surgir.

L'ordre bourgeois fut rétabli malgré le sang qui coulait encore de la morgue dans la Seine et dont George Sand pouvait voir de son balcon le ruisseau écarlate. Elle se trouvait « jetée brutalement dans la vie réelle », dans cet affrontement inégal entre le pouvoir et les pauvres. Mais elle n'était pas encore familiarisée avec les notions de lutte des classes, d'oppresseur et d'opprimé ; ses sentiments charitables ne différaient guère de ceux de toute bonne châtelaine de province douillettement protégée par les murs de son manoir. Sa réaction aux massacres de juin fut donc plus humaniste que partisane — « un soldat, un étudiant, un ouvrier, un garde national, un gendarme même représentent quelque chose qui vit, qui doit vivre ». L'horreur du sang répandu qui tachait encore les rues gommait toute catégorie. Elle confondait victimes et vainqueur dans un même terme générique assez vague : « le peuple ». Mais les instincts généreux de George Sand ne l'empêchaient pas d'être lucide. Elle comprit qu'une ordonnance de police adressée à tous les médecins et chirurgiens, qui les enjoignait de déclarer tous les blessés qui avaient réussi à regagner leur domicile, allait « rouvrir les plaies à peine fermées », que le pouvoir espérait « démoraliser la plus estimable classe de la société et la transformer en agent de police ! » Elle détestait l'infamie, mais redoutait tout autant « une réaction » qu'elle jugeait inévitable et disait sa profonde « horreur de la monarchie, horreur de la république, horreur de tous les hommes[5] ! ».

Certains reprochèrent à George Sand, d'autres l'en félicitèrent, sa réaction trop peu nuancée aux événements de juin. Mais il est encore plus injuste et condamnable de l'expliquer en y voyant une attitude inévitable chez une femme. Une révolution avortée, incomplète, réprimée avec une brutalité impitoyable, dresse violemment tous les spectateurs et la grande majorité des participants — exception faite des véritables révolutionnaires — contre la politique et les transforme dans l'immédiat en pacifistes devant le bain de sang dont ils sont témoins.

Toutefois, si « *le 6 juin a tué Indiana* » pour George Sand, le deuil fut court[6]. En juillet, elle se délectait de la déconfiture de Victor Hugo lisant l'article d'un critique qui voyaït dans *Indiana* « le plus beau roman de mœurs qu'on ait publié en français depuis vingt ans[7] ». Le lendemain, Hugo contre-attaquait. Comment ce plumitif osait-il prétendre, grondait Hugo, « qu'*Indiana* est le meilleur des livres ? Et le mien donc ? prends-tu *Notre-Dame de Paris* pour une putain[8] ? » Fin juillet, George signait un contrat pour son deuxième roman, *Valentine*, avant de partir pour Nohant. (Une clause assurait à Jules l'argent nécessaire pour racheter sa conscription — pratique courante à l'époque pour ceux qui pouvaient se le permettre.)

Jules partait retrouver sa famille à Parthenay, George le Berry ; la discussion qui opposa les deux amants avant de se séparer ne portait certainement pas sur un sujet aussi peu noble que l'argent, et Sand se réveilla peut-être, son premier matin à Nohant, « avec un sentiment de délivrance qui la plongea dans la stupeur[9] ». Ce n'était pas la fin de l'idylle, mais depuis quelque temps, Jules irritait George par ses caprices de gamin trop gâté et par sa mauvaise humeur. Il s'en rendit compte, s'inquiéta et écrivit à Papet dès son arrivée à Parthenay : « Cher ami, je n'irai pas, cette année, troubler ton sommeil pour te conduire... dans les fossés de Nohant. Dors tranquille... mais vois Aurore, vois-la souvent... Dis-lui que je l'aime et que je n'ai de vie que la sienne[10]. » Jules confia sa tristesse à Émile Paultre ; il lui dit avec quel espoir il attendait l'automne et le moment où ils se retrouveraient tous à Paris, au coin du feu, dans leur appartement sous les combles : « Je fumerai mon cigare, tu caresseras Solange, et Aurore fera du *plum-pudding.* » En attendant, « je me mets au travail demain[11] ».

George, elle, s'était mise au travail le jour même, écartant les pensées qui la troublaient pour se plonger à fond dans *Valentine,* un roman dont l'intrigue, plus simple et plus réaliste que celle d'*Indiana,* avait pour cadre la vallée Noire berrichonne. Le roman avançait vite ; en deux mois, il fut terminé : le héros-femme, Valentine, ressemblait plus à George Sand que le héros-mari à Casimir. Son amant, fils d'un pauvre paysan, avec sa nature impulsive et son amour sans réserve, forme un contraste si marqué avec Aurélien que ce dernier l'avait de toute évidence inspiré. Plus explicite est la condamnation du mariage, le thème de l'amour libre qui allait faire le bonheur des saint-simoniens. La révolution de Juillet avait mis en avant les disciples du comte Claude de Saint-Simon (1760-1825) et leur proclamation dans laquelle ils exigeaient la communauté des biens, l'abolition de l'héritage et le droit de vote pour les femmes. Peu après, ils réclameraient dans des assemblées populaires l'entière égalité des hommes et des femmes, et la liberté d'aimer au lieu de la « tyrannie du mariage ». Les saint-simoniens chercheraient à faire de George la « mère » de leur mouvement, mais sans succès.

Comme le roman touchait à sa fin, les idées noires et les incertitudes revinrent en même temps que la mélancolie liée à l'automne. S'y mêlaient, comme toujours, les souffrances romantiques de l'époque, ce *mal du siècle* qu'accentuait cette saison. La tristesse de l'auteur après la naissance de son roman devint plus intime, son désenchantement quant à Jules et à l'amour plus poignant. George avait réalisé la moitié de son rêve, peut-être même avait-elle fait la plus grande partie du chemin ; elle jouissait de la liberté de l'écrivain, d'une vie indépendante couronnée par la célébrité et le succès. Mais l'autre moitié de ce rêve, l'élément affectif et passionnel, était près de couler dans sa demi-liaison avec Sandeau. Était-il possible d'accéder à la plénitude de l'être en vivant avec un homme ? Elle écrivit souvent à Jules, mais son cœur n'était pas tout entier dans ses lettres. Et en les lisant, Jules « sentit comme quelque chose de froid » sur le sien [12].

Inconsolable, George revenait sur la scène de son enfance, sur les lieux où elle avait donné rendez-vous naguère à Jules. « Tout cela est devenu bien laid », lui écrivait-elle. « Où sont les jours de jeunesse, de verdure et de poésie ?... L'horrible sécheresse de cette année a tout dévoré... J'ai cherché [l'arbre] où vous aviez écrit mon chiffre. Il a disparu... Tout passe, et c'est folie que de s'attacher aux lieux où l'on a été heureux. Le bonheur s'en va, les lieux changent et le cœur vieillit [13] ! » Dans une fente du banc abandonné et délavé par la pluie du parc où ils avaient l'habitude de se rencontrer, George cueillit la mousse qu'elle joignait à sa lettre.

Quant à la dispute qui avait précédé leur séparation de l'été, « aux autres l'habitude paresseuse et le tiède pardon, mais entre nous, s'il y avait une blessure sérieuse, il n'y aurait point de retour possible. Autant l'on a aimé l'être auquel on s'est donné sans réserve, autant il faut le haïr, quand le poison de l'ingratitude est entré dans son cœur [14] ».

Quelle qu'en fût la cause, la blessure n'était pas assez profonde pour les empêcher de revenir l'un vers l'autre. Toutefois, au moment de regagner Paris, George Sand écrivit une lettre prophétique à Papet : « Je pars avec la fièvre dans le sang et le désespoir dans le cœur, mais ne vous mêlez pas de cela, vous. Les autres m'ont fait bien assez de mal, avec leur demi-manière de comprendre. Je vais voir Jules. Si nous ne nous entendons pas l'un l'autre, personne ne pourra nous guérir. » Quelques jours plus tard, le 25 octobre, George écrivait de nouveau à Papet, cette fois de Paris. « Mon bon Gustave, je suis mieux, je suis arrivée, je me repose, je me console. Jules va bien, nous nous aimons mieux que jamais [15]. »

George cachait qu'elle rentrait de Nohant en colère, furieuse contre la communauté berrichonne, même contre Regnault, parce qu'ils prenaient tous le parti de Jules. Se rendaient-ils compte qu'elle leur échappait ? Car c'était vrai. Ils se montraient trop exigeants, trop critiques : « il y a disproportion d'âge et d'expérience ». Surtout, ils lui faisaient sentir *son* âge [16]. La communauté, plus pointilleuse que Casimir lui-même, s'était transformée en une sorte de mari collectif capable, si elle en avait eu la possibilité, de restreindre sa liberté, de réclamer une fidélité aussi entravante bien qu'elle fût commune. Cela en dépit d'une blanchisseuse dans la vie de Jules, semble-t-il, et d'une maîtresse reconnue dans celle de Regnault. De plus, « cette vie d'artistes et de bohémiens qui l'avait séduite, cet échange de fortune et de pauvreté qu'elle avait d'abord trouvé si poétique, ne lui semblait plus qu'une excentricité d'assez mauvais goût, ou du moins qu'un enfantillage [17] ».

Jules pour sa part, rentrant de son « exil » à Parthenay, « rapportait un amour exalté par l'absence, irrité par l'inquiétude, aigri par les soupçons jaloux, plus fougueux, plus exigeant, plus terrible qu'il ne l'avait été jusqu'alors [18] ». Les soupçons en question se fixèrent sur Latouche, puis bientôt sur Gustave Planche, car dans les salons et les cafés de Paris, la réputation de George Sand était déjà faite.

Latouche avait abandonné la rédaction du *Figaro* au printemps et passait la plus grande partie de son temps à Aulnay où George était allée le voir plus d'une fois avec Solange au début de l'été. « Quand j'ai cherché plus tard la cause de sa soudaine aversion, on m'a dit qu'il avait été amoureux de moi, jaloux sans en convenir, et blessé de ne jamais avoir été deviné. Cela n'est pas [19]. » Une lettre émouvante de Latouche à George, peu après son départ de Nohant pour Paris, exprime davantage le regret de ce qui aurait pu être et ne fut pas. « Vous êtes changeante, je le sais », écrivait-il, « mais enfin vous avez votre part d'humanité et ses avantages à la suite... Maternité, orgueil, et des amis, vous avez tout ; vous avez droit d'avoir tous les biens !... Si j'eusse vécu d'ailleurs, je vous eusse aimé trop, et je relisais hier soir les quatre lettres de Rousseau à Sara, pour m'applaudir d'avoir fait mon temps et d'avoir donné ma démission[20]. »

A l'automne, Latouche vint à Paris et offrit à George, comme cadeau d'adieu, le bail de son appartement du quai Malaquais où elle avait écrit, après tant de brouillons, ses premiers articles de journaliste avec les autres aiglons du *Figaro*. Bien que situé sur le quai, l'appartement aux tapis blancs tournait le dos à la Seine et donnait sur les jardins des Beaux-Arts. Un acacia géant montait jusqu'aux fenêtres du troisième et ajoutait encore au plaisir de George. Cet appartement spacieux devint son refuge et son bureau. Le jour, éditeurs, journalistes, romanciers en herbe et saint-simoniens, ainsi que de parfaits inconnus, montaient la voir pour lui demander ses manuscrits, l'histoire de sa vie, des exemplaires gratuits d'*Indiana*, ou pour quêter sa collaboration. C'était la rançon du succès. « Mais le soir, je m'enferme avec mes plumes et mon encre, Solange, mon piano et mon feu[21]. » Aucune allusion à Jules dans cette lettre à Boucoiran datée du 20 décembre. Pourtant ils vivaient ensemble quai Malaquais. « Venez donc ce soir chez Mme Dudevant, quai Malaquais n° 19 », écrivait Jules à Balzac à cette époque. « Nous vous attendons[22]. »

Après la réconciliation, les reproches. « De jour en jour, l'air devenait autour d'eux plus orageux et plus lourd... » Jules recourut au vieil artifice de l'amant inquiet et tourmenta George. « Elle aimait donc puisque [ses yeux] pleuraient encore ! » Mais George souffrait davantage de la « tendresse » du jeune homme et de sa faiblesse quand elle sentait le poids de cette dépendance, que de ses éclats. « Elle l'accusait d'indolence et d'inertie. » Jules répliqua par l'injure suprême : « Tu as été une mauvaise amante ! » Mais il n'y avait toujours pas de rupture. « Ils étaient lâches tous deux, l'un par amour, l'autre par pitié[23]. » Au début de l'hiver, toutefois, Jules emménageait dans un petit appartement de la rue de l'Université tout en continuant à voir Sand. Mais d'autres hommes entraient dans la vie de celle-ci, de nouveaux amis, et étaient reçus quai Malaquais.

Valentine avait paru en novembre pendant un court séjour de George à Nohant. Gustave Planche lui envoya l'épreuve du long article dans lequel il faisait l'éloge du roman. Elle le remercia. Ils se rencontrèrent. Planche lui fit savoir que son directeur, François Buloz, souhaitait sa collaboration régulière à *la Revue des deux mondes.* En même temps, *la Revue de Paris,* qui venait de publier une nouvelle de Sand, *la Marquise,* lui fit également une offre. George hésitait ; en affaires, elle savait garder la tête froide. Elle commença par proposer à Buloz une autre nouvelle. Il la refusa, mais lui offrit à la place un contrat qu'il était difficile de refuser : quatre mille francs par an pour trente-deux pages de texte toutes les six semaines. Non seulement la sécurité matérielle était assurée, mais George était publiée ! Le contrat, apporté par Planche et signé le 11 décembre, effaça la légère vexation causée par le refus de sa nouvelle — d'ailleurs, George se proposait de l'intégrer au roman auquel elle pensait déjà.

George Sand produisit un tel effet sur Gustave Planche, l' « effroi des écrivains », vingt-quatre ans, qu'il resta presque muet en sa présence. Il s'en excusa avec les moyens dont il disposait : une lettre écrite d'une plume alerte et pleine d'esprit. George, par contre, fut moins séduite par Planche et ne fit aucun effort pour le cacher. Grand, un profil de camée — Balzac lui trouvait l'allure « raphaélite [24] » —, Planche s'habillait mal avec ostentation, fier de sa saleté et résolument antidandy. Morose et parricide, il haïssait son père, un pharmacien tyrannique qui avait voulu l'éloigner de la littérature, mais dont il imitait en toute inconscience le comportement. En revanche, il avait l'esprit clair et incisif, coupant comme le diamant, surtout quand il s'agissait de la prose de ses aînés. Mais lorsqu'il parlait — il le savait —, il devenait pédant. Comme il l'avouait à George Sand, il ne pouvait pas dire bonjour « sans avoir l'air d'enseigner [25] ». Avec humour, il lui promettait de lui épargner ses « digressions universitaires, théologiques et métaphysiques [26] ». Il tomba profondément amoureux de George, et elle apprit à l'apprécier.

Ce fut Planche qui la présenta à Sainte-Beuve, son ancien condisciple. Et qui la mit en garde contre Marie Dorval, la plus célèbre actrice de sa génération, quand les deux femmes se rencontrèrent au début de l'année. La liaison de George avec Sandeau touchait à sa fin et elle manifesta aussitôt un intérêt passionné pour l'actrice.

Marie Dorval, déclara un Planche mal à l'aise à George, qui écarta cette mise en garde « avec une force toute virile », avait entretenu au su de tous « une passion de la même nature pour Juliette Drouet que celle de Sapho pour les jeunes Lesbiennes ». Planche affirmait tenir cette information de source sûre : un de ses amis amant de Juliette Drouet[27].

16. Femmes amoureuses

« La franchise, bien loin de nous laver aux yeux des hommes, serait une souillure de plus qu'ils se croiraient en droit de nous infliger. »

A deux heures du matin, le 27 mai 1833, George Sand réfléchissait au « secret de Byron » connu de tous : ses relations avec sa demi-sœur Augusta et l'enfant qui en était né, et qui lui prêtaient, à la différence de simples mortelles comme elle par exemple, une « auréole magique » aux yeux du monde. Mais personne, écrivait George Sand sur son carnet, « n'est exempt d'une tache ». Toute la différence venait du silence imposé à celui ou celle à qui l'on refusait la licence du « grand poète » pour explorer la vie sans restriction. Leur secret « doit être porté en silence et sans fausse gloire, car la société réserve des châtiments vulgaires et d'insultantes prescriptions à celui de nous qui oserait la braver au point d'en appeler à son jugement ». Loin d'être une vertu, la franchise chez une femme « serait une souillure de plus[1] ».

La bisexualité de Byron, son penchant pour les femmes comme pour les hommes, était un « secret » encore plus notoire et George Sand y pensa sans doute en ce mois de mars 1833, aux frontières de la nuit et de l'aube, alors que sa passion pour Marie Dorval était à son zénith. Or il est ironique de voir que même les partisans les plus farouches de George Sand s'obstinent à vouloir limiter l'intensité de ces relations à une chaude amitié, malgré la passion évidente des lettres échangées entre les deux amantes *. Comme si autre chose que cette amitié était

* On peut se reporter à la longue introduction de Simone André-Maurois à la *Correspondance inédite* de George Sand et de Marie Dorval (Paris, 1953). Mais personne n'a encore pu réfuter l'existence d'une réelle passion entre elles deux.

« une souillure de plus » au moment où les conventions romantiques elles-mêmes libéraient la passion, et non seulement son langage. Quant à la franchise, c'était — c'est — une autre affaire. On se demande combien de lettres échangées entre les deux femmes ont été détruites, en particulier par George Sand. Car elle était aussi Mme Dudevant, épouse et mère, autrement dit une femme ; et à cette époque — et à la nôtre ? — aucune femme, comme nous le faisions remarquer plus haut, n'avait le privilège de la franchise masculine.

Or cette franchise existe, et à un degré stupéfiant, pour qui en détient la clé, dans la nouvelle de George Sand intitulée *la Marquise,* publiée au mois de décembre précédent (1932), quand une liaison avec la comédienne Marie Dorval existait déjà dans les fantasmes de George Sand[2]. La marquise de la nouvelle de Sand, mariée à seize ans, veuve six mois plus tard, rendue frigide par son mari, inchangée par ses amants, s'éprend soudain d'un acteur, Lélio. Le soir, elle se glisse au théâtre, déguisée en homme, pour le voir jouer. Le menton appuyé à la chaise devant elle (une attitude caractéristique de George Sand), les mains contractées sur ses genoux, « le front baigné de sueur » à cause de la ferveur avec laquelle elle suivait le moindre geste de l'acteur, « la moindre palpitation de son sein ». Lorsqu'ils s'embrassèrent et s'étreignirent, ce seul baiser libéra l'amour qui brûlait en elle et quand elle lui fit ses adieux, « Lélio se mit à pleurer comme une femme[3] ».

En la personne de Lélio, la marquise de George Sand embrassait tous les héros qu'incarnait l'acteur. Dans celle de Marie Dorval, magnifique cet hiver-là dans *Marion Delorme* de Victor Hugo et *Antony* de Dumas, George Sand embrassait toutes les héroïnes, tous les rôles joués par Marie. L'amour de George pour le théâtre et pour son plus beau fleuron ne ferait plus qu'un désormais ; en Marie, elle se trouvait. « Je ne sais de quels mots expliquer ce qu'il y a de froid et d'incomplet dans ma nature », avoue George Sand. « Il y a sur mon cerveau à coup sûr, une paralysie qui empêche mes sensations de prendre une forme expressive », quelque chose d'inhibant qui bloque parfois la communication. Ce qui expliquerait cet irrésistible besoin d'écrire ? Avec une simplicité instinctive, Marie Dorval incarnait ce que George cherchait. « Si cette femme paraît sur la scène, avec sa taille brisée, sa marche nonchalante, son regard triste et pénétrant... » qui étincelait soudain de vie et soulevait l'enthousiasme des spectateurs par son jeu — « *il me semble que je vois mon âme...* qui a revêtu [cette forme] pour se montrer à moi, pour se révéler à moi et aux hommes[4] ».

George Sand n'admettrait jamais qu'on empêche la rencontre de deux âmes, pas davantage qu'elle ne laisserait quoi que ce soit au hasard. Elle désirait, elle prenait. Elle écrivit à Marie Dorval pour lui demander une entrevue. Marie répondit avec la même franchise. Le jour où elle reçut le billet de George, elle arriva à la porte de l'appartement du quai Malaquais. Elle entra sans frapper, alla droit à George sans un regard pour Jules Sandeau — qui venait souvent à l'appartement —, et lui sauta au cou. « *Me voilà* », s'écria-t-elle tout essoufflée. « *Moi !* » Sa taille « était un souple roseau qui semblait toujours balancé par quelque souffle mystérieux, sensible pour lui seul ». Sandeau la compara un peu plus tard à la plume qui ornait son chapeau. « Je suis sûr... qu'on chercherait dans l'univers entier une plume aussi légère et aussi molle que celle qu'elle a trouvée... tombée sur elle de l'aile de quelque fée en voyage. » Mais c'est à sa voix bien timbrée et travaillée, profonde, pénétrante, que George la reconnut. Plus que jolie, Marie était charmante[5].

Enfant illégitime de deux comédiens ambulants, Marie, née en 1798, avait émis ses premiers mots sur une scène, apprenant à plaire avant même de connaître les plaisirs de l'enfance. (Il y avait un peu de Sophie dans cette Marie plus âgée, et ce peu frappait George Sand.) Mariée à quinze ans au maître de ballet de la troupe, qui adopta le nom de Dorval, Marie était veuve et mère de deux filles quand il mourut six ans plus tard. Elle eut une troisième fille de Piccinni, le neveu du compositeur, à Paris. Elle y jouait au théâtre de la porte Saint-Martin où elle gagna un vaste public. A trente-trois ans, elle se remaria avec Jean-Toussaint Merle, auteur de feuilletons et de pièces de théâtre mineurs ; il recevait ses amants et fermait les yeux. Le premier en titre depuis 1831, le comte Alfred de Vigny, poète taciturne (le meilleur du siècle, disait de lui Benedetto Croce) et auteur dramatique de premier ordre, se montrait moins complaisant. « Ma Sapho », écrivait Vigny dans son journal en parlant de

Marie, peu avant, ou après, qu'elle eût rencontré George Sand — qu'il qualifierait de même[6].

Le jour où elle vint quai Malaquais, Marie Dorval invita George et Jules Sandeau à dîner avec son mari et « quelques vieux amis ». George ne mentionne pas le nom de Vigny parmi les invités. Quand ils se rencontrèrent, enfin, il fut froid, elle distante. Il la décrivit ainsi : « Ses cheveux noirs et bouclés et tombant sur son col à la façon des anges de Raphaël. Ses yeux sont grands et noirs, formés comme les yeux modèles des mystiques et des plus magnifiques têtes italiennes. » Mais ses manières et sa façon de parler lui déplurent, « sans grâce dans le maintien, rude dans le parler. Homme dans la tournure, le langage, le son de sa voix et la hardiesse des expressions[7]... » George, pour sa part, admirait l'esprit de Vigny, mais pas « la personne ».

Elle passait par une phase d'agitation, d'incertitude ; sa vie lui semblait faite de brins épars en même temps que s'amorçaient des débuts prometteurs, dont un contrat pour son troisième roman au titre révélateur, *Lélia ;* une lettre pleine de défi à Boucoiran au sujet des « nombreuses liaisons » dont il l'accusait ; un rendez-vous provocant et désinvolte avec Prosper Mérimée, romancier, cynique et mondain, proposé par Gustave Planche qui ne l'en mettait pas moins en garde contre la « perversité » de Marie Dorval. Et ce même mois de janvier 1833, George à Marie qu'elle venait de rencontrer : « Croyez-vous que vous pourrez me supporter ? Vous n'en savez rien encore, moi non plus. Je suis si ours, si bête, si lente à penser tout haut, si gauche et si muette quand précisément j'ai beaucoup de choses dans le cœur ! Ne me jugez pas sur les dehors, attendez un peu pour savoir ce que vous pourrez m'accorder de pitié ou d'affection. Moi je sens que je vous aime d'un cœur tout rajeuni, tout refait à neuf par vous. Si c'est un rêve comme tout ce que j'ai désiré dans ma vie, ne me l'ôtez pas trop vite. Il me fait tant de bien ! Adieu, grande et belle, de toute façon je vous verrai donc ce soir[8] ! »

Deux jours plus tard, George annulait une soirée avec Mérimée et écrivait bientôt à Marie qu'elle ne vivait pas vraiment les jours où elle ne la voyait pas — « mais je travaille comme un cheval » [sur *Lélia*] ; elle envoyait aussi un exemplaire de *la Marquise* à Marie. Le 2 février, George proposait à Marie de l'accepter comme cavalier à un gala. « Je vous aime », terminait-elle. Le 4 février : « Je voudrais bien que quelqu'un m'aimât comme je vous aime[9]. » Mais le 10 février, Marie écrivait à son tour à Vigny, malade et follement jaloux de George Sand [entre autres] : « Oh que je suis malheureuse... je t'aime... à n'être jamais en repos avec toi ni avec moi-même... Je t'aime comme on ne t'a jamais aimé[10]. »

Ces lettres et ces journaux intimes reflètent la fuite dans l'amour, la poésie et l'imagination, le refus des limites d'une bourgeoisie vulgaire et en pleine ascension, autant que d'une aristocratie sur le déclin dont ils ne voulaient plus. Chacun était seul et pourtant solidaire dans cette bohème — pour la simple raison qu'ailleurs ils s'ennuyaient ou se sentaient encore plus solitaires — et tous tournaient dans le carrousel de leur petit cercle, *a* poursuivant *b* qui poursuivait *c* qui poursuivait *a*, ou *a-b-c-z* formant une roue qu'ils croyaient sans frein. Ils exprimaient les contradictions de leur époque même s'ils tentaient d'y échapper. Romantiques, ils cultivaient la nouveauté, mais ne voulaient à aucun prix s'entremettre avec la classe de rustres qui prenait le pouvoir, ces *dévorants* à la Balzac, qui de leurs griffes ouvraient la voie aux grandes fortunes du XIXe siècle. Créateurs de l'avenir, ils étaient souvent issus, comme Vigny et Sand et ceux de leur entourage, d'un passé patricien qu'ils regrettaient sans pouvoir s'en accommoder puisqu'il était mort.

Mais si eux, ces esprits novateurs du siècle, se sentaient supérieurs et n'appartenant à aucune classe, ils n'en restaient pas moins le produit — et les prisonniers — de leur culture de classe, des préjugés qu'ils absorbaient en même temps que le lait maternel et celui de leurs nourrices dont les préjugés d'emprunt étaient encore plus féroces, et surtout de l'exemple de leurs parents. Le rapport maître-esclave avait laissé sur eux une empreinte si profonde qu'ils jugeaient inéluctable ce rapport entre hommes et femmes, fixé par une nature immuable à laquelle ils ne souhaitaient rien changer. Ils étaient en majeure partie des hommes, mais ces préjugés s'enracinaient tout aussi profondément chez les femmes. C'est pourquoi George Sand fut exceptionnelle, exemplaire pour les deux sexes — car il fallait être deux ou plus pour jouer le jeu de la vie commune. Cela, dans la mesure où le lui permettraient ses chaînes, brisées certes, mais encore pesantes.

Issu d'une famille noble ruinée — « naître sans fortune », comme il l'écrivait d'une plume amère, « est le plus grand des maux, on ne s'en tire jamais dans cette société basée sur l'argent [11] » —, Vigny n'en fut pas moins le fils chéri, le seul à avoir survécu de ses trois autres frères et gâté par ses parents, et en particulier par sa mère. Après avoir servi douze ans comme officier, il troqua l'épée contre la plume et fit de la poésie. En bon aristocrate, il eut un nombre convenable de maîtresses et d'enfants illégitimes avant d'épouser la fille d'un lord anglais, Lydia Bunbury. Il la qualifiait de « sainte » et la trompait régulièrement. Dans le monde de Vigny, la femme et la mère représentaient des êtres sacrés ; pour le plaisir on couchait avec les autres femmes. Faire l'amour à Lydia, disait-il, c'était jouer de l'archet sur une pierre — une statue de la Vierge ? —, alors que Marie Dorval était « une belle harpe » dont il tirait « des sons délicieux ». Mais, moralement gêné, il trompait Marie tout en l'aimant et en trouvant son plaisir auprès d'elle [12]. Quant à Marie, elle aimait Vigny — elle avait l'amour facile —, mais jamais elle ne se sentit à l'aise avec lui ni avec elle-même. Socialement son inférieure, elle était prisonnière de la même culture et de cet homme en particulier, et portait sur elle le même regard que son amant et la société.

Une fois encore, la silhouette de Sophie se superpose en clair-obscur et se confond pour George Sand avec celle de Marie.

Ce fut donc une impulsion, ce malaise ressenti auprès de Vigny, qui poussa précipitamment Marie Dorval vers George Sand, elle-même souffrant d'un sentiment d'échec et de frustration amoureuse après sa rupture avec l'homme-enfant qu'elle s'était choisi, Jules Sandeau. Chacune crut peut-être qu'une femme ne pouvait se sentir complètement à l'aise, sur le plan sexuel, intellectuel et affectif, qu'avec une autre femme. A moins que n'ait joué le même sens conditionné du péché qu'était l'union de deux femmes, l'homosexualité féminine qui n'osait se reconnaître et que les précieux de l'époque appelaient saphisme. C'est en tout cas ce que reflètent les lignes écrites avant l'aube par George Sand sur le « secret de Byron », texte qu'elle reprit régulièrement, de jour comme de nuit, pendant qu'elle écrivait *Lélia,* faisant douloureusement jouer son archet sur ses propres entrailles.

Une période, donc, de vies emmêlées comme un écheveau où chaque personnage brode de son propre point la trame avec le fil dont son histoire personnelle peut — et a pu — être tissée. Vigny était infidèle à Marie, mais jaloux de son mari et d'un homme du nom de Fontaney (qui courtisait, en réalité, la fille aînée de Marie), et de George Sand. Infidèle à Vigny, Marie était jalouse de sa femme, de sa mère *et* de George Sand. Elle reprocha un jour à Vigny de l'avoir laissée seule (en compagnie de son mari) pour sortir avec George à son bras. Et très tôt, dans cet écheveau embrouillé, Vigny introduisit George Sand dans son journal : « Cette femme monstrueuse a dit hier tout à coup à son amie nouvelle » — Marie, de toute évidence, qui le rapporta à Vigny — « " Eh bien, c'est fini, je me suis donnée hier à (illisible, mais probablement pas Mérimée comme on l'a prétendu). " Elle a eu cet homme, continuait Vigny, qui la méprisait et le lui disait. Ainsi, sans scrupule, elle trompe son amant [Sandeau] pour lequel elle avait quitté son mari. Elle ajoutait : " Il m'a traitée comme une fille. Il m'a dit : Ce n'est pas la peine de vous tromper un jour pour vous avoir une nuit. Il m'a dit : Vous avez le ton d'une fille sans en avoir les avantages et la fierté d'une marquise sans en avoir les grâces. " [13] »

La dichotomie masculine qui oppose la mère-épouse à la maîtresse-prostituée ne saurait être plus crûment rendue, malgré la conviction qu'ont les hommes de rechercher les deux dans une même femme idéale. Lorsqu'ils la trouvent, comme en George Sand qui passa la ligne de démarcation dans sa quête héroïque de l'être complet, ils ne comprennent plus. L'anecdote citée par Vigny, sans doute exacte, le prouve. La torsion de leur culture déchire les hommes — et les femmes.

Marie égalait George en courage et la surpassait en imprudence. Une actrice avait moins à perdre, pour la triste raison qu'elle avait déjà tout perdu. Courtisane aux yeux de la société, son statut n'avait guère évolué depuis l'époque des demoiselles de Verrières — nouvel écho résonnant dans la mémoire de George. En épousant Marie, Jean-Toussaint Merle savait ce qu'il faisait, et il observa les règles du jeu, non sans en tirer profit.

George retrouvait Marie au théâtre dans sa loge, après le spectacle, ou « au coin du feu... Nous vivons beaucoup en peu d'heures[14] ». On les surnomma vite les « inséparables » et le nom de Marie Dorval fut accolé à ceux de Gustave Planche, d'Henri de Latouche et de Jules Sandeau. Arsène Houssaye note dans ses *Confessions* qu'en ce temps-là, « Sapho ressuscita dans Paris », ne sachant pas si elle préférait les hommes ou les femmes. Chaque soir, après avoir « jeté feu et flamme dans tous les cœurs », l'actrice retrouvait dans sa loge capitonnée de bleu « la femme étrange qui attendait sa proie en fumant des cigarettes ». A l'aube, les deux « bacchantes » se séparaient enfin, « ivres encore dans la pâleur des rêves accomplis[15] ».

Houssaye, qui rapportait ces bruits, n'avait que dix-huit ans à l'époque ; le jour viendrait où il parlerait plus directement de la George Sand qu'il avait connue, de « sa simplicité touchante, sa personnalité radieuse », son don pour l'amitié[16]. Ce fut George Sand, dans un cantique des cantiques très personnel et d'une cadence toute biblique, qui décrivit ses sentiments dans toute leur authenticité affective. Elle l'intitula d'abord « A l'ange Lélio », puis ratura ces mots pour les remplacer par « A l'ange sans nom », obscurcissant encore davantage les éléments autobiographiques en précisant qu'il s'agissait d'une « traduction ».

> Voici le jour qui se lève, venez, la rosée va tomber. Vous auriez froid peut-être. Non ! vous ne craignez pas le froid, ni le brouillard pénétrant. Mais venez, c'est votre heure, la fenêtre est ouverte, il y a des fleurs ici, je vous attends. Si vous ne venez pas bientôt, je m'endormirai, c'est l'heure où l'on s'endort. Vous voici donc ! Béni sois-tu, fils du ciel, donne-moi ton front à baiser, tes cheveux noirs sur ma poitrine, tes cheveux qui ont une coudée de long.
>
> Qu'un ange est beau le matin avec ses cheveux flottants ! Pourquoi les hommes n'ont-ils pas de longs cheveux ? Vous qui n'avez pas de nom, venez vous asseoir à mon chevet. Vous ne parlez aucune langue, vous ne vous révélez par aucun mot. Que je vous aime ainsi, et que je vous comprends bien !

> Ange silencieux, mettez votre main fraîche sur mon épaule, elle est chaude d'amour, mais aucun homme n'y a posé sa bouche : votre haleine parfumée, vos cheveux humides peuvent seuls la rafraîchir.
> Quelles fleurs avez-vous sur le front et dans les mains ? Des fleurs inconnues, des fleurs plus belles qu'aucune femme de la terre. Ces parfums sont enivrants mon ange, répandez-les sur moi, effeuillez sur moi votre couronne humide.
> Mon ange, c'est assez. Je mourrais. Je veux vivre demain et vous revoir. Adieu, le jour grandit, partez vite, mon trésor, que personne ne vous voie, car on vous volerait à moi et je serais obligée de me donner aux hommes. Adieu, laisse-moi baiser ton cou de neige et ton front où brille une étoile, donne-moi une plume de ton aile pour que je garde une preuve de ton passage, un souvenir de mon ivresse.
> Pourquoi les hommes n'ont-ils pas des ailes pour venir le soir, pour s'envoler le matin ?
> J'aime mieux le duvet du chardon qu'un homme : on souffle sur l'un et il se perd dans le vague de l'air, l'autre ne se subtilise et ne s'évapore par aucun procédé.
> Ange du matin, partez donc. Je m'endors, baisez-moi au front et faites que mon âme soit belle comme vous[17].

Le « fils du ciel » de la deuxième strophe serait, en théorie, le Lélio de la fiction. Mais il est difficile de croire, en lisant la description qu'en donne George Sand, qu'il s'agisse d'un homme. Il se dégage pourtant de ce texte une sorte de sensualité asexuée — ou d'une bisexualité ambiguë ? —, un élan poétique tendant vers le spirituel et l'éthéré des aspirations romantiques. « Je te salue, esprit joyeux », chantait Shelley, l'homologue de George, dans son ode « A une alouette », « Oiseau, tu ne le fus jamais ! » Ce poème en prose de George exprime l'insatisfaction face au monde des mortels ; les fleurs de l'ange (symbole phallique ?) sont plus belles qu'aucune femme, l'ange pèse moins lourd qu'aucun homme — et s'envole au matin.

Mais si tout était inclus dans la sexualité, la poésie existerait-elle ? En tout cas, il n'y aurait pas eu de George Sand.

La légèreté revient comme un leitmotiv, car l'amour d'un être non aimé est toujours pesant. George Sand venait à peine de demander à Marie Dorval des entrées pour un bal, destinées à Planche, Sandeau et elle-même, que se produisit la rupture définitive avec Jules... George annula les billets. Cette fois, il ne s'agissait pas d'une querelle isolée, mais du point final de toute une série ; un lien devenu un poids que même des appartements séparés ne pouvaient alléger. Sa décision prise, George fit en sorte de briser net ; elle détesterait toujours le flou. Les partisans de Jules, émus par sa faiblesse, la traitèrent d'impitoyable, les éléments masculins ajoutèrent « comme un homme » sans voir que cette accusation se retournerait contre eux-mêmes. Si le récit qu'en donne Paul de Musset, frère aîné d'Alfred, d'après le compte rendu que lui en fit certainement Sandeau et que ce dernier modifia par la suite, n'est pas tombé dans l'oubli, il le doit plus à la vivacité du style qu'à son authenticité. George Sand, selon Paul de Musset, dit à Sandeau de partir pour l'Italie et s'occupa de tout, y compris du passeport, du billet et de l'argent nécessaire (les droits de *Rose et Blanche* que George abandonnait complètement à Jules). Toujours selon la version de Paul de Musset, George apparut au jour prévu pour le départ dans son costume masculin — redingote, chapeau à larges bords et pantalon ; elle trouva le malheureux Jules en train de contempler d'un air désespéré sa malle vide. Elle l'aida à faire ses paquets et l'expédia avec armes et bagages en Italie [18].

Cette désinvolture est contredite par la lettre qu'adressait George à Émile Regnault : « Allez chez Jules », demandait-elle au jeune médecin, début mars, « et soignez son corps. » Inconsolable, Jules avait avalé une trop forte dose d'acétate de morphine. « L'âme est brisée. Vous ne la relèveriez plus ; n'essayez pas. Je n'ai besoin de rien. Je désire même être seule aujourd'hui, et puis il n'y a plus rien pour moi dans la vie. Tâchez que Jules vive. Ce sera terrible pour lui pendant longtemps, mais enfin il est si jeune ! Un jour peut-être, il n'aura pas regret d'avoir vécu... Allez, mon ami, allez chez lui [19]. »

George, quant à elle, s'en fut quêter du réconfort auprès de Marie et une diversion auprès de Mérimée. Ce printemps mélancolique eut des répercussions profondes sur *Lélia,* ou plutôt Lélia, le personnage central aux tonalités de Hamlet, que

George Sand, dans sa vie intime d'écrivain, assimilait à elle-même. Jules, lui, bénéficiait de la sympathie de ses amis.

Balzac à l' « étrangère » bien-aimée, Mme Hanska, fin mars 1833 : « Ils se séparent, et cette séparation est, je crois, fondée sur une nouvelle affection que George Sand, ou Mme Dudevant, a prise pour le plus méchant de nos contemporains, Henri de Latouche... Hier, j'ai rencontré Sandeau, il est désespéré. » Balzac est en retard de plusieurs mois, dans le compte des jours comme dans celui des amants, et sa lettre du 29 mai-1er juin est tout aussi inexacte : « Mon Dieu, l'auteur d'*Indiana*, Mme Dudevant, s'est déshonorée, tout Paris s'intéressait à ces deux amants. Sandeau vient de partir pour l'Italie. Il est au désespoir, je l'ai cru fou. Mme Dudevant s'est donnée à un homme nommé Gustave Planche, un homme généralement méprisé, mais qui l'avait encensée dans la *Revue des deux mondes*. Plaignez Sandeau, un noble cœur, et oubliez Mme Dudevant[20]. »

Quand Sandeau rentra d'Italie, Balzac, compatissant, le prit chez lui en déclarant que « cette pauvre âme naufragée devait être lancée comme il le faut dans la mer de la littérature ». Puis, plus tard (8 mars 1836) : « Jules Sandeau a été une des mes erreurs. Vous n'imaginerez jamais une pareille fainéantise, une pareille nonchalance. Il est sans énergie, sans volonté. Les plus beaux sentiments en paroles, rien en action ni en réalité... Il m'a dit qu'il lui était impossible de se mettre à la suite de quoi que ce soit... Il n'a pas, en trois ans, fait un demi-volume... Il désespère l'amitié, comme il a désespéré l'amour[21]. »

La déception qu'éprouvait Balzac lui permit de mieux comprendre George Sand. Il renoua son amitié avec elle et ferait, quelque temps plus tard, une halte à Nohant.

Jules Sandeau devait aller de l'atelier de Balzac à l'Académie française en passant par plus de vingt romans publiés, auxquels s'ajoutaient une demi-douzaine de pièces de théâtre. Entre-temps il s'arrêta rue du Bac. Là, âgé de vingt-sept ans, il devint l'amant de Marie Dorval, quarante ans, qui était sur le point d'être abandonnée par Alfred de Vigny. Marie et George demeuraient amies intimes, mais quand Jules écrivit son roman autobiographique, *Marianna*, Marie éprouva une violente jalousie pour l'héroïne. « Jules aime toujours George Sand », s'exclama-t-elle devant Arsène Houssaye. « Quand je lui parle de cette femme, il ne m'arrête jamais pour me parler de *moi* ! S'il m'aime un peu, c'est parce qu'il me sait l'amie intime de George Sand, c'est parce qu'il trouve sur mes joues les baisers de sa maîtresse ! » Mais Marie ne trouvait-elle pas aussi sur les joues de Jules les baisers de George Sand en même temps que, plus vraisemblablement, les vertus que celle-ci avaient trouvées en Jules ? « J'aime cette femme », expliquait-elle avec une confusion charmante, « parce qu'elle a aimé Jules, ou parce que Jules l'a aimée... Je ne lui parle, à elle, que de lui[22]. »

Les semblables s'attirent et se rejoignent. A ce chassé-croisé amoureux entre deux femmes et un homme s'ajoutent la sensibilité remarquable de Jules Sandeau et sa propre empathie pour ces femmes, deux qualités qui le grandissent dans notre mémoire. En 1840, il émettait sur son ancienne amante (le terme de *maîtresse* convient mal à George Sand) un jugement plus flatteur que méprisant dans un article où il évoquait « l'homme ou la femme des transformations, sur la lisière des deux sexes... Mme Sand », écrivait-il, « était une sorte de Christ femelle ; elle se montra aux hommes, une lourde croix entre les bras... elle écarta de la femme adultère la main du monde, toujours levée[23] ». Il qualifiait George Sand de marquise et non de baronne, peut-être en pensant à *la Marquise.*

Quant aux deux « inséparables », Jules eut pour elles une ultime et touchante métaphore :

> Mme Dorval a encore porté son amitié sur Mme Sand : une sorte de sympathie attirait l'une vers l'autre ces deux femmes, toutes deux blessées au cœur, toutes deux grandes par le talent et par le malheur, l'une aigle, l'autre colombe, toutes deux emportées dans la gloire comme dans un orage, et ne trouvant que l'amour sur leur chemin pour abriter à son ombre leurs ailes mouillées et meurtries[24].

Il est vrai que cette passion fut pleine d'ombres, et Sandeau possédait, pour la comprendre et l'exprimer, cette sensibilité dite « féminine ».

17. Le printemps existentiel de George Sand : Lélia ouvre son cœur

J'étais absolument et complètement Lélia.
George Sand, *Correspondance*, 1833[1].

Lélia n'est pas moi.
George Sand, *Correspondance*, 1836[2].

Vous serez le Lord Byron de la France.
Chateaubriand à George Sand
après avoir lu *Lélia*, 1833[3].

Avec 1833 commençait une ère de superlatifs qui devait durer jusqu'à la révolution de 1848 et couvrir la période comprise entre la trentième et la quarante-cinquième année de George Sand.

Troisième roman à paraître en moins de *quatorze mois, Lélia*, bien que manqué, figure parmi les œuvres existentielles les plus remarquables jamais écrites. C'est le récit d'une vie transcrite à mesure qu'elle fut vécue en ce noir printemps de 1833, le déploiement brutal de dix années de tension, de mariage raté, d'amants, d'illusions et de désespoir[4]. Si le roman est abîmé, c'est que George Sand renonça au langage qui était le sien, à cette création admirable et essentiellement nécessaire, féminine, personnelle et réaliste[5], cela pour adopter une forme métaphysique. En rendre responsable Gustave Planche conduit moins à l'expliquer qu'à le déplorer. Par bonheur, George Sand put se tourner vers d'autres influences, ou plutôt d'autres encouragements, ceux de Sainte-Beuve.

Du même âge qu'elle, Charles-Auguste Sainte-Beuve possédait une délicatesse et une curiosité de félin, ainsi qu'un esprit sensible et subtil. Peintre exquis de portraits littéraires, il accueillait volontiers les confidences ; il était au plus fort de sa passion prudente pour la femme de Victor Hugo, donc moins vulnérable à la personnalité de George Sand. Il fut tenté, il l'admet, puis considéra l'« abîme » et fit marche arrière[6]. Rond et circonspect comme un moine, il sut être un ami digne de ce nom et aida George à inscrire Maurice, âgé de neuf ans et que Casimir avait amené à Paris, dans un lycée. On ne gagnait rien à le voir, s'excusait-il auprès de George, aussi peu portée que lui sur les mondanités, de telle sorte que les rapports entre ces deux écrivains pratiquement voisins furent surtout épistolaires, ce qui peut paraître curieux mais était chose courante dans la vie littéraire de l'époque. Ce qui ne les empêchait pas d'aimer passer la soirée ensemble à l'occasion. Je vous en prie, suppliait George aux moments les plus difficiles de sa rupture avec Sandeau, venez parler avec moi. Mais elle écrivait le lendemain à Marie Dorval : Venez ce soir, « je vous garderai[7] ».

Un soir, George lut un passage de *Lélia* à Sainte-Beuve ; il eut un geste de recul. Quel désespoir ! Quelles révélations ! Elle lui faisait peur, lui avoua-t-il. George voulut le rassurer. « Ne confondez pas trop [l'auteur] avec la souffrance », lui écrivit-elle dans une courte lettre[8]. Au même moment, Sainte-Beuve s'employait à effacer l'impression qu'il avait laissée. Il était toute « admiration », déclarait-il. Les lecteurs de George seront étonnés par son « livre de philosophie », et peut-être rebutés. Mais, « être femme, avoir moins de trente ans et qu'il n'y paraisse rien au-dehors quand on a sondé ces abîmes ; porter cette science qui, à nous, nous dévasterait les tempes et nous blanchirait les cheveux — la porter avec légèreté, aisance, sobriété de discours —, voilà ce que j'admire avant tout[9] ». A dire vrai, Sainte-Beuve n'avait pas entendu les pages les plus brûlantes dans lesquelles la « sobriété » qu'il louait était le moindre des soucis de George Sand. « Allez, madame... que *Lélia* continue », l'encourageait-il, et il lui citait plusieurs hommes capables de chasser ses idées noires — et peut-être de l'éloigner de lui. Connaissant la réputation de George, Mme Hugo se montrait jalouse et inquiète.

« Réflexion faite », répondit George Sand, « je ne veux pas que vous m'ameniez Alfred de Musset. Il est très dandy, nous ne nous conviendrions pas... A la place, je veux donc vous prier de m'amener Dumas... mais venez avec lui la première fois car ces premières fois me sont toujours fatales. » (« Elle était toujours embarrassée et silencieuse », note Sainte-Beuve en marge de cette lettre au cas où il aurait à l'utiliser par la suite [10].) C'était aussi l'époque des soirées de mars avec Marie Dorval au théâtre ou à l'appartement du quai Malaquais, les méditations nocturnes sur le « secret de Byron » : tout se déversait dans *Lélia*.

En avril, ce fut Mérimée, une aventure de George Sand si publique, si ouvertement commentée qu'on s'interroge soudain sur Casimir, ce mari si facile à oublier. Prosper Mérimée et George Sand avaient fini par se rencontrer après une série de contretemps et de rendez-vous annulés. George avait prétexté une « névralgie » et l'arrivée récente de son mari escorté de Maurice. « Comme vous n'êtes pas diplomate » — ce qu'était Mérimée — « je crois à votre névralgie... Cependant je vous serais bien obligé de me dire si vous êtes guérie, si votre mari sort quelquefois tout seul [11] », répondit Mérimée dans une lettre chargée d'ironie. Casimir ne séjournait pas quai Malaquais, mais dans l'appartement d'Hippolyte ; George s'abritait derrière sa présence par timidité, une timidité qui se transforma vite, comme toujours chez elle, en témérité. Un soir, raconte Armand de Pontmartin, on vit Mérimée avec elle « au haut du grand escalier de l'Opéra, portant sur son épaule la petite Solange, endormie au dernier acte de *Robert le Diable* [12] ». Ils ne se quittèrent pas pendant sept jours malgré le bruit, devenu légende, qui courait dans tout Paris du « fiasco » amoureux de la première nuit. Cela à cause de Marie Dorval. George, le cœur lourd, lui avait confié la déception qu'elle éprouvait de ce début de liaison. Marie n'avait pu s'empêcher de le répéter à Dumas qui résuma la chose en quelques mots ; George aurait dit : « J'ai eu Mérimée hier soir, ce n'est pas grand-chose [13]. »

George pardonna à Marie. « Vous dites qu'elle m'a trahie. Je le sais bien, mais vous, mes bons amis, quel est celui d'entre vous qui ne m'a pas trahie ? Elle ne m'a encore trahie qu'une fois et vous, vous m'avez trahie tous les jours de votre vie. » Ces mots désabusés s'adressaient à un carnet de notes. Elle connaissait les « défauts » de Marie, écrivait-elle, « ses vices », et l'aimait. Quant aux autres, ils ne voyaient pas les leurs, c'est tout [14]. Mérimée l'avait attirée, confia-t-elle à Sainte-Beuve, parce que « il ne doutait de rien » à un moment où elle-même doutait de tout. « Pendant huit jours je crus qu'il avait le secret du bonheur, qu'il me l'apprendrait, que sa dédaigneuse insouciance me guérirait de mes puériles susceptibilités. » Elle voyait à ses côtés une femme — Marie Dorval — sublime par son absence d'inhibitions, et l'enviait. Elle espérait que Mérimée pourrait lui apprendre le même plaisir de vivre. « Je m'imaginai que la fascination de quelques jours déciderait de mon existence. Enfin je me conduisis à trente ans comme une fille de quinze ans ne l'eût pas fait, et je commis la plus incroyable sottise de ma vie, je fus la maîtresse de Prosper Mérimée... L'expérience manqua complètement. Je pleurai de souffrance, de dégoût et de découragement... Si Prosper Mérimée m'avait comprise [15]... »

Les hommes, qu'il s'agisse de Napoléon ou de Byron, de Balzac ou de Stendhal, peuvent aller de femme en femme, d'aventures en expériences, en quête d'une compréhension qui n'est que la connaissance de soi ; l'avenir n'y verra que la route tracée par le destin pour parvenir à l'accomplissement de soi et à l'émergence historique de leur personnalité. Combien d'hommes, absorbés dans cette recherche d'eux-mêmes, comprendraient George Sand ?

Henry James, qui ne « garantit pas la vérité de l'anecdote », a su tirer l'essence, la quintessence, de cette célèbre liaison. Il avait appris l'histoire, écrivait-il, de quelqu'un qui la tenait « directement » de Mérimée...

> On raconte que Prosper Mérimée avait expliqué, avec des intentions peu louables, que lors d'une certaine association avec l'auteur de *Lélia*, il avait ouvert les yeux dans l'aube naissante et glacée d'un jour d'hiver et vu sa compagne en robe de chambre agenouillée devant l'âtre, une chandelle à côté d'elle et un foulard en madras rouge sur les cheveux, en train d'allumer courageusement, de ses propres mains, le feu qui lui permettrait de s'emparer au petit matin de sa plume et de son papier. A ce qu'on disait, ce spectacle aurait refroidi l'ardeur de Mérimée et mis à l'épreuve son bon goût ; l'aspect de sa compagne laissait à désirer, son entreprise était une folie et ses activités répréhensibles. D'où une irritation profonde de la part de l'intéressé et une rupture précoce.
> Pour l'admirateur fervent de la prose de Mme Sand, cette

> petite scène prend une valeur très différente, car elle la montre dans une attitude qui est la clé de l'énigme, la réponse à la plupart des questions que nous pose sa personnalité. Elle se levait tôt parce qu'elle était pressée d'écrire, et elle était pressée d'écrire parce qu'elle possédait le plus grand instinct d'expression qui eût jamais été donné à une femme ; une faculté qui conférait une importance capitale à toute passion, toute douleur, toute expérience et toute révélation [16]...

La scène matinale évoquée par Henry James est George Sand décrivant la scène, la situation où elle se trouve, et ajoutant ainsi de nouvelles pages à *Lélia.* Il faut lire ces pages en les vivant avec elle tandis qu'elle les écrit — expérience doublement vécue.

Prosper Mérimée était fidèle à lui-même et homme de son temps. Dans le roman que lui inspira cette aventure, et même lorsqu'il se donna le beau rôle, celui propre à s'attirer la sympathie du lecteur, il dirige aussi contre lui-même son ironie coutumière. Il intitula ce court récit *la Double Méprise.* Son héros, Darcy, « était beaucoup plus éloquent pour demander que pour remercier. Cependant, il était poli ». Il avait rencontré Julie de Cheverny, une femme mal aimée, à quatre heures de l'après-midi. « Neuf heures après, elle était devenue sa maîtresse !... Neuf heures... avaient suffi pour qu'elle fût déshonorée à ses propres yeux, aux yeux de Darcy lui-même. » « Chaque mot de Darcy », qui lui avait juré un amour éternel, « était un coup de poignard ». Mais quels reproches pouvait adresser Julie de Cheverny à un homme qui, comme tous les hommes, « ne pensait qu'à arranger sa liaison pour l'été de la manière la plus commode » ? Darcy la reconduit chez elle dans son coupé, « en sifflant de l'air d'un homme très satisfait de sa journée ». Mme de Cheverny rentre chez elle et « meurt [17] ». Ce petit chef-d'œuvre résume toute l'ambiguïté des « deux poids deux mesures » : pour l'homme, une simple comédie.

Cette comédie pour homme, toutefois, n'est-ce pas pour une femme... *Lélia ?*

George Sand à Sainte-Beuve : « J'espère, je me repose, j'écris... Il n'y a pas de secret gardé dans *Lélia* [18]. » Publié à la fin juillet 1833, ses pages révèlent le cœur de George Sand.

Le roman débute par les plaintes d'un amant : « Qui es-tu ? et pourquoi ton amour fait-il tant de mal ?... Lélia, j'ai peur de vous ! » Cet amant gémissant est Sténio, un poète âgé de vingt-quatre ans, qui symbolise tous les jeunes hommes aimés de George Sand — Sandeau, Boucoiran, Stéphane. Lélia a trente ans, elle est belle, avec des cheveux de jais, un front bombé, sculpturale — et froide comme le marbre, se plaint Sténio. Elle est George Sand au printemps 1833. Il y eut et il y aura d'autres printemps et d'autres étés, mais c'est bien la George Sand du printemps 1833 qui est accusée, et qu'on accuse toujours, de frigidité.

Trenmore, ami stoïque et mystique qui a fait cinq ans de prison pour un délit mineur — et qui inspirera à Dostoïevski ses criminels aux âmes nobles — conseille à Lélia de renvoyer Sténio ou de le quitter, sinon elle le détruira. Lélia hésite. Elle aime Sténio à sa façon, d'un amour presque maternel, elle caresse ses cheveux bouclés et l'appelle « mon enfant ». Ils essaient de se séparer pendant un mois. Lélia se retire dans le désert pour méditer, puis revient vers le monde. Elle est femme, héroïne, comme Faust, Hamlet, Obermann, Manfred, mais eux sont vêtus du langage viril de leurs créateurs. Puis Lélia rencontre sa sœur après une longue absence ; Pulchérie, prostituée, courtisane, vit pour le plaisir des sens. Là, George Sand intervient, avec des pages tellement chargées d'intensité, tellement révélatrices, intimes, douloureuses, qu'aucun homme n'aurait pu les écrire, et qu'aucun homme ne devrait ignorer [19].

Pulchérie est Marie Dorval, le *Doppelgänger* ou le double de George Sand, car elle couche avec Sténio qui la prend pour Lélia. Les deux femmes se retrouvent à un bal costumé. « Oh ma sœur », s'écrie Lélia, « sauvez-moi ! » Qu'elle la sauve, l'implore-t-elle, de sa froideur de marbre, de son impuissance face à la vie. Bouleversée par le désespoir d'une sœur jadis gaie et qu'elle n'a pas vue depuis des années, Pulchérie lui rappelle doucement ce qu'elle lui avait toujours dit : l'orgueil la perdrait. « L'orgueil ? » s'étonne Lélia, blessée, puis elle acquiesce. « Vous avez raison, j'ai tout épuisé. » « Tout sauf le plaisir ! » dit alors Pulchérie avec un rire de « bacchante ». « Et vous, ma sœur ? » demande alors Lélia. « Vous l'avez donc goûté, le plaisir ? » « Je n'en ai pas cherché », répond celle-ci, « je n'ai pas demandé à la vie plus qu'elle ne pouvait me donner... Mais j'ai, pour me préserver du désespoir, la religion du plaisir. » Mais le prix de la promiscuité l'interrompt Lélia, « le mépris des hommes » ? Le prix du mariage est plus élevé, rétorque Pulchérie. « Comparez-vous les travaux, les douleurs, les héroïsmes d'une mère de famille à ceux d'une prostituée ?... Nulle femme n'échappe [à sa destinée] soit qu'elle se vende par un marché de prostitution ou par un contrat de mariage. »

Lélia évoque alors leur jeunesse, la désinvolture avec laquelle Pulchérie traitait ses soupirants, une journée d'été chaude et lourde où elles s'étaient endormies dans l'herbe et réveillées « dans les bras l'une de l'autre ». Pulchérie s'en souvient-elle ? « C'est un souvenir brûlant dans ma vie », répond Pulchérie, « et j'y ai pensé souvent avec une émotion pleine de charme, et peut-être de honte. » « De honte ? dit Lélia en retirant sa main. — Vous n'avez pas su... je n'aurais jamais osé alors vous le confier. Mais à l'heure où nous sommes, je puis tout vous dire et vous pouvez tout apprendre. Écoutez ma sœur... c'est dans vos bras innocents, c'est sur votre sein virginal que pour la première fois Dieu m'a révélé la puissance de la vie. Ne vous éloignez pas ainsi. Écoutez-moi ! »

Pendant son adolescence, continue Pulchérie, elle accueillait chaque nouveau jour avec joie. La vie scintillait. « Si je me regardais au miroir... j'avais envie de m'embrasser. » Mais cette journée d'été sur l'herbe humide, ce fut comme si un ange était descendu du ciel pour l'initier aux mystères sacrés de la vie. Elle rêvait d'un homme « qui se penchait vers moi pour effleurer mes lèvres » et s'était réveillée « palpitante » pour trouver Lélia endormie auprès d'elle. « Ô ma sœur, que vous étiez belle ! » A cet instant, dit-elle, son narcissisme obsédant disparut. Elle avait passé ses doigts dans les épais cheveux noirs de Lélia, admiré ses seins, sa peau, ses pieds. Elle avait embrassé ses bras. « Je recevais... ma première leçon d'amour, ma première sensation de désir. » Lélia avait ouvert les yeux. Pulchérie l'avait entraînée au bord de l'eau pour lui montrer son image. « Regarde-toi, ma sœur : ne te trouves-tu pas belle ? » avait-elle dit à Lélia, qui lui répondit l'être moins qu'elle. « Oh, tu l'es bien davantage », avait insisté Pulchérie. « Tu ressembles à un homme. »

Et Lélia, rappelle Pulchérie, avait haussé les épaules avec mépris *.

L'histoire de Pulchérie terminée, Lélia commence le récit de la sienne, cette longue partie étant précédée des vers de Musset sur « l'aigle blessé qui meurt dans la poussière/L'aile ouverte et les yeux fixés sur le soleil ».

Mon histoire, dit Lélia, est celle « d'un cœur malheureux, flétri avant d'avoir vécu », rendu impuissant par la puissance de ses rêves. C'est le divorce de l'âme et du corps. Dans son imagination, elle idéalisait toujours l'homme qu'elle aimait et « quand je fus lasse de me prosterner, je brisai le piédestal et je le vis réduit à sa propre taille ». Mais pendant cette période d'idolâtrie et d'extase, « l'exaltation de mes pensées m'élevait au-dessus des hommes les plus passionnés ».

Voilà la « frigidité » de Lélia, c'est-à-dire de George Sand. Ou, en terme plus ésotérique, la « nympholespsie » dont elle souffrait, cette aspiration frénétique, déçue, à l' « inaccessible[20] ». L'idole créée par Lélia dans son esprit était en réalité l'équivalent masculin d'elle-même, que George Sand avait jusque-là cherché en vain. Sténio reprochait à Lélia de vouloir qu'il la traite comme une femme, mais qu'il lui parle aussi comme à une égale. De cet échec naquit sa frustration — *aucun* homme ne pouvait la considérer intellectuellement comme une égale, et en même temps voir en elle une femme. « A présent, je supporte sans amertume les reproches des hommes », déclare Lélia, « et j'écoute en souriant l'accusation d'insensibilité dont ils chargent ma tête. » L'amour envolé, l'idole rapetisse et prend ses dimensions réelles, réduite par le regard qui l'examine sans passion, et c'est alors qu'on accuse l'ancienne adoratrice d'être incapable, *elle*, d'aimer[21].

Pulchérie voyait les choses autrement. « Vous auriez goûté dans les bras de votre amant un plus grand plaisir que le sien, celui de tout donner. » Mais même Pulchérie, qui elle aussi est George Sand, regrettait le caractère unilatéral de l'amour, la grossièreté fondamentale des hommes, l'affrontement, « la

* L'acceptation et le refus alternés de la composante « virile » de son caractère, de l'homosexualité féminine proprement dite, montrent qu'à cette période de sa vie George Sand passait par une perpétuelle crise d'identité.

haine même dans l'amour », car, « le premier sentiment qui succède à l'étreinte, c'est le dégoût ou la tristesse ». Plus cruel que tout, renchérit Lélia, était l'égoïsme d'un homme qui avait vu dans sa timidité « une hypocrite pudeur », qui riait de ses larmes, la prenait brutalement, « puis s'endormait insouciant et rude à mes côtés, tandis que je dévorais mes sanglots pour ne pas l'éveiller ». Elle avait alors fui la chambre, « ce sanctuaire de l'amour qui fut le cercueil où s'ensevelirent toutes mes illusions ».

De nouveau Lélia se réfugie dans une retraite semi-religieuse et laisse l'hiver s'écouler. Mais « les splendeurs et les parfums de printemps », du renouveau de la terre, ravivent ses sens. « Je redevenais femme... à la fois effrayée et joyeuse de ce qui se passait en moi. » Elle rêvait d'étreintes d'amants démoniaques ; nouveau Faust, elle appelait des extases surnaturelles « même au prix de l'éternelle damnation ». Le désir alternait avec la peur, la diablerie avec la piété comme pendant les années d'adolescence d'Aurore dans son couvent anglais. Mais cette fois, la diablerie était devenue une sensualité adulte tourmentée par les fantasmes sexuels de l'insatisfaction due à l'échec de son premier amant.

« Depuis que je suis rentrée dans la société », avouait-elle à Pulchérie, « mon existence est plus misérable qu'auparavant », désespérant de trouver « un être semblable à moi. J'oubliais, hélas, que j'étais une exception maudite et que cet être n'existait pas ». Un pacte platonique avec un autre amant — Aurélien peut-être — échoua de même (la chronologie de Lélia est très fantaisiste), puis vint la quête aventureuse du bonheur en la personne d'amants successifs ou simultanés. « Et sinon le bonheur, du moins l'émotion de quelques journées... Je fus infidèle en imagination » — n'est-ce pas plutôt dans la *réalité* du vécu de George Sand ? — « non seulement à l'homme que j'aimais ; mais chaque lendemain me vit infidèle à celui que j'avais aimé la veille ».

« Et c'est ainsi que j'existe désormais », concluait Lélia. « J'appartiens toujours au dernier caprice qui traverse mon cerveau malade. Mais ces caprices, d'abord si fréquents et si impétueux, sont devenus rares et tièdes... L'ennui désole ma vie, Pulchérie, l'ennui me tue... Je me replie sur moi-même avec un calme et sombre désespoir et nul ne sait ce que je souffre... Parmi tous ces hommes, il n'en est pas un dont l'intelligence soit assez étendue pour comprendre que c'est un grand malheur de n'avoir pu s'attacher à rien et de ne plus rien désirer sur terre. »

Le vécu féminin, analysé par une femme qui en avait épuisé toutes les formes, constitue, peut-être pour la première fois, le thème central d'un roman sondant les insuffisances de la vie, le point où hommes et femmes sont acculés à l'impasse ; où l'auteur, une femme, s'est soumise à son propre examen — et s'est dévoilée — au prix d'une immense souffrance affective et d'une humiliation personnelle. Un critique devait déclarer que *Lélia* sentait « la boue et la prostitution[22] ».

Lélia ouvrait le cœur de George Sand, mais l'accueil qu'il reçut faillit le refermer et mettre fin aux grands romans francs et autobiographiques qui venaient de commencer. Il existe néanmoins des limites à l'interprétation autobiographique. Dans *Lélia,* Sténio se noyait. Lélia mourait étranglée par un prêtre fou et peu plausible. George Sand, qui n'avait pas encore trente ans, continua à vivre et à dominer sa vie.

« Où es-tu ? » écrivit-elle à Marie Dorval qui effectuait une tournée en province. « Que deviens-tu ?... Ton départ sans adieux m'a fait de la peine. J'étais dans une veine de spleen. Je me suis figuré que tu ne m'aimais pas. J'ai pleuré comme un âne... J'examine en vain les autres, je ne vois rien qui te vaille. Je ne trouve pas une seule nature franche, vraie, forte, souple, bonne, généreuse, gentille, grande, bouffonne, excellente, complète comme la tienne... Où es-tu ? Où faut-il que j'aille ?... Si tu me réponds vite en me disant pour toute littérature : *Viens !* je partirai, eussé-je le choléra ou un amant[23]. »

Mais Alfred de Musset, l'enfant chéri de la poésie, doué pour la littérature sinon pour la vie, au moins autant que George Sand, avait déjà fait son apparition. Le printemps 1833 était terminé. L'été resplendissait.

18. La splendeur fêlée de Musset

La Muse de la Comédie lui baisa les lèvres, celle de la tragédie, le cœur.

Heinrich Heine [1].

Si nous ne voyons pas clairement pourquoi et comment l'intelligentsia alors naissante reflète *ou réfracte la réalité historique et sociale, nous ne pouvons rien comprendre au romantisme. En particulier Musset, avec ses contradictions multiples, mélangeant inextricablement la débauche et l'idéalisme, l'amour vénal (dont il use et abuse) et la recherche de l'amour absolu, le souci de la pureté et le goût pervers de la souillure, l'exaltation sentimentale et les invectives contre les femmes, Musset nous paraît alors un simple farceur mélancolique.*

Henri Lefebvre, *Musset : essai*, 1970 [2].

A dix-sept ans, il éblouit ; à dix-neuf, on le porta aux nues ; à vingt-deux, il rencontra George Sand. Des magnums d'encre se déversèrent sur cette liaison, les inconditionnels de Musset noircissant l'une, les sandistes, minoritaires, noircissant l'autre, oubliant qu'on ne pouvait attaquer l'un sans atteindre du même coup l'autre puisqu'ils s'aimèrent.

Alfred de Musset, s'émerveillait Sainte-Beuve, « était le printemps même, tout un printemps de poésie qui éclatait à nos yeux. Il n'avait pas dix-huit ans. Le front mâle et fier, la joue en fleur et qui gardait encore les roses de l'enfance, la narine enflée du souffle du désir, il s'avançait le talon sonnant et l'œil au ciel, comme assuré de sa conquête et tout plein d'orgueil de la vie. Nul, au premier aspect, ne donnait mieux l'idée du génie adolescent [3] ». Il était l'incarnation du poète, Apollon dans tout l'éclat de sa jeunesse.

Musset n'était pas un provincial monté à la capitale. *Paris* constituait sa province, sur laquelle il exerçait des droits seigneuriaux. Il naquit dans un hôtel particulier du quartier Latin le 11 décembre 1810, fils cadet d'une famille qui comptait parmi ses ancêtres Alexandre de Musset, compagnon d'armes de Maurice de Saxe. Il se sentait déchiré entre deux mondes, l'un disparu, l'autre en lutte pour naître. Né, déplorait-il, avec la maladie du siècle, quand « tout ce qui était n'est plus ; tout ce qui sera n'est pas encore[4] ». Né, comme Alfred de Vigny, d'une aristocratie mortellement blessée par la bourgeoisie ; né avec la nostalgie de la grâce d'un passé mort et le besoin du poète d'en créer un neuf ; né aussi avec la frénésie de vivre comme si l'épée de Damoclès oscillait au-dessus du fil bref de son existence.

La première fois qu'on l'emmena à la messe, Alfred de Musset la qualifia de « comédie ». A l'âge de trois ans, on lui offrait sa première paire de chaussures rouge vif, et il ne tenait pas en place tandis que sa mère l'habillait et brossait ses longs cheveux blonds, la suppliant de se presser pour la promenade de peur que ses chaussures neuves ne fussent usées avant[5] ! Alfred présentait une touche, un brin, un soupçon d'épilepsie et, tel le prince de Dostoïevski, la précocité et la sensibilité propres à *cette* maladie ; et il était outrageusement gâté par ses parents et par son frère aîné, Paul. Son père, fonctionnaire au ministère de la Guerre, écrivait et publiait des essais où transparaissait sa culture, comme l'avait fait avant lui son propre père. La mère d'Alfred était une femme aimante et aimée non seulement de ses fils, mais de son mari. La famille vivait sur un pied modeste.

A l'école, les garçons se moquaient des boucles dorées d'Alfred. Il pleura. On les coupa. Il écrivait avec facilité et les prix couronnaient ses rédactions. Quand il n'obtenait pas de récompense, il pleurait et refusait d'aller en classe. Il passait ses vacances avec Paul, de six ans son aîné, dans la propriété sarthoise de leur oncle, le marquis de Musset, vestige plein de charme de l'Ancien Régime et dont le fils s'était suicidé. C'est dans le château de son oncle qu'à l'âge de treize ans Alfred fit part pour la première fois de ses ambitions à son ami Paul Foucher, dont la sœur, Adèle, avait épousé Victor Hugo. Lui aussi serait poète, écrivait-il. Mais il lui fallait être Shakespeare ou Schiller, ou ne rien écrire. Aussi s'abstenait-il. L'amour était la condition *sine qua non* de la vie, le thème ultime de la poésie ; et il tombait amoureux, déclarait-il, « comme l'on s'enrhume ». Il désirait les femmes « non pour être heureux, mais pour les tourmenter jusqu'à la mort ». Mais si Alfred de Musset souhaitait faire souffrir, il n'entendait pas demeurer en reste. Mieux valait ressentir une souffrance que ne rien éprouver du tout ; les sentiments, tout était là. Et leur contraire : la drogue, l'annihilation des sensations, le flirt avec la mort. Cette complexité, les contradictions qui le tourmentaient et dont il tourmentait les autres, se manifestèrent très tôt et, plus remarquable encore, il en était pleinement conscient ; elles allaient être l'élément moteur, le génie de son art. « Si je me trouvais dans ce moment à Paris, j'éteindrais ce qui me reste d'un peu noble dans le punch et la bière, et je me sentirais soulagé. On endort bien un malade avec de l'opium quoiqu'on sache que le sommeil doive lui être mortel. J'en agirais de même avec mon âme[6]. »

A Paris, ses études de droit ennuyèrent profondément Musset. Il essaya la médecine, mais ne put supporter la vue ni l'odeur des dissections de cadavres. Il tâta de la musique et de la peinture, passant des matinées entières à dessiner au Louvre ; et il écrivit ses premiers poèmes.

Mes premiers vers sont d'un enfant,
Les seconds, d'un adolescent[7]...

Quant à ceux qui seraient de l'adulte, on peut estimer qu'ils commencèrent à être écrits en 1828, quand Musset eut dix-sept ans, coucha pour la première fois avec une femme — comme le supposa son frère Paul en voyant l'angle fier et canaille du haut-de-forme d'Alfred quand il rentra —, et eut son premier poème publié. « Moi aussi », déclara-t-il en riant à Sainte-Beuve qu'il alla réveiller un matin, « je fais des vers ! » Et l'infatigable Sainte-Beuve, que Musset venait de rencontrer grâce à Foucher dans le cénacle de Victor Hugo en même temps que Vigny et Mérimée, pour ne citer qu'eux, annonçait quelques semaines plus tard au monde littéraire parisien : « Il y a parmi nous un enfant plein de génie[8]. » Le jeune homme mince, aux cheveux dorés, devint l'étoile la plus brillante, et la plus moqueuse, du cénacle. En quatre semaines, il adapta si librement les *Confessions d'un opiomane anglais* de Thomas De Quincey, qu'il aurait presque pu signer l'ouvrage à sa place. Il s'habillait en dandy, à la Byron — étroit pantalon bleu clair, redingote à col de velours jusqu'à la ceinture —, et égalait ses plus riches amis en extravagance, montant des chevaux loués, jouant au-dessus de ses moyens, paradant et s'exhibant avec des femmes à son bras, emmenant le « novice Sainte-Beuve » pour la première fois au bordel. Avec d'autres membres du cénacle, Musset escaladait les tours de Notre-Dame pour voir le soleil se coucher sur Paris, puis tous se retrouvaient à minuit chez Tortoni, lieu de prédilection des dandys, pour manger une glace. Il récitait ses vers dans les salons et faisait galamment tourbillonner les jeunes filles au rythme de la valse. Pour le « plaisir », il se réservait les prostituées dont il disait : « On les caresse et on les insulte[9]. »

« Je dois tout essayer », déclarait-il à son frère Paul. « Je sens en moi deux hommes, l'un qui agit, l'autre qui regarde. Si le premier fait une sottise, le second en profitera[10]. » Il ne refusait aucune expérience. La poésie était une folie privilégiée. Mais toujours en trouvant grâce aux yeux de la postérité lorsque, comme dans les *Contes d'Espagne et d'Italie,* les passions intimes et les perversités deviennent poésie. Il avait à peine dix-sept ans quand la France salua en lui son Childe Harold. Musset prit immédiatement congé de Febvrel et Cie, fournisseur des armées, où il avait trouvé du travail grâce à son père. Ces entrepreneurs bourgeois avaient promis à Musset un salaire supérieur quand ils s'étaient aperçus des bénéfices qu'ils pourraient tirer des relations de leur nouvelle recrue[11]. Le succès des *Contes d'Espagne* mit fin à tout cela. Le romantisme de Musset était, et continue à être, exquis au goût français : léger, caustique, contrôlé. Comme l'écrivait son père, aux anges, à un de ses amis, Alfred enfin se dés-hugolisait[12]. Les étudiants le suivaient dans la rue et se récitaient ses poèmes. On parodia sa *Ballade à la lune,* surtout sa fantaisie provocante, cette lune posée sur un clocher « comme un point sur un " i " ». Mais la pièce qui devait bientôt suivre, *Nuit vénitienne,* suscita un tel charivari qu'elle fut immédiatement retirée de l'affiche. Elle raillait les héros romantiques sans pour autant plaire au public classique. Aussi soupe au lait que pendant ses années d'école,

Musset allait bouder le théâtre pendant près de vingt années, lui qui figure parmi les auteurs dramatiques les plus joués en France. Il n'écrivait plus qu'un « spectacle dans un fauteuil », comme il intitula sa nouvelle production, publiant des poèmes et des pièces de théâtre poétiques, à la demande de Buloz, dans *la Revue des deux mondes*. En mai 1833 parurent *les Caprices de Marianne* dont les deux héros symbolisent les deux visages contradictoires de Musset : Octave, cynique, libertin, nuancé, et Celio, sentimental, mélancolique, en un mot : romantique ; tous deux épris cependant d'une certaine pureté et d'une intégrité toujours fuyante... Et en juin, Musset rencontrait George Sand.

19. Duel de cœurs et de plumes

Ils savaient que depuis leur première rencontre, ils avaient rêvé l'un à l'autre et qu'ils pourraient à l'avenir s'aimer, se séparer, et se trahir peut-être, mais que jamais ils ne pourraient se devenir indifférents.

Paul de Musset, *Lui et Elle*, 1860[1].

George Sand et Alfred de Musset s'étaient rencontrés dans la troisième semaine du mois de juin 1833, à un dîner donné par François Buloz pour son équipe de rédacteurs et ses collaborateurs préférés. *La Revue des deux mondes* était florissante et Buloz reconnaissant. Gustave Planche accompagnait George, mais, par jeu, Buloz avait placé celle-ci à côté de sa plus jeune et plus brillante acquisition. Alfred de Musset resplendissait dans sa veste étroitement ajustée et son pantalon bleu ciel tout aussi étroit, absolument le dandy que George avait refusé de voir lorsque Sainte-Beuve lui avait « offert » le jeune homme au mois de mars. Mais Alfred se montra particulièrement brillant et se conduisit de la façon la plus agréable, taquinant néanmoins sa voisine à propos du petit poignard serti de pierreries qu'elle portait à sa ceinture (et retira discrètement avant la fin du dîner). George ne fut pas insensible au charme de son voisin, mais resta, comme toujours, sur la réserve, tandis qu'Alfred dissertait brillamment sur... Galilée. Ils parlèrent « philosophie » — George était précédée par sa réputation plutôt intimidante — et « littérature », bref, en bons écrivains, de ce qu'ils écrivaient. Alfred lui promit un « fragment » d'un poème non publié, et George les épreuves de *Lélia*. Chacun sondait l'esprit et l'âme de l'autre. George sentit que « le besoin d'aimer lui dévorait le cœur[2] ».

Et Musset ? Paul demanda à son frère ce qu'il pensait de sa voisine de table. « Très belle », répondit Alfred, quoique « pas à première vue. » Physiquement, elle était le genre de femme qu'il aimait : « brune, pâle, olivâtre, avec des reflets de bronze et des yeux énormes, comme une Indienne [3] ». Dans ses poèmes, Alfred de Musset célébrait souvent les Andalouses, assez semblables à Georges Sand, et il devait lui faire porter dès le lendemain le « fragment » de poème promis [4]. Elle l'intriguait, il souhaitait mieux la connaître. Il avait relu un chapitre d'*Indiana*, écrivait-il à George quelques jours plus tard, et prenait la liberté de lui adresser « quelques vers » inspirés par la scène « où Noun reçoit Raimond [*sic*] dans la chambre de sa maîtresse ». Tout en utilisant le *tu* d'intimité dans ce fragment, il n'en terminait pas moins sa lettre en la priant d'agréer « l'assurance de son respect ». C'était un marivaudage habile par personne interposée, une cour et un passage à l'acte par le biais de la littérature. George avait-elle fait l'expérience, demandait-il, de « ces plaisirs sans bonheur » qu'elle décrivait ou les avait-elle imaginés ? A la différence de Raymon, laissait entendre Alfred, lui pouvait apporter cette compréhension qui comblerait le vide immense de sa vie amoureuse [5].

Sand, quand tu l'écrivais, où donc l'avais-tu vue,
Cette scène terrible où Noun, à demie nue,
Sur le lit d'Indiana s'enivre avec Raymon ?
Qui donc te la dictait, cette page brûlante
Où l'amour cherche en vain, d'une main palpitante,
Le fantôme adoré de son illusion ?

En as-tu dans le cœur la triste expérience ?
Ce qu'éprouve Raymon, te le rappelais-tu ?
Et tous ces sentiments d'une vague souffrance,
Ces plaisirs sans bonheur, si pleins d'un vide immense,
As-tu rêvé cela, George, ou t'en souviens-tu ?

Musset terminait par ces vers :

Et le cœur orgueilleux qui ne l'a pas comprise
Aimera *l'autre* en vain. N'est-ce pas, Lélia [6] ?

George Sand répondit le soir même, avec délicatesse, mais sans détour. C'était une femme de la bonne société du XIXe siècle, dotée de la franchise d'un homme, combinaison déconcertante pour ses contemporains masculins pour qui les deux étaient incompatibles. George louait la poésie d'Alfred, découvrait « une secrète et douloureuse fraternité » entre les héros du jeune homme et les siens, et préférait ne pas répondre aux questions d'ordre personnel de peur d'effaroucher « le poète de vingt ans » — vingt-deux en réalité — en lui révélant « les tristes secrets » de son passé. Mais elle l'invitait à venir la voir dans « la cellule d'une recluse » si la sobriété de son intérieur ne l'effrayait pas, signifiant ainsi on ne peut plus clairement qu'elle vivait maintenant seule, exception faite de Solange, bien sûr[7].

Tout aussi révélatrices furent la tenue et l'attitude de George lorsqu'elle reçut Musset dans une robe d'intérieur en soie, chaussée de babouches marocaines. « Elle lui offrit du fin tabac d'Égypte et s'assit à ses pieds sur un coussin, fumant une longue pipe en cerisier de Bosnie. » Alfred parut éprouver à son tour un intérêt tout particulier pour les broderies de ses babouches et s'agenouilla dans une posture de page « pour les examiner de plus près ». Il admira leur forme en les caressant de la main et suivit d'un doigt léger leurs motifs en faisant remarquer « l'orientalisme de la broderie ». Les babouches, déclara-t-il, adoucissaient l'effet produit au dîner par le poignard. La conversation s'établit, ils se détendirent, mais furent interrompus par Planche et un ami berrichon de George[8].

Tout Paris, et Musset, donnait Planche pour amant de George Sand ; et Musset était de tempérament jaloux. George n'apparaissait pas sous les traits de l'innocence, en bien exclusif d'un seul homme. Elle régnait en sultane sur son groupe d'amis, recevant qui elle voulait, mais avec plus de discrétion que n'en aurait eue un sultan *. Tout en montant régulièrement en haut des tours de Notre-Dame avec Musset et en faisant de vagues projets de voyage avec lui, elle adressait un mot de félicitations à Mérimée nommé à l'ambassade de France à Madrid, acceptait

* Agée de cinq ans, la jeune Solange supportait mal le va-et-vient de ces « gens de lettres » dont elle avait « horreur », écrivait George Sand à Charles Duvernet, le 5 juillet 1833. Elle les traitait « de polissons et de mâtins », et devenait aussi grosse que le « plus jeune éléphant de la ménagerie royale[9] ».

un rendez-vous chez elle avec un bel Italien de passage à Paris, Allessandro Poerio, à la condition qu'ils se plaisent réciproquement ou qu'il s'en aille [10], en fixait un autre à Musset peu après, et écrivait à Marie Dorval : « Où es-tu ? » ; le tout pendant le mois de juillet 1833.

A la fin du mois, pourtant, malgré le « choléra ou un amant » dont elle avait parlé à Marie Dorval, George allait choisir Musset. Trop d'obstacles compliquaient peut-être la vie des deux femmes, ou bien Musset satisfaisait-il les besoins androgynes de George Sand. En tout cas, aucune autre femme ne tiendrait jamais par la suite la place occupée par Marie Dorval dans sa vie. Il n'en demeure pas moins que George Sand fit preuve d'une réserve remarquable dans ses relations avec cet homme plus jeune. Était-ce sa jeunesse même qui lui dictait cette prudence ? Sa mélancolie, ses crises de jalousie, ses touches sado-masochistes déjà perceptibles ? Elle lui adressa les premières épreuves de *Lélia*, peut-être en guise d'avertissement. Alfred lui répondit une lettre chaleureuse, où il continuait à l'appeler « Madame ». « Il y a dans *Lélia* », s'écriait-il avec ferveur, « des vingtaines de pages qui vont droit au cœur, franchement, vigoureusement, tout aussi belles que celles de *René* (de Chateaubriand) et de *Lara* (de Byron). Vous voilà George Sand ; autrement vous eussiez été madame une telle, faisant des livres. » Des vingtaines de pages ! Mais George savait Musset perfectionniste et ses louanges lui plurent. La lettre continuait sur un autre ton :

« Vous me connaissez assez pour être sûre à présent que jamais le mot ridicule de — voulez-vous ? ou ne voulez-vous pas ? — ne sortira de mes lèvres avec vous. Il y a la mer Baltique entre vous et moi sous ce rapport — vous ne pouvez donner que l'amour moral —, et je ne puis le rendre à personne... mais je puis être... non pas même votre ami — c'est encore trop moral pour moi — mais une espèce de camarade sans conséquence et sans droits, par conséquent sans jalousie et sans brouilles, capable de fumer votre tabac, de chiffonner vos peignoirs et d'attraper des rhumes de cerveau en philosophant avec vous sous tous les marronniers de l'Europe moderne [11]. »

Cet amalgame, assez juvénile, de camaraderie, d'amour platonique, de peignoirs froissés et rhumes de cerveau s'accordait aussi mal avec Musset qu'avec George Sand, et tous deux en étaient parfaitement conscients. On avait là un de ces duels à fleuret moucheté dont tout Paris, et le monde enfin, allaient être témoins. Ces amants sur qui flottait l'odeur âcre de l'encre d'imprimerie croisèrent la plume d'entrée de jeu. Dès le début de leur liaison, chacune de leurs lettres s'adressait à la postérité. Ils croisaient aussi le fer avec une prudence et un respect réciproques. « Je ne crois pas plus à l'amitié qu'à l'amour entre une femme et un homme », déclarait Alfred à George. « Et moi », répliquait-elle, désarmante, « je sens pour vous de l'intérêt et de l'affection. » Elle lui accordait volontiers du génie, en espérant qu'il avait aussi du cœur. Lui parlait du « ver rongeur » qui le dévorait. Il ne pouvait écrire sans souffrir et cherchait dans la débauche l'apaisement de son agitation frénétique. « Je ne travaille un peu proprement que quand je tombe de fatigue. » C'était un appel aux nuits passionnées, et George ne s'y trompa pas. Or Musset accompagnait cette ouverture d'une mise en garde, comme pour se protéger d'avance : « J'aime toutes les femmes », s'exclamait-il, « et je les méprise toutes ! » Pendant plusieurs jours, ils éviteraient de se voir : « il retournerait à la débauche ». Mais George avait commencé à aimer « cet enfant malheureux ». Elle avait voué une sorte de culte, disait-elle « *à ce qu'il eût pu être...* un vrai respect pour le génie souffrant et fourvoyé [12] ».

Et Musset, hanté par ses beaux yeux de velours noir, peut-être à cause des reproches qu'il pouvait y lire (il s'était plutôt mal comporté au cours de la soirée précédente), se leva au milieu d'une nuit de juillet et fit de mémoire le portrait de George [13]. Mais on n'exorcisait pas aussi aisément George Sand. Le lendemain ou le surlendemain, Musset se déclarait : « Mon cher George, j'ai quelque chose de bête et de ridicule à vous dire... Vous allez me rire au nez, me prendre pour un faiseur de phrases dans tous mes rapports avec vous jusqu'ici. Vous me mettrez à la porte et vous croirez que je vous mens. Je suis amoureux de vous. Je le sais depuis le premier jour où j'ai été chez vous. J'ai cru que je m'en guérirais tout simplement en vous voyant à titre d'ami... mais je paie trop cher les moments que je passe avec vous [14]. »

George ne rit pas ; elle ne mit pas Musset à la porte. Elle lui donna un témoignage de ses propres appréhensions et sentiments : un profil qu'elle avait dessiné de lui. Il comprit le message. « Je voudrais que vous me connussiez mieux... Vous souvenez-vous que vous m'avez dit un jour que quelqu'un vous avait demandé si j'étais Octave ou Célio, et vous aviez répondu : tous les deux je crois. Ma folie a été de ne vous en montrer qu'un [Octave], George... Voilà un mur de prison, disiez-vous hier, tout viendrait s'y briser. Oui, George. Oui, George, voilà un mur ; vous n'avez oublié qu'une chose, c'est qu'il y a derrière un prisonnier. » Mais Musset le poète est également présent dans cette lettre, avec sa note d'autodérision caractéristique. Il barbouillera le mur de sa geôle de vers contant l'histoire de sa vie, écrit-il. S'il ne peut se confier à celle qu'il aime, il s'exprimera par écrit et le fera imprimer « à six francs l'exemplaire ! pouah !... Je puis embrasser une fille galeuse et ivre morte, mais je ne puis embrasser ma mère. Aimez ceux qui savent aimer, je ne sais que souffrir... Adieu, George, je vous aime comme un enfant [15]. »

Ce ne fut pas la dichotomie masculine entre la putain et la mère qui attira l'attention de George, mais cette dernière phrase ; elle l'atteignit au cœur et, vingt-six ans plus tard, elle en gardait encore le souvenir. « Comme un enfant », répétait-elle, serrant la lettre de ses mains tremblantes. « Il m'aime comme un enfant ! Qu'est-ce qu'il a dit là, mon Dieu ? Est-ce qu'il sait ce qu'il me fait [16] ? » Savaient-ils ce qu'ils se faisaient ? George invita Musset à venir chez elle à minuit. Tremblante, elle l'attendait en haut des marches ; elle se précipita dans ses bras. « Nous fûmes bientôt dans sa chambre, et les verrous tirés sur nous [17]. » Le 29 juillet, ils étaient amants. Deux jours plus tard, George dédicaçait à Musset les volumes de *Lélia* qui sortaient de chez l'imprimeur. Sur le premier, elle écrivit : « A Monsieur mon gamin d'Alfred » ; sur le second, « A Monsieur le vicomte Alfred de Musset, hommage respectueux de son dévoué serviteur, George Sand ». Le premier était simplement signé « George ». Ainsi, le gamin et le vicomte étaient amoureux et aimés de George et de George Sand. La complexité de leur relation s'imposait d'emblée. Deux amants, deux écrivains qui s'observaient. Dans l'amant, Alfred : Octave et Célio. Ils firent de leur vie un poème. Et un enfer.

George put s'en rendre compte durant la semaine du 5 au 13 août qu'ils passèrent à Fontainebleau après avoir discrètement quitté Paris au septième jour de leur liaison.

Ils se promenèrent au clair de lune dans les bois de Franchard, les plus beaux de France, escaladant les mêmes rochers que, deux siècles plus tôt environ, le jeune Louis XIV avec sa première maîtresse. La nature rappelait à George Nohant et sa jeunesse ; pour Alfred, elle constituait « le plus puissant des aphrodisiaques[18] ». Leur auberge se trouvait à deux lieues de la forêt. Ils allaient à cheval jusqu'aux rochers, abandonnaient souvent leurs montures aux soins du guide et regagnaient l'auberge à pied dans l'aube naissante. Ils étaient heureux. Alfred avait son carnet d'esquisses, George son calepin. Elle travaillait déjà à son prochain roman pour Buloz. Ils se faisaient la lecture à haute voix. C'était le rêve retrouvé ; le cauchemar vint plus tard. Un soir, ils étaient en train de se promener de nouveau parmi les énormes rochers. Sans raison apparente autre que le désir de se blesser et de se détruire, Musset parla d'une autre femme qu'il avait amenée à cet endroit précis ; puis, mélancolique, il s'éloigna seul dans les rochers.

Soudain, George entendit « un cri d'inexprimable détresse ». Elle se précipita vers l'endroit d'où il était venu et trouva Alfred « agité d'un tremblement convulsif », fixant le vide d'un air hagard. Elle le calma et tous deux marchèrent sans but précis, jusqu'au moment où ils découvrirent un cimetière. Là, Alfred raconta à George ce qui s'était passé. Il avait eu une hallucination : un homme pâle courant dans la bruyère à sa rencontre, les vêtements déchirés et les cheveux au vent, l'avait dépassé ; il avait vu distinctement son visage hideux, déformé par la haine et le mépris. « Alors j'ai eu peur, et je me suis jeté la face contre terre, car cet homme... c'était moi[19] ! »

Le lendemain, Musset n'y pensait déjà plus et se comportait comme si de rien n'était. Il fallut plus de temps à George pour se remettre de ses émotions. Le soir de leur retour à Paris, quand il fit une caricature de cette scène nocturne, elle ne rit pas. Pour plus de piquant, Musset ajouta une légende : « Perdu dans la forêt et dans l'esprit de sa maîtresse. » Et sous la silhouette de George : « Le cœur aussi déchiré que la robe. » Quant à la composition, il l'intitula : *Lune de miel dans un cimetière*[20].

On les imagine mal se replongeant avec gaieté dans la vie parisienne ; c'est pourtant ce qu'ils firent. Avant de partir, Alfred avait emménagé quai Malaquais. Veuve depuis peu, sa mère était au courant, mais elle ne chercha pas à le retenir. Mieux valait George Sand, avec sa maturité, que les filles que recherchait Alfred, et sa vie de débauché ; de plus, lui laisser avoir pour maîtresse une femme plus âgée et mariée constituait le moyen classique d'empêcher un jeune homme de commettre l'erreur par excellence : un mauvais mariage. Alfred amenait maintenant ses amis quai Malaquais — au malheureux Planche de s'en accommoder — et « il y régnait une gaieté folle », écrit Paul de Musset. « Jamais je ne vis de compagnie si heureuse, si peu occupée du reste du monde. On passait le temps à causer, à dessiner, à faire de la musique », et à jouer des tours à l'occasion à quelque importun prétentieux[21]. Un jour, Alfred se déguisa en soubrette bretonne et renversa par maladresse une carafe d'eau sur la tête du philosophe Larminier. Et Alfred d'écrire :

George est dans sa chambrette
Entre deux pots de fleurs,
Fumant sa cigarette,
Les yeux baignés de pleurs[22].

Rien d'étonnant quant à la « cigarette », mais ces « yeux baignés de pleurs » ? Doit-on croire qu'ils n'étaient là que pour la rime, ou peut-être riait-elle aux larmes[23] ? Souffrir et faire souffrir, telle était la caractéristique de Musset, et pas seulement pour la rime.

La presse publiait les premières critiques de *Lélia.* Le roman de George faisait sensation. *Le Figaro* lui consacrait toute sa première page du 18 août, et une moitié de la deuxième (cela dans un journal qui n'en comptait que quatre). « *Lélia* », écrivait *le Figaro,* « est le désir privé de la satisfaction. Il vous fait rougir jusqu'aux genoux. » Capo de Feuillide se déchaînait dans *l'Europe littéraire,* parlant de « boue et de prostitution » inégalées depuis « un livre de M. de Sade » dont il n'osait écrire le titre. « Le jour où vous ouvrirez *Lélia,* renfermez-vous dans votre cabinet pour ne contaminer personne[24]. »

George Sand sur son calepin : « Soyez prudent... Les hommes ne veulent pas qu'on les dévoile et qu'on les fasse rire du masque qu'ils portent. Si vous n'êtes plus capable d'aimer, mentez, ou serrez si bien autour de vous les plis du voile, qu'aucun regard ne puisse lire au travers. »

Planche vola au secours de *Lélia* dans *la Revue des deux mondes.* « Les femmes surtout », écrivait-il, « noteront d'une main attentive tous les passages où elles auront trouvé l'expression et le souvenir de leur vie passée, le tableau de leur souffrance [25]. » Planche s'en serait-il tenu là qu'il aurait acquis la reconnaissance éternelle de George Sand. Mais il eut la bêtise de citer en duel Capo de Feuillide et de se poser en champion officiel de George ; furieux, Musset avait pensé, déclara-t-il à Buloz, provoquer à son tour le critique. Craignant le ridicule de potins qu'elle ne supportait pas, George décida de mettre un point final aux nobles intentions de Planche en officialisant sa liaison avec Musset. Qui saurait mieux le faire que Sainte-Beuve, critique, accoucheur et concierge du monde littéraire ? « Je me suis énamourée, et cette fois très sérieusement, d'Alfred de Musset », lui écrivit George. « Ceci n'est plus un caprice, c'est un attachement senti... Planche a passé pour être mon amant, peu m'importe, je ne l'ai pas nié... Il m'importe beaucoup plus maintenant qu'on sache qu'il ne l'est pas. » Elle avait résolu de s'éloigner de Planche ; et l'avait déjà fait, à vrai dire, en douceur. Peut-être Sainte-Beuve serait-il choqué par son comportement et par son aveu public de l'amour qu'elle éprouvait pour Musset. « Mais je vous prie de croire que je suis dans une situation tout à fait exceptionnelle et que je suis forcée de mettre désormais ma vie privée au grand jour. »

George Sand n'avait que faire de l'opinion publique : « Elle dira que je suis inconstante et fantasque ; que je passe de Planche à Musset en attendant que je passe de Musset à un autre ; peu importe pourvu qu'on ne dise pas que mon lit reçoit deux hommes dans le même jour. » D'où cette lettre à Sainte-Beuve sur l'éloignement de Planche, afin que tous sachent que Musset existait [26].

Peut-être n'y eut-il pas deux hommes dans le lit de George le même jour, mais au moins y alternèrent-ils presque certainement. Le 3 août, George Sand écrivait à Alessandro Poerio en se plaignant de ne plus le voir. « Vous ai-je déplu ou ennuyé ? C'est bien possible, mais comme de mon côté il n'est pas de même, je réclame contre votre abandon. » Acceptait-il de dîner avec elle le lundi suivant ? Le lendemain, George Sand remettait ce dîner, car « une affaire imprévue » l'obligeait à quitter Paris[27]. Cette « affaire imprévue » était le voyage à Fontainebleau avec Musset. Quant à affirmer qu'elle ne recevait jamais deux hommes dans son lit le même jour, que pouvait dire d'autre une femme en 1833 ?

Planche s'entêta et envoya ses témoins à Capo de Feuillide, François Buloz et Émile Regnault. Le duel se déroula au Bois de Boulogne, mais il n'y eut même pas une vache de tuée par mégarde. Musset seul sortit son épingle du jeu en écrivant un long poème satirique sur l'affaire, poème que George recopia avec soin et conserva avec tout le respect d'un auteur envers la virtuosité d'un confrère.

Paul de Musset n'était pas plus aveugle que le reste de Paris et, qui plus est, prenait à cœur ses responsabilités d'aîné. Si Alfred occupait réellement le présent de George Sand, ce que nul n'aurait pu affirmer, il fallait compter avec son passé immédiat et connu de tous, qui indiquait peut-être ce que serait un futur non moins immédiat. Il rappelait donc à son frère un voyage en bateau qu'ils avaient fait jusqu'au Havre, la dangereuse barre à Quillebeuf où l'on pouvait voir, dominant les vagues, les pavillons noirs signalant les épaves. Il existait un pavillon noir dans la vie de George Sand — singulier hommage rendu à Sandeau — qui signalait un brisant caché[28]. Mais, reconnaissait Paul, vivre et aimer dangereusement était, pour son frère, la rançon de son destin de poète.

Comme à Sandeau, George donna à Musset l'exemple du travail assidu. Exemple qu'il ne suivit guère plus que son prédécesseur. Il n'était pas un ressort, déclarait-il, prêt à réagir automatiquement dès qu'on appuyait sur un bouton. Ou, autre image, il disait s'arracher ses poèmes au forceps. Quoi qu'il en soit, il emmagasinait les souvenirs doux-amers de leur vie commune. Il tourmentait George en la questionnant sur son passé et se torturait à la pensée de ses anciens amants. Plusieurs pages du nouveau roman de Sand, *le Secrétaire intime*, s'adressaient directement à lui, apportant la preuve que, malgré tout, les expériences amoureuses passées de l'héroïne n'avaient pas réellement entamé son intégrité. George s'adressait aussi à ses légions de lecteurs, réagissant contre leurs critiques et pansant ses blessures. « Un jour le monde », écrivait George, « me connaîtra sans doute et si ce jour n'arrive pas, peu importe, j'aurai ouvert la voie à d'autres femmes[29]. »

Ce qui exaspérait ses critiques comme ses amants, c'était la facilité apparente qu'avait George Sand de refaire immédiatement surface, et de retrouver un équilibre affectif. Certes, elle fut Lélia, mais pas longtemps. Une lettre de son vieil ami Jules Néraud tenta de la ramener à la réalité. « Que diable est-ce là ? » lui demandait-il avec stupéfaction après avoir lu *Lélia*. « Pourquoi avez-vous fait ce livre ? D'où sort-il, où va-t-il ?... On se moque de moi ici parce que j'aime ce livre. J'ai peut-être tort de l'aimer, mais il s'est emparé de moi et m'empêche de dormir. Que le bon Dieu vous bénisse de me secouer et de m'agiter comme ça. » Le Malgache était suffisamment homme pour admettre « l'effet *Lélia* » sur ses congénères. « Mais qui donc est l'auteur de *Lélia ?* Est-ce vous ? Non. Ce type, c'est une fantaisie. Ça ne vous ressemble pas, à vous qui êtes gaie, qui dansez la bourrée, qui appréciez le lépidoptère, qui ne méprisez pas le calembour, qui ne cousez pas mal, et qui faites très bien les confitures[30] ! »

Ayant besoin d'argent — le projet d'un voyage en Italie avec Musset occupait maintenant ses pensées —, George écrivit rapidement, et vendit, un court récit mettant en scène un étudiant, *Garnier,* « un Narcisse qui se croit un Byron[31] ». C'était l'image même du poète, l'essence de l'artiste — Musset sous les traits de Narcisse. L'image miroir d'elle-même, les réflexions destinées à se justifier, exposent en permanence et sous une forme fascinante le même phénomène. Chacun s'aimait dans l'autre. Elle était « très, très heureuse », écrivait-elle à Sainte-Beuve. « Chaque jour je m'attache davantage à lui, chaque jour je vois s'effacer en lui les petites choses qui me faisaient souffrir[32]. » C'était presque vrai.

Le 2 octobre, à sept heures du matin, George terminait les dernières soixante pages d'un autre récit, *Métella.* « Venez les chercher ce soir », écrivit-elle dans un court billet à Buloz. « Mais pas avant, parce que je veux les relire à Alfred qui dort comme un loir à l'heure qu'il est[33]. » Ce récit enchanta Sainte-Beuve. Encore quelques semaines, et il lirait le manuscrit du *Secrétaire intime.*

Avec Buloz, on parla finances — une avance confortable sur le *prochain* roman qui serait écrit pendant le voyage en Italie prévu pour le printemps. Les lettres échangées avec Casimir tournaient, elles, autour des enfants. Il était convenu que Papet, apprenait George à son mari, s'occuperait de Maurice les jours de congé, mais si Casimir préférait, elle en parlerait à sa mère, la baronne. « Mais je ne pense pas que Mme Dudevant en voulût prendre assidûment l'ennui[34]. » En fin de compte, ce fut la mère de George, Sophie — une longue période de froid entre les deux femmes venait tout juste de se terminer —, qui prit en charge Maurice. Quant à Solange, la bonne de George la conduirait à Nohant, auprès de Casimir. George expliquait son voyage en Italie par le besoin de soigner ses rhumatismes. Casimir, aussi bien informé que le tout Paris (Hippolyte le tenait au courant), lui souhaita un voyage agréable et instructif.

Restait la mère du jeune homme.

On a beaucoup parlé de la visite que fit George Sand à Mme de Musset pour lui demander la permission d'emmener Alfred en Italie, autrement dit de le lui « arracher ». Mais ce fut, plus vraisemblablement, une conversation entre une femme âgée et inquiète, et une autre qui n'était plus si jeune, sur un enfant prodige très particulier à la veille de son vingt-troisième anniversaire. Si Mme de Musset avait eu des objections à formuler à propos de leur intimité, elle l'aurait fait plus tôt, quand Alfred avait quitté la maison familiale pour s'installer chez George. De toute façon, en de pareilles circonstances, l'Italie était préférable à Paris. C'est à l'imagination de Paul de Musset qu'on doit le récit des larmes et des protestations maternelles lorsque Alfred, très agité, vint la voir, la promesse solennelle qu'aurait faite celui-ci de renoncer à ce voyage (« S'il faut absolument que quelqu'un pleure, ce ne sera pas toi », déclara-t-il à sa mère), son départ pour informer sa « maîtresse » de sa décision, et l'arrivée incognito, voilée, de George Sand en voiture, dans la soirée :

> La dame inconnue [poursuit Paul de Musset] se nomma ; elle supplia cette mère désolée de lui confier son fils, disant qu'elle aurait pour lui une affection et des soins maternels... Elle y employa toute son éloquence, et il fallait qu'elle en eût beaucoup, puisqu'elle vint à bout d'une telle entreprise. Dans un moment d'émotion, le consentement fut arraché, et, quoi qu'en eût dit Alfred, ce fut sa mère qui pleura[35].

Un épisode très imprégné de sentiment maternel, surtout, peut-on penser, chez George Sand qui insista un peu trop sur cette corde sensible ; pourtant, tout indique que « une fois encore, elle était l'homme du couple[36] ». Plus exactement, elle mettait à l'épreuve, avec son obstination habituelle, l'élément masculin de son caractère en servant à la fois de père et de mère à Musset, comme elle l'avait déjà fait avec Sandeau, sans minimiser pour autant leur compagnonnage sexuel. Car cela aussi comptait.

20. « L'amour de la vie est-il donc un crime ? »

Les amants partirent pour l'Italie le 12 décembre 1833, avec la soif de l'artiste pour les climats méridionaux et la péninsule légendaire, et l'illusion que la vie y serait plus douce, plus ensoleillée et aussi plus intense. George arborait un pantalon gris perle, des bottes en cuir de Russie et une casquette de velours. Sa belle humeur était à l'unisson de celle d'Alfred. Paul de Musset les accompagna jusqu'à la cour de l'hôtel des Postes. Ils montèrent dans la treizième malle à destination de Lyon ; Alfred balaya d'un geste insouciant les pressentiments de Paul. Mais au moment où la lourde voiture s'ébranlait et sortait dans la rue, elle heurta une borne et faillit renverser un porteur d'eau. Penchés à la portière, Alfred et George se moquèrent des frayeurs de Paul[1].

A Lyon, ils descendirent le Rhône en bateau à vapeur jusqu'à Avignon et découvrirent Stendhal parmi les passagers. George appréciait la compagnie du romancier, mais jusqu'à un certain point. Son ironie, les plaisanteries qu'il lui fit sur ses illusions quant à l'Italie, contrariaient son humeur joyeuse et elle fut soulagée quand leurs chemins bifurquèrent ; Stendhal poursuivit son voyage par la route, tandis qu'Alfred et George prenaient un bateau à Marseille. Là, avant d'embarquer pour Gênes, George écrivit à Boucoiran, toujours serviable et maintenant précepteur à Paris, de ranger tous ses papiers dans son secrétaire, quai Malaquais, et d'en emporter la clé au cas où « *M. le Baron* », Casimir, aurait l'idée de fouiller sa chambre et tomberait sur des lettres gênantes pour lui comme pour elle[2].

Alors qu'ils faisaient voile vers l'Italie, ce fut Alfred qui souffrit. Sur le pont, George fumait vaillamment cigarette sur cigarette ; Musset, plus faible, était allongé dans la cabine et en proie au mal de mer. La comptine qu'il composa traduit son humeur à la fois irritable et railleuse :

George est sur le tillac
Fumant sa cigarette
Musset, comme une bête,
A mal à l'estomac.

Situation peu flatteuse pour l'ego masculin. A Gênes, ce fut l'inverse : George était malade et Alfred retrouva le sentiment de sa virilité chez les filles des rues. De même à Florence, d'où ils faisaient route vers Venise ; là, Rome et Venise furent jouées à pile ou face. *Face : Venise* retomba dix fois sur le plancher, signe que le destin les y conduisait. Abrutie par la maladie, George vit le « Persée » de Cellini et sur la tombe des Médicis les statues de Michel-Ange ; « il me semblait, par moments, que j'étais statue moi-même [3] ». Peut-être faut-il voir là une pointe de Musset. Ces deux semaines de huis clos l'épuisèrent ; George ne montrait pas l'ardeur amoureuse à laquelle l'avaient habitué les prostituées, reproche qui, loin d'enflammer celle-ci, ne la glaçait que davantage. Elle l'avait aimé, confia quelques années plus tard Musset à son ami Pierre-Jules Hetzel, « avec sa tête, avec son cœur », mais lui avait refusé « la griserie qu'on trouve chez toutes les filles ». Au désespoir, George avait rétorqué qu'il n'était pas fait pour être l'amant d'une femme ordinaire. « J'en convenais, et nous pleurions tous deux sur moi [4]. »

Le spectacle de George, malade, mais travaillant avec un acharnement viril sur le roman commandé par Buloz, ajoutait à son agacement. Elle le pressait de travailler lui aussi à sa pièce, *Lorenzaccio ;* elle avait eu l'idée du scénario, ce qui n'arrangeait rien. Alfred traînait dans Florence sous prétexte d'étudier le décor dans lequel se déroulerait sa pièce, mais il jetait rarement un mot sur le papier, écrivait trois vers pendant que George noircissait vingt feuillets. (Mais quels admirables vers !)

Leur arrivée à Venise à la nuit tombée s'accompagna d'un sombre présage : leur gondole, tendue de rideaux noirs, ressemblait à un cercueil, et l'ouverture des célèbres « amants de Venise » montra surtout George, endormie par le bercement régulier de l'embarcation. Elle ouvrit les yeux pour entrevoir la piazza San Marco dans l'éclat magique d'une immense lune qui montait à l'horizon, les dômes du palais des Doges luisants comme de l'albâtre et la tour de la Piazza qui se détachait dans toute son austérité gothique sur le grand cercle lunaire. Mais, hélas, quand les amants s'installèrent enfin dans leur suite — le n° 13 — au Danieli qui donnait sur le Grand Canal, George fut victime d'une diarrhée capable d'anéantir dans l'ignominie le rêve romantique. La colère, l'indignation et le dégoût physique, peut-être aussi quelque honte devant son égocentrisme, révulsèrent Musset. Il maudit son sort et caressa ses fautes. Et abandonna George aux soins du personnel de l'hôtel et d'un jeune médecin de vingt-six ans, Pietro Pagello. Avec le consul de France, flatté par la compagnie du jeune poète dont la célébrité, comme celle de George, avait franchi les frontières, Alfred se plongea dans les plaisirs que pouvait lui offrir Venise — ses actrices, ses danseuses et ses bordels — tandis que George gisait dans son lit, à l'affût des bruits de la nuit vénitienne. Un soir, avant de sortir, Alfred s'approcha du lit pour lui dire, comme George Sand le raconta plus tard : « George, je m'étais trompé, je t'en demande pardon, mais je ne t'aime pas. » Si elle n'avait été aussi malade, précise George Sand, ni eu le sentiment de sa responsabilité envers cet « enfant » qu'on lui avait confié, elle aurait quitté sur-le-champ et Venise et Musset. Au lieu de quoi, « la porte de nos chambres fut fermée entre nous et nous avons essayé de reprendre notre vie de bons camarades. Mais ce n'était plus possible. *Tu* t'ennuyais[5] ».

A la fin janvier 1834, toutefois, George était rétablie, mais Alfred tombait brusquement malade. Typhoïde ? *Delirium tremens ?* George envoya chercher le jeune médecin qui l'avait soignée. Son patient cette fois, dit-elle au Dr Pagello, serait un « poète très admiré », surmené par « l'exaltation du travail cérébral, le vin, les fêtes, les femmes, le jeu ». Pour aider le jeune médecin, George eut l'idée de lui décrire l'incident survenu à Fontainebleau. « Une fois, il y a trois mois de cela [?], il a été comme un fou, toute une nuit, à la suite d'une grande inquiétude. Il voyait comme des fantômes autour de lui, et criait de peur et d'horreur... C'est la personne que j'aime le plus au monde, et je suis dans une grande angoisse de le voir en cet état[6] ».

Déclaration hardie et étonnante s'il en est. Elle aimait Musset plus que quiconque au monde, apprenait George à Pagello dans ce qui constituait à la fois un appel au secours et une provocation, car elle se sentait déjà attirée par ce bel Italien vigoureux et bien bâti. Et Pagello avait été frappé par George Sand avant même de la soigner, quand il l'avait vue assise sur le balcon de sa chambre de l'hôtel Danieli, « une femme jeune d'une physionomie mélancolique », avec des cheveux très noirs retenus par un foulard rouge enroulé en turban, « et des yeux d'une expression décidée et virile ». Elle portait une lavallière, se rappelait-il, un col blanc à la Byron, fumait un petit cigare et s'entretenait avec un jeune homme blond assis derrière elle. Le lendemain, il lui faisait une saignée. Et maintenant, il avait pour patient le jeune homme blond, son compagnon et son amant, un poète dont il avait lu les œuvres et qu'il admirait[7].

Ils soignèrent ensemble Musset, le maîtrisant dans ses accès les plus violents, bavardant sans bruit pendant leurs longues nuits de veille, s'effleurant quand ils le croyaient endormi. Mais à travers la brume de son délire, Musset vit George et Pagello boire leur thé dans *la même tasse* et son esprit tourmenté imagina le reste[8]. Il questionna George, elle nia. Lui dire la vérité aurait doublement atteint cet être déjà gravement malade. Elle mentit. Elle finirait par avouer. Mais lui, qui l'avait abandonnée pour les femmes de Gênes, de Florence et de Venise, qui lui avait dit ne plus l'aimer, avait-il le droit de l'accuser ? Était-il interdit de tendre la main à l'homme simple et généreux qui se tenait à ses côtés ? « L'amour de la vie est-il donc un crime[9] ? »

Une nuit, Musset avait demandé à George et au jeune médecin de s'éloigner de son lit. Il se sentait mieux et avait envie de dormir. Ils s'assirent à une table près de la cheminée et parlèrent à voix basse de Venise, de littérature italienne. « Eh bien, madame, vous avez l'intention d'écrire un roman qui parle de la belle Venise ? » s'enquit Pagello. « Peut-être », répondit-elle ; puis elle saisit d'un geste impatient une feuille de papier et commença à écrire avec fougue. « Respectueux », Pagello ouvrit un volume de Victor Hugo et se mit à lire afin de ne pas troubler la célèbre romancière dans son travail. Une heure s'écoula. George déposa enfin sa plume, se prit la tête entre les mains pendant un moment, puis plia la lettre qu'elle avait écrite et la glissa dans une enveloppe qu'elle tendit à Pagello [10].

« Pour qui est-ce ? » demanda-t-il. George lui arracha l'enveloppe des mains et écrivit : « Au stupide Pagello. » Le jeune homme emporta la lettre chez lui et la relut trois fois. On peut comprendre sa stupéfaction : c'était une déclaration, une étonnante demande d'amour. « Nés sous des cieux différents », commençait George, « nous n'avons ni les mêmes pensées ni le même langage ; avons-nous du moins des cœurs semblables ?... Le généreux soleil qui a bruni ton front, quelles passions t'a-t-il données ? Je sais aimer et souffrir. Et toi, comment aimes-tu ?

« L'ardeur de tes regards, l'étreinte violente de tes bras, l'audace de tes désirs me tentent et me font peur... Dans mon pays on n'aime pas ainsi... Je ne sais pas si tu aimes vraiment. Je ne le saurai jamais... » Les questions jaillissent et se heurtent, et pourtant ne cessent d'émouvoir : « Seras-tu pour moi un appui ou un maître ?... Connais-tu la compassion, la patience, l'amitié ? On t'a élevé peut-être dans la conviction que les femmes n'ont pas d'âme. Sais-tu qu'elles en ont une ?...

« Serai-je ta compagne ou ton esclave ? Me désires-tu ou m'aimes-tu ? Quand ta passion sera satisfaite, sauras-tu me remercier ? Quand je te rendrai heureux, sauras-tu me le dire ?

« Sais-tu ce que je suis, et t'inquiètes-tu de ne pas le savoir ? Suis-je pour toi quelque chose d'inconnu qui te fait chercher et songer, ou ne suis-je à tes yeux qu'une femme semblable à celles qui engraissent dans les harems ?... Sais-tu ce que c'est que le désir de l'âme que n'assouvissent pas les sens ; qu'aucune cause humaine n'endort ni ne fatigue ? Quand ta maîtresse s'endort dans tes bras, restes-tu éveillé, à prier Dieu et à pleurer ?... »

Peut-être valait-il mieux, continuait cette longue lettre, que Pagello et elle ne parlent pas la même langue. Autrement, Pagello trouverait les mots qui la tromperaient. Il était peut-être plus sage de rester des étrangers ; d'ignorer la nature profonde de l'autre et de préférer le silence au mensonge. « Je pourrai interpréter ta rêverie et faire parler éloquemment ton silence... Restons donc ainsi. N'apprends pas ma langue... Je voudrais ne pas savoir ton nom [11]. »

La passion absolue d'un amour muet, l'anonymat, voire le caractère animal des rapports sexuels entre deux étrangers, deux passants, voilà ce que proposait hardiment George. C'était aussi sa réaction passionnée, le mouvement de pendule qui l'éloignait de l'esprit compliqué et tortueux de Musset et de son jeu inutile avec les sentiments. Le paradoxe voulait que George dût chercher auprès de Pagello la sensualité purement physique dont, selon les reproches de Musset, elle manquait. Car malgré toutes ses questions à Pagello lui demandant s'il était capable de communion amoureuse, s'il accordait une âme aux femmes ou ne voyait en elles que des objets sexuels de harem, George Sand semblait adopter soudain une caractéristique masculine : le désir de l'amour silencieux, qui explique en partie l'attrait exercé par les prostituées. Ni questions, ni passé, ni futur. Un présent. *Masculine,* parce qu'aucune femme peut-être avant elle ne s'était sentie assez libre pour s'exprimer et que rares furent celles qui le purent ensuite.

Pagello, en lisant et relisant cette lettre extraordinaire, se tourna vers le portrait de sa mère décédée depuis peu, comme vers le seul élément solide auquel il pût encore amarrer son univers soudain ébranlé ; puis, rassuré, il alla se coucher et essaya de dormir. Le matin, de nouveau en proie à l'incertitude, Pagello pensa à son père, à son métier, à ses diverses maîtresses, à ses devoirs envers son patient, et envers la maîtresse de celui-ci. Lorsqu'il fit sa visite du matin à son malade, la belle étrangère l'attendait. Le turban avait fait place à un chapeau d'une élégance très parisienne avec sa plume d'autruche, les vêtements ordinaires à une robe de satin, un châle en cachemire et des gants blancs. « Signor Pagello », déclara George Sand à l'Italien sidéré, « j'aurais besoin de votre compagnie pour aller faire quelques petits achats, si, cependant, cela ne vous dérange pas ».

« Alfred », note Pagello, « nous congédia et nous sortîmes ensemble [12] ». Ils devinrent amants. Musset dans sa fièvre « vit la tasse unique », fut témoin du baiser des amants et, dans un moment de cauchemar, imagina qu'ils complotaient de le faire interner afin de l'empêcher de regagner Paris et de tout raconter [13]. Sa vie durant, George Sand se défendrait d'avoir mis « le spectacle d'un nouvel amour sous les yeux d'un mourant[14] ». Qu'il y ait eu des signes, inconscients, elle ne le niait pas, mais rien qui pût l'en rendre sûr. En réalité, Musset subissait les affres du doute — s'était-elle entièrement donnée à Pagello ? — et il se torturait et torturait Sand avec des questions insidieuses, allant jusqu'à la traiter de « catin » dans ses humeurs les plus noires sans se rendre compte de l'ironie du terme[15]. L'insistance jalouse de Musset cherchant à savoir si elle avait oui ou non couché avec Pagello ou s'était contentée de rapports platoniques rend involontairement hommage à George, à la valeur qu'accordait la femme aux relations sexuelles. Une femme se donne, disait-il en fait, un homme prend. Sans engagement. Comme il prenait les Vénitiennes. C'était vrai, mais pas toujours, de George Sand : même si l'on s'y perd dans le compte de ses amants, on ne l'imagine pas allant au bordel. Il faut dire aussi que son amour pour Musset n'avait pas disparu, même si elle se tournait vers Pagello. « Je vous trompais, et j'étais là entre ces deux hommes... Ah, pauvre femme, pauvre femme ! C'est alors qu'il fallait mourir[16] ! »

Outre les inquiétudes que lui causaient la santé de Musset et le souci que se faisait pour sa part Mme de Musset, la réaction de leurs amis et du Tout-Paris, il y avait une note d'hôtel qui ne cessait de monter, sans parler des autres dépenses. George emprunta de l'argent, travailla à *plusieurs* romans pour Buloz et vit arriver avec soulagement un ami intime de Musset, Alfred Tattet, de passage à Venise. *Lui* saurait assurer à Mme de Musset et à la société parisienne que tout avait été fait pour Musset (il n'y manqua pas, louant le dévouement de George et décrivant sa fatigue). Après son départ, George, Musset et Pagello firent plus ou moins ménage à trois, trio lié par une affection morbide. Alfred retrouva assez de forces pour envisager de rentrer à Paris. Sans George. Il aimait George ; il aimait tout autant la beauté de son sacrifice : il la confiait à Pagello qu'il considérait comme son frère. N'étaient-ils pas en effet épris de la même femme, qui leur rendait cet amour ? Le 29 mars, Musset partit. George l'accompagna en gondole jusqu'à Mestre. Ils s'étreignirent. George pleura. Pagello, attentionné comme toujours, attendait George à la Piazetta et il se précipita vers elle quand il l'aperçut.

« Du courage, me dit-il. — Oui, lui répondis-je, vous m'avez dit ce mot-là une nuit, quand il était mourant dans nos bras... C'est bien, pensez de moi ce que vous voudrez, je regrette cette horrible nuit où sa tête pâle était appuyée sur votre épaule, et sa main froide dans la mienne. Il était là entre nous deux, et il n'y est plus. Vous pleurez aussi, tout en haussant les épaules [17]. »

« Écris-moi ! » suppliait Alfred, de Padoue où il passa sa première nuit. Puis de Genève, quelques jours plus tard : « Je t'aime encore d'amour, George [18]. » Avant même d'avoir reçu ces deux lettres, George écrivit à Musset, poste restante, à Milan : « Dans tous les cas... je te verrai aux vacances, avec quel bonheur alors ! Comme nous nous aimons bien, n'est-ce pas, n'est-ce pas, mon petit frère, mon enfant ? Ah ! qui te soignera, et qui soignerai-je ? Qui aura besoin de moi, et de qui voudrai-je prendre soin désormais ? Comment me passerai-je du bien et du mal que tu me faisais ? Puisses-tu oublier les souffrances que je t'ai causées et ne te rappeler que les bons jours ! le dernier surtout [19]... »

George et Pagello partirent faire une excursion d'une semaine dans les Alpes afin de changer de décor et de dénouer la tension laissée par le départ de Musset. Quand ils rentrèrent à Venise, George constata qu'il lui restait « sept centimes » en poche. Il fallait se remettre au travail. Elle demanda une avance à Buloz en lui précisant d'adresser ses lettres à « M. Pagello, pharmacia Ancillo, piazza San Luca, pour remettre à Mme Sand [20]. » Et elle entreprit de vivre avec l'aimable docteur, écrivant avec son énergie coutumière, satisfaisant à un besoin soudain d'activités domestiques, s'occupant « de coudre des rideaux, de planter des clous, de couvrir des chaises » — tout cela raconté dans une de ses lettres d'amour à Musset [21]. Pagello, pour sa part, continuait à pratiquer la médecine, échappait aux mains de la plus féroce de ses maîtresses en y laissant son plus beau gilet, défendait « la Sand » contre les attaques de sa famille, et « n'ayant pas une petite pièce de monnaie pour m'acheter un bouquet, il se lève avant le jour et fait deux lieues à pied pour m'en cueillir un dans les jardins des faubourgs » — tous ces détails figurant aussi dans une lettre à Musset [22].

La résurrection de leur amour par lettres interposées appartient désormais à l'histoire littéraire et ce n'est pas un hasard si, à la lecture de ces lettres, on pense à celles qu'échangèrent

Héloïse et Abélard : Musset et Sand en avaient conscience. A Genève, avant de partir pour Paris, Alfred courut les rues de la ville, regarda les boutiques et écrivit à George : « Je te sais auprès d'un homme que tu aimes, et cependant je suis tranquille... Je me suis regardé dans une glace, j'ai reconnu l'enfant d'autrefois... l'homme que tu voulais aimer. » Il se réveillait de son cauchemar, écrivait-il, pensant à « ce visage pâli par les veilles qui s'est penché pendant dix-huit nuits sur mon chevet », réfléchissant à leur relation. « Tu t'es crue ma maîtresse, tu n'étais que ma mère. C'est un inceste que nous commettions. Eh bien, mon unique amie, j'ai été presque un bourreau pour toi[23]. »

« Que j'aie été ta maîtresse ou ta mère, peu importe », répondit George. « Je sais que je t'aime, et c'est tout. » Elle l'aimait, disait-elle, « avec une force toute virile et aussi avec toutes les tendresses de l'amour féminin ». De nouveau, l'extraordinaire lucidité de George, l'image androgyne père-mère. Leur amour était à la fois « incestueux » et « innocent », écrivait-elle un peu plus loin. « Nos caractères plus âpres, plus violents que ceux des autres, nous empêchaient d'accepter la vie des amants ordinaires. » Il était dans leur destinée, ils le savaient, de se blesser mutuellement, et si le monde n'y comprenait jamais rien, « tant mieux ». Puis, sans se troubler, George enchaînait sur Pagello, parlait du sansonnet qu'il lui avait offert et qui se perchait sur le fourreau de sa longue pipe, lui volait son tabac et buvait son encre. Elle était plongée dans sa *Lettre d'un voyageur* dédiée « A un poète », et Paris devinerait sans peine de qui il s'agissait. Elle la lui enverrait pour qu'il lui dise si elle devait la proposer à Buloz. Alfred avait toute liberté d'y apporter des modifications ou de la jeter au feu. (Musset trouva la *Lettre* « sublime ». Elle parut en mai dans *la Revue des deux mondes*.) Ils étaient compagnons de plume, continuait George, et à Venise les éditeurs lui réclamaient les droits pour la traduction en italien de leurs œuvres *à tous deux*[24].

En rentrant à Paris, lui écrivait Musset, il s'était replongé à corps perdu dans son ancienne vie. De Venise, George le suppliait « à genoux... pas encore de vin, pas encore de filles ! C'est trop tôt... Ne cherche pas [le plaisir] comme un remède à l'ennui et au chagrin, c'est le pire de tous quand ce n'est pas le meilleur[25] ». « Parlez-moi », répliqua Musset, « de *vos* plaisirs », puis il raya la phrase et écrivit : « Non, pas ça ! » Il changeait de thème : Planche, Regnault, et même « M. Sandeau, vomissent, à ce que m'a dit Buloz, tout ce qu'ils ont dans les entrailles contre moi », accusant Musset d'avoir maltraité George Sand. Musset prenait tout sur lui, disant à Sainte-Beuve et compagnie que George n'avait aucun reproche à se faire. Quant à Mme de Musset, « il a suffi de lui parler des nuits que tu as passées à me soigner, c'est tout pour une mère ». Et le 1er mai : « Ainsi ce n'est pas un rêve, mon frère chéri, cette amitié qui survit à l'amour… Tu m'aimes ! Sois fière, mon grand et brave George, tu as fait un homme d'un enfant[26]. » George à Alfred, le 12 mai : aime de façon à pouvoir dire un jour comme moi : « J'ai souffert souvent, je me suis trompé quelquefois, mais j'ai aimé. C'est moi qui ai vécu et non pas un être factice créé par mon orgueil[27]. » Phrases qui seraient reprises mot pour mot dans une pièce de Musset, *On ne badine pas avec l'amour.*

Ils vibraient à travers l'espace qui les séparait. George demanda à Alfred tous les poèmes qu'il avait écrits pour elle. Il alla les chercher quai Malaquais. « J'ai retrouvé des cigarettes que tu avais faites avant notre départ », lui écrivait-il. « Je les ai fumées avec une tristesse et un bonheur étranges. J'ai, de plus, volé un petit peigne à moitié cassé dans la toilette, et je m'en vais partout avec cela dans ma poche. » Comme un chevalier, il défendait sa dame en portant son peigne en guise de couleurs. « Je m'en vais faire un roman. J'ai bien envie d'écrire notre histoire. » Deux mois plus tard : « J'ai commencé le roman dont je t'ai parlé. A propos de cela, si tu as par hasard conservé les lettres que je t'ai écrites depuis mon départ, fais-moi le plaisir de les rapporter[28]. » Ce roman serait *la Confession d'un enfant du siècle,* un exploit aussi chevaleresque que pouvait le souhaiter toute dame de la part d'un ancien amant.

Quant à George, son exploit personnel fut un véritable prodige d'écriture. En moins d'un mois, elle terminait *Leone Leoni,* un roman dans lequel la belle Juliette sacrifie tout, et de manière convaincante, au héros fictif, libertin et amoral. Elle acheva également une nouvelle, *André,* et expédia en juillet à Buloz les derniers chapitres de *Jacques,* une œuvre plus durable dans laquelle c'est le héros qui se sacrifie. A cela s'ajoutaient plusieurs *Lettres d'un voyageur* dont les pages lyriques figurent parmi les plus belles de la littérature romantique. Marteler les émotions encore brûlantes dans un métal qui conserve miraculeusement sa liquidité serait toujours le don et le génie de George Sand. Rien d'étonnant que Henry James ait vu en elle la sœur de Goethe, et Charles Maurras une Tolstoï avant la lettre.

George Sand fut la femme qui parla quand les autres femmes se taisaient. En 1834, dans *Jacques,* elle se moquait de la fidélité éternelle et de l'obéissance jurée dans le mariage, qualifiant la première « d'absurdité » et la seconde de « bassesse ». « Je n'ai pas changé d'avis », écrivait-elle, « je ne me suis pas réconciliée avec la société, et le mariage est toujours, selon moi, une des plus barbares institutions qu'elle ait ébauchées. Je ne doute pas qu'il ne soit aboli, si l'espèce humaine fait quelque progrès vers la justice et la raison ; un lien plus humain et non moins sacré remplacera celui-là, et saura assurer l'existence des enfants qui naîtront d'un homme et d'une femme, sans enchaîner à jamais la liberté de l'un et de l'autre [29]. »

« Aime et écris, c'est ta vocation, mon ami [30] », écrivait George à Musset. Telle fut la signature, et elle aurait pu servir d'épitaphe, de leur liaison passionnée alors que celle-ci restait encore à écrire.

Dans ses lettres à Papet, Buloz et Boucoiran, à Casimir et à Musset, George parlait de son retour probable en France avant l'automne. Peut-être pour voir comment ils réagiraient. Elle n'avait plus d'argent, ses enfants lui manquaient, Nohant aussi. Le 24 juillet 1834, George quittait Venise pour Paris. Avec Pagello.

21. La fin du voyage

Car il fut toujours connu des vrais sages
Que la seule fin possible aux voyages
Est la rencontre des amants.

William Shakespeare,
le Soir des rois, acte II, scène 3.

Je suis au dernier stade de ma folie.

Pietro Pagello à son père,
quittant Venise pour Paris [1].

A la fin du voyage, il y avait Musset, comme le savait Pagello ; et ce fut par le chemin des écoliers, comme mus par un mauvais pressentiment, que George Sand et son compagnon italien regagnèrent Paris. Ils s'arrêtèrent à Vérone, puis à Milan, à Brigue et à Chamonix, et enfin à Genève, bref, il leur fallut trois semaines pour arriver à Paris. « A mesure que nous avancions », noterait avec tristesse Pagello, « nos relations devenaient plus circonspectes et plus froides. George Sand était un peu mélancolique et sensiblement plus détachée de moi… et le voile qui me bandait les yeux commençait à s'éclaircir [2]. »

George, elle, avait commencé à y voir plus clair avant même de quitter Venise. « Y a-t-il du bonheur ? » lui avait demandé Émile Paultre dans une lettre. « Oui », avait-elle répondu. « Quand j'ai de l'amour… Il n'y a que cela dans la vie. » Mais cette réponse, poursuivait-elle, était moins simple et moins naïve qu'à première vue. « Le véritable amour, c'est quand le cœur, l'esprit et le corps se comprennent et s'embrassent. » Ces trois éléments — cette rencontre, cette étreinte aux composantes multiples, cette *sympathie,* ne se rencontrent « qu'une fois en mille ans. Mais pourvu qu'il y en ait deux, le corps et l'esprit sans le cœur, ou le cœur et le corps sans l'esprit, on se figure que la troisième existe jusqu'à ce que l'absence trop sensible de cette troisième chose tue la sympathie des deux autres[3]. » George regrettait l'esprit de Musset ; la communion avec le cœur et le corps de Pagello touchait à sa fin, et son propre corps s'éloignait en même temps que son cœur.

A Paris, Boucoiran les attendait ; il accompagna George à l'appartement du quai Malaquais et Pietro dans une petite chambre située au troisième étage d'un hôtel voisin (« à 1,50 F par jour », note Pagello[4]). George et Alfred ne devaient pas se voir avant le 17 août, soit trois jours plus tard. Tous deux hésitaient. Ils avaient brûlé à distance. Que se passerait-il quand ils se reverraient ? L'expérience vénitienne et Pagello projetaient encore leur ombre sur eux.

George avait amené Pagello à Paris comme un homme du monde l'aurait fait de sa maîtresse ; certes, elle lui avait dit qu'elle envisageait de retourner avec lui à Venise, mais il n'y croyait guère si l'on en juge par ses Mémoires. Cependant, à la différence d'un homme, elle ne pouvait le laisser enfermé dans sa chambre d'hôtel au gré de sa fantaisie. Elle devait faire de Pagello un personnage pour qui, somme toute, elle avait quitté Musset, et le Tout-Paris était curieux de voir le successeur du poète. Il était médecin, mais n'en tirait guère de prestige — un dédain très moliéresque de cette profession persistait en France. Était-il vraiment comte, comme le prétendait Buloz, et un Don Juan irrésistible ? Dès le retour de George, Buloz organisa un grand dîner (omettant avec tact d'inviter Musset). George laissa vaguement entendre que son compagnon italien était un archéologue distingué. Moyennant quoi, avec la causticité propre aux salons parisiens, la conversation tourna autour des fouilles et des découvertes historiques, à la grande stupéfaction de Pagello. Quand il comprit de quoi il retournait, il annonça aux convives, « avec une dignité noble et une simplicité touchante, " Vous avez tort de rire de moi, je ne suis pas un savant et je ne me donne pas pour tel ; je ne suis ici que comme l'*amico*, le *servidor* et le *cavaliere* de *la carissima* et *illustra signora.* "[5] »

On peut imaginer la réaction de George Sand et presque voir l'éclat furieux de ses yeux de braise en entendant les paroles de Pagello. « Ceux qui ont été caressés ou maudits par ces yeux tour à tour si tendres et si terribles », déclara Musset à Louise Colet, « y penseront jusque dans la mort[6]. »

Ces yeux étaient voilés quand George et Alfred se revirent pour la première fois depuis Venise. Ils n'étaient pas seuls. George avait invité Pagello chez elle, comme si elle avait eu besoin de la présence d'un tiers. La conversation manqua de naturel ; les accents d'une valse naguère entendue dans l'intimité leur parvenaient par la fenêtre ouverte. Les yeux de George se remplirent de larmes, comme le remarqua Musset, mais elle lui fit part de sa décision : ils ne devaient jamais se revoir sauf en amis et au milieu d'amis.

Musset partit désespéré, prêt à s'expatrier définitivement en Espagne. Il demanda de l'argent à sa mère ; elle lui donna tout ce qu'elle avait. Il écrivit à Buloz pour réclamer une avance ; et aussi à sa « Georgette » bien-aimée pour lui annoncer son départ prévu dans quatre jours. Il demandait « une heure et un dernier baiser ». Elle n'avait pas à craindre la voix de la destinée. « Reçois-moi sur ton cœur, ne parlons ni du passé, ni du présent, ni de l'avenir ; que ce ne soit pas l'adieu de M. untel et de Mme unetelle. Que ce soient deux âmes qui ont souffert, deux intelligences souffrantes, deux aigles blessés qui se rencontrent dans le ciel, et qui échangent un cri de douleur avant de se séparer pour l'éternité [7]. »

Ils se rencontrèrent ; ce furent deux heures de larmes et d'ultimes baisers, peut-être chastes. Le 24 août, ils se séparaient de nouveau. George Sand partait pour Nohant, Musset pour Baden-Baden. Il avait changé de destination, mais demeurait certain de sa mort prochaine. « Mais je ne mourrai pas, moi », écrivit-il en guise d'adieu, « sans avoir fait mon livre sur moi et sur toi... J'en jure par ma jeunesse et mon génie, il ne poussera sur ma tombe que des lys sans tache... La postérité répétera nos noms, comme ceux de ces amants immortels qui n'en ont qu'un à eux deux, comme Roméo et Juliette, comme Héloïse et Abélard. On ne parlera jamais de l'un sans parler de l'autre [8]. »

Nohant, une vie nouvelle, la réunion des amis de George Sand dès son arrivée — Papet, Fleury, Suvernet, Duteil et Néraud —, autant de consolations et de réconfort pour affronter Casimir après le fiasco vénitien. Elle avait d'ailleurs requis l'aide de Sophie qu'elle amenait avec elle. Précautions inutiles :

Casimir accepta même « aimablement » d'inviter Pagello « à venir passer huit ou dix jours » à Nohant. Pagello eut la sagesse de refuser ; il resta à Paris et visita des hôpitaux. Dans un beau geste, George lui envoya quinze cents francs, prétextant que cet argent venait de la vente des tableaux qu'il avait apportés à Paris dans cette intention[9]. Ainsi, sans se plaindre, George payait-elle non seulement son indépendance, mais aussi celle de ses amants.

Elle supportait mal d'avoir trente ans ; elle se sentait terriblement vieille et songeait même au suicide. Elle s'assit à son bureau et passa en revue sa vie dans une nouvelle *Lettre* d'un voyageur spirituel, adressée cette fois à son cher ami Jules Néraud, « le Malgache ». La mise à nu des pensées secrètes de l'auteur constitue un heureux paradoxe, une sorte de missive, écrirait George Sand lors de la publication de ces *Lettres,* lancée vers des « amis inconnus ». Sur le point de perdre la foi, elle rappelait à Néraud cet homme innocent qu'on avait guillotiné à La Châtre et qui s'était écrié : « *Ah ! il n'y a pas de Dieu !* » Et lui, le Malgache, était-il heureux ? Un démon déguisé en ange ne lui criait-il pas pendant une nuit blanche : « L'amour ! l'amour ! le bonheur, la vie, la jeunesse ! » ? Son cœur désolé ne répondait-il pas : « Il est trop tard ! Cela eût pu être, et cela n'a pas été » ? Elle aussi découvrait un autre univers dans l'aile d'un papillon, s'enivrait du parfum d'une fleur, mais il y avait aussi la poussière sur le chemin du retour, la puanteur de la diligence. La lecture des *Réflexions sur le suicide* de Mme de Staël — « par curiosité, voulant savoir comment cet homme-femme entendait la vie » — l'avait, au bout du compte, ennuyée. Au lieu de persuader George de vivre, ces pages renforçaient son attirance vers le suicide. Elle aurait infiniment préféré « la conversation de Mme Dorval[10] ».

D'autres ondes animaient George, qui avaient cette fois pour origine Baden-Baden. Oubliant, quant à lui, toute idée de suicide, de nouveau loin de George Sand, Musset sentait renaître sa passion. « Je suis perdu, vois-tu, je suis noyé, inondé d'amour... » lui écrivait-il fébrilement. « Ils me disent que tu as un autre amant... J'en meurs, mais j'aime, j'aime, j'aime !... Dis-moi que tu me donnes tes lèvres, tes dents, tes cheveux, tout cela, cette tête que j'ai eue, et que tu m'embrasses, toi, moi ! ô Dieu... quand j'y pense ma gorge se serre, mes yeux se troublent, mes genoux chancellent… ô mon George, ma belle maîtresse, mon premier, mon dernier amour[11] ! »

« Tu m'aimes encore trop », répondit George[12]. « Il faut nous quitter. » Pagello, expliquait-elle, n'était plus un frère mais un amant jaloux. Ses accusations prouvaient qu'il ne l'aimait plus. (Musset reprendrait aussi cette phrase dans une de ses pièces.) « Il part, il est peut-être parti à l'heure qu'il est. »

Pagello était toujours à Paris et, prise entre ses lettres et celles de Musset, George marchait jusqu'à l'aube dans les bois de Nohant avec le plus platonique de tous ses amis, François Rollinat, à qui elle ouvrait son cœur. Jalouse, la femme de Néraud, comme quelques années plus tôt, avait formellement interdit à son mari de voir George aussi souvent qu'ils l'auraient tous deux souhaité. Le 15 septembre, Musset annonça son retour à Paris. Quand il arriva dans la capitale, un mois plus tard, il trouva une lettre de George Sand, rentrée depuis une semaine. Voulait-il la voir ? Musset : « Tu veux bien que nous nous voyions, et moi si je le veux !… Réponds-moi une ligne. Si c'est ce soir, tant mieux[13]. »

George consola de son mieux Pagello et lui donna de nouveau cinq cents francs en lui assurant que cette somme représentait le solde de la vente de ses tableaux. Cet argent allait payer le voyage de retour de Pagello à Venise — à son père et à ses maîtresses, à la médecine, au mariage et à ses nombreux enfants. Il mourrait à quatre-vingt-onze ans, glorieusement auréolé de sa liaison avec « la Sand ». Il décrirait ainsi leur séparation : « Nos adieux furent muets. Je lui serrai la main sans pouvoir la regarder dans les yeux. Elle était comme perplexe : je ne sais point si elle souffrait : ma présence l'embarrassait. Il l'ennuyait, cet Italien[14]… »

Dans sa solitude parisienne, toutefois, Pagello était devenu le confident d'Alfred Tattet, l'ami de Musset, trop heureux d'entendre la « véritable histoire » des amants de Venise de la bouche même de l'un d'entre eux. Oui, avait dit Pagello à Tattet, George et lui étaient amants avant le départ de Musset. Quand elle et le poète reprirent leur intimité en octobre, avec la force et la soudaineté d'un coup de tonnerre, Tattet ne tarda pas à raconter à Musset ce qu'il tenait de Pagello. Quai Malaquais, les effusions délirantes alternèrent avec des scènes de jalousie de la part de Musset. Quand, exactement, George et Pietro étaient-ils devenus amants ? Pendant qu'il gisait dans son lit, à deux doigts de la mort ? Cette tasse, ce baiser, les avait-il rêvés ? « Dieu juste ! une autre main que la mienne sur cette peau fine et transparente ! une autre bouche sur ces lèvres [15] ! » Musset se délectait de cette exquise agonie, réclamait des détails comme si c'était lui qui sentait la pression des lèvres de Pagello. Assez de questions ! s'écria George. Alfred oubliait-il ces horribles journées italiennes où il la dédaignait pour courir les bordels ? De quel droit exprimait-il maintenant des doutes ? N'avait-il pas prévu que leur amour serait pour lui « comme un beau poème » tant qu'ils se trouveraient éloignés, mais ne lui paraîtrait plus « qu'un cauchemar » dès qu'ils vivraient ensemble et qu'il reprendrait possession d'elle ? Que leur restait-il ? « Ni l'amour ni l'amitié [16] ? »

George recherchait désespérément une vie active, stable et normale en compagnie d'amis artistes. Musset avait invité à dîner avec eux, quai Malaquais, Franz Liszt, le jeune pianiste hongrois qui éblouissait Paris. George lui demanda d'amener Berlioz ainsi que Heinrich Heine, le poète allemand. Liszt fut de toute évidence séduit, et Heine devait trouver George « aussi belle que la Vénus de Milo [17] ». Mais Musset était jaloux du beau Liszt, âgé de vingt-trois ans, et il le montra à l'occasion d'une autre rupture avec George.

Sainte-Beuve à un ami, le 13 novembre 1834 : « Les plus grands orages que je sache sont les ruptures de *Lélia* et de *Rolla*, qui ont passé tout ce dernier mois à se maudire, à se retrouver, à se déchirer, à souffrir [18]. » Musset à Tattet, six jours plus tôt : « Mon cher ami, tout est fini [19]. » Aux anges, Tattet enjoignit à Musset de tenir bon. Autant dire aux marées d'interrompre leur flux, à la lune de cesser son attraction.

Or, par quelque miracle, Alfred fit preuve de fermeté, peut-être parce que la lune, elle, refusait de s'immobiliser. C'était George, maintenant, qui rendait les armes, une reddition totale, désespérée, abdiquant toute fierté devant le pouvoir d'une passion pleinement éveillée. Comme elle l'avait fait pour Aurélien, elle confiait ses sentiments à un journal intime qu'elle enverrait à Musset puisque celui-ci ne répondait pas à ses billets implorants. « Pourquoi ne peux-tu pas m'aimer ?... Insensé, tu me quittes dans le plus beau moment de ma vie, dans le jour le plus vrai, le plus passionné, le plus saignant de mon amour ! » Une satisfaction des sens jamais éprouvée, un plaisir jamais aussi total. Le Musset retrouvé après l'épisode vénitien avait pleinement révélé à elle-même une Lélia encore engourdie. Pourquoi lui avait-elle permis d'éveiller sa chair, « quand je m'étendais avec résignation sur cette couche glacée ?... Ange de mort, amour funeste, ô mon destin, sous la figure d'un enfant blond et délicat ! ô que je t'aime encore, assassin ! que tes baisers me brûlent donc vite, et que je meure consumée ! »

Mais Musset avait fermé sa porte, leurs corps ne se rencontreraient peut-être jamais plus dans l'extase amoureuse. Ces phrases sont d'un lyrisme à peine supportable :

> Ô mes yeux bleus, vous ne me regarderez plus ! belle tête, je ne te verrai plus t'incliner sur moi et te voiler d'une douce langueur ! Mon petit corps souple et chaud, vous ne vous étendrez plus sur moi, comme Élisée sur l'enfant mort, pour me ranimer... Adieu mes cheveux blonds, adieu mes blanches épaules, adieu tout ce que j'aimais, tout ce qui était à moi. J'embrasserai maintenant dans mes nuits ardentes le tronc des sapins et les rochers dans les forêts en criant votre nom, et, quand j'aurai rêvé le plaisir, je tomberai évanouie sur la terre humide[20].

Dans un geste sacrificatoire, en guise de plaidoyer silencieux, George coupa ses longues boucles noires et les envoya, avec sa dernière lettre, à Musset. Il pleura. Ils se revirent. Ils se querellèrent, se battirent, furent séparés par Sainte-Beuve, et se quittèrent une fois encore.

Avec ses cheveux coupés en signe de deuil, George posa pour Delacroix — Buloz avait commandé son portrait pour *la Revue* —, exposant son visage mélancolique et infiniment vulnérable comme un cœur à nu et blessé, son regard sombre fixant quelque point invisible. Pendant les séances de pose, parfois remises en raison de son trouble, George montra à Delacroix un album de dessins de Musset qu'elle chérissait. Delacroix en fit l'éloge et déclara que le poète aurait pu être un « grand peintre » s'il l'avait voulu. Tout en posant, George disait sa tristesse à Delacroix et lui demandait conseil, posant ainsi les premiers jalons d'une amitié qui ne devait se terminer qu'avec la mort du peintre. Il donna à George le conseil qu'elle cherchait sans rien dire : « Ne soyez pas courageuse ! »

« Laissez-vous aller », lui répétait Delacroix. « Quand je suis ainsi, je ne fais pas le fier, *je ne suis pas né Romain.* Je m'abandonne à mon désespoir, il me ronge, il m'abat, il me tue. Quand il en a assez, il se lasse à son tour, et il me quitte[21]. »

Mais le désespoir de George croissait. Elle redoutait la solitude, la séparation, l'isolement, le rejet de son amour. « Et si je courais quand l'amour me prend trop fort ! si j'allais casser le cordon de sa sonnette, jusqu'à ce qu'il m'ouvre la porte, si je me couchais en travers jusqu'à ce qu'il passe... Il est cruel de l'obséder et de lui demander l'impossible, mais si je me jetais à son cou, dans ses bras, si je lui disais : " Tu m'aimes encore... embrasse-moi, ne me dis rien... caresse-moi puisque tu me trouves encore jolie malgré mes cheveux coupés, malgré les deux grandes rides qui se sont formées depuis l'autre jour sur mes joues. Eh bien, quand tu sentiras ta sensibilité se lasser, et ton irritation revenir, renvoie-moi, maltraite-moi, mais que ce ne soit jamais avec cet affreux mot, *dernière fois*[22] ! " »

Mais la fierté de George Sand parlait aussi, et presque aussi fort que sa passion. « Je peux encore faire la joie et l'orgueil d'un homme » — d'un homme aussi orgueilleux qu'elle. Mais peut-être devrait-il être plus fort que Musset, et moins vaniteux. « Si j'avais trouvé cet homme-là, je ne serais pas où j'en suis. Mais », et George marquait une pause, « ces hommes-là sont des chênes noueux dont l'écorce repousse... Ensuite ces hommes forts qui mentent ! et qui frappent... ! » Quelle différence avec son « Poète », belle fleur dont elle avait voulu boire la rosée[23].

Elle ne voyait aucune issue. Ni dans les longues conversations avec Sainte-Beuve, qui se contentait de lui dire : « Si vous pleurez, vous aimez. » Ni dans les longues soirées avec Marie Dorval dans sa loge, au théâtre. Il y avait pire : George ne pouvait plus écrire ; pour la première fois, les mots refusaient de couler.

Le 7 décembre, George s'enfuit à Nohant.

Le 2 janvier, elle rentrait à Paris. Son répit avait duré moins d'un mois. Pendant son séjour à Nohant, Musset lui avait envoyé une boucle de *ses* cheveux ; en retour, il recevait une feuille du jardin de George. Avec la nouvelle année, 1835, ils étaient de retour dans l'appartement du quai Malaquais et

George annonçait, avec une note de triomphe, à Tattet « Alfred est redevenu mon amant[24] ».

Les retrouvailles furent brèves ; leur amour avait atteint l'agonie. Le désir d'Alfred s'était ranimé, mais non sa confiance. Il voulait non seulement posséder le présent de George, mais son passé. Ce qu'elle avait fait, répétait-il avec obstination, elle le referait. Pour renforcer sa confiance, George, avec regret, mais fermeté, prit ses distances d'avec ses nouveaux amis, annonça à Franz Liszt qu'elle ne pouvait plus le recevoir. En même temps, simple coïncidence peut-être, elle commença à discuter avec Casimir des termes d'une séparation légale. Quand Alfred tomba malade et alla habiter chez sa mère, il supplia George de l'accompagner pour le soigner. Elle accepta sans hésiter. Elle emprunterait un bonnet et un tablier à sa bonne. « Ta mère fera semblant de ne pas me reconnaître et je passerai pour une garde[25]. » Mais il y eut des moments plus sauvages, où Musset brandit un couteau, où George parla de suicide, et où tous deux songèrent à aller se brûler la cervelle ensemble dans la forêt de Fontainebleau.

Finalement le plus fort des deux, « l'homme du couple », mit fin à cette lutte épuisante. George déclara qu'elle était à bout. Même ses larmes irritaient Alfred. Rester ensemble n'équivaudrait qu'à augmenter sa honte et les tourments d'Alfred. Dieu, autant se séparer. Et cette fois pour toujours. Le 6 mars 1835, George fit retenir par Boucoiran, à l'insu d'Alfred, une place dans la malle de poste pour Nohant. « Vous arriverez à 5 heures chez moi », lui écrivait-elle d'une main agitée, « et d'un air empressé et affairé vous me direz que ma mère vient d'arriver, qu'elle est très fatiguée et assez sérieusement malade… qu'elle a besoin de moi tout de suite et qu'il faut que j'y aille sans différer. Je mettrai mon chapeau, je dirai [à Alfred] que je vais revenir, et vous me mettrez en voiture[26]. » Elle se ferait conduire jusqu'à la diligence et partirait.

Comme toujours, on dénote le goût du geste théâtral, de la tragi-comédie, dans leurs amours, leurs effusions et confessions littéraires. (« Tout est extase, fureur, littérature » — Henry James[27].) Mais aussi un ultime souci de dignité. Averti du départ de George, Musset écrivit un court billet à Boucoiran. Avait-elle des raisons pour ne pas désirer le voir avant de partir ? « Je n'ai pas besoin d'ajouter que dans le cas où cela serait, je respecterais ses volontés[28]. »

Épilogue

Musset se tourna aussitôt, en guise de thérapeutique, vers Aimée d'Alton et d'autres maîtresses. Mais il écrivit aussi à Alfred Tattet, à l'été 1835 : « Si vous voyez Mme Sand, dites-lui que je l'aime de tout mon cœur, que c'est encore la femme la plus femme que j'aie jamais connue[29]. » Et, après *Camille et Perdican* et *les Nuits*, il devait également publier « l'hymne à l'amour » promis à George Sand : *la Confession d'un enfant du siècle.* Le livre parut en 1836, alors que Musset avait vingt-cinq ans. Ce fut sa dernière œuvre importante, et si elle subsiste dans les mémoires davantage pour son évocation du passé impérial que pour le portrait qu'elle trace d'une George Sand trop immaculée, elle demeure un des classiques de cette littérature romantique dont ils étaient tous deux épris.

« Cet amour fut le grand événement de la vie de Musset », écrivit Sainte-Beuve, et « je ne parle que de sa vie poétique. Son talent tout à coup s'y épura, s'y ennoblit. » Les impuretés avaient disparu, les vers s'étaient faits plus vigoureux et c'est ainsi qu'il fut en mesure d'écrire les quatre *Nuits,* « qui marquent la plus haute élévation de son talent lyrique[30] ».

Alfred écrivit la première, *la Nuit de mai,* après que George fut repartie pour Nohant, la séparation étant cette fois définitive. « Poète, prends ton luth et me donne un baiser », lui dit sa muse en cette nuit de mai. « Aime et écris », lui avait enjoint George Sand. Leur union se révéla féconde, malgré son issue fatale, et Musset put écrire :

> Rien ne nous rend si grands qu'une grande douleur.
> Mais, pour en être atteint, ne crois pas, ô poète,
> Que ta voix ici-bas doive rester muette.
> Les plus désespérés sont les chants les plus beaux,
> Et j'en sais d'immortels qui sont de purs sanglots.

Dans *la Nuit d'octobre,* les calomnies de l'amant et ses malédictions, proférées dans le feu de la jalousie et de la passion, se sont muées en poésie. Musset relève la tête :

Honte à toi, femme à l'œil sombre,
Dont les funestes amours
Ont enseveli dans l'ombre
Mon printemps et mes beaux jours !

Bien que ces vers soient écrits dans un poème d'amour dédié à Aimée d'Alton, il ne fait aucun doute que la « femme à l'œil sombre » hante Musset et le hantera toujours.

Un soir, trois ans plus tard, Musset rencontra par hasard George Sand dans le foyer d'un théâtre, « jeune et belle encore », écrivit-il, dans *Souvenir.* Il avait vu ses lèvres s'entrouvrir dans un sourire, il avait entendu sa voix, mais ni ce sourire ni ces mots ne s'adressaient à lui. Il aurait voulu la prendre dans ses bras et s'écrier :

... « Qu'as-tu fait, infidèle,
Qu'as-tu fait du passé ? »

Peu de temps avant, en se promenant dans la forêt de Fontainebleau, il s'était rappelé avec passion sa « dame de Franchard ». Et voilà qu'il la retrouvait au théâtre — une étrangère qui avait emprunté « cette voix, ces yeux ». Il avait perdu. Mais il avait aimé. Personne, même pas elle, ne pourrait lui dérober le souvenir d'un certain coin de forêt.

Je me dis seulement : « A cette heure, en ce lieu,
Un jour, je fus aimé, j'aimais, elle était belle.
J'enfouis ce trésor dans mon âme immortelle,
Et je l'emporte à Dieu ! »

Pendant les vingt années qu'il lui restait à vivre, Musset ne toucha plus à son luth, ou presque. Les souvenirs ne suffisaient plus, même s'il ne parvint jamais à les noyer définitivement dans l'alcool et la débauche. Si le poète doit vivre et aimer, il doit aussi écrire. Ce que faisait George Sand, maintenant à Nohant ; ce qu'elle continuerait à faire pendant les nombreuses années de sa vie. Une grande part de l'amertume dont font preuve les inconditionnels de Musset et de leur hargne tient à ce crime inexpiable.

22. La République des camarades

Le salut du monde me semble reposer sur nous pour détruire, sur vous pour rebâtir.
George Sand, *Correspondance*, 1836 [1].

Lorsqu'elle arriva à Nohant après avoir fui Musset, George écrivit trois lignes à Liszt et une longue lettre à Boucoiran. Elle avait déjà vu « tous nos amis de La Châtre... J'ai dîné [avec Rollinat] chez Duteil. Je vais me mettre à travailler, pour Buloz, je suis très calme. J'ai fait ce que je devais ». Boucoican pouvait-il lui envoyer son houka [sorte de narghilé indien] et ses accessoires, les seize volumes de théâtre grec et les treize volumes de Shakespeare ? Et aussi lui acheter le Coran et Platon ? Buloz le rembourserait [2].

Ce calme tenait surtout de la méthode Coué. Peu après, George eut une éruption de boutons d'origine nerveuse, des plus gênantes. Elle ne s'en mit pas moins au travail, noircissant pendant la nuit les feuillets du manuscrit de *Mauprat*, qui devait être un roman populaire de cape et d'épée teinté de conscience sociale. Buloz cependant, inquiet de cet intérêt soudain pour Platon et le Coran, craignait que son précieux auteur donne dans le mysticisme. Il se confia à Sainte-Beuve à qui George avoua : « J'aurais dû m'en tenir à Franklin... dont le portrait suspendu près de mon lit me donne toujours envie de pleurer comme ferait celui d'un ami que j'aurais trahi [3]. » En réalité, c'était aux antipodes de Musset et non du mysticisme que se situait le créateur du « bonhomme Richard ».

Bien que déprimée, George était écrivain de métier. Son éditeur fut vite rassuré quand il reçut le premier envoi de *Mauprat*. C'était de la pure littérature d'évasion dans laquelle George elle-même trouvait un refuge ; tandis que tout dormait, elle vivait dans un monde qu'elle créait et dont elle était la maîtresse. Le monde réel demeurait suffisamment présent pour que le lecteur le reconnaisse, mais elle le remodelait dans une forme plus proche de celui qu'il souhaitait. Pouvait-elle en faire autant de sa vie quotidienne ? George n'aima jamais le moi divisé, et jamais non plus elle ne le confondit avec la multiplicité de ses diverses facettes.

Casimir avait signé en février un accord de séparation à l'amiable qui devait devenir effectif en novembre. George récupérerait Nohant et Solange, laissant à la disposition de son mari l'hôtel de Narbonne, à Paris, avec son rapport annuel de six mille sept cent cinquante francs, et Maurice. « Tu penses bien que je ne laisserais pas mon mari, tout peu mignon qu'il est, crever sur la paille », déclara George à Hippolyte, « au lieu que lui me laisserait aller à la morgue faute de 20 F[4] ». Quelques mois de patience, après tant d'années, c'était peu, mais d'autant plus insupportable que l'échéance approchait.

Que faire pour que le temps passe plus vite ? Aller en Suisse ? A Constantinople ? Le moment était mal choisi. Mais comment s'accommoder de la situation épineuse à Nohant et de la mauvaise humeur de Casimir, inquiet de voir son petit duché lui échapper ? Avec un humour masculin que George préféra peut-être ignorer, Duteil lui suggéra de faciliter la transition en devenant — cela lui serait facile — la maîtresse de son mari. George eut un mouvement de recul : « Les rapprochements sans amour », répliqua-t-elle, « sont quelque chose d'ignoble à envisager. Une femme qui recherche son mari dans le but de s'emparer de sa volonté fait quelque chose d'analogue à ce que font les prostituées pour avoir du pain et les courtisanes pour avoir du luxe. » Un peu plus sérieusement, Duteil parla de l'intérêt et de l'avenir des enfants, qui réclamaient d'elle ce sacrifice temporaire.

La répugnance physique, déclara George, constituait une excuse suffisante pour refuser, même si Casimir n'était pas plus détestable à ses yeux que la plupart des hommes. Mais il y avait plus. Une jeune femme, mariée depuis peu, pouvait se sacrifier contre son gré par égard au devoir conjugal, parce qu' « elle peut prendre pour l'amour tout ce qui n'est pas l'amour. A trente ans, une femme ne peut plus se faire de vagues illusions...

Elle sait le prix, je ne dis pas de sa personne, la personne pourrait se résigner à être humble si elle pouvait se donner seule, comme une chose, mais de son être complet et indivisible... L'amour n'est pas un calcul de pure volonté... Les mariages de raison sont une erreur où l'on tombe, ou un mensonge qu'on se fait à soi-même. Nous ne sommes pas seulement corps, ou seulement esprits ; nous sommes corps et esprit tout ensemble... Si le corps a des fonctions dont l'âme n'a point à se mêler, comme de manger ou de digérer, l'union de deux êtres dans l'amour peut-il s'assimiler à ces fonctions-là ? La seule pensée en est révoltante. »

« *Heureusement* », répondait Duteil, « le genre humain n'a pas besoin de ces sublimes aspirations pour trouver ces fonctions génératrices agréables et faciles ».

« *Malheureusement* », s'insurgeait George sans lâcher prise. « Et quoi qu'il en soit, quand une créature humaine, qu'elle soit homme ou femme, s'est élevée à la compréhension de l'amour complet, il ne lui est plus possible, et disons mieux il ne lui est plus permis de revenir sur ses pas et de faire acte de pure animalité[5]. »

Dans ses Mémoires, George Sand donne à cette conversation la raideur de son personnage *public*, mais révèle en même temps ses sentiments profonds. Son attitude et ses convictions prônent en permanence l'avènement de l'être complet. Elle parle sans détour de la connaissance charnelle qu'elle a pu tirer d'expériences très différentes : d'un Pagello et d'un Musset, d'un Casimir et d'un Aurélien, Mérimée, Planche, Sandeau et Grandsagne. Elle avait voulu les vivre et elle refusait de se laisser décourager par ses échecs. Ceux qui descendent dans la fosse aux lions, déclarait-elle à Saint-Beuve, et en ressortent à demi dévorés, « resteront-ils donc ainsi mutilés et rampants pour toute leur vie ?... Bah ! vive l'amour *quand même*[6] » !

La curiosité conduisit George à Bourges : vers le célèbre avocat, chef de l'opposition radicale, Louis-Chrysostome Michel, connu de toute la France sous le nom de Michel de Bourges. La curiosité, donc, mais aussi l'inquiétude que lui causait sa situation conjugale.

Le 9 avril 1835, Fleury et Planet, ce dernier admirateur et partisan de Michel, amenèrent le célèbre tribun à l'auberge où elle était descendue. Il était sept heures du soir, le jour même de son arrivée. Elle fut immédiatement frappée par le front immense et dégarni de Michel de Bourges. (Elle s'intéressait depuis peu à la phrénologie et gardait sur sa table de travail à Nohant un crâne qui terrifiait la femme du jardinier.) « Il semblait avoir deux crânes soudés l'un à l'autre », observait-elle, « les signes des hautes facultés de l'âme étant aussi proéminents à la proue de ce puissant navire que ceux des généreux instincts l'étaient à la poupe[7]. » Elle savait que Michel n'avait pas atteint la quarantaine, mais il faisait plus, jusqu'au moment où il se mettait à parler et devenait, comme tous les orateurs-nés même quand ils ne sont pas à la tribune, un homme en pleine force de l'âge et presque beau. Peut-être savait-elle qu'il avait épousé quelques années plus tôt une riche veuve pourvue de plusieurs enfants. Mais peu lui importait. La légende qui courait autour de son enfance de petit paysan la fascinait, l'histoire de son père cloué par une baïonnette sur la table d'une auberge par une bande de royalistes sept mois avant sa naissance. C'est alors que le fer avait pénétré l'âme de Michel et le républicanisme révolutionnaire avait fait partie intégrante de sa vie dès son plus jeune âge. Autant d'éléments qui allaient bientôt étoffer le prochain roman de George, *Simon.*

Peu avant leur rencontre, Michel avait lu *Lélia ;* impressionné, il éprouvait tout autant de curiosité à son égard. De sept heures du soir à quatre heures du matin, il déploya son éloquence au bénéfice de Planet et de Fleury, mais surtout de George Sand, qui le reconduisaient chez lui, puis repartaient avec lui pour l'auberge et ainsi de suite à neuf reprises, dans « cette belle ville austère et muette » éclairée par la lune[8]. Son élocution était comme une musique passant du pianissimo au fortissimo, transportant aux nues ses auditeurs, les ramenant ensuite à des réalités plus terrestres. Il prenait plaisir à étonner, frapper, épater ces naïfs intellectuels subjugués en annonçant la violence, la révolution, la guillotine.

« Jamais je ne l'ai vu ainsi », confia Planet à George. « Il y a un an que je vis à ses côtés, et je ne le connais que de ce soir. Il s'est enfin livré pour vous tout entier ; il a fait les frais de son intelligence et de sa sensibilité. » George passa une nuit, du moins ce qui en restait, agitée. Trois jours plus tard, elle écrivit de Nohant à Gustave Papet : « J'ai fait connaissance avec Michel qui m'a promis de me faire guillotiner à la première occasion[9]. »

Mais elle avait déjà reçu une lettre passionnée de Michel de Bourges qui continuait sa cour politique, et commencé la sienne sous la forme de la sixième *Lettre d'un voyageur,* adressée à un mythique « Éverard [10] ». Couvrant les deux premières semaines de leur rencontre et de leur idylle, cette lettre ouverte à Michel Éverard est une performance d'une rare habileté qui laisse voir, avec insolence, la séduction troublante exercée par l'intéressé et les réactions de George Sand, tant politiques qu'affectives. Provocante, railleuse, George qualifie Michel de « sublime hypocrite » ; sa dévotion à la cause révolutionnaire et à la réforme des institutions n'a pas pour seule origine la conscience de son devoir social. « Tu te méconnais en prenant pour le sentiment du devoir la pente rigoureuse et fatale où t'entraîne l'instinct de ta force. Pour moi, je sais que tu n'es pas de ceux qui observent des devoirs, mais de ceux qui en imposent. Tu n'aimes pas les hommes, tu n'es pas leur frère, car tu n'es pas leur égal. Tu es une exception parmi eux, tu es né *roi.* »

Certes, il y a dans ces lignes de la flatterie, mais aussi une énigme. George s'inclinait devant le « roi » auquel, par principe, elle s'opposait. Avait-elle trouvé son « homme fort » et déjà reconnu en lui son futur « tyran » ? Eût-elle été capable de se soumettre à un homme, avait-elle écrit à Sainte-Beuve à propos de Mérimée, qu'elle eût été « sauvée ». Sauvée du destin de s'affirmer en tant que George Sand, en tant qu'être en plein processus de création de soi ? Il semblerait plutôt que, dans cette lettre ouverte, elle se soit inclinée devant l'archétype social de la femme subordonnée — elle qui était déjà devenue le prototype de la femme libérée aux yeux des femmes de son temps. L'ambiguïté existait en George même, dans sa lutte pour se défaire d'un comportement inculqué dès l'enfance et qu'on attendait d'elle.

Comme toujours, cependant, George Sand céda sans réserve à cette nouvelle passion, chaque fois était la première fois. « C'est toi que j'aime depuis le jour où je suis née », s'écrierait-elle dans une lettre à Michel au moment même où cette liaison touchait à sa fin [11]. Elle le taquinait amoureusement. De toutes les causes, celle de Michel était « la plus belle et la plus noble », la seule que le poète, l'écrivain et l'artiste puissent épouser. Elle voyait en lui toutes les vertus publiques et aucun vice intime ; Michel était un homme au service de l'humanité. Elle se sentait émerger de son chagrin et retrouver le sens — toujours latent chez elle — du peuple et des injustices sociales si tristement manifestes dans son entourage. Partout dans les usines, des enfants de six ans travaillaient seize heures par jour. La grève et l'action collective étaient illégales, les syndicats une conspiration criminelle, la répression des canuts lyonnais, qui remontait à moins d'un an, une action préméditée. Sous Louis-Philippe et la monarchie, le seul fait de s'avouer républicain, d'afficher la tendance égalitaire et les convictions profondes qui furent toujours celles de George Sand, constituait un premier pas vers la révolution. Michel encouragea cette tendance et politisa ces convictions. George répondit au pouvoir de son esprit et s'orienta vers le but qu'il visait.

« Dès le premier jour, nous nous sommes appartenus par la pensée... Nul autre homme n'avait exercé sur moi une influence morale. » Puis : « J'étais vierge par l'intelligence ; j'attendais qu'un homme de bien parût et m'enseignât. Tu es venu et tu m'as enseignée [12]. » Ces lignes devaient être écrites plus tard dans une lettre *personnelle* cette fois à Michel. De nouveau, même dans une correspondance privée, l'attitude qu'on attendait d'elle : il était entendu que même la virginité intellectuelle attirait l'homme du XIXe siècle, même libéral ou progressiste. Il est exact que Michel avait élargi l'esprit de George, étendu le champ de son expérience. Il ne pouvait exister de raison plus suffisante ni de cause mieux établie pour qu'elle s'ouvre à l'amour ; et ce petit homme hardi, voûté, chauve, vieux avant l'âge et passablement laid, d'humble souche paysanne, fut peut-être l'amant le plus satisfaisant qu'eut jamais George Sand.

Mais l'union des esprits précéda, ne serait-ce que de quelques jours, l'accord profond sur des principes tels que « la grande loi d'égalité, tout inapplicable qu'elle paraisse maintenant à ceux qui en ont peur, et tout incertain que me semble son règne sur la terre ». C'était le seul objectif juste et entièrement moral, poursuivait la *Lettre* à Éverard, et il avait été la raison d'être de George Sand, même si elle se sentait maintenant coupable de ne pas l'avoir poursuivi plus activement au lieu de s'engager dans de « funestes amours ». Quant à Michel, elle le voyait parfois découragé, « abattu et tremblant » devant sa tâche colossale. « Tu trouves que c'est bien long à venir, l'accomplissement d'une grande destinée ! Les heures se traînent, ton front se dégarnit, ton âme se consume et le genre humain ne marche pas. » Elle était la première à rire des hommes qui regardaient ses faibles bras de femme et proclamaient avec mépris « le droit du plus fort quand on leur parle d'équité ». Néanmoins, malgré sa petite taille *, elle pouvait encore servir, « ne fût-ce qu'à élever une barricade de la hauteur d'un cadavre », ou marcher avec ses camarades comme un soldat sur les routes de l'avenir, « au nom de Jésus... de Washington et de Franklin... de Saint-Simon ». (Marx, à l'époque, avait seize ans.)

Il serait aussi faux de penser que George Sand abdiquait tout sens critique devant Michel de Bourges, que de croire qu'il avait *créé* sinon sa conscience sociale, du moins son républicanisme ; que ses opinions publiques reflétaient simplement celles du tribun dans le miroir d'un amour aveugle. George contribua à donner d'elle cette image par son comportement parfois conventionnel, par son acceptation — momentanée, car le plus souvent elle la rejetait — de la notion que se faisait son époque de la féminité authentique. Dans les salons, Michel aimait trop provoquer les intellectuels avec ses appels aux flots de sang et son mépris de l'hypersensibilité du poète et de l'artiste. Comme Platon, il les excluait de sa république en les accusant d'affaiblir la volonté révolutionnaire et même de corrompre la morale publique — une flèche à l'intention de Musset, de Liszt et des amis intimes ou ex-intimes de George Sand.

En de telles occasions, George savait admirablement renvoyer la balle, en général par écrit, puisque, disait-elle en exagérant son rôle de « femmelette », elle sortait vaincue de leurs discussions. « Quand les poètes diront ce que vous voudrez, vous les laisserez dire ce qu'ils voudront », faisait-elle observer avec finesse dans sa *Lettre*. Quand un disciple de Michel lui déclara un jour, presque sérieusement, qu'elle méritait la mort, elle fut d'abord indignée, puis étonnée, et

* 1 m 58 si l'on en croit son passeport datant de la même année.

enfin ravie. « Je ne manque pas depuis ce jour-là de dire à tous mes amis, en confidence, que je suis un personnage littéraire et politique fort important, donnant ombrage à ceux de mon propre parti... Le Malgache m'a demandé ma protection, afin d'avoir l'honneur d'être pendu à ma droite, et Planet à ma gauche. » C'est avec le même ton moqueur, mais singulièrement percutant, qu'elle rapportait un dialogue entre Michel et un jeune saint-simonien, Adolphe Guéroult, et concluait : « Je fais serment devant lui que si l'extrême gauche vient à régner, ma tête y passera comme bien d'autres car je dirai mon mot [13]. »

Guéroult avait demandé à George Sand, de la part du chef des saint-simoniens, le père Barthélemy Enfantin, de devenir officiellement la « Mère » de « la famille ». Elle avait repoussé son offre, malgré sa sympathie pour le socialisme prôné par le mouvement et sa position en matière d'égalité de droits pour les femmes. Mais elle voulut rester indépendante, préférant militer par l'exemple. Les femmes s'étaient mises à imiter le héros [l'héroïne] Sand dans leur façon de s'habiller ainsi que dans leur comportement et leur remise en question de la vie domestique, certaines allant jusqu'à quitter leurs provinciaux de maris pour monter à Paris et vivre comme George Sand.

Toutefois, l'argent restait la clé de cette liberté, et rares furent celles qui ne se contentèrent pas simplement de devenir les maîtresses d'autres hommes. Son indépendance, expliqua George à Michel, avait été chèrement acquise. « Pressée, forcée de gagner de l'or, j'ai pressé mon imagination de produire », enviant ceux qui pouvaient « relire attentivement leurs pages, les corriger, les polir minutieusement ». Elle, en revanche, devait livrer au plus vite son manuscrit à son éditeur, l'encre à peine sèche. C'est ainsi que George concluait sa sixième *Lettre d'un voyageur* — avant de se précipiter chez son éditeur [14]. Elle vivait bien, dépensait généreusement, recevait et s'occupait d'un certain nombre de gens : c'était plus qu'acquitter le prix de sa liberté. Avec Nohant, Solange et bientôt Sophie à sa charge, il devenait plus urgent que jamais pour elle d'augmenter ses revenus. La situation ne manquait pas de piquant : c'était la division par moitié de *son* petit bien — les revenus des propriétés léguées par sa grand-mère — qui inquiétait maintenant Casimir et le rendait visiblement malheureux et de plus en plus difficile à vivre. Il regrettait leur accord de février.

Écœurée, George déchira ce contrat et en envoya les morceaux à Duteil qui lui tenait lieu d'avocat. Elle ne voulait pas, dit-elle, que Casimir « se fasse passer pour une victime, surtout aux yeux de mes enfants ». De plus, elle ne cherchait « grâce ni faveur de personne, même lorsqu'on me fait la charité avec mon argent [15]. » Honteux, ou bien pensant peut-être à son ancienne liberté de célibataire à Paris, Casimir refit pratiquement le même contrat qui cédait à Aurore « mon petit empire » comme il appelait Nohant [16].

Entre-temps, George s'était rendue à Paris pour assister au « procès monstre » dans lequel Michel jouait un rôle important. Cent vingt et un ouvriers et chefs de l'opposition étaient accusés de conspiration et d'avoir été à l'origine des émeutes qui s'étaient produites l'année précédente à Lyon et dans d'autres villes de France. Ils étaient jugés en masse et avaient la sympathie du public. La tactique de la défense, assurée par Michel, Garnier-Pagès, Ledru-Rollin et Barbès pour ne citer que ces personnalités républicaines, consista à utiliser le prétoire où siégeaient des juges monarchistes comme tribune du peuple : les accusés deviendraient les accusateurs et feraient le procès de la monarchie. Par ailleurs, comme l'observait George Sand, « le moment commençait à poindre où les idées purement politiques et les idées purement socialistes devaient creuser des abîmes entre les partisans de la démocratie [17] ».

Les femmes n'étaient pas admises au procès monstre, mais un garde conseilla à l'épouse d'un des accusés, au moins, de venir en pantalon, moyennant quoi il la laisserait passer. Habillée en homme — ce qui n'avait rien pour elle d'un déguisement et les assistants se poussaient du coude au passage de la célèbre romancière —, George Sand assista aux séances moins pour écouter Michel plaider que pour « encourager du geste et du cœur ses amis politiques [18] ». Elle recueillait des fonds pour les accusés, et son appartement du quai Malaquais devint un cénacle républicain, dont la police surveillait les allées et venues.

Le soir, épuisé jusqu'à la nausée et la maladie, Michel montait chez George après les longues journées d'audience au tribunal. (Il logeait, officiellement, un peu plus loin sur le quai.) Le salon bondé le faisait revivre et il reprenait ses harangues, en s'adressant cette fois à ses amis politiques : Sand, Planet, Fleury, Arago, ceux qui l'accompagnaient, et aussi Franz Liszt, toujours sérieux, toujours inquisiteur, qui venait parfois les rejoindre. Les murs résonnaient de leurs discussions : quels étaient les moyens de parvenir au socialisme, leur but commun ? Puis, bien après minuit, une fois que tous étaient repartis, Michel s'effondrait et George le soignait et le réconfortait ; « la passion nous envahit », écrivait-elle. Les esprits s'étaient rencontrés, les corps s'unissaient. A tel point que Michel envisageait la vie commune et qu'il fixa même une date : dans un an ou deux sans doute, une fois qu'il aurait réglé ses problèmes familiaux. George y crut ; elle aimait Michel, il l'aimait — « quand toutes les cordes de mon être mises à nu vibrèrent sous ta main, mon attachement devint si fort et si profond que je ne pus imaginer d'autre but dans la vie que de vivre avec toi [19] ».

Ce que *reprocherait* George à Michel un peu avant le deuxième anniversaire de leur rencontre, alors que ses sentiments demeuraient toujours aussi forts et aussi profonds. Mais les émotions qu'on se remémore au bout de vingt années, tout comme les passions politiques, ne sont ni de la poésie, ni des souvenirs entièrement dignes de foi. C'est ainsi que George rappelait, dans la partie de ses Mémoires qui couvre cette période, une scène nocturne qui s'était déroulée à Paris pendant le procès monstre. Les trois amis — Planet, Michel et George —, rentrant d'une soirée à la Comédie-Française, traversaient le pont des Saints-Pères pour regagner l'appartement de George. C'était une autre nuit de printemps splendide. Les lumières du palais des Tuileries et des jardins se reflétaient dans l'eau tremblante. George tomba dans une rêverie profonde — elle n'avait pas perdu son habitude de se replier ainsi sur elle-même par moments — et Michel, en train de discourir, s'en offusqua. Il éleva la voix et sa péroraison s'enflamma. Timidement, Planet remit en question la politique de la terreur et George, soudain rappelée à la réalité, parla des exigences d'une « époque civilisée ».

« La civilisation ! » s'écria Michel en frappant de sa canne la balustrade du pont. « Oui ! voilà le grand mot des artistes ! Moi, je vous dis que pour rajeunir et renouveler votre société corrompue, il faut que ce beau fleuve soit rouge de sang, que ce palais maudit soit réduit en cendres, et que cette vaste cité où plongent vos regards soit une grève nue, où la famille du pauvre promènera la charrue et dressera sa chaumière[20] ! »

C'était le discours politique du tribun, essentiellement déplacé, et dont la gratuité brisa net la douceur intime de la soirée. Compte tenu de l'évolution ultérieure de la vie de Michel, de son souci grandissant de l'argent et des distinctions publiques qui finirait par l'emporter sur celui des principes, l'incident apparaissait sous un jour particulièrement détestable. Comme le remarquerait George Sand, « j'étais devenue socialiste, Éverard ne l'était plus[21] ».

Un autre incident rapporté par George, plus significatif, révélait le goût de Michel, comme de ceux de nombreux « amis du genre humain », pour l'autocratie domestique.

Ils se trouvaient seuls quai Malaquais. Michel parlait avec passion et conviction de l'individualisme face à la conscience sociale. « Tu rêves une liberté de l'individu », déclara-t-il à George, « qui ne peut se concilier avec le devoir général. Tu as beaucoup travaillé à conquérir cette liberté pour toi-même. » Les autres aussi voulaient être maîtres de leur destin, mais il faudrait une révolution transformant la société pour qu'*eux* y parviennent. Ils devaient agir ensemble pour le bien de chacun. Et George y travailler avec eux. Des vérités applicables à une société plus juste encore en gestation émergeraient de la réflexion collective et non isolée. « C'est donc avec les autres qu'il faut chercher. »

Sur quoi Michel partit assister à une réunion politique *en fermant à clé la porte de l'appartement.* George crut à l'effet de la distraction, mais il revint trois heures plus tard et éclata de rire. Il l'avait enfermée, lui expliqua-t-il, parce qu'il s'était rendu compte qu'elle n'était pas « encore convaincue » et avait voulu lui « donner le temps de la réflexion ». Ceci sur le ton de la plaisanterie, et George décida de l'accepter comme telle[22]. Mais ce geste avait un humour douteux de caserne où le sergent s'amuse aux dépens d'une nouvelle recrue. Les rôles ne sont jamais interchangeables. On imagine mal George Sand se comportant ainsi avec Michel, bien que « l'égalité » fût leur mot de passe politique.

Cette année agitée tant sur le plan social que politique ne fut pas, cependant, monopolisée par le seul Michel de Bourges dans la vie de George. Lui-même était suffisamment mobilisé par son propre procès pour outrage à magistrats, à l'issue duquel il serait condamné à un mois de prison ferme, qu'il ne purgea que quelques mois après. Pendant ce printemps fiévreux, Franz Liszt avait amené quai Malaquais l'abbé Félicité de Lamennais. Frêle, austère, la cinquantaine bien entamée, l'abbé avait très tôt abandonné sa particule aristocratique pour se lancer dans la réforme d'une Église obstinément royaliste. Ce qui lui avait valu la censure du Vatican. Le socialisme chrétien qu'il prêchait dans ses *Paroles d'un croyant* — un livre petit, avait dit le pape Grégoire XVI dans l'encyclique qui le condamnait, mais immense par sa perversité [23] — était devenu dans toute l'Europe le credo du laïc libéral.

George avait lu et admiré ce livre, et elle attendait avec impatience cette entrevue. Elle ne fut pas déçue, sans se convertir pour autant en disciple de l'abbé. Liszt au contraire, profondément religieux — il passait des nuits à genoux en prière —, passionnément avide d'instruction — enfant prodige, il avait eu le piano pour seule école —, trouva dans Lamennais un maître et un père *. Il lui avait dédié une de ses œuvres, composée à la gloire des canuts lyonnais, en reprenant le slogan insurrectionnel des grévistes : « Vivre en travaillant, mourir en combattant. » L'abbé aussi s'intéressait à Liszt qu'il voyait adhérer peu à peu à sa propre concrétion de l'artiste, « prophète de l'ordre nouveau [25] ».

Si beaucoup de choses en Liszt attiraient également George Sand, ils ne semblent pas avoir été amants malgré ce qu'en pensaient Musset et le Tout-Paris. « Si j'avais pu aimer M. Liszt de colère, je l'aurais aimé », déclara-t-elle à Musset, « mais je ne pouvais pas !... Je serais bien fâchée d'aimer les épinards, car si je les aimais, j'en mangerais, et je ne peux les souffrir. » Autrement dit, Liszt n'était pas pour elle. Elle ajoutait :

* « Listz », écrivait Heine, « aime fourrer son nez dans toutes les marmites où Dieu mijote l'avenir du monde [24]. »

« M. Liszt ne pensait qu'à Dieu et à la Sainte Vierge qui ne me ressemble absolument pas[26]. » Mais George ne pouvait pas révéler ses véritables sentiments à l'égard de Liszt dans une lettre à Musset. Elle avait plus de sympathie pour lui qu'elle ne le disait. Il fut un des plus grands pianistes du siècle — son seul rival à Paris était Chopin — et un des compositeurs les plus doués. George Sand aimait la musique plus que tout. Comme dans son enfance, quand les doigts paralysés de sa grand-mère s'attardaient sur les touches, elle aimait se blottir sous le piano de Liszt pour mieux s'intégrer à ce qu'il jouait — et peut-être était-ce une expérience physique suffisante.

Et puis, il y avait la comtesse Marie d'Agoult.

Entre George Sand et Marie d'Agoult, petite-fille d'un riche banquier allemand, fille du comte de Flavigny et épouse du comte d'Agoult, s'établirent des rapports durables où se mêlaient l'affection, la rivalité et la bizarrerie. Aussi brillante que George et presque aussi douée, plus jeune d'une année et plus belle, Marie deviendrait presque aussi célèbre en écrivant sous le pseudonyme de Daniel Stern. L'histoire de sa vie avec Liszt fut également un modèle de courage dont la légende s'emparerait un jour, et leur fille, Cosima, épouserait Richard Wagner.

Mère de deux enfants, Marie d'Agoult avait rencontré Franz Liszt à une soirée musicale de l'hiver 1833. Elle fut frappée par son jeu étincelant, sa haute silhouette mince et penchée et son visage pâle qu'illuminaient des yeux incroyablement verts. Elle l'invita à séjourner dans sa propriété (le comte d'Agoult, beaucoup plus âgé que sa femme, se montrait un mari courtois et complaisant). Leur attachement grandit. Quelques mois après avoir rencontré George Sand, Franz déclarait son amour à Marie. Ce fut George qui les inspira. Franz et Marie se querellaient tendrement pour savoir qui, le premier, avait lu et adoré *Leone Leoni,* un récit à la gloire de l'amour. En revanche, Franz avait lu *Lélia* avec une passion que ne partageait pas tout à fait Marie. Mais tous deux prenaient pour exemple la vie libre et hardie que menait George. Qui plus est, Marie était enceinte des œuvres de Liszt.

En juin 1835, leur décision était prise : Marie partirait pour la Suisse, où Liszt viendrait la rejoindre un peu plus tard. Avant son départ, Franz l'amena quai Malaquais. George découvrit une de ces « merveilleuses princesses qui apparaissent aux pauvres artistes dans les joyeux contes d'Hoffmann[27] ». Marie, lorsqu'elle vit George, se demanda : « Est-ce un homme, est-ce une femme, un ange, un démon ? Vient-elle, comme sa Lélia, du ciel ou de l'enfer[28] ? » Quand ils furent installés à Genève, Marie et Franz écrivirent à George de venir les voir. Elle n'y manquerait pas, leur répondit-elle dans une lettre à Marie : « Je puis... vous dire que je vous aime, que vous me semblez la seule chose belle, estimable et vraiment noble que j'aie vue briller dans la sphère patricienne. Il faut que vous soyez en effet bien puissante pour que j'aie oublié que vous étiez comtesse. » George avait aussi trouvé Marie d'Agoult « diablement » intelligente. « Vous avez envie d'écrire, pardieu, écrivez... Écrivez vite, avant d'avoir pensé beaucoup... », écrivez maintenant, « pendant que c'est Dieu qui vous dicte, et non la mémoire[29] ». Écrivez sur les femmes, ajouterait-elle un jour.

George regrettait leur absence et « caressait » le projet de leur rendre prochainement visite. Mais une difficulté imprévue l'en empêcha.

Le procès monstre était terminé, les sentences d'exil et d'emprisonnement prononcées à titre collectif comme on l'espérait. George, toutefois, affichait un radicalisme de plus en plus farouche, et à un rythme accéléré. En juillet 1835, elle défendit courageusement la cause du régicide peu après l'attentat manqué de Fieschi contre Louis-Philippe, attentat à la bombe qui tua plusieurs des personnes qui entouraient le roi. Plus tard, à la grande consternation de Buloz, elle reprit ce thème dans sa septième *Lettre d'un voyageur,* adressée à Franz Liszt. Par ailleurs, elle exposait ses convictions et ses opinions politiques à Adolphe Guéroult et aux saint-simoniens, prêchant l'abolition de la propriété privée dont elle prédisait l'avènement. George parlait aussi d'une future « race de prolétaires farouches, orgueilleux, prêts à reprendre par force tous les droits de l'homme[30] ».

Un jour ou deux seulement avant d'écrire cette phrase, George avait vécu son explosion personnelle, microcosmique en comparaison, mais qui posait le problème critique du couple : sa rupture.

23. Procès et entractes

Enfin libre !
George Sand, *Correspondance*, 1836[1].

Casimir souffrait de la situation gênante et « peu digne d'un homme » qui était la sienne, surtout quand Mme Dudevant redevenait l'hôtesse de Nohant et recevait ses amis. Comme eux, il savait que c'était son Nohant, son argent, son talent, son intelligence, sa réussite littéraire qui les attiraient et lui assuraient, quant à lui, une existence confortable. De temps à autre, ce conflit intérieur éclatait au grand jour.

Ainsi le 19 octobre 1835. La famille et les amis — Fleury, Papet, Duteil, M. et Mme Bourgoing — prenaient le café après dîner au salon. Casimir, qui avait passé la journée à chasser, avait bu trop de champagne à table. Il déguisait mal l'irritation que lui causaient Aurore — jamais elle ne fut pour lui George — et leur étrange situation. Le jeune Maurice, âgé de douze ans et sentant venir l'orage, ne tenait pas en place. Son père lui demanda de se calmer. Sa mère l'appela près de lui. Il y resta un moment, puis s'échappa de nouveau. Casimir le gronda et s'en prit ensuite à sa femme qu'il accusa bruyamment de gâter leur fils. Il ordonna à Maurice de quitter la pièce. Le garçon hésita. George lui dit d'obéir car son père ne savait pas ce qu'il... Elle s'interrompit. Dès que l'enfant fut dehors, Casimir acheva la phrase à sa place : il ne savait pas ce qu'il *disait* parce qu'il était « bête ». Non, répondit George, mais « un peu gris ». Casimir ordonna, à sa femme cette fois, de sortir. Sans se départir de son calme, elle refusa. « Vous oubliez », dit-elle, « que je suis chez moi autant que chez vous. » Casimir s'élança vers elle, la main levée. Fleury et Papet s'interposèrent. Il cria qu'il était maître chez lui et qu'il allait le leur montrer, quitta précipitamment le salon et revint avec un fusil qu'il brandissait avec plus de bravache que de conviction. Duteil réussit à rétablir le calme et une gaîté forcée régna bientôt dans le salon ; George se retira dans sa chambre au bout de quelques instants.

Ce fut moins la scène — il y en avait eu d'autres, quoique moins violentes, et il y en aurait d'autres qui le seraient peut-être davantage — que la situation proprement dite qui marqua George : l'humiliation à laquelle elle était légalement soumise. Casimir était bel et bien le maître de Nohant. La liberté qu'il lui « accordait » de vivre ailleurs était celle qu'il y gagnait pour son propre compte. Même les lettres amicales qu'il adressait à George lorsqu'elle séjournait, au su de tous, en Italie avec Musset, s'expliquaient, déclara-t-elle avec amertume à Hippolyte, parce qu'il était « satisfait de se trouver maître absolu d'un château et d'une terre, et me trouvait fort bien là où j'étais. Les mauvais traitements recommençaient dès que je mettais les pieds dans le domicile conjugal[2] ».

Soyons aussi honnête que George Sand le fut : cette scène devant témoins constituait une occasion à ne pas laisser échapper[3]. Profitant de l'absence de Casimir qui reconduisait les deux enfants à Paris, Solange à son pensionnat, Maurice à son collège, George se précipita à Châteauroux avec Papet pour consulter Rollinat, puis tous trois se rendirent à Bourges sans perdre une minute afin de prendre l'avis de Michel. L'entrevue se déroula dans le château-prison où il achevait de purger sa peine. Comme Rollinat, Michel lui conseilla de demander la séparation immédiate aux tribunaux de La Châtre. Compte tenu de ce qui venait de se passer, Casimir n'oserait sans doute pas discuter. Entre-temps, George ne devait pas remettre les pieds à Nohant car cela aurait signifié aux yeux de la loi une reprise de la vie commune. Elle s'installa donc chez Duteil et sa femme.

De La Châtre, George demanda à sa mère de se montrer d'une extrême réserve avec Casimir au cas où il lui rendrait visite pour plaider sa cause. De même écrivit-elle à Maurice une lettre tout aussi prudente où il était question d'éducation, de républicanisme et de son père : « Tu choisiras entre ses idées et les miennes[4]. » Avec les gens de La Châtre, dont elle flattait maintenant l'opinion en vue du procès, George prenait des airs de sainte-nitouche. « Je mène une vie monacale », écrivait-elle à Marie d'Agoult, « outrée de sagesse afin de conquérir l'admiration de trois imbéciles » — ses futurs juges. « Je fais le Sixte-Quint » — qui prétendit être à l'agonie pour être élu pape, puis envoya promener ses béquilles pour s'occuper activement de ses affaires. « Ainsi, à l'heure qu'il est, à une lieue d'ici, quatre mille bêtes me croient à genoux dans le sac et dans la cendre, pleurant mes péchés comme Magdeleine. Le réveil sera terrible. Le lendemain de ma victoire, je jette ma béquille, je mets le feu aux quatre coins de la ville, je passe au galop de mon cheval, sur le ventre du président et de mes juges. Si vous entendez dire que je suis convertie à la raison, à la morale publique, à l'amour des lois d'exception, à Louis-Philippe le père tout-puissant, et à son fils Poulot-Rosolin, et à la sainte chambre catholique, ne vous étonnez de rien. Je suis capable de faire une ode au roi ou un sonnet à M. Jacqueminot » commandant en chef des gardes nationales — « pour gagner mon procès[5]. »

Le procès en séparation eut lieu en 1836, à La Châtre. Préparé par Michel de Bourges, le plaidoyer est le constat long et monotone d'un mariage raté, partial comme on pouvait s'y attendre dans sa façon de présenter les erreurs commises par Casimir dans l'administration de la dot de sa femme, de ses biens et de son argent ; ses « coups » au Plessis pour quelques grains de sable dans son café ; ses brusques éclats et ses propos insultants en public ; ses beuveries et « orgies » à Nohant ; son « concubinage avec Claire » ; ses lettres obligeantes quand elle était en Italie, son accueil « brutal » à son retour ; et la scène du fusil à Nohant[6].

Il faudrait attendre un siècle encore pour que l'on pût plaider l'incompatibilité d'humeur et éviter ce déploiement de linge sale en public.

Casimir ne se défendit pas. Il avait accepté avant le procès d'être condamné par défaut moyennant la promesse d'une rente. Le tribunal de La Châtre statua donc en faveur de Mme Dudevant et lui accorda Nohant ainsi que la garde des enfants.

Dans un accès de joie, George se précipita à Nohant désormais sien, fit place nette, ne gardant que le vieux jardinier et sa femme, et attendit Casimir et Duteil afin de régler les détails de l'accord final. « Je savourai pour la première fois depuis la mort de ma grand-mère les douceurs d'un recueillement que ne troublait plus aucune note discordante[7]. »

Cette vie idyllique ne dura guère. Quelques jours plus tard, Hippolyte lui annonça que Casimir avait décidé de faire appel. Tout était à recommencer ! Profondément blessée en apprenant l'hypocrisie d'Hippolyte — c'était lui qui avait poussé Casimir à réagir —, George n'en restait pas moins déterminée à aller de nouveau devant les tribunaux. « Je suis la fille de mon père », écrivit-elle à Sophie. « Si mon père eût écouté les sots et les fous de ce monde, je ne serais pas l'héritière de son nom. » Car il n'aurait jamais épousé Sophie, rappelait-elle avec peu de tact à sa mère. « Je me soucie peu de l'univers. Je me soucie de Maurice et de Solange[8]. » Sur elle-même, pas un mot ; le moment était mal venu.

George Sand fut bel et bien trahie par son frère, d'où son amertume. Hippolyte écrivit en effet sans plus tarder à Casimir : « La conduite de l'ami Duteil pour croire qu'après un jugement comme celui-là, tu n'en appellerais pas... [Aurore] est furieuse... Quant à moi je désire que tu ne me fasses paraître en rien dans cette affaire pour tout ce qui est d'Aurore. *Tu as assez de preuves sans moi.* Je t'aiderai de mes conseils et de quelques renseignements *assez importants...* Il y a des gens près de toi qui pourraient d'un coup te faire gagner ton procès. Il s'agit de leur délier la langue, je t'en donnerai les moyens de vive voix[9]. »

Quoi qu'il en soit, George avait quitté un Nohant récupéré par Casimir et repris la route de Paris via Bourges et Michel. Son état de dépression explique en partie le bref et bizarre entracte qui se produisit entre les deux procès.

Plus d'un homme qui se targue d'être fidèle n'a tout simplement jamais rencontré de belle femme s'offrant librement à lui. Pour George, ce beau spécimen fut Didier. D'un an son cadet, il était né à Genève qu'il avait quitté à dix-neuf ans pour poursuivre une carrière littéraire à Paris. Hugo l'avait accepté dans son cénacle et Hortense Allart, féministe, romancière et pamphlétaire, dans ses bras[10]. Celle-ci eut l'inconscience de présenter son bel amant, grand, bien fait et séduisant, à George

Sand, le 2 février 1833 (l'année de *Lélia*, qui précéda l'épisode avec Musset, un mois avant la rupture définitive avec Sandeau).

Charles Didier tenait un journal * dans lequel il écrivit ce soir-là ces lignes désinvoltes : « Hortense me présente à Mme Dudevant. Telle que je l'imaginais et l'attendais, un peu sèche et sans *liant.* Elle a une tête singulière. Ne la crois plus capable de passion. » George invita de nouveau Didier deux jours plus tard. Didier à son journal : « Comme l'autre fois, peu liante. Serait-elle capable de passion ? Je crois qu'elle a passé le Rubicon. Visite chez la princesse Belgiojoso qui me reçoit avec grâce et courtoisie. Vu Musset qui passe pour son amant. »

Plusieurs jours sans que le nom de George Sand soit mentionné, puis, le 15 mars 1833 : « Longue visite à Mme Dudevant, avec laquelle cause beaucoup avec plus d'intimité mais avec une certaine réserve. » 21 mars : « Visite à Mme Dudevant malade. Elle est belle et douce. Sa belle tête pâle, encadrée de cheveux noirs, faisait un effet gracieux. Viennent et passent chez elle des provinciaux sales. L'un son frère ; eux partis, vient Planche, avec qui je cause. » 28 mars : « Lettre de Mme Dudevant, qui me demande des recommandations pour Jules Sandeau qui part pour l'Italie. » 30 mars : « Chez Mme Dudevant, qui me retient à dîner avec Hortense Allart et Planche. La trouve triste ; je crois que Planche, avec lequel très liée, exerce sur elle une mauvaise influence... Restons un moment seuls, la dame et moi. On lit une page d'*Obermann,* qui me va au cœur, Mme Dudevant douce et abandonnée ; elle respirait l'amour ; j'ai peur de sa liaison avec Planche, homme non fait pour elle. »

Le désir, la jalousie, les élans romantiques mêlés aux scrupules calvinistes se disputaient l'âme de Didier. Il faut attendre plusieurs mois avant que le nom de George Sand apparaisse de nouveau. 9 juin : « Sainte-Beuve me raconte les turpitudes de Mme Dudevant qui s'est donnée à Mérimée ; durée vingt jours. Son affaire. A un repas, a été insultée par Dumas, avec qui Planche devait se battre. Dumas a demandé pour se rétracter

* Qui trace un extraordinaire portrait de George Sand, quoique à l'état d'ébauche, vue par un homme — un portrait intime, personnel, bourré de préjugés, et inestimable.

que Planche déclarât n'être pas l'amant de Mme Dudevant. [Ce que fit Planche.] Est-ce assez sale ! » 9 août : « Je lis [*Lélia*] avec fureur et d'un trait, très tard, et m'endors brisé. » Le lendemain : « *Lélia* achevée... trouve mon roman stupide comparé à *Lélia*. Je ne dirai pas tout cela à Mme Dudevant, disposée à faire peu de cas de ceux qui l'admirent. » 12 août : « Je ressens plus que jamais l'effet de *Lélia*. Je ne suis pas jaloux... mais je me sens faible, pauvre écrivain, petit artiste auprès d'une pareille puissance de forme et de passion. Pourquoi donc écrire ? Pour manger. »

Le 14 août 1833, Didier, stupéfait, recevait une lettre de George Sand lui demandant de lui prêter cent francs. Il réussit à emprunter la somme nécessaire et l'apporta quai Malaquais : « Je [la] trouve arrivée depuis quelques moments de la forêt de Fontainebleau. » Il la revit le 20 : « Était très aimable, très gaie, me disant qu'elle avait quinze ans... Lui serait-il encore possible d'aimer ? Hortense très jalouse. » 27 août : « Musset passe pour son amant... à Fontainebleau était avec lui... elle m'a dit qu'elle avait passé seule tout son temps, à chevaucher dans les bois... Je me sens grande pitié pour cette femme malheureuse, qui va dispersant ses belles facultés, et dégradant son sublime génie. » Septembre, sans date : « Sainte-Beuve me parle de Mme Dudevant et de Musset. Elle a écrit à Sainte-Beuve qu'elle est vraiment amoureuse. “ *J'ai cédé par amitié, l'amour est venu.* ” Planche licencié ! Ô contradiction ! Ô vanité ! » Ô Sainte-Beuve, concierge du Paris littéraire !

1834 : De toute l'année, Didier ne mentionna que deux fois le nom de George Sand et ne la vit qu'en une seule occasion. Au mois de novembre de cette même année, il partit pour l'Espagne et ne revint à Paris qu'en septembre 1835. George Sand, qui avait rompu avec Musset, l'accueillit à son retour, lui offrit son appui auprès de Buloz et de l'argent si besoin était, et lui écrivit de La Châtre pour lui parler du procès et de l'appel interjeté par Casimir ; elle terminait en annonçant son arrivée.

Didier à son *Journal*, le 22 mars 1836 : « Soirée chez Mme Dudevant, arrivée ce matin. Il y avait là Emmanuel Arago, Guéroult. Elle va se trouver mal entourée, comme toujours ; c'est déplorable. »

26 mars : « Au Salon, où je trouve George Sand. Je reviens

chez elle avec Emmanuel Arago. J'y reste tout le jour à muser. Charles d'Aragon, Arago et moi y restons à souper, à prendre du thé et à causer toute la nuit. Nuit fantastique. Nous ne la quittons qu'à cinq heures ; il était grand jour. Arago était gris... Ils sont tous les deux amoureux d'elle. J'étais là, observant, la tête dans les coussins du divan, et elle, triste et pas trop cassante, me passant les doigts dans les cheveux » — Didier avait les cheveux prématurément blancs, ce qui n'était pas pour l'enlaidir — « en m'appelant son vieux philosophe. »

27 mars : « Chez George Sand à onze heures et demie, avec trois bouteilles de champagne. Souper comme hier. D'Aragon n'y était pas... Nous étions tous gris, moi moins que les autres. George était gaie et riante. Je n'aime pas son côté de mauvais ton, mais je le pardonne. Elle a le vin tendre, moi aussi. Elle m'embrassait, je l'embrassais, et en nous quittant à huit heures, par un orage affreux, nous échangeons son écharpe en cachemire contre mon foulard blanc. »

29 mars : « Chez George Sand où je dîne. Je crains qu'il ne se passe quelque chose entre elle et ce fat de d'Aragon » — un comte de vingt-trois ans.

31 mars : « Au quai Malaquais. Fortoul [un journaliste] y était, avec Emmanuel Arago. George Sand devait nous lire *Engelwald** ; cela ne s'arrange pas ; elle était souffrante... Elle va trop loin avec Emmanuel Arago ; elle le traite avec un mépris par trop insultant... Épisode des jarretières... Au logis à six heures. »

1er avril : « Levé à trois heures. Je vais chez George Sand, qui me reçoit au lit. Elle se lève, mais j'y reste peu. J'étais silencieux, froid et fatigué... Elle me baise au front à deux reprises, une fois avec une lenteur et une ampleur qui m'étonnent... Chez Carnot, Fortoul me parle de la nuit d'hier... il est convaincu que George Sand a envie de moi. Je crois qu'il se trompe, et qu'il la comprend mal... Je ne voudrais pas m'épren-

* *Engelwald le Chauve*, roman non publié fondé sur le personnage de Michel de Bourges. George y avait consacré de longues nuits de travail à La Châtre et à Nohant, mais elle en reporta la publication afin de ne pas s'aliéner ses juges par son républicanisme radical. Puis, en 1864, ses opinions s'étant modifiées, elle brûla le manuscrit.

dre, car je serais bien malheureux avec des caractères comme le sien et le mien... »

12 avril : « Chez George Sand, un moment, de minuit à une heure. Il y avait des ennuyeux ; je ne l'aime que seule. Tous ces défauts de mauvais ton ne la reprennent qu'en société. »

13 avril : « Chez George Sand, où nous soupons, Artaud, Martineau, Calamatta, Emmanuel Arago et d'Aragon. Nous nous grisons, surtout d'Aragon et moi. Nuit fantastique et délirante. »

15 avril : « Chez George Sand, à une heure. Tête-à-tête bon enfant de cinq heures. Dîner chez elle. Veillé toute la nuit. Nous ne nous quittons pas. »

16 avril : « Resté seul avec elle, à huit heures, je l'amène au jardin des Plantes... puis au logis à onze heures, où nous déjeunons. Elle est un peu malade ; je la soigne et la guéris en la magnétisant. Je la reconduis chez elle à six heures, après être resté trente heures sans nous quitter, dont douze en tête à tête. Nous nous lions, devenons d'une étroite intimité... »

18 avril : « Je quitte George Sand à huit heures du matin. Je dors jusqu'à trois, puis retourne et l'amène chez moi, où nous dînons et restons jusqu'à minuit. J'étais heureux, mais muet ; elle sérieuse. Elle était belle à ravir. »

19 avril : « Je ne la quitte guère plus aujourd'hui qu'hier. Je l'amène dîner à la maison, comme hier. David Richard [avec qui il partage son appartement] lui donne une leçon de phrénologie. Il était un peu épris et moi un peu jaloux... David Richard se couche, et je reste seul avec George Sand. Je lui fais un lit dans mon cabinet et me retire dans ma chambre. Quelle vie, si l'on savait cela ! »

20 avril : « Debout à onze heures. Elle fait sa toilette avec mon aide ; nous déjeunons, puis je la conduis au collège Henri IV pour voir Maurice. Elle me parle beaucoup de Michel [de Bourges], et me raconte la nature tout intellectuelle de leurs relations. Elle me jure n'avoir pas eu d'amant depuis sa rupture avec Musset... Elle était belle et charmante. »

25 avril : « George Sand déménage aujourd'hui et s'installe au logis. Je lui cède l'appartement. » Craignant que Casimir ne demande une saisie légale de ses affaires, puisqu'il demeurait maître et seigneur de tout ce qu'elle possédait et gagnait

George avait fermé l'appartement du quai Malaquais et expédié ses meubles chez Buloz pour qu'il les mette en lieu sûr. « Nous lisons *Engelwald* dans la soirée, puis restons le reste de la nuit en tête à tête... Son installation chez moi provoque mille cancans, d'abord à la maison, puis au-dehors. La fin du mois se passe à ne rien faire qu'à l'accompagner et à causer avec elle, de longues heures d'intimité. Quand David Richard est couché, nous restons seuls, et notre intimité redouble. Je l'étudie, je l'observe, inquiet, troublé, doutant. Cet être compliqué m'est inintelligible encore par plus d'un côté, et je crains son impétueuse mobilité. J'étudie toujours. Je ne comprends pas. Est-elle loyale ? Joue-t-elle la comédie. Le cœur en est-il mort ? Problèmes sans solution. »

2 mai (1836) : « Le soir elle sort, et nous ne nous retrouvons qu'à minuit. Elle achève la tête de la sixième *Lettre d'un voyageur* [adressée à Éverard-Michel], puis devient tendre et caressante. Elle se couche à mes pieds, la tête sur mes genoux, ses mains dans les miennes... O Syrène, que veux-tu de moi [11] ? »

Le lendemain, George quittait l'appartement de Didier et partait directement pour Bourges et La Châtre, où le procès en appel devait commencer dans moins d'une semaine.

Pendant ce temps, Casimir était sorti de son apathie coutumière et soulevait toutes les pierres qu'il pouvait afin d'être sûr de n'oublier aucun détail sordide. A son commissionnaire de Paris, il expédia un billet urgent : Caron pouvait-il trouver les lettres qu'Aurore avait écrites à Marie Dorval ? « Quelques lettres... qui la compromettent fort, à ce qu'on dit et que j'ai entendu moi-même à Paris. Ne pourrais-tu, soit par Dumont ou autre, user de ruse et tâcher d'en escamoter quelqu'une [12] ? » (Caron ne le put ou ne le voulut pas.) Puis il constitua à l'intention de son avocat un mémorandum de ce qu'il avait à reprocher à Aurore Dudevant, intitulé en bonne et due forme : *Griefs contre A. D.*

Les « griefs » de Casimir commençaient au mois de mars 1825, avec la « Retraite faite aux Anglaises » d'Aurore. Puis il poursuivait :

Août (1825) — Voyage aux Pyrénées. Entrevue et correspondance avec A. Desèze [*Sic*]. Surprise de A. Desèze et d'A. Dudevant.
1827 — En correspondance entre A. Dudevant et Stéphane Ajasson (de Grandsagne). Novembre : Voyage à Paris avec Stéphane sous prétexte de santé !...
1829 — Lettre écrite par A. D. à Stéphane A. à Paris au mois de mars pour lui demander du poison, sous prétexte de vouloir en finir avec la vie. Avril : Départ des deux époux pour Bordeaux... Visite tous les matins de A. D. chez M. Desèze, allégant [*sic*] prétexte de maladie et d'aller aux bains...
1830 — Septembre : Connaissance faite par Mme A. D. avec Jules Sandeau... Arrivée de Mme A. D. chez son frère rue de Seine où elle a scandalisé par sa conduite toute la maison au dire de la portière. M. Jules Sandeau. Elle fait des romans.
1831 — ... dispute très vive avec Jules Sandeau, suivie de coups, etc.
1832 — Monsieur Gustave Planche. Julie Dorville [femme de chambre] rend compte que Mme A. D., couchée avec ce dernier, faisait venir sa fille âgée de 4 ans dans le même lit. Antipathie de Solange pour M. Planche.
1833 — Départ pour l'Italie avec M. Alfred de Musset, séjour de 8 mois. Dires de M. Alfred de Musset dans le monde sur la conduite de Mme A. D... Brouille. Réconciliation.
1834 — Août : retour à Nohant avec sa mère, craignant d'être mal reçue... Octobre : retour à Paris avec ses enfants Maurice et Solange, et pension de Solange, la mère et la fille, âgée de 6 ans, ne pouvant vivre ensemble.
1835 — Antipathie entre les deux époux. Mme D. affectant les manières d'un jeune homme, fumant, jurant, s'habillant en homme et ayant perdu toutes les grâces du sexe féminin, ne connaissant pas le prix de l'argent. Auteur de *Lélia*. Testament politique, *Revue des deux mondes,* lettres du mois de juin 1835 [à Éverard-Michel] [13].

A ses *Griefs*, Casimir joignait une *Note sur Michel et A. D.*

> Juin 1835 — M. Michel est venu pour la première fois à Nohant, il y a passé deux ou trois jours. M. Dudevant fut à La Châtre pour assister à la cérémonie et enterrement de M. Duvernet père, s'y étant trouvé malade il est rentré à Nohant avec la fièvre et s'est mis au lit en arrivant. M. Michel et Mme Dudevant étaient restés à Nohant et ils partirent le lendemain matin pour La Châtre et ensuite pour Bourges, Madame s'inquiétant fort peu de l'état de son mari.
> Août 1835 — ... M. Dudevant est parti [chercher son fils à Paris], *et M. Michel est venu à l'insçu* [*sic*] de M. Dudevant s'installer à Nohant pendant son absence. M. Dudevant n'a appris ce fait que depuis la demande en séparation.
> Janvier 1836 — M. Michel est arrivé à Nohant avec Mme Dudevant vers les 7 ou 8 heures du matin et s'est couché en arrivant, dans une chambre en haut, et Mme s'est couchée dans son cabinet en bas...
> Avril 1836 — M. Michel installé à Paris... et y a passé huit jours. C'est pendant que M. Michel était à Paris chez Mme D. [Casimir semble tout ignorer de Didier] qu'il a été dit à M. Dudevant qu'on lui tendait un guet-apens. [Ce « guet-à-pens » reste un mystère.] Mme D. avait passé son logement sous le nom de M. Gustave Papet ou d'une autre personne [14]. [Quand elle habitait chez Didier ?]

Si Casimir avait eu l'initiative de la demande en séparation, il ne fait aucun doute qu'il aurait eu gain de cause. Mais il faisait appel contre cette séparation, ce qui rendait absurdes ses griefs aux yeux du tribunal de La Châtre. Le 11 mai, les juges statuèrent en faveur de George ; les faits cités par la défense étaient injurieux, décidèrent-ils, « diffamatoires et de nature à ne laisser aucun espoir de rapprochement entre les deux époux [15] ».

De nouveau, George obtint la séparation de corps, d'habitation et de biens, ainsi que la garde de Solange et même de Maurice. Et de nouveau Casimir, craignant de tout perdre ou presque, fit appel, cette fois auprès des tribunaux de Bourges, capitale de la province.

Maurice était à la fois un souci pour sa mère et son enfant chéri. Il se montrait affectueux, docile et précoce. Solange, de caractère irritable et difficile, jalousait son frère aîné. Elle détestait encore bien davantage les hommes qu'elle voyait à l'appartement du quai Malaquais, ne serait-ce parce qu'elle se sentait privée de son territoire — on la mettrait en pension ; Maurice, lui, sortait souvent avec l'un ou l'autre ses jours de congé. George écrivait à son fils de douze ans des lettres longues, tendres, pleines de conseils, un véritable catéchisme de républicanisme révélant son combat contre Casimir pour gagner l'amour et l'approbation du garçon. Ainsi, Maurice ayant été invité par le jeune prince de Montpensier, le fils de Louis-Philippe et son camarade de collège, George lui écrivit : « Quelque bon que puisse être l'enfant d'un roi, il est destiné à être tyran. Nous sommes destinés à être avilis, ou repoussés, et persécutés par lui. » Le garçon, sachant qu'il plairait à sa mère, répondit par ces lignes viriles : « N'aie pas peur… le sang qui coule dans mes veines, mon vieux Georges [*sic*], et dans les tiennes me défend d'ailleurs d'aimer les aristocrates… Mon père est content de ce que je vais [aux bals du prince] et il me dit que cela me servira quand je serai grand si je veux avoir un emploi dans le gouvernement, je ne lui dis rien, mais en moi-même je dis NON, NON… vive la République, vive la justice, vive l'égalité, vive mon vieux Georges, vive mon vieux Michel [16] ! »

L'épreuve que représentaient les audiences publiques et la notoriété dont eut à souffrir George Sand sont douloureusement présentes dans la correspondance échangée entre la mère et le fils. Aussitôt que La Châtre eut statué en mai, peu avant son treizième anniversaire, Maurice lui écrivait :

« On me disait l'autre jour, un élève, que D'Arago (on voulait dire Arago) était mon père et ton mari, enfin ils m'ont dit toutes sortes de choses, parce que tu es une femme qui écrit, que tu n'es pas une bégueule comme la plupart des mères des élèves… Ils te nomment, je ne pourrai pas te dire le mot parce qu'il est trop vilain, P… je te le dis malgré moi, mais il faut que tu saches tout ce qui se passe dans le cœur d'un bon fils et d'un vrai ami. » Il serait aussi « un bon fils et un vrai ami » pour son père, ajoutait l'enfant avec une honnêteté touchante ; et il terminait : « Je suis chez Didier, maintenant, on va te mettre cette lettre à la poste [17]. » Maurice avait congé ce jour-là.

En attendant l'audience finale à Bourges, George Sand travailla à l'édition de ses *Œuvres complètes*, remania « l'infâme » *Lélia* dont elle élimina certains passages trop personnels et modifia la fin, et écrivit à ses amis — à Liszt, à Marie d'Agoult et à Charles Didier.

Sans doute pensa-t-elle que si on la voyait trop souvent avec Michel, cela pouvait nuire à son procès qui approchait. Peut-être se produisit-il par ailleurs une pause dans leur liaison. Le second entracte, comme le premier, fut largement occupé par Didier, bien qu'elle lui eût peu écrit en mai et qu'il eût noté dans son journal à la date du 28 de ce mois : « Je pense que tout est rompu désormais entre nous. »

Juin 1836 : « Lettre d'elle ; réponse de moi, dure encore plus par la forme que par le fond... Le 15, je reçois sa réponse ; elle est terrible et me foudroie... Elle rompt, mais en pleurant. Je ne réponds rien... Mais je pars pour La Châtre. »

La « terrible » lettre que George écrivit à Didier n'a jamais été retrouvée. Et jamais il ne reçut la lettre qu'elle lui adressa le soir du même jour : il était déjà loin. Pour Didier, écrivait George, l'amitié intime constituait « un contrat avec clauses ». Pour George, c'était « l'embrassement, l'identité ». Didier prétendait l'aimer beaucoup, puis l'accusait de « sécheresse calculée... une sorte de prostitution du cœur ». George réservait une flèche au beau Suisse : « Ce qui est *beau* n'est pas toujours *bon.* » Il se montrait d'une jalousie intolérable. Elle n'avait que faire de pareils amis. « Je ne demande l'appui de personne, pas plus pour tuer un homme que pour cueillir un bouquet, corriger une épreuve, aller au théâtre. J'y ai été seule en homme, par goût, et quand je veux de belles fleurs j'en vais chercher seule à pied dans les Alpes... Si jamais j'ai un nom je ne le devrai qu'à moi [18]. »

Pendant ce temps, Didier voyageait vers George. Son *Journal* reprend en juin 1836 : « Voyage triste, combats, perplexités. J'arrive le 18. Elle est couchée ; je la réveille et me jette dans ses bras sans parler. Elle me serre dans ses bras et la réconciliation se fait dans cette longue et muette étreinte. Nous n'avons aucune explication que le soir, à Nohant, où elle me mène. Je passe avec elle cinq jours qui sont au nombre des plus doux de ma vie... Courses champêtres, à cheval... oubli du monde ; solitudes rustiques. Soirées sous les ombrages de Nohant. Clairs de lune. Toujours seuls, seuls des quinze et vingt heures de suite. Nuits passées sur la terrasse, à causer à la clarté des étoiles, mon bras passé autour d'elle et sa tête appuyée sur ma poitrine. J'aurais été tout à fait heureux si le nom de Michel n'avait pas été prononcé ; mais il l'était, et faisait ombre... Je vois tous ses amis de la Vallée Noire, Duteil, le Malgache, etc. etc. Enivré, charmé, heureux, je m'oublie dans une intimité délicieuse... Nous nous aimons mille fois plus qu'avant. Michel est très jaloux de moi ; il en parle dans toutes ses lettres[19]. »

Un entracte de cinq jours. Le 23 juin, Didier regagnait Paris. Quelques lettres de George. Puis le silence.

Maintenant seule, George se promenait les nuits tièdes et chassait les papillons à midi. Un jour de grosse chaleur, elle se plongea tout habillée dans l'Indre, en ressortit, marcha, revint dans l'eau, cette fois ne gardant que son jupon. Trois fois, quatre fois, trois lieues, quatre lieues, toujours à pied. « Je vous enseigne tous mes secrets de bonheur », écrivit-elle à Marie d'Agoult. « Si quelque jour, ce que je ne vous souhaite pas (et ce à quoi je ne crois pas pour vous), vous êtes *seule,* vous vous souviendrez de mes promenades. » Elle s'apprêtait à partir pour Bourges où l'attendaient son procès et Michel. N'était-ce pas plutôt à lui qu'elle pensait en écrivant à Marie : « Les âmes vouées aux plus nobles principes sont souvent les plus rudes et les plus âcres, parce qu'elles sont devenues malades à force de déceptions... J'ai des *grands hommes* plein le dos (passez-moi l'expression). Je voudrais les voir tous dans Plutarque. Là ils ne me font pas souffrir du côté humain. Qu'on les taille en marbre, qu'on les coule en bronze, et qu'on n'en parle plus. Tant qu'ils vivent, ils sont méchants, persécutants, fantasques, despotiques, amers, soupçonneux. Ils confondent dans leur même mépris orgueilleux les boucs et les brebis. Ils sont pire à leurs amis qu'à leurs ennemis. Dieu nous en garde[20] ! »

Et George s'en fut à Bourges.

Le 25 juillet 1836, le public arriva très tôt à la salle d'audience pour être sûr de trouver une place ou un coin où rester debout. Au moment où George fit son entrée, la salle était pleine à craquer ; de femmes surtout. Elle vit qu'on regardait avec étonnement sa robe, qu'on s'attendait à « des pantalons rouges et des pistolets à ma ceinture[21] ». Elle était vêtue avec soin, notait un journaliste, « beaucoup de simplicité : robe blanche, capote blanche, collerette tombante, schal à fleurs[22] ». Et une voilette modestement baissée. Tous ses amis étaient venus là en renfort — les Duteil, les Rollinat, Planet, Papet, Regnault, son « cher Berry autour d'elle ». Dix-sept témoins défilèrent à la barre, dont quatre seulement pour Casimir. Le témoignage de Boucoiran à propos de Claire fut particulièrement révélateur, et le résumé de Michel on ne peut plus éloquent.

L'avocat de Casimir, Thiot-Varennes, reprit dans sa plaidoirie les arguments déjà présentés à La Châtre ; puis, d'un geste théâtral, il se tourna vers George Sand pour le plus grand bénéfice des juges — et du public. Retournez au domicile conjugal, l'adjura-t-il. Là seulement elle trouverait le refuge et le salut de ses tourments et de ses erreurs. « Vos ouvrages sont remplis de l'amertume et des regrets qui dévorent votre cœur... Vous avez demandé le bonheur à tout, vous ne l'avez trouvé nulle part. Eh bien ! je veux vous en indiquer la route : revenez à votre époux, rentrez sous ce toit où vos premières années s'écoulèrent douces et paisibles, redevenez épouse et mère, rentrez dans le sentier du devoir et de la vertu ; soumettez-vous aux plus douces lois de la nature : hors de là, tout n'est qu'erreur et déception, et là seulement vous trouverez le bonheur et la paix[23]. »

A cette rhétorique très XIXe siècle et moralisante, et à la liste des griefs dressée antérieurement par Casimir pour prouver la licence de son épouse, Michel de Bourges répliqua par un mépris souverain et sa propre éloquence. Si vraiment Mme Dudevant était ce qu'en disait son mari, qui « la présentait comme la plus vile des prostituées », comment pouvait-il réclamer son retour ? Et si elle ne l'était pas, alors pourquoi ce geste absurde de clémence ? A la vérité, Mme Dudevant avait fait preuve de courage en quittant « ce toit conjugal de débauche » pour gagner sa vie en écrivant, tandis que M. Dudevant jouissait de la fortune de sa femme — fortune qu'il s'était acquise par le seul fait de l'épouser. L'avocat de la défense affirmait que George Sand serait une mauvaise mère compte tenu de ses romans libertaires et de ses opinions bien connues ? Et Diderot, cette « gloire du passé », auteur il est vrai de quelques pages libertines mais célèbre par l'image qu'il sut donner de la paternité [24] ?

Les juges se retirèrent pour délibérer. Le 26 juillet, ils faisaient part de leurs hésitations, également partagées à cinq voix contre cinq. Le public prit bruyamment le parti de George Sand et exprima son indignation. On décida d'ajourner le procès pour de plus amples considérations.

Le lendemain, cependant, Casimir, décontenancé par la réaction du public, se désistait. Deux jours plus tard, il signait l'accord final avec Aurore, qui était épuisée. George Sand à sa mère : « Je lui abandonne le revenu de l'hôtel de Narbonne, à condition qu'il payera l'éducation de Maurice... Je garde Nohant [et ses revenus] et ma fille... J'aurai mon fils quand je voudrai pour le faire sortir...

« Me voilà donc enfin libre [25] ! »

Accompagnée de Solange, George regagna un Nohant qu'on ne lui contesterait plus. C'était un dimanche. Les villageois fêtaient la Sainte-Anne, leur patronne, et dansaient sous les grands ormes de la petite place devant la grille de Nohant, quand elle arriva.

24. Arrivées et départs

Les femmes reçoivent une déplorable éducation ; et c'est là le grand crime des hommes envers elles.
George Sand, *Sixième lettre à Marcie*, 1837 [1].

George Sand écrivit à Charles Didier qu'elle s'apprêtait à partir en voyage avec Michel de Bourges. Elle était enfin libre de vivre avec lui ouvertement comme il le lui avait promis. Mais ce voyage n'eut jamais lieu et demeura au stade de la promesse toujours reportée. Vivement déçue, George parla de son chagrin à Charles d'Aragon qui venait pour sa part de lui annoncer son intention de se marier : « Moi aussi », déclara-t-elle, « j'avais un idéal de félicité dans la tête, auquel je ne veux plus croire et auquel j'ai le bon sens de ne plus aspirer. » Cette dernière affirmation est moins exacte : elle aspirait encore à Michel.

Comme elle l'écrivait à d'Aragon, elle écoutait en guise de compensation Maurice et Solange qui « ronflaient » à côté d'elle. Au collège, les condisciples de Maurice avaient continué leurs attaques contre sa mère, commentant ce qu'ils avaient lu — eux ou leurs parents — dans la *Gazette des tribunaux* sur les témoignages produits lors du procès en séparation. Le pauvre garçon avait écrit à sa mère : « Il y avait dans la *Gazette des tribunaux* qu'un jour tu avais été à Bordeaux et qu'ayant fait connaissance avec des jeunes gens tu avais fait quelque chose qu'une femme honnête ne doit pas faire. De retour chez toi tu avais tout dit à ton mari qui l'avait pardonné et que dernièrement en Italie tu avais recommencé... » La réponse de George avait été sèche : elle était fâchée qu'il discute avec ses amis de ce qui la concernait. Il devait au contraire leur opposer « le silence du mépris » et lire la *Gazette du Berri* qu'elle lui envoyait et qui donnait des informations plus exactes. Sa lettre fut ouverte par le proviseur, qui confisqua le journal, littérature peu faite pour la jeunesse[2].

Avec le consentement de Casimir, Maurice vint passer l'été avec Solange et sa mère. Mais il ne resta à Nohant que les premiers jours.

Le 28 août 1836, George, les deux enfants et Ursule, la petite paysanne de ses jeunes années qui était à leur service maintenant, partirent pour la Suisse afin de rendre visite à Franz Liszt et à la comtesse d'Agoult. Quand le petit groupe arriva à Genève, Franz et Marie étaient déjà partis pour Chamonix, mais ils laissaient à George un de leurs amis genevois, le pittoresque Adolphe Pictet, savant, philologue et officier d'artillerie, chargé de les conduire à leur nouvelle destination. A l'hôtel de l'Union, à Chamonix, George ouvrit le registre des arrivées et vit qu'un certain « Mr. Fellows » avait rempli la fiche de police avec une fantaisie qui ne pouvait appartenir qu'à Franz Liszt :

Qualités : musicien, philosophe.
Domicile : le Parnasse.
D'où ils viennent : du Doute.
Où ils vont : la Vérité.

Dans le même esprit, mais avec les faiblesses du plagiat, George s'inscrivit, elle et sa nichée, sous le nom de « Famille Piffoël », *pif* rappelant son long nez et celui de Maurice, et ajouta :

Domicile : la Nature.
D'où ils viennent : de Dieu.
Où ils vont : au Ciel.
Lieu de naissance : Europe.
Qualités : flâneurs.
Date de leurs titres : toujours.
Délivrés par qui : par l'opinion publique[3].

Les Piffoël se précipitèrent dans la chambre des Fellows et quand la femme de chambre vit monsieur Fellows sauter au cou de « monsieur Piffoël », elle en déduisit qu'il n'avait plus sa tête. Puis, quand le jeune élève de Liszt, « Puzzi » Cohen, aux allures de fille, révéla qu'il était un garçon à une Solange, habillée elle en garçon, et que tous tombèrent dans les bras les uns des autres avec des hurlements de joie, même l'élégante comtesse, c'en fut trop. La femme de chambre s'enfuit et tout l'hôtel sut bientôt que le n° 13 était occupé par une étrange tribu de gens indéfinissables, « où il n'est pas question de reconnaître les hommes des femmes ». Seul le major Pictet conserva son calme et Marie retrouva bientôt sa réserve habituelle[4].

La tribu terrible partit faire une excursion d'une semaine dans les montagnes helvétiques, discutant à pied, discutant à cheval, discutant à perte de vue — de Schelling, de Hegel et de Dieu. Ou plus exactement le major Pictet, surnommé « l'Universel » par les Genevois, se montrait intarissable et s'efforçait avec une lourdeur pédante d'impressionner la célèbre romancière et son amie titrée. Et tandis que Marie jouait à *la Belle Dame de Paris*, George rétablissait l'équilibre en affichant des allures gamines de voyou, le cigare vissé à la bouche. La philosophie au grand air ne l'avait jamais séduite, la pédanterie encore moins. Les questions que se posait le major sur la phrase de Schelling — « l'absolu est identique à lui-même » (« Qu'est-ce que ça peut bien vouloir dire ? » se demandait-il sans cesse) — ne lui valurent de la part de George qu'un dessin cruel qu'avec son goût germanique de l'exactitude, Pictet reproduisit dans son petit livre racontant l'excursion, *Une course à Chamonix*[5]. Un jour que le major, face à un petit pic, faisait l'éloge de sa splendeur, George répliqua : « Connaissez-vous rien de plus bête au fond qu'une montagne ? » et le défia d'arriver avant elle au sommet. A une autre occasion, le major lança une de ses citations typiques, d'Aristote celle-ci, « l'art est imitation », à quoi George répondit d'un ton bref : « L'art est création[6]. ».

Lorsqu'ils arrivèrent à Fribourg et visitèrent l'orgue célèbre de sa cathédrale, Franz Liszt se retrouva en terrain connu. Chacun eut droit, dans le livre du major, à une description : Marie était toute « grâce » comparée à la « force » de George, l'une pleine de « réflexion et d'esprit », l'autre de « spontanéité et de génie »[7]. Liszt fut « l'esprit de la musique » quand il fit résonner dans la cathédrale les accents du *Dies Irae* de Mozart. George nota pour sa part le « profil florentin » à la Dante de l'interprète et médita sur ce qu'il interprétait : le Jour du Jugement broierait les grands de la terre, mais elle serait parmi le commun des mortels qui passeraient « sous la grande herse[8] » Dieu se trouvait immanquablement dans le camp de George.

Une fois rentrés à Genève, les Fellows et les Piffoël firent avec plus de cérémonie le tour des théâtres, des concerts et des salons. Ces héros de la bohème suscitaient une curiosité intense et les gazettes locales ne parlaient que de l'arrivée de George Sand. Tout compte fait, ce fut un heureux intermède. Un soir, Liszt interpréta dans l'intimité le *Rondo fantastique* qu'il venait de composer sur une chanson espagnole rendue célèbre par la Malibran, dont George admirait la voix de contralto. Ce même soir, tandis que tout dormait, elle la paraphrasa dans un « conte lyrique », *le Contrebandier*, qu'elle lut aux autres le lendemain. La composition de Liszt comme le conte de Sand (observa avec satisfaction Marie) n'étaient pas ce qu'ils avaient fait de mieux[9]. Que Liszt ait dédié ce morceau à George Sand ne garantissait pas non plus l'impartialité de Marie. Depuis longtemps, Franz reprochait à sa compagne ce sentiment de rivalité qu'il sentait naître : les « lauriers » de George Sand « l'empêchaient... de dormir[10] ».

Toutefois, la lucidité introspective dont faisait preuve Marie en ce qui la concernait force le respect car c'est elle qui rapporta à George ce mot de Liszt — à quoi George avait répliqué généreusement : « Pardieu, écrivez[11] ! » Avant l'excursion de Chamonix, Marie s'était demandé avec inquiétude si elle allait plaire ou non à son amie de Nohant. « Quand elle vint à Chamonix », écrivit Marie dans ses Mémoires, « cette préoccupation me rendit froide et gauche ; ses *gamineries* me démontaient ; je sentis que je n'étais point à l'aise et que, par conséquent, je n'étais point aimable ; j'en fus attristée, parce que je désirais avec passion son amitié[12]. »

Les Piffoël et les Fellows se séparèrent néanmoins fort aimablement, quoique avec moins de fougue qu'au moment des retrouvailles à l'hôtel de l'Union. On se promit de se revoir très bientôt à Paris. George était tourmentée. Elle avait écrit plusieurs fois à Michel en lui demandant de les rejoindre à Genève, mais pour une raison ou une autre, jamais spécifiée, il ne le fit pas. De nouveau elle écrivit qu'elle quittait la Suisse et qu'ils pourraient se rencontrer à Lyon sur le chemin du retour.

Avec ses deux enfants et un nouvel admirateur, Gustave de Gévaudan, âgé de vingt-deux ans, qu'elle traînait depuis Genève, George attendit Michel à Lyon. Il ne vint pas. Triste et furieuse, elle continua sur Nohant. Là, une lettre de Michel l'attendait, « une lettre qu'un vieux banquier écrirait tout au plus à une fille entretenue par lui ». Après tant de semaines, « d'aspiration, d'espoir », à Genève, elle l'avait attendu avec impatience à Lyon où elle arrivait pleine de « poésie » et « d'ardeur ». Mais point de Michel. Non, « parce que dans vos idées de pacha je dois aller vers vous avec la soumission d'une odalisque ». Michel avait appris la présence du jeune Gévaudan et l'accusait d'infidélité flagrante. « Cet enfant de vingt ans [*sic*], timide, bon, insouciant, aimant la chasse, dormant partout... » Enfin, Michel !

La longue lettre passionnée qu'adressait George à Michel à la mi-octobre 1836 contient des passages d'une étonnante franchise, même si George cherchait surtout à se justifier :

> Je vous ai dit une fois pour toutes, que si j'avais eu le malheur de vous devenir infidèle, dans un jour de fatigue, de faiblesse physique, de besoin maladif, je vous avouerais ma faute et je vous laisserais le maître de m'en punir par un oubli éternel... [Mais] une telle rancune serait un châtiment bien peu proportionné à une faute aussi grossière, mais aussi pardonnable, et que vous avez commise d'ailleurs avec votre femme depuis que nous sommes l'un à l'autre.

George, si leur liaison devait finir là, serait au désespoir, mais elle n'avait, pas plus que Michel et « beaucoup d'hommes respectables » qui ont commis la même faute « je ne sais combien de milliers de fois », l'intention de faire pénitence. Tout en protestant de son innocence, elle poursuivait :

> J'ai beaucoup souffert de ma chasteté, je ne vous le cache pas, j'ai eu des rêves très énervants. Le sang m'a monté à la tête cent fois et, au grand soleil, au sein des belles montagnes, en entendant les oiseaux chanter et en respirant les plus suaves parfums des forêts et des vallées, je me suis souvent assise seule à l'écart avec une âme

> pleine d'amour et des genoux tremblants de volupté. Je suis encore jeune, quoique je dise aux autres hommes que j'ai le calme des vieillards, mon sang est brûlant et, en présence d'une nature enivrante de beauté, l'amour bouillonne en moi comme la sève de la vie de l'univers. Je fais encore dix lieues à pied, et en me jetant le soir dans un lit d'auberge, je songe encore que le sein d'un homme adoré est le seul oreiller qui reposerait à la fois l'âme et le corps.

Les occasions ne lui avaient jamais manqué, ajoutait-elle. Elle était toujours entourée d'hommes « plus jeunes que vous et à qui un seul regard eût suffi » pour les faire accourir au galop. Mais...

> C'est de vous que je rêve quand je m'éveille trempée de sueur, vous que j'appelle quand la nature sublime chante des hymnes passionnés, et que l'air des montagnes entre dans mes pores par mille aiguillons de désirs et d'enthousiasme [13].

Et ce serait le langage d'une femme « frigide » ?

Michel, avec ses « idées de pacha » et qui attendait qu'elle vienne humblement à lui, pouvait aussi envisager de la rejoindre à Paris la semaine suivante, non ? Elle serait chez Didier, annonçait-elle suavement, puisqu'elle n'avait plus l'appartement du quai Malaquais. Franchise destinée à éliminer tous les soupçons de Michel et à gommer toute jalousie ? Franchise tout court ? A vrai dire, on avait dépassé les bornes de la simple sincérité, et cette « franchise » se proposait peut-être de *provoquer* la jalousie. Car Didier attendit en vain la venue de George Sand.

Le 24 octobre, il recevait d'elle un billet. Elle était bien à Paris, mais à l'hôtel de France où Liszt et Marie d'Agoult avaient pris un appartement. Elle-même s'était installée à l'étage inférieur et tous partageaient un grand salon. Didier la vit le matin qui suivit son arrivée : « La nature bohémienne », déplorait-il, « l'emporte toujours chez elle [14]. »

C'était une bohème de luxe faite pour combler les aspirations de Marie d'Agoult. Rejetée par l'aristocratique faubourg Saint-Germain depuis sa fugue en Suisse, la comtesse avait décidé de créer, à son retour à Paris, un nouveau salon où se réuniraient les célébrités du monde artistique et littéraire. George Sand, qu'elle invita à le présider à ses côtés dans la pièce qu'ils partageaient, était incluse dans ce projet. Toutes deux comptaient déjà un certain nombre d'amis communs éminents, comme Meyerbeer, Lamennais, Heine, Eugène Sue et Pierre Leroux. Quelques fidèles de son ancien univers suivirent Marie dans son nouveau salon, parmi lesquels on remarquait la comtesse Charlotte Marliani, la pittoresque épouse française du consul d'Espagne à Paris. Liszt attira lui aussi son petit cénacle de gens de lettres et de musiciens, qui comptait entre autres les Polonais de Paris, le comte Albert Grzymala, le poète Adam Mickiewicz, et un jeune pianiste et compositeur très demandé malgré ses goûts d'ermite, Frédéric Chopin.

L'initiative était venue de George Sand. Très vite après son arrivée, elle avait demandé à Liszt de lui présenter Chopin. D'abord, celui-ci refusa. Frêle, perfectionniste, snob, il n'aimait pas, déclarait-il, « les bas-bleus ». Liszt patienta. Il choisit un jour où Chopin, d'humeur exceptionnellement sociable, l'invita avec Marie à une soirée musicale chez lui. Ils amenèrent George. Elle écouta en silence, intensément. « A partir de ce jour, Chopin serait devenu un familier de l'hôtel de France [15]. » Il y eut des soirées musicales chez Marie ; Chopin et Liszt jouèrent à quatre mains, George, dans son costume turc et ses babouches, écoutait en fumant sa longue pipe. Mais à la différence de George, Chopin fuyait toute intimité et, une fois encore, c'est le *Journal* de Didier qui apporte sa note poignante.

21 novembre 1836 : « Je la trouve froide et indifférente... Liszt joue des mélodies suisses. J'avais le cœur si gros que j'éclate en larmes, au beau milieu du salon. » Quatre jours plus tard, George reçut Didier à minuit : « La nuit finit par une affreuse explication et d'effroyables aveux. Ce qu'elle me dit me glace au lieu de m'animer, et je reste mort auprès d'elle. » George Sand, concluait Didier, n'avait pas de cœur. Elle ne l'aimait pas, donc elle ne pouvait pas aimer. Elle était cruelle parce qu'il l'aimait et qu'elle ne l'aimait pas [16]. « Celui qui aime

peu », écrirait à son tour George à Michel, « est toujours le maître de celui qui l'aime beaucoup[17]. » Il y a ceux qui aiment, disait Thackeray, et ceux qui tolèrent d'être aimés. Quand cette tolérance diminue, le cœur durcit. Didier, lui, accusait George Sand, qui à son tour accusait Michel de Bourges.

La fin de l'année se passa à Paris. Il y eut une soirée avec Musset à propos de l'échange des lettres. George se sentait tout à fait « guérie » de son amour pour Alfred, dit-elle à Didier. (Voilà ce qu'il advient des grandes passions, nota-t-il dans son journal.) Avant, il y avait eu une autre soirée, plus émouvante peut-être, un concert réunissant Berlioz et Liszt, où ce dernier interpréta au piano une partie de l'exubérante *Grande Fantaisie symphonique* composée sur un thème de Berlioz. George était assise à côté de Meyerbeer, qui lui tint gentiment la main car elle ne se sentait pas bien. Franz remporta son succès habituel auprès du public parisien, toujours sensible à la virtuosité. George avait conscience des faiblesses de Liszt, moins peut-être que les critiques les plus acerbes qui parlaient de ses « grimaces », de ses « contorsions grotesques » et de son « charlatanisme musical ». Liszt lui-même avouerait plus tard avoir été trop facilement séduit dans sa jeunesse par son public[18].

George avait d'autres soucis, dont la santé de Maurice, affligé d'une fièvre chronique qui lui fatiguait le cœur. Le garçon subissait encore les attaques verbales de ses condisciples et réagissait avec violence. Sa mère jugea préférable de le retirer de son collège parisien et de le laisser à Nohant aux soins d'un précepteur. D'abord hostile au projet, Casimir finit par donner son accord. Sans lui laisser le temps de revenir sur sa décision, George engagea un précepteur, ce qui grevait encore davantage son budget. Plus que jamais, l'argent était à l'origine de ses empoignades avec son éditeur, Buloz, et l'on peut s'en étonner compte tenu de sa productivité et de son succès. A la fin de 1836 paraissait le premier des vingt-quatre volumes des *Œuvres complètes* de George Sand, cinq ans exactement après qu'elle eut commencé son premier roman signé de son seul nom, *Indiana !* Mais elle n'en faisait cas qu'auprès de son éditeur ; elle se montrerait toujours d'une admirable modestie quant à son travail.

Une chose lui tenait à cœur : vivre. « Je vous prie de

m'accorder un quart d'heure », écrivait-elle à Michel en janvier 1837. Elle s'arrêterait à Bourges en allant à Nohant. Elle le savait pris par une autre liaison, disait-elle. Qu'il soit franc, mais qu'ils aient une entrevue. « Je ne présume pas que vous ayez peur de me voir autant que de Mme M. [Michel] [19]. »

Ils se virent plusieurs fois pendant ces deux jours passés à Bourges, avec la passion habituelle suivie des non moins habituels reproches. De nouveau Michel accusa George de l'avoir trompé avec son compagnon genevois, Gévaudan, passant rapidement sur ses propres peccadilles. Pour toute réponse, George lui remit deux lettres qu'elle venait de recevoir du jeune homme afin de prouver leur innocence à tous deux. Avait-elle jamais reproché quoi que ce soit à Michel, demandait-elle ? Au contraire, elle ne cessait de lui répéter : « Sois heureux [20]. » Il n'existait qu'une réalité, qu'une certitude : elle aimait Michel, lui écrivit-elle de Nohant où elle était arrivée avec Maurice [21].

Le précepteur de Maurice arriva, Eugène Pelletan, que George surnomma aussitôt « le Pélican ». Bien qu'âgé de vingt ans à peine, il était guindé et légèrement apathique. Son préceptorat devait se révéler peu satisfaisant, mais pendant plusieurs mois, George put se consacrer à *Mauprat,* son nouveau roman qui l'absorbait de plus en plus. Il dépassait de beaucoup le projet original et ne cessait de prendre et de l'épaisseur et de l'importance. Une fois publié, il annonçait de façon frappante *les Hauts de Hurlevent,* qu'il devançait de dix ans. Peut-être Emily Brontë le lut-elle, comme l'avait fait très certainement, en tout cas, son aînée Charlotte, fidèle lectrice de *la Revue des deux mondes.* Aucune femme aspirant à une carrière d'écrivain ne pouvait se permettre de manquer ce que publiait George Sand. Les deux romans présentent des points communs remarquables ; et des différences qui le sont tout autant. Ils sont construits autour d'un même thème central, celui de la transformation d'un homme par une femme, nouvel avatar de celui, légendaire, de la Belle et la Bête [22]. Comme le Heathcliff de Brontë, mais avant lui, le héros de Sand, Mauprat, est dépeint par des métaphores littéraires, animales : « loup blessé », « l'ours », « faucon sauvage », « lion somnolent transformé par une fée [23] ». Les termes sont plus doux que ceux qui caractérisent « l'homme féroce, impitoyable, vorace » décrit par Emily Brontë, ce chien déchaîné en quête de proie, cette « bête maudite[24] ». Les différences se situaient sur le plan personnel et social. George Sand avait aimé, affectivement et sensuellement, un Aurélien de Sèze, un Alfred de Musset, et été aimée d'eux. Pas Emily Brontë. Dans le roman de Sand, « la fée » qui a « transformé » Mauprat est sa cousine Edmée ; ils se marient et vivent ensemble une longue vie de bonheur. *Les Hauts de Hurlevent* de Brontë est une tragédie, pour l'homme comme pour la femme. George connaissait la société française, en particulier les salons parisiens avec ses joutes civilisées entre hommes et femmes, même si l'infériorité des femmes constituait parfois le thème de ces discussions. Pas Emily. Il y avait de la violence dans le mouvement des suffragettes en Angleterre, alors qu'en France, le féminisme était essentiellement une revendication littéraire, plus qu'une politique de confrontation directe — celle-ci étant inévitable lorsque l'incommunicabilité entre les sexes est aussi marquée.

George écrivait *Mauprat* même au moment où elle envoyait des lettres de désespoir à Michel. Sa vie continuait à être et une harpe et une trame éolienne. Si la description du bonheur conjugal de *Mauprat* n'apparaît qu'en fin de roman, comme dans les contes de fées, elle n'en demeure pas moins émouvante. Ce bonheur conjugal était l'idéal qu'avaient envisagé George et Michel dans la passion du printemps précédent. Et George refusait d'y renoncer, dans un effort ultime et délibéré. Elle ne croyait pas aux vertus du hasard lorsque les choses essentielles de la vie étaient en jeu. L'arrivée de Marie d'Agoult à Nohant au début de février ne l'interrompit pas dans sa lancée.

Franz Liszt, lui, s'occupait de protéger une carrière que menaçait la popularité récente du pianiste autrichien Thalberg et se consacrait à ses concerts parisiens ; il ne les rejoignit que trois semaines plus tard. Marie et lui connaissaient une période de conflit. Marie trouva « l'oubli du mal et la paix du cœur » dans les longues promenades à cheval qu'elle faisait avec George le long de l'Indre et dans « les prés fleuris de myosotis[25] ». Pour franchir les passages difficiles, George mettait pied à terre et tenait le cheval de Marie par la bride. Un geste à la fois gentil et provocant, mélange très sandien auquel s'ajoutaient maintenant Michel et un nouveau protagoniste. « Dites à

Chopin », écrivait-elle à Liszt, « que je le prie et le supplie de vous accompagner, que Marie ne peut pas vivre sans lui, et que moi je l'adore[26]. » Pendant ce temps, Michel était malade ou « boudait », en tout cas, il n'écrivit pas[27].

Ce fut un mois de février bien rempli — la plénitude laisse toujours de la place à autre chose, le vide jamais. Lors de son dernier séjour à Paris, George s'était facilement laissé persuader par Lamennais de collaborer au *Monde,* le journal qu'il venait de reprendre. A Nohant, elle entama sans plus tarder une série de *Lettres à Marcie,* la correspondance fictive d'un homme qui conseillait une jeune femme sans fortune sur l'amour, le mariage et toutes ces autres choses « féminines ». La première de ces *Lettres* parut à la mi-février ; deux autres suivirent rapidement. Elles réveillèrent en Lamennais la méfiance ecclésiastique à l'égard des femmes, ainsi qu'un certain malaise face aux problèmes « indélicats » qui y étaient abordés. Quand George Sand proposa comme thème de sa septième *Lettre à Marcie* une défense hardie du divorce — « je n'y vois d'autre issue que la liberté de rompre et de réformer l'union conjugale[28] » — le bon abbé regimba. A l'insu de George, il avait déjà censuré certains passages de la troisième *Lettre,* ce qui la contraria énormément quand elle s'en aperçut.

« Elle lui a écrit une lettre parfaitement convenable, très affectueuse », racontait Marie à Franz Liszt, « pour lui dire qu'elle ne pouvait continuer à travailler au hasard... A cela il a répondu une lettre assez froide. Il ne veut pas du divorce ; il lui demande de ces fleurs qui lui tombent de la main, autrement dit des contes et des piffoëlades... Elle est très mécontente[29]. »

L'abbé interrompit leur collaboration à la sixième *Lettre,* malgré l'excellent accueil que leur avait fait le public. C'était déjà un miracle qu'elles aient pu paraître dans son journal. La sixième *Lettre à Marcie* dénonçait violemment le complot masculin qui cherchait à étouffer le développement intellectuel des femmes afin de mieux les dominer. « Les femmes reçoivent une déplorable éducation », pouvait-on lire, « et c'est là le grand crime des hommes envers elles... Le seul secours moral laissé à la femme fut la religion, et l'homme, s'affranchissant de ses devoirs civils et religieux, trouva bien que la femme gardât le précepte chrétien de souffrir et de taire[30]. »

Bien que plus longue que les autres, la troisième *Lettre à Marcie*, mutilée par les excisions de Lamennais, était déformée et dénaturée [31]. Mais elle révélait néanmoins la vision plus vaste d'une George Sand moins intéressée par la défense des droits des femmes que par celle des droits de l'humanité, estimant que les seconds précédaient obligatoirement les premiers. Est-il une seule femme, demandait-elle, qui puisse obtenir ces droits « au temps où nous vivons » ? N'y avait-il pas plus important ? « Le peuple a faim ; que les beaux esprits nous permettent de songer au pain du peuple avant de songer à leur édifier des temples. Les femmes crient à l'esclavage ; qu'elles attendent que l'homme soit libre, car l'esclavage ne peut leur donner la liberté. » Seul l'art — la littérature, la musique et la peinture — demeurait accessible aux femmes ; et celle qui avait choisi la vie libre de l'artiste terminait sa *Lettre à Marcie* en conseillant le mariage et la maternité [32].

Février finissait quand Liszt arriva. Sans Chopin. Pendant la semaine qu'il passa à Nohant, il se montra nerveux, préoccupé et capricieux, ruminant de rentrer à Paris pour reprendre son duel au piano avec Thalberg. Quand George conviait ses amis berrichons à l'entendre jouer, comme il avait promis de le faire, on pouvait être sûr qu'il ne jouerait pas ; et quand on annonçait qu'il ne jouerait pas, « au moment où personne ne s'y attend, il a commencé à improviser [33] ». Charles Duvernet traitait Liszt de poseur et décrivait ainsi une soirée à Nohant : « Liszt est assis au piano, les cheveux au vent tels une crinière de lion ébouriffée ; il fixe le plafond cherchant l'inspiration, puis laisse nonchalamment retomber les mains sur les touches ; des accords dissonants précèdent un prélude qui ne vient pas ; tout à coup il se lève, ferme le piano avec fracas et déclare que l'ours ne pourra pas danser ce soir-là [34]. »

Liszt repartit pour Paris, Marie suivit afin de passer quelques semaines avec lui. George resta seule à Nohant avec Maurice — et écrivit à Michel. Elle était désespérée, disait-elle, non seulement à cause de la jeune femme de son entourage avec qui il avait une liaison (« Dis... que tu n'aimes pas cette jeune femme d'un autre amour que l'amour paternel. Dis-le et je te croirai ! »), mais par ce qu'elle avait entendu dire quand elle était passée à Bourges : Michel s'était épris d'une femme

« d'une obésité repoussante ». « Cette femme sert-elle à te soulager les reins comme une fille publique ? Hélas, je suis plus jeune que toi, j'ai plus de sang... » Quand la fièvre s'emparait d'elle, elle se faisait saigner. « Le médecin me dit que c'est un *crime*, un *suicide*, que d'ailleurs cela ne soulage pas beaucoup ; qu'il faut que j'aie un amant... Si tu me jures que tu me préfères à tout, que nul autre ne peut te donner les voluptés que tu dis avoir trouvées si douces dans mes bras !... Il m'est odieux de penser que ce corps si beau, si adoré, si imprégné de mes caresses, tant de fois brisé sous mes étreintes et ranimé par mes baisers, plusieurs fois endolori et accablé de nos délires... Hélas, où s'égarent mes souvenirs ? »

Aimer, disait George, était sa destinée. « C'était la volonté de Dieu ou le vœu de la nature, ce qui est une seule et même nécessité. » C'est Michel qu'elle aime, sans la réserve qu'elle a toujours eue. Le sait-il au moins ? « Et toi, tu vas m'abuser, car tu es un homme, et quelque juste et bon que tu sois tu me sacrifieras aux passions terrestres, à la voix du monde, aux faux biens de la vie [35]. »

A peine cette lettre était-elle postée que George en expédiait une autre, implorant le pardon de Michel, réclamant qu'il lui accorde un moment, un jour, une heure. « Puisque tu m'es infidèle, tu peux bien être infidèle à l'autre aussi... J'irai te trouver où tu voudras. » Partout, sauf à Bourges. « Je ne sais par quel infernal caprice tu voulus un jour me promener dans la maison de ta femme et me montrer ta couche nuptiale. » C'était un exemple, écrivait George avec amertume, du désir qu'avait Michel d'imposer « un principe de domination absolue et brutale », rappelant « les âges de la barbarie ». Mais le lendemain : « Je veux te porter le bonheur... le plaisir aussi, car tu aimes le plaisir et je sais te le donner [36]. » L'abdication de son identité semble totale de la part de George Sand dans sa confusion entre l'amour et la sexualité ; elle ferait ce que voudrait Michel, elle irait humblement à Bourges.

Toutefois, George écrivit à Marie d'Agoult pour lui dire qu'il lui fallait à tout prix voir les Fellows et leurs amis, Mickiewicz, Grzymala ; et Chopin. « Dites-lui que je l'idolâtre. » Marie devait les lui amener tous et sans faute quand elle reviendrait à Nohant [37]. « Chopin », répondit Marie, « tousse avec une grâce infinie, mais il viendrait[38]. » Il ne vint pas, mais partit pour Londres[39].

Michel et George se virent à Bourges, à Nohant sous les acacias, et à mi-chemin entre ces deux points. Mais Michel était un homme très marié et chaque rencontre avec George, lui expliqua-t-il, lui valaient quinze jours de scènes domestiques. De plus, il se plaignait d'être jaloux : Gévaudan séjournait à Nohant. Il attendait Franz et Marie, répondit George. Au moins la jalousie était-elle partagée à égalité, aussi justifiée chez l'un que chez l'autre. Si Michel avait choisi l'aventure de la vie commune comme il le lui avait promis, peut-être que les choses eussent été différentes. Mais de toute évidence il n'y songeait pas, soit par crainte de compromettre sa carrière, ou parce qu'il doutait, malgré les protestations sincères de George, d'obtenir la soumission qu'il exigeait. Elle serait pour lui une femme aux vertus bibliques, lui répétait-elle souvent. Mais Michel connaissait la George Sand indomptable, celle des romans féministes et des retentissantes professions de foi. Dans une lettre qu'elle adressait à la même époque à un de leurs amis communs, George parle presque avec stoïcisme de la nouvelle maîtresse de Michel et de sa propre résignation ; mais on peut lire quelques lignes plus bas ce « serment » solennel : « Je relèverai la femme de son abjection, et dans ma personne et dans mes écrits... Que l'esclavage féminin ait aussi son Spartacus[40]. »

Et pourtant... Encore une semaine ou deux, et George qualifierait Michel de « cher ange de ma vie » pour lui dire sa joie de l'avoir revu, d'avoir galopé sept lieues d'affilée pour regagner Nohant, encore enfiévrée par la nuit qu'elle venait de passer entre ses bras[41]. Il n'y a pas là de contradiction au sens existentiel du terme. C'est le comportement romantique, celui d'un Byron, même si figure dans la même lettre le langage prévisible d'une femme du XIXe siècle, soumise. Un langage qui *n'est pas* celui des romans où George Sand trouvait sinon l'amour et le plaisir des sens, du moins son identité authentique. Seulement, Michel aussi connaissait la vraie George Sand — en fonction du passé de celle-ci et de son expérience personnelle. Entre les jours et les nuits volés au travail, aussi passionnés fussent-ils (« mon corps... porte les stigmates ! » exultait George Sand), il y avait les reproches de Michel et ses silences insupportables[42]. George Sand était trop pour un homme qui ne voulait rien changer à son style de vie confortable, qui était plus aimé qu'il n'aimait, même s'il devenait ainsi, comme le notait George Sand, « le maître de l'autre ».

« Malédiction ! » écrivait Michel à George, exaspéré, à la fin de mai 1837.

> Je soutiens au foyer domestique une guerre de tous les jours et de toutes les heures, pour toi, à cause de toi. Soit. C'est juste même, rien de bon ici-bas n'est donné à l'homme sans lutte, sans combat. Mais au moins je trouvais dans tes bras un asile contre ces misères. Eh bien ! non, tu exiges, tu veux que je combatte contre toi. Ennemi à droite, ennemi à gauche.
> Moi je te dis que cette position n'est pas tenable.
> Je me serais fait trappiste depuis longtemps si j'avais foi dans ces...
> Il faut que je vive de repos. Toute lutte de femmes est ignoble. Il ne m'a pas été donné de combattre avec les ennemis de mon espèce, avec les tyrans ; que je goûte alors au moins un profond, un absolu repos...
> J'irai m'asseoir dans une cabane, sur le penchant d'un coteau, sous l'ombrage du figuier, du pin et de l'amandier, en vue de la Méditerranée[43].

La réponse de George fut vive et acérée.

> Dès que je te fais entendre la vérité, et que je te demande une réciprocité de sentiments sans laquelle l'amour ne serait qu'un joug aussi déplorable que le mariage, tu t'emportes, tu m'injuries, tu cherches les termes les plus blessants pour me faire souffrir, tu me dis en quelque sorte qu'il est indigne de toi d'aimer une femme !...

Puis, changeant d'attitude et de ton :

> Tu me menaces d'aller vivre dans une cabane. Dieu me serait bon s'il exauçait ton souhait. Je serais bientôt près de toi ; en moi tu trouverais le nègre dévoué à soigner ton pauvre corps, le chien fidèle heureux d'exercer du moins un dévouement utile et reconnu. Et bientôt tu compren-

drais que l'amour de la femme n'est pas une chose *ignoble*, et que les hommes de boue avec lesquels tu regrettes de ne pouvoir te mesurer ne sont pas et ne seront jamais tes pareils[44].

Malheureusement, ces lignes n'étaient pas ironiques. Elles exprimaient le comportement humble et humiliant de la femme qui courtise un homme. Marie d'Agoult, de nouveau à Nohant, put observer George ; elle notait dans son journal : « Tout le soir, George a été comme engourdie dans un pesant non-être. Pauvre grande femme ! La flamme sacrée que Dieu a mise en elle ne trouve plus rien à dévorer au-dehors, et consume au-dedans tout ce qui reste encore de foi, de jeunesse et d'espoir. Charité, amour, volupté, ces trois aspirations de l'âme, du cœur et des sens, trop ardentes dans cette nature fatalement privilégiée, ont rencontré le doute, la déception, la satiété et, refoulées au plus profond de son être, elles font de sa vie un martyre. » Un *homme* d'un génie comparable, Goethe par exemple, remarquait-elle judicieusement, « a tout embrassé dans l'immensité de son amour », et la comtesse d'ajouter : « Oh ! mon Dieu ! donnez à George la sérénité de Goethe[45] ! » C'était beaucoup demander, même à Dieu, pour une femme dans le feu et la fleur de son existence. George avait trente-deux ans. Il faudrait encore de nombreuses années avant que Nohant ne devînt son Weimar.

Ce même soir où Marie décrivait son état, George écrivait à Michel : « L'homme veut posséder pour détruire... J'ai le cœur plein d'amour, mais j'ai la tête pleine de mémoire et d'expérience. Jamais je n'ai senti avec autant d'intensité le besoin d'être aimée comme j'aime. Jamais je n'ai senti d'une manière plus irrévocable que cela est impossible.

« Viens me voir, viens ; du moins, toi, tu seras heureux, car tu es aimé autant qu'un homme peut souhaiter de l'être ; si je te vois heureux, j'oublierai que je ne le suis pas[46]. »

Un rendez-vous fut fixé à quelque distance de Nohant. Après une nuit de réflexion, George l'annula. « Je suis malade », écrivit-elle dans un court billet à Michel — et elle l'était. « Je ne pourrais pas voyager demain par la chaleur, et je n'ai pas la force de partir ce soir. J'arriverais brisée, et tu n'auras pas grand plaisir, j'imagine, à m'avoir ainsi dans tes bras à l'auberge[47]. »

Ce fut, sinon tout à fait la fin, du moins la dernière lettre. George vit Michel quelques jours plus tard à Bourges, et cette fois, le témoignage de la résolution qu'elle prit au cours des jours suivants figure dans des pages écrites pour *elle seule ;* ce sont les dialogues imaginaires avec le « Dr Piffoël », publiés après sa mort. Le contraste entre la femme qui écrit à Michel et celle qui s'adresse à elle-même est étonnant. L'humilité forcée disparaît totalement : George est enfin elle-même.

« Piffoël, Piffoël ! » écrivit-elle à l'aube du 11 juin, « quel calme effroyable dans ton âme ! Le flambeau serait-il éteint ? Je te salue, Piffoël, plein de grâces, la sagesse est avec toi !... Sainte fatigue, mère de tout repos, descends sur nous, pauvres rêveurs, maintenant et à l'heure de notre mort. Ainsi soit-il. » Et le 13 juin 1837 :

> Faut-il être pour l'objet qu'on aime aussi aveugle, aussi dévoué, aussi infatigable qu'une mère tendre l'est pour son premier-né ? — Non, Piffoël, il n'est pas besoin de tout cela, et tout cela ne sert à rien sans un peu d'adulation.
> Tu imagines, Piffoël, qu'on peut dire à l'objet de son amour :
> « Tu es un être semblable à moi, je t'ai choisi entre tous ceux de mon espèce parce que je t'ai cru le plus grand et le meilleur. Aujourd'hui, je ne sais plus ce que tu es. Il me semble que, comme les autres hommes, tu as des taches, car souvent tu me fais souffrir et la perfection n'est pas dans l'homme. Mais j'aime tes taches, j'aime mes souffrances, j'aime mieux tes défauts que les qualités des autres. Je t'accepte, je *t'ai* et tu m'as aussi, car je n'ai rien conservé de moi-même... »
> Non. — Non, Piffoël, docteur en psychologie, tu n'es qu'un sot. Ce n'est pas le langage que l'homme veut entendre. Il méprise parfaitement le dévouement, car il croit que le dévouement lui est naturellement acquis par le seul fait d'être sorti du ventre de madame sa mère... Dominer, posséder, absorber, ne sont que les conditions auxquelles il consent à être... à être adoré comme un Dieu...

> La femme n'a qu'un moyen d'alléger son joug et de conserver son tyran, quand son tyran lui est nécessaire. C'est de le flatter bassement. Sa soumission, sa fidélité, son dévouement, ses soins, n'ont aucun prix aux yeux de l'homme ; sans tout cela, selon lui, il ne daignera pas se charger d'elle...
> Mon cher Piffoël, apprends donc la science de la vie et quand tu te mêleras de faire des romans, tâche de connaître un peu mieux le cœur humain. Ne prends jamais pour ton idéal de femme une âme forte, désintéressée, courageuse, candide. Le public te sifflera et te saluera du nom odieux de *Lélia* l'impuissante !
> Impuissante ! oui, mordieu, impuissante à la servilité, impuissante à l'adulation, impuissante à la bassesse, impuissante à la peur de toi. Bête stupide, qui n'aurait pas le courage de tuer sans des lois qui punissent le meurtre par le meurtre * et qui n'as de force et de vengeance que dans la calomnie et la diffamation ! Mais quand tu trouves une femelle qui sait se passer de toi, ta vaine puissance tourne à la fureur et ta fureur est punie par un sourire, par un adieu, par un éternel oubli [48].

Adieu, Lélia. Adieu, Michel ! Ils se reverraient, ils coucheraient de nouveau ensemble, mais c'était bien adieu.

* George Sand était violemment opposée à la peine de mort.

25. Les petites choses de l'art et de la vie

Pendant ces semaines d'adieu de juin 1837, George Sand puisa son réconfort dans la musique de Liszt et la présence de jeunes admirateurs. De son cabinet du rez-de-chaussée qu'elle avait aménagé pour Franz et Marie, le son du piano montait souvent jusqu'à la chambre du premier étage où elle s'était installée, exactement au-dessus de la leur, et où elle communiait avec le « Dr Piffoël ». Les notes imposaient silence aux « rossignols jaloux » et faisaient vibrer et danser les feuilles des tilleuls. « Quand Franz joue du piano, je suis soulagée. Toutes mes peines se poétisent. » Comme elle, Liszt utilisait les ressources de l'art pour transcrire sur le papier l'accord final, enfin dompté, celui qui embrassait, calmait et résolvait l'orage intérieur[1].

La « mélancolie de Liszt », « sa blessure secrète », lot de l'artiste, n'échappait pas à George Sand. Dans le cas de Franz, aux vingt-cinq ans impatients, et de Marie d'Agoult, âgée de trente et un ans, la blessure qui s'ouvrait entre eux était également d'ordre intime. Il s'agissait moins d'une différence d'âge, quoiqu'elle eût son rôle à jouer, que de la forme d'esprit de Marie, exigeante, critique. Elle en avait conscience et cette lucidité, écrivait-elle à un ami, Louis de Ronchaud, un jour qu'elle se trouvait à Nohant sans Liszt, était comme « la dent venimeuse du serpent qui dort toujours sur mon cœur... Croyez-moi, ne vous jetez jamais dans le sein d'une femme pour lui demander ce que vous ne trouvez pas en vous ; vous rêverez du ciel sur sa poitrine, vous entendrez les anges... et puis vous sentirez que tout cela est une ombre insaisissable qui passe, et vous resterez seul à pleurer comme un enfant ou à blasphémer comme un vieillard[2] ».

Il y a dans ces lignes une âpreté qui ne manque pas de

séduction, un réalisme très proche du cynisme actuel, mais aussi un manque de générosité, une sécheresse d'esprit qui forme un contraste frappant avec George Sand. L'amour est mort. « Eh bien, vive l'amour ! » s'écriait-elle. Cette capacité d'aimer était essentiellement celle d'un être doué pour vivre, ouvert à toute forme d'expérience. « Votre penchant à la sévérité augmente trop », déclara Liszt à Marie avant leur séparation[3].

George Sand ne laisse presque pas deviner qu'elle connaissait *la* blessure, celle qui marquait peu à peu les rapports de Franz et de Marie au printemps et à l'été 1837. Au contraire, elle reprochait à Liszt son ingratitude : « Homme heureux, aimé d'une femme belle, généreuse, intelligente et chaste — que te faut-il, misérable ingrat ! Ah si j'étais aimée moi[4] ! » Que George qualifiât Marie, comtesse d'Agoult, de généreuse, apportait la preuve de sa propre générosité.

Et tout cela durant les douces soirées du printemps à Nohant, amicales, réchauffées par l'hospitalité de George. L'acteur Pierre Bocage arrivait tout juste de Paris ; on attendait Charles Didier. En voyant George, jamais ses invités n'auraient soupçonné que, le lendemain, elle allait se détacher définitivement de Michel. « Ce soir-là, pendant que Franz jouait les mélodies les plus fantastiques de Schubert », inspirées par l'obsédant *Der Erlkönig* de Goethe, Marie d'Agoult, que George surnommait encore « la princesse », se promenait avec une grâce aérienne autour de la terrasse, vêtue d'une robe blanc pâle, la tête enveloppée d'un long voile qui lui tombait jusqu'aux pieds. Elle était consciente de l'effet produit et tous les regards restaient fixés sur elle tandis que la phrase musicale s'amplifiait et que la lune descendait dans le ciel, soulignant les contours des tilleuls et la silhouette vaporeuse de Marie. C'était une danse solennelle accompagnant la mélodie de Schubert ; lorsqu'elle s'acheva sur la note étouffée de la mort de l'enfant, Marie, telle une « châtelaine du moyen âge », disparut dans le salon du manoir[5].

Cette description flatteuse est entièrement de George Sand, bien qu'il existât entre elle et Franz une entente qui déplaisait à Marie. Plus d'une fois celle-ci interrompit leur tête-à-tête en appelant Franz : « Il est temps de se mettre au travail, paresseux[6] ! » Pourtant, quand tout le monde était parti se coucher, c'est exactement ce qu'ils faisaient, assis l'un en face de l'autre à la même table. Une de ces nuits, George termina *Mauprat* et entama sur-le-champ une autre nouvelle, *les Maîtres mosaïstes.* L'action se situait à Venise. Elle écrivit ce court roman, déclara George Sand, pour divertir Maurice. On demeure sans voix devant l'exploit que représente ce passage immédiat d'un roman à un autre. Cependant, ce même été, Liszt travailla avec acharnement à la transcription pour deux pianos de symphonies de Beethoven et acheva la première, la seconde, la cinquième et la sixième [7].

La visite du beau Bocage à Nohant fut brève, comme pour mieux libérer la scène pour l'arrivée de Charles Didier, le 15 juin. Toutefois, George lui fit un accueil quelque peu « embarrassé » ; elle ne l'attendait pas si tôt. Il fallut toute la sympathie et l'amitié que lui témoignèrent Franz, et surtout Marie, pour calmer Didier. Dans son *Journal,* à la date du 17 juin : « Mauvaise journée. Elle prend ce ton déplaisant et taquin qui m'irritait tant à Paris. Elle est d'une froideur et d'une réserve qui me contristent. » Deux jours plus tard : « J'ai commis une énorme faute en venant ici... Elle est pour moi de glace [8]. » Ce gentleman helvétique montait à cheval avec Marie ; il faillit pleurer au souvenir d'une autre promenade faite un peu plus tôt avec George. Marie, pour sa part, notait d'une plume assez froide dans son propre journal, avec l'œil de la future romancière, le comportement de l'amant rejeté : le front qui « se couvrait d'une subite rougeur » au moindre mot de George, son retranchement derrière « ses lunettes d'or », son regard s'arrêtant sur ses compagnons pour « scruter attentivement l'expression de nos visages », le sourire soudain glacé sur ses lèvres « par une pensée de défiance et de doute [9] ». Quand il réussissait à dormir, Didier faisait des cauchemars ; des visions morbides lui traversaient l'esprit et il s'imaginait tuant George. Consterné, il partit pendant une semaine, mais trouva la situation inchangée à son retour.

Didier arriva très tôt dans la matinée du 14 juillet ; à Nohant, tout le monde dormait, y compris deux nouveaux invités : le vieil ami de George, François Rollinat, une nouvelle connaissance, Félicien Mallefille, auteur dramatique en herbe, et un ami, de retour aussi, Pierre Bocage. Didier dans son *Journal :* « L'accueil est doux... mais je ne me fais pas illusion ; elle est occupée de Bocage. Cette rivalité avec un comédien me blesse et me dégoûte. Liszt approuve mon départ. » 15 juillet : « Chez Marie d'Agoult. Longue conversation sur George Sand, qu'elle croit près d'entrer dans le monde de la galanterie... Je faillis partir sans la voir [G. S.]... " Tu ne pars pas, j'espère ? — A l'instant... " La conversation continue ainsi... Elle me serre dans ses bras, et je baise ses grands yeux secs et impénétrables [10]. »

Et Didier repartit.

Ni Franz ni Marie ne résistèrent au désir de taquiner George à propos de Bocage et, plus agaçant, de provoquer l'acteur, assez stupide au demeurant, en cherchant à lui faire perdre son calme. Une nuit, à une heure tardive, George laissa un mot à Marie en la suppliant d'ordonner à Franz de cesser « ses plaisanteries » sur Bocage et sur elle-même. « Cela m'ennuie au suprême degré... Bocage a-t-il assez d'esprit pour bien comprendre ? » Certainement pas. Il se faisait plus pressant que ne le souhaitait George et, grâce aux soins conjugués de Franz et de Marie (vexée de voir tant de soupirants tourner autour de George), tous deux étaient au bord de la querelle. Dans un cas comme celui-ci, une éventuelle aventure avec un individu comme Bocage, « tout peut aller le mieux du monde en restant à la gaîté, à la poignée de main et à la camaraderie [11] ». Sinon, adieu Bocage. Il en allait autrement quand on s'aimait ; les apparences pasaient au second plan. Quant aux grandes passions, tout était permis.

Bientôt, ce fut adieu aussi à Franz Liszt et à Marie d'Agoult. Les fleurs estivales de l'amitié se fanaient ; elles se flétriraient en une autre saison. Avec Rollinat et Mallefille, George transforma leur départ en excursion joyeuse et accompagna Franz et Marie à cheval jusqu'à La Châtre où ils devaient prendre la diligence de Paris. On aimerait s'attacher à leurs pas, les suivre dans leur séparation, puis dans leurs destins, le jeune Liszt dans le plein épanouissement d'une carrière qui serait longue, Marie qui deviendrait célèbre sous le nom de Daniel Stern. Mais ce sont les réflexions de Marie d'Agoult sur son séjour à Nohant qui nous intéressent ici en raison de la lumière, même un peu jalouse, qu'elle projette sur George Sand.

« Il ne m'a pas été inutile », révélait le journal de la comtesse, « de voir, à côté de George le grand poète, George l'enfant indompté, George la femme faible jusque dans son audace, mobile dans ses sentiments, dans ses opinions, illogique dans sa vie, toujours influencée par le hasard des choses, rarement dirigée par la raison et l'expérience. J'ai reconnu combien il avait été puéril à moi de croire (et cette pensée m'avait souvent abreuvée de tristesse) qu'elle seule eût pu donner à la vie de Franz toute son extension, que j'avais été une malheureuse entrave entre deux destinées faites pour se confondre et se compléter, l'une par l'autre [12]. »

Marie d'Agoult prophétisait, avec une exactitude impressionnante, le destin d'un autre couple, celui qu'allaient former George Sand et Frédéric Chopin, chacun semblant déjà tendre vers cette fusion même si l'on faisait preuve de plus de prudence que l'autre. Et l'on révèle, dans cette même veine prophétique due à l'intelligence pénétrante de Marie d'Agoult, des observations sur les enfants de George qui reviendraient plus tard à la mémoire : « Caractère passionné et indomptable, Solange est destinée à l'absolu, dans le bien ou dans le mal. Sa vie sera pleine de luttes, de combats. Elle ne se pliera pas aux règles communes ; il y aura de la grandeur dans ses fautes, de la sublimité dans ses vertus. Maurice me paraît former avec sa sœur une antithèse vivante. Ce sera l'homme du bon sens, de la règle, des vertus commodes [13]. »

Pour George Sand, les précepteurs de Maurice ne se contentaient pas de défiler : ils constituaient des pères de remplacement qui devenaient ses fils. Combien de fois ne les appela-t-elle pas « mon enfant [14] » ! Mais comme ils n'étaient ni l'un ni l'autre, rien n'empêchait George de les prendre pour amants. Comme Boucoiran ; et, à ce qu'il prétendrait, Pelletan. Toutefois, il ne resta pas assez longtemps auprès de Maurice pour que cette affirmation soit plausible. Ayant vite prouvé son incompétence, il fut remplacé par un successeur tout trouvé : Félicien Mallefille. Vingt-quatre ans, auteur de deux pièces jouées, il était le protégé de Marie d'Agoult ; elle le présenta à George Sand et en voulut à Mallefille de s'éprendre d'elle. Il est certain qu'ils furent amants, mais plus tard sans doute que ne le crut Marie. Il y eut en effet l'intermède avec Bocage, encore que l'idée de la simultanéité ne soit pas à écarter. Confiant Maurice à Gustave Papet, George se rendit à Fontainebleau avec Bocage et descendit sous le nom de « M. et Mme Gratiot » à l'Hôtel

Britannique où elle avait séjourné quatre ans plus tôt avec Musset. Un amant pour exorciser le souvenir d'un autre ? La romancière revenant sur les lieux pour y recueillir des matériaux nouveaux ? A moins qu'il faille y voir l'insensibilité du chirurgien ? Quoi qu'il en soit, le séjour à Fontainebleau fut plusieurs fois interrompu par les allées et venues de George ; un mot du vieux Pierret lui avait appris que sa mère était au plus mal.

Sophie avait vu ses forces décliner au fil d'une maladie qui traînait en longueur, vraisemblablement un cancer. En la voyant, George hésita à la reconnaître. On lui aurait donné cent ans. « Ah !... Tu m'apportes la vie ! » s'écria sa mère. Mais, sentant sa dernière heure approcher, elle déclara à George : « Je ne veux pas voir la figure d'un prêtre, entends-tu bien ? Je veux, si je dois partir, que tout soit riant autour de moi. Après tout, pourquoi craindrai-je de me trouver devant Dieu ? Je l'ai toujours aimé. » Certains jours, elle semblait aller mieux, mais ce n'était qu'une illusion. « Quand tu reviendras », disait-elle à George, « je suis sûre que tu me trouveras guérie. » Le dernier jour, elle appela la demi-sœur de George, Caroline : « Coiffe-moi », lui dit-elle, « je voudrais être bien coiffée. » Elle se regarda dans le miroir, sourit ; le miroir lui échappa des mains. Enfin guérie, « guérie », écrit George Sand, « de l'effroyable fatigue... de vivre en ce monde [15] ». Une semaine plus tard, lorsqu'elle se rendit sur la tombe de Sophie au cimetière Montmartre et vit les papillons voltiger parmi les fleurs, elle fut « si frappée de la gaieté de cette tombe » qu'elle se demanda pourquoi les larmes affluaient si nombreuses à ses yeux [16].

Ce fut un mois d'août épuisant. Peu avant la mort de Sophie, George avait appris que Casimir était parti pour Nohant avec l'intention d'enlever Maurice. Horrifiée, elle demanda à Mallefille de lui amener son fils au plus vite à Fontainebleau, puis découvrit qu'il s'agissait d'une fausse alerte. Néanmoins, en septembre, Casimir arriva sans crier gare à Nohant et commit la bêtise d'enlever *Solange* et de l'emmener, en larmes, dans sa maison de famille, à Guillery, dont il venait d'hériter avec la mort de Mme Dudevant. Hors d'elle, George courut les ministères parisiens et finit par obtenir une ordonnance des tribunaux exigeant que sa fille lui soit rendue. Elle abandonna Maurice aux soins de Charlotte Marliani et partit aussitôt avec

Mallefille pour Guillery, où elle arriva après trois jours et trois nuits de malle de poste. Sans perdre une minute, elle fonça chez le sous-préfet de Nérac, ordonnance à la main, puis s'en fut à Guillery avec une véritable escorte de police : « Je suis une princesse espagnole, et j'accomplis je ne sais quelle révolution », écrivit-elle par la suite. Bouche bée, la population de Nérac regarda passer le petit cortège et le suivit jusqu'à la maison de Casimir. Alerté, celui-ci s'apprêtait à faire ses bagages. Mais la police encercla la maison et il se rendit. « Dudevant », raconte George avec verve, « devenu doux et poli, amène Solange par la main jusqu'au seuil de sa royale demeure, après m'avoir offert d'y entrer, ce que je refuse *gracieusement.* Solange a été mise dans mes mains, comme une princesse à la limite des deux États. Nous avons échangé quelques mots agréables, le baron et moi. Il m'a menacée de reprendre son fils par autorité de justice et nous nous sommes séparés, charmés l'un de l'autre... Le lendemain, la fureur m'a prise d'aller revoir les Pyrénées[17]. »

Et c'est ainsi que George, accompagnée de Solange et de Mallefille, partit pour les montagnes voisines, le massif du Marboré et Gavarnie, les sites qu'elle avait naguère explorés avec Aurélien de Sèze et qu'elle revoyait cette fois avec Mallefille. Une quinzaine de jours plus tôt, elle se promenait dans les bois de Franchard, à Fontainebleau, avec Bocage. Mais de retour à Nohant, en automne, elle médita et écrivit dans son journal des lignes rudes et cinglantes propres à rappeler que George Sand était aussi le sage « Dr Piffoël », porté à l'introspection et à l'autocritique :

> Récapitule un peu ce qui s'est passé depuis trois mois... T'en souviens-tu seulement ? N'as-tu pas déjà oublié les faits ? Ta mère morte, ton fils sauvé, ta fille enlevée et reconquise — et le reste ! — Tu as revu Franchard, et avec qui ? Tu as revu le Marboré et avec quoi ? Tu rentres ici, qu'y viens-tu faire, quel sort t'y attend ? Qui vas-tu aimer ? De quoi vas-tu souffrir ? Qui haïras-tu le mois prochain, ou l'année prochaine, ou demain ? Te voilà aussi tranquille que si ta vie était celle d'un autre, et tu vas dormir dans ton lit ni plus ni moins que Buloz dans le

> sien… Quelle belle âme tu as, ô mon grand Piffoël ! Tu boiras le sang de tes enfants, dans le crâne de ton meilleur ami et tu n'auras pas seulement la colique. Le soleil te tomberait sur le nez sans te causer le plus léger éternuement [18].

C'est dans ce climat qu'arriva, au titre d'invité, Pierre Leroux, la quarantaine, philosophe messianique, une des plus importantes figures de son temps, oubliée par le nôtre [19]. Pour George, il représentait une source d'inspiration protéiforme, le héros autour duquel pouvaient s'organiser un ou deux romans ; il incarnait à ses yeux toute la richesse lyrique du Papageno de Mozart, il était Corambé rappelé à la vie, même si elle le qualifiait imprudemment de « nouveau Platon », de « nouveau Christ » — cela des années plus tard dans une lettre adressée à une autre admiratrice de Leroux, Charlotte Marliani [20].

George avait fait la connaissance de Leroux en 1835, lorsqu'il lui avait été recommandé avec une chaleur inhabituelle par Sainte-Beuve. Leroux était venu dîner quai Malaquais et avait offert à George, à sa requête affamée, un véritable pot-pourri de panthéisme, d'optimisme, de socialisme utopiste et de théories néo-pythagoriciennes sur la migration des âmes et leur réapparition sur terre dans une spirale nettement ascendante parce qu'on n'évitait pas le progrès. Brillant rejeton des classes inférieures, Leroux s'était intellectuellement élevé selon cette spirale, mais avait dû interrompre une carrière universitaire pour subvenir aux besoins de sa famille après la mort de son père. Ce modèle prévalut tout au long de cette existence et lorsqu'il vint à Nohant à l'automne 1837, il avait à sa charge quatre ou cinq enfants plus une femme à moitié folle. George et Charlotte Marliani, qui séjournait elle aussi au manoir, pensèrent un moment se répartir les enfants et installer Leroux à Nohant en tant que père spirituel.

Après avoir appartenu, pendant une brève période, à la rédaction du *Globe,* d'inspiration saint-simonienne, Leroux et son ami Jean Reynaud décidèrent d'entreprendre une *Encyclopédie universelle* dans laquelle Leroux, nouveau Diderot, se chargerait de la plupart des articles. Avant de rencontrer George, il avait été très impressionné par *Lélia,* cette « âme qui demande sa nourriture », écrivit-il dans son article sur la

Conscience[21]. George connut les écrits avant l'homme ; elle avait toujours été sensible à l'intelligence conceptuelle, à ceux qui se fixaient pour tâche de réunir le savoir afin d'en faire bénéficier la société. Bien que cette première visite de Leroux à Nohant se limitât à quelques jours, il s'établit entre eux une relation qui devait durer plusieurs dizaines d'années. Pour la remercier de son hospitalité, Leroux lui envoya les deux premiers volumes de son encyclopédie — de A jusqu'à C, inachevée, car il n'était pas allé plus loin. « Donnez-les à Maurice », lui écrivait-il, « c'est en effet pour nos enfants que nous travaillons. » Une ligne pour George qui lui avait fait présent, quant à elle, de la qualité de son attention : « Vous m'avez fait faire en moi-même une confession qui m'a donné une grande lumière et m'explique bien des choses[22]. »

Leroux avait beaucoup aidé George à retrouver son équilibre habituel et elle reprit son rythme, ses vingt pages de manuscrit quotidiennes, écrites la nuit ; elle termina rapidement deux courts romans dont l'intrigue se déroulait dans le même Venise romantique et coloré de ses maîtres mosaïstes, intitulés *la Dernière Aldini* et *l'Orco*. Une pièce écrite à l'intention de Bocage ne fut jamais montée. Les difficultés financières exerçaient sur George une pression constante. Nohant, avec les invités, les jardiniers, les domestiques dont une bonne et une gouvernante pour Solange et un précepteur pour Maurice, représentait « une dépense de 25 à 30 mille francs l'an » et George tirait ses revenus de sa plume[23]. Il fallait compter aussi ses « prêts » généreux aux amis en détresse, comme Jules de Grandsagne, frère de Stéphane, en prison pour dettes. Un jour viendrait où Pierre Leroux représenterait une charge supplémentaire particulièrement lourde.

Le fidèle et aimant Mallefille détendait l'atmosphère. Nohant, en décembre 1837, était « paisible et laborieux ». « Mallefille entasse drame sur roman… moi, romans sur nouvelles… Maurice, caricatures sur gendarmes, et Solange, cuisses de poulet sur fausses notes[24]. » Mallefille avait succédé à Bocage et remplacé Michel. Quant à ce dernier, George fit peut-être son dernier « galop par une nuit glacée pour le voir un instant », comme elle l'écrivait à un de leurs amis communs, Frédéric Girerd. « *J'ai enfin terrassé le dragon…* Cette passion tenace et ruineuse de toutes mes facultés a enfin été guérie par une autre affection : plus douce, moins enthousiaste, moins âpre aussi et, je l'espère, plus durable[25]. »

Mallefille, cependant, ne brillait ni par l'intelligence ni par le tact. Il joignit un billet destiné à Marie d'Agoult à une lettre que George envoyait à la comtesse ; celle-ci prit ombrage de cette familiarité et tint George pour responsable du manque de courtoisie de son ancien protégé. Décidément, les rapports entre George et Marie devenaient épineux. George Sand à Franz Liszt, le 28 juillet 1838 (elle n'avait pas lu la lettre de Mallefille) : « J'ai assez de lettres bêtes à lire tous les jours !... De quoi diable, quand on se laisse écrire par Mallefille, on a le droit de se plaindre ? Quand on connaît Mallefille et son style, on doit s'attendre à tout en fait de lettre ! Ah ! sacredié ! Il ne manquerait plus que cela, de former Mallefille au style épistolaire ! Je sais bien, pour mon compte, que je trouverai toujours ses lettres ravissantes car j'espère bien n'en lire jamais une seule. Je l'aime de toute mon âme. Il peut me demander la moitié de mon sang ; mais qu'il ne me demande jamais de lire une de ses lettres[26]. »

Ce mépris pour Mallefille ne doit pas être pris au sens littéral, George n'entendait pas annoncer à Marie qu'il était l'amant en résidence, sinon par correspondance. Ce genre de lettre circulait souvent en plusieurs exemplaires, chacun la recopiant pour une poignée d'amis sous le sceau du secret. De plus, et dans le cas de Musset la chose est mémorable, la moindre expérience, la moindre confidence, aussi intime fût-elle, constituait une aubaine pour l'écrivain qui en faisait une fiction légèrement travestie, un roman à clef. C'est particulièrement vrai en ce qui concerne George Sand à cette période de sa vie car Franz, Marie, George et Honoré de Balzac sont en cause, et surtout le roman qu'écrivit Balzac sur le trio, *Béatrix*.

Déçu par Jules Sandeau, Balzac s'était réconcilié avec George Sand. En février 1838, il séjourna chez des amis à quelques lieues de Nohant. Il avait toujours souhaité y faire « un pèlerinage », écrivit-il à Sand ; or il était son voisin.

> Je ne voudrais pas... retourner à Paris sans avoir vu soit la lionne du Berry, soit le rossignol, dans son antre ou dans

son nid, car vous avez une force et une grâce qu'apprécient [*sic*] plus que qui que ce soit

V.d.s. [Votre dévoué serviteur]
H. de Balzac

C'était un mot charmant et George, aussi romancière dans l'âme que Balzac, ne résista pas à la curiosité. « Certes j'y suis », répondit-elle, « et j'y serai toujours pour vous[27]. »

Dans le long compte rendu qu'il donne de cette visite à Mme Hanska — *l'Étrangère* qui deviendrait sa femme quelques mois avant sa mort — il est davantage question de la lionne, ou plutôt du *lion*, que du rossignol, comme on pouvait s'y attendre de la part d'un amant écrivant à sa bien-aimée après un séjour de trois jours chez une dame de réputation douteuse. Mme Hanska, amateur d'autographes, avait réclamé celui de George Sand, que Balzac lui obtint.

J'ai abordé le château de Nohant, le samedi gras, vers sept heures et demie du soir, et j'ai trouvé le camarade George Sand dans sa robe de chambre, fumant un cigare après le dîner, au coin de son feu, dans une immense chambre solitaire. Elle avait de jolies pantoufles jaunes ornées d'effilés, des bas coquets et un pantalon rouge... Au physique, elle avait doublé son menton, comme un chanoine. Elle n'a pas un seul cheveu blanc, malgré ses effroyables malheurs, son teint bistré n'a pas varié, ses beaux yeux sont tout aussi éclatants, elle a l'air tout aussi bête quand elle pense ; car comme je le lui ai dit après l'avoir étudiée, toute sa physionomie est dans l'œil. Elle est à Nohant depuis un an, fort triste, et travaille énormément. Elle mène à peu près ma vie. Elle se couche à six heures du matin et se lève à midi, moi je me couche à six heures du soir et me lève à minuit ; mais naturellement, je me suis conformé à ses habitudes, et nous avons pendant trois jours bavardé depuis cinq heures du soir après le dîner jusqu'à cinq heures du matin...
La voilà dans une profonde retraite, condamnant à la fois le mariage et l'amour, parce que, dans l'un et l'autre état, elle n'a eu que déceptions. Son mâle est rare, voilà tout. Il le sera d'autant plus qu'elle n'est point aimable, et, par conséquent, elle ne sera que très difficilement aimée. Elle

> est garçon, elle est artiste, elle est grande, généreuse, dévouée, chaste ; elle a les grands traits de l'homme ; *ergo,* elle n'est pas femme. Je ne me suis pas plus senti qu'autrefois près d'elle, en causant pendant trois jours à cœur ouvert, atteint de cette galanterie d'épiderme que l'on doit déployer, en France et en Pologne [où habitait la comtesse Hanska]. Je causais avec un camarade.

« Puisque, par nos écrits, nous préparons une révolution pour les mœurs futures, je suis non moins frappée des inconvénients de l'un que par ceux de l'autre », déclara George à Balzac en abordant les grandes questions du mariage et de la liberté. Ils en discutèrent toute la nuit, Balzac défendant sa thèse favorite : une femme doit savoir à quoi elle s'engage *avant* le mariage — elle saura ainsi de quoi elle parle en jurant fidélité à son époux — mais sa liberté disparaît une fois mariée. « Je suis tout à fait pour la liberté de la jeune fille et l'esclavage de la femme. » Balzac se vantait, dans cette même lettre, d'avoir obligé George à reconnaître que le mariage était nécessaire.

> Elle est une excellente mère, adorée de ses enfants, mais elle met sa fille Solange en petit garçon, et ce n'est pas bien. Elle a laissé son fils Maurice goûter de trop bonne heure aux dissipations de Paris, il a une maladie de langueur à 12 ans et son épine dorsale est malade, il est comme un homme de vingt ans *moralement,* car elle [*sic*] est intimement *chaste, prude,* et n'est artiste qu'à l'extérieur. Elle fume démesurément, elle joue peut-être un peu trop à la princesse.

Quand ils parlèrent boutique et roman, George reconnut avec franchise son point faible : la conception et la construction. « Mais... sans savoir la langue française, elle a le *style* », ajoutait Balzac, « c'est vrai. Elle prend assez, comme moi, sa gloire en raillerie. »

> Elle travaille beaucoup pour payer les dettes qu'elle a contractées pour *tutti quanti,* amis et amants... Elle aime maintenant un homme qui lui est inférieur, et, dans ce contrat-là, il n'y a que désenchantement et déception pour une femme qui a une belle âme ; il faut qu'une femme aime toujours un homme qui lui soit supérieur, ou

qu'elle y soit si bien trompée que ce soit comme si cela était[28].

Il y a autant de Balzac, dans cette longue lettre, que de George Sand, c'est-à-dire la conception balzacienne de « l'homme » et de « la femme », de leurs rapports, de leurs rôles et de leur « nature ». De nouveau il revient à la charge : George « est un homme, et d'autant plus un homme qu'elle veut l'être... La femme attire et elle repousse, et, comme je suis très homme, si elle me fait cet effet-là, elle doit le produire sur des hommes qui me sont similaires ; elle sera toujours malheureuse. » George Sand n'était ni repoussante ni Balzac repoussé. Néanmoins, l'attitude de ce dernier reflète sans ambiguïté celle du XIXe siècle dans la définition des sexes, une attitude qui devait persister encore au siècle suivant[29] *.

Balzac aborda ce thème dans un roman dont George Sand lui avait donné l'idée à Nohant et qu'il écrivit plus tard, intitulé *Béatrix*. George, disait-il dans sa lettre à Mme Hanska, se sentait mal placée pour l'écrire car il traitait trop directement de Franz Liszt et de Marie d'Agoult. Le titre imaginé par Balzac précéda étrangement une explosion de Liszt pendant les derniers jours de sa liaison avec Marie d'Agoult, qui le comparait souvent à Dante (à cause de son profil florentin) et jouait les Béatrice : « Dante ! Béatrice ! ce sont les Dante qui font les Béatrice, et les vraies meurent à dix-huit ans[30] ! » Balzac trace un portrait moins cruel du couple quand il le dépeint sous les traits de deux amants traînant les fers de leur idylle publique une fois que l'orgueil, et non plus la passion, les tient enchaînés (le roman devait d'abord s'intituler *les Galériens de l'amour*).

Malheureusement, George Sand n'apparaît dans ce roman qu'en tant que personnage « secondaire », bien qu'important : Félicité des Touches, qui écrit sous le pseudonyme de Camille Maupin. Balzac regrette, et nous aussi, de ne pouvoir percer plus avant le mystère de ce « monument » de l'humanité, de cette « incarnation masculine d'une jeune fille » qui s'est faite « homme et auteur[31] ». (Le prénom de ce pseudonyme, Camille, rappelle l'hermaphrodite *Fragoletta* de Latouche ; le

* Voir le long commentaire de Henry James sur la lettre de Balzac, p. 541.

patronyme, la lesbienne *Mademoiselle de Maupin* de Gautier.) Dans la description qu'en fait Balzac, Félicité des Touches est d'une étonnante beauté et féminité. Peut-être George Sand lui apparaissait-elle sous ce jour, malgré ce qu'il en écrivait à Mme Hanska ; à moins qu'il ne s'agisse tout bonnement d'une de ces retouches apportées par l'écrivain à la réalité. Elle a le teint mat, des cheveux noirs, des yeux étincelants, une poitrine généreuse ; « la chute des reins est magnifique et rappelle plus le Bacchus que la Vénus Callipyge », c'est le port de l'androgyne propre aux « femmes célèbres ». Elle aussi trouverait difficilement son mâle, cela pour des raisons tant intellectuelles que sexuelles : « Qui peut combler les deux précipices de ses yeux ? » A vingt et un ans, elle « était l'égale d'un homme de trente ans ». Quand débute le roman, Félicité-George Sand est célibataire, âgée de quarante ans, célèbre et encore désirable, mais « épouvantable de clarté sur elle-même ». Comment expliquer ce phénomène, si plein « d'anomalies », demandait Balzac pour la forme, et il répondait par un résumé d'une intelligence et d'une intuition remarquables des forces culturelles plus qu'anatomiques qui déforment le destin d'une femme.

> Elle n'a connu ni père ni mère, et fut sa maîtresse dès l'enfance... le hasard l'a jetée dans le domaine de la science et de l'imagination, dans le monde littéraire, au lieu de la maintenir dans le cercle tracé par l'éducation futile donnée aux femmes, par les enseignements maternels sur la toilette, sur la décence hypocrite, sur les grâces chasseresses du sexe[32].

Les deux héros principaux de *Béatrix* restent seuls, toutes illusions perdues. Balzac, faute de solution plus satisfaisante, expédiait Félicité-George Sand au couvent, au moment précis où George terminait sa version revue et corrigée de *Lélia*.

Pour George même, toutefois, une fin n'était jamais qu'un commencement. Balzac faisait preuve d'un sens prophétique peu commun dans celle qu'il choisissait pour sa George Sand de fiction. Car les dix prochaines années qu'elle s'apprêtait à vivre avec Chopin pourraient être sans erreur qualifiées d'années de couvent au sens riche et médiéval du terme : des années de dévotion, de musique et de manuscrits précieusement enluminés.

26. Frédéric Chopin : un génie fragile

> *Je peux jouer une sonate pyrotechnique de Liszt qui dure quarante minutes et quitter le piano sans ressentir la moindre fatigue, alors qu'une étude, même la plus courte, de Chopin, m'oblige à faire un effort considérable.*
>
> Arthur Rubinstein[1].

Selon une légende qui a la vie dure, Frédéric Chopin aurait chuchoté à un autre pianiste après avoir rencontré George Sand, alors âgée de trente-deux ans : « Est-ce vraiment bien une femme ? Je suis prêt à en douter. » Et George Sand, à Charlotte Marliani : « Ce *monsieur* Chopin, ne serait-ce pas plutôt une jeune fille ? » La persistance de cette légende s'explique pour une raison au moins : elle recrée l'histoire telle qu'elle aurait dû être compte tenu des événements ultérieurs.

Chopin écrivit en effet à sa famille qu'il avait fait la connaissance « d'une grande célébrité : Mme Dudevant, connue sous le nom de George Sand », mais que son visage ne lui avait pas été sympathique. « Il y a en elle quelque chose qui m'éloigne[2] », déclarait-il. En revanche, l'apparence fragile et presque féminine de Chopin n'éloignait pas George Sand, toujours sensible à la faiblesse qui réclamait sa force. Elle n'était d'ailleurs que trop consciente de ce trait de son caractère : « N'est-ce pas une chose sainte, une loi de la nature, que cet amour de la faiblesse pour la force, mais surtout, que cet amour de la force pour la faiblesse[3] ? » Elle connaissait ses réflexes maternels — paternels pourrions-nous ajouter. Et Chopin, comprit-il sa propre réaction, cette aversion première, puis l'attirance qu'il éprouva, le signe qu'il fit lui-même à son destin ?

Le mot *destin*, avec sa consonance inquiétante, renvoie à une autre légende, celle de Chopin artiste romantique marqué par le sort et destiné à mourir jeune, « victime de l'amour et de la tuberculose ». Mais la force métallique de sa musique est la véritable victime de cette légende, édulcorée par des fournées de pianistes au toucher sans vigueur. L'autre victime fut George Sand dans son rôle de *Dea ex-machina,* car, naturellement, il fallait en faire un rouage du fatal destin réservé à Chopin. Or que sait vraiment le grand public au sujet de Chopin, sinon que, comme Mozart, il figure parmi les plus aimés des compositeurs ? Qu'il se montra aussi réservé que sa musique est accessible ? Que sa vie sexuelle était aussi fragile que son génie était résistant ? Que s'il est universel et transcende la division entre l'Est et l'Ouest, *son* univers à lui était le piano ?

Il était né en Pologne, de père français, et il passa la seconde moitié de sa vie à Paris. Il s'appelait Frédéric Chopin et non, comme Maria Wodzinska le souhaiterait un jour, Chopinski. Il naquit donc le 1er mars 1810 dans le village de Zelazowa Wola, à cinquante kilomètres de Varsovie. Sa mère, polonaise, était d'humble extraction, mais lui devait se montrer méticuleusement aristocrate. Peut-être commença-t-il à improviser au piano à trois ans. Nous savons qu'il n'avait pas huit ans quand il composa et joua une polonaise en public. Cet enfant prodige était adulé des princes et des comtesses ; il le serait sa vie durant. Il eut un professeur de piano tchèque pour qui les dieux de la musique étaient allemand et autrichien : Bach et Mozart. Ce seraient aussi les siens. Il aurait pris sa dernière leçon de piano à douze ans. En un certain sens, ces détails sont plus réels que la réalité. Chopin fut essentiellement son propre maître, un autodidacte avec la capacité géniale de faire éclater sa maîtrise, tout à coup, inexplicablement. Le Chopin adolescent des nocturnes, des préludes et des mazurkas est, en substance, le Chopin des dernières années.

A l'école, il se prit de passion pour Titus Woyiechowski. Là aussi, le Chopin des premières années est celui de la maturité, même s'il crut s'éprendre au conservatoire de Varsovie d'une jeune élève de chant, Constance Gladkowska. A seize ans, il eut angine sur angine et souffrit d'un engorgement des ganglions lymphatiques. On le soigna avec des applications de sangsues sur la gorge. A dix-sept ans, il vit sa jeune sœur Émilia mourir de tuberculose et assista, horrifié, à une succession de saignées, purges et ulcérations tandis qu'elle dépérissait peu à peu au point d'en être méconnaissable.

A dix-huit ans, Chopin alla chercher les applaudissements à Berlin et à Prague, et les obtint. A dix-neuf ans, il était à Vienne, et il y retourna l'année suivante au moment où les Polonais se soulevaient contre l'occupant russe. Titus partit immédiatement rejoindre les insurgés. Pas Chopin. Il en éprouvait quelque remords, mais il semble que la composition de son *Concerto en mi mineur* et de ses premières *études* ait absorbé toute son attention. Il se trouvait à Stuttgart quand la révolte polonaise fut écrasée. « Oh, Titus ! Titus ! » s'écria-t-il, mais il pleurait aussi Constance[4]. Une semaine plus tard, en 1831, âgé de vingt et un ans, il était à Paris.

Lorsqu'il arriva dans la capitale, il avait composé la plus grande partie de ses douze *Études* (op. 10), plusieurs nocturnes, deux concertos pour piano, les deux premières séries de mazurkas, son *Trio* et divers autres morceaux. Chopin était définitivement Chopin ; plus tard, il se contenterait de raffiner ou de reproduire. Et là, George Sand aurait son rôle à jouer, mais comme on vit avec l'individu en même temps que le compositeur dans la mesure où l'on peut distinguer l'un de l'autre, la vie de George Sand avec Frédéric Chopin demande à être explorée plus personnellement, plus intimement, même avec maladresse.

Les sentiments de Chopin pour son ami Titus Woyiechowski, un jeune garçon robuste et athlétique qui admirait le génie de Chopin, jouait du piano avec talent et devint plus tard un excellent administrateur de ses terres en même temps qu'un mari dévoué, demeurèrent aussi intenses pendant les années qui suivirent son vingtième anniversaire. Ses lettres à Titus, où il lui demande ses « lèvres », sa « bouche », malgré la réserve de celui-ci qui ne l'encouragea jamais, dépassent les simples conventions romantiques et Chopin lui-même reconnaissait ses outrances de style. « Je t'embrasse cordialement », écrivait-il à Titus le 29 octobre 1829. « C'est ce que les gens mettent habituellement à la fin de leurs lettres, mais ils ne savent pas ce qu'ils écrivent. Crois-moi pourtant, je sais ce que je viens d'écrire parce que je t'aime... » Chopin avait vingt ans quand il terminait ainsi une autre lettre : « Donne-moi ta bouche... Je ne sais pas pourquoi, mais j'ai peur de toi. Par Dieu, toi seul peux quelque chose sur moi, toi et... personne d'autre. » Ce sont de longues lettres. Chopin cachait celles qu'il recevait de Titus « comme le ruban d'une amante ». Et il confiait maintenant au piano, écrivait-il à ce lointain Titus, ce qu'il pouvait naguère lui dire[5]. L'intimité, la tendresse, la *tension* (y compris la respiration haletante du célèbre *tempo rubato*) confiées par Chopin à son piano sont de la musique transfigurée, où il est impossible de ne pas le reconnaître. Sans pousser trop loin l'analyse freudienne, on peut suggérer que les dissonances qui font de Chopin notre contemporain naissent, dans une certaine mesure, de la même tension.

Paris fut très vite intrigué par le mince et jeune Chopin aux yeux bleu-gris, aux cheveux blonds et au regard velouté d'aiglon ; et lui fut fasciné par la ville qui allait lui servir de patrie pendant la moitié de sa vie. Il s'intégra tout naturellement dans le clan des exilés polonais, parmi lesquels le comte Grzymala, d'autant plus patriotes qu'ils étaient à Paris. A ce cercle se joignirent Liszt, Berlioz et le chanteur Nourrit. Bien entendu, Chopin fit la connaissance de celui qui devait parrainer sa jeunesse sur les boulevards parisiens, le prince Radziwill ; le soir même, le comte l'emmenait à une soirée chez le baron de Rothschild. Là, il rencontra des duchesses, des comtesses et des femmes de la bonne société qui se pâmèrent en l'entendant jouer avant de faire la queue le lendemain à son appartement pour prendre des leçons de piano à 20 francs-or l'heure. Toujours est-il qu'elles délivrèrent Chopin de la hantise des concerts et l'aidèrent à vivre comme un prince et un dandy, avec gants blancs, cape noire et bottes fines, un cabriolet et son cocher l'attendant devant sa porte lorsqu'il sortait en fin d'après-midi. Mais ce fut surtout l'argent qu'il recevait de sa famille et de ses amis qui l'aidèrent, jusqu'au jour où George Sand et Nohant entrèrent dans sa vie. Les salons se l'arrachaient et il recevait chez lui, jouant pour lui et pour une poignée d'amis. A la grande question qui agitait Paris, « Quel est le meilleur pianiste, Liszt ou Thalberg ? », Ernest Legouvé répondit : « Chopin. » Pour Berlioz, dont la musique irritait les oreilles de Chopin, il était le « Trilby des pianistes[6] ».

Le mariage de Constance Gladkowska quelques années plus

tard n'attira aucun commentaire de la part de Chopin dans ses lettres à sa famille ou à Titus. Elle fut sans peine remplacée dans son cœur par Maria Wodzinska, sœur d'un de ses condisciples, qu'il revit à Dresde en 1935 ; Maria avait seize ans, lui vingt-cinq ans. Ils se considéraient comme « fiancés » et la comtesse Wodzinska, mère de Marie, voyait cette union d'un œil vaguement favorable. Toutefois, les Wodzinski possédaient vingt mille hectares de terre en Pologne, ce qui marquait assez la distance sociale qui séparait Frédéric et sa fiancée et permettait de douter du sérieux de ces fiançailles. En outre, la même année, Chopin fut victime des premières attaques de la tuberculose, qu'on diagnostiqua être une grippe. Il cracha du sang. Les journaux de Varsovie annoncèrent sa mort. Non seulement Chopin était pauvre comparé aux Wodzinski, mais visiblement de santé fragile. En aucun cas l'époux qu'il fallait à Maria. « Adieu », lui écrivit-elle, « Maman vous embrasse bien tendrement. Adieu, gardez notre souvenir[7]. » Chopin considéra ce mot comme une lettre de rupture et ne répondit pas. Comme avec Constance, il choisit le rôle passif. Après sa mort, on retrouva quelques lettres de Maria et une rose séchée dans une enveloppe sur laquelle il avait écrit en polonais : « *Moje Bieda* », mon chagrin.

Mais on découvrit également cette note, soigneusement pliée et conservée dans un de ses albums favoris :

On vous adore.
George
Et moi aussi ! et moi aussi ! et moi aussi !
Marie Dorval

Le billet n'est pas daté, mais il fut vraisemblablement écrit à la fin du mois d'avril 1838[8].

27. La note dominante de George Sand

La méthode qui fut celle de George Sand peut assez bien se résumer, en fait, en une phrase simple, mais qui rend compte de tout : elle consistait à traiter la vie exactement comme si elle eût été un homme... et exactement n'est pas trop dire.

Henry James, *Notes on Novelists,* 1914[1].

George était arrivée dans la capitale à la mi-avril 1838 et logeait chez Charlotte Marliani et son mari, consul d'Espagne. Elle avait également pris une petite chambre dans un hôtel pour pouvoir travailler sans être dérangée. En effet, aucun portrait d'elle ne saurait être complet s'il ne la montrait la plume à la main, et de préférence en mouvement. Ce qui force l'admiration, toutefois, est non seulement sa « facilité d'expression », mais « sa puissante capacité d'agir en sortant d'elle-même, compte tenu de la richesse stupéfiante de son être[2] ». Il peut être utile aussi de penser à elle comme à un homme si l'image d'une femme exerçant délibérément son esprit de conquête est trop déconcertante, même à notre époque — encore que, dans l'idéal, les yeux de l'esprit devraient s'être ouverts sur une perception plus complète d'une femme magistralement en avance sur son temps. Il y eut, par exemple, une prudence dans la cour que fit George à Chopin que l'on pourrait tout bonnement qualifier d'intelligente, et non de masculine ou féminine. Elle offrit sa force à la faiblesse de Chopin, mais sans vouloir l'en effrayer. Chopin était un jeune homme d'une sensibilité anormale, appartenant à la vieille école et accoutumé aux manières délicates des jeunes filles de la bonne société. Le « On vous adore » du billet de Sand, jalousement conservé, fut probablement écrit à la suite d'une soirée musicale chez les

Marliani, à laquelle assista Marie Dorval [3]. Le ton et la formule utilisés par George Sand ont une note passive, réservée, doucement enveloppante. Elle était certainement consciente du premier mouvement de recul de Chopin, et assez sensible elle-même pour moduler sa propre réaction. En outre, et plus important, il existait en George une tendresse et une chaleur maternelles qui attiraient Chopin, malgré lui, vers elle à cette période de sa vie marquée par le désordre, les déceptions et la tristesse. Comme tous les membres du petit cercle, George était au courant de ses fiançailles avec Maria Wodzinska ; par contre, elle n'était pas assez de ses intimes, comme le comte Grzymala, pour avoir appris la rupture.

George et Chopin se virent de plus en plus souvent, chez lui, ou dans les soirées mondaines comme cette réception mémorable donnée par le marquis de Custine, où Chopin avait improvisé, Duprez chanté devant, annonçait le souffle coupé la page mondaine de *la Presse,* une duchesse, une comtesse, une baronne et George Sand. Mais Chopin préférait voir autour de son piano un auditoire moins nombreux ; il avait un toucher léger, harmonieux, nuancé — « trop léger » déclaraient les critiques musicaux. « Venez à minuit », écrivit George à Delacroix peu avant de regagner Nohant. Chopin jouerait « en petit comité, les coudes sur le piano, et c'est alors qu'il est vraiment sublime [4] ».

Il y eut aussi des soirées en tête à tête. Ils s'étaient embrassés, transportés au ciel le temps de quelques secondes fugitives [5]. Ils s'effleuraient comme dans une valse-hésitation. Chopin se montrait fugace, virginal, évanescent. *Jeune fille ?* A moins qu'il n'eût lutté contre le souvenir de sa « fiancée », Maria Wodzinska. Ne sachant comment interpréter cette attitude, agacée par son propre trouble, George Sand écrivit de Nohant, au mois de mai 1838, au plus proche ami de Chopin, le comte Grzymala.

Cette lettre, longue de quatre mille mots, figure parmi les plus étonnantes de George Sand, et aussi parmi les plus controversées. Sa franchise et son honnêteté sont si manifestes qu'elles semblent nues et le lecteur est glacé par cette découverte. On dirait que George Sand prend des renseignements sur un fils qu'elle compterait épouser, ou encore sur un enfant en vue d'une éventuelle adoption. « Notre petit », écrivait-elle d'ailleurs à Grzymala en parlant de Chopin. Or il n'était pas un enfant, mais un homme de vingt-huit ans. Et c'est d'homme à homme, semble-t-il — enfin de *pas tout à fait* un homme à un autre homme, car Grzymala attendait de George le comportement d'une femme bien élevée et celle-ci s'aventurait avec prudence sur cette voie délicate et malaisée, aussi décidée fût-elle à la suivre — qu'elle s'adressait à l'ami de Chopin. Peut-être empruntait-elle un chemin détourné pour atteindre Chopin (qui aurait ressenti une approche directe comme une agression) ; elle écrivait en effet à Grzymala une lettre qu'il ne pouvait pas *ne pas* montrer à Chopin, ne serait-ce qu'au nom de la grande amitié qu'il lui portait. Une lettre pleine de tours et de détours, de sincérité et d'autojustification, qui laissait en même temps la possibilité d'une marche arrière au cas où Grzymala le lui aurait conseillé. Elle lui demandait conseil : « Écoutez-moi bien et répondez clairement, catégoriquement, nettement », commençait-elle.

« La personne », Maria Wodzinska, que Chopin voulait, pensait ou croyait devoir aimer, lui convenait-elle vraiment ? Le rendrait-elle heureux, ou ajouterait-elle simplement « à ses souffrances et à ses tristesses » ? demandait George au comte. « Je ne demande pas s'il l'aime, s'il en est aimé, si c'est plus ou moins que moi, etc. Je sais à peu près, par ce qui se passe en moi, ce qui doit se passer en lui. Je demande à savoir laquelle de *nous deux* il faut qu'il oublie ou abandonne pour son repos, pour son bonheur, pour sa vie enfin, qui me paraît trop chancelante et trop frêle pour résister à de grandes douleurs. »

Elle-même ne cherchait pas une grande passion. De plus, elle devait s'occuper de ses enfants. Et il y avait « un être excellent », Mallefille dont elle taisait le nom, « une cire malléable » qu'elle ne voulait pas abandonner en raison de sa parfaite dévotion : « Engagée comme je le suis, enchaînée d'assez près pour des années, je ne puis désirer que notre *petit* rompe de son côté les chaînes qui le lient. »

Pour George Sand, néanmoins, le dilemme n'était pas insoluble. Elle refusait les faux choix et placée devant une alternative, elle saisissait les deux possibilités. Mallefille serait l'ancre qui retiendrait sa barque au havre familial. Chopin et elle s'aimeraient — ils avaient déjà commencé ; quand « un bon vent nous ramènera l'un vers l'autre, nous irons encore faire une course dans les étoiles ». Mais si « la personne » qui occupait une place dans la vie de Chopin pouvait lui donner — et là, George Sand laissait entendre qu'elle seule en était capable — le bonheur, la tendre attention, l'ordre et le calme dans la vie, ou si Chopin, avec son âme « excessivement... scrupuleuse », refusait d'aimer « deux êtres différents de deux manières différentes », s'il trouvait que passer une semaine, « quelques heures de passion chaste et de douce poésie » l'empêchait de vivre heureux le restant de l'année avec l'autre « personne », alors, promettait George, elle s'éloignerait et essaierait de l'oublier.

Mais si « la personne » devait être « le tombeau de cette âme d'artiste » — et c'était à Grzymala de juger — alors il fallait l'écarter [Maria] et sevrer Chopin de ses « scrupules religieux ». George veillerait sur son génie, ne serait en aucune façon un poids pour lui, ne lui demanderait aucun compte de ses actions et ne lui en rendrait aucun. Leur amour aurait ses heures sublimes et Chopin, assurait-elle à Grzymala, resterait un être complet et intact.

George n'envisageait pas sérieusement une nouvelle « demi-vie plus une demi-vie » fatidique pour combler le vide affectif de la sienne, comme elle en avait tenté vainement l'expérience avec Aurélien, bien qu'elle n'en dise rien dans cette lettre. Cette femme remarquable abordait un problème autrement intéressant pour Grzymala. La célèbre George Sand lui demandait bel et bien la main de son ami Chopin, une femme associée dans l'esprit du public à de nombreuses amours, dont plusieurs simultanées. George attaquait la première : elle avait toujours cru à la fidélité. Elle l'avait prêchée, pratiquée, exigée. « On y a manqué et moi aussi », ajoutait-elle de façon inattendue. « Et pourtant » — George lâchait une position difficile à défendre — « je n'ai pas senti le remords, parce que j'avais toujours subi dans mes infidélités une sorte de fatalité, un instinct de l'idéal qui me poussait à quitter l'imparfait pour ce qui me semblait se rapprocher du parfait. » Elle avait toujours été fidèle à ce qu'elle aimait, et cessé de l'être seulement pour de « très fortes raisons, qui avaient tué l'amour en moi ». Comme César, George Sand ne pouvait commettre le mal que pour une juste cause. Elle n'était pas inconstante de nature, mais il lui arrivait de se laisser emporter par ses sentiments et d'être « forcée de mentir, comme les autres ».

Et comme elle mentait en cet instant précis, à n'en pas douter, à Mallefille, l'amant irréprochable. « Hélas », George n'éprouvait pas la même tendresse pour « ce pauvre M. » depuis qu'elle était rentrée à Paris et qu'il y avait Chopin. « Si je croyais que la vue fréquente de Chopin dût augmenter ce refroidissement, *je sens qu'il y aurait pour moi devoir* de m'en abstenir. » George en fut peut-être persuadée le temps d'écrire ces lignes — prudentes : « *Je sens qu'il y aurait pour moi devoir de m'abstenir* », car deux phrases plus loin, elle déclarait : « On peut être plus ou moins infidèle, mais quand on a laissé envahir son âme et accordé la plus simple caresse, avec le sentiment de l'amour, l'infidélité est déjà consommée et le reste est moins grave. » Des mots qui pouvaient s'adresser directement à Chopin. « Qui a perdu le cœur a tout perdu. » L'acte d'amour suit, malgré la ferme intention d'être fidèle. George adaptait aux besoins de sa cause la primauté accordée par les romantiques, à la suite de Rousseau, aux émotions, mais elle au moins ne se retranchait pas derrière la « faiblesse » des femmes. Ce fut précisément cette honnêteté qui choqua ses contemporains en même temps que les partisans farouches de Chopin encore aujourd'hui, en particulier ceux qui voient d'un œil protecteur leur héros « acculé, condamné à son destin » avec de faux airs de vestale gardant la flamme sacrée.

Ils n'ont pas tout à fait tort ! George Sand elle-même fut directement confrontée aux manies sexuelles de Chopin, dont elle ne pouvait connaître la cause probable : une homosexualité inconsciente, certainement ignorée et dont le refoulement se traduisait par de la pruderie. La nuit précédant son départ de Paris, racontait George à Grzymala, elle en avait fait l'expérience. Chopin avait exprimé son dégoût à la manière des dévots pour certaines grossièretés *humaines* craignant de souiller leur amour en le consommant.

« J'ai toujours été repoussée par cette façon d'envisager l'intime embrassement de l'amour », poursuivait George en toute franchise. « Si ce dernier embrassement n'est pas une chose aussi sainte, aussi pure, aussi dévouée que le reste, il n'y a pas de vertu à s'en abstenir. »

Y eut-il jamais « d'amour purement physique » ou « d'amour purement intellectuel... jamais d'amour sans un seul baiser et un baiser d'amour sans volupté » ? *Mépriser la chair* n'est bon que pour ceux pour qui la chair est tout. Chopin lui avait dit que « certains faits » gâteraient tout. « N'est-ce pas », plaidait George, « c'est une bêtise qu'il m'a dite et il ne le pense pas ? Quelle est donc la malheureuse femme qui lui a laissé, de l'amour physique, pareilles impressions ? Il a donc eu une maîtresse indigne de lui ? Pauvre ange ! » La séparation de l'âme et du corps, continuait-elle, menait inévitablement « aux couvents et aux mauvais lieux ».

George était certaine de comprendre Chopin. Elle saurait le rendre heureux, assurait-elle à Grzymala. Seuls ses sentiments pour Maria Wodzinska pouvaient être un obstacle à ce bonheur. « S'il peut être heureux par *moi* sans cesser de l'être par *elle, moi je puis en faire de même de mon côté.* » Sinon, et à Grzymala de le lui dire, elle se retirerait avec élégance. George invitait le comte à Nohant. « Quant au *petit,* il viendra s'il veut ; mais dans ce cas-là, je voudrais en être avertie d'avance, parce que j'enverrais Mallefille soit à Paris, soit à Genève[6]. »

Peut-être Grzymala répondit-il à cette lettre extraordinaire en certifiant à George qu'elle n'avait pas à s'inquiéter de Maria. Chopin, pour sa part, peut-être *pour se protéger* cacha la rupture à George Sand. Quoi qu'il en soit, la réponse ne fut certainement pas franchement décourageante car quelques jours après l'avoir reçue, George quittait Nohant pour Paris. « N'en dites rien au *petit,* écrivit-elle à Grzymala la veille de son départ[7]. »

Mais Chopin l'apprit de Charlotte Marliani chez qui George devait de nouveau résider. Il eut peur et se sentit un peu malade. « Que va-t-il advenir ? Dieu seul le sait », se plaignit-il à Grzymala. « Moi, je ne me sens vraiment pas bien[8]. » Néanmoins, George poursuivit sa cour avec infiniment de tact. Ils se rencontrèrent, se promenèrent et bavardèrent un soir dans la brume du crépuscule[9]. George faisait jaillir la musique de Chopin comme d'une lyre, « sans toucher les cordes ». Elle jouait de lui « avec ses yeux ». Il « tremblait », il « souffrait », il « pleurait ». Elle posait ses doigts sur les cordes. « Elles vibraient fortement. » « Ton embrassement me consume », s'écriait George. « Je succombe. » Lorsqu'il s'endormait enfin, elle le gardait entre ses bras « comme un enfant ».

Ces lignes sont extraites sans vergogne d'une pièce que George écrivit cet été-là, *les Sept Cordes de la lyre,* désastreuse imitation du *Faust* de Goethe, avec son Méphistophélès [10]. Chopin est l'esprit enchanté de la lyre, libéré par la « pureté immaculée » — sur laquelle insiste et revient George Sand — de l'héroïne. Toutefois, George n'abandonnait pas son thème de « l'être complet » : « l'âme est une lyre dont il faut faire vibrer toutes les cordes », répétait-elle, afin de chanter le chant de la terre, la grandeur de l'homme autant que les souffrances dont il est responsable [11]. Au total, une mauvaise pièce, mais une belle lettre d'amour.

Peu de personnes étaient au courant de leur liaison, croyaient-ils ; mais parmi celles-ci se trouvaient Grzymala et Delacroix. En juillet, ce dernier peignit les amants, Chopin au piano apporté pour l'occasion à l'atelier, et George Sand rêvant, prise par la musique, debout derrière lui. Après la mort de Delacroix, cette toile célèbre fut coupée en deux, la silhouette indistincte de George Sand séparée de celle de Frédéric Chopin, ce qui permit au marchand de tirer un double bénéfice de l'œuvre. Cet été-là, les amants furent inséparables, quoique avec discrétion, Chopin ne tenant pas à ce que la nouvelle s'ébruite et ne vienne aux oreilles de sa famille en Pologne. George parla de son bonheur à Delacroix, de « la fatigue délicieuse d'un amour heureux », un état connu, certes, mais qu'elle retrouvait enfin. Ce bonheur allait-il durer ? se demandait-elle. Quand elle se replongeait dans ses souvenirs et interrogeait le passé, elle en doutait. Mais, fidèle à lui-même, son cœur lui disait que c'était sans importance. Ces « trois mois d'ivresse sans mélange » valaient toute une vie. « C'est la supériorité que nous avons [nous autres artistes] sur les épiciers », déclara-t-elle dans un élan d'enthousiasme à Delacroix [12]. L'art et l'amour étaient tout. L'amour et le travail. Elle termina en effet *les Sept Cordes de la lyre* tout en gardant en réserve un roman inspiré par Pierre Leroux, *Spiridion,* dont la première partie avait pourtant déjà paru.

Moins artiste peut-être, moins facile à mettre de côté,

Mallefille se révélait rien moins que « malléable ». Il devint d'une jalousie féroce et alla jusqu'à se battre en duel avec un des professeurs de Maurice qu'il croyait flirter avec la maîtresse de Nohant. George expédia Mallefille à Leroux en assurant à celui-ci qu'ils n'étaient qu'amis, rien d'autre depuis trois mois. Comme toujours, elle protestait de son innocence. N'avait-elle pas dit à Mallefille que c'était fini entre eux ? Il semblait avoir repris le contrôle de lui-même, mais que se passerait-il si sa jalousie se ranimait et s'il menaçait quelqu'un d'autre — le frêle et vulnérable Chopin ? Leroux devait user de toute son influence pour exorciser la folie de Mallefille. « Quand viendra entre vous la question des femmes, dites-lui bien », lui enjoignit-elle, « qu'elles n'appartiennent pas à l'homme par droit de force brutale, et qu'on ne raccommode rien en se coupant la gorge [13]. »

Lorsqu'il se trouvait à Paris, Mallefille rôdait du côté de la maison où habitait Chopin dans l'espoir de surprendre les deux amants. Un soir, tout Paris fut au courant. Voyant George au bras de son successeur, Mallefille était sorti de ses gonds. « Il crie, il hurle, il est féroce, il veut tuer. L'ami Grzymala se jette entre les illustres rivaux ; on calme Mallefille. »

« Et », poursuivait Marie d'Agoult ravie dans la lettre au major Pictet où elle relatait l'épisode, avec un certain retard, « George décampe avec Chopin, pour filer le parfait amour à l'ombre des myrtes de Palma ! » — de Majorque [14].

28. Cet hiver-là à Majorque

Si vous éprouvez quelque tendresse pour Chopin ou pour George Sand, abstenez-vous de tout pèlerinage sentimental à Majorque.
Anonyme, 1976.

Depuis quelque temps, George Sand projetait d'aller en Italie ; elle espérait que le climat de ce pays guérirait les rhumatismes dont Maurice avait souffert l'hiver précédent. Et puis, il y avait cette toux inquiétante de Chopin, à qui le médecin conseillait aussi un séjour dans des contrées plus méridionales. La jalousie déchaînée de Mallefille ne fut donc pas la seule cause du célèbre voyage à Majorque. Les Marliani ne tarissaient pas d'éloges sur l'île espagnole, véritable paradis des Baléares. La vie y était moins chère qu'en Italie, dit-on à George, qui, naturellement, assumait les dépenses du voyage.

Le départ proprement dit fut aussi discret que possible, pas assez néanmoins au goût de Chopin qui redoutait l'invasion de sa vie privée et craignait que sa liaison avec George Sand ne fût trop vite dévoilée à sa famille. Mais rien de ce qui touchait au célèbre couple ne pouvait rester secret et bientôt les journaux de Palma ne parleraient que de l'événement. Toutefois, les adieux furent moins voyants que ceux qui avaient précédé le départ pour Venise avec Musset. Ce qui marquait déjà une différence considérable entre les deux amants, si semblables par ailleurs par leur fragilité, leur dépendance et leur jeunesse (quoique, des deux, Chopin fût infiniment plus dépendant que l'autre). La famille Sand, dont Maurice, quinze ans, Solange, dix ans, et une bonne, partit la première et alla par petites étapes jusqu'à Perpignan où les rejoignit un Chopin « frais comme une rose [1] ». Tout le monde s'embarqua pour Barcelone, et c'est là que le 7 novembre 1838, en fin d'après-midi, ils montèrent à bord du vapeur *el Mallorquín,* à destination de Majorque.

La nuit était tiède, la mer calme et phosphorescente dans le sillage du navire. Perdus dans leur contemplation amoureuse, George et Chopin écoutèrent toute la nuit le timonier fredonner un flamenco étrange, laissant aller « sa voix au hasard, comme la fumée du bâtiment ». Le matin, ils arrivaient dans la baie de Palma ; la beauté du paysage les enchanta et ils débarquèrent peu avant midi. L'ennemi — l'hiver parisien — était derrière eux, l'inconnu les attendait. Le soleil de l'Espagne leur parut une bénédiction[2].

George s'occupa de sa nichée. Curieusement, elle ne s'était pas souciée de savoir où ils logeraient. Or, mauvaise surprise, Palma était bourrée à craquer de réfugiés espagnols fuyant la guerre civile qui faisait rage sur le continent et il ne fallait pas compter trouver une seule chambre à l'hôtel. Pendant une semaine, ils durent s'accommoder d'une pension de famille située au-dessus d'un bruyant fabricant de tonneaux, dans un quartier jugé « mal famé » par George Sand. Avec promptitude et énergie, elle partit à la chasse d'un logement et finit par trouver un certain señor Gomez et sa villa *So'n Vent,* « la Maison du vent », dans le village d'Establiments, à huit kilomètres de Palma. Ils y emménagèrent.

Chopin exultait. « Je suis à Palma au milieu des palmiers, des cèdres, des cactus, des oliviers, des aloès, des orangers, des citronniers, des figuiers et des grenadiers », écrivait-il à Jules Fontana, son ami et copiste. « Le ciel est de turquoise, la mer de lapis-lazuli, les montagnes d'émeraudes, et l'air comme au ciel. Du soleil toute la journée. La nuit, des chants et le son des guitares pendant des heures entières. Il y a d'énormes balcons d'où des pampres retombent... Bref, une vie admirable ! » En revanche, son Pleyel, expédié par bateau via Marseille, n'arrivait pas. Il devait se contenter d'un piano loué sur place dont le son l'agaçait. « Fais une petite visite à Pleyel », implorait Chopin, tout en le mettant en garde : « Parle peu de moi à nos connaissances[3]. »

Pour George, qui disposait enfin de son refuge amoureux, *So'n Vent* fut aussi l'enchantement retrouvé. Elle loua, à une dizaine de kilomètres au nord, un groupe de trois cellules et un jardin dans un délicieux monastère abandonné, la Chartreuse de Valldemosa. « La plus poétique résidence de la terre ! » annonça-t-elle à Charlotte Marliani[4]. Une partie du chemin se faisait à pied, mais même Chopin aurait pu s'y aventurer avec George et les enfants dans une excursion pas trop fatigante. George faisait preuve de prudence, mais pour l'instant, tout semblait une bénédiction. Les gens se montraient amicaux, Maurice et, du moins au début, Chopin paraissaient retrouver leurs forces ; Solange et George, quant à elles, prenaient allègrement du poids, malgré leur horreur de la cuisine à l'huile d'olive. Chopin surtout ne la supportait pas et George devait préparer des repas exprès pour lui.

Mais les myrthes et les citronniers étaient encore en fleurs bien qu'on fût en décembre et George, après une nuit passée à écrire, contemplait l'aube depuis la terrasse et écoutait les cloches des ânes et le bruissement léger et lointain de la mer. Elle avait enfin l'impression d'avoir atteint « la terre promise[5] ».

C'est alors que vint le Déluge. La saison des pluies se déchaînait, couchant les fleurs et emportant les pierres dans ses torrents tumultueux. La villa devint vraiment la Maison du Vent et ne les abrita guère plus qu'un cabanon. Les murs minces, passés à la chaux, prenaient l'eau « comme une éponge ». Cette maison humide et collante « était sur nos épaules comme un manteau de glace ». Il n'y avait aucune cheminée. Ils brûlaient du charbon dans des braseros pour se réchauffer, vite suffoqués par l'odeur. Chopin souffrait plus que les autres et ne cessait de tousser, une toux horrible qui lui faisait cracher le sang. « De ce moment nous devînmes un objet d'horreur et d'épouvante pour la population[6]. »

En réalité, la santé de Chopin avait déjà commencé à se détériorer, comme il l'écrivit à Fontana le 3 décembre : « Trois médecins, les plus célèbres de l'île, m'ont examiné. L'un a flairé mes crachats, l'autre a frappé pour savoir d'où je crachais, le troisième m'a parlé en écoutant comme je crachais. Le premier a dit que j'allais crever, le deuxième que j'étais en train de crever, le dernier que j'étais crevé déjà... C'est à grand-peine que j'ai pu échapper aux saignées, aux vésicatoires... ma maladie a fait tort aux *Préludes*[7]. »

Les médecins espagnols, qui avaient diagnostiqué chez Chopin un état de consomption extrêmement contagieux, avaient cruellement raison. De même que les paysans de l'endroit quand ils l'apprirent, et que George Sand considérait, avec mépris, ignorants et superstitieux. Elle non plus n'avait pas tout à fait tort car la population se comportait maintenant à l'égard de ces étrangers comme s'ils leur avaient apporté la peste médiévale. Le señor Gomez les somma par lettre de vider les lieux. La contagion, disait-il, menaçait les siens. De plus, aux termes des lois en vigueur dans l'île, ils devaient payer les meubles qu'on devrait brûler ainsi que la désinfection de la maison. Ainsi expulsés, George, Chopin, les enfants et la bonne regagnèrent provisoirement Palma, séjournèrent quelques jours chez le consul de France, puis dans ce pays inhospitalier firent route — avec difficulté car personne ne voulait leur louer de véhicule — dans une voiture sans ressorts vers le refuge que George Sand leur avait préparé dans la montagne, la Chartreuse de Valldemosa, à une vingtaine de kilomètres au nord de Palma.

Il n'y avait pas six mois qu'ils avaient débarqué dans « la terre promise ».

A cinq cents mètres au-dessus du niveau de la mer, la Chartreuse de Valldemosa avait abrité treize moines trois ans plus tôt. *Eux* avaient été expulsés par un décret du gouvernement après que leur ordre eut été dissous. Le grand bâtiment était presque désert quand George Sand y arriva avec Chopin et les enfants, « ma famille », comme elle les appelait[8], et la bonne dépassée par les événements. La fin du trajet s'était faite à pied. Peut-être aurait-il mieux valu que le monastère fût entièrement vide. Un vieil ex-moine l'habitait encore et faisait office d'apothicaire ; il vendrait à prix d'or aux nouveaux venus les médicaments et les herbes qui leur étaient indispensables. Le portier, don Juan en titre du village, tenait le rôle de sacristain. Et la nuit, un autre ex-moine hantait les couloirs, ivre, frappant aux portes des cellules, un couteau dans une main, un rosaire dans l'autre, appelant un certain frère Nicolas parti depuis belle lurette. Mais le pire fléau dont eurent à souffrir George et sa famille fut « la Marie-Antonia », qui occupait la cellule voisine et offrit pieusement ses services aux arrivants au nom de la charité chrétienne ; mais qui, George s'en aperçut vite, les volait comme au coin d'un bois et faisait main basse, entre autres, sur leurs meilleurs vêtements et sur la nourriture.

Toutefois, l'austère beauté des lieux arracha un cri d'admiration à George, qui y vit « le séjour le plus romantique de la terre[9] ». Au-dessus d'eux, les aigles planaient; des cyprès marquaient le chemin tortueux qui longeait la gorge au pied de la montagne. Les enfants entreprirent d'explorer les douze chapelles et leurs mosaïques mauresques, ainsi que les toitures et les galeries supérieures. Maurice, ses rhumatismes oubliés, passait son temps à dessiner. Le décor et le climat qui s'en dégageait imprégnèrent également le roman religieux que terminait George, *Spiridion.* Chopin, quant à lui, travaillait avec acharnement à ses *Préludes.*

« Tu peux m'imaginer », écrivait-il à Fontana le 28 décembre, « entre les rochers et la mer, dans une cellule d'une immense chartreuse abandonnée aux portes plus grandes qu'aucune porte cochère à Paris. Je suis là sans frisures, ni gants blancs, et pâle comme à l'ordinaire. » On voit se profiler l'image de la mort. Malgré la « petite fenêtre donnant sur les orangers, les palmiers et les cyprès du jardin », la forme de sa cellule et son énorme voûte poussiéreuse évoquent pour Chopin « un grand cercueil ». Pourtant, stoïque, il composait. Sur son pupitre voisinaient le *Clavecin bien tempéré* de Bach, dont il préparait la publication, et ses propres « grimoires ». On avait retrouvé la trace de son piano à Palma : il était aux mains de la douane espagnole, « qui réclame des montagnes d'or[10] ».

Plusieurs semaines devaient s'écouler avant que George ne récupère le piano au prix d'une rançon royale, et que les voûtes de la cellule de Chopin ne se réjouissent à ces accords nouveaux et mélodieux. Toutes les factures, toutes les tâches, toutes les corvées et courses revenaient à George Sand, et elle les accomplissait avec la même ardeur qu'elle mettait à écrire. Jamais son talent d'« administratrice » ne trouva mieux à s'exercer, sa compétence face à ces multiples tâches « n'étant pas un instant prise en défaut ». Elle était le père et la mère de sa nichée de trois enfants, dont l'un mortellement malade. Et Henry James serait moins impressionné par « l'extension » qu'elle donnait à sa nature féminine, que par la « richesse » qu'elle ajoutait à sa composante masculine, par cet hymne à la plénitude, cette union des deux moitiés de Platon en un seul être, homme en même temps que femme. Telle était la « morale », et la beauté, « de son conte[11] ». Toutes deux incluaient la sexualité et, de ce fait, la transcendaient.

George cuisinait et écrivait. Elle soignait Chopin, apprenait les accords du participe à Solange et lisait Thucydide avec Maurice. Elle se débattait avec les autorités espagnoles, se promenait avec les enfants, faisait les courses de la maison à Palma, veillait sur la nourriture de Chopin et luttait contre les chapardages des domestiques. Et elle, la célèbre George Sand vivant dans le scandale avec son amant phtisique et les enfants de son mari, elle qui refusait d'aller à la messe, se trouvait en terre espagnole, hostile et patriarcale, d'une piété moyenâgeuse. « Ils nous appelaient païens, mahométans et juifs ; ce qui est pis que tout selon eux[12]. » Prêtres et paysans voyaient d'un œil noir les vêtements de garçon que portait Solange. Ces Français devinrent des parias, « parce que Chopin tousse », et on lança des pierres aux enfants dans les champs. Voilà comme on traitait les tuberculeux et leurs proches : en lépreux[13].

L'hiver empira, la santé de Chopin aussi. Il s'affaiblissait à vue d'œil et pesa bientôt moins de cinquante kilos. Le vent et l'humidité n'épargnaient pas le monastère. La famille se serrait autour d'un poêle unique. Même George se sentait parfois paralysée par la tristesse. Et pourtant, dans cet abîme, le 22 janvier 1839, Chopin terminait plusieurs de ses œuvres les plus belles, envoyait comme promis à Fontana la série des vingt-quatre *Préludes* (op. 28) pour qu'il les recopie et annonçait une nouvelle ballade, un scherzo et plusieurs polonaises. Le mélodieux *Prélude « de la goutte de pluie »* en *ré* bémol majeur en faisait partie. Peut-être s'agit-il de « l'admirable *Prélude* » évoqué par George Sand dans une de ses lettres, où la main gauche reprend le rythme de la pluie et monte dans un crescendo orageux avant de s'apaiser « dans une désespérance tranquille ». George Sand donne là une description précieuse, aussi romantique que la musique qui l'inspire, d'une scène de famille un soir à Valldemosa, scène qui révèle certaines composantes affectives, musicales et quelque peu hystériques des rapports entre les deux amants.

George était allée à Palma avec Maurice et Solange ; ils

rentrèrent à la nuit, sous une pluie torrentielle. Ils avaient fait au plus vite, sachant que Chopin allait s'inquiéter. En effet, ils le trouvèrent dans un état de vive inquiétude, « mais elle s'était comme figée dans une sorte de désespérance tranquille, et il jouait un admirable *Prélude* en pleurant ». Chopin les avait attendus, assis à son piano, et une sorte d'hallucination les lui avait montrés morts. Puis il avait retrouvé son calme, leur raconta-t-il, et s'était mis à jouer, comme désincarné, convaincu d'être mort lui aussi, se voyant noyé dans un lac, « des gouttes d'eau pesantes et glacées lui tombaient en mesure sur la poitrine ». Quand George essaya de dissiper l'impression laissée par ce cauchemar en obligeant Chopin à écouter la pluie dont le bruit rythmé résonnait toujours sur le toit, il refusa avec irritation de croire que c'était ce qu'il avait entendu. Et quand elle lui parla de « l'harmonie imitative » de son *Prélude*, il protesta avec violence contre « la puérilité » de ces interprétations musicales. « Et il avait raison », reconnaît George. « Son génie était plein de mystérieuses harmonies de la nature, traduites par des équivalents sublimes de sa pensée musicale, et non par une répétition servile des sons extérieurs... Il a fait parler à un seul instrument la langue de l'infini... Mozart seul lui est supérieur [14]. »

Plein de sang-froid devant la maladie, Chopin se montrait d'une sensibilité de maniaque pour des broutilles. Rien ne transparaissait en société où il savait toujours admirablement se dominer. Mais dans l'intimité de son martyre majorquin, le « supplice » de Chopin fut « un tourment » pour George. Il souffrait autant d'hypersensibilité que de tuberculose. « Son esprit était écorché vif », observait tristement George Sand. « Le pli d'une feuille de rose, l'ombre d'une mouche, le faisaient saigner. » Exception faite d'elle-même et des enfants, tout l'écœurait et le révoltait. « Il mourait de l'impatience du départ [15]. »

Il était temps de mettre un point final à la mésaventure majorquine. On ne peut parler de fiasco, comme pour la liaison vénitienne : George et Chopin sortaient de l'épreuve plus étroitement unis que jamais, Chopin parce qu'il avait appris qu'il pouvait compter sur George Sand, et celle-ci parce qu'on comptait sur elle. Une fois de plus, il fut impossible de trouver une voiture pour Palma tant la contagion était redoutée. Ils finirent par prendre une diligence, un vrai tombereau, qui les conduisit au port, mais les chaos du trajet déclenchèrent chez Chopin une hémorragie et c'est malade à en mourir qu'il mit le pied sur *el Mallorquín* à destination de Barcelone.

A bord, une centaine de cochons remplissaient l'air de leur puanteur et de leurs cris ; les matelots les frappaient systématiquement pour les empêcher d'avoir le mal de mer. Le capitaine lui-même voulut donner à Chopin la pire couchette de la cabine, pour ne pas avoir à en brûler une bonne après le voyage, mais George le renvoya à ses bestiaux. Quand ils touchèrent Barcelone, Chopin qui crachait des « cuvettes de sang » fut immédiatement transporté à bord d'un bâtiment français où un médecin de la marine s'occupa de lui. Dix jours plus tard, le 24 février 1839, ils arrivaient à Marseille. Ils descendirent d'abord chez un certain Dr Cauvière dont George avait fait la connaissance à Paris, puis dans plusieurs hôtels.

« Un mois de plus et nous mourions en Espagne, Chopin et moi », écrivit George à Charlotte Marliani, « lui de mélancolie et de dégoût, moi de colère et d'indignation. Ils m'ont blessée dans l'endroit le plus sensible de mon cœur, ils ont percé à coups d'épingle un être souffrant sous mes yeux, jamais je ne le leur pardonnerai, et si j'écris sur eux, ce sera avec du fiel... » Chopin, ajoutait-elle, ne crachait plus le sang. « Et surtout il est en France ! Il peut dormir dans un lit que l'on ne brûlera pas pour cela. Il ne voit personne se reculer quand il étend la main. » Ils pensaient rester dans le Midi comme le leur conseillait le Dr Cauvière, au lieu de rentrer directement retrouver l'hiver parisien ou Nohant. Après avoir ausculté et palpé son patient, le médecin avait rendu son verdict : ni tuberculose ni lésion ; il fallait simplement au malade du soleil et du repos [16]. A dire vrai, il pouvait difficilement prescrire autre chose.

Dans ses lettres, George mettait un point d'honneur à ne parler que de la conduite « angélique » de Chopin pendant les heures les plus éprouvantes — pour lui comme pour elle —, mais Chopin, plus justement, disait dans ses lettres à Grzymala sa reconnaissance pour la bonté et la patience de *son* « ange ». « Sans cesse je la voyais inquiète de moi. Elle devait me soigner toute seule car Dieu nous préserve des médecins du pays ! Je la voyais faire mon lit, ranger la chambre... se priver de tout pour moi... veillant sur les enfants... Ajoute à cela qu'elle écrivait [17]. »

Chopin demandait qu'on lui adresse son courrier à leur hôtel (Beauvau) ; George recevait le sien chez le Dr Cauvière. La discrétion primait. Comme à Paris, cependant, tout musicien ou écrivain en herbe, tout amateur de célébrités, harcelait le fameux couple, lui faisait un siège en règle par écrit ou en personne, le suivait dans la rue. George tenait sa porte close et ne répondait à aucun billet, et elle finit par laisser entendre que Chopin était mort. « Ne soyez pas effrayée », écrivait-elle avec humour à Charlotte Marliani, « s'il vous vient de ce pays la nouvelle que je suis mourante... Si cela continue nous enverrons partout des lettres de faire-part de notre trépas à tous les deux, afin qu'on nous pleure et qu'on nous laisse en repos [18]. »

Qu'on les laisse en repos pour qu'ils puissent travailler, surtout George. Elle devait faire face à une dette écrasante de soixante-dix mille francs due non seulement au prix élevé de leur expédition à Majorque, mais aussi aux réfections coûteuses de son hôtel de Narbonne, à Paris. Afin de pouvoir payer cette somme, elle demanda à Hippolyte de vendre un de ses terrains de la vallée Noire. Par ailleurs, elle ne cessait d'écrire à Buloz des lettres où il n'était plus question que d'avances et de paiements, et où elle se plaignait, parfois à juste titre, mais pas toujours ; ses activités littéraires des quatre dernières années lui avaient rapporté en moyenne de vingt-cinq à trente mille francs par an. Buloz, en retour, se plaignait des derniers manuscrits qu'elle lui avait envoyés — *les Sept Cordes de la lyre* pour lequel il avait versé les cinq mille francs convenus, mais qu'il s'excusait vainement de ne pouvoir publier, et *Spiridion,* dont les premières livraisons paraissaient déjà dans *la Revue.* Il les trouvait trop mystiques, trop philosophiques, et Sainte-Beuve trop confus. Buloz préférait de beaucoup *Uscoque*, un récit d'aventures plus ancien mettant en scène un pirate, à un *Spiridion* sans une seule femme. Il est intéressant de noter que Dostoïevski marquait lui aussi une nette préférence pour ce récit peut-être parce que ce fut le premier roman de George Sand qu'il lut dans sa jeunesse. Buloz passait sous silence les déclarations révolutionnaires qui le mettaient en porte à faux vis-à-vis du régime de Louis-Philippe.

Dédié à Pierre Leroux, *Spiridion* reflétait la doctrine de celui-ci, et rappelait la propre évolution religieuse de George Sand, passée du catholicisme de ses années de couvent à un socialisme chrétien. C'est l'histoire de l'abbé Spiridion racontée par un moine bénédictin, Alexis, au novice Angel avec autant de lyrisme que s'il s'agissait des hauts faits de l'humanité tout entière. Juif de naissance, l'abbé s'était fait successivement protestant, catholique et déiste chrétien. Alexis reprenait l'itinéraire spirituel de Spiridion et franchissait une nouvelle étape, accédant à une « foi libre », et y ajoutait la violence et le martyre accepté pour promouvoir l'avènement d'une société plus humaine. La fin du récit mérite d'être évoquée, ne serait-ce que pour expliquer les protestations de Buloz et l'attitude de George Sand dix ans avant les grands bouleversements de 1848.

Les sans-culottes de 1789 ont envahi le monastère bénédictin, symbole de l'oppression de l'Ancien Régime. Ils renversent la statue du Christ ; l'un d'eux perce à coups de baïonnette le vieux moine Alexis en hurlant : « A bas l'inquisition ! » Mourant, Alexis dit à Angel les mots sur lesquels se termine le roman : « Ceci est l'œuvre de la Providence, et la mission de nos bourreaux est sacrée, bien qu'ils ne le comprennent pas encore ! Cependant ils l'ont dit, tu l'as entendu : c'est au nom du *sans-culotte* Jésus qu'ils profanent le sanctuaire de l'église. Ceci est le commencement du règne de l'Évangile éternel, prophétisé par nos pères [19]. »

Mais pas exactement, gémissait Buloz, ce que le public de George Sand attendait. Ses lecteurs, répliqua celle-ci, pouvaient et devaient atteindre de plus hauts sommets que ceux que leur offraient ses œuvres plus sentimentales. Néanmoins, elle confia ses propres doutes à Charlotte quant à ce public qui allait « des belles dames... à leurs femmes de chambres » ; mais elle demeurait fermement décidée à rechercher une forme d'inspiration plus élevée [20].

Les bonnes intentions et les beaux sentiments ne font pas obligatoirement les bons romans. La supériorité littéraire de *Gabriel*, comparé à *Spiridion*, en apporta la preuve. *Fantaisie* plus légère écrite d'un jet pendant ce séjour à Marseille —

visiblement destinée à satisfaire Buloz et le public, et à faire bouillir la marmite, *Gabriel* s'attirerait aussi les éloges de Balzac pour sa finesse psychologique. Or il fut écrit dans un contexte peu favorable. Les enfants se montraient bruyants et exigeants, Chopin aussi. « Mon pauvre Chopin, quoique aussi bien portant que possible, ne peut guère rester seul. Il s'ennuie quand notre petit tripotage d'enfants et de lectures n'est pas autour de son fauteuil[21]. » Mais c'est précisément ce climat essentiellement familial et l'introspection de George qui présidèrent à la naissance de *Gabriel.*

« Mes anges », faisait savoir Chopin à Grzymala, « terminent leur nouveau roman : *Gabriel.* Elle va écrire aujourd'hui pendant toute la journée dans son lit. Tu sais, tu l'aimerais plus encore si tu la connaissais comme je la connais à présent. » La naissance de ce livre, ajoutait George dans un post-scriptum, a lieu « au forceps[22] ».

Quels étaient ces anges multiples de Chopin ? Gabriel-Gabrielle, pourrions-nous répondre aujourd'hui, ou George-Aurore (Chopin tenait à « Aurore » ; appeler Sand George le gênait sans doute[23]). Le héros de ce nouveau roman est en réalité une femme, élevée et habillée en homme jusqu'à l'âge de vingt-cinq ans, lorsqu'elle décide de porter des vêtements féminins trois mois par an (paix à Casimir) pour plaire à son amant, le débauché Astolphe qui évoque par plus d'un trait Alfred de Musset. D'où une série de situations d'un charme aussi ambigu que celles dans lesquelles se trouva un jeune acteur de la troupe de Shakespeare qui se disait Rosalind déguisée en page. Le roman de George est construit comme un « spectacle dans un fauteuil », ce qui souligne encore la ressemblance. Gabriel-Gabrielle se voulait « le frère, l'ami, le compagnon et l'amant » d'Astolphe, mais ce dernier se montre jaloux et indigne d'elle, et par dépit se tourne vers une prostituée dont il fait sa maîtresse. Le héros meurt en homme, mais avec le mot « liberté » sur ses lèvres de femme. « Il me semble toujours que je suis quelque chose de plus qu'une femme », avait-elle dit un peu plus tôt[24]. Si on entend par là *une femme telle que la définissent les conventions* tout s'éclaire. Son âme, déclare Gabriel-Gabrielle, n'a pas de sexe. Ou plutôt, elle contient les deux. Ne peut-on voir là le tableau de sa vie avec Chopin qui avait trouvé une mère et un homme, ses « anges gardiens », en George-Aurore, même s'il eût été absolument contraire à sa nature de vouloir l'admettre ?

Même Musset ne pouvait ignorer ces points de tangence. (« Je m'enivre », dit Astolphe à sa maîtresse, « afin de me persuader que je t'aime[25]. ») Musset préféra, cependant, contre-attaquer plus tard, dans une histoire de *merle blanc*, et porta ses coups là où il jugeait George particulièrement vulnérable, non sur la fidélité, mais sur *l'écriture*[26]. George aurait pu se sentir plus que blessée; mais elle connaissait Musset. « Tandis que je composais mes poèmes », raconte cet allégorique merle blanc épris d'une merlette de lettres, blanche elle aussi, « elle barbouillait des rames de papier. Je lui récitais mes vers à haute voix, et cela ne la gênait nullement pour écrire pendant ce temps-là. Elle pondait ses romans avec une facilité presque égale à la mienne, choisissant toujours les sujets les plus dramatiques, des parricides, des rapts, des meurtres, et même jusqu'à des filouteries, ayant toujours soin en passant d'attaquer le gouvernement et de prêcher l'émancipation des merlettes. » Jamais une ligne raturée, jamais un plan. « C'était le type de la merlette lettrée. » Mais le pur merle blanc de Musset découvre que son petit bas-bleu de merlette teignait en secret ses plumes brunes pour, sans doute, le retenir[27].

Il est surtout vraisemblable que George éprouva pour Musset la passion la plus intense de sa vie, sinon, pendant une brève période, la plus satisfaisante sur le plan physique (sur ce point, Michel de Bourges pouvait revendiquer la place d'honneur), et qu'une fois de plus, encore bouleversée par son échec, elle y soit revenue dans *Gabriel.* Chopin et Musset, les expressions les plus achevées de l'esprit romantique, quoique dans des registres différents, aussi jeunes l'un que l'autre et arborant même une certaine ressemblance physique, rappelaient chacun l'autre dans l'esprit de l'écrivain existentiel qu'était George Sand. A Marseille, elle fit ce qui lui vint spontanément à l'idée : elle emmena Chopin et les enfants passer une semaine à Gênes. Car c'était aussi une façon de tendre à « l'être complet » que d'intégrer le vécu.

En Italie, George déclina l'invitation de Marie d'Agoult qui séjournait avec Liszt à Lucques, en Toscane. Charlotte Marliani avait fait allusion peu de temps auparavant dans une de ses lettres aux commentaires aussi acerbes que gratuits de Marie au sujet de sa liaison avec Chopin. Les rapports entre Marie et Liszt ne cessaient de se détériorer ; d'autre part, la comtesse en voulait à George d'avoir soustrait Chopin à son cercle. Moyennant quoi, elle prédisait que cette liaison ne durerait pas et que les deux amants se prendraient bientôt « en grippe[28] ». Mais plus importantes pour George pendant ce voyage à Gênes furent les nouvelles qui arrivaient de Paris : l'insurrection avait éclaté le 12 mai dans la capitale. Conduite par Blanqui, Barbès et l'imprimeur Bernard, elle avait échoué, les masses populaires n'ayant pas suivi. La monarchie de Louis-Philippe bénéficiait d'un nouveau sursis. « Encore un bon coup de vent pour la monarchie, en attendant le naufrage inévitable, mais trop tardif », déclarait George Sand[29].

Deux semaines plus tard, George, Chopin et les enfants faisaient route vers Nohant par petites étapes tranquilles. « Je n'aime plus les voyages », avait écrit George à Charlotte avant de quitter Marseille. « Ou plutôt je ne suis plus dans les conditions où je pouvais les aimer. Je ne suis plus garçon[30]. » Tous quatre formaient vraiment une famille. Et peut-être que la date mystérieuse écrite au crayon par George Sand sur le rebord de la fenêtre de sa chambre à Nohant, 19 juin 1839, marquait le début de cette nouvelle vie de ménage.

29. Au-delà de la sexualité

Mais sans jamais l'exclure.

> *L'histoire vraie de George Sand, la plus intéressante, est celle de son esprit. Elle est, bien sûr, étroitement liée à son histoire personnelle.*
>
> Henry James, *French Poets and Novelists*[1].

L'angle de vision doit s'élargir quand on aborde l'analyse des années de maturité de George Sand, marquées comme elles le sont par sa nouvelle vie domestique. Les jours, les mois, les années ne peuvent plus se compter de façon aussi isolée, ou intensément vécues, qu'auparavant. Mais ces neuf années avec Chopin ne sont pas un interlude : elles sont la durée d'une union conjugale. Des forces nouvelles imprégneront l'œuvre du musicien comme celle de la romancière[2]. En l'espace de quelques années, ils allaient chacun produire leurs chefs-d'œuvre. Le génie de George toucherait et influencerait profondément le jeune Dostoïevski en Russie, Thackeray, les sœurs Brontë et la future George Eliot en Angleterre, Whitman et Margaret Fuller en Amérique. En 1843, Arnold Ruge conseillerait au jeune Marx (25 ans) fraîchement arrivé à Paris de ne surtout pas manquer d'aller voir George Sand, « plus radicale que Louis Blanc ou Lamartine[3] ». En 1847, Elizabeth Barrett (Browning) dédierait ses sonnets à « cette femme au grand cerveau et cet homme au grand cœur qui s'est donné le nom de George Sand », en l'adjurant, en l'encourageant : « Bats plus pur, ô cœur, bats plus haut[4] ! »

George et Chopin ressemblaient beaucoup au couple formé par les Browning dans une relation mutuellement enrichissante, bien que dans leur cas, ce fût Elizabeth qui eût six ans de plus que son mari et souffrît d'une mauvaise santé, et Robert qui fût solide et plein d'attentions. Les amis de Chopin, et surtout ceux de George, regardaient d'un œil favorable la « famille » récemment installée à Nohant et dans laquelle Chopin, occupant la place du père en même temps que celle de l'enfant adoptif, était devenu « un autre Maurice » pour George[5]. En eût-il été autrement que Chopin, avec son hypersensibilité coutumière, aurait battu en retraite.

Gustave Papet fut appelé au titre de médecin de famille pour palper et ausculter Chopin, et déclara que les poumons n'étaient pas infectés. Toutefois, il prescrivit du repos et des soins permanents. Fleury, Duteil, Duvernet et leurs familles, ainsi que Planet, Rollinat et Hippolyte firent à Chopin un accueil aussi chaleureux qu'il le leur permit. La note dominante de cet été 1839 à Nohant fut celle du bonheur tranquille. Chopin se promenait avec George dans le parc et les bois avoisinants, mais revenait vite à son piano. Dans ses lettres à Grzymala, il parlait de la « belle campagne : alouettes et rossignols », mentionnant avec réserve « la maîtresse de céans » ; à Fontana de ce qu'il composait, la *Sonate en si bémol mineur* (dans laquelle il avait incorporé une « marche funèbre » plus ancienne), le *Nocturne en sol majeur* et quatre nouvelles mazurkas. Il travaillait aussi à un arrangement de Weber à quatre mains qu'ils voulait jouer avec George[6].

Chopin s'installa vite dans son nouveau rythme de vie : les hivers étaient réservés aux leçons, auxquelles s'ajouta un concert exceptionnel à Paris, les étés se passaient à Nohant à composer. « [Ces] sept étés... furent les plus féconds de sa vie[7]. »

Un soir, George parla en termes émouvants à Chopin du calme merveilleusement apaisant des bois et des prés. « Comme c'est beau ! » s'écria-t-il. « Vraiment ? » demanda-t-elle doucement. Et elle lui suggéra de transcrire ses impressions en musique. Chopin commença à improviser au piano, George debout derrière lui, une main sur son épaule. Une scène qui aurait pu être celle peinte par Delacroix. « Courage », murmura-t-elle. « Courage, doigts de velours[8]. »

Elle savait écouter, observait Heine. Et elle offrit à Chopin le bel exemple de ses habitudes régulières de travail, en artiste comprenant celles d'un autre artiste, organisant la vie à Nohant en fonction de leurs besoins à tous deux, discrète, parfaitement consciente de la fragilité de Chopin et de son invalidité chronique — et de son génie sans égal. Jamais le piano n'eut en effet plus grand compositeur.

Aussi chroniques que durables étaient les besoins d'argent. Buloz, qui venait d'être nommé commissaire royal à la Comédie-Française, poussait George à s'essayer au théâtre. Une pièce à succès pouvait faire plusieurs milliers de francs de recette. Pendant que Chopin dormait — il se couchait tôt — George écrivit *Cosima*. La pièce fut acceptée à l'automne par un comité du théâtre national qui envisageait de la monter au printemps suivant.

Chaque fois qu'elle quittait sa campagne, George avait le cœur lourd, mais elle dépensait à Nohant, où elle avait porte ouverte, deux fois plus qu'à Paris. Une douzaine de bouches à nourrir avant même d'être réveillée ! gémissait-elle. En attendant que deux pavillons au fond d'un jardin, 16 rue Pigalle, fussent prêts, la famille séjourna un temps à Paris, sans Chopin, chez Charlotte et son mari. Chopin, lui, logeait rue Tronchet. Il donnait des leçons jusqu'à quatre heures de l'après-midi, puis se rendait en voiture à Pigalle où George était enfin installée.

L'appartement de George était situé au-dessus des remises et on y accédait par un escalier assez raide. Balzac, qui le monta, nous a laissé la description de la salle à manger avec son mobilier en chêne sculpté, le petit salon café au lait « où elle reçoit », rempli de vases chinois superbes « pleins de fleurs » ; les murs étaient tendus de toile verte. Des tableaux de Delacroix y étaient accrochés, ainsi qu'un portrait de George par Luigi Calamatta. « Un piano magnifique et droit, carré, en palissandre » occupait la place d'honneur ; « Chopin y est toujours. » Quant à la chambre à coucher, elle était tapissée de brun, avec « deux matelas par terre, à la turque [9] ».

Chopin se résolut enfin à quitter son appartement froid et humide pour s'installer au fond du jardin dans le second pavillon, qu'il partagea avec Maurice. George habitait l'autre avec Solange.

Pendant l'hiver 1839, George ne chôma pas. Elle travailla à sa pièce pour Buloz en même temps qu'à un court roman pour *la*

Revue ; passait ses soirées avec Marie Dorval qui devait interpréter le rôle de Cosima ; dînait avec son grand ami Delacroix dont Maurice était maintenant l'élève ; soignait sans relâche un Chopin souvent malade ; et avait les plus grandes difficultés avec une Solange difficile et coquette. En mars, les répétitions de *Cosima* démarrèrent enfin ; il y eut les retouches apportées fébrilement à la dernière minute, et la première, le 29 avril. Un four ! George, peut-être à tort, avait négligé de s'acquérir les bons offices d'une claque, pratique courante à l'époque. Les sifflets et les huées qui saluèrent le lever du rideau — d'après Heine, le chahut était organisé par les ennemis de George, mais force est de reconnaître la faiblesse de la pièce — décontenancèrent les acteurs, surtout Marie Dorval. Sans se troubler outre mesure, George fit retirer la pièce de l'affiche après sept représentations : « Nous rirons », écrivit-elle à Marie. « C'est le meilleur remède à toutes les choses humaines[10]. »

En réalité, elle s'était déjà embarquée dans la grande aventure de sa vie, une aventure qui embrassait l'humanité tout entière : un *engagement* politique, un socialisme qu'elle appellerait communisme avant le milieu des années 1840 et qui allait atteindre son maximum d'intensité avec la révolution de 1848 dont elle fut la muse.

L'itinéraire idéologique ne commença pas pour George Sand avec la lecture du *Livre du compagnonnage,* d'Agricol Perdiguier, un ancien menuisier qui s'efforçait d'unir les fraternités d'ouvriers. Ni avec leur entrevue en mai, quand George invita Perdiguier, un homme de la trentaine, à venir dîner rue Pigalle et l'écouta raconter sa vie. Ses convictions politiques dataient d'avant Michel de Bourges et de son influence — et elles devaient être plus durables que celles de l'avocat. Elles trouvaient maintenant à s'aiguiser au plan politique à mesure que la crise du régime s'accélérait, scandée par les heurts entre les forces de l'ordre de Louis-Philippe et l'opposition. Quand Perdiguier entreprit un nouveau tour de France pour recruter des prosélytes parmi les compagnons, George lui apporta son soutien financier et celui de ses amis qu'elle sollicita, Chopin compris. Avec la même rapidité, un nouveau roman, *le Compagnon du tour de France,* dont le héros-menuisier était calqué sur

Perdiguier, germait dans son esprit et jaillissait bientôt sous sa plume.

George et sa famille, essentiellement pour des raisons d'économie, restèrent à Paris pendant l'été 1840 au lieu d'aller à Nohant. George passa néanmoins une partie du mois d'août à Cambrai avec une nouvelle amie, Pauline Viardot, une cantatrice qui semblait entamer une carrière aussi prometteuse que celle de sa sœur décédée, la Malibran, et dont elle s'était sentie immédiatement très proche. Le mari de Pauline les suivit à Cambrai ; Louis Viardot avait abandonné la direction d'un théâtre parisien pour s'occuper de la carrière de sa jeune femme. De Cambrai, George envoyait à « Chip-Chip » (Chopin) des nouvelles du concert, ainsi que son affection « aux [autres] chers enfants [11] ». Quand elle rentra à Paris, apprit-elle à Perdiguier qui poursuivait son tour de France, son roman était à moitié fini.

« C'est dans le peuple, et dans la classe ouvrière surtout qu'est l'avenir du monde », lui écrivait-elle. « Avec le temps, la masse sortira de l'aveuglement et de l'ignorance grossière où les classes, dites *éclairées,* l'ont tenue enchaînée... C'est le pays [uni] qui sera le maître du monde, l'initiateur à la civilisation [12]. »

Lorsqu'il parut, *le Compagnon* fut vendu au prix d'un roman populaire. Il ne fut jamais publié dans *la Revue* de Buloz, malgré le contrat que celui-ci avait passé avec George. Compte tenu des sympathies royalistes de Buloz, il y aurait pire l'année suivante, lorsque George publierait *Horace.* Entre-temps, ce qui donne une idée de la répression menée par Louis-Philippe, Lamennais fut condamné à un an de prison pour un pamphlet où il dénonçait certains agissements de la monarchie, comme le matraquage par les forces de l'ordre d'ouvriers, dont le seul délit avait été de manifester ouvertement leur mécontentement. « C'est le craquement révolutionnaire qui se fait tout doucement », observait George [13].

L'hiver passa ; George écrivait, soignait Chopin, s'inquiétait de Solange maintenant pensionnaire, gâtait Maurice et montait à cheval une fois par semaine au Bois. Au printemps, Chopin se prépara avec nervosité au cauchemar qui l'attendait : un concert public. Pour lui changer les idées, George lui suggéra en plaisantant de « jouer sans chandelles, et sans auditeurs sur un piano muet[14] ». Reste à savoir si Chopin prit cette boutade avec humour (ce ne fut pas le cas des adversaires de George Sand). En juin, la famille, sans Solange cette fois, qu'on laissa dans son pensionnat, partit pour Nohant où George continua à travailler sur *Horace* commencé en mai.

Quand Buloz reçut le manuscrit du nouveau roman, le radicalisme de son héros, le prolétaire Paul Arsène, aux antipodes du dilettantisme de Horace Dumonter, les descriptions imagées du massacre de 1832 des étudiants et des ouvriers dont George avait entendu de son balcon les cris d'agonie, la hardiesse du discours du héros exhortant le prolétariat à s'unir afin de créer un nouvel ordre social, bref tous ces éléments provoquèrent une rupture qui s'annonçait depuis longtemps. Buloz refusa de publier *Horace.* Qui plus est, il commanda pour *la Revue* un article où serait dénoncé le nouveau « communisme » d'individus comme Proudhon (« La propriété c'est le vol ») ou Louis Blanc (« Pour une organisation socialiste des ouvriers »). Ce nouveau terme redoutable demeurait très vague pour Buloz, comme l'indique une note en marge du manuscrit d'*Horace :* « Elle me transforme en démocrate d'autrefois[15]. »

Une lettre adressée par Pierre Leroux à George Sand permet de voir les choses dans un éclairage plus contemporain. Il était lamentable, écrivait-il, que Buloz fût l'arbitre de ce qu'elle publiait. Avait-elle lu la charge de *la Revue* sur les idées qualifiées de « communisme » et dont on les jugeait tous deux responsables, et à juste titre ? « Car vous êtes *communiste,* et je suis *communiste.* Il n'y a que monsieur de Lammenais qui ne veut pas l'être, en quoi il a tort. » Ce terme, expliquait Leroux avec sa lourdeur habituelle, « est l'analogue du *chartisme* en Angleterre ». Il aurait préféré, quant à lui, *communionisme,* « qui exprime une doctrine sociale fondée sur la fraternité ; mais le peuple qui va toujours au but pratique, a préféré *communisme* pour exprimer une république où l'égalité régnerait[16] ».

Une nouvelle *Revue indépendante,* comme la baptisa George, fut lancée par Leroux en collaboration avec Louis Viardot, qui en finança également une partie. George restitua l'avance qu'elle avait reçue de Buloz pour *Horace* et donna gratuitement son roman à Leroux — une bagatelle en comparaison de tout l'argent qu'elle lui verserait par la suite. Les premiers numéros de la *Revue* ne rencontrèrent pas un succès fracassant « Ce Leroux », déclarait d'un ton acide à un ami Sainte-Beuve, lui aussi sous contrat avec Buloz, « fait de la philosophie comme un buffle qui patauge dans un marais[17]. » Mais avec *Horace* et *le Compagnon*, George Sand devint le porte-parole attitré non seulement des femmes, mais de tous les opprimés, soit les neuf dixièmes de l'humanité, et cela non seulement en France, mais dans l'Europe entière et plus loin encore. « Elle éprouva toujours la plus profonde vénération pour l'aristocratie de l'intelligence », devait écrire un jour un Oscar Wilde admiratif, « mais la démocratie de la souffrance la touchait davantage[18]. »

De retour à Paris après un été à Nohant, George Sand expliqua comment elle comprenait son engagement politique de plus en plus affirmé. Beaucoup, écrivait-elle à Duvernet, prêchent « la charité et la fraternité », mais c'est le langage hypocrite de la bourgeoisie ; ces idées « n'ont jamais préoccupé des gens qui n'y trouvaient pas leur profit, et les institutions faites pour la bourgeoisie le prouvent ». Ses propres aspirations à une « révolution morale » reposaient moins sur la lutte des classes que sur « le sentiment religieux et philosophique de l'égalité ». Quand se produirait la révolution communiste — ce qui ne manquerait de se faire, pensait George — « ce sera malheureusement trop vite », avant que le peuple ne fût prêt. Des hommes comme Michel de Bourges, continue George, disent : « Faisons une révolution, nous verrons après. Nous, nous disons : Faisons une révolution, mais voyons tout de suite ce que nous aurons à voir après. » Les âmes révoltées inspireront le grand changement nécessaire, mais à la condition d'être éclairées. « Sur quoi ? Sur tout, sur la vérité, sur la justice... sur l'égalité, la liberté, la fraternité, *sur les droits et les devoirs.* » George Sand ne voulait pas de « vagues formules ». « Quelle liberté », demandait-elle, « aura l'individu et quelle autorité la société ? » « Quelle sera la politique... Quelle sera la forme de propriété [les moyens de production] ? » Privée, avec tout ce que cela implique d'exploitation des travailleurs ? Ou collective, c'est-à-dire socialiste[19] ?

Ce fut, a-t-on fait observer, la période qui précédait la définition donnée par Karl Marx dans le *Manifeste communiste* d'un socialisme dénué de sentimentalité, scientifique plutôt qu'utopiste dirait-il, « quand un slogan comme " la propriété c'est le vol " servait de plate-forme politique[20] ». Mais on y parlait de la nouvelle vision sociale, de la réduction du problème social à celui de la propriété — l'usine — et des rapports de classe, de profits et de privilèges, de ceux qui en étaient à l'origine, mais n'en bénéficiaient pas. Le communisme de George Sand et de Pierre Leroux était un communisme chrétien, qui se situait à gauche du socialisme chrétien, plus militant, accompagné d'une conscience de classe plus développée, mais encore utopiste qui, en dernier ressort, bannissait la notion même de classe dans la société qu'il envisageait et où tout serait rassemblé dans la fraternité d'une humanité commune.

C'est à ce moment que George découvrit la nouvelle vague de poètes prolétaires français : Charles Poncy, vingt et un ans, tailleur de pierres ; Reboul, boulanger ; Magu, tisserand ; Gilland, serrurier. Ils lui envoyèrent leurs poèmes en réclamant ses conseils, elle loua généreusement leurs œuvres. Ils vinrent rue Pigalle et s'assirent à ses pieds. Certains s'éprirent d'elle. Elle éconduisit Poncy avec douceur. « Comme la lune », déclarait Heine, « elle les regarde d'en haut et avec douceur[21]. » Quant à George, elle notait dans son journal de Piffoël : « Il n'y a pas d'individus isolés dans l'humanité[22]. »

Pour Chopin, les poètes-ouvriers faisaient partie des mal-lavés. Il fronçait les narines en leur présence et fuyait leur exubérance. Il ne comprenait pas mieux leur poésie que leurs manières. Leurs opinions, affichées sans retenue, offensaient les siennes, leur radicalisme butait contre son conservatisme d'aristocrate. Le prodige fut que George ait réussi à se gagner et à conserver les affections des deux camps. Or, ce même printemps 1842, Mickiewicz, l'ami de Chopin, avait confié à Mme Olivier, l'amie de Sainte-Beuve, qu'à ses yeux Chopin, cet invalide d'une sensibilité morbide, était « le mauvais génie [de George Sand], son vampire moral, sa croix... Il la tourmente et finira par la tuer ». Mme Olivier était de cet avis. Elle voyait mal Chopin apporter un jour le bonheur à Sand. « C'est un homme d'esprit et de talent, charmant, mais de cœur, je ne crois pas[23]. » Il en avait pourtant, mais il ne le montrait pas facilement.

Mère, maîtresse et infirmière, George Sand représentait la grande consolatrice pour Chopin comme pour ces hommes jeunes. « C'est vous qui êtes Consuelo », lança Pierre Leroux en lisant les premiers chapitres du roman qui avait commencé à paraître avant même qu'*Horace* eût été entièrement publié par la *Revue indépendante*[24]. Ce roman, *Consuelo,* où George Sand laissait libre cours à son imagination, et sa suite, *la Comtesse de Rudolstadt,* constituent son œuvre maîtresse, qu'on a souvent comparée au *Wilhelm Meister* de Goethe. Relatant les *wander jahre* dans toute l'Europe, les aventures et l'évolution d'une cantatrice en partie inspirée par la remarquable Pauline Viardot, ce roman allait absorber les années suivantes de la vie de George quoique pas exclusivement. Aucun roman, aucune activité isolée ne le fit jamais. Ce véritable fourre-tout bourré à craquer de toutes les idées libérales du XIXe siècle — les romans de Georges Sand étaient pratiquement les seuls à franchir la frontière tsariste pour apporter en contrebande les idées socialistes aux jeunes révolutionnaires — véhiculait les théories de Leroux. George le lui reprochait d'ailleurs sur un ton mi-figue, mi-raisin : « Vous ne savez pas dans quel labyrinthe vous m'avez fourrée avec vos francs-maçons et vos sociétés secrètes », lui écrivait-elle[25]. On sentait poindre aussi une légère irritation devant le peu d'efficacité et les tergiversations de Leroux en tant que directeur de la *Revue,* devant ses incessantes demandes de fonds destinées à alimenter la nouvelle linotype aux allures de piano, qui ne réussit jamais à passer au stade opérationnel.

Jamais non plus roman ne répondit à autant de besoins, remplissant comme il le faisait les fonctions qui seraient dévolues au siècle suivant au cinéma, à la radio, à la télévision et aux rayonnages de cassettes. *Consuelo* et sa suite *la Comtesse de Rudolstadt* [titre et nom de Consuelo après son mariage] avaient le caractère inépuisable du roman-fleuve, le suspense dramatique du feuilleton ; ils dévidaient l'histoire interminable d'une artiste à l'humeur vagabonde et l'esprit indépendant, d'un troubadour-femme, d'un Don Juan femelle en quête moins de l'impossible homme parfait que d'une vie parfaitement vivable, mais impossible à vivre sans amour. « Ce beau livre », disait Elizabeth Browning ; quant à la femme d'Ibsen, elle le relisait presque tous les ans[26]. Les idées abondent, les expériences se multiplient, les professions de foi hardies jaillissent comme autant d'étincelles brûlantes : « L'aumône avilit celui qui la reçoit et endurcit celui qui la fait. Tout ce qui n'est pas l'échange doit disparaître dans la société future. En attendant, Dieu nous permet, à mon époux et à moi, de pratiquer cette vie d'échange, et d'entrer ainsi dans l'idéal. » « Qu'on prêche aux princes » en même temps qu'aux pauvres. « La vie est un voyage qui a la vie pour but. » Nous, les révolutionnaires, « nous allons au triomphe ou au martyre[27] ».

Un homme, plus tellement jeune, lut ces lignes dans une traduction américaine trouvée dans la bibliothèque de sa mère. A l'âge de vingt-huit ans, il avait rendu compte du *Compagnon du tour de France* (*the Journeyman-Joiner*) dans le *Daily Eagle* de Brooklyn ; une critique favorable, mais prudente car, pour l'Amérique puritaine, George Sand incarnait la sédition du diable tentateur. Donc six ans plus tard, Walt Whitman tomba par hasard sur *Consuelo*, « l'exemplaire de sa mère ». L'épilogue et les dernières pages changèrent sa vie, son langage, sa façon d'être. Une Américaine, Esther Shephard, a exploré d'une manière aussi instructive que passionnante cet épisode de la vie de Whitman, qu'il ne révéla jamais. Que George Sand ait symbolisé pour un Dostoïevski ou un Tourgueniev la sainte — sinon immaculée — mère du roman russe est aujourd'hui un lieu commun. Mais qu'elle ait semé les graines de la poésie authentiquement américaine et de ses premières manifestations, du « hurlement barbare » de Whitman, attend encore de figurer non seulement au programme des « études féministes », mais dans l'histoire littéraire mondiale.

C'est au *Compagnon*, et surtout à ses illustrations, que le Whitman aux goûts vestimentaires classiques a emprunté le costume de menuisier dans lequel il posa pour la première édition des *Feuilles d'herbe*. Mais, et c'est Esther Shephard qui pose la question, « qu'est-ce qui fit de Whitman, un rédacteur classique, écrivant une prose conventionnelle et quelconque, bien que patriotique et haute en couleur, l'auteur de ce poème étrange qu'est *les Feuilles d'herbe*, étrange et sauvage dans sa matière comme dans sa forme ? Et qu'est-ce qui transforma le journaliste irascible, souvent agacé et parfois injurieux... en ce chantre serein [en public], heureux et universel de l'amour ? » Sa réponse, de la longueur d'une thèse : l'épilogue de *la Comtesse de Rudolstadt.*

« Mon nom est *homme* », chante le poète musicien de George Sand dans ces dernières pages. A quoi Whitman faisait écho. « L'homme », lut-il, « est une trinité comme Dieu. » Ce qu'il répéta. « L'homme est libre, égal et frère », déclarait George. « Plus de maîtres, plus d'esclaves... C'est la France qui est la prédestinée des nations. » Whitman remplaça la France par l'Amérique. George parlait de « l'entassement de matériaux scientifiques » de son époque comme, au plus, d' « une œuvre de tailleur de pierres », mais dans laquelle elle ne voyait « ni un édifice ni un architecte ». Whitman salua les « tailleurs de pierres bien-aimés » et prophétisa : « Quand les matériaux seront tous prêts et rassemblés, paraîtront les architectes. » Le « Ô hymen ! Ô hyménée ! » de Whitman vient directement des lignes de Sand. De même que l'idée d'un amant qui rassemblerait tout, qui tendrait « ses bras et attirerait dans son étreinte hommes et femmes en un amour que nul ne contesterait [28] ». Or tout cela figurait non seulement dans les mots de George Sand, mais aussi dans ses vies.

Walt Whitman serait-il parvenu au cœur de lui-même sans George Sand ? C'est probable. On choisit ses influences. Toutefois, cette découverte de soi intervint assez tard dans sa vie, et nous savons en tout cas qu'elle ne se fit pas *sans* elle.

Sur les quelque soixante-dix romans et nouvelles qu'écrivit George Sand, et dont certains ressemblent aux balles tirées dans une bataille, combien sont encore lus aujourd'hui avec passion ? Une douzaine tout au plus. Ou même une demi-douzaine seulement. Mais qu'importe. Appartenir à cette chaîne vivante qu'est la littérature, c'est appartenir déjà à l'immortalité.

30. George et Solange et Chopin

« Chopin », écrivait George Sand joyeuse à Delacroix depuis Nohant, « a composé deux mazourkas adorables qui valent mieux que quarante romans et qui en disent plus long que toute la littérature du siècle[1]. »

On était au printemps 1842.

C'étaient les années fastes avec leurs mauvais jours. Après 1845, ce seraient les années moins fastes avec leurs bons jours. Autrement dit, la description très banale d'une union qui vire à l'aigre. Pendant les bonnes années, les bons jours furent nombreux ; il y eut les excursions joyeuses que faisaient les amants dans les bois de Nohant, Chopin sur le petit âne sellé de velours qui lui était réservé, George marchant à côté de lui et aiguillonnant l'animal du bout de son ombrelle ; il y eut les séjours de Delacroix à Nohant, où il disposerait bientôt d'un petit atelier et où il écoutait en peignant les bouffées de musique qui s'échappaient de la fenêtre ouverte de Chopin. « Cela se mêle au chant des rossignols et à l'odeur des roses[2]... »

A l'automne de cette même année, le couple s'était installé à Paris dans le romantique square d'Orléans qui frappe encore le visiteur par la brusque splendeur de son grand jardin insoupçonné, de sa cour et de sa belle fontaine. Chopin occupait l'appartement du rez-de-chaussée du N° 9. De son petit salon, de l'autre côté de la fontaine et du jardin, il pouvait lever les yeux vers l'appartement plus vaste de George situé au-dessus de la porte cochère du N° 5. Maurice avait un atelier à l'étage supérieur, et Solange une petite chambre adjacente. Charlotte Marliani et son mari étaient au N° 7. On trouvait dans le même groupe de maisons entourant le square le sculpteur Dantan fils, le pianiste et compositeur Kalkbrenner et la danseuse Marie-Sophie Taglioni. Louis et Pauline Viardot habitaient à proximité. Pour George, leur petite communauté du square d'Orléans constituait son phalanstère fouriériste. On prenait les repas chez les Marliani, George et Chopin ayant toute liberté de se retirer quand ils le souhaitaient pour travailler ou pour « rêver [3] ». Le groupe comptait un assortiment très varié d'amis : des artistes et des patriotes polonais, des écrivains et des philosophes, des princesses et des snobs. Heinrich Heine aimait leur compagnie, et eux son esprit. Delacroix était l'ami le plus intime. Quintessence du mouvement romantique, le peintre retrouvait les mêmes valeurs dans la musique de Chopin, alors qu'il les déplorait — on s'en serait douté — dans les écrits de Sand. Chopin, selon lui, était « le plus vrai artiste que j'aie rencontré [4] ». En revanche, Chopin, novateur en musique, restait très classique dans ses goûts picturaux, comme dans ses goûts littéraires d'ailleurs et dans sa vie. Il se réfugiait dans le silence quand Delacroix lui montrait, ainsi qu'à Sand, les fresques qu'il était en train de réaliser pour le palais du Luxembourg et se retenait de critiquer la violence de leur mouvement et l'explosion de leurs couleurs. Comme toujours, il se montrait d'une politesse irréprochable.

« Delacroix », faisait observer George, « comprend Chopin et l'adore. Chopin ne comprend pas Delacroix. Il estime, chérit et respecte l'homme ; il déteste le peintre... Il est musicien, rien que musicien... Michel-Ange lui fait peur, Rubens l'horripile. Tout ce qui lui paraît excentrique le scandalise... Étrange anomalie [5] ! »

C'était un des bons jours des bonnes années, brillamment décrit par George dans son journal. Elle avait passé la moitié de la journée avec Delacroix, à discuter — « il parle mieux que je n'écris » — de l'inspiration classique d'Ingres et de l'effervescence des couleurs chez Delacroix. Celui-ci reprochait à Ingres de peindre des personnages aussi raides que ceux d'un éventail chinois, « des petites figures d'ivoire collées les unes sur les autres ». Ingres, déclara-t-il, devançant les impressionnistes dont il fut l'un des précurseurs, « n'a oublié qu'une chose, les reflets !... Tout est reflet dans la nature, toute couleur est un échange de reflets ».

Ils avaient ainsi bavardé en se rendant au studio de Delacroix ; là, le peintre s'habilla pour la soirée et ils repartirent chez

George où ils rencontrèrent Chopin à la porte. Tous trois montèrent ensemble. Maurice les rejoignit. Il écouta Delacroix qui continuait à développer pour Chopin sa théorie des « reflets », comparant les tons en peinture aux tons en musique.

« — Et le reflet du reflet ? demanda Maurice.

— Diable ! explose Delacroix. Tu en demandes trop pour un jour ! » Néanmoins, il reprend le fil de son exposé avec agitation. Un corps nu, insista-t-il, une main, gesticula-t-il, « c'est bien autre chose. La chair est une buveuse insatiable de lumière ». Chopin n'écoutait plus. Assis à son piano, il se mit à improviser. Puis il s'interrompit.

« Eh bien », lui intime Delacroix, « ce n'est pas fini !

— Ce n'est pas commencé, répond Chopin. Rien ne me vient... rien que des reflets, des ombres, des reliefs qui ne veulent pas se fixer. Je cherche la couleur, je ne trouve même pas le dessin.

— Vous ne trouverez pas l'un sans l'autre, reprend Delacroix, et vous allez les trouver tous les deux.

— Mais si je ne trouve que le clair de lune ?

— Vous aurez trouvé le reflet d'un reflet », répond Maurice.

« L'idée plaît à l'artiste », poursuit George, et Chopin se remet à jouer. « Mes yeux se remplissent de teintes douces qui correspondent aux suaves modulations saisies par le sens auditif. Et puis la note bleue résonne et nous voilà dans l'azur de la nuit transparente. » La musique s'achève. Chopin se lève. Il raccompagne Delacroix à son studio. Ils discutent... de leurs tailleurs[6].

Chopin, avec « les exquises délicatesses de son savoir-vivre » et son canon des manières parfaites, était un ami particulièrement agréable. Mais son perfectionnisme, sa sensibilité devant un sourcil froncé ou un pétale de rose froissé le rendaient difficile à vivre[7]. Durant les premières années cependant, tout dans ce Chopin à la délicatesse d'un verre de Venise enchantait et ravissait George, « sa figure... sa voix, son piano, sa petite tristesse, et jusqu'au bruit déchirant de sa toux[8] ». Quand il allait à Paris sans elle, Sand écrivait à Charlotte et à Marie de Rozières pour leur expliquer dans les moindres détails comment le soigner afin d'être sûre qu'il trouverait en arrivant de l'eau chaude pour son bain, une tasse de chocolat ou du bouillon chaud au réveil ; et elle demandait qu'on ne dise pas à Chopin qu'elle avait écrit[9]. Tant de sollicitude agaçait Chopin, mais il l'appréciait aussi ; et quand George était souffrante et couchée, il faisait à son tour office d'infirmière pleine de zèle.

Ils étaient mère et fils, « l'inceste parfait » comme on put le dire d'un roman plus tardif de George, *François le Champi.* L'histoire de cet enfant trouvé élevé par une femme qui finit par l'épouser et mener auprès de lui une vie parfaitement heureuse devait inspirer le *Henry Esmond* de Thackeray. Or, fait remarquable, cet aspect de leur relation n'échappait pas à George. Au contraire, elle vivait sciemment cette composante de sa nature. Et il est également caractéristique qu'elle l'ait expliqué sans ambiguïté dans un roman « splendide », *Lucrezia Floriani,* qui fit scandale à l'époque[10]. Les amis de Chopin le trouveraient cruel, mais George faisait preuve de la même lucidité et objectivité en ce qui la concernait. Sa Lucrezia Floriani est elle-même, légèrement retouchée, actrice d'une trentaine d'années ayant quitté la scène (et écrivant à l'occasion pour le théâtre), mère de quatre enfants nés de trois pères différents et dont aucun ne fut jamais son mari. Elle s'éprend du prince Karol, vingt-quatre ans, on ne peut plus explicitement Chopin avec son charme tendre d'adolescent, son visage au modelé délicat, sans « âge ni sexe », et la beauté obsédante d'une « grande femme triste ». Jamais dans ce roman l'incestueux ni l'androgyne ne sont escamotés. Pas davantage que l'ambivalence et l'ambiguïté sexuelles de l'amant conventionnel. Le prince Karol, dit George Sand, n'avait sans doute aimé que sa mère avant de rencontrer Lucrezia et avait cherché — comme Musset — dans sa maîtresse et la vierge et la putain. Quant à Lucrezia, Karol était devenu pour elle un véritable fils. Ils en discutaient (comme George et Chopin ?) :

« Vous êtes donc ma mère ? reprit Karol...

— Oui, oui, je suis ta mère, répondit-elle, sans songer que, dans la pensée de Karol, c'était peut-être une profanation... Sois certain que, dans ce moment-ci, c'est absolument la même chose. »

La jalousie névrotique de Karol, ses querelles épuisantes avec les enfants de Lucrezia, conduisent à la rupture fatale entre les deux amants. Seules les disputes superficielles sont relatées dans le roman, en particulier celle de Lucrezia avec son fils aîné. Or elle reflétait la fraîcheur on ne peut plus réelle qui s'établissait peu à peu dans les rapports entre Maurice, âgé de vingt-deux ans en 1845, et Chopin. Un an auparavant, Maurice et Pauline Viardot avaient eu une liaison brève et clandestine, mais la mère et le fils étaient si proches que George avait reçu les confidences de Maurice. Il devenait inévitable que Maurice perçût, avec une conscience maintenant adulte, Chopin en tant qu'amant de sa mère et en éprouve une rancune œdipienne. Mais George fit preuve d'une étonnante négligence envers les sentiments similaires, même plus complexes, qui troublaient Solange, âgée de dix-sept ans à l'automne 1845, et la forme qu'ils allaient prendre.

Solange était une nature sauvage que n'avait pas touché le génie, ce que ne pardonne guère la postérité. Fille de George, produit de George, elle dut payer le prix de la liberté morale de sa mère. S'il était difficile d'être le mari de George Sand (pour compliquer encore les choses, Solange doutait que Casimir fût son vrai père), être sa fille se révélait encore plus malaisé. (Mais s'est-on jamais demandé, à supposer que ce soit nécessaire, « Et la fille de Byron ? ») Solange avait vu les amants de sa mère dans une intimité qu'ignorait Maurice. C'était trop pour une enfant. Elle avait à la fois détesté et envié ces amants en même temps que sa mère, et quand elle fut à son tour une femme, elle se posa *sciemment* en rivale de sa mère, flirtant avec les jeunes Berrichons comme l'avait fait Aurore Dupin. C'est le caractère délibéré de cette attitude qu'on a tendance à prendre pour de la perversité. Elle joua les coquettes et provoqua Chopin, d'abord étonné et ravi, puis amoureux, profondément ému par la beauté à la fois garçonnière et voluptueuse de Solange. En retour, George Sand, vieillissante, subit les tourments de l'envie et de la jalousie, troublée d'éprouver de tels sentiments, inconsciente, mais compréhensive aussi, et triste. Et coupable.

Solange avait elle-même connu la tristesse dans sa relation amour-haine avec sa mère, et George Sand n'avait pas su réagir. Ainsi, Solange, lisant *Mauprat* à l'âge de quatorze ans, avait écrit à sa mère une lettre touchante dans laquelle elle exprimait ses impressions : « Edmonde », disait-elle tristement, « est la plus belle de toutes vos filles. Moi je suis la plus mal faite [11]. » Dans sa réponse, George grondait Solange pour sa conduite au pensionnat et oubliait de remarquer que c'était Edmée, et non Edmonde, qui était l'héroïne de *Mauprat.* Toujours autoritaire dans ses lettres, George se refusait à culpabiliser. Deux ans plus tard, avec pudibonderie, elle faisait part de ses soucis à Marie de Rozières, une ancienne élève de Chopin devenue le chaperon de Solange en même temps que son professeur de piano, et de plus l'infortunée maîtresse du comte Wodzinski (le frère de Maria, au grand chagrin de Chopin). « Un moment vient où les petites filles ne le sont plus », écrivait George à Marie en juin 1845, « et où il faut veiller à la tournure que peuvent prendre, dans leur esprit, toutes les paroles qu'elles entendent. *Pas un mot,* même indifférent, sur le sexe masculin. »

Marie de Rozières, ordonnait George d'un ton sévère, ne devait plus sortir avec Solange les jours de congé de celle-ci. L'adolescente se montrait d'une féminité trop précoce, et Marie trop hardie depuis son aventure avec Wodzinski. « L'amour vrai et le mariage sont pour moi aussi sacrés l'un que l'autre. » C'est la mère qui parle. « Vous n'étiez pas coquette de ce temps-là et maintenant, mon petit chat, vos yeux ont pris une expression terriblement voluptueuse... Les hommes le remarquent. » C'était bien sûr l'affaire de Marie, remarquait George, mais en attendant que « la petite crise nerveuse soit passée et que vous ayez pris un amant ou un mari », elle préférait que la jeune femme vît un peu moins Solange[12].

La grande vulnérabilité des jeunes filles — et George pensa certainement plus d'une fois à la jeunesse de sa propre mère Sophie — dans la société de son époque entourée d'hommes était toujours présente à son esprit. Le comte Wodzinski sortait sans une égratignure d'une liaison à laquelle lui-même avait mis fin, mais Marie de Rozières en fut marquée pour la vie. Ce qui rend le courage — et la réussite — de George d'autant plus remarquables. Parvenue à la moitié de sa vie, cependant, elle faisait preuve de plus de prudence et d'attention, peut-être parce que, avec l'âge mûr, les passions s'atténuaient, peut-être parce que Maurice et Solange n'étaient plus des enfants, peut-être aussi en raison de la jalousie de Chopin dont elle parle tant dans ses lettres et dans *Lucrezia.* A la fin de 1844, le mince et frêle Louis Blanc, âgé de trente-trois ans, chef des socialistes de l'époque — « A chacun selon ses capacités, à chacun selon ses besoins », avait-il écrit dans son *Organisation du travail* huit ans avant Karl Marx —, eut une liaison éphémère avec George, mais si discrète qu'elle fut ignorée à ce moment-là [13]. Il n'est pas impossible que George soit restée fidèle à Chopin pendant les cinq ou six bonnes années ; ensuite, il y eut le jeune Victor Borie, vingt-sept ans en 1845, que George prit comme rédacteur de *l'Éclaireur,* une revue libérale qu'elle et ses amis de La Châtre avaient fondée.

« Il est... certaines infidélités qui ne détruisent pas entièrement un ancien amour », avait déclaré peu de temps auparavant George à Pierre Leroux [14]. Une observation des plus judicieuses. Ni Louis Blanc ni Victor Borie ne marquaient le début de la fin de la longue liaison de George avec Chopin ; c'était simplement l'accumulation de heurts entre deux sensibilités qu'exaspérait l'intrusion de Maurice et de Solange. S'ils avaient été seuls, leur entente aurait parfaitement pu durer jusqu'à la mort de Chopin — due à la tuberculose — quelques années plus tard.

A l'automne 1845, toutefois, George accentua ce hiatus en introduisant à Nohant une seconde fille, une cousine éloignée du côté de Sophie, Augustine Brault, qu'elle finirait par adopter. Ce furent d'ailleurs les ressemblances entre son histoire et celle de sa mère qui amenèrent George à prendre l'enfant sous sa protection pour lui épargner le sort de Sophie, allant jusqu'à payer à ses parents aussi crasseux que cupides le privilège de cette responsabilité. La belle enfant fit bientôt oublier à Maurice Pauline Viardot, à la grande satisfaction de George. Mais comme on pouvait s'y attendre, Solange devint verte de jalousie le jour où George eut l'inconscience d'afficher sa préférence pour Augustine. Elle ne cessait de critiquer cette jolie cousine, et du haut de sa qualité de vraie fille de la maison, la houspillait sans arrêt. Solange n'eut aucun mal à attirer dans son camp Chopin qui détestait autant qu'elle l'intruse plébéienne et était envoûté par la fille de George [15]. La famille élargie de Nohant se trouva donc divisée en deux parties adverses, George et Maurice contre Solange et Chopin, Augustine servant d'occasion, ou de prétexte. Entre-temps, histoire de se distraire et de renflouer ses finances, George écrivit *en quatre jours,* en novembre 1845, un de ses petits chefs-d'œuvre les plus durables, *la Mare au diable,* un roman qui avait pour cadre une campagne berrichonne idéalisée. Au milieu de ses propres orages, George réussissait toujours à retrouver son calme par l'écriture. C'est là qu'elle puisa sa force ; mais ce fut peut-être aussi la cause de l'éloignement plus marqué de son compagnon.

La père de Chopin venait de mourir ; George avait écrit à sa veuve pour la consoler et reçu de celle-ci une réponse, en français, où elle exprimait sa gratitude pour la « sollicitude maternelle » dont George faisait preuve à l'égard de son « cher enfant », Frédéric[16]. La sœur de Chopin, Louise, et son mari passèrent quelques semaines à Nohant pendant l'été ; et George et Chopin envisagèrent un voyage en Italie. Cet heureux interlude ne dura pas. Les lettres que Chopin adressait aux siens laissèrent bientôt percer une extrême aversion pour « le jeune homme » — Maurice — et « la cousine » — Augustine[17]. Il était à la fois fasciné et irrité par ses propres sentiments à l'égard de Solange. Et il commença, ce qui n'était guère dans ses habitudes, à critiquer l'attitude de George à l'égard de sa fille, enfreignant son code personnel de sacro-sainte discrétion. Il traduisit la jalousie que lui inspiraient les jeunes gens qui tournaient autour de Solange — toujours coquette — par un redoublement de celle qu'il éprouvait pour George Sand. Elle le comprit trop tard[18]. Sur le moment, l'attitude de Chopin ne fit qu'accentuer son étonnement et son irritation.

Au printemps suivant, George commençait *Lucrezia Floriani.* Solange, quant à elle, trouvait un soupirant en la personne de Fernand de Preaulx, un jeune nobliau désargenté d'abord attiré par Augustine, ce qui mit Solange hors d'elle. A l'été, on prenait la mouche pour un rien, personne ne déguisait plus son agacement. Dans un moment de colère, George écrivit d'une plume rageuse à Marie de Rozières : « Chopin est tout étonné de *suer.* Il en est désolé ; il prétend qu'il a beau se laver, qu'il *empeste* ! Cela nous fait rire aux larmes de voir un être aussi éthéré ne pas vouloir consentir à suer comme tout le monde. » Et elle lui enjoignait de n'en rien dire : Chopin en mourrait s'il découvrait que les gens savaient qu'il suait ! Plus grave, George et un Chopin à juste titre choqué se querellèrent parce que George avait renvoyé un vieux jardinier depuis quarante ans à son service parce que, disait-elle, il l'avait volée pendant vingt ans[19]. C'était un coup de semonce de la part de George à l'intention de Chopin, et elle en parlait également dans une lettre à Marie : « J'ai bien fait d'avoir un peu de colère, qui m'a donné, un jour, un peu de courage pour lui dire ses vérités et le menacer de m'en lasser. Depuis ce moment, il est dans son bon sens, et vous savez comme il est bon, excellent, admirable, quand il n'est pas fou[20] *. »

Ou bien Chopin, aveuglé par son narcissisme, ne sut pas se reconnaître dans le prince Karol quand George Sand lui lut tout haut un soir le manuscrit de *Lucrezia*, ainsi qu'à Delacroix, ou bien il refusa de le faire. Toujours est-il que le peintre, pour qui cette vérité était l'évidence même, passa une soirée peu confortable à écouter cette lecture. « Le bourreau et la victime m'étonnaient également », confia-t-il plus tard à Mme Jaubert. « Mme Sand paraissait absolument à l'aise et Chopin ne cessait d'admirer le récit. A minuit, nous rentrâmes ensemble. Chopin voulut m'accompagner et je saisis l'occasion pour sonder ses impressions. Jouait-il un rôle vis-à-vis de moi ? Non, vraiment ; il n'avait pas compris, et le monsieur persista dans l'éloge enthousiaste du roman[22]. » D'autres en revanche, comme Heine, Charlotte Marliani, Balzac, Liszt et Hortense Allart, reconnurent sans hésiter Chopin dans le prince Karol et George dans Lucrezia quand le roman fut publié. Ils furent aussi indignés que Delacroix et critiquèrent sévèrement George. Celle-ci nia farouchement, bien sûr, toute ressemblance.

A l'automne, les fiançailles de Solange et de Fernand de Preaulx furent officiellement annoncées. George n'était pas vraiment opposée à cette union, mais ne la voyait pas non plus avec enthousiasme. Disons que l'idée d'avoir un gendre « noble, un royaliste et un chasseur de sangliers » la laissait quelque peu rêveuse[23].

Avec ses invités, dont Emmanuel Arago, elle fit plusieurs excursions et pêcha à deux reprises le saumon dans la Creuse. Chopin ne les accompagna pas. « Ces choses me fatiguent plus

* Un jeune Anglais de vingt-trois ans, Matthew Arnold, qui admirait l'œuvre de George Sand, ne remarqua rien de suspect lorsqu'il séjourna à Nohant à la même époque. « L'impressionnante George Sand », notait-il, le reçut avec « une simplicité franche et cordiale » et il fut frappé par les « yeux magnifiques » de Chopin[21].

qu'elles ne valent », écrivit-il à sa famille. « Et quand je suis fatigué, je ne suis pas gai, et alors les jeunes ne s'amusent pas[24]... » Il préférait rester à Nohant et travailler à sa Sonate pour piano et violoncelle ; ce serait sa dernière œuvre importante. Mais quand tout le monde était réuni au château, Chopin improvisait souvent au piano tandis que les jeunes en question montaient de petits ballets et des sketches sur la scène de l'ingénieux théâtre qu'il avait conçu. Quand il le voulait, Chopin savait être un mime fantastique et un amuseur sans égal, encore que ses imitations, en particulier de vieux juifs polonais, fussent parfois cruelles.

Mais les moments d'humeur plus sombre devenaient plus fréquents. Tout en prenant des poses en sa qualité de future Mme de Preaulx, Solange entreprit de détruire tout espoir d'union entre Maurice et Augustine en racontant à qui voulait l'entendre, et à Chopin, qu'ils étaient déjà amants. Ainsi elle ridiculisait Maurice de vouloir épouser une femme qui lui avait déjà si facilement cédé. Qu'ils aient été amants semble assez probable ; Maurice tournait à l'adolescent prolongé, velléitaire et inconséquent, ce que George lui reprochait à l'occasion. Troublé et exaspéré par des sentiments contradictoires, Chopin se montrait d'une irritabilité à fleur de peau et s'en mêla. Il fut grossier avec Augustine et parla durement à Maurice. Seule Solange échappait à son courroux tandis qu'il s'en prenait, furieux contre lui-même, à tout son entourage. Maurice annonça à sa mère qu'il quittait Nohant. « Cela ne pouvait pas et ne devait pas être », décréta fermement George Sand. Et elle le fit savoir à Chopin, qui lui en voulut de ce qu'il estima être son choix. « Il baissa la tête et prononça que je ne l'aimais plus. Quel blasphème après ces huit années de dévouement maternel ! Mais le pauvre cœur froissé n'avait pas conscience de son délire. Je pensais que quelques mois passés dans l'éloignement et le silence guériraient cette plaie[25]. »

En novembre 1845, Chopin quittait Nohant pour Paris. Ce n'était pas la première fois qu'il faisait le voyage seul, devançant George de quelques jours. Mais cette fois, bien que ni l'un ni l'autre ne le sût, ce départ était définitif. Et George Sand allait vivre les mois les plus désespérés de sa vie.

L'année suivante, en février, Solange et sa mère allèrent à

Paris avec Maurice et Fernand de Preaulx, George pour s'occuper de ses livres, Solange de son trousseau et du contrat de mariage. On vit Chopin, l'entrevue fut assez cordiale, mais George avait déjà décidé de quitter le square d'Orléans et de passer l'année à Nohant. Le Tout-Paris savait que tout n'allait pas pour le mieux entre les deux amants, mais étant donné qu'on l'avait prédit dès le début, soit huit ans plus tôt, l'affaire fit peu de bruit.

L'écrivain et féministe américaine Margaret Fuller, munie d'une lettre d'introduction de Mazzini, rendit visite à George Sand. « Jamais aucune femme ne m'a autant plu », écrivit-elle à une amie tout en passant en revue les derniers potins de Paris. « Sa fille va se marier. On dit que la mère et la fille ne s'entendent pas ; mais son fils, pour qui elle semble éprouver un grand amour, l'aime et l'admire au plus haut point. » Peu après, Margaret Fuller rencontra Chopin, mais pas, précise-t-elle, avec George Sand, « bien qu'il vive avec elle, et cela depuis ces douze [*sic*] dernières années... Il est toujours malade, et aussi fragile qu'un flocon de neige, mais c'est un génie exquis... On raconte que, pendant longtemps, madame S. n'eut que de l'amitié pour Chopin qui, peut-être, préfère pour sa part être un amant, et un amant jaloux ; mais elle reste avec lui parce qu'il a étonnamment besoin de ses soins quand il est malade et qu'il souffre. Quant à moi, je ne sais pas ; on ne peut pas connaître grand-chose en France, sauf ce qu'on voit de ses deux yeux. Le mensonge est enraciné dans *la grande nation* * [26]. » En réalité, il est surprenant qu'on ait pu en savoir autant sur la vie privée de George Sand — et qu'on en parlât dans les salons parisiens avec cette crudité blessante que Margaret Fuller, dans son innocence américaine, prenait pour du mensonge.

C'est à cette époque qu'un sculpteur de trente et un ans, Auguste Clésinger, bohème et insolent, entra dans la vie de George Sand. Ou plutôt *rentra.* Un an plus tôt, en effet, Clésinger avait écrit à Sand une lettre enthousiaste — et calculatrice — pour lui demander la permission de graver le nom de Consuelo sur une de ses œuvres les plus osées. George s'était empressée de la lui donner. Apprenant qu'elle venait d'arriver à

* En français dans le texte *(NdT).*

Paris avec Solange, Clésinger se précipita chez elle et implora d'avoir l'honneur « glorieux » d'immortaliser les deux femmes dans le marbre. Une fois de plus, George consentit. La mère et la fille posèrent séparément pour leur buste dans l'atelier de Clésinger. Entre les séances de pose, le sculpteur faisait la cour à Solange, et il est fort possible qu'ils soient devenus amants à ce moment-là. La veille même de la signature du contrat, Solange annonçait à l'infortuné Preaulx que le mariage était annulé et le renvoyait dans son Berry. George éprouva de la pitié pour le fiancé éconduit, mais fut encore plus impressionnée par ce sculpteur en proie à la passion. N'était-il pas un artiste, quelqu'un de sa race, « tout feu tout flamme [27] » ? Et Solange la digne émule de la jeune George Sand, la mère comme la fille oubliant que *toutes* les imitations sont de mauvaises imitations ?

Charlotte Marliani, Delacroix, Emmanuel Arago et Chopin mirent, à l'unanimité, George en garde contre Clésinger : il buvait, menait une vie dissolue, était couvert de dettes et se montrait brutal avec les femmes. George alla aussitôt interroger le sculpteur. Il nia en bloc, elle le crut. En avril, elle regagna Nohant avec Solange. Là, elle écrivit à Clésinger pour l'inviter, mais sans prévenir personne. Il arriva, exubérant, convaincant ; il « emporta » le consentement de George : il épouserait Solange. George (pas très honnête) à Maurice (resté à Paris) : Clésinger avait fait irruption à Nohant tel un « César », exigeant un *oui* ou un *non* dans les vingt-quatre heures. Solange avait dit *oui*. Clésinger repartait le soir même pour Paris, voir Maurice, puis pour Besançon, voir son père, qu'il emmènerait ensuite à Guillery pour obtenir le consentement de Casimir, il les ramènerait tous deux à Paris où George et Solange les retrouveraient pour la publication des bans et la signature du contrat, etc., etc. « Voilà », continuait George, « cela se fera parce que cet homme le veut, parce qu'il fait tout ce qu'il veut, à l'heure même, à la minute, sans avoir besoin ni de dormir, ni de manger... Cette tension de la volonté, sans fatigue ni défaillance, m'étonne et me plaît... J'admire cette puissance et j'y vois le salut certain de l'âme inquiète de ta sœur. Elle marchera droit avec lui, et elle sera cependant heureuse, parce qu'il aime passionnément ce qu'il a créé par sa conquête. » Et surtout,

« pas un mot à Chopin. Cela ne le regarde pas et quand le Rubicon est passé, les *si* et les *mais* ne font que du mal[28] ».

Le Rubicon avait bel et bien été franchi quand Clésinger et Solange étaient devenus amants, et George en était consciente. Tout en se montrant anxieuse de les voir mariés, elle redoutait cette union. Elle dormait mal ou pas du tout et avait les nerfs à fleur de peau. Il lui fallait absolument trouver à doter Solange, et elle avait tout autant besoin qu'on la rassure en lui disant que sa précipitation était justifiée. Elle réclamait des conseils qu'elle ne suivait pas. Elle écrivit *Célio Floriani,* également connu sous le titre *le Château des désertes,* comme dans un rêve, en douze jours et au prix de migraines atroces. C'était le trente-troisième roman de George Sand. Et quand Chopin apprit enfin le mariage imminent de Solange, il tomba gravement malade. George fut assaillie de remords. « Je compte sur vous... pour le soigner », adjura-t-elle Marie de Rozières[29]. Elle-même, comme elle l'expliquait, ne pouvait quitter Nohant à cause de Solange et de Clésinger. Elle se tourmentait, s'agitait, s'accusait et se défendait tour à tour, et pensa par moments au suicide. Une semaine avant le mariage, le 12 mai 1847, elle écrivit une longue lettre, une véritable *apologia pro vita sua,* au comte Grzymala ; c'était une accusation et une excuse, une attaque et une défense. Chopin lirait cette lettre.

George viendrait à Paris, écrivait-elle, et si Chopin le souhaitait, elle le ramènerait avec elle à Nohant. Mais il ne devait plus se mêler des affaires domestiques en vertu de son antipathie pour Clésinger ou de ses différends avec Maurice. Sinon, tout était perdu pour elle, et pour Chopin.

> Tout cela est difficile et délicat, et je ne sais aucun moyen de calmer [Chopin] et rassurer une âme malade, qui s'irrite des efforts qu'on fait pour la guérir. Il y a sept ans que je vis comme une vierge avec lui et *avec les autres.* Je me suis fait vieille avant l'âge, et même sans effort ni sacrifice, tant j'étais lasse des passions et désillusionnée sans remède. Si une femme sur la terre devait lui inspirer la confiance la plus absolue, c'était moi, et il ne l'a jamais compris ; et je sais que bien des gens m'accusent, les uns de l'avoir épuisé par la violence de mes sens, les autres de l'avoir désespéré par mes incartades.

> Je crois que tu sais ce qu'il en est ! Lui, il se plaint à moi de ce que je l'ai tué par la privation, tandis que j'avais la certitude de le tuer si j'agissais autrement.

Si seulement, ajoutait George avec désespoir, Chopin ouvrait son cœur et permettait qu'on le guérisse, « mais il se ferme hermétiquement à ses meilleurs amis[30] ».

Au moins Solange, espérait George, était-elle enfin casée et trouverait un certain bonheur avec Clésinger. Mais cette fois encore, ses espoirs seraient déçus. Pendant leur absence, un mariage avait été arrangé pour Augustine ; on lui destinait Théodore Rousseau, peintre paysagiste de talent et ami de Maurice. A leur retour, les époux Clésinger découvrirent que ce projet était en bonne voie et bénéficiait de la bénédiction de George qui, de plus, avait promis à Rousseau cent mille francs de dot pour Augustine. Un crime inexpiable. Solange écrivit sans plus attendre une lettre anonyme à Rousseau, où elle lui rapportait la conduite « scandaleuse » d'Augustine avec Maurice et accusait sa cousine de duperie parce qu'elle n'avait pas révélé cet épisode à son fiancé. Rousseau en éprouva un tel choc qu'il partit sans même prendre congé. George lui écrivit pour réfuter les accusations de cette lettre, puis, découragée, envoya au diable le soupirant. Clésinger allait lui porter un coup plus rude. Non seulement elle découvrit l'étendue de ses dettes — plus de vingt-quatre mille francs dépensés en caprices pour lui et pour Solange : des bijoux, une calèche, une note de tailleur de plus de cinq mille francs — mais aussi et surtout, Clésinger exigeait que George hypothèque Nohant — *Nohant !* — pour les payer. Elle refusa avec indignation. Solange insista avec insolence. Il y eut une scène pénible et George pria le couple de partir.

Le lendemain, Solange prépara ses bagages, faisant main basse sur presque tout ce qui se trouvait dans la chambre que George avait meublée à leur intention. Pendant ce temps, Clésinger arpentait la maison et se prenait de querelle avec Augustine. George resta en haut, espérant détourner l'orage jusqu'à ce que le couple eût vidé les lieux. Le curé du village, qui avait eu vent de ce qui se passait par Hippolyte, resta dans les parages au cas où l'on aurait eu besoin de lui. C'est alors que se produisit une scène lamentable.

Clésinger accusa un invité, le peintre Lambert, un ami de Maurice, de s'être montré grossier avec Solange et de ne l'avoir pas saluée quand elle était entrée dans le salon. Il voulut expédier un coup de poing à Lambert et le manqua. Maurice s'interposa. Clésinger le menaça avec un marteau. George, qui s'était précipitée au rez-de-chaussée, intervint. Elle reçut un coup de marteau dans la poitrine. On brandit des pistolets. Un domestique coinça Clésinger contre le mur. Le curé fit irruption dans la pièce. Solange, qui n'avait cessé d'exciter de la voix son mari, changea de camp. Comment avait-il osé frapper sa mère ? Le couple quitta Nohant avec armes et bagages et se réfugia dans une auberge de La Châtre, racontant avec force détails la façon dont on les avait traités. « Trois cents » personnes étaient dans la rue quand ils partirent quelques jours plus tard pour Paris, tandis que Solange s'écriait en montant dans la voiture : « Voici le plus beau jour de ma vie [31] ! »

George Sand à Marie de Rozières, à la mi-juillet 1847 : « Ce couple diabolique est parti hier soir, criblé de dettes, triomphant dans l'impudence et laissant dans le pays un scandale dont ils ne pourront jamais se relever. Enfin pendant trois jours, j'ai été dans ma maison sous le coup de quelque *meurtre*. Je ne veux jamais les revoir, jamais ils ne remettront les pieds chez moi. Ils ont comblé la mesure. Mon Dieu je n'avais rien fait pour mériter d'avoir une telle fille [32] ! »

Ne dormant plus, à bout de nerfs, épuisée par la migraine, George écrivit à Chopin (inquiète et irritée à la fois parce qu'il ne lui répondait pas), à Delacroix et à d'autres amis. Dans une lettre de soixante et onze pages à Emmanuel Arago, elle déversa d'un bloc tout ce qui s'était passé entre le moment où Solange avait été courtisée par Fernand de Preaulx et la scène odieuse de Nohant. Une fois de plus, George essayait de trop prouver, se persuadant, elle et le monde entier, qu'elle avait eu entièrement raison, que même si elle avait été « la pire des femmes », elle s'était aussi montrée « la meilleure des mères », que maintenant seulement elle se rendait compte de la nature des sentiments de Chopin pour Solange et de sa trahison, même platonique. La colère montait à mesure qu'elle écrivait, et George Sand traça la phrase la plus laide qu'elle eût jamais écrite : « Pour moi... toujours enchaînée par la pitié et la crainte de le faire mourir de chagrin, il y a neuf ans que pleine de vie je suis liée à un cadavre », car elle s'était retenue de tous rapports physiques pour le bien de Chopin. Il lui fallut une semaine pour écrire ces pages. Quand elle eut terminé, elle avait retrouvé son calme. « Je commence à reprendre le dessus », concluait-elle, « depuis ce matin surtout, et j'ai pu achever cette lettre[33]. »

A l'aube de sa quarante-quatrième année, George Sand entreprenait maintenant, l'âme sereine, de prendre la mesure d'elle-même et d'examiner son passé pour voir où ses pas la menaient. Elle commença à écrire *Histoire de ma vie* au moment précis où la marée montante de l'Histoire s'accélérait et l'emportait dans son élan.

31. La Muse de la Révolution

Faut-il s'étonner qu'une société fondée sur l'opposition des classes aboutisse à la contradiction brutale... [Comme l'écrivait George Sand] « Le combat ou la mort : la lutte sanguinaire ou le néant. C'est ainsi que la question est invinciblement posée. »

Karl Marx, dernières lignes de *Misère de la philosophie*, écrit pendant l'hiver 1846-1847[1].

Frappez d'une main ferme !... Combattez mieux que moi. Laissez derrière vous ceux qui succombent. Ouvrez la tranchée, c'est de cela qu'il s'agit ; après la victoire, il sera temps d'enterrer les morts.

George Sand, *Lettre à Louis Blanc*, début novembre 1847[2].

En France, observait Alexis de Tocqueville en regardant ce qui l'entourait, la vie était paisible, insipide et débilitante.

« La France s'ennuie », déclarait pour sa part Alphonse de Lamartine à la veille de la révolution de février 1848[3]. Diplomate avant d'être poète, éloquent et romantique, Lamartine à cinquante-sept ans était lentement devenu, sous ce Louis-Philippe « débilitant », républicain libéral et chef de l'opposition à la monarchie. C'est à ce titre qu'il avait fait la connaissance de George Sand et correspondu avec elle. Vues de Paris, les émeutes du 2 janvier 1848 à Milan paraissaient fort lointaines. Encore plus, vues de la province et de Nohant. L'insurrection qui ébranla peu après la Sicile et Naples allait tirer Giuseppe Mazzini de son exil londonien et le ramener en toute hâte en Italie. Mais le 25 janvier, George Sand lui écrivait tout simplement pour le remercier du cadeau qu'il lui avait fait en venant la voir, la bague de sa mère. Deux semaines plus tard, elle abordait le thème de la révolution dans l'Italie occupée par l'Autriche : « C'est un grand pas de fait, peut-être », déclarait-elle, « mais c'est le régime constitutionnel à la place du despotique », la brutalité remplacée par la corruption bourgeoise comme en France. Le vrai changement, socialiste s'entend, n'était pas pour tout de suite ; en tout cas, pas en France[4].

George Sand voyait juste, mais à long terme historiquement parlant, car elle ne prévoyait pas, malgré ses lettres enfiévrées à Louis Blanc, l'onde de choc qui allait secouer Paris quinze jours plus tard, puis gagner l'Europe tout entière. En six semaines, une douzaine de souverains seraient renversés, même s'il s'ensuivrait — et c'est là que George Sand devient prophétique — un retour au pouvoir des mêmes ou de leurs pareils. A la veille de leur chute, toutefois, ils semblaient avoir la situation bien en main. Le prince de Metternich, ministre des Affaires étrangères de l'Autriche, dominait la Sainte-Alliance regroupant la Russie, la Prusse et l'Autriche, et la Sainte-Alliance dominait l'Europe. Depuis le congrès de Vienne, en 1815, il avait marqué le continent du sceau de l'ère Metternich, avec son image de l'État idéal : un absolutisme autocrate tempéré par l'esprit de salon et soutenu par une armée loyale, une bureaucratie docile, une Église reconnaissante, et une police montée. Les premiers symptômes de républicanisme révélaient une maladie qu'on guérissait, en cas de crise contagieuse, par une saignée, l'armée autrichienne jouant le rôle de corps médical du continent.

Évidemment, la France avait eu une poussée de fièvre en juillet 1830, mais dans cette crise la grande bourgeoisie des financiers et des banquiers s'était contentée de remplacer un Bourbon anachronique par le monarque bourgeois idéal, Louis-Philippe, duc d'Orléans.

Ce ne fut pourtant pas seulement l'ennui qui ébranla ce régime en 1848. Comme le remarquait aussi Lamartine, la révolution de 1789 avait multiplié les sources de mécontentement en substituant au gouvernement d'un roi celui de la fortune ; au lieu d'un tyran, il y en avait maintenant plusieurs milliers. Lamartine oubliait les seigneurs féodaux de l'Ancien Régime, mais son analyse de la scène post-révolutionnaire est d'une exactitude assez frappante. « Deux ou trois cents familles », estimait pour sa part Adolphe Thiers, qui fut pendant un temps le ministre de l'Intérieur de Louis-Philippe, dans un essai crûment intitulé *la Propriété.* Car c'étaient bien les possédants qui constituaient le pays légal, soit un peu moins de deux cent cinquante mille privilégiés disposant du droit de vote et qui occupaient les postes dans un pays de trente-cinq millions d'habitants. « Enrichissez-vous », conseillait Guizot, premier ministre, « si vous voulez voter. »

A mesure qu'augmentait la production, la « société » s'enrichissait, certes, mais la concurrence se développait aussi et les ouvriers s'appauvrissaient ; les salaires baissaient tandis que les bénéfices étaient réinvestis dans les machines. Les fabriques se transformaient en ces obscurs ateliers du diable qu'évoquait William Blake dans sa vision de l'enfer. En 1848, à Lyon, Adolphe Blanqui, moins radical que son frère Auguste, voyait des fillettes travailler quatorze heures par jour sur des métiers auxquels elles étaient attachées par une courroie afin de pouvoir utiliser leurs mains et leurs pieds dont le mouvement simultané et continu était indispensable au tissage. Dans le Haut-Rhin, en 1847, sur soixante et un mille ouvriers que comptait le département, treize mille étaient des enfants. A Rouen, ils étaient si rachitiques, disait Blanqui, qu'ils ressemblaient à de petits vieux ; à Lille, ils étaient squelettiques, bossus, difformes[5]. Agés de cinq à huit ans, ils restaient debout jusqu'à seize heures par jour devant leurs machines. Mais quand on souleva la question du travail des enfants à la Chambre, il fut répondu : Si on interdisait aux enfants de travailler, de quoi vivraient leurs familles ?

La grève était illégale, les syndicats une conspiration criminelle ; mais dans le seul Paris de la fin 1847, des milliers d'ouvriers étaient affiliés à des centaines de sociétés secrètes et de clubs politiques. « Dans le silence », écrivait Heine à propos de la capitale, « on peut entendre un ruissellement feutré et monotone. Ce sont les dividendes des capitalistes qui coulent et dont le niveau ne cesse de monter. On peut littéralement les entendre se multiplier, ces bénéfices des riches. Comme on peut entendre aussi, au milieu de tout cela, les sanglots étouffés des indigents ; et de temps à autre, un son plus grinçant, comme un couteau qu'on aiguise[6]. »

Ce bruit grinçant, toute l'Europe l'entendait ; Paris était le centre de la « conspiration » socialiste. A la demande du gouvernement prussien, Marx fut expulsé de la capitale française. De même qu'un nouvel ami de George Sand, l'aristocrate et anarchiste russe Mikhail Bakounine. Bien que moins intime que Mazzini, il faisait preuve d'autant de chaleur à son égard. « Je viens de recevoir à l'instant même l'ordre de quitter la France... » écrivait-il le 14 décembre 1847. « Gardez un petit souvenir à un homme qui vous a vénérée, avant même d'avoir fait votre connaissance, car vous avez été pour lui souvent et dans les moments les plus tristes de sa vie une consolation et une lumière[7]. »

Depuis six mois, l'opposition au régime de Louis-Philippe organisait toute une série de banquets politiques monstres, où la critique du premier ministre constituait le principal amusement. L'opposition comptait au mieux une poignée de députés, monarchistes constitutionnels pour la plupart, avec quelques républicains comme Lamartine ; le gros de la troupe était représenté par la petite bourgeoisie qui réclamait l'accès au « pays légal ».

Une fois de plus, les attaques contre Guizot, qui administrait la France comme il aurait géré une entreprise privée, devaient constituer l'attraction principale de l' « affaire » du 22 février. Neuf cents participants s'inscrivirent. Mais là, le gouvernement interdit le banquet. L'opposition s'entêta ; le gouvernement menaça d'envoyer la troupe ; l'opposition battit en retraite.

De Nohant, ces péripéties ressemblaient à une charade politique. « Je n'y vois pas [à une révolution] de prétexte raisonnable dans l'affaire des banquets », écrivait George à Maurice, alors à Paris. « C'est une intrigue entre ministres qui tombent et ministres qui veulent monter... Je ne crois pas que le peuple prenne parti pour la querelle de M. Thiers contre M. Guizot. Thiers vaut mieux à coup sûr, mais il ne donne pas plus de pain aux pauvres que les autres. Aussi je t'engage à ne pas aller flâner par là, car on peut y être écharpé sans profit pour la bonne cause[8]. »

En fait, le peuple de Paris, avec ce qu'on est tenté d'appeler son génie particulier pour faire d'une foule une force politique, se rangea bel et bien du côté de ceux qu'il croyait les siens. Appelé à manifester place de la Madeleine par les journaux radicaux, les tracts et les chefs de clubs, il descendit dans la rue le 22 février, banquet ou non. De neuf heures à onze heures du matin, hommes et femmes restèrent massés sous une pluie intermittente. Il y eut quelques cris, quelques slogans, quelques quolibets. Puis, à onze heures, une longue colonne d'étudiants arriva du quartier Latin aux accents de *la Marseillaise* — « Aux armes, citoyens ! » —, ouvriers et artisans venant grossir leurs rangs au passage.

La foule devint une multitude. Elle marcha vers la place de la Concorde et la Chambre des députés. Une compagnie de gardes nationaux la dissuada de continuer et elle se replia de nouveau sur la place de la Concorde. Puis arriva du quai d'Orsay, au petit trot, un détachement de troupe à cheval. Il pleuvait à seaux ; comme la nuit tombait, des barricades commencèrent à s'élever. Il y eut des coups de feu, les premiers qu'eût entendu Paris depuis longtemps, et deux femmes furent tuées.

Le lendemain, Louis-Philippe jugea préférable de faire appel à la garde nationale plutôt qu'à l'armée, de peur de déclencher une guerre civile. Or, la garde nationale était composée de citoyens qui payaient eux-mêmes leurs uniformes et en avaient assez du gouvernement ; et ils étaient conduits par des officiers réclamant ce droit de vote que leur refusait Guizot. Au matin, en plusieurs points, la garde s'interposa entre les manifestants et la troupe qui chargeait, criant elle aussi « Vive la République ! » et « A bas Guizot ! »

Démoralisé par cette « trahison », essentiellement pusillanime, Louis-Philippe offrit de sacrifier Guizot et de le remplacer par un autre conservateur. A la Chambre, les députés de l'opposition se congratulèrent et les officiers de la garde sillonnèrent les rues de Paris au galop pour répandre la bonne nouvelle. Ils sentaient qu'en accentuant légèrement la pression, ils obtiendraient d'un monarque obligé de céder les réformes très raisonnables qu'ils souhaitaient. Quant à la foule parisienne, elle avait joué son rôle, on pouvait la remercier et la renvoyer chez elle. Mais les étudiants parcoururent de nouveau les rues en chantant *la Marseillaise*. La foule les applaudit, les gardes nationaux les protégèrent et la nouvelle qu'un conservateur allait en remplacer un autre ne convainquit pas grand monde de regagner son domicile. Au contraire, la foule prit conscience de sa force et les barricades dressées la veille restèrent debout. Derrière elles, il y avait plus d'hommes et de femmes que jamais, mais on continua à crier simplement « Vive la réforme ! »

Le soir du 23 février, une foule plutôt joyeuse venant de la place de la Bastille et portant des torches et des drapeaux, mais pas d'armes, arriva boulevard des Capucines. Elle fut arrêtée par un cordon de troupe. Croyant son colonel menacé par une torche que brandissait un manifestant, un sergent appuya nerveusement sur la gâchette de son fusil. Des centaines de soldats l'imitèrent et cinquante-deux manifestants tombèrent. La foule s'enfuit d'un côté, les soldats de l'autre. Mais les révolutionnaires, ou tout simplement des hommes en colère, rebroussèrent chemin, s'emparèrent de charrettes qui passaient, y entassèrent les morts et défilèrent solennellement dans Paris à la lumière des torches. Partout des barricades s'érigeaient, certaines surmontées d'un drapeau rouge. Les forces de l'ordre en firent tomber quelques-unes, sans conviction. Pendant la nuit, les sociétés secrètes et les clubs d'ouvriers, sous la direction de leurs chefs, organisèrent des points forts dans la foule ; l'émeute avait tourné à la révolution. On criait maintenant « Vive la République ! » Le lendemain à midi, Louis-Philippe abdiquait en faveur de son petit-fils, âgé de neuf ans, pliait bagage et s'enfuyait à Londres sous le nom de Mr. Smith.

En trois jours, au prix de deux cent quatre-vingt-neuf tués, dont quatorze femmes, dans les rangs du peuple et de soixante-douze dans ceux de la troupe, la France avait renversé une monarchie. Avant la fin du troisième jour, une république serait née.

L'après-midi, la Chambre refusa le petit-fils de Louis-Philippe : le peuple de Paris avait pris le pouvoir. On lança les noms, aussitôt retenus, de ceux qui allaient former le gouvernement provisoire de la Deuxième République française, dont Lamartine, qui prenait la tête du gouvernement, Étienne Arago, frère d'Emmanuel, l'ami intime de George Sand, et Ledru-Rollin, un socialiste, lui aussi ami de George. Au milieu des acclamations de la foule massée dans les rues, les nouveaux dirigeants allèrent tous ensemble à l'Hôtel de Ville. Là, leur groupe se grossit de Louis Blanc et de trois autres radicaux, nommés secrétaires du gouvernement. C'est sur les instances de Louis Blanc qu'Albert l'« Ouvrier » — on ne lui connaissait pas d'autre nom — figurait parmi eux. Employé du gaz, il fut sans doute le premier ouvrier à faire partie d'un cabinet ministériel.

On avait un gouvernement, mais pas de programme. Les révolutions ont rarement un plan quinquennal en poche lorsqu'elles s'emparent du pouvoir. Le 25 février, le Droit au travail était proclamé, grâce à Louis Blanc. Le 26, toujours grâce à lui, on créait les Ateliers nationaux pour donner du travail aux milliers de chômeurs. C'était une idée défendue depuis longtemps par Louis Blanc, mais ces ateliers furent confiés à Alexandre Marie, un ministre de droite. Le 28, en compensation, une commission du travail fut mise en place avec Louis Blanc à sa tête, mais elle ne jouissait d'aucun pouvoir *.

Le 1er mars, George Sand arrivait dans un Paris en fête, rayonnant d'illusions quant à l'avenir ; elle venait rejoindre ses amis maintenant au gouvernement, Arago, Ledru-Rollin, Lamartine et Louis Blanc. Elle s'installa rue de Condé, à quelques pas du palais du Luxembourg, quartier général de Louis Blanc. Elle-même organisa le sien au restaurant Pinson, à deux pas de là. « Vous m'y trouverez... depuis onze heures du matin jusqu'à une heure et depuis six heures du soir jusqu'à huit », écrivit-elle avec jubilation à Delacroix. « Soyez donc gai et tranquille sur l'avenir, du moins si Dieu veut que mes amis restent au pouvoir [9]. » La vie était passionnante, trop riche des promesses de la révolution pour qu'on perde son temps à dormir. « George Sand ne s'enferma jamais dans la tour d'ivoire de l'art [10]. » Et certainement pas pendant ces journées de fièvre.

Comme elle s'en aperçut, le pouvoir était composé « d'hommes purs et honnêtes [11] ». La bourgeoisie avait peur, mais feignait d'être ravie. Quant au peuple de Paris, George Sand avait pu le voir avec Lamartine quatre jours après son arrivée,

* C'est aussi le 28 que paraissait à Londres le *Manifeste communiste* de Marx, et des exemplaires — en allemand — arrivèrent à Paris où ils passèrent inaperçus ou presque.

depuis une fenêtre du bureau naguère occupé par Guizot, quand il suivait dans un immense cortège les victimes de février. « Il était beau, simple et touchant... avec quatre cent mille personnes pressées depuis la Madeleine jusqu'à la colonne de Juillet ; pas un gendarme, pas un sergent de ville, et cependant tant d'ordre, de décence, de recueillement et de politesse mutuelle qu'il n'y a pas eu un pied de foulé, pas un chapeau cabossé... Le peuple de Paris est le premier peuple du monde [12]. »

Ce même soir, après une journée fertile en événements qui permettaient de croire à la naissance d'un monde meilleur, George vit Chopin. Ils se rencontrèrent à la porte du vestibule de Charlotte Marliani. Dans une lettre à Solange, à qui il écrivait souvent, Chopin raconta cette ultime rencontre du 4 mars 1848 :

> Je suis allé hier chez Mme Marliani et en sortant je me suis trouvé dans la porte de l'antichambre avec madame votre mère qui entrait avec Lambert. J'ai dit un bonjour à madame votre mère et ma seconde parole était s'il y a longtemps qu'elle a reçu de vos nouvelles. « Il y a une semaine m'a-t-elle répondu. — Vous n'en aviez pas hier, avant-hier ? — Non. — Alors je vous apprends que vous êtes grand-mère. Solange a une fillette, et je suis bien aise de pouvoir vous donner cette nouvelle le premier. » J'ai salué et j'ai descendu l'escalier... J'ai prié Combes de remonter, ne pouvant pas grimper moi-même et dire que vous *alliez bien* et l'enfant aussi *. J'attendais l'Abyssinien en bas quand madame votre mère est descendue en même temps que lui et m'a fait avec beaucoup d'intérêt des questions sur votre santé. Je lui ai répondu que vous m'aviez écrit *vous-même au crayon* deux mots le lendemain de la naissance de votre enfant, — que vous avez beaucoup souffert mais que la vue de votre fillette vous a fait tout oublier. Elle m'a demandé si votre mari était auprès de vous, j'ai répondu que l'adresse de votre lettre me paraissait être mise de sa main. Elle m'a demandé comment je me portais — j'ai répondu que j'allais bien —

* L'enfant de Solange mourut le lendemain, 6 mars, à Guillery, à l'âge d'une semaine.

> et j'ai demandé la porte au concierge. J'ai salué et je me suis retrouvé square d'Orléans à pied [13].

D'après Chopin, George semblait aller bien elle aussi; il ajoutait même, avec une touche d'ironie triste, qu'elle se réjouissait sans doute du triomphe des républicains. George aussi rappela cette rencontre dans ses Mémoires. « Je le revis un instant, en mars 1848, je serrai sa main tremblante et glacée. Je voulus lui parler; il s'échappa [14]. » En avril, Chopin devait quitter la scène républicaine et partir pour Londres.

Dès qu'elle apprit cette naissance, George écrivit à Solange une lettre de félicitations, suivie une semaine plus tard d'une lettre de condoléances à l'annonce de la mort de l'enfant; les deux lettres arrivèrent presque en même temps. Elle ferait tout ce qu'elle pourrait pour Clésinger, assurait-elle à sa fille pour la consoler, et tenterait de lui obtenir des commandes de l'État. Ledru-Rollin, ministre de l'Intérieur, était devenu maintenant un ami intime — et c'est à cette époque qu'elle l'empêcha de nommer Michel de Bourges *commissaire* car, politiquement parlant, ce n'était plus le même homme.

Les commissaires étaient en général envoyés par Paris en province avec, pour mission, de promouvoir la république qui les avait nommés, de diriger sa propagande et de contrôler ses affaires. Le gouvernement avait besoin d'amis partout où il pouvait en trouver, car la province restait en majorité royaliste. Duvernet fut nommé sous-commissaire de La Châtre grâce à l'influence de George Sand, dont bénéficièrent également plusieurs de ses homologues de l'Indre et de la Nièvre. Le 8 mars, George Sand rentra à Nohant pour installer son fils à la mairie et surveiller les premiers pas de la république dans le Berry. Nohant fêta son retour et la nomination de Maurice, mais à La Châtre, la bourgeoisie organisa des manifestations contre Duvernet. « Si toutes les communes étaient comme Nohant ! » soupirait George [15].

Avant de quitter Paris, elle avait convenu avec Ledru-Rollin d'assurer les éditoriaux du *Bulletin de la République,* l'organe du gouvernement qui était distribué par voie officielle dans toute la France. Pendant son séjour à Nohant, George s'y consacra avec toute son énergie. Les articles semblaient couler de sa plume :

elle devint la muse de la révolution. Car pour l'Europe monarchiste, républicanisme était synonyme de révolution. Sa *Lettre au peuple* passionnée, son *Mot à la classe moyenne* émouvant furent repris dans le *Bulletin.* Dans le numéro 4, elle étendait avec hardiesse la notion de républicanisme — qui pour elle signifiait égalité — au socialisme utopique. « Le règne du peuple », écrivait-elle, « s'appelle la République. »

> Citoyens, la France tente en ce moment... la plus grande œuvre des temps modernes : la fondation du gouvernement du peuple tout entier, l'organisation de la démocratie, la république de tous les droits, de tous les intérêts, de toutes les intelligences et de toutes les vertus !... L'idée nouvelle peut prendre sa place en Europe.

George ajoutait quelques paragraphes adressés « Aux riches » :

> La grande crainte ou le grand prétexte de l'aristocratie [*sic*], à l'heure qu'il est, c'est l'idée communiste *... Sous ce mot de communisme, on sous-entend le peuple, ses besoins, ses aspirations. Ne confondons point, le peuple c'est le peuple, le communisme c'est l'avenir calomnié et incompris du peuple. La ruse est ici fort utile ; c'est le peuple qui vous gêne et vous inquiète [16].

Plus tard, George Sand écrirait que le communisme *immédiat*, imposé par la force, constituerait une négation du communisme même, parce que destructeur du principe de la fraternité.

Le *Bulletin n° 4* parut le 19 mars ; le lendemain, George était de retour à Paris, en plein travail. « Me voilà déjà occupée comme un homme d'État », écrivait-elle en exultant à Maurice. « J'ai fait déjà deux circulaires gouvernementales aujourd'hui, une pour le ministère de l'Instruction publique, et une pour le ministère de l'Intérieur. Ce qui m'amuse, c'est que tout cela s'adresse aux maires, et que tu vas recevoir par la voie officielle les instructions de ta *mère.* Ah ! ah ! monsieur le *maire !* vous allez marcher droit, et pour commencer, vous allez lire vos *Bulletins de la République* tous les dimanches à votre garde

* « Un spectre hante l'Europe : le spectre du communisme. » C'est par ces mots que commençait le *Manifeste* de Marx. La phrase de George Sand est d'une coïncidence frappante.

nationale réunie. Quand vous l'aurez lu [*sic*], vous l'expliquerez, et quand ce sera fait, vous afficherez ledit bulletin à la porte de l'Église. Les facteurs ont l'ordre de faire leur rapport contre ceux des maires qui y manqueront[17]. »

De toutes parts, écrivait George Sand, on la sollicitait, et rien ne pouvait lui être plus agréable. Voilà le genre de vie qu'elle aimait : projeter la création d'une nouvelle revue, *la Cause du peuple,* avec Louis Viardot ; obtenir pour Pauline Viardot la commande d'une nouvelle *Marseillaise ;* écrire le prologue d'une pièce ; cela tout en essayant de gagner de l'argent car le gouvernement ne la payait pas.

Au plan politique, il n'y avait pas de quoi pavoiser. L'élan de février avait fait place à l'inertie de mars. Des décrets ne constituaient pas un programme. Les Ateliers nationaux, au lieu d'être des exemples de la productivité coopérative (conçus pour faire peu à peu rendre l'âme au capitalisme), étaient surtout des modèles d'absurdité — et c'est bien ce que voulait leur directeur, Marie. On rameuta cent mille ouvriers à Paris, comme une armée dangereusement oisive, pour leur faire exécuter des tâches aussi futiles que de creuser des trous dans le Champ-de-Mars pour les reboucher ensuite.

Sous la pression des modérés et des radicaux, et cherchant à gagner du temps, Lamartine annonça pour le début d'avril des élections au suffrage universel — uniquement masculin. De l'avis de Louis Blanc et de Ledru-Rollin, le paysan n'était pas prêt ; George Sand pensait de même : la voix de la république commençait à peine à se faire entendre sur un fond de trop d'années de mensonge. Les *Bulletins* étaient distribués partout, mais sept des neuf millions d'électeurs en puissance ne savaient pas lire.

La pression de la gauche s'exprimait par l'entremise de chefs de clubs tels qu'Auguste Blanqui, un radical libéré de prison par la révolution de Février. Il terrifiait et remplissait d'horreur Tocqueville ; ce dernier voyait en lui le porte-parole des ouvriers les plus miteux dont les exigences en devançaient d'autres et qui réclameraient, en un siècle ultérieur, le pouvoir pour les travailleurs. Quant à la pression de la droite, elle était exercée par la bourgeoisie, maintenant une force unie et accrue depuis que la petite bourgeoisie avait acquis le droit de vote et la participation au gouvernement.

L'inertie de mars empiéta sur avril. Chaque faction manœuvrait à l'approche des élections, reportées au 23 avril à la demande de la gauche. Paris avait parlé ; on allait bientôt entendre la province. George Sand suivait les réunions du Club de la Révolution, mais préférait le gouvernement provisoire, malgré toutes ses hésitations, à un coup d'État organisé par Blanqui. Plus graves et plus troublantes étaient les réunions secrètes au domicile de Ledru-Rollin avec Louis Blanc et les autres membres socialistes du gouvernement. Devaient-ils, *eux*, s'emparer du pouvoir avant les élections ? Ce n'était ni dans leur nature, ni dans leur politique. « Ne craignez rien de la république », déclarait George Sand dans un de ses *Bulletins* hebdomadaires[18] ; elle n'instaurerait pas le régime de la Terreur. Tous marcheraient ensemble sur la voie des élections, mais non sans inquiétude.

Dans ses articles, George Sand faisait le tour des problèmes des opprimés. Le 6 avril, elle abordait ceux des femmes, qui avaient « nécessairement subi la plus lourde part de cette oppression ». La nouvelle république, affirmait-elle, allait changer cet état de choses[19]. Ernest Legouvé, du Club de l'émancipation des peuples, avait proposé que George Sand soit candidate aux prochaines élections. *La Voix des femmes*, fondée en mars par une féministe, Eugénie Niboyet, appuya cette proposition. La candidature de Sand ferait ressortir l'ironie de la situation, déclarait la revue : elle serait élue par les hommes, qui seuls jouissaient du droit de vote, et parlerait au nom des femmes dans la nouvelle Assemblée. George Sand fut consternée. Plutôt que de répondre directement au journal féministe, elle adressa une lettre à *la Réforme*. Elle se refusait à représenter, disait-elle, un « cénacle féminin » dont, qui plus est, elle ignorait tout[20].

C'était injuste ; et d'un mépris tout à fait gratuit (encore que George Sand eût ressenti une vive irritation en voyant ses initiales — G. S. — au bas d'un article de *la Voix*). Mme Niboyet lui rappela que l'initiative de cette proposition était partie du camp masculin, et que le Club des jacobins avait lui aussi mis son nom en avant. Et il est tentant, mais inexact, d'expliquer un peu vite la réaction spontanée de George comme celle d'une femme qui n'avait jamais voulu être un écrivain femme au milieu d'écrivains hommes, mais un écrivain parmi d'autres. Ou, de façon plus classique, d'une femme qui avait renversé les barrières et ne voulait pas revenir vers celles qui attendaient encore de le faire. Néanmoins, ces deux explications comportent une part de vérité.

George Sand semble avoir compris ce que sa réponse, par l'entremise de *la Réforme*, avait de mal venu, sinon d'injuste. Elle rédigea une lettre plus circonstanciée à l'intention du comité central de la gauche, dans laquelle elle demandait que ses membres retirent eux aussi son nom de leur liste de candidats, et elle s'en expliquait en s'adressant aux femmes comme aux hommes. Pour une raison inconnue, cette lettre resta inachevée et ne fut jamais envoyée. Mais elle est indispensable à qui veut comprendre le féminisme de George Sand. En effet, elle ne pose pas le problème du féminisme contre l'antiféminisme, mais reprend l'éternel débat (qui représente souvent une fausse alternative) sur la meilleure façon de parvenir à l'égalité des sexes.

« Les femmes doivent-elles un jour participer à la vie politique ? » demandait George Sand. « Oui, un jour, je le crois avec vous, mais ce jour est-il proche ? Non, je ne le crois pas, et pour que la condition des femmes soit aussi transformée, il faut que la société soit changée radicalement... Quelques femmes ont soulevé cette question : Pour que la société soit transformée, ne faut-il pas que la femme intervienne politiquement dès aujourd'hui dans les affaires publiques ? J'ose répondre qu'il ne le faut pas, parce que les conditions sociales sont telles que les femmes ne pourraient pas remplir honorablement et loyalement un mandat politique. » Les femmes dépendent trop du mariage et de la tutelle des hommes ; pour jouir d'une réelle indépendance sur le plan politique, elles doivent briser le moule que leur impose la société. Les personnes « de mon sexe » qui soutiennent le contraire commencent « par où l'on doit finir, pour finir apparemment par là où l'on eût dû commencer ».

Que faut-il donc faire pour émanciper les femmes ? « Je crois [leur affranchissement] facile et immédiatement réalisable », continuait George Sand. « Il consiste simplement à rendre à la femme les droits civiques que le mariage seul lui enlève, erreur détestable de notre législation... qui fait du mariage une condition d'éternelle minorité... Oui, l'égalité civile, l'égalité dans le mariage, l'égalité dans la famille, voilà ce que vous pouvez, ce que vous devez demander, réclamer. Si aujourd'hui les femmes siégeaient parmi les députés, elles ne représenteraient que " la *moitié* d'un homme ", l'autre moitié étant leurs maris[21]. »

La raison le dispute au sophisme dans cette argumentation. George Sand député n'aurait certainement pas représenté *son* mari. Ni Mme Niboyet ni les autres militantes féministes les leurs. De plus, Sand n'envisageait pas le problème sous son double aspect et son idée n'était pas d'attaquer l'inégalité des sexes sur un double front — civil *et* politique — comme le faisaient les féministes d'alors. Mais elle mettait en lumière le fait que l'égalité ne se réduisait pas au droit de voter ni de siéger comme député. Un peu plus d'un siècle s'est écoulé depuis cette lettre, et une certaine égalité politique existe, mais il reste encore à intégrer cette égalité dans la vie, dans le mariage, dans la famille, dans la relation face à face entre un homme et une femme. Or c'est cette intégration qui constitue l'essence même de la vie et de l'œuvre de George Sand.

Un autre facteur empêchait Sand de se joindre au « cénacle féminin ». Même si elle aima Marie Dorval, elle n'appréciait pas, à quelques exceptions près, les compagnons femmes. Alcibiade retint Socrate autrement que par les sens, pas Xanthippe : *lui* en effet pouvait parler de philosophie. Les esclaves — et les maris auraient mauvais gré à s'en plaindre — ne font pas des compagnes intellectuelles. George trouva cette qualité chez Marie d'Agoult, mais cela ne dura pas ; peut-être parce qu'elles appartenaient à un milieu social différent, parce que Marie jalousait la réussite de George, parce que chacune voulait pour elle l'attention des hommes : autant d'éléments qui mettent en évidence les difficultés de la relation même de femme à femme, et qui n'ont toujours pas disparu. Il suffit de penser à l'empreinte profonde que laisse chez les femmes le mépris pour leur sexe qu'on leur a inculqué si tôt. Doit-on, peut-on, en se plaçant dans une perspective historique, reprocher à George Sand de ne pas avoir dominé suffisamment son siècle pour avoir une conscience pleine et entière de ces facteurs ? Je ne le pense pas.

Cela posé, la réponse de George Sand aux féministes de son

temps, prêtes à braver le ridicule que leur valurent immédiatement ses remarques dans *la Réforme*, n'était certes pas admirable. De toute évidence, le combat qu'elles livraient en multipliant les réunions et les manifestations de rue pour le divorce et les droits des femmes, parut à George Sand sinon peu noble, du moins peu digne comparé à la campagne « plus vaste » qu'elle menait pour « le peuple ». Mme Niboyet avait baptisé sa revue *la Voix des femmes*, George Sand appellerait la sienne *la Cause du peuple*. Une moitié de l'humanité ne suffisait pas. *Le peuple*, pour elle, c'étaient l'homme et la femme de la rue, les non-privilégiés, et Sand avait déclaré sans ambiguïté que les femmes avaient « subi la plus lourde part » de l'oppression. Mais en tant que socialiste, elle croyait aussi — illusion qui durerait jusqu'à nos jours — qu'une révolution socialiste corrigerait automatiquement cet état de choses. Elle n'était pas seule à le croire, mais elle aurait pu faire preuve du scepticisme né de l'expérience.

Et pourtant... Tout en refusant d'être leur porte-parole, George Sand parla bel et bien pour les femmes.

Quant au « peuple », un pessimisme plus réaliste commençait à nuancer et à ternir le culte qu'elle lui vouait. C'était le peuple de La Châtre, craignait-elle maintenant, et non le peuple — c'est-à-dire le prolétariat — de Paris qui donnait l'image la plus exacte du peuple français. Les élections prochaines menaçaient d'amener dans la capitale des hommes qui effaceraient sinon la république, du moins ses acquis. George adopta une nouvelle conception, la « démocratie populaire », mais sans jamais la préciser ni la comprendre clairement, à la différence de ce que tentait Marx en définissant la lutte des classes. N'existait-il pas, allait-elle demander dans le dernier numéro de *la Cause du peuple*, « un élan unanime » du peuple (et elle citait en exemple la révolution de Février bien que celle-ci fût un épisode essentiellement parisien) qui allait plus loin que la simple « majorité » électorale[22] ? Dans le *Bulletin n° 16*, la question était posée avec force et le rôle de Paris mis en évidence. Jamais George Sand ne se rapprocha autant de la conception marxiste de la révolution.

> Citoyens, nous n'avons pu passer du régime de la corruption au régime du droit dans un jour, dans une heure. Une heure d'inspiration et d'héroïsme a suffi au peuple pour consacrer le principe de la vérité. Mais dix-huit ans de mensonge opposent au régime de la vérité des obstacles qu'un souffle ne renverse pas ; les élections, si elles ne font pas triompher la vérité sociale, si elles sont l'expression des intérêts d'une caste, arrachée à la confiante loyauté du peuple, les élections, qui devaient être le salut de la République, seront sa perte, il n'en faut pas douter. Il n'y aurait alors qu'une voie de salut pour le peuple qui a fait les barricades, ce serait de manifester une seconde fois sa volonté, et d'ajourner les décisions d'une fausse représentation nationale.
> Ce remède extrême, déplorable, la France voudrait-elle forcer Paris à y recourir ? A Dieu ne plaise ! Non[23].

C'était une mise en garde, au cas où la droite l'emporterait, contre la violence que Sand ne put jamais supporter. Ce n'était pas vraiment un appel à la violence, même si la réaction allait bientôt le comprendre ainsi (avec quelque raison).

Louis Blanc et les socialistes continuaient à faire pression pour obtenir des réformes sociales ; on leur répondit d'attendre les élections. Les usines fermèrent, le chômage s'accrut. La population fut appelée à manifester en masse le dimanche 16 avril, soit le lendemain de la parution du *Bulletin n° 16*. Mais les chefs de la gauche partirent dans des directions opposées, chacun avec sa propre faction, dont l'une comprenait les clubs de Paris dirigés par Blanqui, Cabet, Raspail, et peut-être Louis Blanc. La manifestation fut un échec. La bourgeoisie ressuscitée avait préparé une contre-manifestation avec une garde nationale nouvelle et réorganisée — l'incarnation de la société défendue et refondue, écrivait Lamartine — et une centaine de milliers de sympathisants accourus de la banlieue conservatrice de Paris.

« La bourgeoisie crie *Vive la République,* mais *Mort aux communistes* », rapportait George à Maurice ce même soir. « Aujourd'hui Paris s'est conduit comme La Châtre. » Elle décrivait le ratage de la journée, avec ses conspirations avortées. Si celle de Ledru-Rollin et de Louis Blanc avait réussi, disait-elle, on eût pu « sauver la république, proclamer à l'instant la diminution des impôts du pauvre, prendre des mesures qui, sans ruiner les fortunes honnêtes, eût [*sic*] tiré la France de la crise financière, changé la forme de la loi électorale, qui est mauvaise et donnera des élections de clocher, enfin faire tout le bien possible dans ce moment, ramener le peuple à la République, dont le bourgeois a réussi déjà à le dégoûter dans toutes les provinces, et nous procurer une assemblée nationale qu'on n'aurait pas été forcé de violenter ».

Tous ces événements l'attristaient profondément, terminait George Sand. « Si cela continue et qu'il n'y ait plus rien à faire dans un certain sens, je retournerai à Nohant écrire et me consoler près de toi. Je veux voir arriver l'Assemblée nationale ; après, je crois bien que je n'aurai plus rien à faire ici[24]. »

George Sand travaillait jusqu'à minuit passé au ministère de Ledru-Rollin, puis rentrait seule, à pied, depuis la rue de Grenelle. Maintenant des patrouilles armées appartenant aux forces gouvernementales arrêtaient les gens et les interrogeaient ; les clubs de Paris avaient posté leurs propres gardes armés et leurs chefs passaient la nuit au quartier général du club plutôt que de se risquer dans les rues. Une « peur innommable », notait George, s'était emparée de la ville, comme on l'avait vu naguère dans les campagnes en 1789, avant la chute de la Bastille.

Le 20 avril, le peuple réagit et se porta en foule à la fête de la Fraternité. Quatre cent mille personnes formèrent un cortège long de cinq lieues, chantant et scandant des slogans ; la foule remonta les boulevards, rassurée et réconfortée par son nombre et par la chaleur de ce coude à coude fraternel. « La plus gigantesque scène humaine qui se soit jamais produite ! » exultait George Sand du haut de la tribune officielle dressée à l'Arc de Triomphe[25].

Ce serait la dernière expression de fraternité du peuple parisien des vingt-trois prochaines années, et elle fut rapidement étouffée par « les rancunes, les propos, les haines, les ruptures » qui éclatèrent à l'époque des élections[26]. La bourgeoisie et les propriétaires terriens, plus rapides et infiniment plus efficaces que les socialistes, avaient assimilé tous les tours et les ruses du suffrage universel. Lamartine confia à un ami que les élections allaient jouer « contre eux », autrement dit contre la gauche. Dans les campagnes, on « les » appelait « communistes », un nom, disait Proudhon, forgé pour agiter les passions[27]. Un nom, reprenait pour sa part George Sand, qui signifiait pour les paysans « la destruction de la famille, le pillage, le vol » et la nationalisation de leurs terres[28].

Et ce fut ainsi que le dimanche 23 avril, les nouveaux électeurs se portèrent aux urnes. Dans ses terres, rapportait Tocqueville, « le matin de l'élection, tous les électeurs... se réunirent devant l'église », où on leur conseilla de rester ensemble jusqu'à ce qu'on eût voté. « Que personne, dis-je, n'entre dans une maison pour prendre de la nourriture ou pour se sécher [il pleuvait ce jour-là] avant d'avoir accompli son devoir. Ils crièrent qu'ainsi ils feraient et ainsi ils firent[29]. »

A Paris, devant l'Hôtel de Ville, trois cent mille personnes, des ouvriers accompagnés de leurs femmes pour la plupart avec George Sand parmi eux, attendirent cinq jours plus tard la proclamation des résultats. Les ouvriers parlèrent à George de leur avenir et de leur situation. Il y avait un soupçon d'espoir et beaucoup de méfiance. Le peuple, écrivait-elle à Maurice, « paraît décidé à reprendre les fusils si l'Assemblée essaie de mettre dans sa poche la question d'existence du prolétariat[30] ». Maurice, maire de Nohant, effrayé, s'apprêtait à abandonner ses administrés pour rejoindre sa mère à Paris. A minuit, George apprit les résultats des élections au ministère : la gauche avait perdu.

La bourgeoisie modérée de Lamartine obtenait environ cinq cents sièges ; les royalistes trois cents, répartis entre les orléanistes qui voulaient la restauration de Louis-Philippe (deux cents) et les légitimistes qui appuyaient le retour des Bourbons (cent). Louis Blanc et ses partisans socialistes recueillaient à peu près le même nombre de voix que les légitimistes. Les conservateurs, comme Thiers, se déclaraient maintenant acquis au suffrage universel. Tocqueville observait, avec une certaine satisfaction, que la nouvelle assemblée, lorsqu'elle se réunit le 4 mai, lui-même siégeant au nombre des députés, comportait plus de grands propriétaires terriens qu'aucune des Chambres qui s'étaient succédé sous le règne de Louis-Philippe ; les « rouges » restèrent accablés « sous le poids de leur propre dogme de la souveraineté du peuple ». La révolution politique de la bourgeoisie était consolidée, et la révolution sociale bloquée. La monarchie était morte ; vive la « république du privilège ». L'expression est de George Sand. Elle prévoyait aussi « une fameuse lutte à livrer contre la bourgeoisie[31] ».

« Je ne doutais pas », renchérissait Tocqueville, « que nous fussions à la veille d'une lutte terrible ; toutefois, je n'en compris bien tous les périls que par une conversation que j'eus vers cette époque avec la célèbre Mme Sand. »

Tocqueville datait, en se trompant, cette remarquable discussion de juin. En fait, elle eut lieu lors d'un déjeuner auquel assistèrent de nombreux invités le 4 mai, lorsque la nouvelle Assemblée se réunit pour la première fois. La réception avait été organisée par un de leurs amis communs, Richard Monkton Milnes, membre du parlement anglais et homme de lettres, qui se trouvait à cette période dans son hôtel parisien. Milnes, écrit Tocqueville, était toujours « engoué » de quelqu'un ou de quelque chose. Cette fois-là, il l'était de l'éclat de Mme Sand et, malgré la gravité des événements, il avait voulu donner à celle-ci un déjeuner littéraire.

« La société était fort peu homogène. Indépendamment de Mme Sand, j'y trouvai... quelques écrivains assez obscurs » — dont Alfred de Vigny ! — « et Mérimée. Plusieurs des convives ne se connaissaient pas et d'autres se connaissaient trop bien. C'était le cas, si je ne me trompe, de Mme Sand et de Mérimée... L'embarras fut d'abord fort grand des deux parts, mais bientôt ils se remirent et il n'y parut plus du reste du jour. »

Mérimée remarqua pour sa part une femme « ni vieille ni jeune, assez jolie avec des yeux noirs magnifiques qu'elle baissait quand je la regardais. Il y a douze ans [quinze en réalité] elle était beaucoup moins bien. » Après le repas, il lui offrit un cigare par l'intermédiaire d'un colonel, qu'elle accepta « gracieusement ». Mais ils ne se parlèrent pas[32].

Ce fut avec Tocqueville que George discuta. « Je n'avais jamais parlé à celle-ci », écrit-il, « je crois même que je ne l'avais jamais vue (car j'avais peu vécu dans le monde d'aventuriers littéraires qu'elle habitait). »

Tocqueville appartenait à la vieille aristocratie normande et, tout en comprenant le caractère inévitable de la montée de la démocratie, il voyait de toute évidence dans les écrivains comme les romanciers et les auteurs dramatiques (paix à Vigny) de simples amuseurs évoluant dans des cercles inférieurs. De plus, « j'avais de grands préjugés contre Mme Sand, car je déteste les femmes qui écrivent, surtout celles qui déguisent les faiblesses de leur sexe en système, au lieu de nous intéresser en nous les faisant voir sous leurs véritables traits ».

Malgré cela, reconnaît Tocqueville, montrant ainsi ses qualités d'objectivité, « elle me plut. Je lui trouvai des traits assez massifs, mais un regard admirable ; tout l'esprit semblait s'être retiré dans ses yeux, abandonnant le reste du visage à la matière ; ce qui me frappa surtout fut de rencontrer en elle quelque chose de l'allure naturelle des grands esprits. Elle avait, en effet, une véritable simplicité de manières et de langage, qu'elle mêlait peut-être à quelque peu d'affectation de simplicité dans ses vêtements ».

Tocqueville préférait, nous dit-il, la beauté « plus ornée ». Mais ils parlèrent, et il fut impressionné. « Nous parlâmes une heure entière des affaires publiques, on ne pouvait parler d'autre chose dans ce temps-là. D'ailleurs, Mme Sand était alors une manière d'homme politique ; ce qu'elle me dit sur ce sujet me frappa beaucoup ; c'était la première fois que j'entrais en rapport direct et familier avec une personne qui pût et voulût me dire en partie ce qui se passait dans le camp de nos adversaires. Les partis ne se connaissent jamais les uns les autres : ils s'approchent, ils se pressent, ils se saisissent, ils ne se voient point. Mme Sand me peignit très en détail et avec une vivacité singulière l'état des ouvriers de Paris, leur organisation, leur nombre, leurs armes, leurs préparatifs, leurs pensées, leurs passions, leurs déterminations terribles. Je crus le tableau chargé et il ne l'était pas ; ce qui suivit le montra bien. Elle me parut s'effrayer fort elle-même du triomphe populaire et témoigner une pitié un peu solennelle pour le sort qui nous attendait. " Tentez d'obtenir de vos amis, monsieur, me dit-elle, de ne point pousser le peuple dans la rue en l'inquiétant ou en l'irritant ; de même que je voudrais pouvoir inspirer aux miens la patience ; car, si le combat s'engage, croyez que vous y périrez tous[33]. " »

En privé, George Sand doutait davantage de la victoire finale, mais elle n'en restait pas moins la muse de la révolution et son ardente propagandiste. La révolution ? On peut dire qu'à peine commencée, elle se terminait. Lamartine, républicain libéral, maintint l'équilibre des pouvoirs pendant une période de transition éphémère et fut chargé de former le nouveau gouvernement. Si Ledru-Rollin en faisait partie, Louis Blanc en revanche n'y était déjà plus, ni les figures symboliques comme celle d'Albert l'Ouvrier. Le fléau avait penché vers la droite — et vers le droit réaffirmé des possédants.

« Prenez garde au parti de la misère », s'écria Louis Blanc devant l'assemblée, « prenez garde à la révolution de la faim ! » Mais en deux minutes, par un vote à main levée, les députés rejetèrent sa motion réclamant un ministère du Travail et renvoyèrent une fois de plus les affamés et les miséreux dans la rue. C'était la seule tribune d'où l'on pouvait demander des réformes. Le *Bulletin n° 16* de George Sand se révélait plus prophétique que provocateur. La manifestation massive à laquelle appelèrent pour le 15 mai les chefs des clubs parisiens était officiellement organisée pour soutenir une « Pologne libre » contre son occupant russe, position que rejetait le nouveau gouvernement de Lamartine. Les Polonais étaient populaires dans la capitale ; et la défense de la liberté au-delà des frontières de la France appartenait depuis toujours à la tradition révolutionnaire. Mais surtout, manifester pour une Pologne libre servait de prétexte pour mobiliser une foule énorme ; et à Paris, la foule constitua toujours une force politique avec laquelle il fallait compter.

Les manifestants, au nombre de cinquante mille, arrivèrent devant le pont de la Concorde, face à la Chambre des députés. Quelques cordons de troupes commandés par un général assez inconscient les y attendaient. « Vive la Pologne ! » s'écria-t-il en agitant un drapeau polonais. Il leur dit qu'ils ne pouvaient pas traverser, puis laissa à découvert le milieu du pont. Provocation délibérée ? Blanqui le pensait, mais il n'en continua pas moins quand un tanneur à la barbe rousse, du nom de Huber, cria : « En avant ! » La foule s'engouffra sur le pont et certains pénétrèrent même dans la Chambre des députés. Là, au milieu des vociférations, Blanqui réclama du travail et la fin de la misère ; Barbès appela à la guerre pour défendre la Pologne et réclama un impôt d'un milliard de francs sur les riches ; puis il prit la direction de l'Hôtel de Ville, suivi par cinq cents manifestants tout au plus.

A l'Hôtel de Ville, Barbès proclama un nouveau gouvernement révolutionnaire et déclara la guerre à la Russie. Sur ce, un officier des gardes nationaux fit irruption dans la pièce où travaillait Barbès.

— Vous, qui êtes-vous ? demanda l'officier.

— Un membre du gouvernement provisoire, répondit Barbès.

— Celui d'hier ou celui d'aujourd'hui ?

— Celui d'aujourd'hui.

— Alors je vous arrête.

Il y eut d'autres arrestations. Quand la nuit tomba, la gauche était décapitée. Tout semblait avoir été soigneusement préparé, déclara un témoin objectif, Maxime Du Camp[34].

Trois heures durant, George Sand était restée avec les manifestants. Avec leurs chefs ? Elle le nierait, affirmant n'avoir été au courant de rien ni vu quoi que ce soit. Elle s'était arrêtée avec le gros de la foule à la hauteur de la rue de Bourgogne, *à l'extérieur* de l'Assemblée ; elle avait vu une femme haranguer les gens de la fenêtre d'un café. Quand elle avait demandé qui était cette femme, on lui avait répondu : George Sand. Et voilà, c'était tout[35]. Disait-elle la vérité ? A l'Hôtel de Ville, Barbès s'apprêtait à la nommer ministre du nouveau cabinet révolutionnaire. L'ignorait-elle vraiment ? Peut-être, car Barbès était trop dépassé par les événements ; il est cependant plus probable qu'il avait confié à George Sand ce qu'il attendait de la manifestation[36].

Barbès était donc sous les verrous, Blanqui et Leroux y seraient bientôt, et Louis Blanc s'enfuirait en Angleterre pour échapper aux poursuites. George Sand craignait d'être arrêtée. Le soir de la manifestation, elle décida de regagner Nohant. Deux jours s'écoulèrent néanmoins avant son départ. Elle affirmerait être restée *parce qu'*on l'avait prévenue de son arrestation prochaine et qu'elle était résolue à ne pas fuir. En réalité, il ne se passa rien ; selon toute vraisemblance, elle fut protégée par Ledru-Rollin, encore au gouvernement. Le 18 mai, elle retrouvait Nohant. Fleury et Arago lui conseillèrent de partir pour l'Italie en attendant que les choses se calment. Elle préférait, répondit-elle, « un peu de persécution en France que beaucoup de sécurité ailleurs. Mais on ne fera pas la ridicule et odieuse bêtise de persécuter une *femme* [soulignait-elle] qui n'est jamais sortie de son rôle de femme, pas plus en politique qu'en littérature[37] ».

On se demande ce que Eugénie Niboyet et le « cénacle féminin » auquel George avait refusé d'appartenir auraient pensé de cette phrase. Peut-être auraient-elles réagi avec plus de générosité qu'un homme, parce que plus compréhensives. La prison pour une femme était un véritable enfer ; de même que, à un degré moindre, l'exil politique pour une femme seule. George écrivit à Barbès dans la forteresse où il purgeait sa peine, avec un certain courage car ses lettres, pleines de sympathie à l'égard du prisonnier, étaient ouvertes et lues par les autorités ; elle lui parlait de sa crainte, « comme femme... d'insultes pires que des coups », des « sales invectives » qu'elle avait entendues le jour de la manifestation avortée, d'humiliations pires que tout ce qu'on inflige à un homme[38]. George Sand n'était pas Flora Tristan, la vie ne l'avait pas préparée à ce rôle *. Le « cénacle » des femmes ne l'aurait pas condamnée ; le martyre était trop demander (et elles ne le demandaient pas). Peut-être était-ce le désenchantement devant une révolution manquée : George Sand était-elle tout à fait sincère en affirmant, après le 15 mai, que la révolution était une chose et la lutte des classes une autre ? A une période antérieure, elle avait fait la distinction entre la violence quotidienne de l'oppression et celle de la révolte contre cette oppression. Les mots qu'elle adressait à Louis Blanc, « frappez d'une main ferme... laissez derrière vous ceux qui succombent... après la victoire il sera temps d'enterrer les morts », transcendaient-ils la simple violence verbale ? Force est de répondre que *non.*

* Flora Tristan (1803-1844) était née dans une famille pauvre, de père péruvien et de mère française. A dix-sept ans, elle épousait son employeur pour échapper à la pauvreté, eut trois enfants (dont une fille qui serait la mère de Paul Gauguin), mena une vie misérable et quitta son mari qui vida son pistolet sur elle et fut condamné aux travaux forcés. Elle rencontra Fourier et commença à écrire sur la condition des femmes et des ouvriers. Avant Karl Marx, elle fit campagne pour une internationale du prolétariat. Son livre, *Union ouvrière,* publié grâce à une souscription à laquelle participèrent, entre autres, George Sand et Blanqui, la rendit célèbre. Elle commença un tour de France pour essayer d'organiser les ouvriers et mourut en 1844 avant de l'avoir terminé. Elle avait quarante et un ans.

32. Les lendemains

Nohant n'était pas une sinécure. La réaction régnait, mais nulle part avec plus de force que dans les campagnes. On ne quittait les écueils menaçants de Paris que pour tomber dans les tourbillons de ce nouveau Charybde[1]. La bourgeoise commerçante de La Châtre provoquait les paysans et les incitait à manifester sous les murs du château où ils scandaient : « A bas Mme Dudevant ! A bas les *communisques !* Monsieur le duc [Ledru] Rollin, leur dit-on, avait promis leurs terres à George Sand et elle-même faisait partie d'une conspiration qui mettrait à mort « les enfants au-dessous de trois ans et les vieillards au-dessus de soixante[2] ».

Le pessimisme de George s'accentua. C'est avec inquiétude qu'elle continuait à collaborer à *la Vraie République* de Théophile Thoré (elle cesserait dès qu'elle pourrait décemment le faire). Dans ses lettres, elle traitait Louis Blanc et Armand Barbès de saints héroïques qui s'étaient trompés avec l'irrationalité propre à cet état. La gauche la plus farouchement doctrinaire, déclarait-elle en privé à Thoré, voulait « imposer au peuple par la surprise, par l'audace (par la force si elle l'avait pu) une idée que le peuple n'a pas encore acceptée. Ils auraient établi la loi de la fraternité non comme Jésus, mais comme Mahomet. Au lieu d'une religion, nous aurions eu un fanatisme... Au bout de trois mois... nous n'aurions pas été républicains, mais cosaques[3] ». Des lignes qui ne manquent pas d'impressionner par leur actualité.

Sand ne renonçait pas à *son* socialisme ; elle acceptait même l'épithète de « communiste ». Le communisme était l'idéal de l'avenir, réaffirma-t-elle à Mazzini, exilé pour ne pas changer, mais en Suisse cette fois ; et elle le proclamait obstinément dans ses lettres à son cousin royaliste, René de Villeneuve. Cependant, l'avenir semblait très lointain et George Sand revint à ses Mémoires, « en attendant que le flot me porte ailleurs[4] », écrivait-elle avec philosophie à Pauline Viardot qui se trouvait à Londres où elle devait chanter avec Jenny Lind. Dans la même lettre, George s'enquérait de la santé de Chopin, que Pauline voyait souvent. Son état ne cessait de se détériorer, répondit Pauline ; c'était inévitable compte tenu de l'humidité du climat. Tout en essayant d'oublier la politique, George ne pouvait s'empêcher de se poser des questions à propos de Louis Bonaparte, « un aimable *prince* » d'après le souvenir qu'elle en avait gardé[5].

Soudain, alors que mai 1848 tirait sans joie à sa fin, on vit apparaître le profil du prince Louis Napoléon Bonaparte, le « neveu », sur d'innombrables médaillons et boîtes d'allumettes, sur des tracts et des pamphlets (dans une campagne astucieuse financée par les banquiers de Paris).

Par deux fois, en 1836 et en 1840, le neveu de Napoléon avait conspiré afin de se faire nommer empereur ; et par deux fois il avait échoué. La première, il fut exilé par Louis-Philippe à New York, mais réussit à rentrer en France ; la seconde, il fut condamné à la prison à perpétuité, mais s'enfuit à Londres.

Ce fut pendant son incarcération que George Sand fit indirectement sa connaissance. Cela à l'occasion d'un pamphlet inspiré de Louis Blanc qu'il avait écrit en prison, *l'Extinction du paupérisme*, et qu'il lui avait adressé. L'impression de George Sand fut favorable — celle de Louis Blanc également, et il rendit visite au prince-prisonnier. Invitée elle aussi, George s'abstint, mais elle entama une correspondance avec « le jeune homme » (âgé de trente-six ans à l'époque) dans laquelle elle rappelait avec insistance sa foi dans la république (« impossible dans une Europe monarchique », répliqua Louis Napoléon), mais saluait ses sympathies « prolétariennes »[6].

En 1846, Louis Napoléon se réfugiait à Londres. La révolution de février 1848 le trouva de nouveau en France où il proposa ses services à Lamartine, qui le réexpédia à Londres. Maintenant, à quarante ans tout juste, Louis Napoléon se posait en « candidat de la classe ouvrière » en se réclamant de son petit livre sur le paupérisme, et guignait un siège à l'assemblée. Il fut élu aux élections partielles du 4 juin dans quatre circonscriptions ! Toutefois, tandis que la Chambre délibérait pour savoir s'il fallait l'accepter, il eut l'intelligence de se retirer de lui-même en déclarant qu'il se mettait en réserve pour les tâches « que le peuple choisirait de m'imposer[7] ».

Le 21 juin, le nouveau gouvernement ordonna la fermeture des Ateliers nationaux. La commission du travail avait déjà suspendu ses activités et le droit au travail été annulé. Deux jours plus tard, des milliers d'ouvriers au chômage se regroupèrent à proximité du Panthéon et marchèrent vers la Bastille en scandant : « Du pain ou la mort ! » Lentement, des barricades sortirent de terre. « Ce ne fut pas l'entreprise d'un certain nombre de conspirateurs », atteste Tocqueville, « mais le soulèvement de toute une population », de toute une classe d'ouvriers « essayant d'échapper à leur condition[8] ».

Le nouveau ministre de la Guerre, le général Cavaignac, prit l'affaire en main. Assez étrangement, à première vue du moins, Cavaignac ne fit rien pour abattre les barricades avant qu'elles ne fussent solidement en place. (Pendant les quelques jours où la situation demeura confuse, l'ami éditeur de George Sand, Pierre Jules Hetzel, socialiste et républicain, fut secrétaire général au ministère de la Guerre.) En réalité, Cavaignac avait un plan : il voulait provoquer une crise qui obligerait le gouvernement à démissionner et à lui donner les pleins pouvoirs. Durant toute la journée du vendredi, il ne bougea pas et demeura invisible tandis que Lamartine et Ledru-Rollin cherchaient désespérément à le voir.

Fatalistes, les ouvriers attendirent derrière leurs barricades ; mais pendant la nuit, ils fondirent les balles qu'ils allaient utiliser le samedi. Ce matin-là, convaincus que rien d'autre ne pouvait les sauver, les députés obligèrent Lamartine à se démettre et donnèrent les pleins pouvoirs au général Cavaignac. Celui-ci entreprit alors de diriger la manœuvre, mais il n'était pas pressé. Les troupes avaient bon moral et les dames des banlieues ouest vinrent même les distraire.

Le dimanche, on donna l'assaut. Dans certaines rues, les barricades étaient aussi hautes que trois hommes ; derrière elles, on se battit avec l'énergie du désespoir, hommes et femmes. Le lundi soir, 26 juin, Tocqueville alla à l'Hôtel de Ville pour apprendre les « résultats » de la journée. En longeant la Seine, il rencontra des gardes nationaux qui ramenaient leurs blessés. « Je remarquai, en causant avec eux, avec quelle effrayante rapidité, même au milieu d'un siècle aussi civilisé que le nôtre, les âmes les plus pacifiques se mettent, pour ainsi dire, à l'unisson des guerres civiles, et comme le goût de la violence et du mépris de la vie humaine s'y répandent tout à coup en ces temps malheureux[9]... » Sa propre violence le surprit.

En quatre jours, ce fut fini, et les barricades tombèrent. Mais trois mille « insurrectionnaires », estime-t-on, furent tués *après* que les combats de rue eurent cessé. Ils furent jetés dans la Seine, fusillés ou pendus dans les rues, dans les cimetières, dans leurs cellules de prison où ils réclamaient de l'eau et du pain. Les quatre journées de juin ébranlèrent l'Europe. Toutefois, de Moscou, le tsar adressa à Cavaignac ses félicitations pour avoir sauvé la France du communisme.

« Je ne crois plus à l'existence d'une république qui commence par tuer ses prolétaires », écrivait George Sand avec désespoir à Charlotte Marliani. Les ondes de choc atteignaient de nouveau Nohant. « Une bande considérable d'imbéciles de La Châtre... parlent tous les jours de venir mettre le feu chez moi. » Ne fût-ce que pour cette raison, elle devait rester à Nohant, car en sa présence « ils m'ôtent leur chapeau » et ne se hasardent à crier « *à bas les communisques !* » que lorsqu'ils sont loin[10].

Il y eut un échange de lettres émouvant avec l'abbé de Lamennais, dont *le Peuple constituant* avait cessé de paraître, son dernier numéro bordé de noir stigmatisant la boucherie de juin. « Vous seul », écrivait George Sand, « avez eu le courage, au milieu du plus grand péril, de dire la vérité[11]. » George Sand confiait sa révolte dans ses lettres et demandait souvent à leurs destinataires de les brûler. Elle n'était pas entièrement responsable de son silence sur la scène publique. *La Vraie République* avait elle aussi interrompu ses parutions et son rédacteur, Thoré, était recherché par la police. George elle-même était surveillée, et elle le serait plusieurs années encore. On l'accusait de nouveau d'avoir suscité avec son *Bulletin n° 16,* sinon les événements de juin, au moins « l'insurrection » de mai. Et de nouveau elle eut le courage d'endosser l'entière responsabilité de ses écrits — au grand soulagement de Ledru-Rollin.

Il y eut pourtant une consolation dans cette période éprouvante : au milieu de questions d'intérêt public autrement importantes, un infâme libelle signé Brault, dans lequel l'auteur se livrait à un chantage ignoble, et qui venait de paraître, passa inaperçu. Joseph Brault était le père d'Augustine que George avait enfin réussi à marier au printemps précédent à un émigré polonais sans le sou, professeur de dessin, Charles de Bertholdi. A l'époque, retenue à Paris par ses activités, George n'avait pu assister à la cérémonie, à Nohant. A la mi-juin, ce torchon de huit pages rédigé par un « nègre » avait trouvé un éditeur. Sans perdre une seconde, George avait contre-attaqué (des poursuites étaient envisagées). On avait ordonné la saisie juste avant les événements de juin. Intitulé *Une contemporaine : biographie et intrigues de George Sand,* ce libelle raconte comment l'innocente Augustine, fille de parents pauvres et besogneux, avait été attirée à Nohant par l'infâme George Sand et séduite par son fils, puis comment celle-ci avait marié la pauvre enfant, une fois compromise, au premier venu. On ajoutait, pour faire bonne mesure, que Maurice entretenait une liaison avec P. V. (Pauline Viardot), et George avec M. D. (Marie Dorval) [12].

Que le public semble avoir été au fait des amours de Maurice et de Pauline est plus surprenant que l'allusion à l'homosexualité de George. En revanche, la réaction de Chopin est des plus déplaisantes. Lorsqu'il eut connaissance à Londres, directement ou par ouï-dire, du pamphlet de Brault, il écrivit à sa famille : « C'est une infamie de la part du père, mais c'est la vérité. Le voilà donc ce bienfait qu'elle a cru accomplir et contre lequel j'ai combattu de toutes mes forces depuis l'arrivée de la jeune fille dans la maison ! Il fallait la laisser à ses parents [13]... » Sur ce dernier point, au moins, il avait raison : Augustine et son mari seraient pour George une source permanente de soucis. Cependant, la confirmation hargneuse qu'apportait Chopin au récit de Brault nous en dit plus sur la triste façon dont il s'enferma dans sa rancœur tandis que sa santé déclinait à vue d'œil, que sur ses derniers jours à Nohant. D'après Pauline Viardot, Chopin ne parlait pas ainsi de George Sand en public, et l'on pourrait voir charitablement dans cette lettre le désir de croire et de faire croire à sa famille qu'il se trouvait infiniment mieux sans George Sand. Avec quelle aisance ne gomme-t-on pas le bonheur de l'amour dans les souvenirs une fois que celui-ci a disparu...

Le retour, en cet été pénible, aux amours pastorales sous la forme d'un roman, *la Petite Fadette,* évasion pour son public, ne fut pas entièrement une échappatoire pour George Sand. Le premier tome de ses Mémoires était prêt pour l'impression, mais la situation précaire du monde de l'édition allait en retarder indéfiniment la parution. On dit à George qu'il était trop risqué de publier un ouvrage aussi volumineux. En attendant, son éditeur s'engageait à lui verser chaque mois une avance de mille francs. L'heure était venue de s'atteler à une autre idylle rustique du même genre que *la Mare au diable* et *François le Champi.*

La Petite Fadette, l'héroïne du récit, est adolescente, un Mauprat en jupons, une noble sauvageonne à la Rousseau, fière et farouche (trop fière pour une paysanne, objectait Sainte-Beuve), qu'apprivoisera l'amour avant la fin du roman. C'était la troisième de ses « bergeries », déclarait Sand, dédiée « à nos amis prisonniers ; puisqu'il nous est défendu de leur parler politique, nous ne pouvons que leur faire des contes pour les distraire ou les endormir. Je dédie celui-ci en particulier à Armand... (Barbès) ». Elle avait été doucement amenée à écrire *la Petite Fadette,* poursuivait George dans la préface, par son bon ami François Rollinat, « en parlant de la République que nous rêvons et de celle que nous subissons [14] ». Depuis, ce conte a bercé et distrait des millions de lecteurs, mais à l'époque où il fut écrit, même ce roman rustique, appartenant à la plus pure tradition romantique, eut du mal à trouver un éditeur et George dut accepter deux mille francs, soit la moitié des droits qu'elle touchait habituellement, pour qu'il paraisse en feuilleton.

Sand avait un perpétuel besoin d'argent, et maintenant plus que jamais. Il y avait les vieilles dettes, les subsides à envoyer aux familles des prisonniers, les nouvelles dettes contractées à cause des Bertholdi et les exigences aussi lassantes que bruyantes des Clésinger. Elle envoya vingt-six mille francs à Solange —

et expédia à Paris Victor Borie, son amant en titre à Nohant — afin de sauver des créanciers l'hôtel de Narbonne. En vain. Quelques mois plus tard on vendit d'abord les meubles, puis l'hôtel, « pour une bouchée de pain ». Mais seule George semble en avoir souffert ; les Clésinger s'empressèrent de faire de nouvelles dettes.

Malgré tous ses efforts, George Sand ne parvenait pas à se désintéresser complètement des réalités sociales. Même si elle ne publiait rien à ce sujet, elle y réfléchissait dans ses lettres. A l'intention d'un prisonnier, elle résuma les événements de juin dans leur terrible simplicité : « Je vois la lutte s'établir pour la question du pain, pour savoir si le pauvre a droit au travail tandis que le riche a droit à l'oisiveté [15]. » A Charles Poncy, elle exposa sa nouvelle conception de la propriété ; elle définissait deux catégories : la propriété particulière appartenant de fait à l'individu, et la propriété commune qui doit appartenir à tous, telles les richesses minérales du sol, « aujourd'hui l'enjeu d'une classe privilégiée [16] ». Dans une lettre à Hetzel, George ajoutait « les instruments de travail », c'est-à-dire les moyens de production, aux biens communs [17].

A l'automne 1848, elle expliqua son silence à un jeune journaliste, Edmond Plauchut :

> Vous me demandez dans quel journal j'écris, je n'écris nulle part en ce moment, du moins je ne puis dire ma pensée sous l'état de siège. Il faudrait faire... des concessions dont je ne me sens pas capable. Et puis, mon âme a été brisée, découragée pendant quelque temps. Elle est encore malade et je dois attendre qu'elle soit guérie [18].

Il n'existait pas de traitement miracle, du moins pas en politique.

Tandis que George trouvait une légère consolation — et une nouvelle source de revenus — dans l'adaptation de *François le Champi* pour le théâtre, Louis Napoléon Bonaparte faisait sa réapparition sur une scène plus vaste. En septembre, il fut élu à l'assemblée par *cinq* départements, et cette fois il accepta.

Sand et ses amis politiciens s'obstinaient à sous-estimer Louis

Napoléon. Bien que mauvais orateur, il n'était pas ce prince « sans cervelle » dont parlait maintenant George Sand [19]. Dans sa campagne pour accéder au pouvoir, il démontra un rare talent de régisseur, même si une part de sa stratégie et tout le financement de l'opération venaient d'ailleurs. Mais surtout, les circonstances le servirent. La misère, les divisions et la désillusion qui succédèrent au massacre de juin ajoutèrent beaucoup à sa séduction ainsi qu'à la magie que ressuscitait le seul nom de son oncle. C'était particulièrement vrai dans les campagnes, comme le constatait chaque jour George Sand, où le prétendant avait pour lui « tous les paysans » [20]. L'inconnu était encore préférable au connu. Pour les ouvriers, ce connu consistait maintenant dans les tâtonnements et les échecs des socialistes et de leurs chefs en qui ils n'avaient plus confiance et dont la plupart, qui plus est, se trouvaient en prison ou en exil. De dix heures, la journée de travail était passée par décret à douze. Sauf quand « la nature de l'industrie » en exigeait davantage. Quant aux chômeurs des Ateliers nationaux, on les avait expédiés par milliers loin de Paris laissant leurs familles mendier dans les rues.

Le 4 novembre, une nouvelle Constitution, calquée sur le modèle américain, fut votée par l'Assemblée. Comme son pendant d'outre-Atlantique, elle prévoyait un président élu au suffrage (masculin) universel. Tocqueville avait participé à sa rédaction, l'éloquence de Lamartine la fit voter. On déclara ouverte la campagne présidentielle et il apparut vite que le combat électoral aurait lieu entre Cavaignac (« le sabre ensanglanté ») et Louis Napoléon (« l'épée impériale rouillée ») [21].

Le « prince des indigents » eut l'habileté de préserver son image de marque et de se situer au-dessus des partis, bien qu'il représentât celui de l'ordre. Il était, déclarait-il, l'homme du peuple tout entier, l'unificateur d'une nation divisée. Son programme promettait en bloc la stabilité et le progrès, l'ordre, la gloire et l'égalitarisme de 1789. La campagne électorale de Louis Napoléon fut peut-être la première à mêler nationalisme et socialisme, et elle se révéla des plus efficaces. A la fin novembre, de façon caractéristique, des affiches fleurirent en une nuit sur les murs de la capitale et de la province : son portrait était entouré de lettres à sa gloire, qui émanaient de

Louis Blanc, de Béranger, de George Sand. En signe de protestation, celle-ci adressa un démenti à trois journaux parisiens : le prisonnier de 1844 n'était pas le candidat à la présidence de 1848. Qu'on réfléchisse bien au danger et à l'absurdité de ses prétentions, écrivait-elle. « M. Louis Bonaparte, *ennemi par système et par conviction de la forme républicaine*, n'a point le droit de se porter à la candidature de la présidence. Qu'il ait la franchise de s'avouer prétendant, et la France verra si elle veut rétablir la monarchie au profit de la famille Bonaparte[22]. » Mais le mal était fait.

Les élections se déroulèrent le 10 décembre. Presque sept millions et demi de Français votèrent. Les résultats furent les suivants : Lamartine — 17 910 voix ; Ledru-Rollin — 370 719 voix ; Cavaignac — 1 488 107 voix ; et le prince Louis Napoléon Bonaparte — 5 434 226 voix.

Les ouvriers avaient voté pour le nouveau Napoléon par haine de Cavaignac, observait George Sand. Les petits bourgeois, ajouterait Marx, en donnant leurs suffrages à Napoléon, votaient contre les banquiers ; les banquiers, les monarchistes et la grande bourgeoisie contre la république ; et les paysans contre tout le monde. Autant d'éléments qui s'additionnaient pour aboutir à une victoire éclatante : l'élection populaire d'un prince-président. George était convaincue qu'une nouvelle flambée de républicanisme aurait bientôt raison de Louis Napoléon. Au lieu de quoi ce fut le président de la République qui mit fin à la république.

Les deuils qui se produisirent dans le sillage de cette année décisive de 1848 semblent par contraste moins dramatiques. L'avant-veille de Noël, Hippolyte mourait prématurément, à l'âge de cinquante ans, des abus de l'alcool. Mais dans un sens, déclara George, son demi-frère avait déjà cessé d'exister pour elle ; elle ne l'avait pas revu depuis le mariage de Solange. Moins de cinq mois après, ce fut au tour de Marie Dorval ; elle ne s'était jamais remise de la mort de son petit-fils, qu'elle avait appelé Georges. « Elle m'a parlé de vous », écrivit son gendre à George en lui rapportant les derniers instants de Marie, « de votre cœur. Ah ! chère Mme Sand ! comme vous aimiez Marie, comme vous avez su comprendre son âme[23] ! »

Et puis, cinq mois après la mort de Marie, Chopin s'éteignit à son tour.

Mortellement malade, il était rentré d'Angleterre à l'automne précédent. Ni l'un ni l'autre n'avaient cherché à se revoir, quoique en été 1849, une vague relation de George, Mme Grille de Beuzelin, lui eût appris qu'elle manquait « péniblement » à Chopin[24]. La dernière fois qu'ils s'étaient vus, répondit George Sand, Chopin avait fui dans un mouvement de colère et presque de haine. Aurait-il changé ? Elle en doutait. On lui avait rapporté trop de propos cruels qu'il avait tenus sur son compte. Quant à elle, elle avait « gardé sur son compte un silence de mort[25] ».

Ce silence devint définitif, le 17 octobre 1849, quand Chopin expira. Tout en rappelant « ses jalousies », « son caprice » et ce qu'elle avait elle-même « souffert », George Sand fut néanmoins malade, dit-elle, pendant les jours qui suivirent[26].

Un mois plus tard, *François le Champi* remportait sur la scène parisienne de l'Odéon « un immense succès[27] ». La décennie s'achevait ; George Sand avait quarante-cinq ans.

33. Approche, ô crépuscule

Rien ne fait peut-être mieux ressortir le sceau masculin de sa personnalité, que le talent et le succès peu communs avec lesquels elle cultiva l'équilibre. Du début jusqu'à la fin, elle donna une magistrale leçon de maîtrise de soi, refusant toute agitation intérieure, fermant enfin sa porte à la possibilité même d'une irritation ou d'une surprise.

Henry James, *Notes on Novelists,* 1914[1].

Après les tensions, les orages et les luttes des années de jeunesse, la simple réalité très banale d'avoir quarante-cinq ans laisse entrevoir dans la vie de George Sand des drames plus tamisés, des interprétations plus neutres. Néanmoins la recherche de l'équilibre, la découverte de la sérénité, cette porte fermée à la seule possibilité d'irritation ou de surprise, se révèlent : elles sont la clé de voûte, la roche volcanique de sa longue vie dont le grand arc embrassa trois quarts de siècle.

Un fragment de manuscrit de George Sand décrit particulièrement bien ses dispositions d'esprit à cette période de sa vie, ne serait-ce que parce qu'elle préféra le supprimer de la version définitive de son *Histoire de ma vie.* Il fut, selon toute probabilité, écrit pendant la phase d'introspection, et d'auto-justification, qui suivit la mort de Chopin.

Comme toujours, commence-t-elle dans ce long passage, elle avait « mal placé » ses affections :

> Mais probablement je porte en moi-même une grande misère, qui fait que j'aime toujours trop quelqu'un et que j'ambitionne trop d'en être aimée moi-même. L'âge m'a appris à ne pas être exigeante de fait, à ne pas faire de reproches inutiles, à cacher mon intime souffrance, et à

ne m'en prendre qu'à moi seule de l'espèce d'isolement moral où me laissent souvent les meilleures affections.

Elle avait toujours été la première à aimer, la dernière à être indifèle, protestait-elle. Une fois de plus. Mais elle reconnaissait aussi, et c'était nouveau : « Il y a en moi quelque chose qui blesse ou ennuie les autres. » Elle fouillait son esprit et sa conscience et, comme trop souvent, les trouvait sans tache.

> Mais..., si je la cherche dans mon caractère, dans ma manière d'être, je ne sais laquelle de mes disgrâces choisir pour me condamner. Je dois être ennuyeuse par mille côtés à la fois. Je suis une espèce d'être mort à la surface, et j'ai toujours été ainsi. Aimant la gaîté, je suis triste si on ne me secoue pas. Sensible au fond de l'âme, je suis froide dans l'apparence. Ce que je sens le mieux est toujours ce que je puis le moins exprimer, et tout se concentre en moi comme dans une eau immobile où tout va au fond.

Ici l'on retrouve Lélia, la femme dont l'âme n'avait jamais été effleurée ni émue. Mais George Sand avait poursuivi sa route.

> Comme avec tout cela je ne m'ennuie jamais avec moi-même, j'ai de la peine à apercevoir que les autres s'ennuient de moi. Mais quand c'est fait, après le temps donné au chagrin secret qui en est la suite, je me guéris, en commençant à m'ennuyer d'eux, et c'est ce qui me préserve d'exercer l'importunité et les persécutions d'un cœur blessé. Le mien se rebute vite, c'est une grâce d'état. Sans elle, avec toutes les déceptions que j'ai subies, je n'aurais pas pu vivre[2].

Elle vivait donc, à l'aube de la nouvelle décennie, entourée une fois encore d'hommes jeunes, d'artistes — « On *s'amuse chez moi* », écrivait-elle à Mazzini — et tout allait pour le mieux à condition de ne pas creuser trop en profondeur. La surface était gaie, disait-elle, « parce qu'en France surtout la gaieté, la légèreté apparente est comme une loi de savoir-vivre... Il faut toujours savoir rire avec ceux qui rient[3]. »

Ces hommes jeunes s'appelaient Maurice, Eugène Lambert, Émile Aucante ; il y avait aussi deux nouveaux venus, Hermann

Müller-Strübing, un réfugié allemand, musicien et spécialiste des auteurs classiques, et Alexandre Manceau, un graveur que Maurice avait rencontré à l'atelier de Delacroix et ramené avec lui. Victor Borie, qui avait réchauffé les deux années précédentes de la vie de George Sand, s'était révélé moins heureux dans la conduite des affaires de celle-ci et avait quitté Nohant. Pendant une brève période, il fut rédacteur au *Travailleur de l'Indre,* un hebdomadaire ouvrier du Berry, puis dut se réfugier à Bruxelles. Müller-Strübing lui succéda aussi brièvement dans les bras de George (« Je ne peux pas, je ne veux pas vivre sans aimer », écrivait-elle à Hetzel[4].) Sa force « tranquille » la séduisit. En moins d'un mois, son français maladroit et sa lenteur d'esprit la découragèrent. (« Il m'ennuie souvent », écrivit George à Hetzel[5]. Ce ne fut *pas* Müller qui s'ennuya le premier.) En tout cas, ce grand Allemand séjourna quelque temps à Nohant, puis s'installa comme précepteur dans le voisinage.

L'homme qu'allait choisir George Sand pour traverser le milieu de sa vie ne serait ni un Musset ni un Chopin, mais un Alexandre Manceau. Avec lui elle trouva l'amour, pas « enfin » comme on l'affirme si souvent, mais « de nouveau », un amour qui devait durer jusqu'à la fin de la vie de Manceau.

Il était arrivé à Nohant à la fin 1849, prévoyant d'y passer quelques mois, il y resta quinze ans. Ajoutons une ultime précision statistique : il avait treize ans de moins que George Sand.

Le passage de Müller à Manceau ne fut pas un exemple de « l'éternelle oscillation sandienne » — trop souvent citée — entre la force et la faiblesse, entre un Michel de Bourges et un Chopin. Le force de Müller manquait du lien essentiel, de cette « entente mystérieuse des esprits » sur laquelle George insistait tant, et à juste titre, sans la trouver[6]. Manceau, fragile et condamné à mourir tuberculeux, possédait en réalité la même force cachée que Chopin.

Dès son arrivée, Manceau tranquillement prit en charge Nohant, à l'agacement grandissant de Maurice. « Manceau vint, vit et critiqua », déclarait George, heureuse des transformations qu'il apporta au petit théâtre de Nohant et à sa troupe d'amateurs[7]. Il donna ses directives à Lambert qui repeignait les décors, au menuisier local qui refaisait la scène, à toute la petite troupe qui travailla avec plus de rigueur et de discipline.

L'ancienne salle de billard devint un théâtre d'essai, innovation importante pour George Sand qui se consacrait maintenant essentiellement à ses pièces, principale source de revenus de Nohant. Elle en comprit immédiatement l'utilité. On répéta une nouvelle pièce, le futur *Molière,* destinée à Bocage, on modifia les dialogues, on récrivit certaines scènes. « Tu vois que le théâtre de famille tourne au sérieux », déclarait George dans une lettre à Augustine au mois de mars 1850[8].

En avril, elle écrivit à Hetzel pour lui parler de son amour pour Manceau. Depuis l'enfance, elle avait besoin d'*écrire* à quelqu'un, et Hetzel s'était révélé un confident discret. Ce n'était pas simplement parce qu'elle exprimait mieux le fond de sa pensée par écrit. Elle explorait son esprit, elle *pensait* la plume à la main, ce qui aide à comprendre sa facilité d'expression, ce sentiment de découverte à mesure que coulent les mots. En décrivant son amour pour Manceau dans cette lettre à Hetzel, George Sand inventoriait pour elle-même les raisons de cet amour. Il en résulte une nouvelle analyse d'elle-même et de *l'autre,* étonnante, une définition de la personne capable de lui inspirer un amour durable à l'âge de la maturité, des traits de caractère qu'elle recherchait désormais pour garantir sa tranquillité.

Manceau, commençait George Sand, manifestait un brin de jalousie « qu'il m'a promis de vaincre ». (Et qui permettait à la plus âgée des deux de se sentir désirée et encore désirable, sans être par ailleurs en butte à une jalousie *incontrôlée.*) Il était secrètement fier d'être aimé d'elle, mais craignait de ne pas être à la hauteur. (Autrement dit, il s'efforcerait d'y parvenir ; la gentillesse et les attentions ne se démentiraient pas.) Il était né dans un milieu pauvre et avait toujours travaillé pour gagner son pain, mais était « incroyablement artiste par l'esprit » — depuis sa jeunesse, ses gravures étaient régulièrement exposées au Salon. (Comme George, mais à la différence de Musset, il se montrait un bourreau de travail, tout artiste qu'il fût.) Il possédait une « intelligence extraordinaire », mais n'en faisait pas étalage ; elle « ne sert qu'à lui, à moi par conséquent. Il ne sait rien, mais il devine tout, et, questionnant toujours, il me prouve à moi combien son esprit travaille intérieurement ». Ceci pour l'entente des esprits.

Manceau, poursuivait George, était une sorte de poète primitif, « il n'a pas d'ambition d'argent et de renommée ». Il voulait seulement « se grandir devant Dieu et devant lui-même », autrement dit, devant George. (N'est-ce pas là, en effet, la clé que cette absence de rivalité entre Manceau et elle ? Cet élément jouerait beaucoup dans les satisfactions que devait trouver George auprès de lui. Accepter de dominer — faut-il donc qu'une des parties se soumette, avec joie, pour que le couple soit durable ? — constituait pour George une expérience nouvelle, mais qui se prolongerait.) « Il aime, il aime voyez-vous », enchaînait-elle, « comme je n'ai vu aimer personne. » Ses défauts disparaissaient dans l'intimité du tête-à-tête. Il devenait « un chat caressant et un chien fidèle, et tout son calcul, toute son intrigue, n'a pour but que d'obtenir l'approbation de l'être qu'il aime ». La comparaison chat/chien est l'image androgyne de la femme/homme. Une métaphore qui reviendrait sous la plume de Sand. Il se montrait « chaste et ardent » — délicat — « autant que les sens, le cœur et l'esprit peuvent le rêver », ou George Sand l'espérer. Il avait des mouvements de félin quand il se déplaçait dans une pièce (comme Chopin), « il ne casse rien » à la différence de la plupart des hommes qui brisent avec tant de maladresse cette porcelaine fragile qu'est l'âme. « Ne prenez pas cela pour une plaisanterie », se défendait George. La maladresse d'un homme révèle son attitude profonde. « Il [Manceau] se met tout entier dans un verre d'eau qu'il m'apporte ou dans une cigarette qu'il m'allume. Il ne m'impatiente jamais ! Il est exact... je ne l'ai jamais *attendu* une minute. »

Et quand il arrivait à Manceau d'avoir tort, « je n'ai jamais *attendu* non plus une minute le regard et le mot qui devaient tout réparer » (à la différence de Chopin, qui ruminait sa rancune). « Il a les soins d'une femme, et d'une femme adroite, active et ingénieuse. Quand je suis malade, je suis guérie, rien que de le voir préparer mon oreiller et m'apporter mes pantoufles. » (Il y avait de l'homme et de la femme en Manceau, et il pouvait aussi se montrer entièrement « homme » ou « femme ».) « Enfin je l'aime, je l'aime de toute mon âme, avec ses défauts... je l'aime avec tout ce qu'il est, et il y a un calme étonnant dans mon amour, malgré mon âge et le sien, malgré enfin une horrible méfiance qui a toujours tourmenté le fond de mon cœur dans toutes mes amours... Je suis comme transformée, je me porte bien, je suis tranquille, je suis heureuse, je supporte tout, *même son absence*, c'est tout dire, moi qui n'ai jamais supporté cela[9]. »

Juillet confirma le miracle d'avril. « Oui... je suis heureuse », répétait George à un Hetzel sceptique, « très heureuse. Je crois vraiment que c'est la première fois de ma vie que je peux me rendre compte de cela » — chaque fois était la première dans l'exaltation amoureuse de George — « et que je peux m'abandonner avec un peu d'égoïsme » — l'expérience millénaire de l'homme doté d'une « bonne épouse ». « J'ai quarante-six ans, j'ai des cheveux blancs, cela n'y fait rien. On aime les vieilles femmes plus » — mieux ? — « que les jeunes, je le sais bien maintenant[10]. » L'accent est un peu lourdement marqué sur cet âge canonique de quarante-six ans, mais on ne peut douter d'un bonheur qui va jusqu'aux frontières de l'âme.

Deux morts endeuillèrent le mois d'août, celle de Charlotte Marliani et celle de Balzac. Mais les répétitions et les corrections de la nouvelle pièce de George, *Claudie* (*Molière* fut abandonné), ne laissaient guère la place aux pensées morbides, à supposer qu'elles eussent franchi la porte close. Mazzini se heurta à la même porte quand il réclama un article politique pour sa nouvelle revue. George répondit qu'elle se sentait incapable de l'écrire : la situation était trop « nauséabonde ». De plus, pourquoi encourager les ouvriers à de nouveau militer et les exposer à un massacre inévitable[11] ? Elle restait socialiste, sinon communiste, déclarait-elle à Mazzini dans d'autres lettres, mais elle redoutait maintenant une tyrannie de la gauche. Tant qu'il existerait une *minorité* trop peu convaincante, celle-ci aurait nécessairement recours à la force pour garantir le moindre pouvoir qu'elle réussirait à obtenir. Quant à elle, elle s'abstenait de toute politique.

Sa vie personnelle, maintenant associée au théâtre à la fois familial et professionnel, absorbait George Sand. Elle estimait entrer « dans la vieillesse avec une sérénité rare » et attribuait ce phénomène à « l'oiseau déplumé » qu'elle prenait sous son aile, Manceau[12]. Là, toutefois, son fils Maurice, âgé maintenant de vingt-sept ans, posait un problème. Ou plutôt, sa mère commençait à reconnaître que cet adolescent prolongé ne lui simplifiait pas la vie. Par provocation ou par bêtise, il fit part à George de son intention d'épouser une actrice qu'il fréquentait, cela afin d'équilibrer la troupe trop masculine de Nohant. Sa mère lui reprocha alors son incroyable immaturité et lui fit un sermon en règle sur la gravité du mariage. Manceau, plus proche de Maurice par l'âge, mais plus proche de sa mère que quiconque, était de toute évidence à l'origine du conflit et constituait une cible éventelle. L'histoire de Chopin menaçait de se répéter.

Comme George s'apprêtait à partir pour Paris où elle devait discuter de sa nouvelle pièce, Maurice, alors dans la capitale, protesta en apprenant qu'elle comptait s'installer chez Manceau. George essaya de le calmer. « Je logerai où tu voudras. Je serais mieux chez Manceau que chez toi, pour des raisons de *cabinet particulier*... j'ai vu qu'on pouvait passer par la cuisine... *en un besoin* que tu sais durer longtemps chez les gens *constipés de naissance*... C'est bête à dire, mais à Paris, c'est là ma plus grande souffrance. » Dans le minuscule appartement qu'occupait Maurice, il fallait sortit et monter jusqu'à un réduit où on gelait. Voilà pourquoi, écrivait Sand, elle avait accepté avec empressement l'offre de Manceau. Quant aux cancans que redoutait Maurice, « il n'y en aurait pas si tu étais avec moi et si tu pouvais coucher dans son atelier. Il n'y en aurait même pas quand même tu n'y coucherais pas... Personne autre que son portier ne me saura là... Tous les jours un garçon prête son appartement à une dame de province, surtout quand elle a quarante-six ans... [et] s'il vient du monde chez Manceau, la chambre est séparée de l'atelier[13]. »

Ce souci exagéré de ménager Maurice, si on peut le voir ainsi (souci qui n'entravait guère la remarquable liberté de Sand dans un Nohant où cohabitèrent un temps l'ancien et le nouvel amant, Müller et Manceau), compensait surtout et comme toujours les rapports de George avec sa fille, ou plutôt le rejet de celle-ci. Quelque temps auparavant, Solange avait commis le crime de lèse-majesté par excellence. Décidée à attirer coûte que coûte l'attention sur elle, la jeune femme avait dit à Charlotte Marliani, entre autres, que George Sand avait déclaré à son mari dans une lettre : « Votre femme n'est pas légitime, elle n'est pas la fille de M. Dudevant[14]. » En apprenant cette déclaration de Solange, George avait été horrifiée. La naissance quelques mois plus tôt d'un autre enfant de Solange n'avait plus grande importance maintenant. Quand Maurice tomba par hasard sur les Clésinger à Paris, George lui écrivit : « Je n'aime pas que tu manges chez eux. Clésinger est fou. Solange est sans entrailles[15]. » Elle refusait de les recevoir à Nohant. George était bien résolue à protéger l'équilibre retrouvé.

Pourtant, elle s'adoucit. Accompagnée de sa petite Nini et d'une bonne, Solange fit son apparition à Nohant où elle n'avait pas remis les pieds depuis trois ans. « Ma fille m'est tombée des nues vendredi dernier, elle est repartie ce matin », écrivit George à Hetzel, le 5 février 1851. « Froidement », George lui avait fait savoir qu'il n'était pas question que les Clésinger viennent vivre avec elle, comme le suggérait Solange[16]. Elle et son enfant pourraient lui rendre visite à Nohant, mais pas « son mari, ni ses domestiques, ni ses amis, ni ses chevaux, ni ses chiens[17] ».

Ce fut une année étrange et dramatique que 1851, coupée d'un curieux entracte — on aurait cru que même les morts revenaient pour qu'on les enterre à nouveau — et qui s'acheva sur une note glaçante. En janvier la pièce de Sand, *Claudie*, avec Bocage comme metteur en scène et acteur principal, se révéla un autre « immense succès[18] ». Elle fut suivie de *Molière*, qui démarra en mai et fut aussitôt retiré de l'affiche, mais donna lieu également à une étrange coïncidence. Mettant fin à une brouille qui datait du fiasco de Mérimée en 1833, George avait officiellement dédié sa pièce à Alexandre Dumas père. Il y eut un dîner de réconciliation. Dumas père mentionna l'événement dans une lettre à son fils qui se trouvait à Myslowice, à la frontière russo-polonaise où il attendait son visa. (La femme de sa vie, mariée, était en Russie et la police, alertée, ne faisait rien pour hâter les choses.) Lorsque Dumas reçut la réponse de son fils, il la transmit à George Sand.

« Tandis que tu dînais avec Mme Sand », lut George, « je m'occupais d'elle. Qu'on nie encore les affinités ! Figure-toi que j'ai entre les mains toute sa correspondance de dix années avec Chopin[19] ! »

A Myslowice, le jeune Dumas venait de faire la connaissance d'un aristocrate polonais à qui la sœur de Chopin avait confié le paquet de lettres de George Sand, craignant que les douaniers ne les lisent. Le Polonais pensa qu'elles pouvaient amuser le jeune Français, ce qui fut le cas, et Dumas fils les recopia même avec soin dans un carnet. George Sand, en revanche, lorsqu'elle lut la lettre en question, ne trouva pas cela drôle du tout. Elle fit part de sa profonde contrariété à Dumas père, qui promit de venir les lui remettre en main propre lorsque son fils serait rentré. Ce dernier, quand George lui écrivit une lettre pressante, se montra tout aussi obligeant. Il rapporterait les lettres si rien ne s'y opposait, et lui enverrait aussi la copie qu'il en avait faite.

Les lettres de George Sand à Chopin arrivèrent enfin à Nohant en octobre. Personne ne les a jamais revues. Il ne fait aucun doute que George les détruisit, réenterrant ainsi le passé. Et il semble bien que, galant, Dumas fils ait lui aussi fait disparaître sa propre copie car on ne la retrouva jamais non plus.

En novembre, George Sand allait à Paris pour les dernières répétitions d'une nouvelle pièce, une de plus, *le Mariage de Victorine*. La première eut lieu le mercredi 21. « Succès », nota laconiquement George dans son journal[20]. Elle alla en coulisse féliciter les acteurs. Solange, son mari et son amant de l'heure, le comte Alfred d'Orsay, en firent autant. George soupa avec eux au restaurant Pinson, but du café et dormit mal. Trois soirs de suite, les acteurs jouèrent devant une salle comble. « Succès complet », précisait George Sand. Le dimanche, « j'ai joué aux dominos au coin de mon feu avec Manceau ». Le lundi, 1er décembre, tous deux allèrent faire des courses. A midi, George déjeuna avec Emmanuel Arago et l'écouta parler avec stupéfaction. Arago évoquait la possibilité d'un coup d'État de la part de Louis Napoléon comme s'il n'eût été question de rien d'autre dans tout Paris.

« Si le président ne fait pas bien vite un coup d'État, il n'entend pas son affaire, car pour le moment rien ne serait si facile », déclarait Arago.

Delacroix, par contre, ne fit aucune allusion à cette éventualité quand elle le vit dans le courant de l'après-midi. Le soir, elle alla au cirque avec Manceau et Solange. Lorsqu'ils regagnèrent leur appartement à une heure du matin, ils passèrent près de l'Élysée. La massive porte cochère était fermée, comme toujours la nuit. Une sentinelle unique montait la garde. Rien n'était éclairé dans le palais ; les rues étaient silencieuses. « Ce n'est pas encore pour demain », dit George en riant. Et pour la première fois depuis son arrivée à Paris, elle dormit profondément jusqu'au matin.

Le lendemain, à dix heures, Manceau la réveillait. Il lui apprit que le général Cavaignac et le général Lamoricière avaient été arrêtés, l'Assemblée dissoute, et le suffrage universel rétabli en vue de prochaines élections. (La majorité parlementaire réactionnaire du mois de mai précédent avait privé de leurs droits civiques trois millions d'ouvriers.) George Sand, depuis trop longtemps à l'écart de la vie politique, partageait l'incertitude générale quant aux objectifs de Louis Napoléon. On allait bientôt les connaître.

Louis Napoléon avait exercé avec discrétion ses fonctions de président, conformément à une Constitution de type à la fois présidentiel et parlementaire. Il laissait à la majorité conservatrice autant de latitude qu'elle le souhaitait, tout en consolidant par ailleurs son image auprès du public[21]. Les querelles entre les factions, les actions contraires à la démocratie et le *désordre* parlementaire avaient permis le coup de dés de Louis Napoléon en discréditant l'Assemblée nationale non seulement aux yeux du peuple, mais aussi de la bourgeoisie des banques et des industriels, pour qui la stabilité sociale était une condition impérative. Le 29 novembre 1851, l'*Economist* de Londres déclarait à ses lecteurs, dans son éditorial : « Dans toutes les Bourses d'Europe, le président est actuellement reconnu comme la sentinelle de l'ordre[22]. » Trois jours plus tard, le 2 décembre, il passait à l'action.

Ce jour-là, George put constater que plusieurs de ses amis se demandaient quelle allait être la réaction populaire. Y aurait-il une insurrection ? Les rues de Paris et les boulevards, observait-elle, étaient placardés de décrets de Louis Napoléon, dont un qui annonçait un « référendum du peuple ». Aucune trace d'agitation anormale. « Pas un cri, pas un rassemblement », notait-elle. Mais ce soir-là, au théâtre, il n'y eut que trois cents personnes dans la salle. Elle consola l'actrice qui tenait le rôle principal et sanglotait, et discuta avec le mari, violemment contre « *la rouge* », en se refusant pour sa part à toute prise de position radicale. « Je suis si maîtresse de moi à présent, que rien ne m'indigne plus. » Elle passa le reste de la soirée au coin du feu à lire *les Révolutions d'Italie,* d'Edgar Quinet, tout en guettant les bruits qui annonceraient la révolte de Paris. « Rien ! un silence de mort, d'imbécillité ou de terreur. Tu ne bouges pas, vieux Jacques » — faisant allusion à Jacques Bonhomme — « tu as bien raison, ton heure n'est pas venue ! » Ce n'était pas à lui de défendre une Assemblée qui avait ordonné son massacre en juin 1848 et l'avait privé de ses droits civiques en mai 1851.

Le lendemain, pourtant, George vit « une armée d'agents de police » dans les rues. Au quartier Latin, on matraqua les étudiants qui manifestaient. Dans le courant de la soirée, Delacroix lui dit qu'il avait passé la journée à dormir. « Tout ça lui est égal. » D'autres parlèrent à George de barricades, de charges de troupes à cheval, de fusillades. On semblait vouloir encourager une résistance symbolique afin de permettre au nouveau régime de faire étalage dès le départ d'une force écrasante garantissant la stabilité qu'il promettait. Il y eut plusieurs centaines de tués le 4 décembre, quand George (« la mort dans l'âme »), Manceau, Solange et la petite Nini quittèrent Paris par le train du soir. « Ah ! si j'étais homme, je ne partirais pas... que ferais-je ici ? je n'y peux rien que m'y faire tuer. » Le train de Châteauroux était rempli de soldats. Épuisés, les voyageurs arrivèrent en chaise de poste à Nohant, au petit jour, par un brouillard glacé.

Dans le Berry, les rafles avaient commencé. Les amis qui ne s'étaient pas enfuis risquaient d'être arrêtés et déportés en Algérie ou en Guyane. Comme Louis Blanc, Ledru-Rollin était maintenant à Londres ; Müller-Strübing avait quitté la France ; Pierre Leroux se trouvait en sécurité à l'étranger, mais son gendre, Luc Desages, fut jeté en prison et condamné à la déportation. George conseilla à Alphonse Fleury de se réfugier à l'étranger pour éviter un sort analogue.

Hetzel, lui, quitta discrètement Paris avant le « référendum » du 21 décembre et rejoignit bientôt à Bruxelles Victor Borie et Luigi Calamatta. Le résultat de cette « consultation » du peuple était connu d'avance, et pas seulement de George. Sept millions et demi d'électeurs votèrent *oui*, approuvant le coup d'État napoléonien, un peu plus d'un demi-million à peine votèrent *non*. Ce plébiscite préludait à la proclamation de l'Empire un an plus tard, jour pour jour, avec à sa tête Napoléon III, empereur de tous les Français. Lors de cette seconde consultation, presque huit millions de Français votèrent *oui*, quelques isolés — un petit quart de million — *non*. Entre ces deux consultations, dans le sillage immédiat du premier plébiscite, Louis Napoléon avait consolidé son pouvoir en recourant aux arrestations massives et à la déportation. Le 9 janvier 1852, soixante-six anciens députés de l'opposition, dont Victor Hugo, Perdiguier et Raspail, furent expulsés de France, beaucoup d'autres interdits de séjour dans la capitale. Un ami de George Sand, Marc Dufraisse, qu'elle avait fait nommer commissaire de l'Indre par Ledru-Rollin, faisait partie de la liste des déportés en Guyane, à l'île du Diable. Elle-même, apprit-elle, risquait d'être emprisonnée et peut-être même déportée.

Cette fois, George Sand ne se contenta pas de s'abriter à Nohant en attendant que la tourmente s'apaise. Ce ne fut pas non plus sa situation personnelle qui la poussa à agir. Par dizaines dans le Berry, ses amis, ou les amis de ses amis, étaient sous les verrous, exilés ou sur le point d'être déportés. George mit de côté tout amour-propre, oublia sa crainte de prendre publiquement position et refusa de songer aux conséquences de son geste. L'amitié, ce territoire inviolable de l'amour, était touchée, et cela suffisait. Son action fut le prolongement généreux du sentiment qui la portait vers les opprimés et les défavorisés, vers ceux que l'on privait maintenant de leur liberté et dont — spontanément, depuis l'enfance, depuis les souvenirs qu'elle avait de sa mère et par son identification personnelle au fil des années — elle se sentait l'amie. Sa réaction immédiate fut passionnément humaine ; les conséquences politiques, pour peu qu'elles eussent compté, pesèrent peu dans la balance. Elle résolut d'en appeler directement à Louis Napoléon, de se montrer aussi humble, suppliante et machiavélique qu'il le faudrait.

« Prince », écrivait George au président des Français le 20 janvier, « je ne suis pas Mme de Staël » — l'ennemi numéro un de Napoléon Ier. « Je n'ai ni son génie ni l'orgueil qu'elle mit à lutter contre la double face du génie et de la puissance... Je viens pourtant faire auprès de vous une démarche bien hardie... Les amis de mon enfance et de ma vieillesse, ceux qui furent mes frères et mes enfants d'adoption, sont dans les cachots ou dans l'exil : votre rigueur s'est appesantie sur tous ceux qui prennent, qui acceptent ou qui subissent le titre de républicains socialistes... » Elle n'essaierait pas de défendre le socialisme, disait George, ni de se faire son avocat, bien qu'elle eût toujours considéré le président comme « un génie socialiste... que le peuple accepte », comme le gardien de la nation.

Sand rappelait à Louis Napoléon sa propre incarcération et invoquait l'usage politique qui pouvait être fait de la générosité et de la clémence, tout en protestant qu'elle n'était qu'une simple femme, trop ignorante pour discuter de politique avec lui. Qu'il libère les prisonniers, qu'il rapatrie les exilés : ils étaient les forces vives de la France. Il assumait le poids de la France, il en avait donc la responsabilité. « Amnistie ! Amnistie bientôt mon prince ! » plaidait George. Elle-même aurait pu s'enfuir, sachant qu'un mandat d'amener était lancé contre elle, mais elle avait choisi de rester. « En vous demandant une entrevue, j'ai dû... brûler mes vaisseaux derrière moi et me mettre entièrement à la merci de votre volonté[23]. » Ses amis socialistes, elle le savait, n'admettraient pas cette plaidoirie.

C'était une longue lettre. Louis Napoléon y répondit personnellement par une missive plus brève, mais cordiale. Il la recevrait quand elle le souhaiterait. L'audience fut fixée au 29 janvier. Louis Napoléon écouta longuement George Sand : « J'ai vu une larme, une vraie larme dans cet œil froid, et il m'a tendu les deux mains tout d'un coup en disant : " Ah ! c'est vrai, mais ce n'est pas moi... Demandez tout ce que vous voudrez, pour qui vous voudrez. " »

Voilà ce que put écrire le lendemain George à Hetzel pour se justifier. Fleury, également à Bruxelles, était opposé à l'entrevue et avait refusé d'avance toute faveur. Napoléon Bonaparte, disait-il, utiliserait à son propre avantage le plaidoyer de George Sand, et il n'y manqua pas. La presse bonapartiste fut trop heureuse d'une occasion pareille. George, dans sa réponse à Hetzel, souligna qu'elle avait simplement réclamé une amnistie *générale,* et non des faveurs particulières pour tel ou tel individu. Elle savait, néanmoins, avant de se rendre à l'Élysée, comment les milieux socialistes interpréteraient cette démarche : « D'autres vont en prison ou en exil pour la politique, moi je peux bien risquer mon honneur pour l'amitié, du moment que je risque toute seule. » Elle écrivait aussi qu'elle mettrait les pieds « dans tous les crottins » pour ses amis, et elle avait connu pire[24]. A son aristocrate cousin René de Villeneuve, George déclarait en parlant de Louis Napoléon : « [Il] m'a témoigné la plus grande estime pour mon caractère, bien que je lui aie dit que j'étais aussi républicaine, aussi communiste qu'il m'avait connue et que je ne changerais jamais[25]. »

Aussitôt après l'entrevue, et très vraisemblablement munie d'une recommandation personnelle de Napoléon III, George Sand alla voir le ministre de l'Intérieur afin de lui demander l'élargissement de ses amis berrichons, « en attendant mieux[26] ». Elle mentionna en particulier les noms d'Ernest Périgois, le gendre de Jules Néraud « le Malgache », et d'Émile Aucante, un des jeunes habitués de Nohant, tous deux emprisonnés, ainsi que celui de Fleury, en dépit des vœux de l'intéressé, pour lequel elle réclama la suspension des poursuites. Mais, répétait-elle dans une lettre ultérieure, ce qu'elle voulait, c'était l'amnistie pour tout le département de l'Indre. Et George de rappeler au ministre qu'elle-même avait passé des heures en 1848 dans le bureau qu'il occupait, à prêcher la clémence : « J'ai plaidé et prié souvent, non pour faire ouvrir des prisons, elles étaient vides, mais pour conserver des positions acquises[27]... »

George Sand demanda une seconde audience à Louis Napoléon ; ce serait la dernière. Elle sollicita l'aide de son cousin plus libéral, le prince Jérôme Bonaparte, que lui avait présenté le comte d'Orsay et qui resterait un ami fidèle jusqu'à la fin de sa vie. De ministre en ministre, d'officiers de justice en chefs de la police et de l'armée, George effectua cet hiver-là, sa liste de noms en main, sa mission personnelle. Des centaines de personnes bénéficièrent de son obstination : les prisonniers berrichons, qui lui écrivirent pour lui exprimer leur gratitude ; quatre soldats condamnés à mort qu'elle sauva du peloton d'exécution ; les familles de ceux qui refusaient son aide. Luc

Desages ne fut pas envoyé en Afrique du Nord, mais en Corse ; même Fleury reçut l'autorisation de rentrer en France. Toutes ces démarches avaient valu à George le feu nourri des critiques de la gauche, y compris celles de Louis Blanc, en même temps que les applaudissements intempestifs de la droite. Mais de part et d'autre de la barricade politique, on reconnut ses efforts à leur juste valeur. « Notre-Dame du Bon Secours », écrivait Marc Dufraisse de Bruxelles. Sauvé de la déportation en Guyane, il avait regardé d'un œil particulièrement sceptique l'activité déployée par George Sand : « Vous êtes une très chère femme, indépendamment d'être le premier homme de notre temps », déclarait pour sa part le comte d'Orsay, un intime de Louis Napoléon depuis l'exil londonien de celui-ci[28].

Au cours de ces mois difficiles, Elizabeth Barrett Browning et son mari, Robert, avaient rendu plusieurs fois visite à George Sand. Depuis décembre, ils voulaient la rencontrer. (« Je ne veux pas mourir », déclarait Elizabeth, invalide, « sans avoir vu George Sand ».) Son vœu fut enfin exaucé grâce à une lettre d'introduction de Mazzini. Le 15 février 1852, le couple sonnait à la porte de l'appartement de Manceau, rue Racine.

> Elle nous a reçus avec beaucoup d'amabilité (écrivait Elizabeth Browning à une amie) et nous a tendu une main que, avec une émotion bien naturelle (je vous assure que mon cœur battait), j'ai voulu baiser, quand elle s'est empressée de dire, « *Mais non, je ne veux pas** », et elle m'a embrassée sur la bouche. Elle est assez corpulente pour sa taille, qui est petite, et elle était joliment vêtue d'une sorte de robe en serge grise et d'une jaquette, selon la mode qui règne en ce moment, boutonnée jusqu'au cou, avec une collerette et des manches en linon uni. Elle avait les cheveux découverts, partagés sur le front en deux bandeaux noirs et luisants, et roulés sur la nuque. Les yeux et le front sont nobles et le nez a quelque chose de juif ; le menton est légèrement fuyant, la bouche manque de beauté, quoique mobile et s'ouvrant dans ce sourire soudain qui montre des dents blanches qu'elle a en avant. Il n'y a pas de douceur dans ce visage, mais de

* En français dans le texte *(NdT)*.

grandes capacités morales autant qu'intellectuelles, seulement, *jamais* ce n'a pu être un beau visage, ce qui m'a beaucoup surprise... Elle a le teint très mat. J'ai observé que ses mains étaient petites et bien formées.
Nous sommes restés avec elle peut-être trois quarts d'heure ou plus, et pendant ce temps elle a donné des conseils et quelque deux ou trois directives à de jeunes hommes qui se trouvaient là, montrant la confiance qu'elle avait en nous, en citant des noms et en faisant allusion aux faits avec la plus grande liberté. A vrai dire, elle semblait l'*homme* de la compagnie, et j'ai été très frappée par le profond respect avec lequel on l'écoutait...

Ce qui nous frappera peut-être davantage, quant à nous, c'est qu'une femme comme George Sand, même vue par une autre femme, soit immanquablement qualifiée d'*homme* parce qu'elle dominait sans effort tout un salon, hommes compris.

Ce que l'on remarque surtout dans ses manières et dans sa conversation, c'est leur absolue simplicité. Elle parle d'une voix basse et rapide, sans marquer d'emphase ni varier le ton. A l'exception d'un grand sourire lumineux, elle était grave et s'entretenait, il est vrai, de choses graves ; beaucoup de ses amis sont dans l'adversité.
Mais on ne pouvait s'empêcher de voir (et Robert et moi l'avons vu) que dans tout ce qu'elle disait, même dans sa bonté et dans sa compassion, il existait un courant profond de dédain. Elle a de toute évidence le mépris de plaire ; il n'y eut sûrement jamais aucune coquetterie chez cette femme. Son absence totale d'affectation, son assurance, exprimaient une note de dédain. Mais elle m'a plu. Je ne l'aimais pas, mais j'ai senti l'âme brûlante derrière tout ce calme, et je n'ai pas été déçue par George Sand. Quand nous nous sommes levés pour prendre congé, je n'ai pu m'empêcher de dire : « *C'est pour la dernière fois** », et elle m'a alors demandé de revenir dimanche... Elle m'a de nouveau embrassée quand nous sommes partis, et Robert lui a baisé la main.

* En français dans le texte *(NdT).*

A propos de l'entrevue du dimanche, Elizabeth Browning écrivait à la même amie : « Elle était assise, telle une prêtresse, l'autre matin au milieu d'un cercle de huit ou neuf hommes, ne rendant nul oracle sauf avec ses yeux splendides. » Et dans une autre lettre : « Je pense que Robert l'a vue à six reprises. Une fois, il l'a rencontrée près des Tuileries, lui a offert son bras et a traversé tous les jardins avec elle. » Robert Browning n'avait pas trouvé George « aussi bien qu'à l'ordinaire, un peu trop *endimanchée** en lavande terrestre et bleu supercéleste, alors qu'il l'avait vue en d'autres occasions habillée avec un goût remarquable ».

Plus intéressantes sont les observations personnelles d'Elizabeth Barrett Browning, au même titre que les aperçus qu'elle nous donne sur la relation homme/femme, même lorsqu'il s'agit d'un des couples les plus célèbres de l'histoire, les Browning.

> Son costume habituel (reprenait Elizabeth Browning) est à la fois joli et tranquille, et le gilet et la veste à la mode... sont les seuls éléments masculins qu'on puisse voir en elle. Il y a beaucoup de grâce et de raffinement dans sa manière d'être, je crois, et la cigarette est en réalité une arme féminine quand on la comprend bien. Ah, mais je ne l'ai pas vue fumer ; je n'ai pas eu cette chance. Je n'ai pu aller chez elle qu'à trois reprises avec Robert, et une fois elle était sortie. C'est vraiment très gentil et très aimable de sa part de me laisser venir, après qu'il eut vu la société bizarre qui l'entoure. Il n'aime guère ces gens mais, comme il est le prince des maris, il s'est rendu à mes désirs et a cédé sur ce point.
> Elle donne l'impression de vivre dans la désolation la plus abominable pour ce qui est de la société : une foule d'hommes mal élevés qui l'adorent *à genoux bas** entre une bouffée de fumée et un jet de salive. La société des rouges en haillons mêlée à celle des acteurs de second ordre. Elle-même si différente, si extérieure, si seule dans son dédain mélancolique ! Je me suis sentie profondément intéressée par cette pauvre femme ; j'ai éprouvé une profonde compassion pour elle. Je n'ai pas attaché d'importance au fait qu'un Grec en costume national la

* En français dans le texte *(NdT)*.

> tutoie et l'embrasse, je crois, en tout cas c'est ce que disait Robert ; ou qu'un autre cabotin plein de vulgarité s'agenouille devant elle et l'appelle « sublime ». « *Caprice d'amitié** », dit-elle, avec son dédain tranquille et aimable. Une noble femme sous cette boue, tu peux en être certaine.
> J'aimerais moi aussi m'agenouiller devant elle, si elle laissait tout cela, si elle envoyait tout promener et qu'elle fût elle-même comme Dieu l'a faite. Mais elle rirait ; je lui suis indifférente. Peut-être tout le monde lui est-il indifférent en ce moment, comment savoir ? Elle m'a écrit un ou deux ou trois petits mots gentils et a promis de « *venir m'embrasser** » avant de quitter Paris ; mais elle n'est pas venue. Nous avons fait l'un comme l'autre de notre mieux pour essayer de lui plaire, et elle a déclaré à un de nos amis « qu'elle nous aimait bien » ; seulement nous avons senti que nous ne pourrions jamais aller plus avant, que nous ne pourrions jamais vraiment la *toucher :* c'était inutile[29].

La barrière du langage, la « porte close » de George ? L'impossible dialogue entre deux cultures différentes ou deux femmes ayant chacune une opinion bien établie sur ce qu'une femme pouvait et devait être ? Tous ces éléments, et surtout le dernier, eurent sans doute un rôle à jouer.

Et Manceau ? Pourquoi n'en parle-t-on pas ici ? N'assista-t-il à aucune de ces entrevues, ou bien faisait-il preuve d'une discrétion telle qu'on ne remarquait pas cette « bonne épouse » de « l'homme » qu'était George ?

Toutefois, à travers la porte close (rien n'est jamais d'une opacité aussi absolue dans la vie ; Elizabeth Bowning-poète est capable de la pénétrer), nous entr'apercevons furtivement George Sand à son crépuscule, celui de son rêve de république idéale, celui des passions vécues et des années consumées ; sa « bonté et sa compassion », avec son « courant profond de dédain » ; son « âme brûlante derrière tout ce calme », sa solitude dans son « dédain mélancolique ». Et tout cela n'était pas dans le seul regard de l'observateur.

* En français dans le texte *(NdT)*.

34. Ultimes passions

Il y a les vérités de la jeunesse, et les vérités de l'âge mûr ; chaque vérité a sa décennie, chacune son style de vie. Pour George Sand le mariage, quand il signifia s'enfermer avec Casimir pendant les années de jeunesse et d'aspiration, fut une chose. Elle comparait cette période, dans ses pires moments, à de la prostitution, et c'est d'elle que naquit la passion de la révolte qui produisit *Indiana* et *Valentine.* Quand, les années passant, le mariage en vint à signifier Maurice et Solange, ce fut une autre histoire [1]. En 1853, Maurice eut trente ans ; le marier devint pour sa mère un souci grandissant, compte tenu surtout du problème que posait Solange.

Les époux Clésinger, infidèles l'un comme l'autre, mais non moins rancuniers, s'offrirent le luxe en 1852 de se séparer ; c'était un de leurs passe-temps favoris. Solange séjourna quelque temps dans un couvent, alors sorte de club de femmes où venaient souvent se réfugier les mal mariées. De là, Solange écrivit à sa mère une lettre de doléances où elle traçait à la fois le portrait de son époque et le sien. « Je suis en pension depuis hier », lut George Sand. « Est-ce ainsi qu'elles vont passer, les plus belles années de ma vie ? Sans parents, sans amis, sans enfants, sans même un chien pour interrompre le vide ?... L'isolement au milieu du mouvement et du bruit, à côté de gens qui s'amusent, de chevaux qui galopent, de femmes qui chantent, d'enfants qui jouent au soleil, d'êtres qui s'aiment et qui sont heureux, ce n'est pas de l'ennui, c'est du désespoir. Et l'on s'étonne que de pauvres filles, sans esprit et sans éducation, se laissent entraîner au plaisir et au vice [2] ! »

La réponse de sa mère fut sèche. Solange réveillait toujours chez George Sand un sentiment sinon de culpabilité, au moins de remords. Au lieu d'inviter chaleureusement sa fille à Nohant, elle lui fit un sermon où elle lui rappelait au passage sa propre jeunesse. George Sand vivait essentiellement *dans le moment présent,* ce qui lui permettait de survivre plus aisément aux chagrins et aux désordres du passé. Elle aussi, déclarait George, avait vécu les plus belles années de sa jeunesse à travailler « *seule* entre quatre *murs sales* », soulignait-elle, et elle ne le regrettait pas. Solange avait choisi l'isolement dont elle se plaignait. « Ce mari, insupportable de caractère, c'est possible, n'est peut-être pas digne de tant d'aversion et d'une si fougueuse rupture... *L'enfant* aurait dû te faire patienter. » Il fallait, semblait-il, pour consoler Solange « de l'argent, beaucoup d'argent ». Le « vide » de son cœur ne serait pas comblé, mais au mieux oublié « dans le luxe, dans la paresse, dans l'étourdissement ». Solange, poursuivait George, pouvait venir à Nohant tant qu'elle n'y mettrait pas « le trouble par des folies, ou le désespoir par des méchancetés ». George garderait la fille de Solange et l'élèverait, mais que Solange ne s'attende pas à sa sympathie pour « les privations qu'il te faudra subir à Paris ». Ses remarques sur le « plaisir » et le « vice » laissaient penser à George que Clésinger ne mentait pas toujours quand il évoquait « certaines menaces » proférées par Solange : « Si ton mari est fou, tu es diablement folle aussi. »

Quant au « plaisir et au vice », George explosait : « Essaies-en donc un peu du vice et de la prostitution, je t'en défie bien, moi ! » Solange ne passerait pas seulement le seuil de cette porte. « Ce n'est pas si facile que tu crois de se déshonorer... les hommes qui ont de l'argent veulent des femmes qui sachent le gagner. » Solange, disait George, n'avait pas reçu l'éducation voulue pour se lancer sur cette voie. « J'ai vu des jeunes femmes lutter contre des passions, de cœur ou des sens, et s'effrayer de leurs malheurs domestiques, dans la crainte de succomber à des entraînements involontaires. Mais je n'en ai jamais vu une seule, élevée comme tu l'as été, ayant vécu dans une atmosphère de dignité et de liberté morale, qui se soit alarmée des privations du bien-être et de l'isolement... Une femme de cœur et de jugement peut craindre... d'être entraînée par l'amour, jamais par la cupidité[3]. »

Solange répondit seulement qu'elle envoyait sa fille Nini à Nohant. La garde de l'enfant par sa grand-mère serait un arrangement provisoire soumis aux humeurs et aux caprices de Solange et de son mari, et à leurs réconciliations intermittentes. La possibilité d'un enlèvement n'était pas exclue et pendant trois ans, cette éventualité obséda les deux femmes, Solange presque autant que George, bien qu'elle fût la plupart du temps absente, passant d'un amant à l'autre. Au cas où Clésinger aurait fait une incursion imprévue à Nohant, il était entendu que Manceau assurerait, comme bien d'autres choses, la défense du château avec ses « pompiers » comme les appelait George, une brigade composée des jeunes habitués de Nohant.

Ce furent pourtant des années relativement paisibles, occupées par le théâtre de marionnettes, la composition des pièces, les longues promenades et le jardinage, autant de petits événements consignés avec le détail de la vie quotidienne par Manceau ou par George Sand sur les agendas longs et plats qui leur servaient de journal. 23 juin 1852, Manceau, de sa petite écriture soignée : « Il pleut ; on ne peut pas sortir. Causeries. Travail. Dîner. Musique. Broderie. Maurice fait une pièce. Lambert se couche, Mme Solange aussi. On monte à minuit ; madame va faire quelques lettres [4]. » Pour Manceau, George fut toujours « madame » ou « ma dame ».

Agée de trois ans, la petite Nini passait ses matinées avec Manceau et ses après-midi avec sa grand-mère, en général au jardin. Cet été-là, Solange et son sculpteur de mari, « ce maçon monumental », firent ensemble une visite éclair à Nohant et reprirent Nini ; George émit une objection ; si la réconciliation n'était que passagère (et ce fut le cas), l'enfant souffrirait d'être ainsi ballottée. Il lui fallait une personne qui s'occupe exclusivement d'elle. Mais à l'automne, George annonçait avec soulagement à Solange que l'enfant, de retour à Nohant, était tout à fait remise de ses émotions. « Elle est plus jolie que jamais [5]. »

A travers Nini, c'était son enfance que George Sand revivait ; elle recréa dans le parc pour sa petite-fille un jardin de poupée, avec des montagnes et des fontaines miniatures, un chalet, un « bosquet de Bacchus », une grotte de « Trianon ». Elles jardinaient ensemble, transportaient des pierres dans leurs brouettes — une petite et une grande —, arrachaient les mauvaises herbes, plantaient et coupaient les fleurs pour constituer un herbier. Jusqu'à neuf heures du soir, elles étaient inséparables, toutes deux occupées à un ouvrage de broderie à la grande table ovale tandis que Manceau leur lisait un roman de Balzac ou de Walter Scott, ou encore les poèmes que Victor Hugo adressait à Sand. Fraîchement rentré de Bruxelles, Borie somnolait, Émile Aucante pontifiait et Maurice sculptait des marionnettes dans une souche de tilleul. Il y avait, dans ces journées à Nohant, une « régularité monastique », George jouant le double rôle de mère et de Père supérieur. On pouvait presque régler sa montre sur les activités qui se succédaient du matin jusqu'au soir, quand George montait dans sa chambre pour se remettre à écrire, précédée par Manceau qui préparait les plumes et le papier, l'encre bleue et le tabac, le verre d'eau sucrée que George boirait à six heures du matin une fois sa tâche terminée[6]. Manceau était le compagnon idéal. Une fois, quand sa « dame » se leva avec un mal de tête qui ne la quitta pas de la journée, il nota dans leur agenda : « J'ai pourtant fait mon possible pour la distraire : je l'ai menée au jardin, planter des fleurs dans l'île ; j'ai été spirituel, bête, gai, rien n'y a fait[7] ! »

On relève une coïncidence curieuse entre l'abandon du roman pour les pièces de théâtre et cette période où George s'éloigna de la vie parisienne et de la réflexion politique. En cinq ans, elle écrirait dix pièces. Il y en aurait vingt-quatre en tout, beaucoup adaptées de ses romans, et six seulement seraient des succès. Pour elle, le théâtre représentait une forme artistique plus ample, grandeur nature. A vrai dire, ses pièces ont quelque chose de figé et d'imprécis, il leur manque les méandres du parcours *intérieur* et la fluidité de ses romans, et les défauts les plus insupportables de son écriture apparaissent en pleine lumière sur la scène. Le soir de la première de *Mauprat* à l'Odéon, le 28 novembre 1853, Delacroix notait dans son *Journal :* « Absence de composition : le début est toujours piquant et promet de l'intérêt ; le milieu de la pièce se traîne... Notes pleines de charme ; c'est là son talent. Ses paysans vertueux sont assommants[8]... » Le mois précédent George Sand avait écrit à Augustine (Titine) : « L'empereur et l'impératrice ont été voir *le Pressoir* » — une autre de ses pièces. « L'empereur a beaucoup applaudi, l'impératrice a beaucoup pleuré[9]. » Trop souvent, dans son œuvre dramatique George Sand chercha à plaire au mauvais public.

Elle avait besoin d'être sortie d'elle-même, d'être tirée de la monotonie intellectuelle et du confort affectif de Nohant. Laissée à elle-même, George Sand jardinait, collectionnait les papillons et herborisait, regardait le théâtre de marionnettes de Maurice et écrivait trop de pages chaque nuit, comme elle aurait empilé du bois.

Clésinger allait se révéler le *deus,* ou plutôt le *diabolus ex machina.*

En janvier 1854, George se sentait « une santé comme je n'en ai jamais eue[10] ». Un hiver particulièrement ensoleillé lui permettait de passer de longues heures dehors avec Nini, à bêcher le jardin. La guerre de Crimée semblait très lointaine, et elle-même était plongée dans le passé, préparant le découpage des volumes d'*Histoire de ma vie* qui devait paraître en feuilleton à l'automne suivant ; elle écrivait aussi une nouvelle pièce. Clésinger vint troubler cette paix par une bruyante algarade domestique. Informé en mai d'une liaison de Solange, il fit irruption dans la chambre à coucher de sa femme et, après une scène épouvantable, s'empara des lettres de son amant. Un esclandre qui n'était pas tout à fait spontané car Clésinger expédia ces lettres longtemps cherchées à son avocat. Cette fois, la séparation légale se ferait comme il l'entendait, et il réclamait, entre autres, la garde de Nini. Devançant allégrement la décision des tribunaux, il se précipita à Nohant et exigea qu'on lui remît l'enfant. Malgré les « pompiers » de Manceau, George n'avait aucun recours. C'est ainsi que trois jours avant son cinquième anniversaire, Nini fut enlevée par son père qui la garda d'abord avec lui, puis la mit en pension. Solange se réfugia de nouveau dans un couvent à bout de nerfs ; elle s'y convertit.

L'été passa ; puis l'automne. Les Mémoires de Sand commencèrent à paraître, sa pièce fut jouée. En décembre 1854, les tribunaux accordèrent à Clésinger la séparation de corps et de biens, mais confièrent la garde de l'enfant à sa grand-mère. George Sand se réjouit : après tout, la conversion de Solange et ses prières servaient peut-être à quelque chose. Mais avant la signification du jugement, Clésinger intervenait de nouveau. Une maladresse aux conséquences irrémédiables. Par un jour de janvier particulièrement glacial, il alla chercher Nini à son pensionnat ; quand il la ramena le soir, elle tremblait de fièvre :

il n'avait pas remarqué que l'enfant était insuffisamment vêtue. Plusieurs jours durant, elle lutta contre une fièvre violente ; on appela Solange à son chevet, trop tard. Son pauvre petit corps enflé par la scarlatine, Nini mourut dans les bras de sa mère.

Le télégramme annonçant à George Sand la nouvelle la plongea dans le désespoir. Trois jours plus tard, Nini était enterrée dans le petit enclos funéraire à Nohant. George pleura jusqu'au moment où elle sombra dans le sommeil. Manceau dans leur journal, le 23 janvier 1855 : « Madame va assez bien... Dégel... Madame fait, avec Mme Solange, l'historique de la pauvre Nini. Dîner. Discussion sur les mondes futurs. Tapisserie. Lecture de [James Fenimore] Cooper. Mme Solange est enrhumée ; on la couvre d'emplâtres. Madame va reprendre son historique de Nini, cette nuit, d'après le journal quotidien. »

George purgeait sa peine avec sa plume, libérant ses sentiments en laissant libre cours à son chagrin. Mais elle était trop bouleversée pour écrire autre chose ; tout, à Nohant, lui rappelait Nini, le jardin de poupée, la petite brouette. Non que la vie se fût arrêtée pour elle : George Sand était trop la sœur de Goethe pour cela. Mais sa fluidité d'écriture se trouvait en quelque sorte bloquée ; toujours sensible et attentif, Manceau conseilla pour l'apaiser un voyage en Italie. Il offrait de participer aux frais du voyage malgré la modestie de sa bourse — une expérience tout à fait nouvelle pour George Sand.

Le 28 février, tous deux quittaient Nohant. Ils s'arrêtèrent à Paris pour prendre Maurice, puis descendirent en train jusqu'à Lyon, puis en bateau jusqu'à Marseille ; là, ils embarquèrent pour Gênes. La traversée fut agréable et revigorante, les escales à Livourne et à Pise divertissantes. Ils avaient décidé d'aller à Rome ; c'était une heureuse idée car là, George sentit renaître en elle la passion. Elle regarda la ville éternelle avec un œil politique et la trouva nauséabonde. « Ne croyez pas un mot de la grandeur et de la sublimité des aspects de Rome et de ses environs », écrivait-elle, de retour chez elle, à Lambert, avec une énergie renouvelée. « Rome, à bien des égards, est une vraie *balançoire*... C'est curieux, c'est beau, c'est intéressant, c'est étonnant, mais c'est trop mort... La ville est immonde de laideur et de saleté. C'est La Châtre centuplée en grandeur [11] ! » A Luigi Calamatta, qui lui reprochait doucement sa sévérité,

George répondit que la censure ne lui permettait pas de parler des martyrs de la liberté italiens. « Donc, puisqu'on ne peut parler de ce qui, à Rome, est muet, paralysé, invisible, il faut éreinter Rome, ce que l'on en voit, ce que l'on y cultive... » Rome était « le royaume de Satan » et du « peuple qui s'agenouille » devant les cardinaux... « Il est donc bon de dire ce que l'on devient quand on retombe sous la soutane [12]. »

Tandis qu'elle regardait Rome, ses chefs et ceux qu'ils opprimaient, George sentit bouillonner en elle toute la frustration, tous les sentiments étouffés du peuple pour la révolte héroïquement conduite par Mazzini ; pour le rôle désastreux joué par la France de Louis Napoléon qui avait envoyé des troupes contre la nouvelle république romaine, fraîchement libérée, afin de la rendre ensuite à un pape capable de déclarer crûment la guerre « au libéralisme, au progrès, à la civilisation moderne [13] » ; pour la restauration en France du pouvoir de l'Église sous le second Empire.

Après son retour à Paris, après l'échec de plusieurs pièces sans intérêt, Sand déversa ses émotions encore brûlantes dans un roman, *la Daniella*. Les voyages et les amours d'un jeune peintre français en Italie ne sont que péripéties dans un contexte d'anticléricalisme passionné. Les prêtres grouillent dans la trame de ce roman, comme dans la société romaine qu'elle avait vue. Le pape Pie IX y est dépeint sous les traits de l'envoyé du diable sur terre ; son royaume romain pullule de brigands, de mendiants, de miséreux et d'indicateurs de police. Jusqu'aux ruines antiques qui semblent dire : « Regardez-nous, et tremblez [14] ! »

Romantiques et nationalistes furent saisis d'une même indignation quand le roman commença à paraître en feuilleton dans *la Presse*. Les nationalistes comprirent que son Italie de fiction était en grande partie une transposition de la France ; les romantiques furent choqués par ses attaques contre leurs précieuses ruines romaines. Le gouvernement impérial s'émut : de toute évidence George Sand dénonçait le bâillonnement de la pensée et de l'expression en France par un cléricalisme jouissant du soutien officiel. Une violente controverse s'éleva dans les colonnes de *la Presse* et dans celles de ses concurrents conservateurs. A deux reprises, *la Presse* fut menacée de poursuites de la part du gouvernement. Finalement, le journal fut suspendu.

Effondrée, George Sand écrivit directement à l'impératrice Eugénie en demandant qu'on revienne sur cette décision. Quatre mille ouvriers, plaidait-elle, avec une exagération excusable, étaient touchés par cette mesure. *La Presse* reçut de nouveau l'autorisation de paraître, mais *la Daniella* fut publié en livre et dans une version remaniée.

On note, dans cette année 1857, un autre repli après un entracte stimulant. Et sans retour au théâtre, cette fois. George semble avoir compris que sa force était le roman. Ce fut plutôt une retraite après une période d'agitation. Il lui fallait se protéger de Nohant, comme elle se protégeait autrefois de Paris dans le sanctuaire de Nohant. On connaissait son influence auprès de la famille impériale par l'entremise de Jérôme Bonaparte ; trop d'importuns venaient frapper à la porte de Nohant, sachant qu'ils avaient des chances d'être écoutés. Trop souvent le petit groupe d'amis intimes devait céder la place à une foule d'invités, moins familiarisés avec les habitudes de travail de George. En juin, elle explora la vallée de la Creuse, à quelque cinquante kilomètres de Nohant, avec Manceau, comme elle l'avait fait douze ans plus tôt avec Chopin. Au printemps précédent, elle l'avait emmené passer trois jours dans le Fontainebleau de Musset, comme elle l'avait aussi fait avec Mallefille et Bocage. Pour George Sand, il existait une continuité amoureuse liée aux lieux et indépendante des amants. Pendant cette excursion, elle découvrit le charmant village de Gargilesse blotti dans la vallée de la Creuse et dont les environs lui rappelaient la Suisse, avec leurs rochers et leurs gorges, leurs torrents blancs d'écume, « le paradis et le chaos ». Gargilesse était une oasis gorgée de soleil, assez chaude pour abriter des papillons rares d'Algérie. Le caractère ouvert des villageois, leur liberté naturelle (même les femmes se baignaient dans la rivière et tous menaient une vie communautaire) enchantèrent George Sand tout autant que le site ensoleillé et abrité. Elle découvrait la retraite pastorale dont rêvait tout artiste, une « Arcadie » où fuir « les fatigues imbéciles de la civilisation[15] ».

Ce fut Manceau, attentif aux souhaits de Madame, qui acheta la petite maison où ils logeaient. Elle devint leur retraite personnelle, ce que n'était pas Nohant. Manceau la fit peindre et meubler, et il l'équipa « comme une cabine de bateau ».

George tint à spécifier, cependant, à Maurice qu'il se donnait tout ce mal pour eux plus que pour lui. Chacun aurait son clou, son bol, un emplacement pour ses bottes, etc [16]. Jamais George n'avait trouvé endroit si propice à ses activités. Elle viendrait y travailler, le plus souvent seule avec Manceau ; c'est là qu'elle écrirait la majeure partie des treize romans, des deux volumes d'essais et des trois pièces produits entre 1857 et 1862 [17]. Une notation caractéristique dans son journal, à la date du 29 mai 1858 : « Temps magnifique, chaud et lumineux. Manceau est parti après le déjeuner chasser les papillons... Je suis restée à la maison pour terminer mon roman, *Elle et Lui,* commencé le 4 mai. 620 pages en 25 jours ! Jamais je n'ai travaillé avec autant de plaisir qu'à Gargilesse [18]. »

Alfred de Musset était mort l'année précédente. Dans *Elle et Lui,* George Sand se donnait le beau rôle en racontant leurs amours tourmentées. Musset avait fait preuve de plus de générosité dans *la Confession d'un enfant du siècle.* Il est vrai que vingt-cinq ans s'étaient écoulés et que, comme dans ses Mémoires, George Sand recréait le passé comme pour en faire une lecture pour ses petits-enfants. Lorsqu'il parut, ce roman fut brutalement récusé par *Lui et Elle,* écrit par le frère aîné d'Alfred, Paul de Musset. Et comme si cela ne suffisait pas, Louise Colet, qui avait été la maîtresse de Gustave Flaubert avant de devenir celle d'Alfred de Musset, eut le mauvais goût d'apporter son grain de sel avec un *Lui* absolument dénué de talent.

Ces trois romans émoustillèrent le Tout-Paris. George crut que la publication de sa correspondance avec Musset, qu'elle avait en sa possession, garantirait sa propre version des faits et établirait son innocence dans l'épisode vénitien. Elle prit conseil auprès de son vieux confident, Sainte-Beuve, qui s'y montra opposé. Elle l'en remercia : « Les lettres », déclara-t-elle, « ne paraîtront qu'après moi. » Mais pas exactement comme elle et Musset les avaient écrites [19]. Néanmoins même sous leur forme définitive, elles ne prouvent qu'une chose :

> ... c'est qu'au fond de ces deux romans, *la Confession d'un enfant du siècle, Elle et Lui,* il y a une histoire vraie, qui marque peut-être la folie de l'un et l'affection de l'autre, la folie de tous les deux si l'on veut, mais rien

d'odieux ni de lâche dans le cœur, rien qui doive faire tache sur des âmes sincères[20].

Une épitaphe appropriée pour ces amants aux cœurs et aux plumes croisées.

Il y eut un autre mot de la fin, où l'intervention de Sainte-Beuve fut plus nette. Malgré les hauts et les bas de leur relation, son respect pour l'œuvre de George Sand ne se démentit jamais. En 1861, il tenta de convaincre ses pairs de l'Académie française, parmi lesquels n'avait jamais figuré aucune femme, d'attribuer leur prix de vingt mille francs à Sand. Vigny, Mérimée et trois autres académiciens appuyèrent sa proposition quand elle fut mise aux voix. Dix-huit académiciens votèrent contre George Sand ; Guizot justifia son vote négatif en citant ses écrits « scandaleux » sur la propriété et le mariage. Jules Sandeau, devenu immortel deux ans plus tôt, n'était même pas présent. L'empereur, décidé à récompenser George Sand qu'il tentait toujours de rallier à sa cause, lui offrit une somme équivalente tirée de sa bourse personnelle. George refusa. L'impératrice « suggéra » alors que l'Académie accorde « au moins » un fauteuil à la plus grande romancière de son temps. Un pamphlet anonyme, *les Femmes à l'Académie,* décrivit à grand renfort d'imagination sa réception sous la coupole. George répliqua avec un autre pamphlet bien plus spirituel, *Pourquoi les femmes à l'Académie.* Elle était certaine, écrivait-elle, que cette auguste et talentueuse assemblée d'hommes se suffisait à elle-même, mais elle se sentait tout aussi ravie de ne pas en faire partie. Pour résumer, ils étaient les vestiges d'une époque révolue. A ceux qui voudraient interpréter son refus comme celui du renard de la fable — « ils sont trop verts, dit-il », elle répondrait simplement : « Non point, ces raisins sont déjà trop mûrs[21]. »

De l'esprit et du mordant à revendre, c'est encore la meilleure description que l'on pourrait donner du nouvel ami intime de George Sand, Alexandre Dumas fils. Elle lui avait été reconnaissante de son attitude dans l'affaire des lettres de Chopin ; elle lui serait encore plus redevable des conseils qu'il lui donna pour ses pièces. Ils avaient fini par se rencontrer en 1852, lors d'une représentation de *la Dame aux camélias,* pièce qui, comme *Camille,* servirait régulièrement de tremplin aux actrices débutantes. En sa qualité d'auteur dramatique, Dumas fils connaissait toutes les finesses du métier, l'art des situations, des répliques, de la gradation savante jusqu'au point culminant, des personnages. Ce ne fut pourtant qu'en 1861 que George réussit à convaincre Dumas, son cadet de vingt ans, de lui rendre visite à Nohant. En acceptant, il lui demanda l'autorisation, aussitôt accordée, d'amener avec lui non seulement sa belle — et future femme —, la princesse Narishkine et sa fille Olga, mais aussi un ami, « un gros ami qui ressemble assez à vos chiens de Terre-Neuve, qu'on nomme Marchal, qui pèse 182 livres, et qui a de l'esprit comme quatre. Celui-là couchera n'importe où, dans un poulailler, sous un arbre, sous la fontaine[22] ».

En fin de compte, cet agréable géant, Charles Marchal dit « le mastodonte », un peintre de deux ans plus jeune que Maurice, « coucha » dans le lit de George Sand. Cela se passa peut-être un soir de cet automne, dans sa chambre, tandis que les autres (d'après le journal de Sand) « répétaient en bas » dans le petit théâtre de Nohant ; très certainement, en tout cas, quelques années plus tard à Gargilesse. Très vite Marchal, qui s'attarda plusieurs mois après le départ de Dumas, devint le « gros bébé » de George, un ami divertissant qui faisait « une pièce de marionnettes avec Maurice » et amusait la petite communauté de Nohant avec ses croquis rapides et vivants et son bavardage exubérant[23].

Plus intéressante, néanmoins, est l'amitié professionnelle — profonde et platonique — qui unissait George Sand et Alexandre Dumas fils. Il l'appelait « maman » et elle « mon cher fils ». Elle l'aida à affronter le phénomène qu'était son père, un homme dont le nombre de maîtresses atteignait le nombre pharamineux de ses romans. L'image paternelle obsédait Dumas fils, enfant naturel, et l'accablait dès qu'il se risquait à l'inévitable comparaison. Il y revenait sans cesse. Dumas fils était aussi moral que son père l'était peu, et c'était entre George Sand et lui un lien supplémentaire. Mais il devait comprendre, lui disait-elle, « que le père Dumas n'a dû l'abondance de ses facultés qu'à la dépense qu'il en a faite… Il lui a fallu des excès de vie pour renouveler sans cesse un énorme foyer de vie[24] ».

Un portrait qui s'appliquerait en partie à la George Sand des années de jeunesse.

C'était maintenant la femme d'un âge plus que mûr qui s'adressait au jeune écrivain et lui offrait le réconfort de son apaisante sagesse. « J'ai passé bien des heures de ma vie à regarder pousser l'herbe ou à contempler la sérénité des grosses pierres au clair de lune *... Je m'identifiais tellement au mode d'existence de ces choses tranquilles, prétendues inertes, que j'arrivais à participer à leur calme béatitude... A votre âge, j'étais tourmentée et plus malade que vous au moral et au physique. » Mais « un beau matin », elle s'était dit : « Tout cela m'est égal. L'univers est grand et beau. Tout ce que nous croyons plein d'importance est si fugitif que ce n'est pas la peine d'y penser[25]. »

Leurs rapports furent aussi de travail. *François le Champi* de George Sand inspira à Dumas son *Fils naturel.* Il l'aida considérablement à adapter avec succès pour le théâtre un roman mineur, *le Marquis de Villemer,* et ébaucha le premier acte. Mais ce succès ne tint pas à la seule technique. *Villemer* constituait en fait la chronique d'un nouvel épisode, d'une étape finale dans la passion la plus émouvante des dernières années de George Sand : l'anticléricalisme, la passion qui incendiait *la Daniella.* En comparaison, le fait de savoir si oui ou non Marchal partagea son lit pendant quelques heures à l'automne 1861 n'a guère d'importance. Tout au long de sa vie, George Sand fit siennes les passions de l'esprit comme celles du corps, seul le triptyque cœur-corps-esprit représentant à ses yeux l'amour total.

Cette fois, ce n'était pas le spectacle de Rome qui enflammait George Sand, mais la vision de la France sous Napoléon III, le paradoxe du libéralisme économique créant une nation en pleine expansion industrielle en même temps qu'une Église de plus en plus puissante qui entravait la liberté littéraire. On en

* Comparer avec *Song of Myself,* de Walt Whitman :
I loafe and invite my soul
I lean and loafe at my ease observing a spear
of summer grass.
(Je flâne et j'invite mon âme
Je m'allonge et je flâne à loisir, observant
un brin d'herbe estivale.)

avait vu un exemple avec les poursuites engagées un peu plus tôt contre *les Fleurs du mal* de Baudelaire et *Madame Bovary* de Flaubert, pour offense à la morale religieuse. Dans une lettre qu'elle adressa au prince Jérôme Bonaparte, le 26 février 1862, George exprimait ses sentiments avec éloquence :

> L'empereur a craint le socialisme ; soit, à son point de vue, il devait le craindre ; mais, en le frappant trop fort et trop vite, il a élevé, sur les ruines de ce parti, un parti bien autrement habile et bien autrement redoutable, un parti *uni* par l'esprit de caste et l'esprit de corps, les nobles et les prêtres, et, malheureusement, je ne vois plus de contrepoids dans la bourgeoisie.
> Avec tous ses travers, la bourgeoisie avait son côté utile comme prépondérance. Sceptique ou voltairienne, elle avait aussi son esprit de corps, sa vanité de parvenu. Elle résistait au prêtre, elle narguait le noble dont elle était jalouse. Aujourd'hui, elle le flatte ; on a relevé les titres et montré des égards aux légitimistes [qui réclamaient la restauration des Bourbons] dont on s'est entouré ; vous voyez si on les a conquis ! Les bourgeois ont voulu alors être bien avec les nobles, dont avait relevé l'influence ; les prêtres ont fait office de conciliateurs. On s'est fait dévot pour avoir entrée dans les salons légitimistes. Les fonctionnaires ont donné l'exemple, on s'est salué et souri à la messe, et les femmes du *tiers* se sont précipitées avec ardeur dans la légitimité, car les femmes ne font rien à demi[26].

C'est dans ce contexte qu'Octave Feuillet publia dans *la Revue des deux mondes* de George Sand, réconciliée avec Buloz, un roman intitulé *Sibylle,* un hymne sentimental aux vertus du sacerdoce et de l'Église. George répliqua avec l'élan et l'inspiration vive et fluide des meilleurs jours. Elle renversait les situations du roman de Feuillet — une jeune fille refusant d'épouser un soupirant qui ne partage pas sa foi — et campa dans *Mademoiselle La Quintinie* un jeune libre penseur qui refuse, lui, d'épouser une jeune fille tant qu'elle n'aura pas renoncé à son catholicisme. Le héros dénonce avec véhémence la doctrine de l'enfer et de la damnation éternelle, la négation de la chair imposée par l'Église et son refus de progrès ici-bas, et l'obligation d'une confession totale et intime qu'aucun mari ne pouvait réellement souhaiter partager avec un prêtre. « Trouvez-moi un précepte catholique autre que celui de l'obéissance passive de la femme envers le mari ! », s'écrie-t-il[27]. La jeune fille apprend alors la voie de la religion vraie, de l'humanisme chrétien, du credo de *Spiridion,* et épouse le jeune homme.

Dans sa préface, George Sand déclarait : « Il y a autre chose que la doctrine cléricale, il y a le parti clérical, dont les menées rentrent dans l'ordre des agitations politiques » capable d'éclater en « un vaste complot contre le principe de la liberté sociale et individuelle[28] ». Une fois de plus, à soixante ans, elle se faisait le héros politique de la génération montante. La jeunesse française, en particulier les étudiants parisiens, firent à *Mademoiselle La Quintinie* et à ses attaques audacieuses un accueil comme en avait rarement connu George Sand même dans sa jeunesse ; dans le climat étouffant du second Empire, elle continuait à symboliser la révolte intellectuelle. Apprenant qu'une nouvelle pièce de George Sand serait bientôt à l'affiche et qu'une manifestation était organisée à l'Odéon si proche de leur quartier Latin pour la démolir, ils saisirent au bond l'occasion qui leur était donnée de venir saluer en masse leur nouveau héros.

Malgré la pluie et le « fleuve de boue » qu'était Paris le jour de la première de *Villemer,* les étudiants vinrent chez elle « quatre par quatre, la carte au chapeau, demander des places » ! Dès dix heures du matin, ils firent la queue place de l'Odéon, « criant et chantant » (poursuit George Sand dans son journal, à la date du 29 février 1864). Pendant toute la représentation ceux qui n'avaient pu entrer dans le théâtre se massèrent dans les rues allant de la place à l'appartement de George Sand, rue Racine. Une émeute faillit se produire quand six cents étudiants en entraînèrent six mille autres vers le club catholique et la maison de jésuites voisins, où ils organisèrent leur propre contre-manifestation anticléricale.

A l'intérieur du théâtre, l'empereur et l'impératrice, inquiets, siégeaient dans la loge impériale. George Sand occupait une autre loge en compagnie du prince Jérôme et de sa jeune épouse. Chaque scène était accueillie par des sifflets et des piétinements, vite noyés dans les cris et les applaudissements. Même l'empereur applaudit prudemment. Quand le rideau tomba, ce fut une ovation. « Succès inouï, insensé. » Au foyer, pendant l'entracte, deux cents personnes avaient défilé pour embrasser Mme Sand sur la joue. Parmi les amis de George présents ce soir-là se trouvait Gustave Flaubert, qui « pleurait comme une femme », écrivit George à Maurice. Des larmes de joie très certainement devant le succès de son amie qu'il remercia chaleureusement. Mais le plus grand triomphe l'attendait dehors. Des milliers d'étudiants l'escortèrent jusque chez elle aux cris de « Vive George Sand ! Vive *Mademoiselle La Quintinie !* A bas les cléricaux ! ». La police réussit à les persuader de ne pas dételer les chevaux de sa voiture qu'ils voulaient tirer eux-mêmes jusqu'à son appartement[29].

La deuxième représentation obtint le même succès et pendant plusieurs semaines, la queue des voitures s'étira de la place de l'Odéon jusqu'aux boulevards de la rive gauche. C'est ainsi que même à son « crépuscule », George Sand s'attira les applaudissements de ses contemporains, en particulier de la jeunesse qui avait maintenant la possibilité d'acheter ses romans plus anciens en édition populaire et bon marché, quitte à ignorer ses œuvres plus tardives et plus modérées. Comparons, toutefois, la réaction de Sainte-Beuve : quand *Mademoiselle La Quintinie* sortit et suscita une controverse passionnée, avait-il écrit, « l'aigle puissante s'est irritée... [elle] a fondu sur la blanche colombe, l'a enlevée jusqu'au plus haut des airs », probablement pour fracasser sa dévote proie sur les rochers. Toute cette affaire, concluait Sainte-Beuve, « est un peu rude[30] ».

Entre-temps, un homme qui en sa qualité de poète maudit est plus notre contemporain que celui de George Sand, le sombre Charles Baudelaire, obsédé par le péché, méditait sur ce colosse serein qui embrassait son époque ; et lui, qui avait déclaré : « J'ai cultivé mon hystérie avec jouissance et terreur », en était l'antithèse personnifiée. Ses commentaires sur George Sand sont des notes réservées à son usage personnel, qui ne furent publiées qu'après sa mort.

> *Sur George Sand.* La femme Sand est le Prudhomme [l'incarnation de la suffisance et de la vulgarité] de l'immoralité. Elle a toujours été moraliste. Seulement elle faisait autrefois de la contre-morale. — Aussi elle n'a

> jamais été artiste. Elle a le fameux *style coulant,* cher aux bourgeois. Elle est bête, elle est lourde, elle est bavarde ; elle a dans les idées morales la même profondeur de jugement et la même délicatesse de sentiment que les concierges et les filles entretenues. Ce qu'elle a dit de sa mère [dans *Histoire de ma vie*]. Ce qu'elle dit de la poésie. Son amour pour les ouvriers. Que quelques hommes aient pu s'amouracher de cette latrine, c'est bien la preuve de l'abaissement des hommes de ce siècle.
>
> Voir la préface de *Mademoiselle La Quintinie,* où elle prétend que les vrais chrétiens ne croient pas à l'Enfer. La Sand est pour le *Dieu des bonnes gens,* le dieu des concierges et des domestiques filous. Elle a de bonnes raisons pour vouloir supprimer l'Enfer.
>
> *Le Diable et George Sand.* Il ne faut pas croire que le diable ne tente que les hommes de génie. Il méprise sans doute les imbéciles, mais il ne dédaigne pas leur concours. Bien au contraire, il fonde ses grands espoirs sur ceux-là.
>
> Voyez George Sand. Elle est surtout, et plus que toute autre chose, une *grosse bête ;* mais elle est *possédée.* C'est le Diable qui lui a persuadé de se fier à *son bon cœur* et à *son bon sens,* afin qu'elle persuadât toutes les autres grosses bêtes de se fier à leur bon cœur et à leur bon sens. Je ne puis penser à cette stupide créature sans un certain frémissement d'horreur. Si je la rencontrais, je ne pourrais m'empêcher de lui jeter un bénitier à la tête.
>
> George Sand est une de ces vieilles ingénues qui ne veulent jamais quitter les planches.

Baudelaire bout d'impatience et de frustration. Il fait suivre immédiatement cette mise au pilori de George Sand (qu'il avait couverte d'éloges, et à juste titre, dix ans plus tôt) d'une volée de pierres à l'intention de Voltaire : « Je m'ennuie en France, surtout parce que tout le monde ressemble à Voltaire… *l'anti-poète…* l'anti-artiste, le prédicateur des concierges[31]. » On voit mieux ainsi où veut en venir Baudelaire, sans que son intuition ne perde rien de son mordant. Voltaire était *trop* rationnel, George Sand douée de *trop* de bon sens, pour la sensibilité torturée du poète des damnés. Et l'un comme l'autre, aux yeux de Baudelaire, occupaient depuis trop longtemps la scène française, autrement dit l'esprit français.

35. Fils contre amant : « Partons, mon vieux ! »

« On l'éleva, à la lettre, dans du coton », écrivit George Sand à propos de son père, Maurice Dupin[1]. Elle manqua de cette lucidité dans l'éducation de son fils. Maurice Sand était devenu un illustrateur indolent qui laissait le travail plus ingrat de la gravure à Manceau ; qui s'essayait à la littérature en confiant le dénouement d'un roman, par exemple, à sa mère ; et qui jouait avec ses marionnettes comme un enfant retardé. Sa fixation œdipienne était manifeste, mais il avait réussi à s'interposer entre sa mère et Chopin. En 1862, il arrivait au seuil de la quarantaine. Son mariage devint le souci dominant de George Sand, qui pensait peut-être plus à sa postérité qu'à son fils : « Maurice se trouvait si heureux par moi, qu'il craignait de ne pas l'être autrement[2]. » Ou encore à la fille qu'elle n'avait pas eue en Solange ni Augustine. Après la mort de Nini, définitivement séparée de Clésinger, Solange tourbillonnait dans l'Europe entière au bras de ses riches amants ; George préférait ignorer les détails. Augustine continuait à lui écrire quand elle avait besoin de lui demander un service pour son mari.

Quelle épouse trouver pour Maurice, quelle fille pour sa mère ? En 1860, George Sand avait écrit à l'ancien précepteur de Maurice, Jules Boucoiran, pour réclamer son aide : « Je préférerais de beaucoup », disait-elle, « une famille protestante... une charmante personne, ayant des goûts sérieux, une figure agréable, de l'intelligence[3]... » Sand trouva ce qu'elle cherchait deux ans plus tard, en la personne de la fille du graveur Luigi Calamatta, un ami de toujours. Les yeux noirs, charmante, sympathique et intelligente, Marcelina Calamatta, surnommée Lina, connaissait bien Nohant ; elle avait été élevée à Paris, puis avait quitté la capitale pour achever ses études à Gênes. Républicaine comme son père, elle était aussi « libre penseur » que George et Maurice, en réaction contre une mère dominatrice, catholique, maintenant séparée de son mari. Lina avait dix-neuf ans et Maurice presque trente-neuf quand on les fiança.

« Je sens bien que je te serai une mère véritable », écrivit George à Lina Calamatta le 31 mars 1862, « car j'ai besoin d'une fille et je ne peux pas trouver mieux que celle du meilleur de mes amis[4]. » En épousant Maurice au mois de mai, civilement à la mairie, et non religieusement à l'église, Lina devint en effet la fille que souhaitait George Sand, dévouée, affectionnée et loyale. « Oh, j'ai bien plus épousé George Sand que Maurice Sand », déclarerait un jour Lina, « et je me suis mariée avec lui, parce que je l'adorais, elle[5]. » Et George à Flaubert : « Ma fille Lina est toujours ma vraie fille. *L'autre* se porte bien et elle est belle, c'est tout ce que j'ai à lui demander[6]. »

L'été fut agréable ; Lina fit à George le plaisir d'être rapidement enceinte, Maurice semblait vouloir se montrer un bon père, quant à Manceau, il restait une force inébranlable, « tout cœur et tout dévouement[7] ». L'automne se révéla fécond : il y eut en effet un peu de Lina dans Mademoiselle La Quintinie, ce qui adoucit le personnage et en arrondit les angles. L'été suivant, le 14 juillet 1863, George était de nouveau grand-mère et l'on célébra la naissance de Marc-Antoine Dudevant-Sand, aussitôt surnommé Cocoton, en même temps que la prise de la Bastille en tirant le canon miniature et en donnant le spectacle d'usage dans le petit théâtre de Nohant. George s'était remise à écrire et travaillait à l'adaptation de *Villemer* avec l'aide de Dumas. Il lui rendait souvent visite et avait amené à Nohant Théophile Gautier, poète, romancier, critique, esthète et romantique par excellence, comme il l'avait fait avec Charles Marchal un peu plus tôt.

Ce premier séjour de Gautier à Nohant faillit être le dernier. Il prit le silence embarrassant de George au salon pour un accueil délibérément « glacial », alla chercher Dumas et lui annonça qu'il repartait le lendemain matin. Dumas éclata de rire et conduisit « ce cher Théo » dans le bureau de Sand. « Tu ne lui as donc pas appris que j'étais bête à couper au couteau », s'exclama-t-elle, « et que je ne sais pas causer aux gens d'esprit ? » Son invité se radoucit et tous trois discutèrent jusqu'à l'aube[8].

Quand il regagna Paris quelques jours plus tard, Gautier fit un récit plus circonstancié à ses amis qui se réunissaient deux fois par mois au restaurant Magny, situé sur la rive gauche. « Est-ce amusant là ? » lui demanda-t-on. La réponse de Théophile Gautier, dûment rapportée par les frères Goncourt, visait essentiellement à *amuser :* on ne pouvait se permettre d'être ennuyeux aux dîners Magny. Donc :

> Est-ce amusant ?
> — Comme un couvent de frères moraves. Je suis arrivé le soir. C'est loin du chemin de fer. [De Châteauroux, on devait prendre la diligence.] On a mis ma malle dans un buisson. Je suis entré par la ferme, au milieu de chiens qui me faisaient une peur !... On m'a fait dîner. La nourriture est bonne, mais il y a trop de gibier et de poulet. Moi, ça ne me va pas... Là étaient Marchal le peintre, Mme Calamatta, Alexandre Dumas fils...
> — Et quelle est la vie à Nohant ?
> — On déjeune à dix heures. Au dernier coup, quand l'aiguille est sur l'heure, chacun se met à table. Mme Sand arrive, avec un air de somnambule, et reste endormie tout le déjeuner. Après le déjeuner, on va dans le jardin. On joue au cochonnet, ça la ranime. Elle s'assied et se met à causer. On cause généralement, à cette heure, des choses de prononciation : par exemple, sur la prononciation d'*ailleurs* et de *meilleur.* La causerie chaffriolante toutefois, ce sont les plaisanteries stercoraires.
> — Bah !
> — Mais, par exemple, pas le plus petit mot sur les rapports des sexes. Je crois qu'on vous flanquerait à la porte si vous y faisiez la moindre allusion.
> A trois heures, Mme Sand remonte faire de la copie jusqu'à six heures. On dîne, seulement on dîne un peu vite, pour laisser le temps de dîner à Marie Caillaud. C'est la bonne de la maison, une petite Fadette que Mme Sand a prise dans le pays pour jouer les pièces de son théâtre, et qui vient au salon le soir.
> Après dîner, Mme Sand fait des patiences sans dire un mot, jusqu'à minuit...
> Par exemple, le second jour, j'ai commencé à dire que si

l'on ne parlait pas littérature, je m'en allais. ... Ah, littérature ! Ils semblaient revenir de l'autre monde... Il faut vous dire qu'en ce moment, il n'y a qu'une chose dont on s'occupe là-bas, la minéralogie. Chacun a son marteau, on ne sort pas sans. Enfin, j'ai déclaré que Rousseau était le plus mauvais écrivain de la langue française, et ça m'a fait une discussion avec Mme Sand jusqu'à une heure du matin...
Tout de même, Manceau lui a joliment machiné ce Nohant pour la copie ! Elle ne peut s'asseoir dans une pièce, sans qu'il surgisse des plumes, de l'encre bleue, du papier à cigarettes, du tabac turc et du papier à lettres rayé ! Et elle en use. Car vous n'ignorez pas qu'elle retravaille à minuit jusqu'à quatre heures.

Et finissait « monstrueusement » un roman pour en commencer un autre la même nuit.

... Au reste, on est bien chez elle. Par exemple, c'est un service silencieux. Il y a une boîte, qui a deux compartiments, dans le corridor : l'un est pour les lettres par la poste, l'autre pour la maison. Dans celui-ci, on écrit tout ce dont on a besoin, en indiquant son nom et sa chambre. J'ai eu besoin d'un peigne ; j'ai écrit : *M. Théophile Gautier, telle chambre,* ma demande, — et le lendemain à six heures, j'avais trente peignes à choisir[9].

Cet « amusant » récit met en évidence le rôle de Manceau dans la vie de Sand. Il n'y est fait pratiquement aucune allusion à l'homme-enfant, Maurice. Quelle mortification dut-il en éprouver, surtout maintenant qu'il était père et chef de famille, la sienne, dans un coin de Nohant. Que ne dut-il pas s'entendre dire par son propre père, Casimir, à Guillery où il faisait chaque année de longs séjours. L'hostilité croissante de Maurice envers Alexandre Manceau ne pouvait qu'éclater au grand jour. Les notations sibyllines de George Sand dans l'agenda de 1863 le laissent deviner. Et puis, il y a cette phrase inquiétante du 31 mars ; « Manceau tousse », suivie le 2 avril par « Manceau tousse toujours ». Cette toux allait constituer désormais un bruit de fond permanent[10].

George Sand avait, l'automne de cette même année, trois

pièces en préparation : *Villemer, Datura Fastuosa,* et un drame en vers de Manceau, *Une journée à Dresde.* Maurice, pour sa part, « travaillait » à son deuxième roman, mais l'ouvrage n'avançait guère. Presque tous les soirs, on lisait des passages des pièces, entrecoupés d'interludes musicaux. (« Lina chante divinement... Après *Datura,* Manceau lit un peu de son drame... Charmant... ») Marie Caillaud, la servante qui prenait une part active aux représentations, jouait à la prima donna et posait des problèmes. Elle ne supportait pas les indications scéniques de Manceau. George faisait de son mieux pour rétablir la paix domestique. 27 septembre : « La pièce [*Datura*] a un grand succès. *Manceau se surpasse* », soulignait George Sand. A la date du 21 octobre, les notes de Manceau mentionnent un climat général de nervosité. George Sand, à propos de *Villemer* qui va bientôt être joué, 22 octobre : « Nous travaillons, Manceau et moi, comme deux nègres... l'invincible Manceau. » Le 28 octobre, ils avaient suffisamment avancé pour pouvoir procéder à une répétition générale à Nohant, devant Charles de La Rounat, directeur de l'Odéon. « Lecture de *Villemer* à La Rounat, Boucoiran, Calamatta, tous excepté Maurice. Manceau lit comme un ange. » Manceau, 13 novembre : « Maurice ne va pas très bien... » Sand, le 14 novembre : « La pièce fait plaisir. Manceau lit comme un bijou... Maurice est assez souffrant. » Manceau, 16 novembre : « Madame ne va pas très bien... »

Une semaine plus tard, c'était l'explosion. Marie Caillaud en fut la cause, ou le prétexte. Une fois de plus, elle refusa de suivre les indications de Manceau. Maurice prit son parti. Le ton monta, la querelle s'evenima. Maurice alla voir sa mère, répétant le drame déjà joué avec Chopin. C'était Manceau ou lui, déclara-t-il ; ils ne pouvaient pas rester tous les deux à Nohant. George Sand fit marche arrière : elle ne supporta jamais l'agression directe. Bien sûr, il n'était pas question que Maurice parte, il était son fils, sa famille. Ce soir-là, ce fut Manceau qui rédigea leur journal. George Sand le lirait plus tard dans la nuit, il le savait ; ils agissaient parfois ainsi, communiquant par le biais de l'agenda, comme un billet qu'ils auraient laissé sur l'oreiller de l'autre. 23 novembre 1863 :

> A la suite de je ne sais quelle conversation, on m'annonce que je suis libre de m'en aller à la Saint-Jean prochaine. Toutes les larmes sont versées à mon sujet. Ça n'a pas été long. Voilà tout ce que j'ai pu amasser de regrets par quinze ans de dévouement. J'aime à constater ici, pour n'en pleurer jamais et avec l'espoir d'en sourire plus tard. C'est égal, c'est en grande partie une triste chose que l'humanité. Je vais donc retrouver ma liberté et, si je veux aimer quelqu'un et me dévouer encore, puisque c'est là ma joie à moi, je pourrai le faire en toute liberté. Liberté, c'est joli ça...

Quelques années plus tard, quand Maurice tomba par hasard sur les agendas, il devait ajouter de son écriture plus fine et plus serrée : « Relisez *Tartuffe.* » Pour sa part George Sand, en lisant ces lignes tristes et pleines de dignité, fut profondément émue ; le lendemain matin, elle fit savoir à Maurice qu'elle revenait sur sa décision. Elle quittait Nohant avec Manceau. Cette nuit-là, ce fut *elle* qui laissa ses lignes sur l'oreiller de son amant :

> Moi je ne suis pas triste. Pourquoi ? Nous savions tout ça, et ça allait mal. Et moi aussi, je reprends *ma* liberté. Et puisque *nous* ne nous quittons pas, et qu'on est content que ça change ? Et que j'aspirais à un changement quelconque, dans cette vie d'amertume et d'injustice ? Partons mon vieux. Partons sans rancune, sans fâcherie, et ne nous quittons jamais. Tout à eux, tout pour eux, mais pas notre dignité, et pas le sacrifice de notre amitié. JAMAIS.

Nouvelle surcharge de Maurice, amère et injuste : « Relisez le père dans *Tartuffe.* Ma mère toujours dupe ! » On mit néanmoins son point d'honneur à se séparer sans rancune ; rien ne transperça de la décision de George de quitter Nohant et de laisser la propriété à Maurice. Mais George eut « mal à l'estomac » et elle notait, le 4 décembre, un rêve très kafkaïen : « Encore le cauchemar cette nuit. Condamnation à mort sans savoir pourquoi. » Les soirées coulaient avec une régularité d'horloge ; on regardait les marionnettes. Manceau, 26 décembre : « Madame... se passionne aux costumes des marionnettes. Ce n'est pas de la folie, c'est de la frénésie. Et quand il n'y aura plus de marionnettes ? » Quand ils vivront loin de Nohant et de Maurice, en tête à tête ? s'interrogeait Manceau.

La transition fut facilitée par un séjour à Paris dans les premiers mois de 1864. Le 13 janvier, le petit drame en vers de Manceau fut joué à l'Odéon, avec succès. Le prince Jérôme réclama avec bruit la présence de l'auteur dans sa loge. Il y eut aussi les répétitions de *Villemer* dont la première était prévue pour la fin février. Et il fallut trouver un atelier pour Manceau plus petit — il serait situé rue des Feuillantines — pour remplacer celui, trop onéreux, de la rue Racine. Et une « petite maison », pas trop loin de Paris, dans laquelle s'installer le jour où ils quitteraient Nohant. Un cousin de Manceau, Louis Maillard, leur fut de la plus grande aide en dénichant une petite villa isolée, dans le village de Palaiseau, à une heure de route au sud de Paris.

Restait à acheter cette maison. Une fois de plus, Manceau puisa dans ses petites réserves — la maison serait à son nom — et George Sand se retrouva par ailleurs, de façon très inattendue, à la tête d'une petite fortune quand Delacroix mourut. Une vente réalisée au profit de ses héritiers suscita un intérêt soudain et croissant pour les œuvres du peintre. George écrivit à Maurice de vendre leurs propres trésors : *la Chasse au lion,* deux *Lélia, les Fleurs, Cléopâtre* et *les Carrières,* ainsi qu'une douzaine d'autres toiles, esquisses et dessins. « Je me réserverai *le Centaure* ma vie durant. C'est son dernier cadeau, et *la Confession du Giaour,* c'est le premier [11]. » L'argent tiré de la vente assurerait également à Maurice une rente annuelle de trois mille francs fort acceptable.

L'accueil réservé par le public à *Villemer* quelques semaines plus tard fit peut-être regretter à George d'avoir vendu ses toiles de Delacroix, mais ce genre de regrets n'étaient pas dans son caractère. De plus, cela lui permettait de présenter son départ de Nohant sous son meilleur jour. « Le succès de *Villemer* », expliquait-elle à Augustine dans une lettre du 21 mars, « me permet de recouvrer un peu de liberté, dont j'étais privée tout à fait à Nohant depuis ces dernières années. » Le poids que représentaient la propriété et la moitié du pays, disait-elle, les

« amis de mes amis — et Dieu sait s'ils en ont — qui voulaient être *placés* par mon grand *crédit* », grevaient trop son travail, sa bourse et sa tranquillité d'esprit. « Je change ce genre de vie ; je m'en réjouis et je trouve drôle qu'on me plaigne... On me fait rire quand on me dit : “ Vous allez donc nous quitter ? Comment ferez-vous pour vivre sans nous ? ” Ces bons Berrichons [12] ! »

A vrai dire, les domestiques de Nohant avaient mis tout le pays au courant des véritables raisons de ce départ. « Marie Caillaud fait dans mon panier et se permet de lire mon journal », notait Sand dans son agenda, à la date du 20 mai. « Vas-y ! » et il est peu probable que Titine ait ignoré ce qui conduisait George à quitter son Nohant bien-aimé. Le départ proprement dit fut douloureux. Incapable de rester tranquille, George rangeait et dérangeait ses papiers et ses affaires en prévision du déménagement, tandis que Manceau s'occupait de préparer leur maison de Palaiseau. Sur une impulsion, elle partit brusquement à Gargilesse passer quelques jours dans la solitude la plus absolue. Elle en revint rassérénée, de nouveau elle-même. Son agenda se fit l'écho heureux de cette amélioration. La page du « 25 avril », indiquait comme thème de la journée : « Abstinence. » Elle souligna ce mot provocateur d'un trait épais.

> *Abstinence !* Abstinence de quoi, imbéciles ? Abstenez-vous, toute la vie, de ce qui est mal. Est-ce que Dieu a fait ce qui est bon pour qu'on s'en prive ? Abstenez-vous de sentir ce beau soleil et de regarder fleurir les lilas [13]...

George Sand, quant à elle, ne s'abstiendrait pas, et pas davantage à soixante ans qu'à vingt ans.

Manceau revint début juin : la maison de Palaiseau les attendait. Les ouvriers et les artisans de La Châtre, après avoir envoyé, en vain, à George Sand une pétition pour lui demander de rester, lui adressèrent une lettre de témoignage émouvante que tous signèrent. « Personne n'a su ainsi que vous, madame, honorer le travail et la dignité du pauvre », écrivaient-ils, en évoquant *le Compagnon du tour de France*. « Aujourd'hui, seul ou le premier, l'auteur de *Mademoiselle La Quintinie* lutte et triomphe encore pour la vérité contre les idées rétrogrades, nous nous rangeons de nouveau avec lui au nom de la liberté. » Et ils terminaient en citant la ballade de *Consuelo,* « la bonne Déesse, la Déesse de la pauvreté [14] ».

Manceau inscrivit sur l'agenda ces lignes sereines à l'intention de sa compagne. 11 juin 1864 :

> Dernière soirée à Nohant. Nous nous en souviendrons tous, je crois. Il n'y a donc rien à écrire sur cette dernière veillée. Mais je pense malgré moi que, pendant les quatorze ans que j'ai passés ici, j'ai plus ri, plus pleuré, plus *vécu* que dans les trente-trois ans qui les ont précédés. Me voilà désormais seul avec elle. Quelle responsabilité. Mais aussi quel honneur et quelle joie !

George Sand ne lirait jamais le commentaire en pattes de mouche de Maurice : « Quel fat ! Quel sot ! » La séparation fut plus solennelle ; on abandonnait en effet Nohant à quelques gardiens. L'ironie voulait que « les chers enfants », Maurice et la docile Lina, s'étant estimés incapables d'administrer ce grand domaine sans sa redoutable matriarche, eussent accepté la proposition de Casimir Dudevant qui les invitait à s'installer à Guillery. Tandis que le couple faisait route vers Lourdes, George Sand et Manceau se rendirent à Palaiseau via Paris, où ils arrivèrent à huit heures du soir. George dans son journal, 12 juin : « Je suis dans le ravissement de *tout :* du pays, du petit jardin, de la vue, de la maison, du dîner, de la bonne, du silence. C'est un enchantement. Le bon Manceau a pensé à tout ; *c'est la perfection.* »

L'étang, comme un « petit diamant d'eau », de la propriété, les arbres splendides qui l'entouraient, les prés et les champs de blé composaient un paysage de peintre, « un vrai Ruysdaël », écrivait George [15]. Elle goûtait le plaisir tout particulier de recommencer à neuf, dans un endroit pur de tout souvenir ; d'un geste symbolique, elle brûla ses vieux manuscrits (pour eux aussi, l'espace devenait insuffisant), dont le malheureux *Engelwald*, des passages supprimés de *Mauprat* et de *Cosima*, et des papiers de moindre valeur. Elle regarda les cendres s'envoler par la cheminée. On se rendait souvent à Paris — il fallait si peu de temps — pour voir Buloz ou le prince Jérôme, ou aller au théâtre. Le 5 juillet, le soixantième anniversaire de George fut célébré dans « une campagne fraîche comme au mois de mai ». Une seule ombre au tableau, quelques lignes écrites le 23 juin : « Manceau a un petit crachement de sang, qui n'est rien à coup sûr. »

Et puis, le 10 juillet, de la main de Manceau : « Mauvaises nouvelles de Cocoton. » L'enfant de Lina était tombé malade à Guillery et on craignait pour sa vie. Le 14 juillet, de la grande et large écriture de George Sand : « Anniversaire bien triste de mon pauvre petit. Mais ce soir le télégramme est meilleur. Il y a espoir. » Manceau, 18 juillet : « Pas de télégramme ce soir. » 19 juillet : « Avant de se mettre à table, nous recevons l'affreuse nouvelle que Marc est mourant : BEAUCOUP PLUS MAL PEU D'ESPOIR. Nous faisons nos malles et nous partons. » Ils manquèrent de cinq minutes le train de Paris-Bordeaux. « Nous couchons rue des Feuillantines. » 20 juillet, à Paris : « Nouveau télégramme : SI TU VEUX LE VOIR VIENS. » Accompagnés du cousin de Manceau, Louis Maillard, du médecin de George, Camille Leclerc, et de leur bonne, Lucie, ils arrivèrent à Guillery le 21, à deux heures de l'après-midi. « Depuis une demi-heure, nous savons par le facteur rural que nous arrivons trop tard : l'enfant est mort le matin. La première personne que nous voyons, c'est Maurice ; puis M. Dudevant et Mme Dalias ; puis Mme Maurice... » Manceau, son cousin et le médecin passèrent la nuit à Nérac, « laissant Mme Sand consoler les enfants ».

Les protagonistes auraient disparu depuis longtemps, que les braves gens de Guillery se rappelleraient l'étrange rencontre, la tension de ces journées. Cette Mme Dalias, mentionnée dans son journal par Manceau (qui accompagnait George Sand en qualité d'amie intime), était Jeanny Dalias, la femme de charge et la maîtresse de Casimir Dudevant (toujours mari de George Sand), et mère de sa fille déjà grande, Rose. Casimir, âgé maintenant de soixante-neuf ans, toujours aussi intimidé par sa femme, s'était entouré d'amis en prévision de son arrivée. Il fit preuve néanmoins d'une courtoisie exemplaire en demandant à Mme Dalias de montrer sa chambre à « Mme la Baronne », glissant à l'oreille de George que personne ne l'avait occupée depuis son départ. Afin de ne pas être en reste, celle-ci déclara un peu plus tard à Mme Dalias qu'elle lui confiait son vieux mari [16].

Le lendemain, Manceau, à la requête de Maurice, ramena de Nérac un pasteur protestant afin de procéder au service funèbre. Au déjeuner, George resta silencieuse et Maurice pleura. Après le repas, comme devaient se le rappeler les domestiques, elle fuma sans interruption, comportement aussi scandaleux pour eux que le jupon rouge qu'ils aperçurent sous sa jupe relevée. Les adieux furent brefs. Le 24 juillet, Manceau et George Sand étaient de retour à Palaiseau. Le 25, George corrigeait les épreuves qui l'avaient suivie depuis son départ ; Buloz passa les prendre. « Le temps est noir et nous donc ! Manceau souffle et tousse, et se couche de bonne heure. » 26 juillet : « Manceau va mieux. J'achève mon roman avec grand effort *l'Enfant perdu,* commencé avant la maladie de Marc-Antoine. Il est mauvais. Dieu sait que ce n'est pas ma faute ! » 28 juillet : « Camille [Leclerc] a ausculté Manceau, l'a trouvé bien, et l'a mis à l'arsenic. » On ne savait pas encore reconnaître les premiers symptômes de la tuberculose, qualifiée à juste titre de fléau du XIXe siècle (à égalité avec la syphilis) ni la guérir.

A Maurice et à Lina qui séjournaient à Nîmes avant de rentrer enfin à Nohant, George Sand écrivit que la vie devait continuer, malgré son « terrible mélange » de joies et de chagrins, d'espoirs et de désespoirs : « En un mot nous vivrons encore [17]. » A Armand Barbès, qui devait mourir en Hollande où il était exilé : « Quelle douleur ! nous n'en sommes pas encore revenus ; et pourtant, je demande, je *commande* un autre enfant ; car il faut aimer, il faut souffrir, il faut pleurer, espérer, créer, *être* [18]. » Aidée de cette remarquable philosophie, Sand fit de son mieux pour continuer à mener une vie normale et ne rien changer à ses activités ; elle jardinait et faisait de longues promenades comme à son habitude, allait à Paris, dînait chez Magny, travaillait à une autre pièce, *le Drac*, et envoyait même Manceau faire dans la capitale des courses qui l'épuisaient. Mais Camille Leclerc commençait à leur rendre visite avec une régularité inquiétante. 4 septembre : « Pauvre Manceau s'impatiente et tousse horriblement. » 6 septembre : « Manceau tousse et étouffe toujours. » George souffrait pour sa part des petits maux et des insomnies inhabituels ; l'avenir s'annonçait sombre.

11 septembre 1864, Manceau : « Marchal et Maillard viennent dîner — longue conversation après dîner... Madame va admirablement bien. » Puis, cette note sèche, à la même date : « Madame fait le projet d'aller passer huit jours à Gargilesse avec Marchal. »

Comme pour prendre des forces avant la terrible épreuve qui, elle le savait, l'attendait, George avait proposé sur une impulsion à Charles Marchal, le gai « mastodonte » de son groupe de jeunes amis, cet interlude sans essayer de le cacher ni de le travestir. Marchal avait accepté. Mais ce qui force l'admiration est la façon dont réagit Manceau : il semble n'avoir émis aucune objection. C'était un être dévoué ; et généreux. Que représentaient à vrai dire ces quelques jours comparés à tant d'années d'intimité ? N'était-il pas un malade, maintenant, et George son infirmière certainement plus que sa maîtresse ? Elle avait quitté Nohant et Maurice pour lui ; elle s'apprêtait à vivre une période pénible — et la plus troublée des deux, après ce geste impulsif, paraît avoir été George Sand.

Manceau, 12 septembre : « Madame a mal dormi. Elle est fatiguée et souffrante... Elle passe une partie de la journée à faire des malles pour aller à Gargilesse avec Marchal... Le soir bézigue. » 13 septembre : « Madame n'est pas très bien. Nous partons pour Paris à 11 heures avec Lucie... Dîner avec Marchal, Maurice, sa femme, Maillard... Maillard et moi, nous conduisons Mme Sand au chemin de fer. Elle est charmante. Elle se propose de beaucoup taquiner Marchal. On se dit adieu absolument comme si on partait pour le bois de Boulogne. Il est 10 heures. Le reste sera probablement fait par madame. »

Les quatre pages suivantes de l'agenda de 1864, avec deux jours à chaque page, soit du 14 au 21 septembre, restèrent blanches. Le journal reprit quand George et Marchal rentrèrent de Gargilesse ; Manceau alla au-devant d'eux à Paris, ils dînèrent chez Magny.

Les dernières répétitions de *le Drac*, qui devait être donné à l'Odéon, les retinrent une semaine à Paris. Manceau, 29 septembre : « Madame a souffert toute la nuit de mal à l'estomac... Odéon. Dîner chez Magny avec Maurice et sa femme. 2e *du Drac.* Ça marche assez bien. Je suis convaincu que ça ne fera pas un sou — mais l'honneur est sauf. Marchal [Maurice ?] est insolent comme le valet du bourreau. » George Sand, 30 septembre : « Manceau est bien las. » Ils regagnèrent Palaiseau, où « le ciel, le pays et la maisonnette » sont « toujours plus jolis ». L'année se termina avec des allusions de George à la « lecture et couture » et « Manceau tousse ».

Le 14 janvier 1865, la petite maison de Palaiseau fut secouée par une tempête épouvantable, « les cheminées ont le *delirium tremens* », notait Manceau [19]. Trois jours plus tard, malgré son état pitoyable, il alla seul à Paris « chez le prince, chez sa mère, à l'Odéon ». Mais son courage fut terriblement ébranlé par la mort soudaine de son cousin Maillard. George et lui se rendirent à Paris pour se joindre à ceux qui le pleuraient. « Madame ne me quitte pas — chère femme ! » Le 25 janvier, après l'enterrement de Maillard qu'ils avaient suivi à pied jusqu'au Père-Lachaise, George Sand : « Manceau dort, j'espère. » Pendant le trajet du retour, George essaya de distraire Manceau, malade, en commençant à écrire avec lui un nouveau roman. Il devait s'intituler *le Bonheur.* Manceau, 17 mars : « Je tousse à crever. » 7 mai : « Le roman du *Bonheur* est fini. »

Ce même mois, Manceau alla à Paris consulter un nouveau médecin dont le traitement consistait en inhalations répétées d'oxygène à faire chez soi. 16 mai : « Demain commence le traitement. » Dix points d'interrogation suivent, le dixième remplissant la moitié de la notation. Deux fois par jour, Manceau respirait de l'oxygène, chaque fois en éprouvant une douleur aiguë, chaque fois en notant « pas de résultats ». 13 mai : « Elle est triste, la dame, de me voir ainsi. Pourtant je fais ce que je peux pour rire, aussitôt que la fièvre veut bien m'oublier. » 3 juin : « J'essaie de travailler mais avec cette terrible quinte qui me tue. 43e gaz. On me permet de ne pas faire de traitement demain. Je suis content comme un écolier en vacances. » L'écriture faiblit ; le 6 juin, nous la lisons pour la dernière fois : « Le soir je tousse beaucoup. Madame me conseille de supprimer le gaz. Le soir lotions... compresses... Le matin je serai peut-être assez bien. »

Le calvaire de Manceau, le dévouement de George, ne touchaient pas encore à leur fin. Les nuits succédaient aux terribles journées, l'espoir s'amenuisait de jour en jour, les lotions, les compresses, les frictions, les enveloppements humides, les soins intensifs continuaient. L'agenda n'est plus tenu que par George, Manceau suivant les progrès de sa maladie au fil de la plume de sa compagne.

11 juin : « De grandes quintes... frictions de camphre, le calme revient... La fièvre est difficile à combattre. » 18 juin : « Il a froid même après la friction. » Des amis leur rendirent visite : Buloz, les Boutet, de Palaiseau, les Lambert, Marchal. Le 21, George était malade. Le 23, elle constatait : « la quinine n'a rien fait » et revenait au sulfate. « La gorge brûlante... Pas de frictions ce soir. J'ai fort mal à la patte. » 25 juin : « Triste journée. Il est découragé, irrité, désespéré. Je ne fais que pleurer et cela ne remédie à rien. Il s'en prend à moi de ce qu'il ne guérit pas, de ce que les médecins ne sont pas sérieux. Il a de la fièvre toute la journée, deux heures de toux avant le dîner ; après il est exaspéré. Il grogne le docteur Morère, les amis, tout le monde... Et puis il se tourmente pour moi. » 26 juin : « Je pleure toute la journée. » 5 juillet : « Soixante et un ans aujourd'hui. Quel anniversaire ! » 6 juillet : « Il y met bien du courage, je le vois, et moi, au lieu de lui en donner, je ne peux pas vaincre les larmes. Il est ma force et ma vie ! Quand il est le plus faible physiquement, moi, je suis la plus faible moralement. »

Se raccrochant au moindre espoir, George avait écrit à plusieurs reprises au Pr Fuster, de la faculté de médecine de Montpellier. On disait que lui aussi avait découvert un traitement miracle de la tuberculose. 8 juillet : « Toujours plus faible et irrité. Le soir le Pr Fuster arrive avec son secrétaire et Camille. Le Dr Morère vient aussi. Fuster examine et ausculte. Toujours la même chose : un poumon parfaitement sain ; un léger point à l'autre. Rien de grave par-là, mais cette fièvre, mais ces nerfs, mais ce tempérament irritable ! » George suppliait Manceau par journal interposé : « [Fuster] veut qu'il se guérisse *par l'effort de sa volonté* et par sa soumission à son régime qu'il maintient dans toute sa rigueur. Il faut les lotions d'eau froide ; il les faut sans tarder ni fléchir. Il me dit, à moi, qu'il a guéri des malades bien autrement compromis, mais que je ne dois pas céder, et que je me fasse détester s'il le faut. Pauvre enfant ! Il crie pendant cette lotion, c'est déchirant. J'ai envie de me tuer. Non ! Il faut le soigner et le sauver malgré lui. »

18 août : « Il tousse sans interruption toute la nuit et toute la journée. 48 heures ! C'est déchirant, et pourtant il est infiniment plus calme que les jours précédents. » 19 août : « Diarrhée... Quel combat ! » 20 août : « Hélas, tout ce qui précède, *il le lisait,* tantôt je craignais de l'irriter en adoucissant son mal, et tantôt je craignais qu'il n'en connût la gravité sans recours. Il y a plus d'un mois que je le connais, quelle lutte j'ai soutenue pour le lui cacher ! Le voilà au plus mal. Il dort, accablé par la fièvre, étouffé, ne toussant plus. Est-ce le dernier sommeil ? »

21 août : « Pauvre ami ! *Mort* ce matin, à six heures, après une nuit complètement calme, en apparence. En s'éveillant, il a parlé un peu, d'une voix déjà morte, et puis des paroles vagues comme dans un rêve, et puis quelques efforts de respiration, et puis la pâleur, et puis rien ! Il n'a pas eu conscience, j'espère. Il m'avait parlé, avec volonté et lucidité, à minuit. Il a parlé d'aller à Nohant. Je l'ai changé et arrangé sur son lit. J'ai fermé ses yeux. Je lui ai mis des fleurs. Il est beau et paraît tout jeune. Ah ! mon Dieu ! je ne le veillerai plus... »

22 août : « J'ai passé la nuit, seule, près de ce sommeil ! Il est sur son lit, toujours calme à présent. Rien de laid ni d'effrayant. Aucune mauvaise odeur. Je lui ai mis des roses fraîches. Marchal, La Rounat, Borie, Dumas et Fromentin sont venus me voir. Marchal a dîné avec moi... Seule à présent, et lui là, à côté de moi, dans cette petite chambre. Je n'ai plus à écouter sa respiration, et la nuit prochaine, plus rien, encore plus seule ! Et à présent, toujours... »

La sœur de Manceau arriva le jour même, mais préféra ne pas voir le corps de son frère, « disant que cela lui ferait *trop d'impression* ». L'Église refusa de fournir le drap mortuaire et le brancard, puisque George ne voulait pas d'enterrement religieux. Mais les ouvriers de Palaiseau, qui admiraient et respectaient Manceau, portèrent le corps « avec un drap blanc » et le cercueil jusqu'au cimetière du village et le couvrirent « de fleurs[20] ».

Manceau laissait tout ce qu'il possédait — Gargilesse, Palaiseau, ses outils de graveur et ses économies — à Maurice, qui hésita d'abord à accepter de crainte de voir le testament contesté par la famille de Manceau (son père, sa mère et une sœur non mariée) et d'être obligé de leur verser une rente sur les propriétés. Quand il fut certain qu'on ne lui rechercherait pas d'histoires, il prit possession de l'héritage. Ce fut George Sand qui lui assura qu'il n'avait rien à craindre de la famille de Manceau. « Dors donc en paix », écrivit-elle à Maurice, le 3 octobre 1865, « seigneur de Nohant, Palaiseau et Gargilesse[21]. »

36. Causeries nocturnes avec Flaubert

Pendant trois nuits George dormit peu ou pas du tout ; puis elle fit ses bagages et partit pour Nohant où elle trouva une Lina rose de santé et enceinte, fit le tour du jardin et des étables bien tenues et nota le lendemain : « Très bien dormi. » Manceau n'était plus là — « Sois tranquille, ta part reste impérissable » — mais il y avait les enfants et le calme retrouvé. « La vie est douce à présent ici. Plus de discussions, plus d'agitation, plus de bruit, plus de gaîté. » Quelques semaines plus tard, George rentrait à Palaiseau et se retrouvait : « Je retravaille[1]. »

Et une fois encore, pour guérir et pour reprendre ses forces, George se tourna vers Charles Marchal, capable d'aimer bien sainement et sans peser. George ne se faisait pas d'illusions, pas davantage qu'elle s'attarda jamais dans un deuil malsain[2]. Ses liens avec Marchal, s'il y en eut, furent aussi lâches que pouvait le souhaiter celui-ci, toujours fourré dans des aventures galantes avec des actrices et des modèles. Si l'on note une touche de mélancolie dans les billets qu'adressait George au jeune peintre, celle-ci est aussi imputable à l'approche de la vieillesse qu'aux fredaines de Marchal. « *Une fois pour toutes* », soulignait-elle le 6 octobre 1865, « vous n'avez jamais besoin d'excuse avec moi. » Et elle ajoutait avec tact : « Je sais ce que c'est de piocher[3]. » En novembre, elle commençait une lettre en l'appelant « mon gros printemps » — et non son été de la Saint-Martin[4]. « Tu me supportes comme je suis », constatait-elle avec satisfaction[5]. Vivant ses romans avant de les écrire, comme le ferait observer Oscar Wilde en la comparant à Goethe, George Sand travaillait à un nouveau récit, *le Dernier Amour ;* elle le dédierait, cependant, à Gustave Flaubert, au grand embarras de l'intéressé[6].

Car à cette période de sa vie, ce fut avec Flaubert plus qu'avec

Marchal que s'établit une relation profonde dont la durée et l'intensité peuvent se mesurer en fonction de leur personnalité à tous deux. Flaubert était le père de la fiction moderne, son *Madame Bovary* marquant l'avènement du nouveau roman de l'époque. Pendant plusieurs années encore, George et Marchal se rencontreraient à l'occasion d'un dîner, iraient ensemble au théâtre et prendraient le thé le soir chez George, dans une intimité qui ferait doucement place à une amitié asexuée. Mais pendant toutes ces années aussi, et jusqu'à la mort de la romancière, on ne peut que s'émerveiller de la filiation entre George Sand et Flaubert.

Peut-être se connaissaient-ils pour se saluer de loin depuis 1857. En tout cas, leur amitié débuta réellement en janvier 1863 et comme il convenait à deux écrivains, quand George fit l'éloge du roman « carthaginois » de Flaubert, *Salammbô,* une histoire d'amour anti-*Madame Bovary* ou, comme Flaubert le déclarait d'un ton désinvolte aux frères Goncourt, « une bosse de haschisch historique » de quatre heures[7]. L'accueil chaleureux fait par Sand à ce livre boudé par la critique comme par le public, et qui ne manqua pas d'attirer l'attention, fut donc doublement apprécié. Flaubert lui écrivit pour lui exprimer sa gratitude et lui demander un portrait d'elle. Il devait en recevoir deux, trois ans plus tard, l'un réalisé par Marchal, l'autre, que Flaubert préférait comme naguère Delacroix, par Couture et gravé par Manceau.

Né en 1821, dix-sept ans après George Sand, Gustave Flaubert s'était empressé d'abandonner ses études de droit et Paris, pour la littérature et Croisset, un petit village situé à proximité de Rouen ; cela à la suite de plusieurs crises d'épilepsie soudaine. La maison de Croisset, achetée peu avant de mourir par son père, un chirurgien aisé, avait appartenu en d'autres temps, signe du destin, à une abbaye bénédictine de Rouen. C'est là que depuis sa maladie, cet homme jeune, grand et musclé, réduit à une semi-invalidité (que compliquerait plus tard la syphilis) vivait avec une mère veuve et neurasthénique du revenu laissé par son père, dans une réclusion d'ermite et drapé dans un froc ceinturé d'une cordelière. La grande expédition de sa vie — l'unique — l'avait conduit dans l'est du bassin méditerranéen, où il avait visité de 1849 à 1851 l'Égypte, la

Syrie, la Grèce et Carthage en compagnie de Maxime Du Camp. Maintenant ses sorties se réduisaient presque exclusivement à de brefs séjours à Paris où il allait voir son éditeur et une poignée d'amis. Flaubert se consacrait à l'idéal du *mot juste* et de la phrase exacte, Croisset constituant le lieu monacal de leur conception. C'était une dévotion dominée par l'esprit de sacrifice au culte lancé par Théophile Gautier : l'art pour l'art. Mais dans le cas unique que représenta Flaubert, il consista essentiellement, et avec une intensité dévastatrice, dans la vie pour l'art. Il avait à la fois craint et admiré un père dominateur et sa vie demeurait « rivée », comme il disait souvent, à celle de sa mère [8] ; celle-ci exerçait en effet la tyrannie suprême, celle des larmes, sur une victime volontaire.

La philosophie de Flaubert, accentuée par sa condition physique, était une philosophie du désespoir, non romantique mais *totale.* Sa haine de l'esprit bourgeois, en redingote ou en blouse d'ouvrier, n'avait d'égal que son mépris pour les utopistes socialistes dont la doctrine, selon lui, était mortellement faussée par ses emprunts au mysticisme religieux. Il mettait son seul espoir dans une société élitiste de mandarins dont il reconnaissait l'impossibilité, ce qui accentuait encore son pessimisme. Peu d'écrivains représentèrent jamais des pôles plus opposés que Flaubert et George Sand, et c'est pourquoi, du fait même de leur différence, ils eurent tant à s'apporter l'un à l'autre. Et parce qu'ils appréciaient la différence, ils en évitèrent, ce dont avait été incapable Musset, les conflits destructeurs. Tous deux en bénéficièrent, mais Flaubert, l'Antée d'une George Sand-Terre Mère, un peu plus : jamais il n'envia aucun homme autant que Maurice.

L'amitié entre les deux auteurs s'épanouit en février 1864, quand l'ermite de Croisset vint à Paris et pleura sans honte aux côtés de George Sand lors du succès de *Villemer.* Elle s'approfondit après la mort de Manceau l'année suivante. Entre-temps, ils s'étaient vus chez Magny où George Sand devint en 1866 la seule femme régulièrement admise aux célèbres dîners bimensuels. Elle fut parrainée, outre Flaubert, par son vieil ami Sainte-Beuve et par les infatigables Goncourt qu'avaient considérablement impressionnés les volumes d'*Histoire de ma vie.* Théophile Gautier et Hippolyte Taine, critique et historien, apportèrent également leur appui. Mais personne ne l'admirait autant qu'Ernest Renan, l'auteur d'une *Vie de Jésus* immensément populaire. « Mme Sand », déclara-t-il ingénument aux Goncourt, « est la plus grande artiste de ce temps-ci, et le talent le plus vrai[9] ! » Il l'appellerait dans ses souvenirs élégiaques « la harpe éolienne de notre temps... le poète inspiré qui revêtit d'un corps nos espérances, nos plaintes, nos fautes, nos gémissements[10] ».

« Ils m'ont accueillie on ne peut mieux », notait pour sa part George Sand dans son journal, le 12 février 1866. « Ils ont été très brillants, sauf le grand savant Berthelot, qui seul a été, je crois, raisonnable. » Gautier fut « toujours éblouissant et paradoxal ». Saint-Victor, critique littéraire, « charmant et distingué ». D'après George Sand, le meilleur causeur et le plus intelligent de tous était encore « *l'oncle Beuve* ». Mais Gustave Flaubert, « passionné, est plus sympathique à moi que les autres. Pourquoi ? Je ne sais pas encore[11]. »

Toujours sur la brèche, les Goncourt avaient pris leurs notes (sur leurs manchettes de chemise, disait Flaubert). Au cours de cette soirée historique chez Magny, ils avaient été frappés par « la belle et charmante tête » de George Sand, par ce teint — de jour en jour plus bistre, semblait-il — et par « la délicatesse merveilleuse des petites mains perdues dans des manchettes de dentelle ». Regardant autour d'elle d'un « air intimidé », elle avait chuchoté à l'oreille de Flaubert : « Il n'y a que vous ici qui ne me gêniez pas. » Comme d'habitude, elle avait écouté et peu parlé[12].

Très vite, elle avait éprouvé un sentiment de parenté pour le Flaubert de quarante-quatre ans du dîner Magny, une affinité avec le moine de la littérature, à la stature imposante, avec ses grands yeux noirs et ses belles lèvres sensuelles à demi cachées par une énorme moustache tombante. Un peu plus tôt, ils avaient indirectement voisiné dans le *Lui* de Louise Colet qui attaquait encore plus perfidement le jeune Flaubert, amant de l'auteur, que Sand et Musset, dans le récit fictif qu'elle faisait de leur liaison. Flaubert, « rivé » comme il l'était à sa mère, eut toujours un penchant pour les femmes plus âgées. De plus, il avait vécu la grande passion de sa vie à l'âge de quatorze ans, quand il avait rencontré et idolâtré Mme Elisa Schlésinger, vingt-cinq ans, mariée. Cette passion non satisfaite se dévierait, avant et après Louise Colet, en passion avouée pour les prostituées.

Dès le tout début de leur amitié, George avait invité Flaubert à Nohant où elle se sentait plus à l'aise, davantage elle-même. Avec son aversion névrotique pour les déplacements, Flaubert trouva diverses excuses pour refuser, puis finit par contre-attaquer en invitant George Sand à Croisset, à l'été 1866. Bourrée de curiosité, elle accepta.

> *28 août :* J'arrive à Rouen à 1 heure. Je trouve Flaubert à la gare avec une voiture. Il me mène voir la ville, les beaux monuments, la cathédrale, l'hôtel de ville, Saint-Maclou, Saint-Patrice ; c'est merveilleux. Un vieux charnier et des vieilles rues ; c'est très curieux. Nous arrivons à Croisset à 3 heures et demie. La mère de Flaubert est une vieille charmante [soixante-treize ans]. L'endroit est délicieux [sur les rives de la Seine], la maison confortable et jolie, et bien arrangée, et un bon service, de la propreté, de l'eau, des *prévisions*, tout ce qu'on peut souhaiter. Je suis comme un coq en pâte. Flaubert me lit, ce soir, une *Tentation de saint Antoine*. Superbe. Nous bavardons dans son cabinet jusqu'à 2 heures. *29 août :* Nous partons à 11 heures par le bateau vapeur avec Mme Flaubert, sa nièce [Caroline, qui s'était mariée deux ans plus tôt], son amie Mme Vaas, et la fille de celle-ci, Mme de la Chaussée. Nous allons à La Bouille, un temps affreux, pluie et vent. Mais je reste dehors à regarder l'eau qui est superbe... A La Bouille, on reste dix minutes et on revient avec la *barre*, ou le *flot*, ou le *mascaret*, raz de marée. On est rentré à une heure. On fait du feu, on se sèche, on prend du thé. Je repars avec Flaubert pour faire le tour de sa propriété : jardin, terrasses, verger, potager, ferme, *citadelle*, une vieille maison de bois bien curieuse, qui lui sert de cellier. La *Sente de Moïse* [conduisant en haut de la pente]. Vue d'en haut sur la Seine [et les flèches de Rouen]... Abri excellent, tout en haut. Le terrain sec et blanc au-dessus. Le verger, très charmant, très poétique. Je m'habille. On dîne très bien. Je joue aux cartes avec les deux vieilles dames [George a soixante-deux ans]. Je cause ensuite avec Flaubert et je me couche à 2 heures. Excellent lit ; on dort bien. Mais je retousse ;

mon rhume est mécontent ; tant pis pour lui. *Paris, 30 août :* Départ de Croisset à midi avec Flaubert et sa nièce. Nous la déposons à Rouen. Nous revoyons la ville, le pont, c'est vaste et superbe. Un beau baptistère dans une église de jésuites. Flaubert m'emballe [pour Paris] [13].

« On ne fait que parler de vous depuis votre départ », écrivit Flaubert à George Sand presque aussitôt. « Car vous avez extrêmement plu à tout le monde. » De nouveau, il réclamait le portrait qu'on finit par lui envoyer, « afin que j'aie toujours sous les yeux votre chère et belle tête [14]. » George était intriguée ; toute sa curiosité n'avait pas été satisfaite, même après leur conversation de minuit. Flaubert s'était montré volubile, mais réservé. Son passé, pour une grande part, n'avait rien de secret ; Louise Colet y avait veillé. Mais sa maîtresse avait-elle su voir l'homme dans sa vérité ?

« Vous êtes un être à part », écrivait George à Flaubert, de Nohant, « très mystérieux, doux comme un mouton avec tout ça. » Elle aurait aimé lui poser des questions, mais s'était retenue ; elle aussi savait faire preuve de discrétion. Sainte-Beuve, poursuivait-elle, lui avait dit que Flaubert était « affreusement vicieux », mais « peut-être qu'il voit avec des yeux un peu salis. » Quoi qu'il en soit, ce genre d'affaires — la débauche et la prostitution, auxquelles n'est faite aucune allusion directe — ne regardaient que Flaubert. « L'homme d'intelligence peut avoir de grandes curiosités » et partir en quête d'expériences et de matériaux. Ces grandes curiosités, « je ne les ai pas eues », déclarait George Sand, « faute de courage » — ou de ne pas avoir joui de la même liberté qu'un homme. Elle faisait ensuite à Flaubert le don de sa tolérance et de sa compréhension : « L'artiste est un explorateur que rien ne doit arrêter et qui ne fait ni bien ni mal de marcher à droite ou à gauche : son but [son travail] sanctifie tout », à lui de décider des conditions dans lesquelles il trouvera à exercer son talent créateur [15].

Flaubert protestait : « Moi, un être mystérieux, chère maître, allons donc ! Je me trouve au contraire d'une platitude écœurante et je suis parfois bien ennuyé du bourgeois que j'ai sous la peau... Je sais peu d'hommes moins " vicieux " que moi. J'ai beaucoup *rêvé* et très peu exécuté. » Mais le moment venu, promettait-il, il avouerait tout[16].

George Sand évoquait d'un ton léger son passé : « J'avais un frère [Hippolyte] très drôle, qui souvent disait : " Du temps que j'étais chien... " Il croyait être homme très récemment. Moi je crois que j'étais végétal ou pierre. » Puis, peut-être pour le désarmer, elle décrivait la vie qu'elle menait : « A présent que je ne suis plus une femme, si le bon Dieu était juste, je deviendrais un homme ; j'aurais la force physique et je vous dirais : " Allons donc faire un tour à Carthage ou ailleurs. " Mais voilà, on marche à l'enfance, qui n'a ni sexe ni énergie[17]. » (« Oh vous du troisième sexe ! » dirait un jour Flaubert à George Sand, quand ils se connaîtraient mieux, à cet homme/femme qu'il percevait dans sa propre nature et que les autres reconnaissaient aussi en lui[18].)

C'est ainsi que s'engagea le dialogue entre ces deux écrivains d'âge différent, un des plus fascinants de l'histoire littéraire. Les lettres d'un Flaubert *libéré* — volontairement invisible dans ses romans — sont particulièrement révélatrices ; mais dans un cas comme dans l'autre, leur œuvre la plus achevée fut peut-être leur correspondance. Nous parlons de leurs lettres à leurs contemporains, surtout celles de Flaubert, les lettres qu'il écrivit à Louise Colet et à George Sand, et où l'artiste et l'homme, nettement séparés dans l'œuvre littéraire, ne font plus qu'un dans une remarquable analyse d'eux-mêmes.

Un deuxième séjour à Croisset, deux fois plus long que le premier, eut lieu au début du mois de novembre. Flaubert l'ermite ne se laissait toujours pas attirer à Nohant — un voyage le troublerait dans son travail ; il était trop impressionnable, disait-il — alors que George Sand accueillait au contraire la diversion. « Tu n'as pas comme moi *un pied qui remue* et toujours prêt à partir. Tu vis dans ta robe de chambre, le grand ennemi de la liberté et de l'activité[19]. » Retenue plusieurs mois durant au chevet d'un Manceau mourant, George était enfin libre de bouger, et elle en profitait. Cette visite de novembre à Flaubert faisait suite à l'envoi des deux portraits en octobre, en même temps que des *soixante-quinze* volumes de ses œuvres complètes en édition populaire. Ceci à l'intention d'un écrivain capable de souffrir mille morts pour parfaire un paragraphe pendant le laps de temps qu'il fallait à George pour écrire tout un roman ! Mais Flaubert, tout en l'enviant dans ses jours d'humeur, ne montra jamais d'aigreur devant la facilité avec laquelle George Sand écrivait ; quant à George, elle était consciente, en toute modestie, du caractère éphémère de la majorité de son œuvre et le disait à Flaubert : ils étaient amis.

Flaubert réussit à se secouer suffisamment pour accompagner George en train de Paris à Rouen, où ils furent accueillis par « Mme Flaubert et son autre fils, le médecin » ; ils allèrent à Croisset où George dormit « d'un sommeil de plomb ». *Journal,* 4 novembre 1866 : « Temps ravissant. Tour du jardin jusqu'au verger. Travail... » *Dans la soirée :* « Gustave me lit ensuite la féerie. C'est plein de choses admirables et charmantes. Trop long, trop riche, trop plein. Nous causons encore à 2 h, 3 h. J'ai faim. Nous descendons chercher du poulet froid à la cuisine. Nous sortons une tête dans la cour, pour chercher de l'eau à la pompe. Il fait doux comme au printemps. Nous mangeons, nous remontons. Nous fumons. Nous recausons. Nous nous quittons à 4 h du matin. » Le lendemain, George passa l'après-midi à travailler et à lire à « Gustave » des passages de son nouveau roman, *Cadio*, où apparaissait pour la première fois un certain désenchantement devant la violence révolutionnaire. Entre divers séjours à Croisset, George alla en Bretagne (afin de se documenter sur les Chouans) ; ce désenchantement, si déprimant pour elle, s'en trouva confirmé. En revanche, ses recherches intéressèrent vivement Flaubert, plongé jusqu'au cou dans sa foudroyante *Éducation sentimentale* et les « horreurs révolutionnaires » de 1848. Il interrogea longuement et en détail George Sand sur cette période ainsi que, par son entremise, ses amis socialistes qui eurent leur rôle à jouer, entre autres, Armand Barbès.

La semaine à Croisset se termina et George regagna Paris. Flaubert lui écrivit pour lui dire combien elle lui manquait ; il avait l'impression de ne pas l'avoir vue depuis dix ans. Il lui portait, déclarait-il, « *une tendresse particulière* » qu'il n'avait encore jamais éprouvée pour quelqu'un d'autre[20]. George répondit que Croisset lui avait énormément plu et qu'elle avait été, pour sa part, spécialement touchée par la « protection de bonté infinie » qu'elle avait sentie. Il avait « quelque chose de paternel... Un soir que vous avez appelé votre mère *ma fille*, il m'est venu des larmes dans les yeux. Il m'en a coûté de m'en aller, mais je vous empêcherais de travailler, et puis, et puis — une maladie de ma vieillesse, c'est de ne pas pouvoir tenir en place. J'ai peur de m'attacher trop et de lasser. Les vieux doivent être d'une discrétion extrême[21] ».

On perçoit ici la solitude de George Sand, en même temps que son besoin de bouger, précédant l'éternel retour de la sérénité. A Charles Poncy, le 16 novembre 1866, soit quatre jours après cette lettre à Flaubert : « On est heureux par soi-même quand on sait s'y prendre : avoir des goûts simples, un certain courage, une certaine abnégation, l'amour du travail et avant tout une bonne conscience. Donc, le bonheur n'est pas une chimère, j'en suis sûre à présent... Vivons donc la vie comme elle est, sans ingratitude et sans joie durable et assurée[22]. » Trois jours plus tard, à Charles Marchal : « Il me semble que je recommence ma vie et que je revois tout pour la première fois. Pourquoi ça ? Je n'en sais rien. Pourquoi rajeunir à 63 ans pour tomber tout d'un coup en enfance, peut-être dans peu ? Ah bah, tant pis ! Pourquoi les pluies d'étoiles filantes ? On ne le sait pas, et c'est pourtant plus gros et plus intéressant que moi. Travailles-tu ? J'ai peur que le monde te prenne bien du temps... Bonne chance en tout[23]. »

La lettre qu'envoyait George à Flaubert depuis Palaiseau avait une note plus triste, plus profonde, avant de retrouver comme à l'ordinaire sa coloration sereine : « Me voilà *toute seule* dans ma maisonnette. Le jardinier et son ménage logent dans le pavillon du jardin... Je suis triste ici tout de même. Cette solitude absolue, qui a toujours été pour moi vacance et récréation, est partagée maintenant par un mort, qui a fini là comme une lampe qui s'éteint, et qui est toujours là. Je ne le tiens pas pour malheureux, dans la région qu'il habite ; mais cette image qu'il a laissée autour de moi, qui n'est plus qu'un reflet, semble se plaindre de ne pouvoir plus me parler. N'importe ! La tristesse n'est pas malsaine : elle nous empêche de nous dessécher. Et toi, mon ami, que fais-tu à cette heure ? Tu pioches aussi, seul aussi, car la maman doit être à Rouen... Y penses-tu quelquefois au “ vieux troubadour de pendule d'auberge, qui toujours chante et chantera le parfait amour ” ? Eh bien oui, quand même. Vous n'êtes pas pour la chasteté, mon seigneur, ça vous regarde. Moi je dis qu'*elle a du bon.* Et sur ce, je vous embrasse de tout mon cœur et je vais faire parler, si je peux, des gens qui s'aiment à la vieille mode... A Paris, la semaine prochaine, et puis à Palaiseau encore, et puis à Nohant[24]. »

Bien sûr que Flaubert pensait souvent au « vieux troubadour de pendule d'auberge » et aux agréables moments passés ensemble. « C'était bien gentil, nos causeries nocturnes. (Il y avait des moments où je me retenais pour ne pas vous bécoter comme un gros enfant.) » Quant à la chasteté, Flaubert ressemblait davantage à George Sand que la George Sand mûrie elle-même : « Maudire la chair comme les catholiques ? Dieu sait où cela mène !... Les grandes natures, qui sont les bonnes, sont avant tout prodigues et n'y regardent pas de si près à se dépenser. Il faut rire et pleurer, aimer, travailler, jouir et souffrir, enfin vibrer autant que possible, dans toute son étendue. Voilà, je crois, le vrai humain[25]. »

Puisant dans la sagesse accumulée avec l'expérience des années, modelant sa réponse en fonction de celui à qui elle s'adressait, et pensant sûrement à Musset, George Sand, vieillissante, répondit par retour de courrier :

> Les grandes natures ne sont pas les plus robustes... Aussi les grands artistes sont-ils souvent infirmes, et plusieurs ont été impuissants. Quelques-uns, trop puissants par le désir, se sont épuisés vite... Moi, je ne crois pas à ces Don Juan qui sont en même temps des Byron. Don Juan ne faisait pas de poèmes et Byron faisait, dit-on, bien mal l'amour. Il a dû avoir quelquefois — on peut compter sur ces émotions-là dans la vie — l'extase complète par le cœur, l'esprit et les sens ; il en a connu assez pour être un des poètes de l'amour. Il n'en faut pas davantage aux instruments de notre vibration. Le vent continuel des petits appétits les briserait[26].

De multiples vents d'infinies vibrations agitaient leur correspondance. Un peu plus tôt, dans sa lettre de « troubadour », Flaubert avait abordé le sujet qui lui tenait le plus à cœur : écrire. A l'époque où il connut George Sand, l'essentiel de son travail, de sa vie et de sa souffrance se passait dans le périmètre de son bureau. Il se sentait piqué par ses questions. Pourquoi souffrait-il tant en écrivant, en recherchant avec autant d'obstination que de peine l'exactitude et la perfection d'un style absolument limpide ? « Est-ce une coquetterie ? » avait-elle demandé. Elle-même laissait le vent souffler comme il l'entendait dans sa « vieille harpe ». Comme si, disait-elle, *un autre* avait chanté à travers elle, la libérant des tensions d'un style trop travaillé. « Laissez donc le vent courir un peu dans vos cordes... Vous devriez laisser faire *l'autre* plus souvent[27]. » Tels étaient les conseils que donnait Sand à Flaubert, tout en reconnaissant et en admirant la perfection d'une *Madame Bovary* obtenue au prix de tant d'efforts.

Avec une affection et une réserve qu'il n'aurait jamais déployées pour qui que ce soit, Flaubert admettait qu'il souffrait. « Vous ne savez pas, vous, ce que c'est que de rester toute une journée la tête dans ses deux mains à pressurer sa malheureuse cervelle pour trouver un mot. L'idée coule chez vous largement, incessamment, comme un fleuve. Chez moi, c'est un mince filet d'eau. Il me faut de grands travaux d'art avant d'obtenir une cascade. Ah ! je les aurai connues, les *affres du style*[28] ! »

Sand ne ménageait pas ses efforts pour libérer Flaubert de son idée fixe et paralysante : créer une cloison étanche entre la littérature et la vie. Après avoir démoli le jumelage mythique de Don Juan-Byron, elle suggérerait à Flaubert « de faire un roman dont l'artiste (le vrai) sera le héros » — lui, pourquoi pas. Flaubert peignant Flaubert dans *son* « Portrait de l'artiste par lui-même » — car c'est bien ce que conseillait George Sand —, un héros à sa hauteur et non des personnages délibérément bourgeois et « moyens », pour lesquels il n'éprouvait ni tendresse ni considération. Peut-être réussirait-il ainsi à franchir le mur qu'il avait érigé entre sa vie et son œuvre et qui l'acculait, en réalité, à une impasse. Elle-même n'était pas une véritable artiste, déclarait-elle. Elle se dispersait trop, un peu pédagogue, un peu servante, un peu naturaliste, un peu « idiot » — « Et puis... je n'aimerais pas la perfection[29]. »

L'artiste comme héros, répliquait Flaubert, « serait un monstre. L'art n'est pas fait pour peindre les exceptions. Et puis j'éprouve une répulsion invincible à mettre sur le papier quelque chose de mon cœur. Je crois même qu'un romancier *n'a pas le droit d'exprimer son opinion.* Est-ce que le bon Dieu a jamais dit son opinion ?... Le premier venu est plus intéressant que M. Flaubert parce qu'il est plus *général* et par conséquent plus typique[30]. »

« Ne rien mettre de son cœur dans ce qu'on écrit ! » s'exclama Sand, « moi, il me semble qu'on ne peut pas y mettre autre chose. » Flaubert, par retour de courrier : « J'ai voulu dire : ne pas mettre sa personnalité en scène. Je crois que le grand Art » — toujours avec une majuscule chez Flaubert — « est scientifiquement impersonnel[31]. »

Justement, devait répondre Sand, c'est cette impersonnalité qui est inhumaine, sinon « antihumaine ». Pourtant, Sand et Flaubert avaient plus de points communs que de divergences, ainsi leur passion d'écrivains pour l'écriture qui alimentait ces divergences ; leur mépris partagé, hautain chez l'un, socialiste chez l'autre, du matérialisme cupide qui accompagnait la prospérité du second Empire ; leur haine du cléricalisme, de l'Église et de « l'hypocrisie religieuse » derrière lesquels se camouflait la rapacité des bourgeois[32]. George pressait affectueusement son « anachorète » de prendre le soleil, de respirer l'air pur et de faire une longue promenade. A quoi Flaubert répondit avec jubilation (une fois, en tout cas) : « *J'ai fait de l'exercice*[33] ! ! ! » Quand George lui parla de son envie de descendre sur la Côte d'Azur et lui dit qu'elle manquait de fonds, Flaubert s'empressa de lui offrir mille francs.

C'étaient de bons camarades, esthètes et aristocrates, malgré leurs désaccords sur le socialisme. « Je suis restée un troubadour », écrivait George Sand à Armand Barbès, « croyant à l'amour, à l'art, à l'idéal, et chantant alors que tout le monde siffle et baragouine. Voici justement ce que m'écrivait Flaubert : " Ah ! oui, je veux bien vous suivre dans une autre planète ; l'argent rendra la nôtre inhabitable dans un avenir rapproché... Il faudra que tout le monde passe plusieurs jours à tripoter ses capitaux. Charmant[34] ! " »

Avec l'amitié grandissante vint une franchise accrue. Quand Flaubert s'apitoya sur le « pauvre vieux Sainte-Beuve » qui ne pouvait plus aller au bordel et pratiquer les prostituées — « la femme, pour nous tous, est l'ogive de l'infini », écrivait-il —, le vieux féminisme de George Sand s'éveilla et elle contre-attaqua :

> Je dis que le vieux laid qui se paie des tendrons ne fait pas l'amour et qu'il n'y a là ni ogive, ni infini, ni mâle, ni femelle. Il y a une chose contre nature ; car ce n'est pas le désir qui pousse le tendron dans les bras du vieux laid et, là où il n'y a pas de liberté et réciprocité, c'est un attentat à la sainte nature[35].

Il est évident que Gustave Flaubert, un homme, et George Sand, une femme, ne pouvaient jeter sur la prostitution le même regard, malgré tout ce que le premier avait de « féminin » et le second de « masculin ». Flaubert ne prêchait pas pour autant les vertus de la famille, malgré — ou à cause de — son attachement à sa mère. Ce héros de l'art se montrait, dans sa réclusion d'ermite, lâche devant la vie — la phrase est de lui[36]. La vie, comme l'amour, n'occupait que la seconde place après l'Art et « n'était tolérable qu'à la condition de n'y jamais être[37] ».

Vers la fin de 1867, Flaubert déclina une fois de plus une invitation à Nohant, prétextant qu'il travaillait à son *Éducation sentimentale ;* cela lui aurait ôté une partie de son plaisir, disait-il. « C'est toujours l'histoire des Amazones. Pour mieux tirer de l'arc, elles s'écrasaient le téton[38]. » Pour George Sand, l'être complet était tout :

> J'ai une croyance tout à fait contraire... Je crois que l'artiste doit vivre dans sa nature le plus possible. A celui qui aime la lutte, la guerre ; à celui qui aime les femmes, l'amour ; au vieux qui, comme moi, aime la nature, le voyage et les fleurs, les rochers, les grands paysages, les enfants aussi...
> Je crois que l'art a besoin d'une palette toujours débordante de tons doux ou violents suivant le sujet du tableau ; que l'artiste est un instrument dont tout doit jouer avant qu'il joue des autres[39].

Les tons et les couleurs, comme l'idée que l'on se fait de ce qui est vrai, varient selon l'âge. « On se fait, étant vieux, dans le soleil couchant de la vie, — qui est la plus belle heure des tons et des reflets — une notion nouvelle de toute chose et de l'affection surtout. » On acquiert la conviction qu' « *il n'y a qu'un sexe.* Un homme et une femme, c'est si bien la même chose que l'on ne comprend guère les tas de distinctions et de raisonnements subtils dont se sont nourries les sociétés sur ce chapitre-là. J'ai observé l'enfance et le développement de mon fils et de ma fille. Mon fils était moi, par conséquent femme bien plus que ma fille qui était un homme pas réussi[40]. »

Ces lignes avaient été écrites un peu plus tôt la même année, le 15 janvier 1867. George avait été gravement malade, et Maurice et Lina étaient parvenus à la convaincre d'abandonner définitivement Palaiseau pour Nohant, où la famille venait de s'augmenter d'une nouvelle petite-fille de George, âgée d'un an tout juste. La petite Aurore, vite surnommée Lolo, avait les yeux de velours des femmes de sa lignée et portait bien cet heureux prénom. Elle était la quatrième Aurore depuis la comtesse de Koenigsmark et vivrait jusqu'à l'âge avancé de quatre-vingt-quinze ans. Il y avait aussi, à Nohant et à La Châtre, les petits enfants d'Hippolyte, les Simonnet ; et ceux des amis de Sand, qui venaient librement à Nohant. Bien sûr, il fallait compter aussi avec les changements inévitables ; ainsi, Victor Borie, l'éditeur prolétaire, était devenu directeur de banque et gagnait vingt-cinq mille francs par an. De nouveaux amis s'étaient joints au groupe de fidèles : l'Américain Henry Harrisse, capable d'être assommant dès qu'il parlait de Christophe Colomb et de George Sand, et Edmond Plauchut, le « naufragé de salon ». Après avoir réellement été victime d'un naufrage dans sa jeunesse et s'être échoué sur une île portugaise, Plauchut avait produit une forte impression sur le consul de l'endroit avec son album d'autographes, dont un de George Sand, avec qui il avait correspondu avant de la rencontrer. Une histoire qu'il ne manquait jamais de raconter dans les dîners.

Mais surtout, il y avait Juliette La Messine, jeune écrivain qui représentait pour George Sand la nouvelle génération de femmes, et qui vouait à celle-ci une affection particulièrement chaleureuse. Née en 1836, de trente-deux ans la cadette de George, Juliette avait fait en 1858 une entrée fracassante dans le monde littéraire en attaquant ni plus ni moins que l'illustre Proudhon. Deux hommes l'y avaient largement préparée : son père, un fouriériste intelligent et cultivé, socialiste et médecin, et son mari, La Messine, libertin, avocat et mysogine, que Juliette avait épousé à l'âge de seize ans. Proudhon, d'après Juliette, avait commis plusieurs crimes dans *la Justice dans la révolution* qu'il avait publié à la fin des années 1850 : il y critiquait les femmes en général, et George Sand et Daniel Stern (pseudonyme de Marie d'Agoult) en particulier, deux femmes que Juliette admirait passionnément. Avec l'impétuosité et l'intelligence brillante de ses vingt-deux ans, elle entreprit de les défendre. « Deux mois durant », rapportait-elle, « j'écrivis, je recopiai, je remaniai, je refis mon petit livre la nuit, en secret, m'enfermant dans ma chambre où j'étais seule avec ma fille, mon mari plus occupé de l'une de nos servantes que de moi[41]. »

Le résultat de ce travail, dont la publication fut financée par son père, s'intitulait avec audace : *Idées anti-proudhoniennes sur l'amour, la femme et le mariage.* Et il était signé Juliette La Messine. Le père de Juliette : « C'est le vœu de ta grand-mère réalisé. » La mère de Juliette : « La vie de travail et de tourments que tu auras me fait peur. » Le mari de Juliette convint que « pour un début ce n'était vraiment " pas trop mal ", qu'il aurait plaisir à le signer de son nom à lui quand la première édition serait épuisée. » Juliette : « La plaisanterie est désagréable. » Le mari de Juliette : « Pour vous peut-être, pas pour moi. La loi m'autorise à me mettre en possession de ce qui ressort de la communauté. Tout travail de la femme appartient au mari. » Et il signa bel et bien la deuxième édition, poursuit Juliette, « aucun texte de la loi française ne l'en empêchant. Encore aujourd'hui, cela se peut*... Dans la presse cette " plaisanterie " n'eut aucun écho[42] ».

Le livre de Juliette La Messine fut favorablement accueilli cependant par *la Revue des deux mondes* et Eugène Pelletan en fit l'éloge dans *la Presse.* La critique du *Siècle* se signalait par sa brièveté : « Un livre destiné à produire une grande sensation nous a été remis hier... On le dit d'une très jeune femme, quoique très viril[43]. »

« M. Proudhon », commençait Juliette, « a essayé d'établir

* Écrit en 1904. La législation française sur ce point ne serait modifiée qu'en 1970.

que la subordination de la femme est basée sur la nature », ce qui est « le sentiment général des hommes... progressistes ou réactionnaires, monarchistes ou républicains... M. Proudhon affirme, sans hésitation, l'infériorité physique, intellectuelle et morale de la femme », points que Juliette La Messine réfutait un à un. Infériorité physique ? Et la beauté ? demandait-elle. Et puis, le pistolet et la machine n'avaient-ils pas rendu les hommes et les femmes physiquement égaux ? Infériorité morale ? Proudhon parlait presque exclusivement en termes de force, un critère moral difficile à retenir. Quant à l'infériorité intellectuelle, Juliette La Messine en elle-même apportait amplement la preuve que cette notion était à réviser[44]. George Sand écrivit à la jeune femme une lettre aimable. De même que la comtesse d'Agoult, qui ajoutait : « Il est étonnant, monsieur, que vous ayez pris un nom de femme, quand nous, femmes, nous choisissons des pseudonymes d'hommes. » « Je lui répondis », écrit Juliette, « que j'étais femme et bien femme, me semblait-il[45]. »

La jeune et très séduisante Juliette fut vite invitée par la comtesse à venir se joindre à son cercle littéraire et politique ; sensation de l'heure, elle illuminerait de son éclat n'importe quel salon. Juliette accepta ; en même temps, elle correspondait avec George Sand, qu'elle voulait rencontrer. Sand se déroba. De froids qu'ils étaient, ses rapports avec Marie d'Agoult avaient tourné à la rupture et elle ne voulait pas être accusée de lui soustraire Juliette, comme Marie lui avait déjà reproché de l'avoir fait pour Liszt. On dépêcha auprès de la jeune femme le capitaine d'Arpentigny pour lui expliquer la situation, car mieux valait éviter d'y faire allusion par écrit. « Elle attendra ! » assura-t-il à Juliette La Messine. « Le jour où vous serez fâchée avec Mme d'Agoult, vous saurez que George Sand est votre amie et que vous pouvez venir à elle... L'attente ne sera pas indéfinie, je le sais. » Louis de Ronchaud, que Juliette avait rencontré dans le salon de Marie, tenta aussi de lui expliquer la situation. « Les passions entre gens supérieurs », déclara-t-il, « ne peuvent être durables, car c'est une perpétuelle lutte de domination chez tous deux[46]. »

Ce sentiment de compétition était surtout manifeste chez Marie d'Agoult, constatait Juliette, et peut-être n'existait-il que chez elle. Dans ses conversations avec la jeune femme, Marie d'Agoult ne cessait de critiquer George Sand, autant semble-t-il pour se persuader elle-même que pour convaincre Juliette. Cette agressivité explique peut-être la première impression qu'eut d'elle Juliette. « Mme d'Agoult aurait quelque chose de viril », écrivait-elle, souscrivant ainsi à l'idée reçue que, chez une femme, la force est synonyme de « virilité ». Et cette attitude était si généralisée que Marie d'Agoult s'y rangeait. Les cheveux maintenant blancs, elle déclara à Juliette presque d'entrée de jeu : « J'ai atteint l'âge d'homme. » A propos de Sand, elle la mettait en garde : « Ne connaissez jamais Mme Sand. Vous perdriez sur elle toute illusion. Comme femme, pardon ! comme *homme*, elle est insignifiante. Aucune conversation. C'est un ruminant, elle le reconnaît elle-même. Elle en a le regard, d'ailleurs fort beau[47]. »

Cependant, Juliette continuait à correspondre avec George Sand (« trop de Flaubert », répondait-elle à l'amusement de George, après avoir reçu le roman de celle-ci, *Monsieur Sylvestre*). Et puis, le jour prédit par le capitaine d'Arpentigny arriva enfin, en 1867. Le mari de Juliette, La Messine, mourut. Sa fille et elle s'étreignirent avec joie en apprenant la nouvelle — Juliette et son mari s'étaient séparés — et la jeune femme décida d'épouser l'homme qu'elle aimait, Edmond Adam, républicain astucieux, conseiller littéraire et journaliste. Quand elle le sut, Marie d'Agoult réagit brutalement. Elle avait déclaré peu de temps auparavant avec dédain à Juliette : « Le malheur d'être veuve, c'est qu'on a l'envie stupide de se remarier. J'imagine que vous ne ferez pas cette sottise. Une femme qui pense doit rester libre et maîtresse de sa pensée. » Juliette : « J'ai besoin de bonheur plus que de liberté. » Cette fois, Marie d'Agoult « s'emporte de façon violente », raconte Juliette, « m'appelle provinciale, sotte, et me prédit qu'avant deux ans je cesserai d'écrire pour faire mes comptes de ménage ». Cette scène ressemblait pour Juliette à « un accès de folie », ce qui fut tristement confirmé l'année suivante, quand Mme d'Agoult dut passer un temps dans la clinique du Dr Blanche. Le fait qu'il se soit bel et bien agi d'un accès de « folie » pose le problème de toute la vie de Marie d'Agoult : sa relation avec Liszt, sa carrière sous le nom de Daniel Stern, son conflit avec la société et avec elle-même. Le plus étrange et le plus déconcertant est que Juliette ait accepté, sans chercher plus loin, cette « folie ». En tout cas, poursuit-elle, « ma brouille avec Mme d'Agoult m'autorise, aujourd'hui, à voir George Sand. Je lui écris[48] ».

« Venez demain à trois heures », répondit George Sand qui se trouvait alors à Paris. Le cœur battant, l'estomac noué par l'émotion, Juliette se rendit à l'appartement de la rue des Feuillantines et faillit faire demi-tour. Elle frappa pourtant, et entra. George Sand, minuscule dans son grand fauteuil, roulait en silence une cigarette. Elle fit signe à Juliette de venir s'asseoir à côté d'elle. « Ses grands yeux doux m'enveloppaient, m'attiraient. » Juliette essaya de dire quelque chose, s'étrangla. George alluma sa cigarette, aspira quelques bouffées, mais les mots lui manquèrent. Juliette alors fondit en larmes. George Sand posa sa cigarette, se leva et lui ouvrit les bras. « Je m'y jetai. » Puis elles parlèrent deux heures durant. « Ah ! si je pouvais dire et bien redire tout ce qu'il y avait de délicatesse de sentiments, de noblesse de cœur, d'élévation morale, de haute compréhension de la vie, de sérénité conquise au prix des plus cruelles écoles, des plus douloureuses épreuves, en George Sand[49] ! »

Ce fut une « tendresse filiale » durable de la part de Juliette : une fois encore, George trouvait une fille. Elle fit vite la connaissance d'Edmond Adam et approuva le choix de Juliette. Elle emmena celle-ci à un dîner Magny afin de lui faire rencontrer les Goncourt, Gustave Flaubert et Alexandre Dumas fils. La mort de Baudelaire et la présence émoustillante de Juliette inspirèrent les participants. Sand protesta aux histoires salées. « Flaubert rit de son beau rire », notait Juliette. « Il a la tête entre les épaules et de longs cheveux bouclés ; ses grands yeux sont bleus avec une lentille très noire, de longs cils, la figure rouge, une forte moustache à la Vercingétorix, et il porte fièrement sa haute taille. » De même ne devait-elle jamais oublier « l'impitoyable et exquis Flaubert » qui raillait cruellement la moindre faute de style. Comment pouvait-elle avoir écrit dans un de ses récits, lui reprocha-t-il, à propos d'un journalier qui avait perdu un bras dans une moissonneuse, qu'il prenait « une tirelire à deux mains » ? Rire général. « Je ris moi-même de si bon cœur que Flaubert me regarda d'un œil favorable quand je lui dis gaiement “ Merci, maître ! ” » Dumas loua la beauté de Juliette ; il espérait, lui dit-il, qu'elle n'avait aucun talent. « Est-ce qu'avec cette tournure et cette frimousse on doit s'appliquer à devenir un bas-bleu... un écrivain ? » En d'autres termes, il lui enjoignait de faire l'amour, et non des livres. George Sand rétorqua, à l'intention de Juliette, qu'avec *leur* façon de traiter les femmes amoureuses, « les Mme Bovary, les Mme Aubray », *ils* étaient mal placés pour prodiguer des conseils à une femme, surtout en matière d'amour[50].

Ceux que donna George Sand à Juliette, en la matière, dans leurs longues conversations que la jeune femme rapporta comme l'avait fait Eckermann avec Goethe, découlaient de ses réflexions sur son propre passé. Il y avait des silences prolongés pendant lesquels George fumait et méditait, jetant ses cigarettes l'une après l'autre après en avoir aspiré quelques bouffées, dans un vase rempli d'eau. Puis les mots jaillissaient, comme d'un rêve. « Sitôt qu'on m'inspirait une grande pitié », commença-t-elle un soir, « on me possédait. » Et souvent elle s'était précipitée « sur l'occasion d'être bienfaisante avec un aveuglement qui me faisait... provoquer le mal. Quand je m'examine, je vois que les deux seules passions de ma vie ont été la maternité et l'amitié. J'ai accepté l'amour qui s'offrait, sans le chercher, sans le choisir, et ainsi lui ai-je apporté, en ai-je exigé tout autre chose que ce qu'il me donnait. J'aurais pu trouver des amis, des fils dans ceux qui ont obtenu de moi de l'amour... Les hommes n'aiment en amis qu'à regret. » Elle n'avait pas eu « l'autorité morale d'imposer l'amitié ». Cela, mais elle ne le dit pas, vint plus tard dans sa vie[51].

George Sand comprenait clairement que la grande illusion romantique était « la grande passion », avec le déclin qui s'ensuivait de l'amitié entre les hommes et les femmes, de la tendresse et du respect. Si bien que les femmes qui voulaient s'élever au-dessus de l'idée qu'on se faisait d'elles — la mère-épouse vierge ou la prostituée-maîtresse — se comportaient en homme. Autrement dit, elles-mêmes se percevaient et se comportaient comme le faisaient les hommes de leur époque pour parvenir à la seule égalité et accomplissement de soi alors possible. C'est à tout cela que pensait, même inconsciemment George Sand quand elle demanda un jour à Juliette, au cas où un homme l'accuserait de déloyauté, de répondre : « George Sand, si elle a perdu le droit d'être jugée en femme, a conservé celui d'être jugée en homme, et, en amour, elle a été le plus loyal d'entre vous. Elle n'a trompé personne, n'a jamais eu à la fois deux aventures ! Sa seule culpabilité a été de choisir, dans une existence où l'art tenait la plus grande place, la société des artistes, et d'avoir préféré la morale masculine à la morale féminine. » En d'autres termes, la liberté du mâle. Toutefois, George poursuivait en se demandant si le jeu en valait la chandelle. « J'ai l'expérience de l'amour, des amours, hélas ! Si j'avais à recommencer ma vie, je serais chaste [52]. » C'était la George Sand âgée qui parlait, pas celle des jeunes années. En relisant en 1868 des écrits de jeunesse, *Sketches and Hints*, elle s'en rendait compte avec une lucidité remarquable : « Il me semble qu'on change de jour en jour et qu'au bout de quelques années on est un être nouveau... Me voilà très vieille, je parcours gentiment ma soixante-cinquième année... Je suis calme absolument, une vieillesse aussi chaste d'esprit que de fait [53]. »

Avec Juliette, Edmond Adam et la fille de Juliette, George alla plusieurs fois en Normandie, au théâtre à Paris, et à l'Exposition universelle de 1867. « Le géant chinois est superbe », notait-elle ; elle y vit aussi « un affreux nain chinois », mais il est peu probable qu'elle ait fait attention au nouveau canon géant Krupp, en acier, qui se chargeait par la culasse et était présenté pour la première fois [54]. Cet hiver-là, Juliette invita George aux Bruyères, sa villa de la Côte d'Azur. George avait besoin de soleil ; elle accepta, mais à une condition : « que je ne rencontre chez vous ni Solange ni Mérimée », qui se trouvaient résider par hasard dans le même quartier de Golfe-Juan. Avec tact, Juliette en avait parlé à Mérimée. « Vous me préviendrez d'avance », avait-il répondu, « afin que je ne tourne pas autour des Bruyères quand elle y sera [55]. » Solange, installée à Cannes avec un prince étranger, ne se laisserait pas manœuvrer aussi aisément. Elle était furieuse que sa mère eût envisagé de séjourner chez Mme La Messine plutôt que chez elle, et elle le fit savoir.

Accompagnée de Maurice chargé de neutraliser Solange en cas de besoin, de Maxime Planet, le fils de son vieil ami, et d'Edmond Plauchut, George descendit donc sur la Côte. Lina, prête à accoucher, n'était pas de l'expédition. Le séjour, la villa et le temps furent enchanteurs, agrémentés de ces promenades et excursions le jour et de ces jeux de mots et histoires la nuit qui faisaient la joie de George Sand. Edmond Adam se joignit vite à eux et tous formaient un petit groupe étroitement uni et intime quand George Sand rentra en mars à Nohant. On avait réussi à éviter Solange, et Lina, deux jours avant l'arrivée de George qui était repassée par Paris, avait mis au monde une seconde fille, avec des yeux noirs, « ravissante ».

L'anniversaire de George Sand en juillet amena à Nohant Juliette et Edmond Adam, qui venaient de se marier. A leur grand ennui, l'Américain Henry Harrisse, « qui fait le cicerone [du Berry] avec un pédantisme insupportable », voyagea avec eux de Châteauroux jusqu'au manoir. Nohant combla leur attente : le mobilier Louis XVI, les portraits des ancêtres de George — l'éblouissant Maurice de Saxe en grand uniforme, Aurore de Koenigsmark aux tresses sombres —, les lustres vénitiens, les deux pianos, dont un servait à George Sand. Ce soir-là, elle joua pour eux, et fort bien, de mémoire : du Mozart, du Gluck, mais rien de Chopin. Ce fut une de ces soirées magiques de Nohant, avec les senteurs qui montaient du jardin par les fenêtres ouvertes, les étoiles scintillantes qui constellaient le ciel. « Le bonheur à Nohant est aussi bleu qu'à Bruyère », décréta Juliette[56].

Maurice passa la nuit à suspendre des guirlandes de fleurs pour la célébration de l'anniversaire de sa mère, prévue pour le lendemain. A l'heure du petit déjeuner, on tira le petit canon, et George descendit. Maurice déroula un papier et lut un compliment. Sa mère l'embrassa : « Ce que tu es adorablement stupide ! » s'écria-t-elle, mais Juliette remarqua qu'elle avait les yeux humides. Et dans la soirée se déroula le plus merveilleux spectacle de marionnettes qu'eût jamais vu Juliette, avec Maurice jouant tous les rôles et interpellant les spectateurs. « Maurice passe vingt nuits pour amuser une heure son adorée mère », nota-t-elle[57].

George Sand « ne portait pas en elle un grand fond de gaieté », remarquait son médecin de Nohant, qui s'occupa d'elle pendant les dernières années de sa vie. « Elle éprouvait le besoin d'être égayée. Lorsqu'elle quittait son cabinet de travail, il lui fallait du monde, du bruit, des rires... Sérieuse, causant peu, elle aimait les causeurs, voire même les bavards[58]. » Le niveau des distractions comptait moins que leur intensité et leur entrain. Il régnait à Nohant un humour de corps de garde qu'elle affectionnait, des blagues et des plaisanteries lourdes qu'Edmond Adam, pour sa part, appréciait moins. Juliette, elle, s'était mise aussitôt au diapason. Un jour, par exemple, Maurice, avec sa puérilité habituelle, dissimula au su de Juliette un coq dans le coffre à bois vide de la chambre occupée par le couple. Le volatile réveilla à deux heures du matin un Edmond furieux qui passa le reste de la nuit à le chercher.

C'était cette forme d'humour que, avec les marionnettes, Flaubert goûterait encore moins le jour où il se déciderait à venir à Nohant. Toutefois, ce voyage ne devait se faire que l'année suivante. Entre-temps, comme il avait refusé une fois de plus de séjourner à Nohant au printemps — « votre ami est comme de la cire », lui écrivit-il, les impressions d'un déplacement le perturbaient pendant plusieurs jours dans son travail[59] —, George s'était rendue, une fois de plus, à Croisset. Mais, exception faite de ces rares visites et d'un dîner chez Magny, leurs « causeries » se faisaient par lettres.

Ainsi, pour satisfaire l'insatiable curiosité de Flaubert qui réclamait des détails sur 1848, George Sand répondit par une lettre révélatrice de la distance croissante qu'elle avait prise avec la politique extrémiste. « Il faut se dire que tous ceux qui avaient une intelligence ont terriblement marché depuis vingt ans et qu'il ne serait pas généreux de leur reprocher ce qu'ils se reprochent probablement à eux-mêmes. » Dans le cas de George, ce recul avait été encore plus marqué : « J'ai perdu le fil de ce labyrinthe de rêves [républicains] depuis quelques années », déclara-t-elle à Henry Harrisse[60]. Elle avait un peu discuté de politique avec Edmond Adam, dont le républicanisme allait jusqu'à accepter l'étoile montante de l'extrême gauche, le jeune Léon Gambetta. « Il est excellent et ennuyeux », disait-elle d'Adam dans son journal[61].

En fait, George s'intéressait davantage à ses deux petites-filles, « qui rient et causent du matin au soir comme des oiseaux », qu'à la politique. Sans avoir perdu pour autant sa sympathie pour le peuple. A l'automne 1868, alors qu'elle séjournait à Paris pour les répétitions de son adaptation théâtrale de *Cadio,* elle passait ses nuits avec les acteurs. « Tu dis que je les aime trop », écrivait-elle au misanthrope de Croisset. « Je les aime comme les bois et les champs, toutes les choses, tous ces êtres que je connais un peu et que j'étudie toujours. Je fais mon état au milieu de toute cela, et, comme je l'aime mon état, j'aime tout ce qui l'alimente et le renouvelle... Je peux avoir l'indulgence énorme[62]. » Réponse de Flaubert : « Chère Maître, votre lettre d'hier m'a *édifié,* c'est le mot, et ce que vous me dites sur l'indulgence qu'on doit avoir pour les égoïstes est tellement beau que j'ai envie de pleurer[63]. »

La vieillesse avait ses compensations, déclarait George lors de son soixante-quatrième anniversaire : les « jours d'hiver comptent doubles » et l'amitié, au lieu de s'estomper, « s'alimente à la durée[64] ». Pendant les premiers mois de 1869, George « cueille des fleurs, signale des anomalies botaniques intéressantes, coud des robes et des manteaux pour sa belle-fille, des costumes pour les marionnettes... et surtout passe des heures avec sa petite Aurore ». En revanche, son activité littéraire avait pris un rythme de croisière. « Je fais mon petit roman tous les ans, quand j'ai une heure ou deux pour m'y remettre », écrivait-elle à Flaubert. Le vent de l'inspiration, maintenant une petite brise, faisait encore vibrer sa modeste harpe. « Ce vieux troubadour retiré des affaires », disait-elle, « chante de temps en temps sa petite romance à la lune, sans grand souci de bien ou mal chanter, pourvu qu'il dise le motif qui lui trotte dans la tête, et... le reste du temps, flâne délicieusement[65]. »

Elle souhaitait pouvoir jouir encore de plusieurs années de loisir, déclara George à Dumas fils, pour « écrire pour moi seule et quelques amis... mais... je mourrai en tournant ma roue au pressoir[66] ». La mort faisait en effet des coupes sombres parmi les rangs déjà clairsemés de ses contemporains. En mars 1869, elle emportait le père de Lina, Luigi Calamatta ; en octobre, ce fut « le pauvre Sainte-Beuve », né la même année qu'elle. George alla à Paris l'enterrer.

Au cimetière Montparnasse, « tout Paris était là, les lettres, les arts, les sciences, la jeunesse et le peuple ; pas de sénateurs ni de prêtres ». Ce fut une cérémonie civile, comme l'avait demandé Sainte-Beuve. Parmi les assistants, George Sand aperçut Flaubert, « très affecté », mais la foule l'empêcha de le rejoindre, « Alexandre (Dumas) et son père qui ne marche plus... Adam, Borie... Taine... le vieux Grzymala... Des athées, des croyants, des gens de tout âge, de toute opinion, et la foule ». Quand elle quitta le cimetière au bras de Plauchut et d'Adam, la grande foule à la porte « m'a escortée en se reculant pour me faire place et en levant tous les chapeaux en silence ». La voiture de George s'éloigna lentement, tandis que la foule continuait à saluer sur son passage. George fut extrêmement touchée. « Adam et Plauchut... pleuraient presque... Dîner chez Magny[67]. »

Le mois suivant, tandis que Flaubert corrigeait les épreuves de *l'Éducation sentimentale,* George Sand épluchait celles de *Pierre qui roule,* le roman qu'elle lui dédiait. Il y a un peu d'ironie dans cette coïncidence, et beaucoup de tristesse. *Pierre* mettait en scène les marionnettes de Maurice que Flaubert haïrait cordialement quand il viendrait enfin à Nohant pour Noël. Ceci pour l'ironie. Quant à la tristesse, elle fut dans l'accueil réservé par le public à *l'Éducation sentimentale* qui, à cette date, aurait paru. Les critiques se montrèrent impitoyables, le public hostile. L'antihéros que présentait Flaubert, Frédéric Moreau, et l'absence implacable de tout héroïsme dans le récit n'étaient pas au goût de l'époque. George Sand se trouva presque seule à le défendre, mais elle eut du mal à faire publier son article élogieux. Écrivez à Flaubert à propos de son roman, George, suppliait Juliette, il a tellement besoin de réconfort. « Il est brusque, violent, mais infiniment bon[68]. »

Brusque et violent, Flaubert l'était en effet, mais aussi incapable de vraiment s'adapter aux petites réjouissances de Nohant. Il sortait trop rarement de Croisset pour savoir être frivole. Une fois à Nohant, et comme Gautier un peu plus tôt, il voulut « parler littérature », de la Vie et de l'Art, avec Sand, et non s'amuser à des calembours ni passer des heures à regarder Maurice jouer avec ses marionnettes. Celui-ci en fut déconcerté, malgré l'amitié personnelle que devait lui vouer un Flaubert qui lui enviait sa mère et sa vie familiale, surtout ses petites filles. Flaubert, écrivait Maurice à Juliette Adam, « est insupportable aux marionnettes, parce qu'il critique tout et n'admet pas que ce soit idiot ». Pourtant, « l'ermite du Croisset a lu à Nohant une partie de *la Tentation de saint Antoine* qui est superbe, et l'une des plus belles choses qu'il ait écrites[69] ».

Mais l'observation la plus sincère et la plus délicate qui fut faite à Flaubert lui vint de son amie George Sand. Ils avaient tous aimé son *Saint Antoine*, écrivait-elle le 9 janvier 1870, ils avaient tous aimé son auteur. Et en étaient tous venus à cette conclusion unanime : « Il ne sait s'il sera poète ou réaliste ; et comme il est l'un et l'autre, ça le gêne[70]. »

Et c'est ainsi que commença « l'année terrible », 1870-1871. Encore quelques mois, avant même que la France fût entrée en guerre avec la Prusse, Flaubert évoquerait les disparitions récentes — Sainte-Beuve, Jules de Goncourt, Armand Barbès, deux amis proches — et écrivait à George Sand : « A part vous et Tourgueniev, je ne connais pas un mortel avec qui m'épancher sur les choses qui me tiennent plus au cœur ; et vous habitez si loin de moi, tous les deux[71]. »

37. La guerre, la paix et la Commune

En février 1870, George vint à Paris pour assister à la première de sa nouvelle pièce, *l'Autre,* dans laquelle une jeune actrice, Sarah Bernhardt, tenait le rôle principal. « Quel succès ! » s'écriait George dans une lettre à Maurice. On avait dû rajouter, et louer, des sièges dans les allées et dans la fosse d'orchestre. « Un second *Villemer...* J'ai reçu des étudiants toute la journée. Ils venaient par bande de douze me remercier et me féliciter [1]. » Il y avait de l'effervescence dans l'air, quelque chose de nouveau ; comme toujours les étudiants furent les premiers à le percevoir, et ils étaient venus remercier George pour tout ce qu'elle représentait pour eux : le socialisme libéral, le républicanisme militant et le changement radical. Toutefois, le prompt retour de George à Nohant symbolisait son retrait de la scène parisienne et de la vie politique. Bientôt septuagénaire, l'âme enfin apaisée, elle se montrait plus favorable à une transformation lente de la société ou à une réconciliation générale qu'à un affrontement brutal. Elle abhorrait la violence et sa famille, toujours importante, devenait tout ou presque tout pour elle.

A Nohant, elle trouva un Maurice très malade et en fut vivement alarmée. « Quand il s'abat », écrivait-elle à Flaubert, « nous sommes morts, mère, femme et filles. Aurore dit qu'elle voudrait être bien malade à la place de son père. Nous nous aimons passionnément nous cinq, et la *sacro-sainte* littérature, comme tu l'appelles, n'est que secondaire pour moi dans la vie. J'ai toujours aimé quelqu'un plus qu'elle, et ma famille plus que ce quelqu'un [2]. »

Pour son soixante-sixième anniversaire en juillet, George alla se baigner dans l'Indre avec Plauchut et la petite Aurore. Ce serait sa dernière baignade paisible pendant quelque temps.

Le chancelier de Prusse, Bismarck, cherchait à faire la guerre à la France, « l'ennemi héréditaire », afin d'unifier les États allemands. Napoléon III, « le somnambule » comme l'appelait George Sand, et son gouvernement donnèrent bêtement dans le piège. Le prétexte en fut la vacance du trône d'Espagne, sur lequel la Prusse proposa de mettre un Hohenzollern. La France s'y opposa. Bismarck eut l'intelligence de céder et de renoncer à cette candidature. La France voulut user de son avantage et « donner une leçon » à la Prusse : elle exigea en termes insultants des excuses écrites du roi de Prusse, du moins est-ce ainsi que le chancelier présenta l'ultimatum de la France. L'opinion prussienne s'émut, l'ultimatum fut rejeté. Maintenant, l'opinion française réclamait une condamnation des Prussiens. Le parti de la guerre avait gagné, dans un pays comme dans l'autre. « A Berlin ! » hurla la foule parisienne. « Aimons-nous, n'aimons pas la guerre », écrivit George dans son journal à la date du 12 juillet 1870 [3]. Le 19 juillet, la France déclarait la guerre à la Prusse.

Plauchut, maintenant dans la capitale, écrivit à George Sand : « Paris... est rugissant d'enthousiasme ». Dans ce cas, répondit Georges Sand, « Paris est fou ». Aux Adam qui venaient de quitter Nohant, elle déclara sombrement qu'en province, on voyait les événements d'un autre œil. Les gens étaient « consternés ». La guerre, disait George, n'est pas « une question d'honneur national, mais un sot et odieux besoin d'essayer les fusils, un jeu de princes !... Chanter *la Marseillaise* sur l'air de l'Empire paraît un sacrilège... Mon vieux patriotisme... ma passion pour le tambour, ne se réveillent pas... Tout le monde devient fou [4] ». Flaubert prédisait une « effroyable boucherie qui... n'a même pas un prétexte [5] ». Et George renchérissait avec énergie. Elle ne voyait pas pourquoi Français et Allemands devraient se massacrer. Ne pouvait-on pas envisager plutôt une « Europe fraternelle » ? demandait-elle [6].

La fin du mois de juillet et le début du mois d'août furent marqués par une chaleur insupportable à Nohant. A l'ombre, il fit jusqu'à 45°. « On incendie les forêts », écrivit George à Flaubert, « les loups viennent se promener dans notre cour, où nous les chassons la nuit, Maurice avec un revolver, moi avec une lanterne. Les arbres quittent leurs feuilles et peut-être la vie. L'eau à boire va nous manquer ; les récoltes sont à peu près nulles ; mais nous avons la guerre, quelle chance [7] ! » « Comment, chère Maître », répondit Flaubert, « vous aussi démoralisée, triste ? Que vont devenir les faibles alors [8] ? »

Inférieure en hommes, en armes et en stratèges, l'armée française, commandée par un Napoléon III malade, fut balayée par les Prussiens en moins de quelques semaines. On perdit l'Alsace, la Lorraine fut envahie. Le patriotisme de George commençait à se ranimer. « Il faut que nous chassions les Prussiens et les empires du même coup », écrivit-elle à Juliette Adam. A la mi-août, Sand déclarait au prince Jérôme Bonaparte : « L'Empire est fini... la république va renaître [9]. » Le 21, elle envoyait « une caisse énorme à l'Internationale ». Fondée en 1864 par Karl Marx, la Ire Internationale avait son siège à Londres et une petite représentation, très active, en France. Mais, tout en expédiant sa caisse, probablement remplie de vêtements, à la délégation française de l'organisation révolutionnaire, George spécifiait clairement à son correspondant ce qui les séparait : « Je suis moi, de la sociale la plus rouge... Mais... on ne doit jamais imposer les convictions par la violence... car ce qui naît de la violence est condamné à mourir de mort violente [10]. »

Enfin, le 4 novembre, des nouvelles arrivèrent en provenance du front. « Lugubre. » Mais avec une consolation pour George : « L'empereur est fait prisonnier. » Pilonnés et écrasés par le canon prussien, plus de quatre-vingt mille soldats français s'étaient rendus et devaient être emmenés en Allemagne ; Napoléon III faisait partie du lot. 5 septembre : « Maurice me réveille en me disant que la République est proclamée à Paris *sans coup férir*, fait immense, unique dans l'histoire des peuples ! Dieu protège la France ! Elle est redevenue digne de son regard [11]. »

« Vive la République, quand même », s'exclamait-elle de Nohant, dans une lettre à Juliette Adam [12]. A Paris, les révolutionnaires disputaient l'Hôtel de Ville aux républicains modérés. On forma un gouvernement de compromis, le gouvernement de la Défense nationale, avec le jeune Léon Gambetta, trente-deux ans, comme ministre de l'Intérieur, à la tête de la garde nationale. Les Parisiens chômèrent : pas une seule barricade n'avait été nécessaire pour renverser l'empereur.

Mais on continuait à se battre contre la Prusse ; et le siège de Paris par Moltke commença. A Nohant, la variole sévissait ; pour plus de sécurité, George et Maurice emmenèrent tout le monde dans la Creuse, où ils séjournèrent chez des amis. Les communications avec Paris étaient coupées. George apprit avec stupéfaction que deux ballons, l'*Armand Barbès* et le *George Sand*, ainsi baptisé en son honneur, avaient quitté la capitale assiégée le 7 octobre. « Son » ballon sauva quelques Américains désireux de se mettre en lieu sûr ; quant au *Barbès*, il emportait un Gambetta pâle et nerveux, mais armé de courage, dont la main fut éraflée par une balle prussienne, vers Tours et la mise sur pied d'une armée du Sud afin de lever le siège de Paris. « M. Gambetta, un remarquable orateur, un homme d'action, de volonté et de persévérance, nous dit-on », notait George dans son *Journal d'un voyageur pendant la guerre*. Elle tenait probablement cette information d'Adam. Très vite, elle appellerait Gambetta et ceux qui l'entouraient « nos dictateurs de Tours ». Elle reprocherait au nouveau gouvernement de ne pas avoir demandé à la France, « tout en acclamant la république à l'Hôtel de Ville », de proclamer celle-ci. « On aurait pu arrêter l'ennemi aux portes de Paris en lui faisant des propositions [de paix] au nom de la France constituée. » Parce qu'il lui manquait le soutien du suffrage universel, le gouvernement risquait de « devenir tyrannique et insupportable au gré des événements [13] ».

La naissance de la République avait ramené en toute hâte à Paris les exilés : Ledru-Rollin, Louis Blanc, Félix Pyat, Pierre Leroux et Victor Hugo. Mais George Sand, de retour à Nohant, ne pouvait ni ne souhaitait vraiment reprendre contact même avec de vieux amis. Son *Journal d'un voyageur* se transforma en un monologue dans l'obscurité. « Enfermés dans notre solitude, nous sommes comme des passagers dans un navire battu des vents contraires et qui ne peut bouger. » Le gouvernement de Tours s'enfuit à Bordeaux devant la poussée allemande ; Gambetta rejoignit l'armée de la Loire. Sand ne croyait pas à ses qualités de stratège. A quatre-vingts kilomètres de Nohant, Vierzon tomba sans résistance. « Nous serons peut-être envahis demain. » George chercha le réconfort et l'équilibre en entamant un nouveau roman. « Je travaille toujours et même avec entrain, à mesure que le danger se rapproche. C'est comme une tâche que je voudrais finir pour mourir avec la satisfaction d'avoir travaillé jusqu'au bout. »

A Paris, les nouvelles de la défaite s'accompagnaient de rumeurs : on négociait avec l'ennemi. De nouveau, une foule patriotique se massa autour de l'Hôtel de Ville en criant : « A bas le gouvernement ! » et, pour la première fois, « Vive la Commune ! ». Les communards n'étaient pas des communistes, malgré leur qualité de *rouges.* Plusieurs siècles avant le *Manifeste communiste,* la France avait connu ces entités autogérées appelées « communes ». George Sand refusait de voir dans les rouges, comme le faisaient les forces réactionnaires, l'ennemi véritable. « On est *rouge,* on est *avancé,* et on est paisible quand même. » Mais elle ajoutait : « Je ne connais pas les théories de la Commune moderne, je ne les vois exposées nulle part ; mais si elles doivent s'imposer par un coup de main, fussent-elles la panacée sociale, je les condamne au nom de tout ce qui est humain, patient, indulgent même mais jaloux de liberté... Le mépris des masses, voilà le malheur et le crime du moment. » George s'empressait d'enchaîner, avec l'honnêteté qui la caractérisait : « Je ne puis guère me faire une opinion nette sur ce qui se passe aujourd'hui dans ce monde fermé qui s'appelle Paris... L'absence de communication matérielle entre Paris et la France nous a interdit aux uns et aux autres de nous mettre en communication d'idées[14]. »

Sand se trouvait bel et bien coupée de l'évolution de l'attitude de Paris et de ses républicains radicaux, et elle le resterait pendant toute la durée de la guerre. Elle ne pouvait voir, ni comprendre, la transformation rapide qui venait de s'amorcer et transformait le combat patriotique et militaire contre l'envahisseur en une lutte politique et civile menée à l'intérieur ; bref, on recommençait 1848. Or, Sand connaissait exclusivement les sentiments qui prévalaient en province où l'on réclamait une paix rapide, et les nouvelles en provenance de Paris passées au filtre d'une presse conservatrice. Ce que reflète son *Journal d'un voyageur.*

On arrivait parfois à communiquer par ballon avec Paris

assiégé, mais en sens unique. *Journal d'un voyageur*, 28 décembre : « Lettre de Paris du 22. Ils disent qu'ils peuvent manger du cheval pendant quarante-cinq jours encore. » Prévisions optimistes. Les rats, les chats, les chiens et les animaux du zoo, qu'on dut abattre, fournirent très vite l'essentiel de l'alimentation des assiégés. Le 27 décembre, le premier obus du canon de siège fabriqué par Krupp frappait la capitale ; il en tomberait bientôt de trois cents à quatre cents en moyenne par jour. Plauchut écrivit à George qu'un obus avait atteint l'immeuble dans lequel était situé son appartement. 18 janvier 1871 : « Nous ne pouvons pas faire une paix qui nous déshonore. » La situation empirait. George Sand dans son journal, le 24 janvier : « Toujours plus triste, toujours plus noire... Mon Dieu, mon Dieu, nous sommes désespérés... J'écris quelques pages. Hélas, je ne peux rien faire qui vaille [15]. »

Les pourparlers en vue d'un armistice reprirent entre Bismarck et le ministre français des Affaires étrangères, Jules Favre, au quartier général prussien à Versailles. Bismarck : « Vous avez blanchi. » Favre, négociant : « Je ne peux à aucun prix me permettre de laisser désarmer la garde nationale. » Bismarck, cynique : « Alors provoquez une insurrection. Vous disposerez encore d'une armée pour la réprimer [16]. » On tomba d'accord sur les conditions d'un armistice. Paris réagit avec stupeur, puis avec rage. *Journal* de George Sand, 29 janvier : « Ah ! mon Dieu, enfin ! Un armistice est signé pour 21 jours. Convocation d'une assemblée à Bordeaux... On ne sait rien de plus. Le Gambetta paraît furieux... Y aura-t-il ravitaillement de Paris, au moins pour 21 jours ? La paix sortira-t-elle de cette suspension d'armes ? Pourrons-nous communiquer avec Paris ? Le sous-préfet qui nous apporte la dépêche à 2 heures croit que Gambetta va résister. Alors ce sera donc la guerre civile ? » Et à Henry Harrisse, le même jour : « Je respire ; mes enfants et moi, nous nous embrassons en pleurant. Arrière la politique ! arrière cet héroïsme féroce du parti de Bordeaux !... Je suis en révolte depuis trois mois contre cette théorie odieuse qu'il faut martyriser la France pour la réveiller [17]. » On fixa des élections pendant cette période d'armistice. A Edmond Adam, préfet de police de Paris depuis octobre : « Je désire la paix pour l'Allemagne presque autant que pour nous. Aussi, il faut nous nommer des députés qui ne veuillent ni la paix à tout prix, ni la guerre à tout prix. Cette dictature d'écolier [Gambetta] nous a perdus[18]. »

Comme prévu, Gambetta, furieux, démissionna. Mais le siège fut levé, Paris eut à manger, et le 8 février 1871, la France se rendit aux urnes. Sur les 768 députés élus — le nombre de ceux de Paris avait été volontairement limité à 43 —, 150 seulement en faveur de la république et de la poursuite de la guerre retrouvèrent leur place à l'Assemblée ; parmi eux figuraient Edmond Adam, Louis Blanc et Gambetta. La majorité était conservatrice et monarchiste. Paris, républicain, parla avec mépris d'une Assemblée de paysans. Le petit Adolphe Thiers, âgé de soixante-treize ans, devenait le chef du pouvoir exécutif de la République. Pour lui, le peuple était une « vile multitude ». Pour Karl Marx, Thiers était le « gnome monstrueux[19] ». Pour George Sand, il était un moindre mal ; elle envisageait même l'avenir avec optimisme maintenant que la paix était à portée de la main.

En sa qualité de chef d'État, Thiers signa un traité de paix qui abandonnait l'Alsace et la Lorraine, acceptait un défilé triomphal des troupes allemandes dans Paris, et une dette de guerre de cinq milliards de francs-or. L'Assemblée ratifia le traité, les députés républicains de la gauche démissionnèrent. Paris ne se sentait plus représenté. Thiers manœuvra vite et bêtement. Il leva le moratoire des dettes, se mettant à dos la petite bourgeoisie. Il supprima la modeste solde des gardes nationaux et fit de ceux-ci des chômeurs en colère. Il condamna à mort les principaux chefs de la gauche et s'attira la haine du prolétariat révolutionnaire. Là-dessus, il ajourna l'Assemblée et annonça qu'elle se réunirait désormais à Versailles, décision qui lui aliéna encore davantage les Parisiens.

Le 1er mars, les Allemands — les Uhlans et les troupes de Saxe et de Bavière — défilèrent sur les Champs-Élysées, accueillis par le silence et des rues tendues de noir. Après leur départ vers les camps situés au nord et à l'est de Paris où elles attendraient le paiement des indemnités de guerre, les gardes nationaux désinfectèrent le parcours emprunté par le défilé. Dans la nuit du 17 au 18 mars, Thiers décida d'en finir avec la garde nationale. Refusant de remettre au gouvernement le lourd canon qu'ils avaient acquis par souscription, les gardes avaient mis à l'abri leurs armes sur les hauteurs de Montmartre. Thiers envoya quelque douze mille ou quinze mille hommes de troupe pour s'en emparer.

Journal de George Sand, 19 mars :

> Paris est dans l'*inconnu* du délire. On a essayé pendant la nuit d'hier de reprendre les canons de Montmartre avec de la troupe qui, après avoir cerné le mont Aventin comme on l'appelle, a été cernée à son tour par Belleville, rassemblé en armes, et a mis la crosse en l'air [pactisant avec la foule]. On raconte de rapides échanges de coups de fusil, aussitôt arrêtés par le refus des soldats de tirer sur le peuple.

Civils, gardes et soldats se rendirent depuis Montmartre à l'Hôtel de Ville, qu'ils cernèrent. Thiers s'enfuit avec son gouvernement à Versailles. Cette nuit-là, un drapeau rouge fut déployé au beffroi de l'édifice. Un Comité central étonné, non préparé, fait d'officiers élus de la garde nationale, découvrit qu'il gouvernait Paris. Le journal de George Sand reprend :

> Dans la journée, le gouvernement a envoyé une dépêche portant qu'il était tout entier à Versailles et qu'il ne fallait pas recevoir d'autres ordres que les siens, ce qui prouverait qu'on s'est emparé de l'Hôtel de Ville et que révolution, émeute ou conspiration a le dessus à Paris. Sont-ce de nouvelles journées de Juin [1848] ? J'en suis malade.

Désormais, les informations — et les journaux — que recevrait Sand viendraient de Versailles. En moins de quelques semaines, Thiers ordonna l'assaut contre Paris et coupa presque toutes les communications comme pendant le siège. A Paris même, pendant les premiers jours, la confusion générale régna, mais il n'y eut pratiquement pas de violences. On n'avait même pas essayé de poursuivre les forces gouvernementales qui se repliaient sans élan sur Versailles. (« Une erreur capitale », déclara Marx, à Londres.) Le Comité central annonça des élections pour le 26 mars — « si la province pense comme nous, elle nous imitera ». Pendant ce temps, on occupait les principaux ministères, on remplaçait par voie d'élection des juges, des magistrats et des officiers de police, la plupart s'étant enfuis à Versailles ; mais, fait incroyable, *on ne toucha pas* à la Banque de France *. Le comité se contenta de lui *emprunter* un million de francs. Le gouvernement de Versailles lui en emprunterait plusieurs millions.

A Nohant, George Sand recevait d'autres nouvelles. *Journal,* 23 mars : « L'horrible aventure continue. Ils rançonnent, ils menacent, ils arrêtent, ils jugent. Ils empêchent les tribunaux de fonctionner. Ils ont exigé de la banque un million, de Rothchild [*sic*] cinq cent mille francs. » Toutefois, George Sand constatait aussi : « L'assemblée de Versailles est stupidement réactionnaire. Elle ne veut pas de conciliation. »

Elle avait espéré une république paisible qui serait allée lentement, patiemment, même sous le gouvernement de Thiers, vers un socialisme libertaire. Maintenant elle prévoyait une Commune révolutionnaire de Paris, proclamée immédiatement après les élections, imposant ses doctrines et sa loi à une France qui, elle insistait sur ce point, était ultra-conservatrice en province. « Par défi contre une autre réaction [l'assemblée de Versailles] qui n'était pas bien unie et par conséquent pas bien redoutable », protestait-elle à Plauchut avec violence, le 24 mars : « [Paris] s'est jeté dans l'extrême. Il a fait comme un locataire qui laisse brûler sa maison, et lui avec, pour jouer un mauvais tour à son propriétaire... Paris est grand, héroïque, mais il est fou. Il compte sans la province, qui le domine par le nombre et qui est réactionnaire en masse *compacte...* Sachez donc, vous autres, que les républicains avancés sont dans la proportion de 1 p. 100, sur la surface du pays entier, et que vous ne sauverez la République qu'en montrant beaucoup de patience et en tâchant de ramener les excessifs [21]. »

« Sans la guerre civile », poursuivait Sand deux jours plus

* Comme devait l'écrire Lénine, le prolétariat s'arrêta à mi-chemin et, au lieu d'anéantir ses ennemis, s'employa à exercer sur eux une influence morale. Friedrich Engels, cofondateur avec Marx du communisme moderne, notait que le phénomène le plus difficile à comprendre était cette terreur sacrée des révolutionnaires qui les figea de respect et les tint éloignés des portes de la Banque de France. Et Léon Trotsky devait déclarer que les bolcheviks, forts des enseignements de la Commune de Paris, s'empareraient de la banque d'État avant même de s'attaquer au Palais d'Hiver de Saint-Pétersbourg [20].

tard, « on pouvait convertir la France ; et, *avec,* elle recule encore plus dans la crainte de l'avenir et l'amour bête du passé ; ce sera la faute du Comité et aussi celle de l'Assemblée, et un peu aussi celle des avancés de notre parti, Louis Blanc et compagnie… Enfin, tout le monde est coupable. Il y a comme cela dans l'histoire des époques fatales[22]… »

Journal de Sand, 30 mars : « La Commune révolutionnaire règne à Paris… Les Prussiens sont là, prêts… » 1er avril : « Pas de journaux, pas de lettres de Paris… » 2 avril : « Dans la journée Bebart [?] apporte le *Journal officiel* de Versailles. Voilà encore Paris bloqué. Cette fois il se bloque lui-même. Il a fermé ses portes… Une circulaire de M. Thiers affirme que tout va bien, que l'Assemblée est protégée par une armée superbe, que la Commune est divisée et que cette échauffourée tire à sa fin. Il proteste qu'il ne marchera pas sur Paris… »

Ce qu'il fit pourtant le 2 avril. Fortes de cent soixante-dix mille hommes environ, les troupes versaillaises attaquèrent un faubourg ouest de Paris, s'en emparèrent et exécutèrent les prisonniers. En représailles, la Commune ordonna que des otages soient pris dans tout Paris et menaça d'en tuer trois pour chaque communard exécuté. On rassembla donc les otages, un nombre de prêtres figuraient parmi eux, dont l'archevêque de Paris, mais la menace ne fut pas mise, à ce moment-là, à exécution. Le dimanche des Rameaux, Thiers ordonna de bombarder Paris.

Les communards se battirent avec enthousiasme, mais sans grand résultat, et entreprirent, pendant le premier des deux mois que durerait la Commune, de procéder aux réformes qui appartiendraient plus tard à leur légende : l'Église était séparée de l'État, les prêtres devant être payés par leurs congrégations et non par le gouvernement comme sous le second Empire ; l'enseignement public devenait gratuit, laïque et obligatoire pour les enfants ; les usines arrêtées et désertées seraient rendues aux associations d'ouvriers. Rapportés par *le Gaulois,* le journal que recevait George de Versailles, ces faits devenaient « pillage », « vol », « dictature », etc.[23]. Toutefois, les décrets de la Commune allaient rester lettre morte, et la Commune mourir.

Les forts du sud et de l'ouest de Paris — les Prussiens

occupaient ceux du nord et de l'est — tombèrent un à un. Aux abois, la Commune recourut à un Comité de salut public autoritaire et d'inspiration blanquiste, auquel s'opposèrent d'abord les socialistes, au nom des idées de Proudhon, et les partisans de l'Internationale marxiste, puis qu'ils acceptèrent. Un peu plus tôt, Edmond Adam avait dû laisser les mains libres au fanatique Raoul Rigault. Dans une réaction de colère irréfléchie au bombardement de Paris, on ordonna la destruction de l'hôtel particulier de Thiers. Journal de Sand, 9 avril : « Un seul journal, *le Gaulois*... Mais que sait-on ? » 19 avril : « Ils ont volé l'argenterie de M. Thiers. » 7 mai : « Encore un combat sanglant... La haine contre Paris devient terrible. Ils [les communards] démolissent la colonne [Vendôme]. Ils continuent à faire passer leurs défaites pour des victoires. La folie empire. » 9 mai : « Proclamation énergique de M. Thiers aux Parisiens. Il leur reproche leur lâcheté, cent contre un, ils se sont laissé mater par une bande de brigands. » 10 mai : « Enfin ! le fort d'Issy est bien pris cette fois et occupé... Nous [*sic*] avons fait ce que les Prussiens n'ont pas pu faire. » 12 mai : « Le dénouement approche... » 21 mai : « Menace contre l'archevêque si on ne rend pas Blanqui [prisonnier des Versaillais]. M. Thiers refuse et fait bien. » 22 mai : « Enfin !... la moitié de l'armée est dans Paris... Les journaux annoncent la fuite ou la disparition de Pyat. » 23 mai : « Chaleur étouffante... *le Gaulois* donne des détails sur l'entrée dans Paris. Elle aurait pu être plus sanglante. »

Ce serait un effroyable carnage, mais cela, *le Gaulois* ne le dirait jamais.

Le dimanche 21 mai, les forces versaillaises déferlaient dans Paris par une porte ouest, étrangement mal gardée. Les sept jours retenus par l'histoire sous le nom de « la Semaine sanglante » commençaient. Le Trocadéro fut pris, puis l'Arc de Triomphe d'où les canons pouvaient tirer sur les Champs-Élysées. Les chefs de la Commune ordonnèrent d'incendier Paris et les ponts sur la Seine afin de retenir « l'ennemi ». Prudemment, méthodiquement, une colonne de Versaillais remonta la rive gauche, une autre la rive droite, prenant en étau les barricades en utilisant les boulevards spécialement conçus à cet effet par le baron Haussmann. Au nord et à l'est, ils bénéficiaient de la collaboration passive des Prussiens. Montmartre fut investi, les communards — hommes, femmes et enfants — exécutés là même où deux généraux avaient été tués dans la nuit du 17 au 18 mars ; conformément à la proclamation de Thiers : « L'expiation sera totale ! » Impossible maintenant à retenir, Rigault ordonna qu'on fasse sortir les otages — des gendarmes, des prêtres et l'archevêque de Paris — et qu'on les exécute sans se presser. Quand il apprit ce massacre, le vieux Louis Charles Delescluze, commandant de la Commune, se couvrit le visage de ses mains et s'écria : « Quelle guerre ! »

Journal de Sand, 26 mai : « Ces infâmes brûlent Paris ! » Et c'était vrai, Paris brûlait : le palais des Tuileries, la rue de Rivoli, l'Hôtel de Ville. Le bruit courut qu'il y avait là les pétroleuses, ces femmes mythiques armées de bouteilles de pétrole, ce qui déclencha de la part des Versaillais une véritable chasse aux sorcières. Plus d'une femme surprise une bouteille de lait vide à la main fut tuée. *Journal,* 30 mai : « Lettre de Plauchut, de Biarritz. Il paraît officiel que les femmes empoisonnaient nos soldats à Paris et allumaient l'incendie avec rage, aidées de leurs enfants. »

Le cinquième jour, alors que seuls les quartiers ouvriers de l'est de Paris tenaient encore, Delescluze, en redingote et chapeau haut de forme, marcha jusqu'à une barricade abandonnée, l'escalada et attendit la balle fatale. Ce fut probablement la mort la plus propre de cette Semaine sanglante qui s'acheva le dimanche de la Pentecôte avec l'exécution de cent quarante-sept communards alignés contre le mur du cimetière du Père-Lachaise. Journal de George Sand, 31 mai : « C'est fini, fini — ils sont tous pris ou tués, ou en fuite ou cachés. Delescluze était tué par les siens... Mais que fera-t-on des 20 000 prisonniers ? »

Les combats terminés, on procéda aux purges, à « l'expiation » : on acheva les blessés ; dans les prisons, les parcs, les rues et sur les places, les suspects étaient fusillés, sauf s'ils étaient trop nombreux ; dans ce cas, on utilisait les mitrailleuses, nouvellement inventées. De vingt à vingt-cinq mille Parisiens périrent, la plupart après avoir été faits prisonniers *.

* Le nombre des victimes imputables à la Terreur était égal au dixième de ce chiffre. Les communards, quant à eux, exécutèrent moins de cinq cents de leurs otages.

Un peu de cette horreur commença à filtrer jusqu'à Nohant. *Journal,* 7 juin : « On ne sait pas ce qui se passe. Le lâche bourgeois, qui a tout subi, voudrait à présent tout tuer. Fusille-t-on toujours *sommairement ?* C'est à craindre, mais on ne le dit pas. Demain commence la cour martiale à Versailles. » Quarante mille prisonniers furent amenés à pied dans la ville pour y être jugés. Beaucoup furent exécutés, un plus grand nombre envoyés en prison ou condamnés aux travaux forcés, à Cayenne. Adolphe Thiers eut *son* défilé de la victoire sur le champ de courses parisien de Longchamp, le 29 juin.

La paix, en somme.

George Sand ne cacha pas que la Muse de la Révolution de 1848 était devenue la Cassandre de la Commune de 1871. « Ne me justifie pas quand on m'accuse de n'être pas *assez républicaine* », écrivit-elle à Plauchut, rentré à Paris. « Au contraire ! dis-leur que je ne le suis pas à leur manière[24]. » Néanmoins, le trouble s'était installé dans l'esprit et la conscience de George : « J'entre dans ma soixante-huitième année », dit-elle à Harrisse en juillet, « avec le cœur bien écorché par les malheurs et les déchirements de mon pays. » Les torts étaient partagés, estimait-elle, mais la Commune en assumait la plus grande partie. A son avis, la France devait maintenant faire preuve de modération : la république de Thiers était « un instrument de progrès *lent et froid*[25] ».

Pour Flaubert, avec qui elle correspondait de nouveau, l'humanité même était « méprisable », d'ailleurs, il le savait depuis sa jeunesse. La réponse de George Sand fut si longue qu'elle en fit un article pour *le Temps.* Il parut en août sous le titre de *Réponse à un ami* et constituait une lettre ouverte non seulement à Flaubert, mais aussi aux amis de George (un léger refroidissement s'était produit dans ses rapports avec Adam, entre autres), à ses détracteurs et au public :

> Tu affirmes que le peuple a toujours été féroce… le paysan toujours stupide ? Tu dis que tu savais tout cela depuis ta jeunesse… tu n'as donc pas été jeune. Ah ! nous différons bien, car je n'ai jamais cessé de l'être, si c'est être jeune que d'aimer toujours… On ne méprise pas son espèce. L'humanité n'est pas un vain mot. Notre vie est

> faite d'amour et ne plus aimer c'est ne plus vivre. Le peuple, dis-tu. Le peuple, c'est toi et moi...

A ses détracteurs de la gauche :

> Lisez-moi en entier et ne me jugez pas sur des fragments détachés... Mon sentiment et ma raison combattent plus que jamais l'idée des distinctions fictives, l'inégalité des conditions, imposées comme un droit acquis aux uns, comme une déchéance méritée aux autres. Plus que jamais je sens le besoin d'élever ce qui est bas et de relever ce qui est tombé... Si c'est aujourd'hui le peuple qui est sous les pieds je lui tendrai la main ; si c'est lui qui est l'oppresseur et le bourreau, je lui dirai qu'il est lâche et odieux...
> Je n'ai pas à me demander où sont mes amis. Ils sont là où la tourmente les a jetés... Le blâme irréfléchi de ceux qui me quittent ne me les fait pas considérer comme ennemis... [Ce] cœur... sait attendre le retour de la justice et de l'affection[26]...

« Votre lettre », répondit Gustave Flaubert, « m'a fait verser un pleur sans me convertir. » Inlassablement, ils revenaient tous deux sur la question de la démocratie. « Le premier remède serait d'en finir avec le suffrage universel », écrivait Flaubert. « Le nombre domine l'esprit, l'instruction, la race et même l'argent... » Lui-même, se plaisait-il à répéter, valait bien « vingt électeurs de Croisset[27] ». A quoi George Sand répétait sans relâche qu'elle ne voyait vraiment pas de solution meilleure que la démocratie, en tout cas pas la monarchie ni la tyrannie, ou encore le règne d'une élite à la Flaubert. Mais c'est dans sa lettre à un jeune poète que George Sand, encore hantée par les jours sanglants de la Commune et sa crainte de futurs affrontements sociaux, lâchait la bride à son lyrisme personnel :

> Je hais le sang répandu et je ne veux plus de cette thèse : « Faisons le mal pour amener le bien ; tuons pour créer. » Non, non ; ma vieillesse proteste contre la tolérance où ma jeunesse a flotté. Les événements multiples qui viennent de s'accomplir doivent nous faire faire un grand pas en avant. Il faut nous débarrasser des théories de 93...

Maudissez tous ceux qui creusent des *charniers*. La vie n'en sort pas. C'est une erreur historique dont il faut nous dégager. Le mal engendre le mal. Apprenons à être révolutionnaires obstinés et patients, jamais terroristes. De longtemps nous ne serons écoutés. Qu'importe ! Le poète doit vivre au-dessus de ses contemporains, au-delà de sa propre vie. L'humanité n'entrera dans un progrès que quand elle méprisera le mensonge dans l'homme, et respectera l'homme en dépit du mensonge[28].

38. Le dernier chapitre : « Laissez verdure... »

« Savoir vieillir », disait Amiel, « est le chef-d'œuvre de la sagesse et un des chapitres les plus difficiles du grand art de vivre[1]. » Plus rares encore sont les individus qui savent *être* vieux, comme Goethe à Weimar, ou George Sand à Nohant. Le jour de son anniversaire, en juillet 1872, alors que le médecin lui conseillait de soigner une toux tenace, cette grande dame au corps basané de gitane alla se baigner avec Plauchut dans les eaux fraîches de l'Indre. « Le médecin trouve que c'est fou », écrivait-elle gaiement à Flaubert. « Je le laisse dire aussi, je me guéris pendant que ses malades se soignent et crèvent[2]. » Elle n'avait pas le temps — aussi banal que ce détail puisse paraître, George Sand n'écrivait plus passé minuit : l'âge exigeait son dû — de rester au lit. Chaque jour, elle passait deux heures avec la jeune Aurore âgée de six ans, à l'esprit vif et ardent ; une autre heure était réservée à l'instruction de Titite — Gabrielle, quatre ans — qui apprenait à lire. Le reste du temps se partageait entre ramasser dans le jardin et les champs des spécimens de cailloux et de plantes (« ce que j'aimerais, ce serait me livrer uniquement à la botanique, ce serait pour moi le Paradis sur terre[3] »), et écrire son « petit roman » annuel (il y en avait parfois deux).

Les gens de La Châtre, jeunes et vieux, même ceux qui se rappelaient l'Aurore Dupin adolescente les réveillant la nuit quand elle traversait au galop les rues de la ville avec ses amis, montant à califourchon comme un homme, et la jeune épouse et mère, la baronne Dudevant, qui n'avait pas craint le scandale et était allée vivre à Paris avec un homme plus jeune qu'elle, l'appelaient tous *la bonne dame de Nohant.* Casimir, plus rancunier, avait adressé deux ans avant sa mort (mars 1871) une requête à Napoléon III, que l'on retrouva sur le bureau de l'empereur après son abdication. Elle traînait là depuis plusieurs mois ; il faut croire que l'empereur l'avait trouvée si étrange qu'il la montrait à ses visiteurs. « Sur le soir » de ses jours, le baron Dudevant sollicitait officiellement — et pathétiquement — le ruban rouge de la Légion d'honneur :

> En demandant cette récompense, je m'appuie non seulement sur mes services depuis 1815, au pays et au pouvoir établi, services sans éclat, insignifiants peut-être, mais encore sur les services éminents rendus par mon père, depuis 1792 jusqu'au retour de l'île d'Elbe. Bien plus, j'ose invoquer des malheurs domestiques qui appartiennent à l'histoire. Marié à Lucile Dupin, connue dans le monde littéraire sous le nom de George Sand, j'ai été cruellement éprouvé dans mes affections d'époux et de père, et j'ai la conviction d'avoir mérité le sympathique intérêt de tous ceux qui ont suivi les événements lugubres qui ont signalé cette partie de mon existence[4]...

Le passé fut également remis en mémoire avec une visite de Pauline Viardot, qui n'avait pas mis les pieds à Nohant depuis une bonne vingtaine d'années ; son mari, brouillé avec le régime impérial, refusait de vivre en France. Pauline vint avec ses deux filles adultes, et toutes trois firent la joie de George Sand par leurs talents musicaux. « Quelle émotion, quelle pénétration musicale ! Pauline chante dans le jour et le soir... Elle est toujours plus sublime, incomparable. Je pleure comme un veau... Lolo a *bu* la musique avec son grand œil. Les fillettes Viardot ont chanté délicieusement. Elle est charmante. Des voix de cristal. Mais Pauline, Pauline, quel génie... » Lorsque la semaine s'acheva, George était « ivre » de musique[5]. Puis, le 3 octobre, une nouvelle connaissance vint les rejoindre, le romancier russe Ivan Tourgueniev, admirateur de longue date de Pauline et ami intime de Gustave Flaubert.

Celui-ci, très abattu par la mort de sa mère, avait été convié à se joindre à la compagnie, mais il préférait se complaire dans son chagrin et avait décliné l'invitation. La mort de Théophile Gautier, le « cher Théo », le plongea dans un marasme encore plus profond. Si seulement il acceptait de voir ses amis, ceux qui l'aimaient, lui écrivait George d'une plume compatissante, au lieu de refuser leur réconfort. Pour sa part, à cette période de sa vie, son réconfort lui venait de ses petits-enfants : « Les petites-filles courent comme des lapins dans des bruyères plus hautes qu'elles. Mon Dieu, que la vie est bonne quand tout ce qu'on aime est vivant et grouillant ! Tu es mon seul *point noir* dans la vie du cœur, parce que tu es triste et ne veux plus regarder le soleil. Peut-être, pour être heureux, faut-il avoir été malheureux. Je l'ai été moi, et j'en sais long ; mais j'oublie si bien ! On n'est pas assez littéraire pour toi, chez nous, je le sais : mais on aime et ça emploie la vie[6]. »

A force de cajoler Flaubert, on réussit à le *convaincre :* il viendrait passer Pâques à Nohant. Les festivités furent plus débridées que jamais, peut-être parce que tout le monde mit son point d'honneur à le dérider et que lui-même fit de son mieux, du moins au début, pour se mettre au diapason. Le dimanche de Pâques, une danse espagnole costumée étant à l'ordre du jour, il enfila une jupe et s'essaya au fandango. « Il est bien drôle », confia George à son journal, « mais il étouffe au bout de cinq minutes. Il est bien plus vieux que moi ! Pourtant je le trouve moins gros et moins fatigué. Toujours trop vivant par le cerveau au détriment du corps. Notre vacarme l'assourdit... Minuit, Maurice épate Flaubert avec ses papillons. » Le lendemain, Flaubert leur lut *la Tentation de saint Antoine,* enfin terminée, « de 3 h à 6 h et de 9 h à 12 h... Maurice très empoigné puisqu'il avait mal à la tête. »

Le troisième jour, Tourgueniev arriva. Le quatrième : « On saute, on danse, on crie, on casse la tête à Flaubert, qui veut toujours tout empêcher pour parler littérature. Il est débordé. Tourgueniev aime le bruit et la gaieté. Il est aussi enfant que nous. Il danse, il valse ; quel bon et brave homme de génie ! » Puis Maurice lit un long poème de sa composition. « Il épate Flaubert. » Un jour encore s'écoule. 18 avril 1873 : « Causerie avec Flaubert, bien animée et drôle. Mais il n'y en a que pour lui et Tourgueniev, qui est bien plus intéressant, a peine à placer un mot. Le soir, c'est un assaut, jusqu'à une heure. Enfin on se dit adieu. Ils partent demain matin. »

Le lendemain George faisait le bilan : « On *vit* avec le caractère plus qu'avec l'intelligence et la grandeur. Je suis fatiguée, *courbaturée* de mon cher Flaubert. Je l'aime pourtant, et il est excellent, mais trop exubérant de personnalité. Il vous brise... Ce soir on danse, on fait du bruit, on joue, on est bête avec délices. On regrette Tourgueniev qu'on connaît moins, qu'on aime moins, mais qui a la grâce de la simplicité vraie et le charme de la bonhomie. »

Malgré les longues années déjà vécues et celles, maintenant comptées, qui lui restaient à vivre, George Sand n'était guère portée à se pencher sur le passé. Elle le fit pourtant à une occasion, alors qu'elle se rappelait d'autres visites. Ce fut peu après son soixante-neuvième anniversaire ; elle s'était plongée dans les eaux calmes de l'Indre. « Tout en me couchant dans l'eau, je pense à ceux qui se sont baignés là jadis avec nous : Pauline et sa mère, Chopin, Delacroix, mon frère. Nous nous y sommes même baignés la nuit. On venait à pied, on retournait de même. Tous sont morts, sauf Mme Viardot et moi... Ce soir on joue à la cachette avec les enfants[7]. »

Solange était absente de ces souvenirs nostalgiques. Quand elle voulut racheter à la fille d'Hippolyte le château voisin de Montgivray, George fit de son mieux pour l'en empêcher. Mais Solange réussit à l'acquérir grâce à un intermédiaire et elle s'y installa en 1873. Elle arrivait sans s'annoncer à Nohant et restait parfois dîner malgré l'attitude distante de sa mère. Avec une fermeté dont était totalement dépourvu leur père, les fillettes, qui détestaient leur tante, montaient la garde devant le bureau de George Sand et empêchaient Solange de déranger leur grand-mère.

George Sand amusait, du moins essayait-elle de le faire, Flaubert en lui rapportant tels faits et gestes de Titite et de Lolo. « Jamais je ne me suis senti plus abandonné, plus vide et plus meurtri », écrivait-il, l'humeur sombre, le 28 février 1874. « Ce que vous me dites... de vos chères petites m'a remué jusqu'au fond de l'âme. Pourquoi n'ai-je pas cela ? J'étais né avec toutes les tendresses, partout ! Mais on ne fait pas sa destinée, on la subit. J'ai été lâche dans ma jeunesse, *j'ai eu peur de la vie !* Tout se paie[8]. » Jeune homme, il avait écrit à un ami : « Ne te marie pas, n'aie pas d'enfants, aie le moins d'affections possible, offre le moins de prise à l'ennemi[9]. » Aucune philosophie de la vie ne pouvait être plus opposée à celle que professait George Sand. Lorsque la mère de Flaubert était morte, elle lui avait suggéré de se marier : « Être seul, c'est odieux », disait-elle. « Trop tard », avait répondu à sa vieille amie de soixante-huit ans Flaubert qui en avait cinquante et un à l'époque [10].

Deux ans plus tard, souffrant de furoncles, de problèmes de peau et de migraines d'origine nerveuse — sa deuxième pièce venait de faire un four à Paris —, Flaubert, sur l'ordre de son médecin, alla en Suisse. « Pour me calmer les nerfs ! », écrivit-il à George Sand. « Je doute que le remède soit efficace ; en tout cas, il m'aura été mortellement ennuyeux. Je ne suis pas *l'homme de la nature* et je ne comprends rien aux pays qui n'ont pas d'histoire. Je donnerais tous les glaciers pour le musée du Vatican. C'est là qu'on rêve [11]. »

Elle-même affligée d'une légère grippe et d'un rhumatisme qui lui immobilisait presque le bras droit, George Sand, qui avait fêté son soixante-dixième anniversaire la veille, répondit :

> Je n'ai pas le courage de garder le lit : je passe la soirée avec mes enfants et j'oublie mes petites misères, qui passent ; tout passe...
> Tu ne veux pas être l'homme de la nature, tant pis pour toi ! Tu attaches dès lors trop d'importance au détail des choses humaines, et tu ne dis pas qu'il y a en toi-même une force naturelle qui défie les *si* et les *mais* du bavardage humain. Nous sommes de la nature, dans la nature, par la nature, et pour la nature. Le talent, la volonté, le génie, sont des phénomènes naturels comme le lac, le volcan, la montagne, le vent, l'astre, le nuage. Ce que l'homme tripote est gentil ou laid, impérieux ou bête ; ce qu'il reçoit de la nature est bon ou mauvais ; mais cela *est*, cela existe et subsiste... Assez, je n'en peux plus. Je t'aime ; n'aie pas d'idées noires et résigne-toi à t'ennuyer si l'air est bon là-bas [12].

Flaubert ignorait la résignation, mais cette échange de lettres leur inspira à tous deux plusieurs de leurs plus belles lignes. « Tu aimes trop la littérature », disait George. « Elle te tuera et tu ne tueras pas la bêtise humaine... Tu as trop de savoir et d'intelligence, tu oublies qu'il y a quelque chose au-dessus de l'art : à savoir la sagesse, dont l'art à son apogée n'est jamais que l'expression. » Accepte la vie comme elle est, lui conseillaitelle. Va voir Hugo : « Je crois qu'il te calmera : moi, je n'ai plus assez d'orage en moi pour que tu me comprennes. » « Ah ! que je vous envie ! », s'exclamait Flaubert, « que je voudrais avoir votre sérénité ! » C'était lui qui choisissait de vivre dans la « désolation », répondait George Sand. Pas du tout, se défendait Flaubert. Il voyait la vie avec objectivité, et il la restituait avec la même objectivité. Il n'apparaissait pas davantage dans son œuvre que « Dieu dans la nature. L'homme n'est rien, l'œuvre tout ». « La suprême impartialité », rétorquait George, « est une chose anti-humaine et un roman doit être humain avant tout... Garde ton culte pour la forme, mais occupe-toi davantage du fond [13]. » De ces réflexions sortirait, mais George ne serait plus là pour la voir, l'œuvre la plus émouvante et peut-être la plus achevée de Flaubert, *Un cœur simple*, l'histoire d'une vieille servante et de son perroquet.

La France hésitait entre restaurer la monarchie ou se résigner à une Troisième République, ce qu'elle finit par choisir. Pour George Sand, la politique n'était plus qu'une « comédie ». « Je lis consciencieusement mon journal tous les matins ; mais hors de ce moment-là, il m'est impossible d'y penser ou de m'y intéresser. » Tout lui paraissait « vide d'un idéal quelconque [14] ». Trois ans après les passions de la Commune, elle absolvait tous ceux qui y avaient pris part ou l'avaient combattue. « J'avoue ne pas voir clair dans cette tourmente, je ne puis qu'approuver ou blâmer certains faits pris en eux-mêmes. L'ensemble m'apparaît comme un accès de fièvre terrible qui innocente jusqu'à un certain point tout le monde. Là, je ne vois même plus de *parti* ni d'*école* proprement dits, je vois une angoisse où chacun va de l'avant pour son compte, sans savoir ce qu'il fait et sans se soucier ni du droit politique, ni du droit civil ni, hélas ! du droit humain. Est-ce dans le délire qu'on peut se poser des questions si graves [15] ? » Elle savait bien, comme elle l'écrivit à Charles Poncy à la veille de 1875, « que le monde va mal... Je tâche de les *bourrer* [ses petites-filles] de bonheur, pour qu'elles aient de la santé morale devant les déceptions inévitables [16]. »

Le plus clair de ses journées se passait avec les enfants ; elle les faisait travailler, écrivait *les Contes d'une grand-mère* afin de les encourager à lire. Mais le meilleur enseignement que donna George Sand dans sa vieillesse, comme elle l'avait fait dans sa vie de jeune femme, fut celui de l'exemple. Dans l'impétuosité de sa jeunesse, elle ne s'était pas contentée de « prêcher » le féminisme : elle l'avait pratiqué. Elle n'écrivit pas de manifestes sur les possibilités d'une vie meilleure pour les femmes en attendant le miracle : elle vécut ce miracle, contre vents et marées. Ce fut là son action révolutionnaire, et il dura jusqu'à la fin de sa vie. George Sand aurait-elle été réellement « conservatrice de cœur », comme certains, surtout des hommes, furent amenés à le penser en centrant leur analyse sur son attitude politique des seules dernières années, qu'il n'y aurait pas eu de George Sand. C'est l'idée qui vient à l'esprit, en effet, quand on la regarde au soir de sa vie, à Nohant, entourée de ses petites-filles et de ses amis, la plume hésitant à peine : la vie est à la fois la leçon et l'histoire, au même titre que les romans qui revenaient avec la même régularité que les saisons : *Ma sœur Jeanne, Flamarande, la Tour de Percemont, Marianne Chevreuse.* Et, âgée de soixante-douze ans, l'extraordinaire George Sand entamait un nouveau récit, *Albine Fiori.*

Comme à l'accoutumée, Flaubert recevait chaque volume dès qu'il paraissait et trouvait pour chacun un mot gentil. Mais *Marianne Chevreuse*, « l'histoire touchante d'une fille mélancolique aux yeux sombres qui vivait courageusement au milieu des commérages malveillants de son petit village [17] », lui alla droit au cœur. « *Marianne* », écrivait-il à George, le 8 février 1876, « m'a profondément ému et deux ou trois fois j'ai pleuré. Je me suis reconnu dans le personnage de Pierre. Certaines pages me semblaient le fragment de mes Mémoires, si j'avais le talent de les écrire de cette manière ! Comme tout cela est charmant, poétique et vrai ! *La Tour de Percemont* m'avait plu extrêmement, mais *Marianne* m'a littéralement enchanté... Ainsi donc pour cette fois je vous admire pleinement et sans la *moindre* réserve [18]. »

Six semaines plus tard, George parlait dans une lettre à Flaubert de « crampes d'estomac » atrocement persistantes ; puis, stoïque, elle évoquait le souvenir de son vieux curé, l'abbé de Montpeyroux, qui lui disait quand il souffrait d'une crise de goutte : « “ *Ça passera ou je passerai !* ” Et là-dessus, il riait, content de son mot[19]. » Ce fut peut-être la dernière lettre de George Sand à Flaubert.

Le 20 mai, George consulta le Dr Marc Chabenat, venu de La Châtre pour ausculter Maurice qui souffrait de névralgies. Depuis quinze jours, lui dit-elle, elle luttait contre « une constipation opiniâtre[20] ». Toute sa vie, George Sand avait souffert de « l'estomac de l'écrivain » et elle était probablement atteinte depuis plusieurs années d'un cancer latent qui évoluait sous une forme larvée et bloquait les fonctions naturelles. « Malgré l'âge (soixante-douze ans bientôt), je ne sens pas les atteintes de la sénilité », écrivait-elle à son médecin parisien, le Dr Henri Favre, le 28 mai. « Je monte les escaliers aussi lestement que mon chien. Mais, une partie des fonctions de la vie étant presque supprimées, je me demande où je vais et s'il ne faut pas s'attendre à un départ subit un de ces matins[21]. »

Le 29 mai, George Sand abandonna *Albine Fiori* au beau milieu d'un chapitre pour noter — ce serait la dernière fois — dans son journal :

> Temps délicieux. Je ne souffre pas beaucoup. Je fais un bon tour de jardin. Je donne la leçon à Lolo. Je relis une pièce de Maurice. Après dîner, Lina va au spectacle à La Châtre. Je joue au bézig [*sic*] avec Sagnier [un jeune Nîmois qui séjournait souvent à Nohant].
> Je dessine. Lina revient à minuit[22].

Aucune allusion à la visite du Dr Chabenat, à l'inquiétude du praticien devant son ventre démesurément distendu. L'occlusion intestinale était totale. « J'ai le diable dans le ventre », lui dit-elle. Les souffrances étaient atroces et elle fut prise de vomissements dans la soirée. On envoya chercher aussi Gustave Papet. Il déclara à Maurice qu'il n'y avait plus d'espoir. Jusqu'à quatre heures du matin, on put entendre de l'autre bout du jardin les cris que lui arrachait la douleur. Deux autres médecins furent appelés en consultation le lendemain matin. Tous trois suggérèrent à Maurice de télégraphier à Paris pour faire venir un spécialiste. Maurice décida d'appeler le Dr Favre. Connaissant ses qualités de beau parleur, mais son incompétence professionnelle, les trois médecins insistèrent pour qu'il se fasse accompagner par quelqu'un de vraiment qualifié, de préférence un chirurgien. Favre arriva le 1er juin, seul. Avant même d'examiner la patiente, Favre déclara que c'était « la dysenterie, ou bien une hernie », et prescrivit des frictions. Le 2 juin, un chirurgien vit enfin la patiente mais il était trop tard pour opérer ; on se contenta de la soulager en pratiquant une ponction abdominale[23].

Maurice envoya un télégramme à Solange, à Montgivray, pour l'informer de la gravité de la situation. Le message la suivit à Paris ; le lendemain elle était là. Maurice lui tendit les bras avec émotion, mais Lina, que Solange appela respectueusement « madame », se montra plus froide. Solange monta voir sa mère. George resta impassible en la recevant, bien qu'elle eût répété qu'elle ne voulait personne dans sa chambre, sauf les médecins. La nature de sa maladie, le linge et le lit souillés, l'humiliaient profondément. Elle demandait sans cesse qu'on la lave et qu'on change les draps. « Comme l'hermine, elle serait morte d'une tache[24]. »

Le matin du 7 juin 1876, George Sand appela ses petites-filles auprès d'elle et les embrassa en leur disant : « Soyez bien sages. » Elle souffrait d'une soif inextinguible et parlait avec difficulté. Le soir, elle articula : « Adieu, adieu, je vais mourir... *Laissez verdure...* » Pendant la nuit, elle répéta plusieurs fois : « La mort, mon Dieu, la mort ! » Le 8 juin, à trois heures du matin, Maurice apparut à la porte de la chambre. Elle lui fit signe de partir, elle ne voulait pas qu'il la voie avant d'être changée. A six heures, elle demanda à Solange, qui n'avait pas quitté son chevet, de tourner le lit afin qu'elle puisse voir la lumière de l'aube. A neuf heures, elle envoya chercher ses petites-filles. « Adieu, Lina », murmura-t-elle, « adieu Maurice, adieu, Lolo, ad... » Elle perdit conscience et mourut[25].

Le soir, à table, Solange s'assit à la place de sa mère et présida. La mort apportait sa petite victoire, après tout, et Solange ne s'en tiendrait pas là. Elle appela à la rescousse ses cousins Cazamajou et Simmonet et, au nom d'un « billet » de

George Sand que nul ne vit jamais, obligea Maurice, sous le choc et incapable de réagir, à enterrer religieusement leur mère. Lina s'éleva vivement contre cette idée. Solange rétorqua que tant que George Sand était vivante, celle-ci la protégeait, mais que son enterrement était l'affaire de ses enfants. Maurice céda, Lina se tut. On télégraphia à l'archevêque de Bourges pour lui demander son autorisation. Il s'empressa de l'accorder : bien que de son vivant elle eût refusé les derniers sacrements, Mlle La Quintinie serait inhumée religieusement.

Les amis de George Sand arrivèrent par train de Paris pour l'enterrement. Il y avait là Flaubert, Dumas fils, Renan, le prince Jérôme Bonaparte ; Harrisse, Calmann-Lévy (l'éditeur de Sand), les acteurs Édouard Cadol et Paul Meurice. Marchal ne vint pas ; Aucante et Plauchut se trouvaient déjà à Nohant. Il pleuvait quand ils quittèrent Paris, il pleuvait quand ils franchirent la grille de Nohant. On avait couvert de fleurs le corps de George Sand, comme elle-même l'avait fait pour Manceau. Seule sa main droite, « mignonne et jolie comme de l'ivoire[26] », était visible.

Des paysans portèrent le cercueil sous la pluie jusqu'au petit cimetière familial, au fond du parc. Les paysannes de Nohant, vêtues de noir, s'agenouillèrent dans la boue quand le prêtre entonna les litanies des défunts. Flaubert dominait de sa taille les assistants et pleurait comme un enfant : il enterrait une seconde fois sa mère. Chacun des amis de George Sand tenait une branche de laurier que leur avait donnée Lina pour déposer sur la tombe. Victor Hugo avait envoyé un message élégiaque, qui fut lu par Paul Meurice après l'allocution d'Ernest Périgois : « Je pleure une morte et je salue une immortelle... George Sand était une idée ; elle est hors de la chair, la voilà libre ; elle est morte, la voilà vivante[27]... » Ernest Renan trouva l'oraison funèbre banale, Flaubert sublime, et peut-être voyons-nous aussi, comme Flaubert, George Sand, plus jeune, essentielle, surgir du pauvre corps gonflé de la bonne dame de Nohant, celle qui s'impose à notre esprit avec toute sa force, son audace et sa grandeur quand nous disons : George Sand.

Flaubert déchiré décrivit l'enterrement dans une lettre à Tourgueniev ; il avait pleuré deux fois, la première en embrassant la petite-fille de George Sand, Aurore, « dont les yeux, ce jour-là, ressemblaient tellement aux siens que c'était une résurrection », et la seconde « en voyant passer devant moi son cercueil [28] ». A une femme dont il partageait l'amitié avec George Sand, Mlle de Chantepie, il écrivit :

> Il fallait la connaître comme je l'ai connue pour savoir tout ce qu'il y avait de féminin dans ce grand homme, l'immensité de tendresse qui se trouvait dans ce génie. Elle restera une des illustrations de la France et une gloire unique [29].

Mais « la morale de l'histoire de George Sand, la beauté de ce qu'elle fait pour nous » — c'est Henry James qui parle après s'être entretenu, peu de temps après la mort de Sand, avec « un ami illustre et intime de ses dernières années », Flaubert à n'en pas douter — « n'est pas l'extension qu'elle donne à la nature féminine, mais la richesse qu'elle apporte à la nature masculine [30] ». Car ce fut bien cette plénitude que sut nous enseigner George Sand.

Notes et bibliographie

Notes du chapitre 1

1. George Sand, *Œuvres autobiographiques,* édition de La Pléiade, 2 vol. (Paris, 1970-1971) ; voir vol. I, p. 461 et 464, pour les références à la date de naissance de George Sand et à celle du mariage de ses parents.

L'édition de La Pléiade, publiée par Gallimard, remarquablement établie, présentée et annotée par Georges Lubin, le plus éminent spécialiste de George Sand, comprend :

« Histoire de ma vie », vol. I, p. 5-1129, vol. II, p. 5-465, qui constitue, en même temps que l'édition de la *Correspondance* de Sand réunie et annotée par Georges Lubin (voir note 5 ci-dessous), la source essentielle pour qui étudie George Sand ; ces Mémoires ont été commencés en 1847, quand l'auteur avait quarante-trois ans et que sa liaison de neuf ans avec Chopin touchait à sa fin ;

« Voyage en Espagne », II, p. 467-474 — les souvenirs du voyage que fit en Espagne George Sand à l'âge de trois et quatre ans ;

« Mon grand-oncle », II, p. 475-496 — sur l'abbé de Beaumont, grand-oncle de George Sand ;

« Voyage en Auvergne », II, p. 497-527 — le récit d'une cure thermale au Mont-Dore avec son mari, Casimir Dudevant, août 1827 ;

« La Blonde Phoebé », « Nuit d'Hiver », « voyage chez M. Blaise », II, p. 529-569 — « des scènes intéressantes de la vie de province à l'époque où la jeune baronne Dudevant (pas encore George Sand) n'avait pas encore pris son vol pour Paris » (Georges Lubin) ;

« Les Couperies », II, p. 571-581 — récit du début de la carrière littéraire de George Sand, mettant en scène Jules Sandeau ;

« Sketches and Hints », II, p. 583-632, (titre en anglais) ;

« Lettres d'un voyageur », II, p. 633-943 — écrit de 1834 à 1836, à propos de Venise et de la musique, d'Alfred de Musset, de Michel de Bourges, de Franz Liszt et de Marie d'Agoult ;

« Journal intime », II, p. 945-971 — l'automne 1834 avec Musset ;

« Entretiens journaliers avec le très docte et très habile docteur Piffoël », II, p. 973-1018 — Sand travestie en Dr Piffoël, sobriquet venant de « pif », « nez » en argot ;

« Fragment d'une lettre écrite de Fontainebleau », II, p. 1019-1025 ;

« Un hiver à Majorque », II, p. 1027-1177 — l'hiver passé à Majorque avec Chopin, 1838-1839 ;

« Souvenirs de mars-avril 1848 », II, p. 1179-1190 — le printemps d'une révolution.

« Journal de novembre-décembre 1851 », II, p. 1191-1222 ;

« Après la mort de Jeanne Clésinger », II, p. 1223-1233 — sur la mort de la petite-fille de George Sand ;

« Le théâtre et l'acteur », p. 1235-1244 ;

« Le théâtre des marionnettes de Nohant », II, p. 1245-1276 — un des derniers écrits, que George Sand pensait ajouter à « Histoire de ma vie ».

2. Sand, *op. cit.*, I, p. 1125.

3. *Ibid.*, p. 23.

4. Si George Sand s'attarda ainsi sur ses ancêtres, ce fut pour éviter *les révélations* qu'on attendait d'elle. Par ailleurs, elle éprouvait une certaine fierté de cette double ascendance dont elle aimait le pittoresque. Enfin, il convient de rappeler qu'elle était payée au nombre de volumes. Un critique suggérait, devant l'impatience des lecteurs qui attendaient chaque nouvelle parution, de rebaptiser « Histoire de ma vie » en : « Histoire de ma vie avant ma naissance », Cuviller-Fleury, in *Journal des débats,* 28 janvier 1855.

5. George Sand, *Correspondance,* éd. par Georges Lubin, 15 vol. (Paris, 1964-1981), VIII, p. 264. D'autres volumes suivront.

6. Sand, *Œuvres autobiographiques,* I, p. 307-308.

7. Jon Manchip White, *Marshal of France, the Life and Times of Maurice, Comte de Saxe* (Londres, 1962), p. 8.

8. W. H. Wilkins, *The Love of an Uncrowned Queen,* 2 vol. (Londres, 1900), II, p. 486.

9. Sand, *op. cit.*, p. 29.

10. White, *op. cit.*, p. 10.

11. « ... et de vivacité plus que de lignes et de distinction », avait ajouté, puis rayé George Sand dans le manuscrit original. Le portrait est au musée Carnavalet, à Paris.

12. Voltaire, *Histoire de Charles XII* (Paris, 1846), p. 64.

13. Saint-René Taillandier, *Maurice de Saxe* (Paris, 1865), p. 13.

14. White, *op. cit.*, p. 21.

15. Général Camon, *Maurice de Saxe* (Paris, 1934), *passim.*

16. Taillandier, *op. cit.*, p. 60.

17. Sand, *op. cit.*, p. 110.

18. Pierre-Édouard Lémontey, *Histoire de la Régence,* 2 vol. (Paris, 1832), II, p. 328.

19. Taillandier, *op. cit.*, p. 110.

20. Maurice de Saxe, *Mes rêveries,* 2 vol. (Amsterdam, 1757), II, p. 159-160.

21. Sand, *op. cit.*, I, p. 154.

22. Adrienne Lecouvreur, *Lettres* (Paris, 1892). « Mlle Lecouvreur mourut dans mes bras d'une inflammation des entrailles », écrivit en démenti Voltaire, son amant intermittent et ami fidèle.

23. Sanche de Gramont, *Epitaph for Kings* (New York, 1967), p. 187.

24. Gaston Maugras, *Les Demoiselles de Verrières* (Paris, 1890) p. 32.
25. Sand, *op. cit.*, I, p. 31.
26. Maugras, *op. cit.*, p. 36.
27. Sand, *op. cit.*, I, p. 31.
28. Jean-François Marmontel, *Mémoires,* 4 vol. (Paris, 1804), I, p. 286-287.
29. *Ibid.*, p. 288.
30. Madame Louise d'Epinay, *Mémoires,* 2 vol. (Paris, 1804), I, p. 24-25.
31. Baron d'Espagnac, *Histoire de Maurice, comte de Saxe,* 2 vol. (Paris, 1775), II, p. 492.
32. Sand, *op. cit.*, I, p. 155.
33. Louis Petit de Bachaumont, *Mémoires secrètes,* 36 vol. (Paris, 1777-1789), I, p. 247.
34. Edmond et Jules Goncourt, *La Femme au dix-huitième siècle* (Paris, 1887), p. 224 et 229. La double norme existait en matière de moralité, assez lâche, mais indiscutable, selon qu'on était homme ou femme ; elle reposait sur la tolérance, l'indifférence ou simplement la peur du ridicule de la part du mari. Celui-ci pouvait cependant se débarrasser d'une épouse infidèle par une procédure de routine : la lettre de cachet. « Mais que fait-on à un mari qui est infidèle ? » demandait Marivaux. « Où sont les maris qu'on enferme ?... Sa galanterie le rend illustre... Aussi faut-il voir... les airs qu'il se donne ! » Pierre de Marivaux, *Cabinet du philosophe (cinquième feuille)* (Paris, 1734), p. 110-111.
35. Sand, *op. cit.*, I, p. 36.
36. Ministère de la Guerre. Archives administratives. *Dossier du maréchal de Saxe,* 212 MF. Ces archives et ces documents se trouvent au château de Vincennes.
37. *Ibid.*
38. Bibliothèque de l'Arsenal, Paris. Archives de la Bastille. Doc. 10238. Voir aussi Gaston Capon et Robert Yve-Plessis, *Les Théâtres clandestins* (Paris, 1905) p. 194-195.
39. W. H. Lewis, *The Splendid Century, Anchor Books* (New York, 1953), p. 259 et *passim.* Voir aussi Joseph Barry, *Passions and Politics — a Biography of Versailles* (New York, 1972), p. 160-161.
40. Charles Gailly de Taurines, *Aventuriers et femmes de qualité. La Fille du maréchal de Saxe* (Paris, 1907), p. 305.
41. Archives nationales de Paris, Parlement. X i A 4533. 15 mai 1766.
42. Sand, *op. cit.*, I, p. 33-34.
43. Ministère de la Guerre. Archives administratives, *Ancien Régime, Trésor royal 11897.* Voir note 36 ci-dessus.
44. Voir note 36, avril 1768.
45. Sand, *op. cit.*, I, p. 38, 1245 et 1246.
46. *Ibid.*, p. 38.
47. Voir note 36, novembre 1772.
48. Sand, *op. cit.*, I, p. 35.
49. *Ibid.*, p. 36.
50. *Ibid.*, p. 37.

51. Gailly de Taurines, *op. cit.*, p. 329.
52. A un autre soupirant, Aurore écrivit qu'elle préférait l'amitié à des émotions plus « aveuglantes » : « J'ai toujours vécu avec des gens fort au-dessus de mon âge, disait-elle, et je me suis insensiblement mise à leur niveau. Je n'ai pas été jeune longtemps et c'est peut-être une perte ; mais j'en suis plus raisonnable. » *Ibid.*, p. 329.
53. Sand, *op. cit.*, I, p. 40-41.
54. *Ibid.*, p. 51.

Notes du chapitre 2

1. Manuscrit de la collection Sand, Bibliothèque, Spoelberch de Lovenjoul, Chantilly, E. 803. Cf. George Sand, *Œuvres autobiographiques*, 2 vol. (Paris, 1970-1971), I, p. 1344.
2. Charles Gailly de Taurines, *Aventuriers et femmes de qualité. La Fille du maréchal de Saxe* (Paris, 1907), p. 333.
3. Sand, *op. cit.*, I, p. 52. Cf. Roland Derche, *Le Laonnois J.L.-F. Deschartres, précepteur de George Sand (1761-1828)* (Fontenay-le-Comte, 1954), p. 22.
4. Sand, *op. cit.*, I, p. 55.
5. *Ibid.*, p. 55-56.
6. *Ibid.*, p. 57.
7. Cf. Paule-Marie Duhet, *Les Femmes et la révolution, 1789-1794* (Paris, 1971), *passim.*
8. Gailly de Taurines, *op. cit.*, p. 333.
9. Sand, *op. cit.*, I, p. 61.
10. Aurore Sand, *Le Berry de George Sand* (Paris, 1927), p. 24.
11. Le château et le parc de Nohant sont aujourd'hui musée national.
12. Aurore Sand, *op. cit.*, p. 24.
13. Archives nationales, Comité de sûreté générale, dossier Amonnin. Cf. Gailly de Taurines, *op. cit.*, p. 335.
14. Archives nationales, Comité de sûreté générale, dossier Dupin (Aurore). Cf. Gailly de Taurines, *op. cit.*, p. 336.
15. Sand, *op. cit.*, I, p. 66-67.
16. Archives nationales, Comité de sûreté générale, dossier Dupin (Aurore), 21 frimaire (11 décembre) 1793. Cf. Gailly de Taurines, *op. cit.*, p. 338-339.
17. *Idem.*
18. Sand, *op. cit.*, I, p. 76.
19. *Ibid.*, p. 113 et 122.
20. *Ibid.*, p. 122-124.
21. *Ibid.*, p. 157.
22. *Ibid.*, p. 104 et 175.
23. *Ibid.*, p. 176.
24. *Ibid.*, p. 226.
25. La plupart des lettres de Maurice sont conservées à la Bibliothè-

que historique de la Ville de Paris (BHVP, Fonds Sand), et les modifications les plus frappantes figurent dans l'incomparable appareil de notes de Georges Lubin accompagnant les *Œuvres autobiographiques* de George Sand (voir ch. I, note 1.)

26. Cf. André Maurois, *Lélia ou la vie de George Sand* (Paris 1952), p. 26.

27. Sand, *op. cit.*, I, p. 248.

28. *Ibid.*, p. 341.

29. George Sand, *Correspondance*, 15 vol. (Paris, 1964-1981), VI, p. 327. A Charles Poncy, 23 déc. 1843.

30. Bibliothèque historique de la Ville de Paris (BHVP, Fonds Sand, E 184). Cf. Sand, *Œuvres autobiographiques*, I, p. 1323-1324.

31. Sand, *op. cit.*, p. 342-344.

32. *Ibid.*, p. 356-358.

33. BHVP, Fonds Sand, E 191. Cf. Sand, *Œuvres autobiographiques*, I, p. 1328-1330.

34. Lovenjoul, Chantilly, E 803.

35. Sand, *op. cit.*, I, p. 361-362.

36. *Ibid.*, p. 370.

37. BHVP, Fonds Sand, E 210. Cf. Sand, *Œuvres autobiographiques*, I, 1338.

38. Maurice et Sophie s'étant retrouvés à Charleville en 1802, et George Sand étant née en 1804, cette précision nous laisse perplexe. Pourtant, ces enfants semblent avoir existé. Maurice en mentionne *trois*, dont un fils, dans une lettre à Sophie, écrite en 1807 (BHVP, Fonds Sand, E. 289). Il peut s'agir de Caroline et de George Sand, mais il n'existe aucune trace de ce fils par la suite.

39. Geneviève Gennari, *Le Dossier de la femme* (Paris, 1965), p. 23.

40. BHVP, Fonds Sand, E 5. Cf. Sand, *Œuvres autobiographiques*, I, p. 1359-1360.

41. Une plaque commémorative rappelle cet événement au 46 de la rue Meslay, à Paris.

42. Sand, *op. cit.*, I, p. 464.

Notes du chapitre 3

1. Sigmund Freud, *Trois Essais sur la théorie de la sexualité* (Paris, 1942), p. 40.

2. Alfred de Musset, *La Confession d'un enfant du siècle* (Paris, 1880), p. 2-3.

3. Sand, *Œuvres autobiographiques*, 2 vol. (Paris, 1970-1971), I, p. 479.

4. *Ibid.*, p. 484 et 486-487.

5. L'histoire qui suit fut racontée à George Sand par sa mère.

6. *Ibid.*, p. 499-500.

7. *Ibid.*, p. 501.

8. Marie-Louise Vincent, *George Sand et le Berry*, 2 vol. (Paris, 1919), p. 21.
9. Sand, *op. cit.*, I, p. 501-502.
10. Voir note 2 ci-dessus.
11. Sand, *op. cit.*, p. 503.
12. *Ibid.*, p. 519 et 527-528.
13. Bibliothèque Spoelberch de Lovenjoul, E 803, f. 290-291.
14. Sand, *op. cit.*, I, p. 530 et *passim.*
15. *Ibid.*, p. 541-542.
16. *Ibid.*, p. 543.
17. *Ibid.*, p. 548 et *passim.*
18. Frances Winwar, *The Life of the Heart : George Sand and Her Times* (New York, 1945), p. 12-13. Mes italiques soulignent l'intuition d'une biographe femme.
19. Sand, *op. cit.*, I, p. 573-574.
20. Sand, « Voyage en Auvergne » in *op. cit.*, II, p. 505-507.
21. Sand, « Voyage en Espagne » in *op. cit.*, p. 472.
22. Sand, *op. cit.*, I, p. 575 et *passim.*

Notes du chapitre 4

1. *Encyclopaedia Britannica,* 24 vol., p. 202, 11e éd.
2. George Sand, *Œuvres autobiographiques,* 2 vol. (Paris, 1970-1971), I, p. 586 et *passim.*
3. Frances Winwar, *The Life of the Heart : George Sand and Her Times* (New York, 1945), p. 25.
4. Le flageolet de Deschartres rappelle à George Sand le « fou » de La Châtre qui venait souvent écouter Deschartres jouer. Quand on lui demandait ce qu'il voulait, il répondait invariablement : « *Rien de nouveau... je cherche la tendresse.* » Sand, *op. cit.*, I, p. 716-717.
5. George Sand baptisa ainsi, dans ses romans rustiques, la vallée où se niche Nohant et qui a conservé encore aujourd'hui ce nom, évocateur de la romantique Forêt-Noire allemande.
6. Sand, *op. cit.*, I, p. 605 et *passim.*

Notes du chapitre 5

1. George Sand, *Œuvres autobiographiques,* 2 vol. (Paris, 1970-1971), I, p. 944.
2. Abbé F. M. Th. Cédoz, *Un couvent de religieuses anglaises à Paris de 1634 à 1884* (Paris, 1891).
3. Sand, *op. cit.*, I, p. 870.
4. *Ibid.*, p. 865.

5. George Sand, *Correspondance,* 15 vol. (Paris, 1964-1981), I, p. 15-21.
6. Sand, *Œuvres autobiographiques,* I, p. 867 et *passim.*
7. André Maurois, *Lélia* (Paris, 1952), p. 42.
8. Sand, *ibid.*, p. 900 et *passim.*
9. Dans le *Sunday Times* de Londres du 22 octobre 1972, Raymond Mortimer écrivait avec une justesse remarquable à propos de ce long essai de Virginia Woolf sur les femmes écrivains qu'est *Une chambre à soi :* « L'écrivain possède cette qualité dès le berceau ; dans la façon dont il aborde le monde, dans ses affections, dans son comportement à l'égard des mille petits faits qui se produisent depuis l'aube jusqu'au coucher du soleil, l'écrivain voit les choses comme il les décrira ensuite dans le détail, la plume à la main. » On peut simplement regretter que le mot « écrivain » n'existe pas au féminin.
10. Sand, *op. cit.*, I, p. 944.
11. D'un carnet de George Sand conservé à la Bibliothèque nationale, Paris, N.a. fr. 13641. Cf. Sand, *op. cit.*, p. 1425-1426.
12. Sand, *op. cit.*, I, p. 946 et *passim.*

Notes du chapitre 6

1. George Sand, *Œuvres autobiographiques,* 2 vol. (Paris, 1970-1971), I, p. 1032.
2. *Ibid.*, p. 1011 et *passim.*
3. Edmond Plauchut, *Autour de Nohant* (Paris, 1897), p. 14. Cet ami de George Sand put relire ces lignes sur le bord de la fenêtre, quand il revint à Nohant à la fin du siècle. Voici la traduction qu'il en donne : « Disparais, ô soleil ! cache tes pâles rayons derrière les arbres lointains. Le nocturne Vespérus va venir pour annoncer la fin du jour ; le soir descend apportant la mélancolie sur le paysage. A ton retour, lumière splendide, la nature retrouvera encore la beauté et l'allégresse mais la joie ne consolera jamais mon âme. Ton absence, orbe radieux, peut ne pas accroître les chagrins de mon cœur ; ils ne peuvent pas être adoucis par ton retour. » Carnet de George Sand, Bibliothèque nationale, Paris, N.a.fr. 13641.
4. George Sand, *Correspondance,* 15 vol. (Paris, 1964-1981), I, p. 32.
5. *Ibid.*, p. 54.
6. Sand, *Œuvres autobiographiques,* I, p. 1043.
7. Sand, *Impressions et Souvenirs* (Paris, 1896), p. 132.
8. Sand, *Œuvres autobiographiques,* I, p. 1056.
9. Sand, *Correspondance,* II, p. 861.
10. Sand, *Œuvres autobiographiques,* I, p. 1060-1061.
11. *Ibid.*, p. 1026 et *passim.*
12. Sand, *Correspondance,* I, p. 69.
13. Cf. Ferdinand Denis, *Journal* (Fribourg, 1932), p. 63-69.
14. Sand, *Correspondance,* I, p. 212-213.

15. Sand, *Œuvres autobiographiques,* I, p. 1072 et 1074.
16. *Ibid.*, p. 1045.
17. Sand, *Correspondance,* I, p. 74-79.
18. Lettre datée du 23 nov. 1821, conservée au musée George Sand, La Châtre.
19. Sand, *Œuvres autobiographiques,* I, p. 1106 et *passim.*

Notes du chapitre 7

1. George Sand, *Œuvres autobiographiques,* 2 vol. (Paris, 1970-1971), I, p. 1120.
2. *Ibid.*, p. 1122.
3. *Ibid.*, p. 1123-1125. Cf. George Sand, *Correspondance,* 15 vol. (Paris, 1964-1981), I, p. 218-219.
4. *Ibid.*, p. 1127-1129.
5. Lettre, Bibliothèque Spoelberch de Lovenjoul, E 936. Cf. la note de Georges Lubin, Sand, *Œuvres autobiographiques,* II, p. 1305-1306.
6. Sand, *Œuvres autobiographiques,* II, p. 8 et *passim.*
7. Sand, *Correspondance,* I, p. 198-199. Les lettres à Aurélien de Sèze et à Casimir Dudevant datant de cette période (11 oct.-fin nov. 1825) ont été réunies et publiées, mais de façon incomplète, par Aurore Lauth-Sand, petite-fille de George Sand, sous le titre *le Roman d'Aurore Dudevant et d'Aurélien de Sèze* (Paris, 1928). André Maurois les cite en prenant quelques libertés dans son *Lélia,* où il en fait le *Journal* d'Aurore.
8. Sand, *Œuvres autobiographiques,* II, p. 17.
9. *Ibid.*, p. 13 et *passim.*
10. Scène et conversation reconstruites presque mot pour mot dans les Mémoires de George Sand. Cf. *ibid.*, p. 25.
11. *Revue de l'Agenais,* 1876, p. 432-433. Cf. Marie-Louise Vincent, *George Sand et le Berry,* 2 vol. (Paris, 1919), I, p. 68-69.
12. Sand, *Correspondance,* I, p. 92.
13. Sand, *Œuvres autobiographiques,* II, p. 25-27.
14. Bibliothèque nationale, N.a.fr. 13641 fol. 8. Aurore dans son carnet, dimanche 2 juin : « Bonheur inouï... joie inexprimable ! »
15. Sand, *op. cit.*, II, p. 31.
16. *Ibid.*, p. 31.

Notes du chapitre 8

1. George Sand, *Correspondance,* 15 vol. (Paris, 1964-1981), I, p. 270.
2. Bibliothèque Spoelberch de Lovenjoul, Chantilly, E 869, f. 3. Casimir dépenserait la moitié de ses nouveaux revenus pour satisfaire les

« caprices » d'Aurore. Sand, *op. cit.*, I, 269. Déduction faite de la rente annuelle de 3 000 francs allouée à Sophie sur les revenus de Nohant, et de 2 000 francs représentant le salaire de Deschartres et les pensions de quelques vieux serviteurs, il restait environ 7 000 francs au jeune couple. Cf. Marie-Louise Vincent, *George Sand et le Berry*, 2 vol. (Paris, 1919), I, p. 75.

3. Sand, *op. cit.*, I, p. 103-105.

4. *Ibid.*, VI, p. 43. Citant cette lettre, André Maurois écrit : « Aurore prenait en horreur l'union charnelle », et en fit le thème central de sa biographie. Maurois, *Lélia ou la vie de George Sand* (Paris, 1952), p. 79.

5. George Sand, *Œuvres autobiographiques*, 2 vol. (Paris, 1970-1971), II, p. 37.

6. Bibliothèque historique de la Ville de Paris (Fonds Sand, D. 216). Cf. Sand, *op. cit.*, II, p. 1312-1313.

7. Sand, *Correspondance*, I, p. 108 et 112.

8. Voir note 4 ci-dessus. Voir aussi Curtis Cate, *George Sand* (Boston, 1975), p. 97.

9. Il est nécessaire d'apporter à ces Mémoires tardifs, plus tempérés, de George Sand, le contrepoint des lettres écrites pendant cette période. S'il faut voir dans l'histoire, comme le pensait Voltaire, la succession des tours que nous jouons aux morts, alors *Histoire de ma vie* est la présentation délibérément remaniée et réussie d'un mariage qui, lui, ne le fut guère.

10. Sand, *Correspondance*, I, p. 115 et 117-118.

11. *Ibid.*, p. 267-268. Extrait de la lettre « confession » à Casimir Dudevant, 9 nov. 1825 (p. 262-292).

12. Heinrich Heine, *Gesammelte Werke*, 9 vol. (Berlin, 1893), VII, p. 162. Ce fragment est daté de 1854. Par Pagode, Heine voulait dire, avec ce style qui est le sien, « du Bouddha » ou « ressemblant au Bouddha ».

13. Sand, *op. cit.*, I, p. 127.

14. Sand, *Œuvres autobiographiques*, II, p. 39.

15. Sand, *Correspondance*, I, p. 270.

16. *Ibid.*, p. 137-139, 143-145 et 149.

17. Bibliothèque Lovenjoul, E 868, ff. 195, 197-198.

18. Sand, *op. cit.*, III, p. 135. Extrait d'une lettre datée du 15 nov. 1835.

19. *Idem.*

20. Sand, *Œuvres autobiographiques*, II, p. 42, 48 et 49-50.

21. Sand, *Correspondance*, I, p. 269-270.

22. Sand, *Œuvres autobiographiques*, II, p. 58-59. Le journal proprement dit, *Voyage aux Pyrénées*, a disparu et ne subsiste que sous la forme où George Sand l'a inclus dans *Histoire de ma vie*. Son existence ne semble pourtant pas devoir être mise en doute. Cf. lettre à Zoé Leroy, datée du 5 sept. 1825, dans laquelle Sand rappelle l'avoir montré à Zoé. Sand, *Correspondance*, I, p. 168.

Notes du chapitre 9

1. De mémoire.
2. George Sand, *Œuvres autobiographiques*, 2 vol. (Paris, 1970-1971), II, p. 62, 64-65.
3. *Ibid.*, p. 61.
4. George Sand, *Le Roman d'Aurore Dudevant et d'Aurélien de Sèze* (Paris, 1928), p. VIII. Tiré de la préface écrite par la petite-fille de George Sand, Aurore Lauth-Sand.
5. Bibliothèque Spoelberch de Lovenjoul, Chantilly, E 902, f. 24.
6. George Sand, *Correspondance*, 15 vol. (Paris, 1964-1981), I, p. 240.
7. *Ibid.*, p. 244.
8. *Ibid.*, p. 277. Extrait de la lettre « confession » à Casimir, 15 nov. 1825, p. 262-292.
9. *Ibid.*, p. 245. Extrait d'une lettre à Aurélien de Sèze, 11 nov. 1825.
10. *Ibid.*, p. 278-279.
11. *Ibid.*, p. 171-172.
12. *Ibid.*, p. 281.
13. *Ibid.*, p. 193. Extrait d'une lettre à Aurélien lui rappelant la scène, 17 oct. 1825.
14. *Ibid.*, p. 282-285.
15. *Ibid.*, p. 181 et 183. D'une lettre à Aurélien, 13 oct. 1825.
16. *Ibid.*, p. 226.
17. *Ibid.*, p. 183.
18. *Ibid.*, p. 175-176, 182, 192 et 280.
19. *Ibid.*, p. 231. Lettre à Aurélien, 8 nov. 1825.
20. Henry James in *The North American Review*, janvier-juin 1902, p. 544.
21. Sand, *Le Roman d'Aurore Dudevant...*, p. 122-124.
22. Sand, *Correspondance*, I, p. 227 et *passim*.
23. Bibliothèque Lovenjoul, E 868, ff. 209-210.
24. *Ibid.*, ff. 217-223.
25. Sand, *op. cit.*, I, p. 294-295.
26. *Ibid.*, p. 262-292.
27. Marie-Louise Vincent, *George Sand et le Berry*, 2 vol. (Paris, 1919), I, p. 97. Raconté à l'auteur par un Gascon, Jules Nimes.
28. Bibliothèque Lovenjoul, E 868, f. 227.

Notes du chapitre 10

1. George Sand, *Correspondance*, réunie par Maurice Sand, 6 vol. (Paris, 1882-1892), V, p. 237.

2. George Sand, *Correspondance,* réunie par Georges Lubin, 15 vol. (Paris, 1964-1981), I, p. 329. (Sauf autre précision, c'est cette édition qui est citée ici.)
3. George Sand, *Œuvres autobiographiques,* 2 vol. (Paris, 1970-1971), II, p. 94.
4. George Sand, « Nuit d'hiver » in *ibid.*, p. 545-551.
5. George Sand, « Lettres d'un voyageur » in *ibid.*, p. 799-800, 802.
6. Sand, *Correspondance*, I, p. 418.
7. *Ibid.*, p. 363. Lettre à Zoé Leroy, 10 (?) oct. 1826.
8. Bibliothèque historique de la Ville de Paris (Fonds Sand, G 447, 448, 452).
9. Sand, *op. cit.*, I, p. 383-385.
10. Samuel Rocheblave, « George Sand avant George Sand » in *la Revue de Paris,* Paris, 15 mars 1896, p. 342-383.
11. Sand, *Œuvres autobiographiques,* II, p. 99.
12. Sand, « Voyage en Auvergne » in *ibid.*, p. 503-511.
13. *Ibid.*, p. 520-527.
14. Marie-Louise Vincent, *George Sand et le Berry,* 2 vol. (Paris, 1919), I, p. 216-217.
15. Sand, *Correspondance,* I, p. 399.
16. *Le Moniteur général* (organe officieux du *Service des travaux de la Ville de Paris*), Paris, 6 janvier 1900, p. 4. Le directeur de cette publication était Paul-Emile de Grandsagne (1842-1902), fils de Stéphane. En réponse à la demande d'un lecteur, il publiait ceci :

« ... Ainsi que nous l'avons dit, nous possédons 123 lettres inédites de cette femme illustre, lettres écrites de 1820 à 1838. Dans le Berry, tout le monde sait, en effet, que dès l'âge de seize ou dix-sept ans, Aurore Dupin fut, plusieurs années, comment dirais-je, l'amie *très intime,* de Stéphane Ajasson de Grandsagne, le créateur des bibliothèques populaires de France.

« Les lettres en question sont très intéressantes, mais trop étranges pour être publiées. Elles bouleverseraient, si elles étaient connues, toutes les idées généralement admises sur le caractère et la vie de cette femme distinguée qui fut une des gloires de la littérature de notre siècle...

« Le directeur actuel du *Moniteur général,* de 1858 à 1876 [date de la mort de George Sand] a vu souvent George Sand à Nohant, à Paris et à Palaiseau. Plusieurs fois elle a manifesté le désir que jamais sa correspondance avec *Stéphane* ne fût rendue publique.

« Et puisque vous nous faites l'honneur de nous demander notre opinion intime et personnelle, nous vous dirons que George Sand a été, somme toute, une bonne fille d'abord et une bonne femme ensuite, toujours très simple, trop naturelle, ayant fait beaucoup de bien et beaucoup de mal pendant sa longue existence (tout dépend d'ailleurs du point de vue auquel on se place !) et malgré tout une nature d'élite à laquelle il faut pardonner généreusement des écarts monstrueux, parce qu'elle a succombé, pendant toute sa vie, très stoïquement, *trop stoïquement même,* avec une sérénité admirable [!] et une philosophie inconnue de notre génération fin de siècle, aux très *nombreux* accès d'une affection physiologique *grave et incurable,* à laquelle les médecins ont donné un nom qui commence par un N. »

Ainsi, cet homme bien élevé, au seuil de la soixantaine lorsque le siècle changeait, accusait George Sand de N(ymphomanie), et il ne serait pas le dernier. On peut au passage noter que le mot *nymphomanie* fut pour la première fois utilisé en France en 1732. Avant la Révolution, on parlait plus volontiers de *fureurs utérines,* comme dans les pamphlets écrits contre Marie-Antoinette.

17. Sand, *Correspondance,* I, p. 403-404, 411-412, 414-419 et 420-424.
18. Sand, *Œuvres autobiographiques,* II, p. 90.
19. La « preuve » de la paternité de Stéphane est, par la force des choses, indirecte. Le fils de Stéphane, dans ce même numéro du *Moniteur général* (voir note 16 ci-dessus), fait remarquer « qu'il est plusieurs fois question, dans cette correspondance, de Solange », un autre descendant affirme également le fait dans une histoire de la famille Grandsagne.

Marie-Louise Vincent (*op. cit.,* I, p. 122) entendit confirmer ces dires lorsqu'elle fit dans le Berry des recherches pour sa thèse : « Quand Stéphane de Grandsagne allait à Nohant, ses amis le taquinaient : " Eh bien ! disait-il, je vais voir ma fille ! " Mme Dudevant elle-même appelait souvent sa fille " Mlle Stéphane ". » L'auteur ne cache pas sa sympathie pour Casimir.

20. Sand, *Correspondance,* I, p. 438.
21. Bibliothèque Lovenjoul, Chantilly, E 902, f. 108.
22. BHVP, Fonds Sand, G 5351, ff. 193-195.
23. Sand, *Œuvres autobiographiques,* II, p. 90.
24. Lovenjoul, E 902, ff. 113 et 115.
25. Sand, *Correspondance,* I, p. 493.
26. Vincent, *op. cit.,* I, 218.
27. Sand, *op. cit.,* I, p. 511.
28. *Ibid.,* p. 510. Lettre à Charles Meure, 7 fév. 1829.
29. Vincent, *op. cit.,* I, p. 122.
30. Lovenjoul, E 948, f. 40. Notes de Casimir pour le procès en séparation de 1836.
31. Sand, *op. cit.,* I, p. 566.
32. Camille Pitollet, « George Sand et le précepteur de ses enfants, Jules Boucoiran » in *la Grande Revue,* Paris, janvier 1926, p. 411. Également lettre d'Aurore à Boucoiran, 13 sept. 1830, rappelant cette période, Sand, *op. cit.,* I, p. 700.
33. Cf. Vincent, *op. cit.,* I, p. 103-104.
34. Sand, *op. cit.,* I, p. 582-583.
35. *Ibid.,* p. 483. Lettre à Caron, 4 déc. 1828.
36. Extrait du seul chapitre publié, *la Revue de Paris,* 15 mai 1895, p. 226.
37. Sand, *Œuvres autobiographiques,* II, p. 101.
38. *Ibid.,* p. 105-106.
39. Sand, *Correspondance,* I, p. 636, 647.

Notes du chapitre 11

1. George Sand, *Correspondance,* 15 vol. (Paris, 1964-1981), I, p. 738. Lettre à Jules Boucoiran, 1er ou 3 déc. 1830.

2. Henrik Ibsen, *Maison de poupée,* éd. du Livre de poche (Paris, 1961), p. 154. Ibsen écrivit au critique littéraire Georges Brandes : « Je jure sur mon honneur et ma conscience que jamais dans ma vie, ni dans ma jeunesse ni plus tard, je n'ai lu un seul livre de George Sand. J'ai commencé un jour *Consuelo,* en traduction, mais il m'est tombé des mains... » En revanche, sa femme, Suzannah lisait ce grand roman de George Sand « presque chaque année ». Cf. Michael Meyer, *Ibsen, a Biography* (New York, 1971), p. 464 et 741. Après la première représentation de *Maison de poupée* en France (Paris, 1894), avec Réjane dans le rôle de Nora, Émile Zola aurait déclaré, d'après les Goncourt, qu'Ibsen sortait tout droit du romantisme français, en particulier de George Sand. *Ibid.*, p. 716.

3. Sand, *op. cit.*, I, p. 818 et 921.

4. James Joyce, *Dedalus. Portrait de l'artiste jeune par lui-même* (Paris, 1943, tr. fr.). Comme il serait tentant de remplacer « race » par « sexe ».

5. Sand, *op. cit.*, I, p. 683-689.

6. Jules Sandeau, *Marianna,* 2 vol. (Paris, 1839), I, p. 46-47. Roman autobiographique.

7. Extrait des Mémoires de Charles Duvernet, non publiés, cités dans la thèse de doctorat de Mabel Silver, *Jules Sandeau, l'homme et la vie* (Paris, 1936), p. 22.

8. Sand, *op. cit.*, I, p. 683.

9. Cf. Théophile Gautier, *Histoire du romantisme* (Paris, 1874), p. 1-114.

10. Karl Marx, *Les Luttes de classes en France (1848-1850)* (Paris, 1967), p. 38. « Après la révolution de Juillet, lorsque le banquier libéral Laffitte conduisit en triomphe son compère, le duc d'Orléans, à l'Hôtel de Ville, il laissa échapper ces mots : " Maintenant le règne des banquiers va commencer. " Laffitte venait de trahir le secret de la révolution. »

11. Sand, *op. cit.*, I, p. 691. Lettre à Charles Meure, 15 août 1830.

12. Sandeau, *op. cit.*, I, p. 45.

13. Sand, *op. cit.*, I, p. 877. Lettre à Émile Regnault, 25 (?) mai 1831.

14. *Idem.*

15. Sandeau, *op. cit,* I, p. 45.

16. Sand, *op. cit.*, I, p. 722.

17. *Ibid.*, p. 721.

18. *Ibid.*, p. 740-743.

19. *Ibid.*, p. 736-737. Personne d'autre que George Sand n'a fait allusion à ce « testament » de Casimir, qui n'a jamais été retrouvé. Il n'y est fait aucune allusion dans la correspondance entre les deux époux ni ailleurs. Pourtant, on est tenté de croire à son existence (et l'opinion de

Georges Lubin rejoint celle de l'auteur) ne serait-ce que par les allusions que fait dans sa lettre George Sand aux « réflexions » de Casimir sur sa « perversité », phrase peu flatteuse s'il en est. George Sand ne mentionne pas ce « testament » dans *Histoire de ma vie,* ouvrage destiné au public.

20. *Ibid.*, p. 738.
21. *Ibid.*, p. 752.
22. *Ibid.*, p. 762. Lettre à Félix Pyat, déc. 1830.
23. George Sand, *Œuvres autobiographiques,* 2 vol. (Paris, 1970-1971), II, p. 108.
24. Sand, *Correspondance,* I, p. 763.

Notes du chapitre 12

1. Jules Sandeau, *Marianna,* 2 vol. (Paris, 1839), I, p. 115-116.
2. Cf. les « souvenirs » vivants et pittoresques de Félix Pyat in *la Revue de Paris et de Saint-Pétersbourg,* Paris.
3. Le vieil immeuble du 31 de la rue de Seine abrite aujourd'hui l'académie Raymond Duncan, frère maintenant décédé de la célèbre Isadora.
4. André Billy, *Vie de Balzac,* 2 vol. (Paris, 1944), I, p. 116.
5. George Sand, *Correspondance,* 15 vol. (Paris, 1964-1981), I, p. 887.
6. George Sand, *Œuvres autobiographiques,* 2 vol. (Paris, 1970-1971) II, p. 135.

« Un jeune homme quittant sa province pour s'en aller explorer le monde dans un voyage symbolique de découverte de soi, telle est l'image centrale autour de laquelle s'ordonne notre littérature et, par nécessité, cette image est masculine. » Vivian Gornick, « Toward a definition of the female sensibility », *Village Voice,* New York, 31 mai 1973.

« La féminité est une province. » Carolyn Heilbrun, « The masculine wilderness of the American novel », *Saturday Review,* New York, 29 janvier 1972.

7. Bibliothèque historique de la Ville de Paris (Fonds Sand, G 4404).
8. *Le Figaro* assure chaque matin au bourgeois qu'il vivait dans le meilleur des mondes, même sur le déclin.
9. George Sand, introduction à Henri de Latouche, *La Vallée aux loups* (Paris, 1875), p. III. Écrit en 1851.
10. Charles-Augustin Sainte-Beuve, *Causeries du lundi,* 7 vol. (Paris, 1852-1854), III, p. 372.
11. Sand, Introduction à Latouche, *op. cit.*, p. V.
12. Extrait des Mémoires de Duvernet cités in Mabel Silver, *Jules Sandeau, l'homme et la vie* (Paris, 1936), p. 28.
13. Sand, *Correspondance,* I, p. 783.
14. Sand, *Œuvres autobiographiques,* II, p. 151.

15. *Ibid.*, p. 148.
16. Sand, *Correspondance,* I, p. 826. Les « monstres » en question sont les héros de deux nouvelles de Balzac, *Sarrasine* et *Une passion dans le désert.*
17. Sand, *Œuvres autobiographiques,* II, p. 149-150.
18. Sand, *Correspondance,* I, p. 800-801. Lettre à Boucoiran, 12 fév. 1831.
19. Duvernet citant Latouche dans ses Mémoires, Mabel Silver, *op. cit.*, p. 29.
20. Sand, Introduction à Latouche, *op. cit.*, p. VII.
21. Sand, *Œuvres autobiographiques,* II, p. 152.
22. Frédéric Ségu, *Le Premier Figaro* (Paris, 1932), p. 50-51.
23. Sand, *Correspondance,* I, p. 823. Lettre à Duvernet, 6 mars 1831.
24. *Ibid.*, p. 825. Lettre à Boucoiran, 7 mars 1831.
25. *Ibid.*, p. 784. Lettre à Duvernet, 19 janvier 1831.
26. Du chapitre de *la Marraine* publié in *la Revue de Paris,* Paris, 15 mai 1895, p. 230.
27. Sand, *Correspondance,* I, p. 817. Lettre à Boucoiran, 4 mars 1831.
28. *Ibid.*, p. 888. Lettre à Sophie, 31 mai 1831. Écrit après le retour à Nohant.
29. *Ibid.*, p. 829-830.
30. *Ibid.*, p. 824. Aurore cite la lettre d'Hippolyte dans sa propre lettre à Boucoiran, 7 mars 1831.

Notes du chapitre 13

1. George Sand, *Correspondance,* 15 vol. (Paris, 1964-1981), I, p. 862.
2. *Ibid.*, p. 837 et 855.
3. *Ibid.*, p. 855. Voir chapitre XII, note 28.
4. Honoré de Balzac, *Correspondance,* 5 vol. (Paris, 1960-1969), I, p. 522-523.
5. Sand, *op. cit.*, I, p. 858.
6. *Ibid.*, p. 875, 878, 881-882, 907 et 912.
7. Bibliothèque Lovenjoul, Chantilly, E 868, f. 236.
8. Sand, *op. cit.*, I, p. 913, 919 et 921.
9. Lovenjoul, E 868 ff. 238-239.
10. Sand, *Œuvres autobiographiques,* 2 vol. (Paris, 1970-1971), II, p. 154.
11. Sand, *Correspondance,* I, p. 939.
12. *Histoire de ma vie,* à dater de cette période, devient une source moins sûre, quoique pouvant être citée à l'occasion comme témoignage de l'évolution de George Sand. Nous connaissons l'histoire de la nuit de septembre grâce à deux lettres que Gustave Papet et Émile Regnault omirent de « brûler », comme les en avait suppliés Aurore. Il y est à peine fait allusion dans les Mémoires de Sand.

13. Sand, *Correspondance,* I, p. 944-946, 953 et 955-963.
14. *Ibid.*, p. 972. Lettre à son amie Laure Decerfz, de La Châtre, 28 octobre 1831.
15. Sand, *Œuvres autobiographiques,* II, p. 156.
16. Sand, *Correspondance,* I, p. 980-981.
17. Bibliothèque historique de la Ville de Paris (Fonds Sand, G 86).
18. Sand, *op. cit.*, p. 990-991.
19. Sand, *op. cit.*, II, p. 41-42.
20. Jules Sand, *Rose et Blanche, ou la comédienne et la religieuse,* 5 vol. (Paris, 1831), V, p. 258. Il s'agit de petits volumes peu épais.

Notes du chapitre 14

1. Virginia Woolf, *Une chambre à soi* (Paris, 1951), tr. fr., p. 68.
2. George Sand, *Correspondance,* 15 vol. (Paris, 1964-1981), II, p. 12-13.
3. *Ibid.*, p. 25.
4. *Ibid.*, p. 36.
5. *Ibid.*, p. 42. Lettre à Sophie, dans laquelle Aurore explique les éléments « scandaleux » de *Rose et Blanche* et annonce qu'elle écrit elle-même un roman.
6. *Ibid.*, p. 43-46.
7. *Ibid.*, p. 47-48. Lettre à Regnault, 27 février 1832.
8. Cf. Carolyn Heilbrun, *Toward a Recognition of Androgyny* (New York, 1973), p. 49. L'auteur de cette remarquable étude écrit : « La naissance de la femme en tant que Héros se produisit, pour autant qu'on puisse dater un événement de ce genre, en 1880, quand, presque au même moment, Ibsen et James l'inventèrent. » Cette étude est fondée, comme l'indique l'auteur, presque exclusivement sur la littérature anglaise et américaine. Ibsen et James, comme nous allons le voir, furent précédés par George Sand.
9. Sand, *op. cit.*, II, p. 50.
10. Marie-Louise Pailleron, *George Sand,* 3 vol. (Paris, 1938-1953), II, p. 58-61.
11. Sand, *op. cit.*, II, p. 65.
12. George Sand, *Œuvres autobiographiques,* 2 vol. (Paris, 1970-1971), II, p. 141.
13. Sand, *Correspondance,* II, p. 71-73.
14. Sand, *Œuvres autobiographiques,* II, p. 138.
15. *Idem.*
16. *Ibid.*, p. 139.
17. Cf. note de Lubin, *ibid.*, p. 1336.
18. Quand il lui fallut prendre un pseudonyme, Marian (ou Mary Ann) Evans choisit George Eliot en hommage à son compagnon, George Henry Lewes, qui se trouvait être un admirateur du talent de George Sand. Mais peut-être y eut-il dans ce choix un salut confraternel

de la part de George Eliot. Jane Carlyle et d'autres de ses contemporaines anglaises appelaient souvent Eliot : « notre George ». Lawrence et Elisabeth Banson, *Marian Evans and George Eliot* (Londres, 1952), p. 234.

19. Sand, *op. cit.*, II, p. 173-174.

20. Bibliothèque historique de la ville de Paris (Fonds Sand, G 4409).

21. Sand, *op. cit.*, II, p. 202.

22. George Sand, *Indiana* (Paris, 1962), p. 9. Présentée et annotée par Pierre Salomon, l'édition Garnier est la plus complète et la plus satisfaisante.

23. Sand, *Œuvres autobiographiques*, II, p. 174. On peut citer dans ce contexte (Heilbrun, *op. cit.* p. 73-74) la critique d'*Adam Bede* faite en 1859 dans l'*Economist* par un auteur qui ignorait que George Eliot fût une femme :

« Au cours de ces dernières années, le roman est devenu un genre si accaparé par les femmes qu'il est peu fréquent de rencontrer un roman bien conçu et soigneusement écrit par un homme de génie. Dans les romans écrits par des femmes, l'exaltation et la prédominance d'une seule catégorie de sentiments, ainsi que la façon cavalière et inadéquate dont est traité tout ce qui se situe au-delà de leur influence immédiate, font que même les meilleurs d'entre eux semblent disproportionnés et irréels... Presque toujours, les romans écrits par des hommes restent plus en prise avec le monde réel, ont un champ moins limité et embrassent un savoir personnel plus étendu dont on peut tirer profit ; quand ils sont originaux et construits avec intelligence et art, ils sont plus beaux et plus enrichissants que les meilleurs romans écrits par des femmes. *Adam Bede* est un des meilleurs du genre. »

24. André Maurois, *Lélia* (Paris, 1952), p. 148.

25. Un des aspects traditionnels du mariage était depuis longtemps contesté, comme dans le roman extrêmement populaire de Bernardin de Saint-Pierre, *Paul et Virginie,* paru en 1789 : « Comment peut-on être tyran des femmes ? En les mariant sans les consulter. » On peut remarquer, bien sûr, que ce ne fut pas le cas d'Aurore et de Casimir.

26. Sand, *Indiana,* p. 23-24.

27. *Ibid.*, p. 136.

28. Planche, *La Revue des deux mondes,* 15 décembre 1832 ; Sainte-Beuve, *Le National,* 5 octobre 1832.

Notes du chapitre 15

1. George Sand, *Correspondance,* 15 vol. (Paris, 1964-1981), II, p. 105.

2. Jules Sandeau, *Marianna,* 2 vol. (Paris, 1839), II, p. 201.

3. *The New Cambridge Modern History,* 12 vol. (Londres, 1957-1960), IX, p. 358.

4. George Sand, *Œuvres autobiographiques,* 2 vol. (Paris, 1970-1971), II, p. 143 et *passim.*
5. Sand, *Correspondance,* II, p. 103-104. Lettre à Laure Decerfz, 13 juin 1832. *Idem* que note 1 ci-dessus.
6. *Ibid.,* p. 105.
7. Jules Janin in *Journal des débats,* Paris, 9 juillet 1932.
8. Sand, *op. cit.*, II, p. 120.
9. Sandeau, *op. cit.*, II, p. 174.
10. Bibliothèque Lovenjoul, F 1031, ff. 175-176.
11. Lovenjoul, F 1031, f. 176.
12. Sandeau, *op. cit.*, II, p. 177.
13. Sand, « Sketches and Hints » in *Œuvres autobiographiques,* II, p. 591-592.
14. *Ibid.,* p. 593.
15. Sand, *Correspondance,* II, p. 170-171.
16. *Ibid.,* p. 179 et 183.
17. Sandeau, *op. cit.*, II, p. 191-192.
18. *Ibid.,* p. 182.
19. Sand, *Œuvres autobiographiques,* II, p. 153.
20. Comme cité in Frédéric Ségu, *Un romantique républicain : H. de Latouche, 1785-1851* (Paris, 1931), p. 446-447.
21. Sand, *Correspondance,* II, p. 193.
22. Lovenjoul, A 316 f. 101.
23. Sandeau, *op. cit.*, II, p. 185 et *passim.* Dans son roman, Sandeau a l'intelligence et le tact de ne pas se donner le beau rôle et de décrire de l'intérieur les deux amants.
24. Maurice Regard, *Gustave Planche,* 2 vol. (Paris, 1955), I, p. 9.
25. Bibliothèque historique de la Ville de Paris (Fonds Sand, G 5 169).
26. Comme cité in M. Regard, *op. cit.*, II, p. 63. La correspondance de Planche constitue le volume II de cette biographie.
27. *Ibid.,* p. 69.

Notes du chapitre 16

1. George Sand, « Sketches and Hints » in *Œuvres autobiographiques,* 2 vol. (Paris, 1970-1971), II, p. 598. Ce titre en anglais figure sur un album en cuir de G.S. à fermoir de métal, conservé à la Bibliothèque nationale ; certains de ces fragments épars ont été publiés sous le titre trompeur de *Journal intime (posthume)* (Paris, 1926).
2. Cf. introduction de Pierre Reboul à George Sand, *Lélia* (Paris, 1960), p. XXXIX et XL. Cette édition savante comprend les deux versions du roman de Sand.
3. George Sand, *La Marquise, Lavinia,* etc. (Bruxelles, 1842), p. 29 et 52. D'abord publiés in *la Revue de Paris,* décembre 1832).

4. George Sand, *Questions d'art et de littérature* (Paris, 1878), p. 62-63.
5. Sand, *Œuvres autobiographiques,* II, p. 228. L'ultime tribut passionné de George Sand dans ses Mémoires est adressé à Marie Dorval, p. 461.
6. Alfred de Vigny, *Le Journal d'un poète,* éd. Conard (Paris, 1935), p. 223.
7. *Ibid.,* p. 173-174.
8. George Sand, *Correspondance,* 15 vol. (Paris, 1964-1981), II, p. 242.
9. *Ibid.,* p. 248, 249 et 251.
10. Marie Dorval, *Lettres à Alfred de Vigny* (Paris, 1942), p. 29.
11. Vigny, *op. cit.,* p. 157.
12. Cité in Simone André-Maurois, introduction à *Correspondance inédite* de George Sand et Marie Dorval (Paris, 1953), p. 31.
13. Vigny, *op. cit.,* p. 239-240.
14. Sand, *Correspondance,* II, p. 290.
15. Arsène Houssaye, *Les Confessions, souvenirs d'un demi-siècle,* 6 vol. (Paris, 1885-1891), II, p. 13-14.
16. *Ibid.,* IV, p. 263.
17. Sand, *Œuvres autobiographiques,* II, p. 617-618, « Sketches and Hints ».
18. Paul de Musset, *Lui et Elle* (Paris, 1886), 1860, 1re éd., après la parution de *Elle et Lui* de Sand.
19. Sand, *Correspondance,* II, p. 272-273.
20. Honoré de Balzac, *Lettres à Madame Hanska,* 4 vol. (Paris, 1967-1971), I, p. 43-44 et 52.
21. *Ibid.,* p. 256 et 394.
22. Houssaye, *op. cit.,* IV, p. 330 et 331.
23. *Les Belles Femmes de Paris et de la province,* 2 vol. (Paris, 1839-1840), II, p. 384 et 388. Ouvrage collectif de Balzac, Gautier, Nerval, Sandeau, *et al.*
24. *Ibid.,* p. 186.

Notes du chapitre 17

1. George Sand, *Correspondance,* 15 vol. (Paris, 1964-1981), II, p. 374.
2. *Ibid.,* III, p. 403.
3. Lettre du 16 août 1933, citée in Marie-Louise Pailleron, *George Sand,* 3 vol. (Paris, 1938-1953), I, p. 206.
4. Cf. Introduction de Pierre Reboul, George Sand, *Lélia* (Paris, 1960), p. XLIV.
5. Jane Austen dut elle aussi refaçonner la phrase masculine qu'elle s'était trouvée — elle « en rit » et inventa un style « propre à son usage personnel ». Virginia Woolf, *Une chambre à soi* (Paris, 1951, trad. fr.),

p. 103. « Le poids, la démarche, l'allure d'un esprit masculin sont par trop différents du poids, de la démarche, de l'allure, de l'esprit d'une femme pour qu'elle puisse y prendre quelque chose de substantiel », ajoute Virginia Woolf... Seul le roman était assez jeune pour être malléable entre ses mains — autre raison peut-être qui lui fit écrire des romans », p. 102, 104.

6. Charles-Augustin Sainte-Beuve, *Mes poisons* (Paris, 1926), p. 106.

7. Sand, *op. cit.*, II, p. 274-275.

8. *Ibid.*, p. 277.

9. Sainte-Beuve, *Correspondance générale*, 15 vol. (Paris, 1935-1964), I, p. 347.

10. Sand, *op. cit.*, II, p. 277-278. Voir note 2 de Lubin.

11. Prosper Mérimée, *Correspondance générale*, 6 vol. (Paris, 1941-1958), I, p. 228-229.

12. Armand de Pontmartin, *Mes mémoires*, 2 vol. (Paris, 1885-1886), II, p. 66.

13. Cf. Maurice Parturier, *Une expérience de Lélia, ou le fiasco du comte Gazul* (Paris, 1934). Une brochure de 30 pages sur la brève rencontre de George Sand et de Mérimée (le « comte Gazul »).

14. George Sand, « Sketches and Hints » in *Œuvres autobiographiques*, 2 vol. (Paris, 1970-1971), II, p. 609.

15. Sand, *Correspondance*, II, p. 374-375. Lettre du 24 (?) juillet 1833.

16. Henry James, *Notes on Novelists* (New York, 1914), p. 164-165. Écrit en 1897.

17. Prosper Mérimée, *La Double Méprise* (Paris, 1885), p. 37-38, 1833, 1re éd.

18. Sand, *op. cit.* II, p. 376-377. Même lettre que la note 15.

19. Sand, *Lélia*. Même édition que note 4, ci-dessus, comportant en même temps que la version originelle celle de 1839 revue et corrigée par George Sand. Toutes les références sont tirées de la première version, en particulier p. 145-204.

20. La thèse indéfendable de Curtis Cate, *George Sand* (Boston, 1975), p. XXVII.

21. Pendant des siècles, écrivait Virginia Woolf, « les femmes... ont servi aux hommes de miroirs, elles possédaient le pouvoir magique et délicieux de réfléchir une image de l'homme deux fois plus grande que nature ». Ce qui explique, en partie, le besoin qu'ont les hommes des femmes. Et aussi « pourquoi la critique féminine inquiète tant les hommes... Si une femme, en effet, se met à dire la vérité, la forme dans le miroir se rétrécit, son aptitude à la vie s'en trouve diminuée ». C'est *alors* que l'homme reproche à la femme son peu de capacité amoureuse. *Op. cit.*, p. 48-49.

22. Capo de Feuillide, *Europe littéraire*, 9-22 août 1833.

23. Sand, *Correspondance*, II, p. 369-371. Lettre du 24 juillet 1833.

Notes du chapitre 18

1. Cité in Paul Mariéton, *Une histoire d'amour : les amants de Venise, George Sand et Musset* (Paris, 1903), p. 3.
2. Henri Lefebvre, *Musset : essai* (Paris, 1970), p. 26-27.
3. Charles-Augustin Sainte-Beuve, *Causeries du lundi,* 15 vol. (Paris, 1857-1872), p. 298.
4. Alfred de Musset, *La Confession d'un enfant du siècle* (Paris, 1968), p. 20, 1836, 1re éd.
5. Paul de Musset, *Biographie d'Alfred de Musset* (Paris, 1877), p. 22.
6. Alfred de Musset, *Correspondance* (Paris, 1907), p. 11-12 et 16. Lettres à Paul Foucher, 23 septembre et 19 octobre 1827.
7. Alfred de Musset, *Poésie,* 2 vol. (Paris, 1881), I, p. 1.
8. Paul de Musset, *op. cit.,* p. 78.
9. Alfred de Musset, *La Confession d'un enfant du siècle,* p. 86 et 89.
10. Paul de Musset, *op. cit.,* p. 86.
11. Maurice Allem, *Alfred de Musset* (Paris, 1947), p. 27.
12. *Ibid.,* p. 38.

Notes du chapitre 19

1. Paul de Musset, *Lui et Elle* (Paris, 1886), p. 79-80, 1860, 1re éd.
2. George Sand, *Elle et Lui* (Paris, 1859), p. 56, 1859, 1re éd.
3. Paul de Musset, *op. cit.,* p. 60.
4. George Sand-Alfred de Musset, *Correspondance,* éd. Évrard (Paris, 1956), p. 22.
5. *Ibid.,* p. 19.
6. Alfred de Musset, *Poésies complètes* (Paris, 1957), p. 512-513.
7. George Sand, *Correspondance,* 15 vol. (Paris, 1964-1981), II, p. 340-341.
8. Paul de Musset, *op. cit.,* p. 77-78.
9. Sand, *op. cit.,* II, p. 349.
10. *Ibid.,* p. 351-352.
11. Sand-Musset, *op. cit.,* p. 77-78.
12. Sand, *Elle et Lui,* p. 30-36 et 58-59.
13. Sand-Musset, *op. cit.,* p. 24.
14. *Ibid.,* p. 27-28.
15. *Ibid.,* p. 29-30.
16. Sand, *op. cit.,* p. 87.
17. Alfred de Musset, *La Confession d'un enfant du siècle* (Paris, 1968), p. 175.
18. *Ibid.,* p. 34.
19. Sand, *op. cit.,* p. 109-112. Depuis l'enfance, si l'on en croit l'émouvante *Nuit de décembre,* Musset souffrait de ce genre d'hallucina-

tions. Une longue lettre qu'il adressait à sa maîtresse de 1849 confirme le récit fait par George Sand dans *Elle et Lui,* de même que les Mémoires de la gouvernante-infirmière de Musset qui s'était occupée de lui pendant ses dix dernières années. Lettre du 17 juillet 1849 de Louise Allan-Despréaux, *Revue de Paris,* 1906, p. 539 ; voir aussi p. 546. Adèle Colin Martellet, *Alfred de Musset intime, souvenirs de sa gouvernante* (Paris, 1906), p. 25, 27 et 127.

20. Sand, *op. cit.*, p. 115-116.
21. Paul de Musset, *Biographie d'Alfred de Musset* (Paris, 1877), p. 119.
22. Paul Mariéton, *Une histoire d'amour* (Paris, 1903), p. 39.
23. André Maurois, *Lélia, ou la vie de George Sand* (Paris, 1952), p. 191.
24. Critiques de *Lélia,* de Capo de Feuillide in *Europe littéraire,* 9 et 22 août 1833.
25. George Sand, *Œuvres autobiographiques,* 2 vol. (Paris, 1970-1971), II, p. 620.
26. Sand, *Correspondance,* II, p. 406-410.
27. *Ibid.*, p. 394-396.
28. Paul de Musset, *Lui et Elle,* p. 89-90.
29. George Sand, *Le Secrétaire intime* (Paris, 1884), p. 109, 1834, 1re éd.
30. Sand, *Œuvres autobiographiques,* II, p. 96-97.
31. Sand, *Correspondance,* II, p. 420. Note de Lubin.
32. *Ibid.*, p. 422.
33. *Ibid.*, p. 427.
34. *Ibid.*, p. 447.
35. Paul de Musset, *Biographie d'Alfred de Musset,* p. 125-126.
36. Maurois, *op. cit.*, p. 194.

Notes du chapitre 20

1. Paul de Musset, *Lui et Elle* (Paris, 1886), p. 125-127.
2. George Sand, *Correspondance,* 15 vol. (Paris, 1964-1981), II, p. 460.
3. George Sand, *Œuvres autobiographiques,* 2 vol. (Paris, 1970-1971), II, p. 206.
4. Juliette Adam, *Mes premières armes littéraires et politiques* (Paris, 1904), p. 292-293.
5. Sand, *Correspondance,* II, p. 730. Lettre à Alfred de Musset, fin octobre 1834 (?). L'écriture appartient à la période 1856-1860, nettement différente de celle de 1834. Georges Lubin en présente des exemples convaincants dans ce volume de son édition ; voir illustrations entre les p. 538-539. Pour chaque cas douteux, une demi-douzaine environ, Lubin indique la phrase qu'il pense être l'originale (compte tenu de la réponse de Musset, par exemple). Dans son introduction au

vol. II, Lubin présente trois hypothèses permettant d'expliquer les falsifications apportées par George Sand aux lettres en question : 1) elles étaient nuisibles à la mémoire d'Alfred ou de tiers (« version George Sand »). 2) Elles étaient nuisibles à George Sand seule. 3) Elles étaient nuisibles à la fois à elle et aux autres. « Pour nous, la troisième hypothèse est la seule acceptable », écrit-il à propos des lettres à Pagello et à Musset qu'elle récrivit. L'auteur de cette biographie pencherait pour une combinaison de la deuxième et de la troisième hypothèse. George, à cette époque, se souciait énormément de son image publique et de l'opinion de ses deux enfants. Aucune ligne suspecte n'est citée dans cet ouvrage sans être dûment signalée. Les esprits curieux peuvent jeter un coup d'œil sur *la Liaison Musset-Sand,* de Henri Guillemin (Paris, 1972) pour avoir une idée de l'utilisation faite par un adversaire de Sand des découvertes de Lubin, puis lire ensuite la réfutation de Lubin in *Revue d'histoire littéraire de la France,* janv.-févr. 1973, p. 99-112. C'est Lubin qui a le dernier mot.

6. *Ibid.*, p. 495.

7. Pietro Pagello, *Da Parigi a Genova* (Biblioteca Marciana, Venise, Mss. 175 885), cité in Paul Mariéton, *Une histoire d'amour : les amants de Venise : George Sand et Musset* (Paris, 1903), p. 83 et *passim.* Voir aussi Annarosa Poli, *L'Italie dans la vie et dans l'œuvre de George Sand* (Paris, 1960).

8. Cf. Alfred de Musset, *La Confession d'un enfant du siècle* (Paris, 1968), p. 264 ; et Paul de Musset, *op. cit.*, p. 203.

9. George Sand, « Journal intime », *Œuvres autobiographiques,* II, p. 955. Ce journal passionnant de novembre 1834 fut envoyé à Musset, qui le retourna à George Sand ; celle-ci le détruisit très vraisemblablement. Une copie fut néanmoins faite (en 1840 ?) par Mme Jaubert, à qui Musset l'avait confié ; Lubin et d'autres spécialistes de Sand estiment que cette copie est suffisamment exacte pour être retenue.

10. Pagello, cité par Mariéton in *op. cit.*, p. 92.

11. Sand, *Correspondance,* II, p. 501-503. Pour l'histoire de la correspondance Sand-Pagello et sa conversation, voir Poli, *op. cit.* (note 7), p. 69-73.

12. Pagello, cité in Mariéton, *op. cit.*, p. 99.

13. Paul de Musset, *op. cit.*, p. 215-216.

14. George Sand, *Lettres à Alfred de Musset et à Sainte-Beuve* (Paris, 1897). Lettre à Sainte-Beuve, 6 fév. 1861.

15. Sand, « Journal intime », *op. cit.*, p. 957.

16. *Idem.*

17. George Sand, « Lettres d'un voyageur, I », *Œuvres autobiographiques,* II, p. 670. Commencé à la mi-avril 1834 et achevé le 1er mai 1834.

18. George Sand-Alfred de Musset, *Correspondance,* éd. Évrard (Paris, 1956), p. 67 et 69.

19. Sand, *Correspondance,* II, p. 552.

20. *Ibid.*, p. 576.

21. *Ibid.*, p. 592.

22. *Ibid.*, p. 626.

23. Sand-Musset, *op. cit.*, p. 69-71.
24. Sand, *op. cit.*, II, p. 561-567.
25. *Ibid.*, p. 569.
26. Alfred de Musset, *op. cit.*, p. 82-83 et 91.
27. Sand, *op. cit.*, II, p. 589.
28. Alfred de Musset, *op. cit.*, p. 93-94 et 148.
29. George Sand, *Jacques* (Paris, 1887), p. 36 et 67. Écrit en 1834.
30. Sand, *op. cit.*, II, p. 625.

Notes du chapitre 21

1. Pagello, *De Parigi a Genova,* cité in Paul Mariéton, *Une histoire d'amour...* (Paris, 1903), p. 183.
2. *Ibid.*, p. 184.
3. George Sand, *Correspondance,* 15 vol. (Paris, 1964-1981), II, p. 637.
4. Pagello, cité in Mariéton, *op. cit.*, p. 185.
5. Louise Colet, *Lui* (Paris, 1860), 2ᵉ éd., p. 288-289.
6. *Ibid.*, p. 276.
7. George Sand-Alfred de Musset, *Corresponaance,* éd. Évrard (Paris, 1956), p. 154.
8. *Ibid.*, p. 159.
9. Sand, *op. cit.*, II, p. 687 et 690.
10. George Sand, *Œuvres autobiographiques,* 2 vol. (Paris, 1970-1971), II, p. 737, 752, 1448 et 1453.
11. Sand-Musset, *op. cit.*, p. 61-65.
12. Plutôt *récrivit,* car nous citons une autre lettre recopiée et revue par G. S. en vue d'une publication ultérieure. Des lignes comme celles de la fin, où elle rappelle à Musset « cette nuit d'enthousiasme où, malgré nous, tu joignis nos mains en nous disant : " Vous vous aimez et vous m'aimez pourtant, vous m'avez sauvé, âme et corps ! " », sanctionnant ainsi leur union, peuvent très bien avoir été rajoutées à l'original. Sand, *Correspondance,* II, p. 691-695. Les notes de Lubin sont, comme toujours, inestimables.
13. Sand-Musset, *op. cit.*, p. 172-173.
14. Pagello, cité in Annarosa Poli, *L'Italie dans la vie et l'œuvre de George Sand* (Paris, 1960), p. 147.
15. Alfred de Musset, *La Confession d'un enfant du siècle* (Paris, 1968), p. 306.
16. Sand, *Correspondance,* II, p. 731-732. Une autre lettre remaniée et récrite.
17. Heinrich Heine, *Sämtliche Werke,* 6 vol. (Leipzig, 1887), V, p. 485.
18. Charles-Augustin Sainte-Beuve, *Correspondance générale,* 15 vol. (Paris, 1935-1964), I, p. 478.
19. Sand-Musset, *op. cit.*, p. 184.

20. Sand, « Journal intime », *Œuvres autobiographiques,* II, p. 954-963. Voir chap. XX, note 9.
21. *Ibid.,* p. 967-968.
22. *Ibid.,* p. 968.
23. *Ibid.,* p. 969.
24. Sand, *Correspondance,* II, p. 790.
25. *Ibid,* p. 800-801.
26. *Ibid.,* p. 815.
27. Henry James, *Notes on Novelists* (New York, 1914), p. 171.
28. Sand-Musset, *op. cit.,* p. 234.
29. Alfred de Musset, *Correspondance* (Paris, 1907), p. 120.
30. Charles-Augustin Sainte-Beuve, *Causeries du lundi,* 15 vol. (Paris, 1857-1872), I, p. 302.

Notes du chapitre 22

1. George Sand, *Correspondance,* 15 vol. (Paris, 1964-1981), III, p. 326.
2. Sand, *op. cit.*, II, p. 819-820.
3. *Ibid.*, p. 861.
4. *Ibid.*, p. 784.
5. George Sand, *Œuvres autobiographiques,* 2 vol. (Paris, 1970-1971), II, p. 293-296.
6. Sand, *Correspondance,* II, p. 825.
7. Sand, *Œuvres autobiographiques,* II, p. 315.
8. *Ibid.*, p. 318-321.
9. Sand, *Correspondance,* II, p. 848.
10. Sand, « Lettres d'un voyageur, VI », *Œuvres autobiographiques,* II, p. 779-817. Toutes les citations jusqu'à la note 14 sont tirées de cette « Lettre d'un voyageur » à Michel de Bourges.
11. Sand, *Correspondance,* III, p. 815. Lettre à Michel de Bourges, 28 avr. 1837.
12. *Ibid.,* p. 659-660.
13. Sand, *op. cit.*, II, p. 855.
14. Voir note 10 ci-dessus.
15. Sand, *op. cit.*, II, p. 876-877.
16. *Ibid.*, p. 887. Voir note 2.
17. Sand, *Œuvres autobiographiques,* II, p. 324.
18. Jules Janin, « George Sand » in Alfred de Montferrand, *Biographie des femmes auteurs* (Paris, 1936), p. 451-452. « Le grand écrivain qui attire le plus l'attention publique aujourd'hui », dit Janin de George Sand. « A peine écrit-elle depuis six ans (cinq en fait), et déjà elle est aussi haut placée dans l'admiration de l'Europe… Si elle eût voulu, elle aurait pu être aussi célèbre par sa beauté… Cet esprit qui pouvait arriver à tout… est arrêté de tous côtés par un mur d'airain infranchissable… » Ministre, évêque, général, membre de l'Académie française, tout est

fermé à George Sand, pourtant capable de remplir toutes ces fonctions, parce que : « Elle est femme ! »
19. Sand, *Correspondance*, III, p. 743-745. Lettre à Michel de Bourges, 25 mars 1837.
20. Sand, *Œuvres autobiographiques*, II, p. 326.
21. *Ibid.*, p. 364.
22. *Ibid.*, p. 335, 337-338.
23. Frances Winwar, *The Life of the Heart* (New York, 1945), p. 199.
24. Félicité de Lamennais, abbé, *De l'art et du beau* (Paris, s.d.), p. 149.
25. Heinrich Heine, « Lettres confidentielles » in *Revue et Gazette municipale de Paris*, 1838, V, p. 42.
26. Sand, « Journal intime », *Œuvres autobiographiques*, II, p. 959.
27. Sand, « Lettre d'un voyageur, VII », *op. cit.*, II, p. 846. Cette « Lettre d'un voyageur » est adressée à Franz Liszt.
28. Cité in Samuel de Rocheblave, « Une amitié romanesque, George Sand et Mme d'Agoult », *Revue de Paris*, 15 déc. 1894, p. 819.
29. Sand, *Correspondance*, III, p. 44-45.
30. *Ibid.*, p. 72-73.

Notes du chapitre 23

1. George Sand, *Correspondance*, 15 vol. (Paris, 1964-1981), III, p. 501.
2. *Ibid.*, p. 88-90 et 125. Les récits de la scène présentent quelques légères différences, sans importance.
3. George Sand, *Œuvres autobiographiques*, 2 vol. (Paris, 1970-1971), II, p. 371.
4. Sand, *Correspondance*, III, p. 111.
5. *Ibid.*, p. 228-230.
6. *Ibid.*, p. 74-90. Lettre à Michel de Bourges, 22 oct. 1835.
7. Sand, *Œuvres autobiographiques*, II, p. 376.
8. Sand, *Correspondance*, III, p. 279-290.
9. Bibliothèque Lovenjoul, E 868 ff. 250-251. Cf. Sand, *Correspondance*, III, p. 343, note 2.
10. Sand, *op. cit.*, III, p. 290. Lettre à Marie d'Agoult, 26 (?) fév. 1836, sur *la Femme et la Démocratie de nos temps*, de Hortense Allart, qui venait de paraître. « Il y a réellement des choses fortes, belles et vraies. Mais elle est pédante et ne me plaît point. »
11. Tous les extraits du *Journal* de Charles Didier concernant George Sand figurent dans le numéro d'oct.-déc. 1959 de la *Revue des sciences humaines*, Lille.
12. Lovenjoul, E 948, f. 63.
13. Lovenjoul, E 948, ff. 40-42. Sand, *op. cit.*, III, p. 847-851. Le style original est en grande partie conservé.
14. *Idem.*

15. Édouard Maynial, « Le procès en séparation de George Sand » in *Mercure de France,* 1er déc. 1906, p. 335.
16. Collection Georges Lubin. Cf. Sand, *op. cit.*, III, p. 277, note 1.
17. Collection Lubin. Cf. *ibid.*, p. 359-361.
18. *Ibid.*, p. 428-434.
19. Voir note 11 ci-dessus.
20. Sand, *op. cit.*, III, p. 477-479.
21. Sand, *Œuvres autobiographiques,* II, p. 385.
22. *Le Droit,* Paris, 30-31 juil. 1836, p. 1.
23. Voir note 15 ci-dessus. *Mercure de France,* 1er déc. 1836, p. 337.
24. Michel de Bourges, *Plaidoyers et Discours* (Paris, 1909), p. 135-149.
25. Sand, *Correspondance,* III, p. 501.

Notes du chapitre 24

1. George Sand, *Les Sept Cordes de la lyre. Lettres à Marcie...* (Paris, 1869), p. 230.
2. George Sand, *Correspondance,* 15 vol. (Paris, 1964-1981), III, p. 521 et 530 (voir aussi notes en bas de page 2 et 3).
3. Wladimir Karénine, pseud. de Varvara Dmitrievna Komarova, *George Sand : sa vie et ses œuvres,* 4 vol. (Paris, 1899-1926), II, p. 329-330.
4. George Sand, « Lettres d'un voyageur, X », *Œuvres autobiographiques,* 2 vol. (Paris, 1970-1971), II, p. 897-898. Adressée à Didier, mentionné sous le nom de « Herbert ».
5. Adolphe Pictet, *Une course à Chamonix* (Paris, 1838).
6. *Ibid.*, p. 20 et 77. Citations de l'édition de Genève, 1830.
7. *Ibid.*, p. 30.
8. Sand, *op. cit.*, II, p. 914.
9. Le récit de George Sand, *Le Contrebandier,* reçut les éloges dithyrambiques de Berlioz, qu'elle voyait dans les salons, mais elle ne se faisait aucune illusion. « Les arts ne se traduisent pas les uns par les autres », disait-elle. Liszt commit l'erreur de croire le contraire.
10. Cité par Samuel Rocheblave, « Une amitié romanesque » in *Revue de Paris,* 15 déc. 1894, p. 800.
11. Sand, *Correspondance,* III, p. 45.
12. Marie d'Agoult, *Mémoires* (Paris, 1927), p. 90.
13. Sand, *op. cit.*, III, p. 561-567. « Est-ce là le langage d'une femme frigide ? » demande George Lubin.
14. Charles Didier, « Journal » in *Revue des sciences humaines,* Lille, oct.-déc. 1959, p. 473.
15. Thérèse Marix-Spire, *Les Romantiques et la musique. Le cas de George Sand, 1804-1838* (Paris, 1954), p. 526.
16. Didier, *op. cit.*, III, p. 641-642.
17. Sand, *op. cit.*, IV, p. 81.

18. Marix-Spire, *op. cit.*, p. 508-509.
19. Sand, *op. cit.* p. 641-642.
20. *Ibid.*, p. 644.
21. *Ibid.*, p. 647.
22. Cf. Ellen Moers, *Literary Women* (New York, 1976), p. 101.
23. George Sand, *Mauprat* (Paris, 1969), p. 33, 96, 105 et 172.
24. Cité par Ellen Moers, *op. cit.*
25. Agoult, *op. cit.*, p. 99-90.
26. Sand, *Correspondance*, III, p. 699.
27. *Ibid.*, p. 672.
28. *Ibid.*, p. 713.
29. Franz Liszt-Marie d'Agoult, *Correspondance*, 2 vol. (Paris, 1933-1934), I, p. 199.
30. George Sand, ... *Lettres à Marcie...*, p. 230-231.
31. Une lettre encore plus déformée par Curtis Cate dans les deux pages où il la cite de façon tendancieuse. Ce n'est pas sa première allusion à cette lettre dont le féminisme s'inscrit en faux contre l'image qu'il veut donner de George Sand, « une réactionnaire féminine, pour ne pas dire une ennemie déclarée de la libération des femmes... » Curtis Cate, *George Sand* (Boston, 1975), p. 417-419.
32. Sand, *op. cit.*, p. 193-194.
33. Sand, *Correspondance*, III, p. 716.
34. Marix-Spire, *op. cit.*, p. 555.
35. Sand, *op. cit.*, III, p. 733-737.
36. *Ibid.*, p. 741-746 et 753.
37. *Ibid.*, p. 765.
38. Jacques Vier, *La Comtesse d'Agoult et son temps*, 6 vol. (Paris, 1955-1963), I, p. 258.
39. C'est en ce printemps 1837 que paraissait la première biographie complète de George Sand. Cet ouvrage au ton moralisateur et scandalisé était dû à la plume d'un certain Theobald Walsh, pieux catholique d'origine irlandaise installé en France. G. S. déclarait à propos de ces critiques : « Je ne m'en soucie guère plus que des feuilles qui tombent des arbres de mon jardin en automne », Sand, *op. cit.*, IV, p. 225.
40. *Ibid.*, p. 18-19.
41. *Ibid.*, p. 32.
42. *Ibid.*, p. 38.
43. *Revue illustrée*, Paris, 15 janv. 1891, p. 100. Cf. Sand, *op. cit.*, IV, p. 85, note.
44. Sand, *op. cit.*, IV, p. 86-87.
45. Agoult, *op. cit.*, p. 75-76.
46. Sand, *op. cit.*, IV, p. 111.
47. *Ibid.*, p. 112-113.
48. George Sand, « Entretiens journaliers avec le très docte et très habile docteur Piffoël », *Œuvres autobiographiques*, II, p. 987-989.

Notes du chapitre 25

1. George Sand, « Entretiens avec le docteur Piffoël », *Œuvres autobiographiques,* 2 vol. (Paris, 1970-1971), II, p. 980-981.
2. Cité par S. Rocheblave, « Une amitié romanesque » in *Revue de Paris,* 15 déc. 1894, p. 819.
3. Thérèse Marix-Spire, « Bataille de dames, George Sand et Mme d'Agoult » in *Revue des sciences humaines,* Lille, avr.-sept. 1951, p. 229.
4. Sand, *op. cit.,* II, p. 980.
5. *Ibid.,* p. 989-990.
6. Wladimir Karénine, pseud., *George Sand : sa vie et ses œuvres,* 4 vol. (Paris, 1899-1926), II, p. 362.
7. *Ibid.,* p. 362-363.
8. Charles Didier, « Journal » in *Revue des sciences humaines,* Lille, oct.-déc. 1959, p. 477-478.
9. Marie d'Agoult, *Mémoires* (Paris, 1926), p. 88.
10. Didier, *op. cit.,* p. 479.
11. George Sand, *Correspondance,* 15 vol. (Paris, 1964-1981), IV, p. 153-155.
12. Agoult, *op. cit.,* p. 97.
13. *Ibid.,* p. 82-83.
14. Selon un livre contemporain, Maurice aurait été « le plus grand amour » de la vie de George Sand. (Maurice Toesca, *Le Plus Grand Amour de George Sand : Maurice Sand,* Paris, 1933.) Si l'on devait, comme le fait l'auteur, concentrer toute son attention sur le nombre de fois où il est fait allusion à Maurice par une mère inquiète, aimante, désespérée, fière ou préoccupée, cette thèse serait tout à fait convaincante, mais pour le moins erronée. Par ailleurs, en suivant ce que l'on juge être les moments les plus importants et les plus décisifs de la vie de Sand, on a trop tendance à oublier que Maurice — *et* Solange — y assistent souvent ou troublent l'esprit de leur mère. La double composante paternelle/maternelle de son caractère, la plus puissante sur le plan affectif, est toujours là pour rappeler celui qui s'égare.
15. Sand, *Œuvres autobiographiques,* II, p. 398-401.
16. Sand, *Correspondance,* IV, p. 190.
17. *Ibid.,* p. 217-219.
18. Sand, « Dr Piffoël », *Œuvres autobiographiques,* II, p. 1003-1004.
19. Pierre Leroux, rappelait-on récemment, « troubla le bon sens de George Sand pendant une demi-douzaine d'années ». — *Times Literary Supplement,* Londres, 30 nov. 1973. Il faut néanmoins ajouter que Leroux avait fait une grande impression sur John Stuart Mill.
20. Sand, *Correspondance,* IV, p. 590.
21. Pierre Leroux et George Sand, *Histoire d'une amitié (d'après une correspondance inédite 1836-1866),* éd. Jean-Pierre Lacassagne (Paris, 1973), p. 29.
22. *Ibid.,* p. 99 et 101.

23. Sand, *op. cit.*, IV, p. 251.
24. *Ibid.*, p. 293. Lettre à Marie d'Agoult, 26 (?) déc. 1837.
25. *Ibid.*, p. 238 et 340.
26. *Ibid.*, p. 334-335.
27. *Ibid.*, p. 364-365. Les deux lettres de Balzac et de George Sand sont citées ici.
28. Honoré de Balzac, *Lettres à Madame Hanska*, 5 vol. (Paris, 1967-1970), I, p. 584-589.
29. Pour Henry James, écrivain aussi doué que Balzac, plus subtil que lui dans sa compréhension des femmes nées de sa prise de conscience de sa propre ambivalence sexuelle, et plus généreux à l'égard de George Sand, celui-ci « met et remet le doigt sur la vérité », résolvant « l'énigme » posée par George Sand : « sa distinction et sa vulgarité ». Pour James, la distinction de George Sand était dans son écriture, la vulgarité dans sa vie, « celle d'une nature robuste et pas trop pointilleuse » quant aux hommes — « ces mâles graisseux » — qu'elle prenait, goûtait et rejetait. Comme nous la verrions sous un jour différent, écrit James, si nous devions penser à elle comme à Balzac, c'est-à-dire comme à un homme. « En tant qu'homme, Mme Sand était admirable... Surtout elle devient, d'une certaine manière, compréhensible, comme n'importe quel bohème avoué » — c'est-à-dire n'importe quel homme, en particulier « de génie », mais jamais une femme, sauf si elle brouille les pistes par « les signes extérieurs de la masculinité » comme George Sand, « n'est compréhensible ». De toute évidence, pour James comme pour Balzac, sans parler d'hommes plus traditionnels et plus ordinaires, une femme qui prend les hommes comme les hommes ont pris les femmes pendant des millénaires, n'est pas tout à fait une femme car cet élément « actif » (la phrase est de James) doit être appelé masculin, et de toute façon, le « bohème avoué » peut difficilement être considéré comme une femme, certainement pas comme une dame. Pourtant, à partir d'éléments « aussi mélangés », concluait Henry James dans un bel hommage à la « monumentale » George Sand, surgissait sa prodigieuse « affirmation d'une intensité de vie sans précédent ». Henry James, *Notes on Novelists* (New York, 1914), p. 210-213.

On souhaiterait que Henry James ait pris George Sand comme thème d'un de ses romans si pénétrants en y peignant sinon le portrait d'une dame, du moins la complexité de la femme en tant que héros. Sans cet élément « actif » qu'il qualifiait de masculin, où serait cette « affirmation » héroïque qu'il saluait ? Sa propre Isabel Archer, qui sans être la passive Clarissa de Richardson ni même la Gwendolen Harleth de George Eliot, n'en reste pas moins très *dame*, rejette la définition donnée par son propre créateur de ce qu'elle appelait « la vie plus vaste ». Miss Archer aussi, dans les limites imposées par Henry James et son époque, était la femme en tant que héros. Cf. Carolyn G. Heilbrun, *Toward a Recognition of Androgyny* (New York, 1973), p. 90.

30. Karénine, *op. cit.*, II, p. 370.
31. Honoré de Balzac, *Béatrix*, éd. Maurice Regard (Paris, 1962), p. 69.
32. *Ibid.*, p. 79, 80, 73, 98, et 74 respectivement.

Notes du chapitre 26

1. Casimir Wierzynski, *The Life and Death of Chopin* (New York, 1949), p. IX. Tiré de l'introduction d'Arthur Rubinstein.
2. Frédéric Chopin, *Correspondance*, éd. B. E. Sydow, 3 vol. (Paris, 1953-1954), II, p. 208.
3. George Sand, « Dr Piffoël », *Œuvres autobiographiques*, 2 vol. (Paris, 1970-1971), II, p. 999.
4. Chopin, *op. cit.*, I., p. 282.
5. *Ibid.*, p. 81, 134, 139, 178, 184.
6. Camille Bourniquel, *Chopin* (Paris, 1970), p. 71 et 86.
7. Bernard Gavoty, *Frédéric Chopin* (Paris, 1974), p. 246.
8. George Sand, *Correspondance*, 15 vol. (Paris, 1964-1981), IV, p. 395.

Notes du chapitre 27

1. Henry James, *Notes on Novelists* (New York, 1914), p. 220.
2. *Ibid.*, p. 224.
3. « *On vous adore* » a été trop audacieusement traduit par *I adore you !* (Je vous adore !) Cf. André Maurois, *Lélia* (New York, 1953, tr. amér.), p. 262.
4. George Sand, *Correspondance*, 15 vol. (Paris, 1964-1981), IV, p. 408.
5. *Ibid.*, p. 429.
6. *Ibid.*, p. 428-439.
7. *Ibid.*, p. 445.
8. Frédéric Chopin, *Correspondance*, éd. B. E. Sydow, 3 vol. (Paris, 1953-1954), II, p. 254.
9. *Idem.*
10. George Sand, *Les Sept Cordes de la lyre* (Paris, 1973), p. 105 et *passim*. D'abord publié in *la Revue des deux mondes*, 1839.
11. *Ibid.*, p. 52.
12. Sand, *Correspondance*, IV, p. 482-483.
13. *Ibid.*, p. 486-487.
14. Jacques Vier, *La Comtesse d'Agoult et son temps*, 6 vol. (Paris, 1955-1963), I, p. 308.

Notes du chapitre 28

1. George Sand, *Correspondance*, 15 vol. (Paris, 1964-1981), IV, p. 512.

2. George Sand, « Un hiver à Majorque », *Œuvres autobiographiques,* 2 vol. (Paris, 1970-1971), II, p. 1055 et 1129.
3. Frédéric Chopin, *Correspondance,* éd. B. E. Sydow, 3 vol. (Paris, 1953-1954), II, p. 265-266.
4. Sand, *Correspondance,* IV, p. 532.
5. *Ibid.*, p. 522.
6. Sand, « Un hiver à Majorque », *op. cit.*, II, p. 1067.
7. Chopin, *op. cit.*, II, p. 274-275.
8. Sand, *op. cit.*, II, p. 1119.
9. *Ibid.*, p. 1125.
10. Chopin, *op. cit.*, II, p. 282-283 et 285.
11. Henry James, *Notes on Novelists* (New York, 1914), p. 222 et 225.
12. Sand, *op. cit.* II, p. 1149.
13. Sand, *Correspondance,* IV, p. 569.
14. Sand, « Histoire de ma vie », *op. cit.* II, p. 420-421.
15. *Ibid.*, p. 423.
16. Sand, *Correspondance,* IV, p. 577-578.
17. Chopin, *op. cit.*, II, p. 310.
18. Sand, *op. cit.*, IV, p. 590.
19. George Sand, *Spiridion,* suivant *Un hiver à Majorque* (Paris, 1881), p. 445-446.
20. Sand, *Correspondance,* IV, p. 607.
21. *Ibid.*, p. 599.
22. Chopin, *op. cit.*, II, p. 325.
23. Cf. Frances Winwar, *The Life of the Heart : George Sand and Her Times* (New York, 1945), p. 239.
24. George Sand, *Gabriel* (Paris, 1840), p. 20 et *passim.*
25. *Ibid.*, p. 303.
26. Cf. Winwar, *op. cit.*, p. 240.
27. Alfred de Musset, *Histoire d'un merle blanc* (Paris, 1881), p. 86-87, 1842, 1re éd.
28. Chopin, *op. cit.*, p. 261, note.
29. Sand, *Correspondance,* IV, p. 654.
30. *Ibid.*, p. 655.

Notes du chapitre 29

1. Henry James, *French Poets and Novelists* (New York, 1964), p. 166.
2. Cf. Robert Craft, « Chopin's Progress », *The New York Review of Books,* 18 oct. 1873.
3. Maximilien Rubel, *Karl Marx : essai de biographie intellectuelle* (Paris, 1957), p. 93.
4. Elizabeth Barrett Browning, *Poems,* 2 vol. (Londres, 1850), I, p. 346-347.

5. George Sand, *Correspondance,* 15 vol. (Paris, 1964-1981), IV, p. 663.
6. Frédéric Chopin, *Correspondance,* éd. B.E. Sydow, 3 vol. (Paris, 1953-1954), II, p. 345, 348-349.
7. Craft, *op. cit.* Cet auteur, qui ne se place pas parmi les admirateurs de George Sand, ajoute galamment que « le compositeur n'aurait sans doute pas vécu aussi longtemps sans sa sollicitude ». Opinion qui rejoint celle de Bernard Gavoty, un des plus récents biographes de Chopin, peu tendre lui non plus à l'égard de George Sand.
8. Bernard Gavoty, *Frédéric Chopin* (Paris, 1974), p. 296.
9. Honoré de Balzac, *Lettres à Madame Hanska,* 5 vol. (Paris, 1967-1970), II, p. 8.
10. Sand, *op. cit.,* V, p. 60.
11. *Ibid.,* p. 95-96.
12. *Ibid.,* p. 103-105.
13. *Ibid.,* p. 227.
14. *Ibid.,* p. 283.
15. *Ibid.,* p. 406, note 2.
16. Pierre Leroux et George Sand, *Histoire d'une amitié (d'après une correspondance inédite 1836-1886),* éd. Jean-Pierre Lacassagne (Paris, 1973), p. 127-128.
17. Charles-Augustin Sainte-Beuve, *Correspondance générale,* 15 vol. (Paris, 1935-1964), IV, p. 180.
18. Cité in Frances Winwar, *The Life of the Heart* (New York, 1945), p. 283.
19. Sand, *op. cit.,* V, p. 537-542.
20. George Lichtheim, cité par William Pfaff, *Condemned to Freedom* (New York, 1971), p. 93.
21. Wladimir Karénine, pseud., *George Sand : sa vie et ses œuvres,* 4 vol. (Paris, 1899-1926), III, p. 129.
22. George Sand, « Dr Piffoël », *Œuvres autobiographiques,* 2 vol. (Paris, 1970-1971), II, p. 1018.
23. Karénine, *op. cit.,* III, p. 189.
24. Leroux-Sand, *op. cit.,* p. 152.
25. Sand, *Correspondance,* VI, p. 179.
26. Michael Meyer, *Ibsen, a Biography* (New York, 1971), p. 464.
27. George Sand, *Consuelo, La Comtesse de Rudolstadt,* 3 vol. (Paris, 1959), III, p. 547 et *passim.*
28. Esther Shephard, *Walt Whitman's Pose* (New York, 1938), p. 17 et *passim.*

Notes du chapitre 30

1. George Sand, *Correspondance,* 15 vol. (Paris, 1964-1981).
2. Frédéric Chopin, *Correspondance,* éd. B.E. Sydow, 3 vol. (Paris, 1953-1954), III, p. 112.

3. George Sand, *Œuvres autobiographiques,* 2 vol. (Paris, 1970-1971), II, p. 436.
4. Chopin, *op. cit.,* III, p. 113.
5. George Sand, *Impressions et Souvenirs* (Paris, 1896), p. 81.
6. *Ibid.,* p. 72-90.
7. Sand, *Œuvres autobiographiques,* II, p. 442-443.
8. Sand, *Correspondance,* VI, p. 286.
9. *Ibid.,* p. 253-254.
10. George Sand, *Lucrezia Floriani* (Paris, 1853), 1847, 1re éd. Le « splendide » est de Henry James. Les citations qui suivent sont tirées de l'édition de 1853.
11. Sand, *Correspondance,* VI, p. 158, note.
12. *Ibid.,* p. 887.
13. *Ibid.,* p. 755. Voir note de Lubin.
14. *Ibid.,* p. 376.
15. Sand, *Correspondance,* VIII, p. 47. Lettre à Emmanuel Arago, 18-26 juil. 1847. La plus longue lettre conservée — 71 pages ms.
16. Chopin, *op. cit.,* III, p. 152.
17. *Ibid.,* p. 245.
18. Cf. Lettre à Emmanuel Arago (note 15 ci-dessus).
19. Sand, *Correspondance,* VII, p. 379 et 381.
20. *Ibid.,* p. 430.
21. Matthew Arnold, « George Sand » in *The Fortnightly Review,* 1er juin 1877, p. 767-781.
22. Caroline Jaubert, *Souvenirs, Lettres et Correspondance* (Paris, 1881), p. 43-44.
23. Sand, *op. cit.,* VII, p. 575.
24. Chopin, *op. cit.,* III, p. 245.
25. Sand, *Œuvres autobiographiques,* II, p. 448.
26. Margaret Fuller, *Memoirs,* 2 vol. (Boston, 1852), II, p. 193-199.
27. Sand, *Correspondance,* VII, p. 686.
28. *Ibid.,* p. 660-661.
29. *Ibid.,* p. 689.
30. *Ibid.,* p. 700-702.
31. Sand, *Correspondance,* VIII, p. 43.
32. *Ibid.,* p. 12.
33. *Ibid.,* p. 18-49.

Notes du chapitre 31

1. Karl Marx, *Misère de la philosophie* (Paris, 1972), p. 178.
2. George Sand, *Correspondance,* 15 vol. (Paris, 1964-1981), VIII, p. 123-124.
3. Joseph Barry, « 1848 Again ? » in *Horizon,* New York, printemps 1969. Sauf indication spéciale, c'est de cette source que sont tirées les citations mentionnées.

4. Sand, *op. cit.*, VIII, p. 281.
5. Jacques Droz, *Europe Between Revolutions* (Londres, 1967), p. 65-66.
6. Geoffrey Bruun, *Revolution and Reaction* (Princeton, 1958), p. 108.
7. Sand, *op. cit.*, VIII, p. 232-233.
8. *Ibid.*, p. 299.
9. *Ibid.*, p. 308.
10 Henry James, *Notes on Novelists* (New York, 1914), p. 169.
11. Sand, *op. cit.*, VIII, p. 316.
12. *Ibid.*, p. 319.
13. Frédéric Chopin, *Correspondance,* éd. B.E. Sydow, 3 vol. (Paris, 1953-1954), III, p. 331-332.
14. George Sand, *Œuvres autobiographiques,* 2 vol. (Paris, 1970-1971), II, p. 448.
15. Sand, *Correspondance,* VIII, p. 332.
16. *Bulletins de la République émanés du ministre de l'Intérieur du 13 mars au 6 mai 1848,* collection complète (Paris, 1848), p. 23-24.
17. Sand, *op. cit.*, VIII, p. 359.
18. *Bulletins de la République...*, p. 46.
19. *Ibid.*, p. 55.
20. Sand, *op. cit.*, VIII, p. 400.
21. *Ibid.*, p. 401-407.
22. *La Cause du peuple,* n° 3, Paris, 23 avr. 1848.
23. *Bulletins de la République...*, p. 68.
24. Sand, *op. cit.*, VIII, p. 411-420.
25. *Ibid.*, p. 430-431.
26. *Ibid.*, p. 432.
27. Barry, *loc. cit.*
28. Sand, *Œuvres autobiographiques,* II, p. 1187.
29. Alexis de Tocqueville, *Souvenirs* (Paris, 1978), p. 159.
30. Sand, *Correspondance,* VIII, p. 434.
31. *Ibid.*, p. 435.
32. Prosper Mérimée, *Correspondance générale,* 12 vol. (Paris, 1941-1958), V, p. 303-304.
33. Tocqueville, *op. cit.*, p. 209-211.
34. Barry, *loc. cit.*
35. Sand, *op. cit.*, VIII, p. 467.
36. Cf. Pierre Salomon, *George Sand* (Paris, 1953), p. 79.
37. Sand, *op. cit.*, VIII, p. 486.
38. *Ibid.*, p. 498.

Notes du chapitre 32

1. Cf. Wladimir Karénine, pseud., *George Sand : sa vie et ses œuvres,* 4 vol. (Paris, 1899-1926), IV, p. 24.

2. George Sand, *Correspondance,* 15 vol. (Paris, 1964-1981), VIII, p. 482.
3. *Ibid.*, p. 478.
4. *Ibid.*, p. 495.
5. *Ibid.*, p. 506.
6. Sand, *op. cit.*, VI, p. 711 et 720.
7. Joseph Barry, « 1848 Again ? » in *Horizon,* New York, printemps 1969.
8. Alexis de Tocqueville, *Souvenirs* (Paris, 1964), p. 213.
9. *Ibid.*, p. 248.
10. Sand, *op. cit.*, VIII, p. 544-545.
11. *Ibid.*, p. 538.
12. Joseph Brault, *Une contemporaine, biographie et intrigues de George Sand* (Paris, 1848), p. 8.
13. Frédéric Chopin, *Correspondance,* éd. B.E. Sydow, 3 vol. (Paris, 1953-1954), III, p. 377.
14. George Sand, *La Petite Fadette* (Paris, 1967), p. 33 et 38.
15. Sand, *Correspondance,* VIII, p. 550.
16. *Ibid.*, p. 579.
17. *Ibid.*, p. 594.
18. *Ibid.*, p. 637.
19. *Ibid.*, p. 647.
20. *Ibid.*, p. 707-708.
21. *Ibid.*, p. 710-711.
22. *Ibid.*, p. 717-718.
23. André Maurois, *Lélia, ou la vie de George Sand* (Paris, 1952), p. 395.
24. Sand, *op. cit.*, IX, p. 218, note.
25. *Ibid.*, p. 220.
26. *Ibid.*, p. 320.
27. *Ibid.*, p. 343.

Notes du chapitre 33

1. Henry James, *Notes on Novelists* (New York, 1914), p. 181.
2. George Sand, *Œuvres autobiographiques,* 2 vol. (Paris, 1970-1971), I, p. 1204-1205. Notes et variantes d'*Histoire de ma vie.*
3. George Sand, *Correspondance,* 15 vol. (Paris, 1964-1981), IX, p. 488.
4. *Ibid.*, p. 389.
5. *Ibid.*, p. 450.
6. *Ibid.*, p. 500.
7. *Ibid.*, p. 419.
8. *Ibid.*, p. 484.
9. *Ibid.*, p. 541-545.
10. *Ibid.*, p. 608-609.

11. *Ibid.*, p. 708-711.
12. *Ibid.*, p. 725-726.
13. *Ibid.*, p. 876-877.
14. *Ibid.*, p. 305.
15. Sand, *op. cit.*, X, p. 15-17.
16. *Ibid.*, p. 66.
17. *Ibid.*, p. 97.
18. *Ibid.*, p. 36.
19. Wladimir Karénine, pseud., *George Sand : sa vie et ses œuvres,* 4 vol. (Paris, 1899-1926), III, p. 627-629.
20. George Sand, « Journal de novembre-décembre 1851 » in *Œuvres autobiographiques,* II, p. 1195-1222. Les scènes et citations concernant cette période sont tirées de cette source sauf indication contraire.
21. Cf. Albert Guérard, *France, a Short History* (Londres, 1947), p. 193.
22. Cité in Karl Marx, *Le 18 brumaire de Louis Bonaparte* (Paris, 1963), p. 86. (1852, 1re éd.)
23. Sand, *op. cit.*, X, p. 659-664.
24. *Ibid.*, p. 672-674.
25. *Ibid.*, p. 682.
26. *Idem.*
27. *Ibid.*, p. 687-689.
28. Cité in Karénine, *op. cit.*, IV, p. 222 et 223.
29. Elizabeth Barrett Browning, *Letters,* 2 vol. (Londres, 1897), II, p. 55-57 et 62-64.

Notes du chapitre 34

1. Cf. André Maurois, *Lélia, ou la vie de George Sand* (Paris, 1952), p. 424. Sa compréhension des dernières années est inégalable.
2. Wladimir Karénine, pseud., *George Sand : sa vie et ses œuvres,* 4 vol. (Paris, 1899-1926), III, p. 610.
3. *Ibid.*, p. 611-616.
4. Bibliothèque nationale, Paris, N.a.f. 24813. Ms non publié.
5. Samuel Rocheblave, *George Sand et sa fille* (Paris, 1905), p. 175-176.
6. George Sand, *Correspondance,* 15 vol. (Paris, 1964-1981), XI, p. 568.
7. Voir note 4 ci-dessus.
8. Eugène Delacroix, *Journal,* 3 vol. (Paris, 1893-1895), p. 283-284.
9. Sand, *op. cit.*, XII, p. 156.
10. *Ibid.*, p. 235.
11. Sand, *op. cit.*, XIII, p. 116-117.
12. Sand, *op. cit.*, XIV, p. 248-249.
13. Cité in Albert Guérard, *France* (Londres, 1947), p. 196.

14. George Sand, *La Daniella*, 2 vol. (Paris, 1887), I, p. 61. (1857, 1re éd.)
15. George Sand, *Promenades autour d'un village* (1857, 1re éd.) (Paris, 1866), p. 102.
16. Cité in Georges et Christine Smeets-Sand, *George Sand à Gargilesse* (Paris, s. d.), p. 9.
17. Cf. Karénine, *op. cit.*, IV, p. 384.
18. Bibliothèque nationale, Paris, N.a.f. 24819.
19. Voir note 5, chapitre XX, p. 669a.
20. Charles Spoelberch de Lovenjoul (vicomte de), *La Vraie Histoire de « Elle et Lui »* (Paris, 1897), p. 225.
21. George Sand, *Pourquoi les femmes à l'Académie ?* (Paris, 1863), p. 16.
22. Bibliothèque nationale, Paris, N.a.f. 24812.
23. George Sand, *Correspondance, 1812-1876*, éd. Maurice Sand, 6 vol. (Paris, 1812-1876), IV, p. 297 ; et Bibliothèque nationale, N.a.f. 24823. R 4 P 698 5-19-76. Le fils de George Sand ne fut pas le compilateur idéal de la correspondance de sa mère. Les suppressions, les oublis et les dates fausses abondent. Il faudra donc attendre les volumes suivants de l'édition de Georges Lubin, publiée chez Garnier Frères, pour combler les lacunes et rectifier les erreurs.
24. Sand, *op. cit.*, IV, p. 322.
25. *Ibid.*, p. 295-296.
26. *Ibid.*, p. 314-315.
27. George Sand, *Mademoiselle La Quintinie* (Paris, 1863), p. 48.
28. *Ibid.*, p. VIII.
29. Bibliothèque nationale, Paris, N.a.f. 24826 ; et Sand, *Correspondance*, éd. Maurice Sand, IV, p. 16-18.
30. Charles-Augustin Sainte-Beuve, *Nouveaux Lundis*, 13 vol. (Paris, 1863-1870), V, p. 40-41.
31. Charles Baudelaire, « Mon cœur mis à nu » in *Œuvres complètes* (Paris, 1968), p. 633. Les éloges de Baudelaire figurent dans son essai, « Edgar Allan Poe, sa vie et ses ouvrages », *Revue de Paris*, mars-avril 1852 : « Un autre caractère particulier de sa littérature est qu'elle est tout à fait anti-féminine. Je m'explique. Les femmes écrivent, écrivent avec une rapidité débordante ; leur cœur bavarde à la rame. Elles ne connaissent généralement ni l'art, ni la mesure, ni la logique, leur style traîne et ondoie comme leurs vêtements. Un très grand et très justement illustre écrivain, George Sand elle-même, n'a pas échappé à cette loi du tempérament ; elle jette ses chefs-d'œuvre à la poste comme des lettres. Ne dit-on pas qu'elle écrit ses livres sur du papier à lettres ?

« Dans les livres d'Edgar Poe, le style est serré, *concaténé...* » Baudelaire devait ignorer la poésie dense, « concaténée », d'Emily Dickinson, un autre exemple de « tempérament » féminin.

Notes du chapitre 35

1. George Sand, *Œuvres autobiographiques,* 2 vol. (Paris, 1970-1971), I, p. 55.
2. George Sand, *Correspondance,* éd. Maurice Sand, 6 vol. (Paris, 1882-1892), V, p. 148.
3. *Ibid.*, IV, p. 214.
4. *Ibid.*, p. 324-325.
5. Wladimir Karénine, pseud., *George Sand : sa vie et ses œuvres,* 4 vol. (Paris, 1899-1926), IV, p. 413.
6. Gustave Flaubert-George Sand, *Correspondance* (Paris, 1981), p. 147.
7. Lettre à Alexandre Dumas fils, citée in Karénine, *op. cit.*, IV, p. 408.
8. Edmond Plauchut, *Autour de Nohant* (Paris, 1897), p. 71-73.
9. Edmond et Jules de Goncourt, *Journal,* 9 vol. (Paris, 1887-1896), II, p. 144-146.
10. Bibliothèque nationale, Paris, N.a.f. 24825. Agenda-journal ms. pour 1863. Les citations concernant cette année sont tirées de cette source.
11. Karénine, *op. cit.* IV, p. 463.
12. Sand, *Correspondance,* éd. Maurice Sand, V, p. 26.
13. Bibliothèque nationale, N.a.f. 24826. Agenda pour 1864. Les citations concernant cette année sont tirées de cette source.
14. Karénine, *op. cit.*, IV, p. 475-476.
15. Lettre à Maurice Sand, citée in Karénine, *ibid.*, p. 478.
16. Marie-Louise Vincent, *George Sand et le Berry,* 2 vol. (Paris, 1919), I, p. 622-623. La scène et les citations proviennent des recherches effectuées à Guillery par Mme Vincent.
17. Sand, *op. cit.*, V, p. 50.
18. *Ibid.*, p. 77.
19. Bibliothèque nationale, N.a.f. 24827. Agenda ms pour 1865. Les citations concernant cette année sont tirées de cette source.
20. Lettre à Maurice Sand, 22 août 1865, citée in Karénine, *op. cit.*, IV, p. 495-497.

Notes du chapitre 36

1. Bibliothèque nationale, Paris, N.a.f. 24827. Agenda ms. pour 1865. Les citations concernant cette année sont tirées de cette source.
2. Cf. Gustave Flaubert-George Sand, *Correspondance* (Paris, 1981), p. 403. « J'oublie si bien », écrirait un jour George Sand à Flaubert, 22 nov. 1872.
3. Bibliothèque historique de la ville de Paris, N.a.13. Lettre inédite.

4. *Ibid.*, N.a.15.
5. *Ibid.*, N.a.17. Lettre inédite.
6. Cf. Gustave Flaubert, *Œuvres. Correspondance,* 16 vol. (Paris, 1960-1965), XII, p. 117-118.
7. Edmond et Jules de Goncourt, *Journal,* 9 vol. (Paris, 1887-1896), I, p. 307.
8. Benjamin F. Bart, *Flaubert* (Syracuse, N. Y., 1967), p. 151.
9. Goncourt, *op. cit.*, II, p. 122.
10. Ernest Renan, *Feuilles détachées* (Paris, 1892), p. 289.
11. Bibliothèque nationale, N.a.f. 24828. Agenda ms pour 1866. Les citations concernant cette année sont tirées de cette source.
12. Goncourt, *op. cit.*, III, p. 21.
13. Voir note 11 ci-dessus. Une grande partie de ce passage est reproduite dans *Lélia,* de Maurois, avec quelques inexactitudes, p. 481.
14. Flaubert, *op. cit.*, XII, p. 122 et 125.
15. Flaubert-Sand, *op. cit.*, p. 76.
16. Flaubert, *op. cit.*, XII, p. 129.
17. Flaubert-Sand, *op. cit.*, p. 83-84.
18. Flaubert, *op. cit.*, XII, p. 340 ; cf. Bart, *op. cit.*, p. 226 : « Pour les femmes, disait Zola, Flaubert était d'un type féminin, plus proche d'elles que des hommes. »
19. Flaubert-Sand, *op. cit.*, p. 158.
20. Flaubert, *op. cit.*, XII, p. 142.
21. Flaubert-Sand, *op. cit.*, p. 94.
22. Sand, *op. cit.*, V, p. 147.
23. Cité in Casimir Carrère, *George Sand amoureuse* (Paris, 1967), p. 425. Lettre datée par George Lubin.
24. Flaubert-Sand, *op. cit.*, p. 98-99.
25. Flaubert, *op. cit.*, XII, p. 151.
26. Flaubert-Sand, *op. cit.*, p. 104.
27. *Ibid.*, p. 102-103.
28. Flaubert, *op. cit.*, XII, p. 150-151.
29. Flaubert-Sand, *op. cit.*, p. 104.
30. Flaubert, *op. cit.*, XII, p. 162.
31. Flaubert-Sand, *op. cit.*, p. 107 ; Flaubert, *op. cit.*, XII, p. 165.
32. Flaubert, *op. cit.*, XII, p. 235.
33. *Ibid.*, p. 178.
34. Sand, *Correspondance,* V, p. 164.
35. Flaubert, *op. cit.*, XII, p. 254 ; Flaubert-Sand, *op. cit.*, p. 127.
36. Cf. Jean-Paul Sartre, *L'Idiot de la famille : Gustave Flaubert de 1821 à 1857,* 3 vol. (Paris, 1971-1972).
37. Gustave Flaubert, *Correspondance,* éd. Conard, 9 vol. (1926-1933), III, p. 107.
38. Gustave Flaubert, *Œuvres. Correspondance,* 16 vol. (Paris, 1960-1965), XII, p. 271.
39. Flaubert-Sand, *op. cit.*, p. 165.
40. *Ibid.*, p. 119 et 121.
41. Juliette Adam, *Mes premières armes littéraires et politiques* (Paris, 1904), p. 67-68.

42. *Ibid.*, p. 80-82.
43. *Ibid.*, p. 81.
44. Juliette La Messine (Adam), *Idées anti-proudhoniennes sur l'amour, la femme et le mariage* (Paris, 1858), p. 55-56 et 92.
45. Juliette Adam, *Mes premières armes...*, p. 83.
46. *Ibid.*, p. 98 et 84.
47. *Ibid.*, p. 86-87 et 202-203.
48. Juliette Adam, *Mes sentiments et nos idées avant 1870* (Paris, 1905), p. 136-137 et p. 143.
49. *Ibid.*, p. 144-145.
50. *Ibid.*, p. 162-165.
51. *Ibid.*, p. 169-170.
52. *Ibid.*, p. 220.
53. George Sand, *Journal intime (posthume)* (Paris, 1926), p. 229-230.
54. Bibliothèque nationale, N.a.f. 24829. Agenda ms pour l'année 1867. Les citations concernant cette année sont tirées de cette source.
55. Adam, *op. cit.*, p. 198 et 185.
56. *Ibid.*, p. 265-269.
57. *Ibid.*, p. 269.
58. Dr Pestel, « Notes », cité in Wladimir Karénine, pseud., *George Sand : sa vie et ses œuvres*, 4 vol. (Paris, 1899-1926), IV, p. 529.
59. Flaubert, *op. cit.*, XII, p. 292.
60. Sand, *Correspondance*, éd. Maurice Sand, V, à Harrisse, 9 avr. 1868 ; à Flaubert, 31 juil. 1868, p. 272.
61. Bibliothèque nationale, N.a.f. 24830. Carnet ms. pour 1868.
62. Sand, *op. cit.*, V, p. 276 et 282.
63. Flaubert, *op. cit.*, XII, p. 344.
64. Sand, *op. cit.*, V, p. 267.
65. *Ibid.*, p. 299-300.
66. *Ibid.*, p. 310.
67. *Ibid.*, p. 323.
68. Adam, *op. cit.*, p. 416.
69. *Idem.*
70. Sand, *op. cit.*, V, p. 353.
71. Flaubert, *op. cit.*, XII, p. 521.

Notes du chapitre 37

1. George Sand, *Correspondance*, éd. Maurice Sand, 6 vol. (Paris, 1882-1892), V, p. 365 et 368-369.
2. *Ibid.*, p. 371.
3. Bibliothèque nationale, Paris, N.a.f. 24832. Carnet-journal ms. pour 1870, dont sont tirées toutes les citations concernant cette année.
4. Sand, *op. cit.*, VI, p. 3.
5. Gustave Flaubert, *Œuvres. Correspondance*, 16 vol. (Paris, 1960-1965), XII, p. 529.

6. Cf. Pierre Salomon, *George Sand* (Paris, 1953), p. 143.
7. Sand, *op. cit.*, VI, p. 4.
8. Flaubert, *op. cit.*, XII, p. 533.
9. Sand, *op. cit.*, VI, p. 13 et 15.
10. *Ibid.*, p. 23.
11. Voir note 3, ci-dessus.
12. Sand, *op. cit.*, VI, p. 30.
13. George Sand, *Journal d'un voyageur pendant la guerre* (Paris, 1871), p. 101 et 15-52.
14. *Ibid.*, p. 156-209.
15. Bibliothèque nationale, N.a.f. 24833. Agenda ms. pour 1871, d'où sont tirées toutes les citations concernant cette année.
16. Cf. Alistair Horne, *The Fall of Paris : the Siege and the Commune 1870-1871* (New York, 1965), p. 239-240.
17. Sand, *Correspondance*, VI, p. 69.
18. *Ibid.*, p. 80.
19. Cf. Joseph Barry, « Paris Commune : from a Dream to Bloody Nightmare in Ten Weeks », *Smithsonian*, Washington, D.C., mars 1971.
20. Voir note 19 ci-dessus.
21. Sand, *op. cit.* VI, p. 104-105.
22. *Ibid.*, p. 110.
23. Numéros d'avril du *Gaulois*, Versailles.
24. Sand, *op. cit.*, VI, p. 135.
25. *Ibid.*, p. 142.
26. George Sand, « Réponse à un ami », *Impressions et Souvenirs* (Paris, 1896), p. 53-66.
27. Flaubert, *op. cit.*, XIV, p. 130 et 147.
28. Sand, *op. cit.*, VI, p. 172-173. La violence, répétons-le, ne fut pas le fait, au départ, de la Commune de Paris.

Notes du chapitre 38

1. Henri-Frédéric Amiel, *Journal*, 21 sept. 1874.
2. George Sand, *Correspondance*, éd. Maurice Sand, 6 vol. (Paris, 1882-1892), VI, p. 215.
3. *Ibid.*, p. 50.
4. Cité in Wladimir Karénine, pseud., *George Sand : sa vie et ses œuvres*, 4 vol. (Paris, 1899-1926), IV, p. 259-260.
5. Bibliothèque nationale, Paris, N.a.f. 24834. Agenda ms. pour 1872, d'où sont tirées toutes les citations concernant cette année.
6. Sand, *op. cit.*, VI, p. 258.
7. Bibliothèque nationale, N.a.f. 24835. Agenda ms. pour 1873, d'où sont tirées toutes les citations concernant cette année.
8. Gustave Flaubert, *Œuvres. Correspondance*, 16 vol. (Paris, 1960-1965), XV, p. 191.

9. Gustave Flaubert, *Correspondance*, éd. Conard, 9 vol. (Paris, 1926-1933), I, p. 200.
10. Sand, *op. cit.*, VI, p. 251.
11. Gustave Flaubert, *Œuvres. Correspondance*, X, p. 240-241.
12. Sand, *op. cit.*, VI, p. 315-317.
13. *Ibid.*, p. 327-328, 379-380 ; Flaubert, *op. cit.*, XV, p. 319, 421.
14. Sand, *op. cit.* VI, p. 369.
15. *Ibid.*, p. 325-326.
16. *Ibid.*, p. 329.
17. Frances Winwar, *The Life of the Heart* (New York, 1945), p. 294.
18. Flaubert, *op. cit.*, XV, p. 145.
19. Sand, *op. cit.*, VI, p. 398.
20. Karénine, *op. cit.*, IV, p. 598.
21. *Ibid.*, p. 599.
22. Bibliothèque nationale, N.a.f. 24838. Carnet-journal ms. pour 1876.
23. Karénine, *op. cit.*, IV, p. 603 et *passim.*
24. Harry Harrisse, cité in Karénine, *op. cit.*, IV, 611.
25. *Ibid.*, p. 611 et *passim.*
26. Alexandre Dumas fils, cité in Karénine, *op. cit.*, IV, p. 626.
27. Victor Hugo, *Depuis l'exil*, 2 vol. (Paris, 1884), I, p. 385-386.
28. Flaubert, *op. cit.*, XV, p. 181-182.
29. *Ibid.*, p. 174.
30. Henry James, *Notes on Novelists* (New York, 1914), p. 220 et 222.

Index

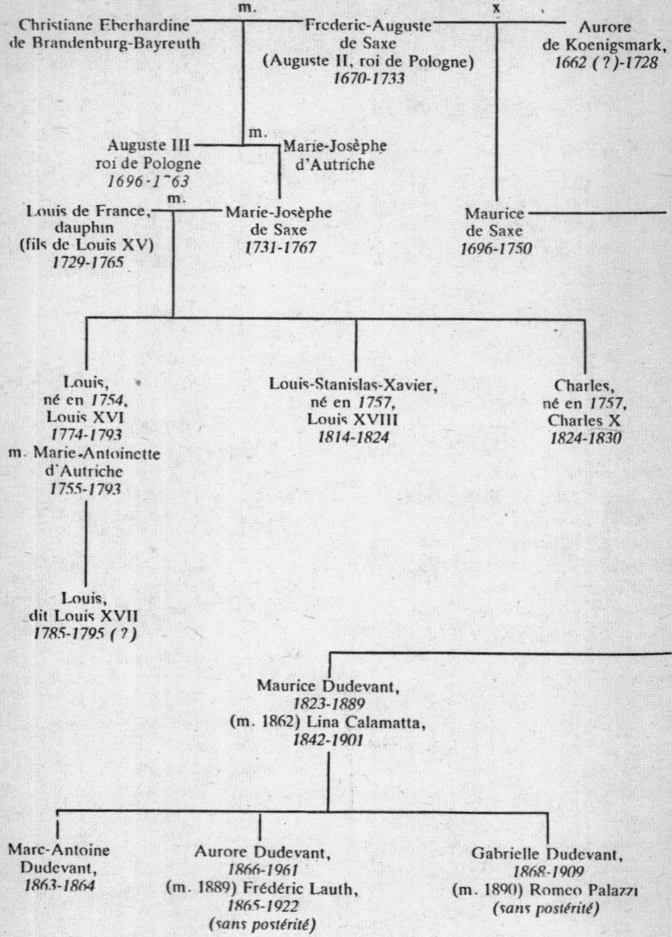
m.
x
Christiane Eberhardine
de Brandenburg-Bayreuth
Frederic-Auguste
de Saxe
(Auguste II, roi de Pologne)
1670-1733
Aurore
de Koenigsmark,
1662 (?)-1728
m.
Auguste III
roi de Pologne
1696-1763
Marie-Josèphe
d'Autriche
m.
Louis de France,
dauphin
(fils de Louis XV)
1729-1765
Marie-Josèphe
de Saxe
1731-1767
Maurice
de Saxe
1696-1750
Louis,
né en 1754,
Louis XVI
1774-1793
m. Marie-Antoinette
d'Autriche
1755-1793
Louis-Stanislas-Xavier,
né en 1757,
Louis XVIII
1814-1824
Charles,
né en 1757,
Charles X
1824-1830
Louis,
dit Louis XVII
1785-1795 (?)
Maurice Dudevant,
1823-1889
(m. 1862) Lina Calamatta,
1842-1901
Marc-Antoine
Dudevant,
1863-1864
Aurore Dudevant,
1866-1961
(m. 1889) Frédéric Lauth,
1865-1922
(sans postérité)
Gabrielle Dudevant,
1868-1909
(m. 1890) Romeo Palazzi
(sans postérité)

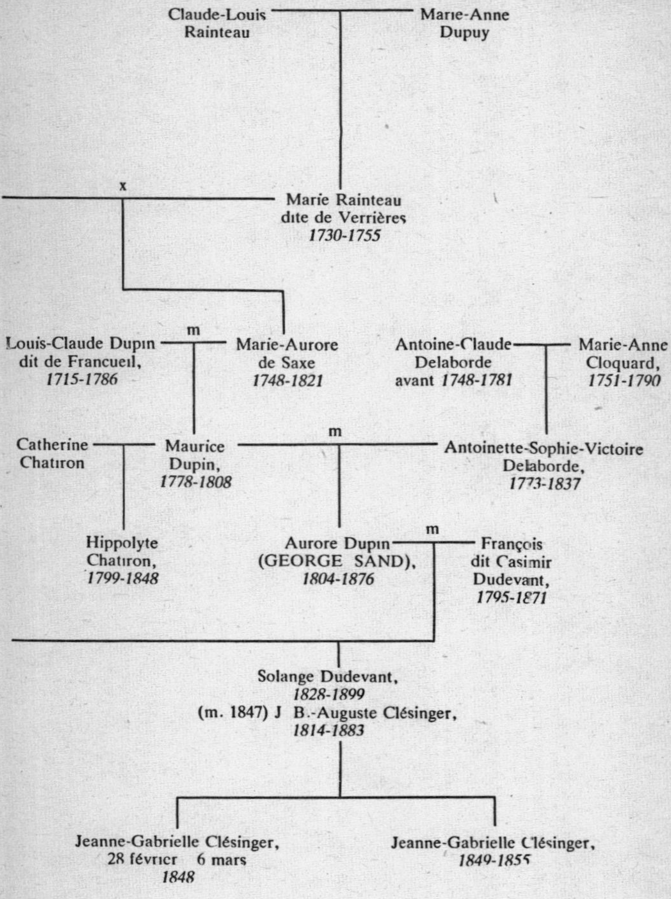
Claude-Louis Rainteau
Marie-Anne Dupuy
x
Marie Rainteau dite de Verrières 1730-1755
Louis-Claude Dupin dit de Francueil, 1715-1786
m
Marie-Aurore de Saxe 1748-1821
Antoine-Claude Delaborde avant 1748-1781
Marie-Anne Cloquard, 1751-1790
Catherine Chatiron
Maurice Dupin, 1778-1808
m
Antoinette-Sophie-Victoire Delaborde, 1773-1837
Hippolyte Chatiron, 1799-1848
Aurore Dupin (GEORGE SAND), 1804-1876
m
François dit Casimir Dudevant, 1795-1871
Solange Dudevant, 1828-1899
(m. 1847) J B.-Auguste Clésinger, 1814-1883
Jeanne-Gabrielle Clésinger, 28 février 6 mars 1848
Jeanne-Gabrielle Clésinger, 1849-1855

Table

IMPRIMERIE BUSSIÈRE A SAINT-AMAND (CHER)
D. L. FÉVRIER 1984. Nº 6733 (2784)

Collection Points

SÉRIE BIOGRAPHIE

B1. George Sand ou le scandale de la liberté
par Joseph Barry

B2. Mirabeau, *par Guy Chaussinand-Nogaret*

SÉRIE ROMAN

DERNIERS TITRES PARUS

R57. Sarah et le Lieutenant français, *par John Fowles*
R58. Le Dernier Viking, *par Patrick Grainville*
R59. La Mort de la phalène, *par Virginia Woolf*
R60. L'Homme sans qualités, tome 1, *par Robert Musil*
R61. L'Homme sans qualités, tome 2, *par Robert Musil*
R62. L'Enfant de la mer de Chine, *par Didier Decoin*
R63. Le Professeur et la Sirène
par Giuseppe Tomasi di Lampedusa
R64. Le Grand Hiver, *par Ismaïl Kadaré*
R65. Le Cœur du voyage, *par Pierre Moustiers*
R66. Le Tunnel, *par Ernesto Sabato*
R67. Kamouraska, *par Anne Hébert*
R68. Machenka, *par Vladimir Nabokov*
R69. Le Fils du pauvre, *par Mouloud Feraoun*
R70. Cités à la dérive, *par Stratis Tsirkas*
R71. Place des Angoisses, *par Jean Reverzy*
R72. Le Dernier Chasseur, *par Charles Fox*
R73. Pourquoi pas Venise, *par Michèle Manceaux*
R74. Portrait de groupe avec dame, *par Heinrich Böll*
R75. Lunes de fiel, *par Pascal Bruckner*
R76. Le Canard de bois (Les Fils de la Liberté, I)
par Louis Caron
R77. Jubilee, *par Margaret Walker*
R78. Le Médecin de Cordoue, *par Herbert Le Porrier*
R79. Givre et Sang, *par John Cowper Powys*
R80. La Barbare, *par Katherine Pancol*
R81. Si par une nuit d'hiver un voyageur, *par Italo Calvino*
R82. Gerardo Laïn, *par Michel del Castillo*
R83. Un amour infini, *par Scott Spencer*
R84. Une enquête au pays, *par Driss Chraïbi*
R85. Le Diable sans porte (*tome 1 :* Ah, mes aïeux !)
par Claude Duneton
R86. La Prière de l'absent, *par Tahar Ben Jelloun*
R87. Venise en hiver, *par Emmanuel Roblès*
R88. La Nuit du Décret, *par Michel del Castillo*
R89. Alejandra, *par Ernesto Sabato*
R90. Plein Soleil, *par Marie Susini*
R91. Les Enfants de fortune, *par Jean-Marc Roberts*
R92. Protection encombrante, *par Heinrich Böll*
R93. Lettre d'excuse, *par Raphaële Billetdoux*
R94. Le Voyage indiscret, *par Katherine Mansfield*
R95. La Noire, *par Jean Cayrol*
R96. L'Obsédé (L'Amateur), *par John Fowles*
R97. Siloé, *par Paul Gadenne*

R98. Portrait de l'artiste en jeune chien
par Dylan Thomas
R99. L'Autre, *par Julien Green*
R100. Histoires pragoises, *par Rainer Maria Rilke*
R101. Bélibaste, *par Henri Gougaud*
R102. Le Ciel de la Kolyma (Le Vertige, II)
par Evguénia Guinzbourg
R103. La Mulâtresse Solitude, *par André Schwarz-Bart*
R104. L'Homme du Nil, *par Stratis Tsirkas*
R105. La Rhubarbe, *par René-Victor Pilhes*
R106. Gibier de potence, *par Kurt Vonnegut*
R107. Memory Lane, *par Patrick Modiano*
dessins de Pierre Le Tan
R108. L'Affreux Pastis de la rue des Merles
par Carlo Emilio Gadda
R109. La Fontaine obscure, *par Raymond Jean*
R110. L'Hôtel New Hampshire, *par John Irving*
R112. Cœur de lièvre, *par John Updike*
R113. Le Temps d'un royaume, *par Rose Vincent*
R114. Poisson-chat, *par Jerome Charyn*
R115. Abraham de Brooklyn, *par Didier Decoin*
R116. Trois Femmes, *suivi de* Noces, *par Robert Musil*
R117. Les Enfants du sabbat, *par Anne Hébert*
R118. La Palmeraie, *par François-Régis Bastide*
R119. Maria Republica, *par Agustin Gomez-Arcos*
R120. La Joie, *par Georges Bernanos*
R121. Incognito, *par Petru Dumitriu*
R122. Les Forteresses noires, *par Patrick Grainville*
R123. L'Ange des ténèbres, *par Ernesto Sabato*
R124. La Fiera, *par Marie Susini*
R125. La Marche de Radetzky, *par Joseph Roth*
R126. Le vent souffle où il veut
par Paul-André Lesort
R127. Si j'étais vous..., *par Julien Green*
R128. Le Mendiant de Jérusalem, *par Elie Wiesel*
R129. Mortelle, *par Christopher Frank*
R130. La France m'épuise, *par Jean-Louis Curtis*
R131. Le Chevalier inexistant, *par Italo Calvino*
R132. Dialogues des Carmélites, *par Georges Bernanos*
R133. L'Étrusque, *par Mika Waltari*
R134. La Rencontre des hommes, *par Benigno Cacérès*
R135. Le Petit Monde de Don Camillo, *par Giovanni Guareschi*
R136. Le Masque de Dimitrios, *par Eric Ambler*
R137. L'Ami de Vincent, *par Jean-Marc Roberts*
R138. Un homme au singulier, *par Christopher Isherwood*
R139. La Maison du désir, *par France Huser*
R140. Moi et ma cheminée, *par Herman Melville*
R141. Les Fous de Bassan, *par Anne Hébert*